# SOCIÉTÉ

### DES

# ANCIENS TEXTES FRANÇAIS

———

## BENOIT DE SAINTE-MAURE

# ROMAN DE TROIE

## I

Le Puy, imp. R. Marchessou. — Peyriller, Rouchon et Gamon, successeurs.

# LE
# ROMAN DE TROIE

PAR

## BENOIT DE SAINTE-MAURE

PUBLIÉ D'APRÈS TOUS LES MANUSCRITS CONNUS

PAR

## Léopold CONSTANS

PROFESSEUR A L'UNIVERSITÉ D'AIX-MARSEILLE

TOME I

# PARIS
## LIBRAIRIE DE FIRMIN DIDOT ET C$^{ie}$
RUE JACOB, 56

M DCCCCIV

Publication proposée à la Société le 29 mars 1903.

Approuvée par le Conseil dans sa séance du 8 juillet 1903, sur le rapport d'une Commission composée de MM. J. Bédier, P. Meyer et A. Thomas.

*Commissaire responsable :*
M. A. Thomas.

# AVANT-PROPOS

Le *Roman de Troie*, de Benoit de Sainte-Maure,
dont nous présentons au public une édition cri-
tique d'après tous les manuscrits connus, n'est
point inédit. Sans parler de l'édition de M. A. Joly,
dont nous nous occuperons plus loin, et des courtes
citations que l'on trouve dans l'*Histoire littéraire
de la France*, XIII, 424 ss. et chez les critiques
qui se sont occupés du poème, Georg Karl From-
mann en a fait connaître de nombreux passages
d'après le ms. de Vienne (W [1]), d'abord dans la
Préface et les notes de son édition du *Liet von
Troye* de Herbort von Fritslâr (Quedlinburg et
Leipzig, 1837) [2], puis dans le t. II de la *Germa-
nia* [3]. D'autre part, Wright, dans son article sur

1. Voy. plus loin, p. v, la liste des manuscrits et des lettres qui
les représentent.

2. Ce sont les vers de notre texte critique 2029-47, 23127-319
et 24397-410.

3. *Herbort von Fritslár und Benoit de Sainte-More* (Stuttgart,
1857). La comparaison entre Herbort von Fritslâr et son modèle
se poursuit d'un bout à l'autre du poème, appuyée par de nom-
breuses citations.

Benoit de Sainte-Maure de la *Biographia litte-raria britannica* (Londres, 1846), cite quatre passages du ms. du Musée britannique, Harl. 4482 (*L'*) [1], et Keller (*Romvart*, p. 86 ss.) a fait connaître de nombreux passages de l'un des deux manuscrits de la Bibliothèque Saint-Marc de Venise (*V'*). Enfin Bartsch, dans sa *Chrestomathie de l'ancien français* (1re édition, 1866, a utilisé en même temps que le médiocre manuscrit de Vienne, les deux manuscrits non moins médiocres de Venise (*V¹ V²*), pour les vers 15187-604; et dans une publication analogue postérieure, où il fait une plus large part à la critique des manuscrits [2], il a donné les vers 11687-994, en s'appuyant sur les manuscrits de Paris *AA¹A²BCDEF*, mais en prenant surtout *A²* et *C* comme base : malheureusement, aucun des manuscrits employés n'appartient à la meilleure des deux familles [3].

Par contre, pour les v. 7857-76 de l'édition Joly, la leçon de presque tous les mss. a été imprimée en 1889 en vue d'une classification provisoire, par M. Paul Meyer (*Romania*, XVIII, 70 ss.); et dans le même but, nous avons nous-même, l'année suivante, publié, d'après tous les manuscrits (sauf *P*, alors inconnu), les v. 13495-521 (plus 4 vers manquant à l'édition) et les v. 14233-52 [4]. Enfin, en 1890, nous avons donné, dans la 2e édition de

1. Vers du texte critique 45-74, 87-94, 129-38 et 2183-92.
2. *La langue et la littérature françaises depuis le* ixe *siècle jusqu'au* xive *siècle*. Paris, Maisonneuve et Ch. Leclerc, 1887.
3. Pour les mss. fragmentaires, voy. p. vi, n. 1.
4. Voy. *Notes pour servir au classement des manuscrits du* Roman de Troie, dans les *Études romanes dédiées* à Gaston Paris. Paris, E. Bouillon, 1890.

notre *Chrestomathie de l'ancien français*, les v.
13235-430, pour lesquels nous avons utilisé, outre
les mss. de Paris, les mss. $C^1M^2SS^1V^1V^2$, en re-
grettant toutefois de ne pouvoir employer $N$,
excellent ms., dont nous ne possédions encore que
des extraits [1]. Ajoutons que MM. Mazzoni et
Jeanroy, en décrivant le ms. $P$ (*Romania*, XXVII,
574 ss.), en ont fait connaître les v. 7857-76, 1861-
1916, 5009-120 et 30043 à la fin (chiffres de l'éd.
Joly).

Quant à l'édition publiée en 1871 par Aristide Joly
dans les Mémoires de la Société des Antiquaires
de Normandie, et tirée à part [2], ce n'est que la
copie d'un ms. de Paris, Bibl. nat. fr. 2181 ($K$),
complété dans ses deux principales lacunes [3] par
un autre ms. de Paris, Bibl. nat. fr. 1610 ($J$) et
accompagné d'un certain nombre de variantes géné-
ralement empruntées à l'un des mss. $B, C, D, G, J$.

Malheureusement, le manuscrit choisi par l'édi-
teur uniquement parce qu'il le croyait normand,
et par conséquent plus voisin de l'original, qu'il
supposait gratuitement normand, quoique géné-
ralement correct, n'appartient pas à la meilleure
des deux familles; et de plus, il n'a pas toujours

---

1. Dans la 3ᵉ édition qui va paraître à la librairie H. Welter,
le même passage se trouve reproduit avec quelques changements
qui le rendent conforme au texte critique définitif.

2. *Benoit de Sainte-More et le Roman de Troie, ou les Méta-
morphoses d'Homère et de l'épopée gréco-latine au moyen âge*,
2 vol. in-4°. Paris, A. Franck, 1871.

3. Celle des vers 29177-220, que Joly dit à tort avoir em-
pruntés à $D$, et celle qui est constituée par la perte totale ou la
lacération partielle des derniers feuillets. Voy. notre *Introduc-
tion*, t. IV.

été, tant s'en faut, fidèlement reproduit lorsqu'il donnait de bonnes leçons [1], tandis qu'il l'était parfois trop fidèlement quand il en donnait de mauvaises [2]. D'autre part, les variantes fournies ne sont pas toujours exactes, et les lettres indicatrices des manuscrits, comme aussi les numéros des vers, sont souvent erronés, d'où l'impossibilité de se servir de ces variantes sans les vérifier [3]. Nous avons donc dû considérer l'édition comme non avenue et collationner le manuscrit publié par Joly, manuscrit dont nous avons reconnu l'importance relative.

---

1. Je citerai, au hasard, les fautes suivantes, prises dans les diverses parties du poème (chiffres de Joly) : 3136 *Cea* pour *Ceca*, que donne le ms.; 4700 *profondement* pour *parf.*; 4788 *L'on* pour *C'on* (*Con*); 5000 *D'Heleine* pour *D'Eleine* (*Deleine*); 5129 *fu* pour *fust*; 6500 *lor* pour *l'ost*; 7259 *al lor* pour *as lor*; 8484 *trenchante* pour *trenchant*; 11996 *l'ostum* pour *lo flum*; 12768 *meine* pour *mein*; 13457 *peiors* pour *priëors* (ms. *piors* avec sigle sur l'*i* = *re*); 18792 *coiffe* pour *coisse*; 19548 *Donc* pour *Done* (= *D'une*); 21544 *estorte* pour *estorce*; 22166 *princes* pour *primes*; 23214 *Armon* pour *a non*; 26386 *ensive* (donné aux Variantes) pour *en sanc* du manuscrit (inutilement emprunté à *J*); 26993 *els drecie* pour *els esdrecie*; 27094 *meschaance* pour *meschaeite*; 27227 *sereient* pour *fereient*; 27333 *treient* pour *creient*; 27378 *Simulie* (n. pr.) pour *s'umilie*; 27467 *Ci ot braiet* pour *Criot braiet* (= *braiot*); 28408 *sentrebatront* pour *s'entreharront*; 28713 *Sineres* pour *Finetes* (= *Fenices*), etc., etc.

2. Par exemple, 4039 *remandront* pour *remandra*; 4116 *pris* pour *quis*; 4866 et 4932 *doul* pour *duol* (forme constante du ms.); 5332 *Plus* pour *Puis*; 6633 *chevalerie* pour *chevalchiee*; 19979 *gomalt* pour *Gontalt*; 24510 *reverte* pour *reveite*; 24723 *l'esclive* pour *l'eschive*; 24923 *Pelepis* pour *Pelopis*; 27623 *il se* pour *il le*, etc.

3. Dans un petit nombre de cas, l'éditeur, ayant oublié de noter le manuscrit, l'a désigné par la lettre *V*, qui signifie sans doute *variante*.

Ceci dit pour montrer la nécessité d'une édi-
tion critique du *Roman de Troie*, nous donnerons
quelques indications indispensables à l'intelligence
de l'appareil critique, en attendant que nous puis-
sions, dans l'*Introduction* qui figurera en tête du
quatrième volume de cette édition, faire connaître
en détail les manuscrits, en expliquer le classement
et justifier la graphie que nous avons cru devoir
adopter dans notre texte critique. Les lecteurs de
ce travail, que nous ne craignons pas d'affirmer
consciencieux et sincère, voudront bien nous faire
un peu de crédit et attendre, pour le juger définiti-
vement, la publication du tome IV.

## I. — Manuscrits et lettres qui les désignent.

| Paris. Bibl. nat. fr. | 60 | A |
|---|---|---|
| — — — | 375 | B |
| — — — | 782 | C |
| — — — | 783 | D |
| — — — | 794 | E |
| — — — | 821 | F |
| — — — | 903 | G |
| — — — | 1450 | H |
| — — — | 1553 | I |
| — — — | 1610 | J |
| — — — | 2181 | K |
| — — — | 12600 | L |
| — — — | 19159 | M |
| — — — Nouv. acquis. fr. 6774 (ms. acéphale | | P |

Paris. Bibl. nat. Nouv. acquis. fr. 5094
             (Fragments) ......... $P^1$ (1)
—   —   — Nouv. acquis. fr. 6534
         (anciennement Perpi-
         gnan, Archives départ.)
         (Fragments).......... $P^2$
—    — Arsenal, 3340............... $A^1$
—    —    — 3342............... $A^2$
Bâle, Bibl. de l'Université et Bruxelles, Bibl.
royale (Fragments).................... $B^1$
Besançon, Archives départementales (Frag-
ments)................................ $B^3$
Bordeaux, Bibl. municipale, 674 (Fragments) $B^2$
Cheltenham (Angleterre), Bibl. Phil-
lipps, 8384............................ $C^1$
Londres, Musée britannique, Harl. 4482... $L^1$
—       —      Addit. 30873.. $L^2$
Montpellier, Bibl. de la Faculté de méde-
cine, 251 (ms. acéphale)............ $M^1$
Milan, Bibl. ambroisienne, D 55........ $M^2$
Namur, Archives provinciales (Fragment).. $N^2$
Naples, Bibl. nationale, XIII. c. 38..... N
Nevers, Archives départementales (Frag-
ment)................................ $N^1$
Rome, Vatican, Regina 1505.......... R

---

1. Ce ms. avait d'abord été désigné par la lettre *P* sans expo-
sant, sigle que nous avons assigné au ms. Nouv. acq. 6774 : c'est
par erreur que les quatre fragments dont il se compose (v. 319-43,
359-82, 399-422 et 439-63) ont été désignés par $P^1$ dans les va-
riantes de notre édition. — Les irrégularités apparentes que l'on
peut remarquer dans le choix des sigles proviennent de ce que
certains mss. n'avaient pas encore été signalés au moment de la
publication de notre premier mémoire. Voy. ci-dessus, p. II,
n. 4.

## II. — Classement des manuscrits.

Les manuscrits avaient été d'abord classés par nous de la façon suivante : $1^{re}$ famille, $1^{re}$ section, $M^2AR - A^2I - P^1P^2$ (devenus $SS^1$) $V^1V^2$ ; $2^e$ section, $FGLL^1N$ $(= x)$ ; $2^e$ famille, $1^{re}$ section, $DEHJM^1$ $(= y)$ ; $2^e$ section, $BCC^1KMW - A^1L^2$ $(= z)$. Depuis, nous avons fait les constatations suivantes :

1. La plupart des mss. fragmentaires ne sont pas inédits. *B¹* (fragment de Bâle), *N¹* et *P¹* ont été publiés par M. P. Meyer dans la *Romania*, le premier t. XVIII, p. 70 ss., les deux autres t. XIX, p. 100 ss.; *B¹* (fragment de Bruxelles) l'a été par M. Scheler, *Bibliophile Belge*, IX, 181 ss.; *B²* par M. C. Jacob, d'abord dans un Programme de Hambourg (1889), puis comme dissertation de docteur (1900); *N²* par M. Wilmotte, *Moyen-âge*, IV, 29 ss.; *S³* par M. W. List, *Zeitschrift für romanische Philologie*, X, 185 ss.; enfin 9 vers de *S²* (les seuls des 248 vers qu'il contient que nous connaissions) ont été donnés par M. Amédée Pagès, *Annales du Midi*, année 1890. De plus, trois passages de *P²* (ancien *P³*), correspondant aux vers de l'éd. Joly 7598-7626, 7857-76, 14417-40 et 25355-90, ont été publiés, dans le *Bulletin historique et philologique* du Comité des travaux historiques pour 1894 (pp. 7-14), par M. P. Meyer, qui a identifié les onze fragments dont se compose ce manuscrit. Pour d'autres détails, voy. l'*Introduction, Étude des manuscrits* (t. IV).

1° $J$ se sépare parfois de $y$ pour adopter de bonnes leçons de la 1$^{re}$ famille tout entière ou de l'une de ses deux sections, ou encore des leçons spéciales à $M^2$. Parfois aussi, il est complètement indépendant.

2° Il en est de même, mais plus rarement, de $EH$, qui de plus ont un assez grand nombre de lacunes et de leçons communes, indépendamment de $DM^1$ ou de $DJM^1$. Ils ont d'ailleurs leur indépendance propre, qui se manifeste, dans $E$ par des lacunes et des abréviations, dans $H$ par des lacunes (moins importantes que celles de $E$) et par des leçons spéciales.

3° $M$, entre les vers 11580 et 13456, appartient à la 1$^{re}$ famille; ailleurs règulièrement à la 2$^e$ famille, 2$^e$ section, où il est le plus souvent très voisin de $K$, quand il n'a pas de leçons spéciales.

4° $R$, qui est strictement de la 2$^e$ famille, 2$^e$ section pour les 3570 premiers vers, passe ensuite à la 1$^{re}$ famille, non sans revenir parfois à la 2$^e$.

5° $L$ (parfois aussi $G$) se sépare de $NF$ ($= n$) pour se joindre à la 1$^{re}$ section de la même famille.

6° $C$, d'abord apparenté à $n$, se rattache ensuite à la 2$^e$ famille, 2$^e$ section, non sans beaucoup d'indépendance dans les détails : il a d'ailleurs plusieurs lacunes importantes et est l'œuvre d'un copiste ignorant.

7° $W$ est très étroitement apparenté avec $C$.

8° $B$, à partir du v. 18854 abrège systématiquement, tantôt par suppressions, tantôt par résumés.

9° $A^2$ suit, au début, la 1$^{re}$ famille ; mais il se montre bientôt éclectique et très indépendant et, en plusieurs passages, mêle ou donne successivement les leçons des deux familles. Il est souvent très voisin de *I*, qui ne peut être utilisé qu'avec discrétion, à cause des libertés qu'il prend avec le texte, surtout lorsqu'il ne le comprend pas.

10° *A* est, au début, de la 1$^{re}$ section de la 1$^{re}$ famille, comme $M^2$; il suit généralement ce ms. dans ses hésitations entre les divers groupes, mais a assez souvent la bonne leçon dans des cas où $M^2$ offre une leçon spéciale. — $M^2$, étant le plus ancien manuscrit, demande une étude détaillée qui ne peut trouver place ici : disons seulement qu'il est souvent isolé, qu'il oscille entre les deux familles et qu'il n'a pas sur les autres mss. toute la supériorité que nous lui avions d'abord attribuée.

11° *P* appartient à la 1$^{re}$ section de la 2$^e$ famille, mais est plus particulièrement voisin de *J*.

12 $C^1SS^1V^1V^2$ sont l'œuvre de copistes ignorants et peu exacts, et n'apportent rien à la connaissance du texte original. D'ailleurs, il faut noter que $SS^1V^2$ abrègent assez souvent, surtout *S*, et sont difficiles à classer à cause des nombreuses leçons spéciales qu'ils présentent. $V^2$ est d'ailleurs contaminé.

Pour ce qui concerne les manuscrits fragmentaires, qui ont tous été utilisés, sauf $S^2$.

1° $P^2$ (anc. $P^3$) appartient à la 2$^e$ section de la 1$^{re}$ famille (*x*), sauf pour les fragments 10 et 11, où il se rattache à la 1$^{re}$ section de la 2$^e$ famille (*y*).

2° $B^1$ est strictement de la 1$^{re}$ famille, 1$^{re}$ section, dans les deux fragments de Bâle; dans celui de Bruxelles, il est plus libre et s'éloigne parfois de la 1$^{re}$ famille pour se rapprocher de *K* ou de *KM*.

3° $B^2$ et $S^3$ appartiennent à la 2ᵉ famille, 1ʳᵉ section.

4° $B^3$, proche parent de $A$, appartient comme lui, pour le premier fragment à la 1ʳᵉ famille, 2ᵉ section, et pour le second à la 2ᵉ famille, 1ʳᵉ section.

5° $N^1$ est très voisin de $N$, même pour la graphie ; il appartient donc à la 2ᵉ section de la 1ʳᵉ famille, tout comme $N^2$, qui est plus proche de $G$, et $P^1$, qui ressemble à $N$ et à $L$, autant que permettent de l'affirmer sa brièveté et l'absence de points critiques importants.

6° enfin $S^2$, autant que j'en puis juger par les 9 vers qui en ont été publiés, doit être rattaché à la 2ᵉ section de la 2ᵉ famille et est apparenté à $K$.

## III. — Variantes.

Nous donnons en entier les variantes des sept mss. $M^2EFKMM^1N$ et les variantes graphiques de $M^2$, qui figure toujours en tête [1]. Les groupes de mss. sont désignés par des minuscules choisies de façon à correspondre à la majuscule qui représente le meilleur ms. du groupe : $n = NF$, $e = EM^1$, $k = KM$. La graphie donnée dans les variantes (sauf indication contraire) est celle du ms. dont la lettre est placée en tête du groupe. Les lettres entre parenthèses placées immédia-

---

1. Nous avons remplacé dans leurs lacunes $M^2$ par $AR$ ou par $A$ ; $E$ par $H$ ($E$ est systématiquement abrégé dans le dernier quart du poème par suppression ou (plus rarement à l'aide de résumés) ; $M$ par $BC$ ou par $C$ seul, si $B$ fait défaut ($B$ résume souvent, surtout dans le dernier tiers, $C$ beaucoup plus rarement) ; $M^1$ par $D$ dans les 4,720 premiers vers, qui manquent et dans deux autres lacunes importantes.

tement après le numéro du vers, et suivies
d'un point-virgule, indiquent que dans les mss.
qu'elles désignent, la leçon du vers entier est
la même que dans le texte critique [1]. Les expres-
sions *tous les mss.*, *les autres mss.*, ne visent
naturellement que les sept mss. utilisés pour tout
le poème.

Dans les cas, très nombreux, où nous utilisons
d'autres mss. que les sept mss. principaux, nous
les désignons par les lettres correspondantes ;
cependant, pour mieux faire ressortir le classe-
ment, nous avons souvent employé les sigles
$x = FGLN$ et $y = EHM^1$, surtout ce dernier [2].

Cette notation est un peu différente de celle que
nous avions adoptée dans nos *Notes pour servir à
la classification des mss.* du Roman de Troie et
dans notre étude sur *la Langue du* Roman de Troie
(*Revue des Universités du Midi* de 1898), mais elle
ne la contredit pas et reste fidèle, au moins dans
ses grandes lignes, à notre classement provisoire [3].

---

1. Nous plaçons de même parfois entre parenthèses, en les
faisant précéder des lettres des mss. qui les donnent tels quels,
les mots du texte critique auxquels se rapportent les variantes ;
mais alors la parenthèse est suivie d'une virgule, signe qui nous
sert à séparer les diverses variantes d'un même mot (ou groupe
de mots).

2. Nous avons retiré $L^1$ du groupe $x$ et $D$ du groupe $y$, parce
que nos extraits de $L^1$ étaient peu importants, et que $D$, étant
très étroitement apparenté avec $M^1$, il était inutile de le collation-
ner complètement.

3. Les chiffres en italiques placés à droite du texte critique
sont ceux de l'édition Joly, que nous avons cru devoir reproduire
pour faciliter les recherches.

# ROMAN DE TROIE

### PROLOGUE

Salemon nos enseigne e dit,
E sil list om en son escrit,
Que nus ne deit son sen celer,
Ainz le deit om si demostrer
5  Que l'om i ait pro e honor,
Qu'ensi firent li ancessor.
Se cil qui troverent les parz
E les granz livres des set arz,

1-4700 *manquent à M¹; e = DE;* 1-114 *m. à M — Pour les v.*
1-116 *ABCHJ sont utilisés; R l'est pour les v.* 1-6900 *(sauf pour
les détails)* — 1 *F* Salamons, *C* Salomon, *M³BJKNR* Salemons —
2 (E sil *correction*), *BER* E sel, *M³CDK* E si, *F* Si le; *R* liç an,
*M³A* lit hon, *K* lit len, *N* list enz, *FRe* trouons — 3 *R* nen d. ;
*M³BD* sens — 4 *R* lon, *K* len, *M³* hon (*forme ordinaire dans ce
ms., quelquefois* on); *R* mostrer (*v. f.*); *eBK* doit ensi (*D* ainsint,
*K* len si) d.; *nC* Ancoiz (*F* En anz) lo doit si d. — 5 *F* Qe ian
ioie pros; *BC* Qe il i ait (*C* nait); *M³* hon, *R* lon, *EN* lan, *DK*
len, *H* on; *M³AK* prou, *BCN* preu, *F* pros (*R* pro) — 6 *m. à
H; A* Ainsi, *BCKRe* Car si; *M³* anceisor, *J* li encesor; *Cen* nostre
a. — 7 *F* qi entendent — 8 *FR* de set.

Des philosophes les traitiez,
10      Dont toz li monz est enseigniez,              *10*
Se fussent teü, veirement
Vesquist li siegles folement :
Come bestes eüssons vie ;
Que fust saveirs ne que folie
15      Ne seüssons sol esguarder,                    *15*
Ne l'un de l'autre desevrer.
Remembré seront a toz tens
E coneü par lor granz sens,
Quar sciënce que est teüe
20      Est tost obliëe e perdue.                     *20*
Qui set e n'enseigne o ne dit
Ne puet muër ne s'entroblit ;
E sciënce qu'est bien oïe
Germe e florist e frutefie.
25      Qui vueut saveir e qui entent,                *25*
Sacheiz de mieuz l'en est sovent.

9-10 *m. à An* — 9 *Re* Les p. ; *e* Les esamples e les t. —
10 *D* Par qui ; *e* Dom t. le monde — 11 *BJRy* Sil ; *CNR* tau ;
*R* verament — 12 *N* Alast ; *M²DK* siecles ; *C* le siecle ; *M²* Li
s. v. ; *Je* foiblement, *CF* malement — 13 *N* aussiens, *F* ausiens,
*C* ausi ens, *R* aussent, *BJKy* eussent — 14 *N* ou que f., *D* ne
quest f. — 15 *A* Com ; *N* saussiens, *C* sausens, *F* saussent,
*D* seussent, *M²ABEHJR* seust on (*A* en, *E* an, *J* len) ; *JNe* f. les-
garder, *M²* fors e., *H* f. agarder, *F* qel e., *B* fol e., *C* cum els
escarder — 16 *C* ne lautre ; *Cen* deuiser — 17 *A* Ram. ; *C* tot — 18
*F* por ; *C* son gran, *BK* lor grant — 19 *BCN* Car s., *AF* Que s., *KR*
Et s. ; *M²JE* Escience (*ces mss., sauf M²C, n'ont pas e pour la con-*
*jonction et*), *H* Mais s. ; qui *tous les mss. ; de même le plus souvent*
*pour le fém., sauf indication contraire*) ; *CRn* taue — 20 *CFK*
tote — 21 *A* e e. ; *BEK* et ne dit (*M²ADR* o ne d.) ; *Cn* e (*F* qi)
ne lanseigne e (*N* ou) dit — 22 *M²BKR* p. estre ; *C* ne antroblit —
23 *Kn* Et science, *M²CJe* E s. (*ces mss., sauf M²C, n'ont pas e pour*
*la conjonction et*) ; *CJKen* qui est o., *M²* quist b. o. ; *ABHR* S. qui
est b. o. — 24 *M²* flurist, *D* flourit ; *C* semence ; *M²E* fruct., *KR*
fructifie, *F* multiplie — 25 *A* Q. s. a et qui sentent ; *C* atant — 26
*ACKRn* que miex (*F* molt) ; *B* Soie le bñ et si laprent.

De bien ne puet nus trop oïr
Ne trop saveir ne retenir ;
Ne nus ne se deit atargier
30      De bien faire ne d'enseignier ;                    *30*
E qui plus set, e plus deit faire :
De ço ne se deit nus retraire.
E por ço me vueil travaillier
En une estoire comencier,
35      Que de latin, ou jo la truis,                       *35*
Se j'ai le sen e se jo puis,
La voudrai si en romanz metre
Que cil qui n'entendent la letre
Se puissent deduire el romanz :
40      Mout est l'estoire riche e granz                    *40*
E de grant uevre et de grant fait.
En maint sen avra l'om retrait,
Saveir com Troie fu perie,
Mais la verté est poi oïe.
45         Omers, qui fu clers merveillos                   *45*
E sages e esciëntos,

---

27 *C* Del, *A* Ne ; *C* nen pouet ; *AC n* len t. — 28 *F* receuoir — 29 *C*
Nus bom ne ; *en* atardier, *K* atarrier, *C* atarder, *A* ia targier — 31 *B*
et miex, *n C* plus an ; *A* Et cil q. p. s. d. p. f. — 32 *C* Ne de ce ne se
d. r. — 33 *Ne* traueillier, *B*-illier, *R*-ilier — 34 *KR* Et, *n* A ; *C* Dune
e. enconmencier — 35 *N* Qui ; *n* E del ; *BF* le tr., *A* lai mis — 36 *DR*
ou se ; *K* jo (ordin*t* gie) ; *B* et ie le p. ; *F* Se ie ai le san et ie p. — 37
*C* La uoudroie si a romans m. ; *F* en roman — 38 *n* nantandra, *C*
antendra, *M²* nentendront, *BK* entendent ; *E* a l. — 39 *N* Se puist
delitier, *F* D. se puisse, *A* Puissent deliter, *C* Ne puisse doter ;
*EK* al r., *F* en r., *D* es r. — 40 *F* bone et g., *R* et r. et g. —
41 *M²BCKRn* ovre, *D* euure, *E* oeure ; *F* granz f. ; *C* De g. o.
et ; *BKRe* Et g. o. i a et g. f. (*K* faiz) — 42 *M²* lue, *DK* leu, *CEN*
san, *F* sans, *B* sens ; *M²* laura hon ; *K* retraiz — 43 *R* ca t. — 44
*M²AKe* Mes (*graphie constante dans M²*), *C* Ses ; *M ²CKNRe*
uertez, *F* veritez (*v. f.*) ; *AN* pou, *E* po, *D* si — 45 *E* Homers, *A*
Amers ; *N* qui c. fu, *C* li c. fu, *F* fu uns c., *B* qui est c. — 46
*M²BKR* Des plus sachanz ce trouons nos ; *C* ensiantos.

Escrist de la destrucion,
Del grant siege e de l'acheison
Por quei Troie fu desertee,
50    Que onc puis ne fu rabitee.                    5o
Mais ne dist pas sis livres veir,
Quar bien savons senz nul espeir
Qu'il ne fu puis de cent anz nez
Que li granz oz fu assemblez :
55    N'est merveille s'il i faillit,                55
Quar onc n'i fu ne rien n'en vit.
Quant il en ot son livre fait
E a Athenes l'ot retrait,
Si ot estrange contençon :
60    Dampner le voustrent par reison,              6o
Por ço qu'ot fait les damedeus
Combatre o les homes charneus.

47 *BDK* Escrit, *F* Et scrit, *C* Si scrist ; *M²* destruction, *F* des-
truzions, *C* destrucions, *D* destruicion — 48 e *manque à nC* ; *M²*
lachoison, *EK* lacheson, *D* lachoison, *HN* lacoison, *B* locoison,
*R* la coison, *F* la roisons, *J* la traison, *C* locisions — 49 *F* Por
qoi ; *C* deseritee, *F* deseretee — 5o (*J* Que) ; *F* Conqes ; *CK*
ainc, *B* ains, *J* anc, *EN* ainz ; *CDF* habitee, *EN* ab., *B* rireter,
*A* adreciee — 51-2 *G* Mais ses liures quanquil avint Ne dist pas
tout car il prent fin, *puis les v. 71 sqq.* — 51 *C* Ou ; *CFKy* dit ;
*M²* se, *BCRen* ses — 52 *m. à C* ; *n* de fi (*F* fiz) por voir ; *M²* sens,
*BKR* sans, *y* sanz ; *M²* nuil (*forme constante*) — 53-4 *A* nee :
assemblee — 53 *A* Quel ; *R* plus ; *C* Qe p. c. a. ne fu il n. — 54
*CFR* grant (*C* grand) ost ; *M²* osz, *D* olz — 55 (*A*) ; *n* i faili, *C* a
failli, *B* faille i fist, *I* faus en dit ; *A²* se uoir nen dit ; *A¹* Il li
faut bien an son escrit, *yJ* Il i faut sin (*J* sien, *E* san) somes parfit
(*H* tot fit) — 56 *M²KR* Qui, *I* Ki, *nA²B* Car, *C* Kar ; *M²* unc, *BI*
ainc, *FR* anc, *N* ainz, *C* onques ; *A¹e* Conques ; *ADJ* riens, *B*
ainc ; *K* ne v., *AA²* ni v. ; *nC* uerite (*C* -es) nen (*C* ni) oi — 57
*F* il auoit — 58 *e* E en a., *C* As anciens il ; *BCKR* fu r. — 59 *F*
Si i ot — 6o *R* Danner, *F* Dagnier ; *ER* vostrent, *F* volsent, *B*
volrent, *DN* voldrent ; *C* Damne leusent por ; *D* reson, *M²BFKR*
raison — 61 *B* cou (*les autres mss.* ce, *k ordinᵗ* co ; *de même
partout, sauf indication contraire* ; *F* damerdex, *D* dambedex,
*K* daml., *CR* damn.,(*M²BEN* dam.) — 62 *D* dames c. ; *M²KRe*
charnex, *B* carneus, *C*-ex, *n* mortex.

Tenu li fu a desverie
E a merveillose folie                                   *64*
65      Que les deus come homes humains
Faiseit combatre as Troïains,
E les deuesses ensement
Faiscit combatre avuec la gent;
E quant son livre reciterent,                     *65*
70      Plusor por ço le refuserent.
Mais tant fu Omers de grant pris
E tant fist puis, si com jo truis,
Que sis livres fu receüz
E en autorité tenuz.                                   *70*
75          Après lonc tens que ç'ot esté,
Que Rome ot ja piece duré,
El tens Saluste le vaillant,
Que l'on teneit si a poissant,
A riche, a pro de haut parage                    *75*

63-4 *m. à E —* 63 *BE* deruerie — 65-6 *m. à EK —* 65 *D*
Qui, *AH* Car; *R* Que es; *M²C* cum (*forme constante*), *D*9; *BFR*
as h. — 66 *Jy* troiens — 67-8 *m. à BFHKN —* 67 *EJ* deesses,
*CR* deeses, *A* dieuesses; *C* eisemant, *R* ausiment, *J* ansiment —
68 *E* auoec, *R* auoc, *Dauec, M²* ouoc, *C* ouec, *A* a— 69 (*H*); *BEJ*
receterent, *F* recercherent, *K* retrouerent, *R* retirerent — 70 (*HJ*);
*D* Pour ce p.; *B* len r., *A* le reciterent, *R* len refuiderent; *N* Por
ce se lo li r., *F* Por ice si lo r., *C* Tot por ce lo r. — 71 *ERn*
Homers — 72 *F* Qe t.; *B* t. poissans; *nCR* ie lis; *A* Et f. t. si
com iai apris — 73 *M²CK* sis, *les autres mss.* ses (*de même par-
tout, sauf avis contr.*) — 74 *BEK* auctorite, *C* autoritez; *F* Et a
tollete retenuz — 75 *B* lons tens, *CN* auint, *F* iuint; *nC* quant;
*R* ço ot, *F* ce ot, *C* ot, *G* sost, *D* sot — 76 *G* roume, *K* troie; *D* ot
grant, *n* auoit, *G* ot; *C* Et a r. p. d., *E* Que ie uos ai dit et conte;
*R* adure — 77 *CF* Au tans; *F* salustius, *HK* saluiste — 78 *C* a
si p.; *e* Quen tint a sage et a p., *ABKR* Qui tant fu sages et
p.; *DFR* puisant, *ACEN* puissant; *M²* Qui sens ot et proece
grant — 79 *F* et prous, *N* a preu; *D* A pro et mout, *E* A preu
et ml't, *C* A p. en ca, *AB* Riches et preus, *R* Et riches et proz,
*M*' R. iert e; *C* e daut p., *R* de alt parages.

80　　E a clerc merveillos e sage,
　　　Cil Salustes, ço truis lisant,
　　　Ot un nevo fortment sachant :
　　　Cornelius ert apelez,
　　　De letres sages e fondez.　　　　　　*80*

85　　De lui esteit mout grant parole :
　　　A Athenes teneit escole.
　　　Un jor quereit en un aumaire
　　　Por traire livres de gramaire :
　　　Tant i a quis e reversé　　　　　　　*85*

90　　Qu'entre les autres a trové
　　　L'estoire que Daire ot escrite,
　　　En greque langue faite e dite.
　　　Icist Daires dont ci oëz
　　　Fu de Troie norriz e nez ;　　　　　　*90*

95　　Dedenz esteit, onc n'en eissi
　　　Desci que l'oz s'en departi ;
　　　Mainte proëce i fist de sei
　　　E a asaut e a tornei.

---

80 *A* C. i ot, *F* Et a clers; *BCR* Et clers merueillosement
(*R* merueillosment, *C* meraueillos e) sage (*R* sages); e estran-
gement s.; *M²* Sot en lui c. mout fortment s. — 81 *CDKN* Cist;
*N* salutes, *F* salustius, *HK* saluistes — 82 *N* auques s., *F* pros
e uailant — 83 *CW* Cornellus, *F* Cornelcus, *H* Corincus; *BER*
fu a., *F* estoit a. — 85-6 *intervertis dans* n*CW* — 86 e En a. —
87 e*BKR* gardoit, *H* garda; *CW* a un; *N* une;
*BKRn* armaire, *M²J* almaire (*CW* aum.) — 88 *BJKRy* un
liure — 89 *CW* i ot; n tribole, *G* triboule — 91-2 *interv.*
*dans F* — 91 *F* Leystorie; *BCFJRW* daires; *B* ot dite, *W* ot
scritte, *C* ote scrit — 92 *M²* grecque, *B* greue, *R* grege; *B*
fait escripte, *D* fete esdite; *CW* Et en lengue greçoise dite —
93 *CKR* Cist, *B* Cis, n*y* Cil; *E* don, *BDKR* que; *BKNRy*
uos ci o. (*v. f.*) — 94 *N* a t., *FC* en t. — 95 *F* De
dainz, *C* De deuez; *M²* unc, *CF* anc, *R* hanc, *E* ainz, *B* ains;
*M²BCKNRe* issi, *F* einssi — 96 *B* Dessi, *K* Desi, *M²* De ci,
*Cen* Deuant; *CDn* lost, *B* los, *M²* losz; *C* ne sen parti — 98 n
Et en a. et en t., *BR* Et a (*B* as) asauz et a t., *C* Et an stor et
an t.: *K* essalt.

En lui aveit clerc merveillos                    *95*
100  E des set arz esciëntos :
Por ço qu'il vit si grant l'afaire
Que ainz ne puis ne fu nus maire,
Si voust les faiz metre en memoire :
En grezeis en escrist l'estoire.                    *100*
105  Chascun jor ensi l'escriveit
Come il o ses ieuz le veeit.
Tot quant qu'il faiseient le jor
O en bataille o en estor,
Tot escriveit la nuit après                    *105*
110  Icist que je vos di Darès :
Onc por amor ne s'en voust taire
De la verté dire e retraire.
Por ço, s'il ert des Troïens,
Ne s'en pendié plus vers les suens,                    *110*
115  Ne mais que vers les Grezeis fist :
De l'estoire le veir escrist.
Lonc tens fu sis livres perduz,
Qu'il ne fu trovez ne veüz ;

99 K clers ; *M²* merueillous — 100 *CF* de ; *F* enscientos — 1 *BK*
si g. vit ; *C* g. afaire — 2 *R* Qui, *BDF* Ne ; *BR* ainc, *F* anc ; *C* Che
puis nen vit hom m. — 3 *J* Sil ; *NRe* vost, *JK* volt, *F* voult, *BH*
uaut ; *BJ* le fait ; *C* Si uousist li afere ; *nC* metre en escrit — 4 *K*
En romanz ; *D* en escrit, *R* enscrit ; *nC* la traitie (*C* troue) e dit —
5 *K* issi, *C* ausi, *D* ainsint ; *B* lescrisoit — 6 *nBCR* a ses ; *N* iauz,
*E* ialz, *KR* ielz, *B* eus, *CD* eulz, *M²F* oilz ; *R* les v. — 7 *K* q.
il, *Cn* ce quil — 8 *en* Et (*D* Fust) en b. et en, *C* En b. et an —
9 *BC* le ior a. — 10 *FK* Et cist, *ɣ* Icil, *B* Icis, *C* Ici ; *F* qe uos
(*v. f.*) ; *CFR* daires — 11 *BFHJ* Ainc, *C* Anc, *ER* Ainz ; *K* Unc
par ; *H* por̄ home ; *BER* se ; *ER* uost, *BDKN* uolt, *F* ueut — 12
*nC* De (*F* Se) uerite d. et r. — 13 *B* cou ; *nCK* quil, *BRe* sil ;
*BKRɣ* fu ; *F* nez des t. ; *C* troians — 14 *en BCKR* Ne se ; *M²BCDR*
pendi, *F* pendoit, *E* tint plus ; *EF* de uers ; *BKNe* siens —
15 *nBCDK* Ne plus ; *R* quan uers ; *K* les altres ; *C* que deuers g.
f. ; *E* Ne que d. les g. f. — 16 *F* le ystoire, *C* listorie ; *F* enscrit,
*D* escrit — 17 *C* Lons — 18 *M²* Qui ; *C* Que de lons tens ne
fu u.

Mais a Athenes le trova                          *115*
120   Cornelius, quil translata :
      De greu le torna en latin
      Par son sen e par son engin.
      Mout en devons mieuz celui creire
      E plus tenir s'estoire a veire             *120*
125   Que celui qui puis ne fu nez
      De cent anz o de plus assez,
      Qui rien n'en sot, içо savon,
      Se par oïr le dire non.

      Ceste estoire n'est pas usee,              *125*
130   N'en guaires lieus nen est trovee :
      Ja retraite ne fust ancore,
      Mais Beneeiz de Sainte More
      L'a contrové e fait e dit
      E o sa main les moz escrit,                *130*
135   Ensi tailliez, ensi curez,
      Ensi asis, ensi posez,
      Que plus ne meins n'i a mestier.

119 *M²* Mes a, *BCK* Cil qua, *eFMR* C. qui a (*E* en)
(*v. trop long*); *CN* C. qui a.; *C* atenes; *C* la porta — 20
*M* qui le (*v. f.*), *E* quel; *CDFK* C. le t. — 21-2 *interv. dans C*
— 21 *M²* grec, *K* grieu; *R* la t. — 22 *M²CDM* sens; *M* s. par —
24 *M* Et t. p.; *F* la ystoire, *M²R* lestoire; *eK* Et sestoire (*K*
lest.) t. — 25 *D* Qua; *M²* que, *F* qe; *R* plus — 26 *Kn* et de —
27 *Kn* que; *M* et ce, *R* et cen, *M²e* ice, *n* bien le — 28 *F* por;
*K* o. d. le n. — 29 *M* Seste hystoire — 30 *N* lous, *H* lius, *M²*
lues, *EFRk* leus, *D* lex, *J* leu; *F* nest t.; *EN* Ne an g. l. nest t.
— 31 *R* nen; *M²* unquore, *K* unqore, (*EF* ancore), *MN* enc., *R*
ench. — 32 *A* beneoit, *en* -oiz, *R* -ois, *M* benoit — 33 *M²n* conti-
nue, *EJ* controuee, *K* conceue, *H* tranlate, *A* conmence; *En* et
faite (*N* fait) et dite, *B* et fait lescrit; *C* La retreite faite e dite —
34 *ACMen* a, (*M²JR* o); *nCM* ses mains; *nC* la tote, *E* trestore;
*CEN* escrite — 35 *EHJRk* Et si.... et si, *M²* Ensi... e si; *EN*
tailliee... curee; *F* E. tailee e. ouree; *H* olures; *D* Si les a tail-
liez et c. — 36 *JNRk* Et si... et si, *M²* E si... e si; (*M²DJMR*
asis), *N* asisse, *F* assise, *E* asise; *nE* posee — 37 *M²M*meinz,
*DFJ* mains, *NR* moins; *DJ* Q. m, ne p.

Ci vueil l'estoire comencier :
Le latin sivrai e la letre,                          *135*
140   Nule autre rien n'i voudrai metre,
S'ensi non com jol truis escrit.
Ne di mie qu'aucun bon dit
N'i mete, se faire le sai,
Mais la matire en ensivrai.                          *140*

RÉSUMÉ DU POÈME

145   Dirai vos donc e a bries moz
De queus faiz iert li livres toz
E de quei i voudrai traitier.
Sempres ici al comencier
Vos parlerai de Peleüs,                              *145*
150   Qui bien vesqui cent anz e plus.
Gente femme ot, dame Thetis :
Ensi ot non, ço m'est avis.
D'icez dous fu Achillès nez,
Qui mout fu proz e renomez.                          *150*

---

138 *JM*Cil, *D* Si ; *n* Viaut ci, *F* Veult ci — 39-40 *interv. dans M*
— 39 *B* saurai, *N* surrai, *R* segrai, *M* orrez — 40 *J* nil u ; *M* Nulle
a. ni, *D* Nul a. nen i, *n* Ne plus ne moins ni (*F* ne) — 41 *N* sen-
sins ; *M*²*KN* iel, *EFMR*ie ; *DJ* Se ainsint (*J* ensin) non con t. e.
— 42 *KR*buen, *DM*bien — 44 *F* materie, *E* matere, *k* matiere, *J*
mestrie ; *F* m. en siurai, *N* m. gensurrai ; *R* li maistre en segray,
*D* la uerte uous en dire, *H* la uerite en dirai — 45 *F* D. donc uos,
*A* Dire v. vueil (Dirai u. donc *est dans* y*CJN*), *M*²*BKR* Dire u.
dei ; *C* tot a breu m., *R* a bries m. ; *M* Sire uous di donc a b. m. ;
*M*² a m. deliures — 46 *AJK* De quel (*J* quex) fait, *C* De queus
geus ; *BR* ert, *CJ* est ; *n* De qex (*F* ques) est faiz, *E* De coi fu
fez ; *A* li l. est toz ; *M*² essera li liures — 47 *HJ* ie u., *D* gi u.,
*BEN*k il uoudra, — 48 m. à *F* ; *J* icil — 49 *CF* Pelleus — 50
*BCFM* Que ; *N* vesquie — 51 *M*² tetis — 52 *DK* Einsint — 53
*M*² Dicesz, *D* Dices, *nBE* De ces, *K* De cels ; *C* De ceus fu ; *B*
acilles (*f. constante*), *DF* achiles — 54 *n*C*Qui (*CQe*) tant ; *M*²
prous, *k* prouz.

155    Adonc vos redirai après
       Coment Jason e Herculès,
       Par engin e par traïson,
       Alerent querre la Toison;
       Com Medea par son saveir                    *155*
160    La lor fist conquerre e aveir.
       Puis dirai par quel acheison
       Il craventerent Ylion
       E tote Troie, en iceus anz
       Que ancor n'esteit guaires granz;            *160*
165    Com Laomedon fu ocis,
       Qui reis e sire ert del païs.
       Si orreiz com faitierement,
       Après icest destruiement,
       La refonda Prianz li reis,                   *165*
170    Qui mout fu sages e corteis;
       Com el fu grant, com el fu lee
       Et de quel gent el fu poplee;
       Com li conseil furent puis pris
       A dant Hector e a Paris                      *170*
175    De querre Esiona lor ante;

155 (*C*); *M²* Adoncs, *E* Et puis, *K* Et si, *D* Lores; *F* uos
dirai; *M* Donc u. d. — 57-8 *interv. dans CE* — 57 *C* Per angin
e por; *F* por t. — 58 *K* toeson — 59 *C* Qe; *F* por (*presque par-
tout pour* par) — 60 *C* Lor f.; *F* enquere, *N* anquerre — 61 *Nk*
quele; *M²K* achaison, *MN* acoison, *F* ocaison, *yJ* traison — 62
*E* abatirent, *R* crauantarent, *F* creuent. — 63-4 *interv. dans M* —
63 *N* a icez, *e* an ices, *K* en icels, *M* en ycelz, *F* en .c. — 64 *F*
Qancore, *K* Qui adonc; *M²EM* encor; *D* Q. nert encore g. g.; *M*
grant — 65 *F* laum. — 66 *Kn* sire et r. e., *M* estoit s. — 67 *KR*
Donc; *M²DM* orrez, *F* oirez (*f. constante*); *KR* faïter.; *enM* Et puis
(*E* P. si, *D* Lors si, *M* Apres) o. com faitement — 68 *M²RK* icel,
*D* cestui — 69 *M²BK* refunda; *yJ* li r. P. — 70 *M²* saiues; *M* s. fu et
c.; *DHJ* et vaillanz, *E* et puissanz, *B* Q. s. fu et preus des lois — 72
*eFR* et c. fu l., *M* et c. el fu l. — 72 *M²*Ne; *DM* quiex genz, *E*
quex g., *F* qiel g.; *DR* estoit; *K* fondee — 73 *AD* Et li, *M* Lour
li — 74 *M²E* dan, *F* don, *N* den; *K* O dans h. et o p. — 75 *E*
essiona, *H* esyona, *JHesiona, FK* ysiona. *N* ysionem, *D* esyonain;
*M²* lur (*f. constante*); *E* tante, *J* honte, *R* onte. *F* crite.

Come Antenor, le riche cante,
L'ala en Grece demander.
Après orreiz dire e conter
Com danz Paris en espleita,                    *175*
180   Qui dame Heleine en amena,
E com li temples fu brisiez,
Ou mil homes ot detrenchiez;
Les noces e l'assemblement,
Cui comparerent mainte gent.                    *180*
185      Après orreiz les prophecies,
Que pas ne voustrent estre oïes
Ne creües ne tant ne quant,
Dont puis mesavint a Priant;
Qu'Agamennon e Menelaus,                    *185*
190   E Telamon e Aïaus,
Palamedès e Ulixès,
Li dus d'Athene e Achillès,

176 *F* Se; *BEHn* anth., *DK* anthenors; e li riches, *JK*li riche,
*B* lor rice; *ABJR* conte, *K* chante; *nCM* qui (*Cqe*) ne se (*C*
sen) uante, *M²* par lur craante, *H*chiere ioiante — 179 *M²M* dan
— 80 *n* Qe; *M* Qui elaine; *M²*helene, *D* helainne, *E* elene,
*MN* elaine, *F* helaine — 81 *M²*brisez, *F* robez — 82 *n* Ou .ij.
mile h. ot tranchiez; *M²*detranchez, e -iez — 83 *M²* les ioste-
menz, *EHJKR* laiostement — 84 *M²* Qui, *n*Qi; *K* Que conpara
puis; *M²* maintes genz; *M* Que comperent maintenant — 86
*nC* Qe; pas *m. à C; EF* uostrent, *K* uoldrent, *M²M* uou-
drent, *N* uoltrent, *D* porent — 87 *C* ni t. ni q. — 88 (*H*); *E* Don p.,
*C* Dun p., *J* Donc p.; *n* Por ce, *M* Por mce (*sic*); *M²* Par ire uint
puis mals p.; *ABK* Por ço fu p. destruit (*B*-is) p. (*K*priam) — 89
(*AB*); *K* Quant gamennon, *C* Qui agamenon; *C* et aias, *n* et ayax —
90 *Cn* Et thelamon et menelax (*C* -alas, *F* -alax); *M²ABJky* Pala-
medes et aiax (*M²* e aiaus) — 91-2 *m. à H et sont interv. dans A* —
91 *M²ABCDJk* E thelamon, *E* Et thelamons, *F* Palamides; *D*
hulices, *E* -ses (*il faut p-ê. corriger* Diomedès e Ulixès, *en suppo-
sant les v.* 191-2 *intervertis et* 191 *retourné dans M*) — 92 *M²*
dux, *A* rois; *CDF* dathenes (*v. f.*), *B* dataine; *F* achiles; *M*... il
dyomedes (*le début de çe vers et des six suivants a disparu*).

E cent riche rei e preisié
Vindrent sor Troïens irié        *190*
195    Par mer o navei grant e fier :
Onc mais tant riche chevalier
Ne furent josté ainz ne puis,
Ensi com j'en l'estoire truis.
Le nombre orreiz de la navie        *195*
200    E coment el fu establie ;
Les façons e les contenances,
Les mors, les teches, les semblances
Des reis, des princes, des danzeles
E des dames e des puceles.        *200*
205    S'orreiz parler d'un grant concire
E al quel om livra l'empire
E la seignorie de toz;
E com danz Achillès li proz
Ala en Delfon al respons,        *205*
210    La ou il vit les visions ;
E com Calcas o lui s'en vint,

193 *M²* rei r., *y* roi r. home et p. (*H* h. p.); *DJ* roi et r.; *éd.* Et c. riche et p. (*v. f.*), *n* Criche r. et p.; *BEJMn* prisie — 94 *E* troyens — 95 *BHJa* (*Bo*) nauoi; *EK* o (*Ea*) nauie molt fier, *Dn* o (*Na, Fe*) nage grant et f. — 96 *C* Anc., *nE* Ainz, *M²* Ainc; *K* Unques t.; *C* si r. — 97 *K* Ne josterent ne a., *MR* Ne fu ioste (*cette partie a disparu dans M*) nauant; *e* Ne f. en auant ne p.; *nC* J. ne f. ce mest uis (*C* auis) — 98 *D* Ainsint, *N* Ensins; *M²CMn* c. ie, *E* c. an; *nCM* el liure lis (*FM* truis); *K* Si com gen lest. le t. — 200 *Bk* fu si, *C* bien fu; *n* C. ele fu — 1 *F* Les saizons; *BCek* Et les f. les (*C* e); *C* les semblances — 2 *M* teices, *B* testes; *CN* Les afaires et, *F* Les faitures et — 3 *C* Des dux, *N* De rois; *nC* des (*N* de) contes; *N* dẹ d.; *C* pulcelles *B* danseles, *En* donz. — 4 *C* dançelles, *F* pulcelles. — 5 *C* conter; *e* Et si o.; *BDk* del, *C* de, *E* le — 6 *BEHJK* fu livre (*BK* liurez); *D* As quiex il liurerent, *nC* Al quel (*C* As ques) il ont liure — 8 *DM* dant — 9 *KR* el, *M* au; *C* delfo, *F* denfon, (*N* delfon), *AR* delfos, *K* defeis, *M* deffois; *M²* sor desfens; *M²e* as r.; *C* Ala del son a repons — 10 *CN* Comment il uit, *M* Et com il uit; *F* Et coment les — 11 *nC* Coment c.; *e* Com c. ouec (*E* auoec) lui; *K* o li.

Qui dist puis quant qu'il lor avint ;
E come Agamennon li reis
Sacrefia veant Grezeis                    210
215 Por l'orage faire cesser
Qui lor toleit mer a passer.
Après orreiz de Tenedon
Coment fu pris e coment non ;
L'eirre que fist danz Achillès            215
220 E Telephus, fiz Herculès,
Sor ceus de Mese, qu'il venquirent,
E coment il se combatirent ;
Com Telephus ot le païs,
Quant reis Teütrans fu ocis.              220
225 Puis vos dirai come Ulixès
E sis compainz Diomedès
Alerent porter le message
E requerre dreit de l'outrage
Qui en Grece aveit esté faiz,             225
230 E les rampoignes e les laiz
Qu'il oïrent que dit lor fu,
E quant qu'il i ot respondu ;
E com Palamedès revint,

212 D Quil; n Qui p. lor d. q. quil a.; D quanqe; K aduint; E
coment p. l. a. — 13 M² (cum, les autres com, con (de même
partout); M²DFM agamenon — 14 F Sacrifia; M uoiant, M²
ueiant, nD deuant — 15 M² lor rage, D leur ache; M passer
— 16 C passer la mer — 17 n Asez; MNe thenedon — 18 M²
Com il — 19 M² Lerre, E Loirre, DFM Loure, N Leuure; K
Lire quen — 20 M²EKn Thelefus, D Thelephus; M² e ercules
— 21 nM Sorroiz (F Si oirez) de m., eknR messe, D meuse
— 22 M Et com — 23 EKN thelefus, DM thelephus, F thelafus
— 24 A theutrans, D tentrax, M²F teucer, KN theucer,
M themer, R themars — 25 n P. conterai; D hulices, E -ses
— 26 DMN dyom. — 28 M Por, K A; E Et requistrent; F ou-
rage — 29 C Que en g. ot este; CK fait — 30 k rampognes,
M²EN -ones, F-oines, D -osnes; K le lait; C Et la raporte et le
plait — 31 M²D qui dit, F et qe d. — 32 F Et q. il — 33 n
Coment p. (F palamides) i uint.

Cil qui l'empire ot puis e tint. *230*

235   Après orreiz com faitement
Josterent Greu lor parlement,
Com li conseil furent doné
D'aler aseeir la cité ;
S'orreiz des riches reis parler, *235*
240   E l'un après l'autre nomer,
Qui la vindrent vers Greus guarnir
E les batailles maintenir ;
Com les nes furent establies,
La grant estoire e les navies ; *240*
245   Coment Proteselaus li proz
Corut o cent nes avant toz ;
Com li autre vindrent après
O cent mil chevaliers e mais ;
Des Troïens, quis recoillirent *245*
250   E qui les porz lor defendirent ;
Com par force e par estoveir
S'i logierent sempres le seir.
S'orreiz com Troie fu asise.
Que de dis anz ne fu puis prise, *250*
255   E la merveille e la dolor,
La bataille e le fier estor

---

234 *nD* Qui l. ot — 36 *nD* un p. — 38 *M²* asseeir, *DM* -eoir,
*K* assoer, *n* asallir — 39 *F* Si oirez ; *n* les r. r., *D* de r. r. ;
*R* Si oiroiz (*corr. de* Sorroiz) des rois p.— 40 *M²JKy* auant lautre
— 41 *C* Cum couuint les g. g. — 44 *M²E* granz ; *D* des n., *M* et li
nauiez ; *A* Les estoires et les n. — 45 *A* prothezalaus, *EN* -ax, *D*
-salax, *M* -xelax — 46 *K* Coreit, *M* Comment ; *nE* a c., *D* o ses ;
*N* neis ; *e* deuant, *n* uoiant, *M* naiant — 47 *M²AKRe* les
autres — 48 (*ABR*) ; *n* A c., *M²* Cum c. ; *M* Et tous m. c. esmez
— 49 *ADe* ; *Ae* troyens ; *D* ques, *E* q¹ es, *nK* quil, *CR* qui, *M²B*
les ; *B* recoilent — 50 *F* Qi lor ; *nR* lor p. ; *D* porroz d. — 51 *FJ*
por f. et por — 52 *H* Cil, *M²Aekn* Se, (*JR* Si) ; *M²* logerent, *F*
longerent, *H* siglerent ; *C* le greu ce s., *n* grezois le s. — 53 *R* Si
oirez (*corr. de* Sorrez ; *de même plus loin*) — 54 (*C* Que) ; *B* pas p.
— 55 *F* La m. — 56 *K* lor f. ; *n* sage antor.

Ou Hector ocist Patroclus  
E bien mil chevaliers e plus;  
E s'orrez come il fu navrez                    255  
260   E chierement puis comparez;  
E com fu morz Cassibilant,  
Qui sis frere ert e fiz Priant,  
E com sor Greus tornast li maus,  
Ne fust Telamon Aïaus,                    260  
265   Qui a Hector se combateit,  
Quant l'uns l'autre ne conoisseit.  
S'orreiz des triues qu'il requistrent,  
Qu'il s'entredonerent e pristrent;  
Le duel qu'Achillès demena                    265  
270   De Patroclus que trop ama;  
Com Cassandra, la fille al rei,  
Remist ceus dedenz en esfrei  
Par ses parfonz devinemenz  
E par ses prophetizemenz.                    270  
275     Adonc vos redirai après  
Com faitement Palamedès  
Fu plaignanz de la seignorie,  
De la princé, de la maistrie  
Qu'Agamennon ot sor Grezeis                    275  

257 *F* Com h.; *F* partoclus, *R* patroculus — 58 *E* Veant —
59 *K* Et orreiz, *R E* oiroiz, *M* Et sauroiz, *M²* E saueir — 61 *M²*
cassibelant, *D* carsibilant, *n* -anz, *EK* cassibalan, *M* cassibilan
— 62 *D* freres (*v. f.*); *M²* filz iert et nies p.— 63 *n* Com s. g. torna
— 64 *Dkn* thelamon, *E* -ons, *F* thelemon — 66 *C* E luns ne
lautre (*v. f.*); *CF* conosoit; *K* Q. li uns l. c. — 67 *CF* Si oirez (*C*
oroiz), *M* Lorrez; *nC* les; *M²AK* trieues; *C* le triue qi — 68 *C*
La doil; *D* quachyles —70 *F* de partroclus qi; *Mn* tant — 71 *cR*
Et c; *D* Cassendra, *F* casandra — 72 *C* Qe r., *FR* Qe mist; *C* c. d.
mist — 73 *M²K* Por — 74 *M²FK* por; *F* prophetimenz, *N* pro-
pheciemenz—75 *B* Et donc, *γJ* Et puis, *M²* E si, *C* E ce; *AN* redi-
rons *F* Aconter uos uoudrons a.—77 *C* plains, *F* pleinz, *D* dolenz,
*A'* dolant; *C* de la grant s. — 78 (*M²CMn* prince), *EJK* princie,
*D* printre, *H* force et — 79 *DFR* Quagamenon; *D* ot sor son pois.

280    Desor son vié e sor son peis.
        La bataille que après vint,
        Que mout redura puis e tint,
        Dirai en ordre mot a mot,
        E ço que chascuns i fist tot;        *280*
285    Com Greu en orent le peior
        Par la force e par la vigor
        D'Ector le pro, le merveillos,
        Sor toz hardi e vertuos;
        Com li conseil refurent pris        *285*
290    De lui, coment il fust ocis.
        Puis orreiz la quarte bataille,
        La grant peine e la grant travaille
        Que il traistrent o ceus dedenz,
        Dont il i ot treis mil sanglenz;        *290*
295    Com faitement li rei poissant
        Qui esteient devers Priant
        Josterent o ceus cors a cors
        Qui plus preisié erent defors;
        Coment li reis Thoas fu pris,        *295*
300    Qu'Ector trencha le nes del vis;

---

280 *m. à C; KR* uoil; *M* sor sopoiz (*la première partie du vers mutilée*); *n* Sor les princes et sor les rois — 81 *F* Qe, *les autres mss.* Qui; *de même au v. suivant*). — 82 *n* tant r. (*F* dura) — 83 (*BHJR*); *A* par o., *n* D. apres tot — 84 (*AHJR*); *KN* Iço; *B* Et conques c.; *C* fist e sot; *M*² E que damdous parz fait i ot — 86 *M* ualour — 87 *F* De hector; *M*³*K* prou, *MNe* preu, *F* prouz; *n* uertuos — 88 *nDM* hardiz; *K* les autres u.; *n* merveillox, *c* coraios; *E* Le hardi et le uertueus — 89 *nE* furent puis (*F* pois) p. — 90 *M*²*En* fu — 92 *M*²*Ak* E la g. p. e la t.; *En* poine, *Dk* paine — 93 *A* trairent, *E* firent, *K* mistrent; *M*³ Q. t. greu; *J* a c.; *n* Que t. fors (*F* defors) et cil d., *D* Q. resoufrirent c. d. — 94 *M* Donc, *EN* Dom — 95 *M* Et com; *D* le Roy; *C* lo rois puissanz; *DF* puisant, *M*²*EKN* puiss. — 96 *C* de part prianz — 97 *enCM* a. c. — 98 *M* ierent; *C* herent puissant d.; *M*²*Me* dehors — 99 *M* Comme; *AN* t. li rois (*A* le roy); *M*²*M* toas — 300 *D* Qvestors, *E* Quectors, *F* Qe hector.

Qu'en voust li reis Prianz puis faire,
Quil comanda rompre e detraire ;
Come Antenor e Eneas
Troïlus e Polidamas                          300
305    Furent en Chambre de Beautez,
Ou assez furent sermonez
E amonestez de bien faire.
Après porreiz oïr retraire                    304
D'un orage, d'un grant, d'un fier,
310    Qui les tentes fist trebuchier,
Les tres de paile e et de samiz.
Après reconte li Escriz
Com fu de la quinte assemblee,               305
Que par grant ire fu jostee.
315    Si vos dirai tot a devise
Com fu morz li reis de Larise,
Com fu morz Almenis li reis,
Uns des plus hauz de l'ost Grezeis ;         310

302 *M²* commandot, *M* -oit, *K* comandot — 3 *R* Et a. ; *nEM*
anthenor, *D* -ors, *K* antenors — 4 *DKLN* Troylus, *F* Troillus
*R* Troiulus, *C* Anchises ; *D* polydamas, *F* pollid. — 5 *M²Ekn* es
(*F* ens) chambres ; *M²DMn* biaute, *EK* -ez (*cf. 386, 582 et 26127*)
— 6 (*L*) ; *D* Ou il f. ml't s., *E* Ou len les a bien s. ; *M²Dn* ser-
mone, *M* sormene, *K* sarmonez — 7 *M²DKn* amoneste — 8 *F*
poirez ; *H* orez dire e r. — 9-12 *m. à K* — 9 *BHn* ml't grant
(*H* fort) et f. ; *A* Dun grant o. fort et f., *CM* Dun o. (*C* De l'or.)
g. et f. — 10 (*A*) ; *C* tendes ; *M* trebucher, *B* depichier ; *H* Q.
uers terra (*sic*) f. t. — 11 *DH* Et t. ; *Hn* de p. de s. ; *M²BM*
paile, *CDHN* -es, *E* paisle ; *F* les pailles, — 13 *F* Qe fu ; *n* grant
a., *B* quinte bataille — 14 *H* a g. ; *n* mostree ; *B* Dont maint
baron sont mort sans faille — 15 *N* Gel, *F* Je le — 16 *L* Coment
fu mors li r. de Frise — 17 *n* Et com fu m. (*F* pris) thoas li rois ;
(*AK* Com fu m.), *les autres* Et com fu m. ; *A* li r. rodoois, *K* de
rodes li reis, *MR* rodes li rois, *M²A¹A³BCGJLy* li r. rodois (*B* -es,
*L* ridois, *A³C* persois) *vers corrompu que nous avons cru devoir
corriger, le roi de Rhodes figurant à la 11ᵉ bataille ; on pourrait
aussi lire, mais moins bien :* E com fu m. d'Inde li r. (Orcome-
nis) ; *voy. v. 12091-142*) — 18 *N* lor g. ; *B* des gres.

Tome I.                                              2

E com fu morz Epistrophus

320   E sis frere reis Scedius,

E des autres reis set o dis,

Qui mout esteient de grant pris.       *314*

Après porreiz oïr retraire

Come i vint puis le Saietaire,

325   E sa semblance e ço qu'il fist,

E com Diomedès l'ocist.

S'orreiz après de Galatee,       *315*

Com por lui sorst aspre meslee :

C'ert li chevaus Hector l'eslit,

330   Qui son peis valeit d'or recuit;

Come Antenor fu pris le jor,

Dont Troïen orent dolor;       *320*

Com la bataille defina,

Que l'endemain recomença

335   Pesme e cruël, orrible e male,

Dont set mile remestrent pale.

Après orreiz dire e conter       *325*

---

319-43 *sont dans* $P^4$ — 319 $M^2EK$ epistrofus, $L$ epystrophus, $N$ epistrous, $F$ epystr., $P^4$ ampistraclus, $C$ anpistropus, $H$ epitrofus, $D$ espitrophus — 20 $H$ ses frere, $A$ son f.; $M^2CKn$ freres; $nEHKLP^4$ cedius, $AD$ sedius — 21 $nP^4$ a. .vij$^c$. et dis; $y$ plus de d. ; $A$ et d. — 22 $y$ de haut p. — 23-6 m. à $KP$ — 23 $FR$ poirez — 24 $My$ Com il a.; $M^2$ Cum i uindrent, $A$ Com p. i uint, ($BR$ C. i u. p.), $nP^4$ Coment a.; $M^3B$ li s., $ny M$ del s., ($ABR$ le s.); $F$ sagitaire, $L$ saget. — 25-6 *interv. dans* $F$ — 25 $ABMP^4Rn$ Sa s.; $L$ et qui le f. $M$ et ce qui li f., $B$ et com il f.; $M^2$ Coment li sires delz le f. — 26 $DHM$ dyom. — 28 $x$ sort, $D$ sourt; $P^4$ fist si grant m.; $KR$ apres, $F$ aspres — 29 ($CHJ$); $ABP^4n$ Cest; $M^3$ cheuals; $F$ chiual de H.; $KR$ Co esteit li cheuax ($R$ -al) hector, $L$ Qe li c. h. les suit — 30 $F$ Q. set p.; $H$ d. u. ce cuit, $kR$ u. de fin or; $C$ Q. son pois dor uallit (*v. trop court*); — 31 $Ekn$ anthenor, $D$ -ors — 32 $M^2R$ Dun, $N$ Dom, $E$ Don; $EN$ troyen, $D$ -ens; $F$ grant d. — 33 $P^4$ refina — 34 $F$ Qe; $P^4$ rancommanca — 35 ($M^2D$ cruel, $EFK$ cruex, $N$ cruiex — 36 ($A$); $M$ Donc, $E$ Don, $R$ Dun; $n$ troi mille, $P^4$ .iiij. M. an, $K$ set millier; $R$ D. mil — 37 $nP^4$ A. porroiz oïr; $N$ parler.

Com Greu s'en voustrent retorner,
E com Calcas par son saveir
340    Les fist a force remaneir.
Puis dirai com faitierement
Erent tuit livré a torment                    *330*
De la puör des cors porriz,
Qui n'esteient enseveliz;
345    Com triues lor covint requerre
Por eus ardeir e metre en terre;
Com Diomedès i ala                            *335*
E Ulixès, que mout ama;
Com Dolon les prist en conduit
350    Endreit hore de mie nuit;
Com la triue fu de treis meis
Mal gré Hector e sor son peis;                *340*
Com li cors furent amassé
E come en furent grant li ré;
355    Com refu pris li parlemenz
De ceus defors a ceus dedenz;
Com Thoas fu quites de joie                    *345*
Por Antenor le vieil de Troie,
Coment Calcas li devinere

338 *M* Comment li grieu u.; *EN* uostrent, *DK* uoldrent, *M²M*
uoudrent, *A* vodrent — 41 (*A*); e P. uos d., *P¹* P. redirai; *M²K*
faiterement; *nMP⁴R* com faitement (*v. f. dans nMR*); — 42 *n* E. l.
t., *D* Estoient l. — 43 *nP¹* Por la; *D* flerour; *R* coros p. —44 (*B*);
*MR* Dun nuz (*M* Donc nulz) nestoit e., *D* Qui pas nestoient en-
fouiz, *E* Qui e. desseueliz, *J* Qui pas nerent enseueliz, *H* Con
nauoit pas e.—45 *M²K* trieues; *M²* lur (*forme constante*); *F* Coment
t. conuint — 46 *M²M* P. les morz (*M* cors) ardre, *R* Por l. c. ardoir
(*v. f.*), *K* P. c. ardeir — 48(*A*); *E* hul., *D* hulices; *M²M* quil; *D*
mont, *M* tant— 49 *F* delon, *E* -ons, *M* doleus —5o *M* A droite ore;
*M²ERkn* ore, *A* leure — 51 *KR* trieue; *E* fu des t., *DK* dura t.;
*F* troi — 52 *enM* Maugre — 53 *M* Et com li c. f. a masse —54
*A²en* Et coment f.; *M* Ml't en estoit la uile lasse — 55 *F* Come fu
— 56 *M²Aek* dehors; *R* De icels d. a cielz; *K* o celz —57 *M²* toas;
*F* fu liurez sanz demore — 58 *Men* anthenor — 59-82 *sont dans P¹*
— 59 *E* Come, *M²Rk* E cum; *M²Me* deujnerres, *KN* -eres, *F* -ers.

360      E li tres sages augurere
         Requist sa fille e demanda,
         Qui aveit non Briseïda,                *350*
         Que Troïlus aveit amee,
         E com Prianz li a quitee ;
365      E come Hector e Achillès,
         Oiant mil chevaliers e mès,
         S'entraatirent cors a cors ;         *355*
         Mais cil dedenz e cil defors
         Ne lor voustrent pas consentir.
370      Après porreiz avant oïr
         Com la fille Calcas la proz
         Eissi de Troie veiant toz,         *360*
         Le duel qu'el fist al desevrer
         E com la preia puis d'amer
375      En l'ost defors Diomedès.
         De ço vos traiterai adès,
         Come o son pere fu marrie         *365*
         Por sa mauté, por sa folie,
         Des Troïens qu'il ot guerpiz ;
380      S'orreiz ses responz e ses diz.

---

360 *M*⁷ saiues augurreres; *D* augurerres, *Ne* -eres, *F* agurers, *E* arguerres — 61 *P*¹ Quist a sa — 63 *DKN* troylus; *nP*¹ Et t.; *DP*⁴*n* lauoit — 64 *m. à P*¹; *M*⁷*Me* lot aquitee, *R* lor a a. (*v. f.*), *K* lor a q. — 65 *nMP*⁴ Coment H.; *E* hectors (*forme à peu près const. au cas sujet*) — 66 *nMP*⁴ Voiant, *K* Veant; *M* armes — 67 *F* Sentre astirent, *M* S. aat., *N* Sentranhatirent, *M*² Sentrabatirent, *K* Se combatirent — 68 *M*⁷*Me* dehors — 69 *MP*¹ Ne le; *nE* uostrent, *DK* uoldrent, *M*⁷*M* uoudrent; *K* Unc ne lor u. c. — 70 *nP*⁴ sampres oir — 71 *F* le p., *K* lo p. — 72 *ekn* Issi (*de même partout, sauf avis contraire*) — 73 *K* que, *M*¹ quen, *F* qil — 75 *M*⁷*MP*⁴ dehors; *D* dyomedes — 76 *R* Dice; *C* u. redirai; *K* apres; *nP*⁴ Et puis porroiz (*F* Et poirez pois, *P*¹ Et si porrez) oir apres — 77 *P*¹ Et a — 78 *R* Pur sa malce, *corrigé en* malice *à l'aide d'un* i *superposé*, *A* P. son mal et, *M* Por samistie; *nP*⁴ Por la malveise felenie (*FP*⁴ felonie), *M*² Por le blasme e p. la f. — 79 *MR* De; *E* troyens — 80 *P*¹ sa rampone; *K* Sorreiz la chambre de bialtez.

Après dirai le grant tornei,
La grant bataille e le desrei                    *370*
Qu'Ector i fait, qui toz les veint;
Come il l'ont puis ploré e plaint
385    De ço qu'il fu griefment navrez ;
S'orreiz la Chambre de Beautez,
Que de labastre fu bastie,                    *375*
E coment el fu establie.
Iluec orreiz enchantemenz,
390    Tresgiez e merveillos e genz,
Si granz com cuers puet porpenser :
Mout le fera buen escouter.                    *380*
Donc vos dirai la fine amor
E la destrece e la dolor
395    Que sofri li fiz Tydeüs
Puis por l'amie Troïlus.
Puis orreiz la bataille oitaine,                    *385*
Que plus dura d'une semaine.
Puis vos dirai la verité

381 nP⁴A orroiz, M Lprez sorroiz; E del g. ; F desroi — 82 n La b. et le g. d. (F tornoi) — 83 F Qe hector, D Qvestors, E Quectors; DN uaint, R uint, F uait — 84 E Et c. on la, K Et il lont p. ; Dn Et com paris le plore et p., M² Cum il est p. plorez e pleint — 85 Nek griement, F greument — 86Dn les c.; e des b.; M¹Me biautez, K bialtez — 87-8 m. à E — 87 (H); n de lan (F len) bastre, A¹K de laubastre, DM dalebastre, R dalabastre, M²A de labaustre; M² baltie — 88 M² Ne c.; n Com (F Et c.) faitement fu e., M Com ele fu e. (v. f.) — 89 D verrez; yCK enchantement — 90 M² Tresgez, M -iex; R et merueillez et senz; AN Tresgiteiz, L-geteis, F Tresgietez; N merueillox gent, A merueilles grans; FL merueillez genz, M T. merueilleus et grans (v.f.); K Et treget merueillos et gent, B Tresgites en m. sens, yC Tresgite, (D -ez H -iete, C -ieter) merueilleusement — 91 eK Si grant; n Tex comme c.; A porroit penser — 92 k la, n les, e i; N bel, F bels, R bien, Me bon — 93 M² Doncs, R Dunc, A Dont, e Puis; n Apres orroiz — 95 M²K tideus, AD thydeus, EMn thideus — 96 A lamour de t.; K Troylus, D Throylus; n Tant grant destrece qe nus plus — 97 M² oitane, F octaine, R ot., A untainne, N huitaine, E -ene, D hutainne, M utaine — 98 F Qe — 399-422 sont dans P⁴.

400     D'une estrange mortalité
        Que en l'ost fu une feiee,
        E saveir com fu esmaiee            *390*
        La femme Hector, Andromacha,
        Des forz songes qu'ele sonja;
405     E le devié e la dolor
        Qu'ele fist d'Ector son seignor
        Qu'il nen eissist a la bataille :        *395*
        De part les deus li dist sans faille,
        S'il i alot, n'en vendrait vis,
410     Qu'il i sereit le jor ocis.
        Puis vos dirai les granz dolors
        Qu'en ot sa mere e ses sorors.        *400*
        Adonc porreiz oïr avant
        Com nel laissa eissir Priant, —
415     N'en pot aveir de lui consence, —
        E com la bataille comence;
        Com li reis de Frise fu pris,        *405*
        Qui a grant peine en estorst vis;

---

401 *nP⁴* Qi fu en lost; *M⁷* leuee, *R* feie, *M* fiee, *Ken* foiee
— 2 *nAEMNP⁴* Et sorroiz, *K* Et o., *DF* Si o., *R* E saurois,
(*M²* E saueir); *M* esmenee, *M³* esfree. *A* effraee — 3 *enM* fame, *K*
feme; *M* andromaca, *E* endromata, *D* au dromata — 4 *FP⁴* Del
fort songe — 5 *M* Et la vie, *F* Et la d.; *JKRy* La desuerie et —
6 *e* Qui la prist; *M²* hector, *F* de h. — 7 *EMNP⁴* Que il nissist,
*F* Qil ni alast — 8 *ekn* De par — 9 (*J*): *M²B* nen torreit, *H* neneue-
roit; *KR* Si aloit nen torneroit vis — 10 *P⁴* Que il i, *D* Quil li
— 11 *F* Pyois — 12 (*B*); *JK* Que (*K* quen) fist, *D* Que font; *E* De
sa mere et de, *H* Que sa m. ot et; *M²* la m. e les s.; *tous les mss.*
serors — 13 *B* Adont, *M²A'A²Ckny* Apres; *F* poirez (*f. constante*);
*nCP⁴* asez o., *eA²* auant o., (*AA'BHJRk* o. a.) (*cf. 463*); *M²* E apres
si p. o. — 14 *A²CP⁴n* Com rois (*CP⁴* Coment) prianz (*C* priant)
nel (*A²* nen) lait (*C* leisse) issir, *M²* Com prianz nel laissa e.;
*BJ* nen, *R* ne, *H* el; *e* p. issir (*D* oissir); *AA'* Que (*A'* Com) ne len
laisse i. p. (*Pour le sujet au cas rég., voy.* Introd., *Etude sur la
langue, Déclinaison*) — 15 *M²FM* puet; *K* li; *P⁴* fiance — 16 *P⁴*
Et quant; *M* en c. — 17 *R* fu ocis — 18 *MNP⁴e* estort, *F* estoit.

Com Troïen orent le jor
420   De la bataille le peior;
Com li bastart s'i aviverent,
Qui le jor trop i endurerent;            410
Come Hector navra Achillès
E com cil le rocist après.
425   Après orreiz le fier damage
Qu'en orent cil de son lignage;
Com Troïen sont a duel mis            415
Par les portaus de marbre bis;
Com reis Mennon, ço savons nos,
430   Torna contre Achillès toz sous.
S'orreiz les dueus, les fiers, les granz
Cui d'Ector fait li reis Prianz,            420
Paris sis frere e Troïlus,
Eneas e Deïphebus;
435   Com fu de lui ensevelir,
Del cors embasmer e vestir.
Parlerai de la sepouture,            425
Que trop fu riche senz mesure :

419 $M$ Que, $L$ Et; $F$ Com a t.; $E$ troyen, $M^2$ troiens; $M^2ABDHJRn$
furent. — 20 $M^2ABDHJNR$ li p.; e poior, $B$ piour — 21 $L$ Et
baiuart; en $CP^4$ aiderent, $KR$ aiuerent, $A$ aunerent (cf. 8698) — 22
$R$ torp; $C$ i durerent; $nP^4$ Qui molt grant poine i e. ($P^4$ endurent, $F$
durerent) — 23 $EK$ hectors — 24 $K$ Et coment, $M^2D$ Et come; $M^2$ lo-
cist, $D$ locit, $F$ le ocist — 25 $k$ Adonc, $D$ Lores, $E$ Et puis; $n$ les fiers
domages; $D$ damache, $E$ domage — 26 $R$ Qui; $D$ lignache; e Qui
le jor uint a s. l., $n$ Que ($F$ Qe) le ior recut ses lignages — 27 $F$
Com li t.; $ERk$ T. furent, $D$ Com t. f.; $E$ troyen, *les autres* troien
(*de même ordin¹*); $M^2$ sunt (*f. constante*) — 28 ($R$); $M^2F$ Por; $nK$
portes, $M$ degrez — 29 $K$ rei mennon; $F$ menon; $R$ tot sol apres
(*d'une main postérieure*) — 30 $D$ uers a.; $N$ C. a. t.; $R$ Vir *sigle sur*
l'i = er *ou* re) [a contra achilles (*d'une main postérieure*)] — 31 $F$
dols, $E$ diax, $N$ diaux, $M$ duelz, $D$ dels; $K$ et f. et g.; $M^2$ le dueil
qui trop fu g. — 32 $M^2$ Qui; $Aekn$ Que; $M^2$ fist; $F$ de hector, $N$ h.
— 33 $M^2MR$ en ses; $DFK$ freres; $DKN$ troylus, $R$ troiulus — 34 $E$
deifebus, $n$ deyf.; $R$ Et e. et — 35 e a lui; $n$ au seuelir — 36 $R$
anbalsamer (*v. f.*) — 37 $n$ sa s. — 38 $nEK$ tant fu; $n$ a desmesure.

Ja, quant ele vos iert retraite,
440   Ne direiz mais que tel fust faite.
      Après orreiz la descordance,
      La tençon, la malevoillance                         *430*
      Que Palamedès comença,
      Qui Agamennon desposa :
445   Par son porchaz e par ses diz
      Fu de la princé dessaisiz.
      Puis orreiz le complaignement                        *435*
      Que reis Prianz fait a la gent
      D'Ector son fil, que Greu ont mort,
450   E li tolent son regne a tort ;
      S'orreiz come il le vait vengier
      A l'espee trenchant d'acier :                        *440*
      Mout fist le jor parler de sei,
      Tot le pris ot de cel tornei.
455   Del rei Sarpedon le vaillant
      E de Telepolon le grant
      Vos conterai le fier estor                           *445*
      E qui en ot le sordeior ;

439-63 *sont dans* $P^4$ — 39 *AC* Et q.; $P^4$ Car q. el (*v. f.*); *EFk*
ert — 40 *K* diriez, $M^2F$ direz; *DN* tex, *F* tiels; $M^2AK$ que sa
per (*K* pers) f. f.; $EP^4$ mes tele f. ($P^4$ fu) f. — 41 $M^2$ descordanze
— 42 *E* Et lire et; *n* La contencon la uiolance, (y$DHKP^4$ La t. la
malcuoillance); $M^2AMR$ et la maluoill. — 43 *F* palamides — 45
(*AHR*); $M^2EK$ ses p. — 46 ($M^2AFHR$ prince), *EKN* princie,
*BMP⁴* princee, *D* printre; *n* De la p. fu, $P^4$ De la p. est; *B*
saizis — 47 $P^4$ lacompaignement — 48 $nEP^4$ fist; *KNe* sa g. —
49 *F* De hector; $M^2R$ fiz, *K* filz; $M^2R$ grec, *K* griu, *D* grieu —
50 *F* tollent; $P^4$ Qan li toli soutain — 51 *M* ua — 52 $M^2$ Ou — 53
$M^2k$ fait; *D* Mont par i fist le i. de soi — 54 *n* Tot ot le p.; *kAR* a cel,
$M^2$ di cel, $CP^4$ de son, *DN* de ce — 55 (*R*); *M* Salpedon, $M^2n$ de
lice, *A* de grece, *e* persois et; $M^2e$ del u.; *C* Et conterai dou roi
persant — 56 (*corr.*): $P^4$ Pnentolomun, $M^2KRe$ Neptolemus, *AM*
nepth., *F* nepthelemon, *N* Nephtol., *C* netolemus (*cf.* 5014 *et*
5663) — 58 $M^2$ Ne; *AEK* en fu li (*A* le, *Klo*); *E* soldoior, *A* fier
estor; $P^4$ lo pris en ot le jor, *n* li pires (*F* p.) fu le ior, *D* en
orent le piour; *M* Et li quelz en ot li peiour.

Après porreiz oïr maneis

460    Come i fu morz li reis Perseis,

Com Troïen estre lor gré

Furent le jor del champ torné.      *450*

Adonc porreiz oïr avant

Com faitement le rei persant

465    En ont en son païs porté,

E come il l'ont plaint e ploré

E enterré a grant hautece.      *455*

Puis parlerai d'une destrece,

D'une chierté que en l'ost fu,

470    E come il furent socoru ;

De l'aniversaire, del grant,

Que d'Ector fist le rei Priant,      *460*

Des sacrefices qu'il i fait

E com danz Achillès i vait ;

475    Come il aama la pucele

---

459 *KR* Adonc, *M²* Et si, *E* Et puis, (*ADn* Apres); *ENP⁴* menois; *M* Donc porrez demanois (*sic*) — 60 *nEP⁴* Comment, *KR* Com ci, *M* Com il; *AD* Com refu; *A* percois — 61 *DMP⁴* outre, *R* oltre; *P⁴* grez — 62 (*AR*); *M²* cel i., *P⁴* getez, *DN* gite, *F* gete — 63 (*AJR*); *B* Adont, *N* Lors se, *F* L. si, *DL* Lores, *E* Et puis, *C* Puis (*v. f.*), *M²* E si, *H* Apres — 64 (*B*); *KR* li rei p., *J* li rois p., *E* lor roi p.; *DH* La uerite del r. p., *M²* Cum li reis de perse la grant — 65 *M²KR* En fu, *DH* Qui fu; *E* en lor; *M²DHKR* portez — 66 *M²DHKR* il fu (*D* il i fu) plainz e plorez — 67 *M²BDHKR* E enterrez, *N* En terre mis, *F* Enterre lont; (*M²EMN* hautece), *DK* -esce, *F* autece — 68 *M²* Doncs, *M* Donc, *K* Dunc, *R* Dun, *F* Pois — 69 *FR* charte, *M²* cherte; *F* qe — 70 *A* Com il refurent; *tous les mss.* secoru *ou* secouru (*cf. 487*) — 71 (*J*); *M* Et de l. g.; *R* des ganz, *A* duel grant; *e* Des anniuersaires (*D* ani -) des granz, *H* Et des anniuersaires g., *K* De lanversaire del duel g., *Cn* Laniuersaires (*F* Le anni⊦) fu molt granz (*C* fist m. grant), *M²* De losseque qui trop fu g., *B* De la diuersite tant grant — 72 (*A*); *C* De hector son filz; *M²EJk* fait; *M²JMny* li reis, *C* li roi; *M²Jny* prianz, (*ACk* priant) — 73 *M²KR* quil retrait, *HJN* que il fet, *C* qil ont fait, *E* quan i f., *F* qe il i f. — 75 *M* Com il i ama, *n* Et c. il ama; *K C.* il a. la dameisele.

Polixena, que tant ert bele ;
Come il en voust l'ost faire aler,                   *465*
Tant fu de li sorpris d'amer ;
Qu'en respondi li reis Thoas,
480   Qui ço ne teneit mie a gas,
Ne nel refist Menesteüs,
Cil qui d'Athene ert sire e dus.                     *470*
      Après orreiz la descordance
E l'ire e la malevoillance
485   Qu'a ceus de l'ost a Achillès,
Qui jure que ja n'avront mais
Nul jor de lui socors n'aïe :                         *475*
A ses hommes viee e chastie
Que uns toz sous, por rien qu'il oie,
490   Ne seit noisanz a ceus de Troie ;
E si porreiz oïr conter
Com laissa armes a porter.                            *480*
La dozime bataille iert grant,
Que li Livres retrait avant,
495   Si com Resa, li reis d'Aresse,

476 *F* Polixema, *N* Polixenaim ; *K* -am ; *M²RK* qui mout ; *eK* fu b. — 77 *FMe* uost, *KN* uolt ; *F* lor ; *K* f. torner — 78 *K* fust sopris ; *Ke* de li amer — 79 *FR* Quant ; *M²* toas — 80 *M²K* Que ; *F* ni, *K* nestereit — 81-2 *m. à H* ; — 81 *en* Ne ne r., *BK* Ne r. el, *R* Ne refist pas, *M* Nel refesoit, *M²* Nel faiseit pas, *AJ* Et quen redist (*J* randist) ; *J* menestheus — 82 (*M²EJKR* Cil qui dathene) ; *DMN* Qui dathenes (*D* dathesnes, *M* dateines) ; *DJR* est ; *K* reis et d. — 83 *kR* Auant — 84 *M* La tencon, *n* L'ire ; *F* maluoilance, *N* male uiolance, *M²R* grant maluoillance — 85 *M²* Que ; *n* ot a. ; *F* achiles — 86 *M²* qui ia, *N* que il ; *F* Qi iure ot qil ; *R* nauroit pes — 87 *K* De lui n. i., *RN*. i. s. de lui ; (*M²* socors) ; *F* ne aie — 88 *FM* uee, *M²R* uie, *K* dit — 89 *DEK* Cuns toz sels mes (*E* dax) ; *nM* Qe nus ; *F* tout s. — 90 *M²ERn* nuisanz, *D* -ant — 91-2 *m. à E* — 91 *M* Ausi, *R* Ensi — 92 *DN* Com il lesse (*N* let) ; *FR* Com il laissa a. (*R* laisse arme) p. — 93-4 *interv. dans n* — 93 *MN* douzieme, *R* dozeme, *F* douciesme, *K* doziesme ; *M²n* b. g. ; *K* ert ; *D* Apres orroiz b. g. — 94 *n* Apres porroiz oir a. — 95 (*A²HJ*) ; *R* risa, *N* resus, *B* tesa *C* tessus ; *A¹* li r. resa ; *F* Com li prouz r. ressus deresse.

Vers Troïens point e eslaisse.
Puis dirai com Deïphebus                        *485*
L'ocist, veiant mil Greus e plus,
E com Telamon Aïaus
5oo    I ert sor toz come vassaus ;
Coment Palamedès li reis,
Qui sire e maistre ert des Grezeis,            *490*
Ocist le jor Deïphebus,
E Paris lui : ne vesqui plus.
5o5    Adonc vos dirai a dreiture
Con fu de la desconfiture,
Des paveillons qui furent pris                  *495*
E del feu qui fu es nes mis,
Come els fussent arses le jor
51o    Tot senz defense e senz retor,
Ne fust Telamon Aïaus,
Qu'i perdié mil de ses vassaus.                 *5oo*
Après dirai com faitement
Li fiz Heber, cui Trace apent,
515    Vint el tref Achillès iriez,

496 *K* Aus t., *M* Sour t. ; *R* sespoint — 97 *KN* deyphebus, *F* deyf., *E* deif. (*de même aux v.* 5o3 *et* 523). — 98 *EMR* ueant, *n* uoiant, *D* deuant ; *R* dix mil g., *M* mil gres ; *D* ou p. — 99 *knD* thelamon, *E* -ons; *E* ayax, *knD* aiax (*de même au v.* 511) — 5oo (*A*); *M²DK* I est, *n* Le fist, *M* Leur fait — 1 *n* Comme, *D* Et c. (*v.f.*); *N* polidamas — 2 *M²BDMR* e prince; *M²* iert, *D* est; *FR* de — 4 *N* vesquie, *BHJR* dura, *K* dirai, *M²* tarda ; *A* que ni ot p. — 5 (*AR*); *M²* Adoncs, *n* Donques, *E* Et puis; *D* Lors u. re-dirai ; *N* la d. — 6 *F* grant la, *N* granz la — 7 *R* com f. — 8 (*B*) ; *M²* fue, *K* fu, *les autres* feu (*F* fol feu, *v. f.*); *Dn* es nes (*n* neis) fu; *R* as nex mis, *M²* en eus m. — 9 *A* Comme, *e* Com el, *M* Et com, *M²* Comment; (*R* els) ; *M²M* il f. ars ; *K*cel i. — 1o *M²* Sans d., *k* Sanz d., *e* Et s. d., (*An* T. s. d.), *B* S. desfenses ; *n* dotance — 11 *ekn* thel.; *DKn* aiax, *E* ayax — 12 (*AB*); *F* Qi p. bien, *e* Qui p. maint ; *FK* mil buens (*F* boens) u.; *A²N* qui i perdi (*N* -ie) bien m. u., *C* Qe i perdirent mil uasas; *M* uaissax — 13 *M²* Adoncs, *K* Adonc; *M* orrez — 14 *e* heber ; *K* qui; *R* traze; *D* .i. roi puisant — 15 *MRn* al; *M²n* irez.

Toz decoupez e detrenchiez ;
Come il le laidenge e folie,                                505
Por ço que il ne lor aïe ;
Come il chiet morz, veiant ses ieuz ;
520     E cil par est si pleins d'orguieuz
Qu'il n'i guarde ne ne l'en chaut.
S'orreiz com la bataille faut,                              510
Com Deïphebus est plorez
E de toz plainz e regretez,
525     E reis Sarpedon autresi,
E com li Greu resont marri
De lor prince Palamedès :                                   515
Ja hom si grant duel n'orra mais.
Après orreiz del grant concire,
530     La o josta tot lor empire,
E come Agamennon li reis,
Par l'esguart comun des Grezeis,                            520
Refu esliz a emperere,
Sor l'ost princes e comandere.
535     Puis orreiz del trezime estor,

---

516 N decozpez, D decospez, EK decolpez ; n et detranchiez
— 17 (BR) ; en C. le l. et dit f. — 18 M quil nen ot a. — 19 (M²R
ueiant), D uoiant, Ekn deuant ; N iauz, E ialz, M²KR ielz, D
euz, F oil, M piez — 20 n E il, A Com c., B Ichil ; E fu si tres
p. ; EN dorguiauz, M²J dergueilz, F dorgoil ; H En lui par ot si
fiers orgeus, D Et en lui est touz li orgeulz, Rk Jones estoit non
(R ne) mie uielz (R ueilz) — 21 F ne g., A nel g. ; M²An garde ;
M² car ne, A que ne ; n li c. ; kR Cil lesgarde qui riens (M cui il,
R cuy) nen c., e Del regarder (D resg.) nes ne li c. — 22 kR Puis
dit com (M que) — 26 (A) ; n sen sont, KR en s., M furent ; e Et
c. li grezois sont m. — 27 F palamides — 29R Adonc ; n le g. —
30 (AR) ; n La ou iosterent lor, e Ou aiosterent li ; R toz li e. ; M²
La aiosta loz o lenpire — 31 Fe agamenon, éd. -emnon — 32 D
Par lacort ; M Qui sire et prince ert des greioiz — 33 F Qe fu, R
Ke fu ; A eslit ; F empire — 34 n Et sor caus, e Et sor toz, AHR
Et (R A) sor lost ; K Et sor les p. c. ; A priuez c. ; F comandire
— 35 M² trezisme, E -iesme, KN -ieme ; M tres., F trecisme.

Com Troïlus le veint le jor,
E si refist il l'endemain,                        525
Bien nos en fait Daires certain :
Après i rot triues donees,
540  Que bien furent aseürees.
S'orreiz coment Diomedès,
Nestor li vieuz e Ulixès                          530
Alerent Achillès preier
Qu'as batailles lor vienge aidier,
545  Mais n'i porent nul bien trover :
Por ço s'en cuiderent raler.
Mais danz Calcas li devinere                      535
E li tres sages augurere,
Par son sen e par son saveir,
550  Les a trestoz faiz remaneir.
Après reconte li Escriz
Com rajosta li fereïz,                            540
Li doloros e li mortaus,

---

536 *Ne* troylus, *R* troiulus (*de même au v.* 555, *etc.*) ; *M* les u.,
e i uet ; *R* uient, *N* uoint — 37 *D* i refist, *n* fist il a — 38 (*AJ*) ;
*M²KR* uos ; *BH* fist ; *F* a fait ; *M* daire ; *E* B. an somes de ce c.,
*D* Par dayre en s. b. c. — 39 *n* i ont, *R* iioit *(les i accentués)* ; *M²*
trieues, *K* triesues — 40 *M* Et b. ; *R* asegurees — 41 *D* dyom. — 42
*M²Fk* uielz, *N* uiauz, *E* uialz, *D* ueuz ; e hul. — 43 *K* prier, *F*
parler — 44 *F* As ; *M* Quem bataille ; *Me* uiegne, *N* ueigne, *F*
uaincre — 45 *F* ne ; *n* poent — 46 (*J*) ; *Ke* Par ; *HK* tant ; *M²K*
quiderent, *DN* cuidiereut ; *M²KRe* aler ; *F* cuident ralier —
47-50 *réd. à 2 v. dans J :* M. c. les fist remanoir Par son engin
par s. s. — 47 *n* Com ; *M²EN* deuinerres, *D* -ierres, *F* -iers ;
*DHk* M. c. (*H* caucas) li bons d. (*M* qui iert d.), *AR* M. c. le
deuineour — 48 *M²* saiues augurreres ; *DN* augur., *E* arguerres,
*F* auguriers ; *AR* Et le t. sage argueour (*R* augureor), *M* Et siere
sages asseureres — 49-50 *interv. dans N* — 49 *F* Por ; *M* senz, *M²*
sens, *E* san — 50 *Fk* fait ; *M* f. t. r. — 52 *F* rciosta, *A* saiousta
— 53 *M²K* doleros, *E* -eus, *DM* doulerex, *F* dololoros, *R* doi-
loros ; *n* crueus ; *A* Li d. li m., *n* Li (*F* Et li) tres pesmes et li mor-
tex (*F* mortieus).

Ou morurent mil bons vassaus,

555 Ou Troïlus li genz, li proz,

D'ambedous parz les venqui toz ;

Come il navra Diomedès  *545*

Par mi le cors de plain eslais,

E si come il le rampogna

560 Por s'amie Briseïda :

Li reproche furent mout lait

E en mainz lieus dit e retrait.  *55o*

Adonc orreiz com faitement

La fille Calcas se repent

565 Por ço qu'ele a d'amor boisié,

Fausé e menti e trichié.

Après orreiz le parlement  *555*

Que Greu firent comunaument

D'Achillès requerre e somondre,

57o Mais ne lor voust nul bien respondre :

Desor son vié e sor son peis,

Lor bailla ses Mirmidoneis.  *56o*

Mais Troïlus, le pro, le sage,

Mout sovent lor i fait damage,

554 *K* buens, (*M²* bons), *R* boen ; *A* Ou mourut tant de, *M* Ou ot ocis t., *e* Ou recut mort mainz boens (*D* maint bon) u. — 55 *R* O t. *F* De t., *AE* Con t. ; *n* li biaus — 56 *DM* uainqui, *E* ueinqui, *N* uoinquie, *F* uesqui — 58 *M* les ; *EK* plein — 5g *E* Ensi, *A* Ainsi, *M²AEN* rampona, *D* -osna, *FM* -oigna — 61 *E* repruiche, *N* -uche, *R* reprochie — 62 *ADRn* maint leu ; *M* lues, *E* leus, *M* lieuz ; *M²* dis e, *D* furent — 563-600 *m. à A.* — 563 *M²* Adoncs, *D* Apres, *E* Et puis, *n* Lores — 75 *M* De ce, *K* Par co — 66 *F* Et fause m., *M* F. m. ; *M²* triche — 67 *M²* Adoncs, *kR* Adonc, *E* Et puis ; *n* dirai dun p. — 68 *M²* comunamment, *R* -alment, *knE* -ement — 69 *n* proier ; *M²Men* sem. — 7o *M* uost, *M²Ke* uolt, *N* vialt, *F* ueut — 71 *D* somme, *kR* son uoil — 72 *M²Rn* baille ; *R* sis mil m. (*v. f.*) — 73 *KNe* troylus ; *n* Com t. li biax ; *e* M. au preu (*D* as preuz) t. le (*D* au) s. ; *Rk* au fier corage, *M²n* li prouz (*n* biax) li sages — 74 *R* les adomaige (*v. f.*) ; *M* Mainte fiee les domage, *K* S. et menu les dam., *e* Souenoit mi't de son d., *n* Lor fist s. de granz domages.

575    Sovent lor fait les cors sanglanz :
De c'est Achillès mout dolenz
Et mout ainsos e mout iriez,         565
Quar trop se veit endamagiez.
Puis dirai le definement
580    De la bataille e del content ;
Com Troïlus fu desarmez
Dedenz la Chambre de Beautez,      570
Ou sa mere fist si grant duel
Que morte fust mil feiz son vueil.
585    Après orreiz come il se claime
De la fille Calcas qui aime
Son enemi pesme e mortal :       575
As puceles en dit grant mal.
Après porreiz oïr conter
590    Come Achillès muert por amer,
Qui conseil ne confort n'en trueve,
Ne n'est si hardiz qu'il se mueve    580
Ne que il nuise as Troïens.
Adonc orreiz qu'en poi de tens
595    I rot bataille grant e fiere

576 *MRn* De ce est, *e* De ce fu ; *en* a. d. — 77 *R* ainsous, *K*
destreiz, *M²* tristes ; *M* courouciez et i. ; *n* Et trop pensis et
trop i., *e* Et m. en a (*D* ot) son cuer irie — 78 *M²R* quar, *les
autres mss.* car ; *de même partout, sauf indication contraire*) ;
*MN* Que, *F* Et ; *n* en est, *D* sen sent ; *n* adomagiez, *R* andom,
*D* adoumachie ; *M* les a endom. ; *E* Car maint en i a domagie, *K*
Car forment se u. domagiez — 79 (*R*) ; *n* de quel finement (*F*
finiment), *M²* les definemenz — 80 *e* Et la b. et le c. ; *N* del con-
tenent, *F* et del continent ; *M²* contenz, *L* -ens — 81 *D* Quant —
82 *n* les chambres ; *Me* des ; *M²Men* biautez, *K* bialtez (*de même
le plus souvent*) — 83 *E* fet si ; *DK* fesoit son (*K* tel) d. ; *M²* si
fait d. — 84 *D* Quele mourut ; *M* .c. foiz, *E* iluec *D* ilec —
85 *M²* Adoncs, *k* Adonc ; *D* O. apres — 86 *M²EFK* quil —
87 *DN* anemi ; *K* fel et m. — 91 *n* Qe, *M* Que ; *K* confort ne
c. ; *D* nen consiut, *H* nen requiert ; *eK* ne t. — 92 *D* Nil ; *N*
qui, *H* que ; *M²D* sen — 93 *M²n* quil, *R* quel — 94 *M²* Adoncs,
*H* Adont, *nD* Apres, *E* Et puis — 95 (*HR*) ; *en* I ot.

Tel dont trei mil jurent en biere :
Antilogus le pro, le bel,              *585*
I geta mort Brun le Gemel.
Donc vos dirai, quant Troïlus
600    I vint, que Greus ne se tint plus.
Adonc orreiz come Achillès
Ne pot sofrir n'atendre mais :         *590*
Armé l'en estut eissir fors
E por mort defendre son cors.
605    Donc porreiz merveilles oïr
De ço qu'il fist a l'avenir,
Come en l'estor dis e novain       *595*
Ocist Troïlus de sa main
Par le grant esforz de sa gent :
610    Bien vos sera retrait coment.
Tot en ordre dit vos sera
La vie cui meine Ecuba :         *600*
Por ses fiz qui sont mort se muert,

---

596 *M* donc ; *K* tel m., *M*² trei mile, *M*sept cent ; *M*² furent,
*F* en iut ; *DH* d. m. en furent — 97 *E* Antilocus, *Mn* Anth., *D*
Anthylogus ; *B* le bel, *les autres mss.* li prouz li beaus (biaus)
— 98 *M* Leur ; *R* mors ; *M* bron ; *tous les mss.* de ; *M*² iemeaus,
*E* jumiax, *H* iem., *D* nuneax, *F* gimeaus, *R*-els, *JNk* -iax, *B*
gimel (*cf. 8118. 9931. 20989. 20995*) — 99 *M*² Doncs, *D* Dont,
*R* Dun, *E* Puis — 600 *M*² quas g. ; *Rk* I u. ne se pot (*R* sen
puet) tenir p. — 1 (*AR*) ; *M*² Adoncs, *nD* Lores, *M* Aprez ; *E*
Puis vous dire — 2 *A* nendurer mes — 3 *F* Armer ; *Fk* estuet ;
*D* Car armer lestut, *E* Quil ne lan estuisse ; *M*²Me hors — 4 *AM*
Et de, *D* Con por ; *E* Armez por d. — 5 *M*² Doncs, *R* dunc, *en*
Lors ; *A* P. donc — 6 *M* qui li f. ; *M*²*AHR* fait ; *A* en son uenir,
*E* la au uenir, *Cn* au reuenir — 7 *CMn* Qi, *R* Dunc, *H* Vont ;
*R* ennoiain, *M* et nonain, *A* et nueuuain ; *C* fiert et nouain —
8 *e* troylun, *C* troillus — 9 *K* esfort — 10 *M* Si s. b., *M*² B. en s. ;
*E* conte — 11 (*H*) ; *B* ordene ; *A* dist, *nA*²*C* conte (*A*²-ez) sera,
*M*²*DHRk* uos retraira — 12 *M*²*R* qui, *BCekn* que ; *CK* mene,
*R* moine ; *E* ecc., *CF* hec. ; *A* Le duel que demainne e. —
13 (*ABCL*) ; *A*² m. s. ; *n* que morte sen iert ; *KR* m. languist ; *H*
De ses fius que perdus auoit, *C* De s. f. por ce se m.

S'orreiz quel engin el porquiert :
615 En traïson, quar n'en puet mais,
Fait tot detrenchier Achillès.
Li granz esmais e li deshaiz, 605
E li granz dueus qui en fu faiz,
Vos sera toz contez e diz,
620 E com chascuns s'en fust partiz,
Ne fust Calcas, qui prist respons
E qui lor fist par ses sermons 610
Querre Pirron, qui mout fu proz,
Qui d'armes les venqüi puis toz.
625 Donc vient la bataille mortaus ;
S'orreiz coment reis Aïaus
Ocist Paris e Paris lui : 615
Ensi finerent ambedui.
Retraiz vos iert li dueus Heleine :

614 *CF* Si oirez (*F*-oiz), *M²Be* Orreiz, *A* Oez ; *M* il p., *C* ele
p. ; *KR* el porquist ; *M²AB* quel (*AB* quele) engigne et p., *e* com
ele se porcuert (*D* pourquert) ; *H* Sores com el se porqueroit,
*A²* Molt souent se pasme et detuert — 15 *k* que, *R* qan, *n* quil,
*A²* quiert — 16 *K* Fist tost ; *D* decolper — 17 *K* Li grant, *n* Les
granz e. et les ; (*M²N* deshaiz), *B* dehais, *K* dehet, *DF* dehez, *E*
deshez, *M* essais ; *B* qui en fu fais — 18 *K* Et li fort duol qui
furent fet ; *E* grant ; *M²* duels, *N* duelz, *D* deuls, *EN* diax ; *B*
et li dehais, *F* Et li duel (*v. f.*) — 19 *F* Vos en s., *K* Vos serront
toz ; *B* tout conte et dit— 20 *kR* Que li sieges fust (*R* en f.,*M* fu)
departiz, *M²B* Q. del siege fussent p. (*B* furent partit) — 21 *B* fist
r. — 22 *B* lor dit — 23 *N* pirrú, *J* pirrun, *D*-um, *F* pirus,
*M²AA²ERk* pirrus ; *K* tant fu, *R* t. fo, *e* m. ert, *HJ* m. est ;
*M²A* le gent le p., *B* li gens li p. — 24 (*BR*) ; *K* Que ; *M²C* Qui
des a. ; *C* l. u. t. ; *A²en* Et qui d. (*E* Q. as a.) les u. t. ; *M²* u. p.
t. ; *M* Q. p. les u. darmez t. ; *N* uoinquie — 25 *M²* Doncs, *R*
Dun (*formes constantes*), *B* Dont, *e* Lors, *K* Quant ; *nA²E* uint —
26 (*BR*) ; *K* Orreiz ; *F* Si oirez com ; *A²N* comme ; *M²* li reis
a. ; *M* Et sorroiz c. a., *C* Si oiroiz cum tellamon aias ; *A²* aials,
*EN* ayax, *DFk* aiax — 28 *K* Issi, *D* Einsint ; *n* finirent, *e* fen.,
*M²* refinent, *N* amedui, *K* andui (*v. f.*) — 29 *M²FM* duels, *D*
dels, *EN* diax ; *e* deleinne, *R* heloine, *M²Mn* helaine ; *K* Retrait
uus i. lo duol elaine.

630     Mais jo ne cuit que rien humaine
        Feïst onques si angoissos,
        Si pesme ne si doloros.        *620*
          Le monde orreiz trestot descrire,
        E retraire e conter e dire
635     Coment il est n'en quel mesure,
        Ço qu'on en trueve en escriture.
        Donc vos iert l'uevre recontee,      *625*
        Com faitement Panthesilee
        Vint a socorre la cité,
640     Mais sa proëce e sa bonté
        Comparerent mout li Grezeis,
        Ainz que passassent li dui meis.    *630*
        De li porreiz oïr conter
        Qu'en tot le mont n'ot onc sa per.
645     Dit vos sera come el define
        E la grant eve ou l'om traïne
        Son cors a duel e a pechié.      *635*
          Après orreiz del grant traitié
        Que fait Ditis d'ore en avant :
650     Com l'on traïst le rei Priant;

630 *M²K* quit, *D* croi; *R* por rien; *M²ekn* riens — 31 *M²* an-
goisous, *n*-os, *e* angoisseus — 32 *M¹* dolorous, *e* dolereus — 33 *nC*
Apres orroiz lo mont (*F* les monz) d., *D* Le mont o. conter et
dire — 34 (*A*); *M²* R. e c., *EMR* Et r. c.; *D* Et r. et tout descrire
— 35 *M* il siet, *K* est faiz ; *D* ne, *n* a, *R* en — 36 *F* Et qe len,
*N* Ce que len, *M* Ce quen, *K* Co com en ; *R* atroue; *E* Ce quan
trouons — 37 *n* Puis, *e* Lors ; *EK* ert; *M²Rn* loure; *M* contee —
38 *M¹* pantaselee, *LM* panteselee, *eK* pantesilee, *R* panthesile —
39 (*A*); *R* al, *M* au; *les sept mss. et AR sec. (cf. 487)* — 40 *x* Et
sa — 41-60 *m. à x* — 41 *CM* grecois — 43 *M* lie; *K* Donc repor-
reiz — 44 (*R*); *M²* mond; *eK* monde not sa, *M* mont nauoit sa, *A*
m. not ainz son — 45 *e* quanque d. — 46 *R* A la, *D* De la, *M²E*
La ; *E* len la t. ; *A* Et lueuvre o euls et le termine — 47 *M²* peche
— 48 *M²EM* le g. — 49 (*ABR*); *M* faiz: *M²* dictus, *K* dithis ;
*e* Quan (*D* Qvn) fet de ces (*D* ceuls) — 50 *A* Com en, *M* Com
il; *e* Qui trairent, *B* Et con lon trait.

Coment li traïtor ovrerent,

Qui la traïson porparlerent,                    *640*

Qui il furent, come orent non;

Qui embla le Palladion;

655 Com li chevaus fu establiz

E el temple Minerve ofriz;

Come en fu arse la cité                    *645*

E Ylion jus craventé,

E Prianz li reis detrenchiez,

660 Dont fu granz dueus e granz pechiez.

Se orreiz la grant ocision

Et la fiere destrucion :                    *650*

Ja ne direiz que tel fust faite,

Quant el vos iert dite e retraite ;

665 S'orreiz quin fu menez chaitis

E ceus qui en estorstrent vis.

La meslee e la contençon                    *655*

Que refu del Palladion

Vos sera contee par diz,

670 E com Telamon fu mordriz ;

Come Ulixès, sor cui fu mis

---

651 *e* errerent — 54 *M²K* lo; *K* pallodion, *DM* paladion —
56 *m. à M*; *K* oscis, *H* escris, *M²e* offriz, *B* ofris — 57 *M²E*
Coment fu, *R* Com fu; *D* aisses; *M²ek* citez — 58 *E* ylions,
*D* illyons, *M²* li donions; *M²ek* crauentez, *R* crauantes —
60 *M* Donc; *M²* duels, *M* duelz, *D* dels, *E* diax; *K* D. g.
dels fu — 61 (*CR*); *en* destrucion, *L* fiere occision — 62 *E* cruel;
*en* ocision — 63 *F* nen ; *e* mes tex f., *CK* quainz (*C* que) f. tex,
*R* ainc t. f. — 64 *R* Et q.; *CF* elle ; *M* nous; *D* est, *EFMR* ert ;
*C* sera (*v.f.*); *K* Q. uos sera — 65 *K* Orreiz; *Rk* qui, E qui an ;
*n* qui sont mene chaitif — 66 *n* Et li quel, *MN* eschaperent (*M*
en e.), *F* escamperent; *n* uif; *E* Et li quex puis i remest, *D* Qui
en fu mors quen estoit — 67 *A* La m. et la tencon, *E* La m. la
c. — 68 *F* Qe; *DFM* paladion — 69 *FM* conte; *M* et dit; *M²* bien
contez et diz, *R* b. conte et dit ; *e* Toz orroiz lor (*D* les) faiz et
lor (*D* les) d., *K* Vos serra tot reconte ci — 70 *M²Ken* thel.;
*R* mortriz, *Ne* murtriz, *F* mutriz, *M* murdiz, *K* murdri — 71
*Mn* Et u.; *e* hul.

S'en est de nuit alez fuitis.      *660*

S'orreiz com fu rendue Heleine

A son seignor a mout grant peine ;

675    Com Polixena la pucele,

La fille al rei Priant, la bele,

Fu puis al tombel decolee      *665*

D'Achillès, qui tant l'ot amee :

Ço fu granz dueus e grant dolor ;

680    Puis le comparerent plusor.

     Bien est que l'acheison oiez

Por qu'Eneas fu eissilliez ;      *670*

Coment li Greu s'en repairierent

E coment il reperillierent ;

685    Come il alerent a dolor

Coment furent mort li plusor ;

Come Agamennon fu mordriz      *675*

E com le venja puis sis fiz

De sa mere demeinement,

690    Assez orreiz vos bien coment.

Conté vos sera les ahanz

672 (*JR*); *M²* rest, *R* rest *corrigé en* iest; *M²JKe* de nuiz, *N* a. par mer; *K* ale, *J* tornez; *R* faitiz, *F* furtis — 73 *K* rendu; *C* Oroiz coment randi elaine; *E* eleinne, *D* helainne, *n* -aine (*de même à peu près partout*) — 74 *n* A grant trauail et a g. p. — 75 *F* Et p.; *D* polyxena — 77 *K* tonblel, *E* tomblel; *D* decolpee — 78 *R* si, *Mᶜk* mout — 79 *K* Com ; *e* La (*D* Ci) ot grant duel ; *n* Dont mainte gent orent (*F* norent) d. — 80 *n* la; *C* li p. (*v. f.*) — 81-6 *m. à M* (*bourdon*) — 81 (*JR*) ; *CN* Sest biens, *F* Si est bien; *C* qe a dire ; — *EK* lacheison, *D* -oison, *R* -ason, *M²F* -aison, *N* lacoison ; *nC* sachiez — 82 *C* Qi por e. fu iriez — 83 *n* li roi; *M²FK* repairerent, *C* repairent — 84 *D* repareillierent, *R* repeillierent ; *nC* Com (*C* Et c.) faitement il perillerent, *M²* Ne quei ne ou il p. — 85 (*R*); *M²* Coment — 86 *nC* Com; *n* tuit li p. — 87 *M* murdriz, *CR* mortriz , *eN* murtriz, *K* multriz, *F* mutriz — 88 *FK* leu ; *e* uencha; *K* filz, *D* fuiz — 89 *M* domeine (*la fin manque par suite d'une déchirure*), *n* demaintenant — 90 *M* A. o. auant [...] — 91 *M²* Chante (*peut-être l'original avait-il* cante), *A* Contez ; *M²A* li haanz; *n* seront li ahan ; *e* Aconter orroiz ; *KR* Sorroiz la peine et les a.

Que Ulixès sofri set anz ;                               *680*
D'Antenor, come il espleita
De sa cité, que il fonda.
695   De Pirrus, le fil Achillès,
Qui assez fu fel e engrès,
Porreiz saveir come il l'en prist     *685*
De ses dous oncles, qu'il ocist,
E com rocist lui Orestès
700   Por sa femme lonc tens après ;
Come Andromacha la vaillant
En remest grosse d'un enfant,         *690*
Cui li fiz Hector fist puis rei
Trestot avant qu'il ne fist sei ;
705   Les songes qu'Ulixès sonja,
Que ja nus hom mais teus n'orra ;
Coment sis fiz Telegonus,             *695*
Qui l'aveit quis treis meis e plus,
L'ocist puis par mesaventure,
710   Ensi com retrait l'Escriture.
Les uevres que ci sont nomees
Sont el Livre si recontees            *700*

---

692 *M²* sufri, *KN* soffri, *DFM* soufri; *n* maint an — 693-714
m. à *E* — 93 *n* Et d. ; *knDHR* anthenor (*de même partout, sauf
avis contraire*) ; *H* 9ment e. — 94 *N* De la ; *F* De terre qil f. ;
*M²* funda — 95 *N* pyrrus, *L* pirus; *M²* le fiz, *F* li filz, *K* le fill —
96 *K* fels — 97 (*R*) ; *K* S. p. ; *M²MLN* li p. *H* Mesprit; *D* P. oir
c. il le fist — 98 *D* ocit; *nR* De s. o. que il; *FR* qil p. (*F* le
prist) — 99 *D* ocist, *F* oncist — 701 *AD* andromaca, *H* Et dandr.
— 2 *KR* Lessa grosse dun bel e. — 3 *M²R* Qui, *ADK* Que : *nM*
Com ; *AFk* le filz, *M²* le fiz, *DN* lo fil ; *n* fu p. roi — 4 *n* Tot
auant einz, *H* Et troist ; *K* que; *M* Par sa francise ancoiz que
soi — 5 *n* Des ; *D* que hul, *M* que ul, *H* kul ; *E* les s. que il s.
— 6 *kyJ* Ja gentix hom ; *n* -q. ia m. m. nus hom; *J* tel — 7 *MR*
li filz ; *nK* theleg., *M²Je* thelog., *M* telog. (*cf. v. 29781, etc.*)
— 8 *en blanc dans F*; *M²* Quil a.; *E* .ij. m., *N* vij anz ; *K* ou p.
— 10 *K* Issi, *D* Ainsi, *R* Et si ; *E* Si con reconte, *A* E. com conte ;
*B* retraint, *C* retroient — 11 (*K* que); *AN* ce, *E* an, *D* en —
12 *A²F* en l. ; *AF* racontees, *e* ac. ; *A* en ce l. r.

Qu'a tote rien iert a plaisir,
E mout les fera buen oïr.

## La Toison d'or ; amours de Jason et de Médée.

715      Peleüs fu uns riches reis,
        Mout proz, mout sages, mout corteis :
        Par Grece alot sa seignorie       705
        E del regne ot mout grant partie ;
        Sa terre teneit quitement
720      Bien e en pais e sagement.
        Icist reis aveit un suen frere,
        Fil de son pere e de sa mere :       710
        Eson ert par non apelé ;
        En Penelope la cité
725      Ne sai s'ert reis o cuens o dus,
        Quar li Livres ne m'en dit plus.
        Icist Eson un fil aveit       715
        Qui Jason apelez esteit,

713 *M* t. gent ; *FR* ert ; *F* aplaisanz (*le v. suiv. manque*) —
14 *R* lo, *Aex* le ; *A* ml't par le ; *AMe* bon, *R* bien, *N* boen —
15 (*ABCH*); *M²* iert, *J* fut ; *R* mult riche — 16 *EK* et s.
etc. — 17-8 *interv. dans E* — 17 *n* auoit ; *N* grant s. — 18 ot
m. à *E* ; *M* [...t] (*déchirure*) une p. ; *n* Del r. tenoit — 20 *M²*
saiuement, *n* leiaument — 21 *K* Icil, *e* Et cil ; *M²* son, *DM* sien
— 22 *M²* Fiz, *Ek* Filz — 23-4 *interv. dans Cn* — 23 *A²* Ezon, *A*
Jason ; *M²* iert, *HK* fu, *R* fo ; *B* Et si fu ; *M²ABRk* apelez ;
*nCE* Lont p. (*C* por) n. e. (*E* e. p. n.) a., *D* Et si fu apelez esson
— 24 *A²Hk* Et ; *E* pelenope, *CFK* penolope, *D* -oppe, *B* pelepone,
*H* pelopene; *R*... elopen (*le début du vers détruit par une tâche
d'eau*); *A²BHRk* sa ; *M²AA²BHk* citez ; *D* En p. ce sauon —
25 *M²M* siert ; *Dk* quens ou rois (*M* q. r.) — 26 *nCM* Que ; *M'K*
le l. ; *F* le liure nen an — 27 *N* Icil, *K* Et cil ; *D* esson, *A²* ezon ;
*M²* fiz, *CK* filz ; *M²ABKR* l. a. un f. e., *H* Icil que io uous di
Eson — 28 *A²* iazon ; *M²ABKR* Q. e. a. i., *H* Ot .j.f. qui ot non i.

De grant beauté e de grant pris
730 E de grant sen, si com jo truis.
Grant force aveit e grant vertu,
Par maint regne fu coneü; 720
Mout fu corteis e genz e proz
E mout esteit amez de toz;
735 Mout por demenot grant noblece
E mout amot gloire e largece; 725
Trop ert de lui grant reparlance,
E tant aveit fait dès enfance
Que mout ert coneüz sis nons
740 Par terres e par regions.
Quant ço vit li reis Peleüs
Que Jason montot plus e plus 730
E que chascun jor s'essauçot,
Dotanz en fu, paor en ot
745 Que tant creüst, que tant montast
Que de la terre le getast,
Et crient que, s'il vit longement, 735
Qu'il ne l'en laissera neient.
Mout a grant dote Peleüs
750 Que le regne ne li laist plus;
Quar, se il s'en vueut entremetre,

730 (AB); knR ie lis; M²AA²B sens; C De g. senez; A² estoit
garnis; D Einsint con gen lestoire t. — 31 EN granz; en uertuz
— 32 K En; nEMR mainz (R maint) regnes; R fo, Mn ert; En
coneuz, D cogneuz; M²A Et p. m. r. iert ce seu (A r. conneu)
— 33 R fo, M² iert, n ert; D cointes; n et biax — 35-6 m. à D —
35 (AHJR); M² proece — 36 R glorie, AM ioie — 37 m. à F; Ne
Ml't; M²R iert; M²N granz; Ne deparlance, M parlance (v. f.);
A T. estoit de l. g. p. — 38 n Et m.; e des senfance, M²J de s.,
K en lenfance — 39 n Et m.; M² iert, e fu, R fo; A cist n. —
40 R terre; F Por t. et por; n relions — 41 F uint; A le roy — 43
(R); nDK essaucot — 44 M²MRe Dotos — 45 Ne et t. m.; K Quil
ne c. t. et m. — 46 n chacast; A sa t. ne sotast (sic) — 47 (R);
M² Crient sei, K Et creit, n pensa; A C. q. se il; Nek longuem.
— 48 F li l. — 5o e ne tiegne p. — 51 F Qar; n sil sen u. bien.

Bien len porra del tot fors metre.        740

Mout ot vers lui le cuer felon,

Ne ne faiseit se penser non,

755     Saveir par com faite mesure

Porreit ja prendre engin e cure,

Come il alast a male voë,           745

Si que la terre ne fust soë

Ne de rien nel poüst gregier.

760     Mout se penot de l'engeignier,

Ja seit ço que mout s'en celot

Ne nul semblant ne l'en mostrot.    750

En icel tens, ço truis lisant,

Avint une merveille grant

765     En l'isle de Colcos en mer,

Ensi l'oï l'autr'ier nomer.

La ot, ço set l'om, un mouton     755

Qui tote aveit d'or la toison;

Mais n'esteit rien de cel poëir,

770     Ne par force ne par saveir,

Qu'il seüst engeignier ne faire

Coment d'iluec le poüst traire.    760

A rien n'esteit chose seüe

752 (R); N de t ; M²Me hors — 53 KR le c. u. l. — 54 DMR Et ne, E Il ne; F Ne f. il; N Ne f. se porpenser non — 55 F com par — 56 nKR Porra; DK enging; M²DR ne c. — 57 F uoie, R aioe, D noe — 58 F soie — 59 M² del r., D ce r.; M²Rekn poist (mais cf. v. 4721-2); F greuier, R greier — 60 E de lui guetier — 61 (R); N Jason, F Peleus; n qui m. bien; M²DM se — 62 M²k Ne (M Que) negun (M neiz un, K nis un) s. nen m.; e Nes .j. s., nR Et nul s.; R nen m., n ne len fesoit — 64 KR Auoit — 65 M celcos, R corcol, C corcot — 66 K Issi; R a l. et K en l. (oi pris au prés.); M²Ek lauctor, R lautor, D lactor, M a tous — 67 D s. en, E s. an, M² sai bien, M dient; R La o ce seit qe un — 68 K tot; n dor ot tote — 69 M²ERk riens, N nus, F mie; M² dicel; R de ce conquer — 70 n Que ...ni; F por... por (de même à peu près partout); M²D aueir — 71 (M²R Quil), ek Qui; M peust; n Poist tant— 72 M²Men poist, K peust; n Qui par force lan — 73 F De, N Ne, MR Et; Nk riens; D Nestoit de r. c. seure.

Coment la Toison fust eüe,

775  Onques nus hom saveir nel pot ;
E sacheiz bien teus la guardot,
Ja de l'aveir n'eüst envie                           *765*
Nus hom, qui n'en perdist la vie :
Maint s'i cuiderent essaier,

780  Cui il n'en lut puis repairier.
    Peleüs fu de mal porpens :
Ne vit engin ne lieu ne tens                         *770*
Com faitement poüst ovrer
De son nevo a mort livrer.

785  Ses nies esteit, mout le dotot :
Mais ne voleit pas ne n'osot                         *774*
Mostrer ne faire aucun semblant
Qu'il le haïst ne tant ne quant.
Porpensa sei qu'il requerreit                        *775*

790  E en toz sens porchacereit
Coment Jason la en alast,
Si que ja mais ne retornast :
Bien set, s'il l'i puet faire aler,

774 *FRk* Com la t. en (*R* i) f.; *EN* toisons — 75 *N* Nonques,
*F* Ne unques, *K* Unques; *M²* om, *DM* hons; *AFe* auoir; *n* ne —
76 *M²* tiels, *M* tiex, *F* tiel, *A* tel, *éd.* dex; *e* le g., *kR* lesgardot —
77 *A* Que ia dauoir — 78 (*M²ACEM* qui); *nD* que, *R* quil; *A*
em p., *D* rien p.; *K* Quil i p. molt tost — 79 *AA²BCFJRky*
si alerent, *M²* se quiderent, *N* si cuiderent, *L* si quid.; *F*
asaier, *A²* ass., *R* esseger — 80 (*AB*); *K* Qui; *DK* ne; *n*
Conques ne lor l. (*F* luit), *M²* Qui p. nen porent, *M* Q. onc
ne sorent; *R* Cui nul hom ne .uit p. reparer; *BDJ* pas r.,
*H* ainc r. — 81 *n* en m., *C* a m., *K* en grant — 82 *DK* enging;
*M²R* lue, *ekn* leu — 83 *tous les mss.* poist — 84 *R* neuu, *ekn*
neueu — 85 *F* nés (*sic*) — 86 (*A*); *M* Ne ne u. p. ne ousoit; *n*
M. ne li u. p. (*v. f.*); *M²* nen osot; *KR* Ne u. p. ne il (*R* ne) nosot;
*yJ* Ne u. mie ne n. — 87-8 *m. à K* — 87 *M²* Monstrer, *BDLMn*
Moustrer, *J* Motrer, *C* Metre — 88 *C* Qi laist, *J* Que il lahist —
89 (*JR*); *e* quel; *n* enquerroit, *M* porqueroit — 90 *M* tot, *n* tel;
*D* tens — 92 *n* Et qe; *M²* nen — 93 *M²F* siet; *M* si li p., *F* sil
le poit, *K* sil lo poet.

Ne l'estuet mais de lui doter,                              *780*

795   Ne del repairier n'a dotance,
       Ainz est de ço bien a fiance
       Que la iert sa fin, la morra
       Ne ja mais n'en repairera.
       Ne demora pas puis un meis                            *785*

800   C'une grant feste fist li reis.
       Grant fu la cort qu'il ajosta
       E grant la gent qu'il assembla :
       Assez i ot contes e dus
       E chevaliers set cenz e plus.                         *790*

805   Jason i fu e Herculès,
       Cil qui sostint maint pesant fais
       E mainte grant merveille fist
       E maint felon jaiant ocist
       E les bones iluec ficha,                              *795*

810   Ou Alixandre les trova :
       Ses granz merveilles e si fait
       Seront a toz jorz mais retrait.
       Grant e pleniere fu la corz,
       E quant ele ot duré set jorz,                         *800*

815   S'a li reis Jason apelé,
       Oiant toz l'a areisoné :

---

794 *n* pas de ce — 95 *M* Car — 96 *n* ert — 97 *F* ert, *M* cert;
e la; *M²MRen* fins; *M* la demorra, *F* et la moira — 98 *Dn* Que;
*k* Et que (*M* Ne) ia mes ne retorra; *R* repara — 99 (*JR*); *n* puis
que un, *E* pas plus dun — 800 *KNR* tint — 1 *M* La cours fu g.;
*M²EKRn* corz; *M²EMN* granz, *K* grantz; *F* asembla, *R* mostra
(*v. f.*) — 2 *M²R* granz; *M²KRen* genz, *M* gens; *n* Et la g. granz,
*M* Et ml't gr. g.; *M²* qui, *M* i; *M²* asenbla; *F* aiosta — 4 *DN*
ou p. — 6 *E* sofri; *M* grant faiz (*v. f.*) — 8 *Dn* i. f. — 9 *E* bosnes,
*DK* bonnes, *F* gardes; *DK* ilec, *M* illeuc, *E* iqui — 10 *M* al', *M²*
alisandres, *EKN* alixandres, *D* alyx., *F* alex.; *R* O alexandre —
11 *F* ses faiz, *R* sez fait — 12 *CK* S. mes a; *C* tot ior — 13
*M²EKn* Granz; *D* court — 14 *M²* el; e.viij., *M²Ak* .iij. — 15 *F* Si
a — 16 *M²FM* arais., *R* aras., *DK* arcs.

« Oies, beaus nies » fait Peleüs,
« Rien que seit vive n'aim jo plus
« Com jo faz tei, ço saches bien,                   *805*
820    « Mais mostrer te vueil une rien.
« Mout par ies beaus, proz e hardiz,
« S'ies chevaliers granz e forniz;
« Mout as gent cors e grant vertu,
« Si t'ies en maint lieu combatu,                   *810*
825    « Toz jorz en as victoire eüe;
« Mainte chose t'est avenue,
« Dont tu te puez mout faire liez
« E dont tu ies mout essauciez.
« Nus n'est hui vis de ton aage                     *815*
830    « Qui proëce ne vasselage
« Ait envers tei de nule terre :
« Trop par porras ancor conquerre.
« Mout as grant pris e grant valor,
« Mout as conquise grant honor,                     *820*
835    « Mais conquerre la puez mout maire.
« S'une chose poëies faire,
« S'esteies si proz ne si os

817 *M²DFRk* Oïez, *EN* Oez (*mais cf. 1038*); *R* biaz, *M²* biaus, *EKN* biax, *M* biau; *F* beus nez — 18 *DKR* Riens; *N* Que r. q. s. u. neim p.; *M²A* najn; *KR* gie (*R* ie) n., *F* ne am; *A* Nule r. q. u. — 19 *A* f. vous; *FK* sachez, *M* sacez — 20 (*A*); *M²M* monstrer, *n* dire; *E* uuel, *Dkn* uoil — 21 *M²EM* es b., *F* iert b.; *A* et ml't h., *M²k* m. es (*K* ies) h. — 22 *R* Et es, *Ke* Et — 23 *F* a; *n* grant force — 24 *AR* en mainz lieus (*R* leus), *E* maintes foiz; *M²* lue, *DKN* leu; *R* abatu; *n* Et en m. l. ties (*F* tes) — 25 *e* Dont as t. i.; *D* uitoire — 27 (*HJ*); *M* Donc; *BEKR* f. m.; *A²D* D. tu p. (*A²* dois) estre forment l. — 28 *E* don, *M* donc; *BEFR* es, *K* iers; *D* Tu en seras m., *B* Et m. tu en es — 29 (*R*); *K* or uis; *E* Nest h. n. hom, *n* Que n. h. nus (nus *m.* à *F*); *A* Nul... uif — 30 *A* Cui — 31 *kn* en n. (*de manque à R*); *M²* nuille — 32 *An* Ml't par, *M* Assez; *K* unquor, *M²Me* encor, *n* honor — 33-4 *interv. dans MR* — 33 *N* enor — 34 *A* conquis et; *M²* enor, *N* ualor — 35 *M* puet or m. — 36 *e* Se tu ueuls (*E* uiux) une c. f., *F* Se u. c. poiz f.; *M* poiez, *R* poois — 37 (*R*); *M* Sestiez, *n* Se tu ies, *M²* Si eres.

« Que tu la Toison de Colcos,

« Que de fin or est senz dotance     *825*

840 « E dont il est tel reparlance,

« Poüsses par nul sen aveir,

« Ne par force ne par saveir,

« Si avreies plus los conquis

« Que hom qui onc fust nez ne vis.     *830*

845 « E saches, sor les deus te[l] jur

« E leiaument t'en faz seür,

« Se tu la Toison puez aveir,

« De mon regne te ferai heir,

« E a mon tens e a ma vie     *835*

850 « T'en liverrai la seignorie :

« De tot seras e maistre e sire ;

« Ja ne voudras penser ne dire

« Cele chose que jo ne face,

« Que bel te seit ne que te place. »     *840*

855 Jason oï que li reis dist

E la pramesse qu'il li fist ;

S'ot les granz biens qu'il li retrait

---

838 *R* corcos — 39 (*A* Que); *M*² *ek* Qui e. de f. or; *A* f. ce est s. —
40 *M*² tiel, *N* tiex, *FKe* tex ; *en* t. deparlance, *A* de telz parlance;
*M* Par hardement et par ousance — 41 *K* Poissez, *N* Puisses, *F*
-iez, *D* Peusses, *E* Poisses, *AM* Pooies; *K* por; *M*²*AD* sens; *nE* P.
par (*F* por) nul engin a., *M* P. conquerre et a. — 42 *A* pooir; *Rk*
Donc (*R* Dunc) porreies tu bien s. — 43 *Rk* Que tu (*R* dunc) au-
reies l. (*k* p.) c., e Lores a. (*E* Lors a. tu) p. c. ; *M*² doncs mais c.,
*A* donc plus c. — 44 *A* fu; *n* Que h. q. soit ne nez ne u., *EKR*
Que nus (*K* nul) h. qui onques f. u., *D* Q. n. q. f. de mere u., *M*²
Qui om terriens qui seit u. — 45 *A* sus ; *M* Et sor les damedex —
46 *R* laiaum. ; *Akn* te — 47 *e* p. la t. a.; *M*² pues, *K* puoz — 48
*R* regname (*v. f.*); *A* royaume te fas hoir ; *M*² farci — 49-50 *interv.*
*dans D* — 49 *F* Et en m. t. et en — 50 *K* liuerai, *F* liurerai — 51 *M*²
Del t., *AN* De toz; *F* serais; *DM* en seras m.; *E* s. maistres et s., *M*²
ten ferai m. e s — 52 (*AR*); *M*² nen; *n* sauras — 53 *M* Nulle c .; *M*²
nen, *A* nel ; *n* que (*F* qi) ne te, *M* que ie ni — 54 (*M*²*K* Que); *K*
biau ; *Aen* ne qui, *M*² e qui, *K* et que; *R* ne p. (*v. f.*) — 55 *D* ot bien,
*M* ot; *e* dit — 56 (*R*); *ekn* prom. — 57 *F* Soit, *M* Ot; *F* pramait.

Des granz proëces qu'il a fait.
Mout li fu bel e mout li plot, *845*
860 E mout grant joie en sei en ot ;
Set qu'il a tant force e vigor
E sen e proëce e valor
Que la Toison senz faille avra,
Dès que il s'en entremetra : *850*
865 Ja ne sera en lieu si fort,
Ço li est vis, ne l'en aport.
Grant cuer a e grant volenté
D'aler en estrange regné
E de veeir les regions *855*
870 Dont a oï nomer les nons ;
E mout voudreit faire tel rien
Que l'om li atornast a bien
E dont il essauçast son nom.
La pramesse ot e le gran don *860*
875 Que sis oncles li prameteit :
Nul mal engin n'i entendeit,
Ainz cuidot bien certainement,
Senz nul autre decevement,
Que por son bien li loast faire ; *865*
880 N'i entendeit mal ne contraire.
Tot bonement li respondi :
« Sire », fait il, « vostre merci.

---

858 *E* ot f. — 59 *KR* len — 60 *n* Et en son cuer g. i. en ot
(*F* not) ; *R* auoit — 61 *M²* Siet, *M* Scet ; *n* Sot quil ot — 62 *F* S.
et, *K* Et force ; *M²Me* sens — 64 (*R*) ; *M²* D. quant ; *n* Puis que
bien pener sen uoudra — 65 *R* el l. ; *M²* lue, *Rekn* leu — 69 *k*
uoier, *R* ueor — 70 *M²DMR* D. il ; *M* Donc, *R* Dun (*formes à peu
près constantes*) ; *M²DMR* il ; *R* oit, *M* ot, *M²* ocit, *D* ooit — 72
*R* Qui om ; *M²* lon, *Ken* len, *M* on ; *F* au b. — 73 Si quessauciez
en fust ses nons — 74 *Men* prom. *de même partout, sauf avis
contraire* ; *E* gent d. ; *n* les granz dons — 75 *Men* prom. (*de mé-
me partout, sauf avis contr.*) — 77 *K* Ains, *N* Einz — 78 (*R*) ; *n*
deuisement — 79 *M²* Qui, *M* Et — 80 *R* atendoit — 81 *K* Molt b.

&laquo; Bien sai e vei, n'en dot de rien,

&laquo; Que m'onor volez e mon bien ;      *870*

885    &laquo; Haute chose me prametez :

&laquo; Granz merciz vos en rent e grez ;

&laquo; La irai jo, quant bel vos est,

&laquo; Mout volentiers, vez m'en tot prest.

&laquo; Ja n'en quier plus lonc sojor faire :      *875*

890    &laquo; Se deus me guarist de contraire,

&laquo; O mei s'en vendra la Toison :

&laquo; Ja n'iert si guardez li mouton. &raquo;

     A guari se tient Peleüs :

Mander e querre fait Argus.      *880*

895    Engeigniere fu buens provez,

Li plus tres sages qui fust nez :

L'om ne saveit soz ciel son per.

Ne qui si bien seüst ovrer.

Quant li reis l'ot a sei mandé,

900    Preié li a e comandé      *885*

C'une nef seit faite e hastee,

Fort e siglant e atornee

A endurer un fort torment

883 *M²F* ne ; *K* dote r. — 86 *FK* grant merciz, *R* g. merci ; *N* en sai — 87 *DM* bon, *K* biau — 88 *M²Mn* voluntiers ; *H* moi, *FRM* me ; *DMN* veez men (*M* me) p. ; — 89 *nM* Ge ; *Ke* ni, *Mn* ne ; *M* Je ne uoil ; *tous les mss.* scior — 90 *D* desfent — 91 *K* O me ; *M²DKRn* toisons — 92 *EKR* moltons, *M²Dn* moutons — 93 (*R*) ; *DF* tint — 94 *M²Fe* fist — 95 *M²* Engigners, *DFK* -gnieres, *EN* -gnierres, *R* -gnerres, *M* Anginerez ; *M* iert cil, *n* estoit ; e bons ; *M²* ert icil p. — 96 *M²* saiues (*forme ordinaire dans la 1re partie de ce mss. ; nous notons sage*) ; *M* Li p. s. qui onc f. n. — 97 *M²* Hom, *N* En, *F* Anc, *K* Lon, *Me* Len — 98 *M²* quensi b. — 900 *R* Proyé ; *n* Si (*N* Se) li a dit — 1 *E* nes, *R* nex ; *M* Quil face tost une n. — 2 *M²AR* Forz, *n* Fors ; *Ne* si-glanz, *F* si granz, *R* garni ; *A* et grans et si a. ; e Bien s. et bien a., *M* Ou il ait sigle mast et tref, *puis ces 2 v.* : Et garde quele soit h. Fors et siglans et a. — 3 *Fek* Por e., *R* Par durer, *A* Quendurer puisse ; *n* mout f. uent.

E un orage e un grant vent.                          *890*

905   Argus respont : « Jusqu'a un meis,
     « O, se devient, bien tost anceis,
     « Iert si aprestee la nef,
     « Nen iert a dire mast ne tref. »
     Cil se pena de la nef faire,                    *895*

910   Qui mout en sot bien a chief traire :
     Bele fut mout e grant e fort,
     E bien furent garni li bort.
     Ço vuelent dire li plusor,
     Mais jo nel truis mie en l'autor,              *900*

915   Que ço fu la premiere nef
     Ou onques ot sigle ne tref,
     Ne que primes corut par mer.
     Cil qu'i osa premiers entrer,
     Ço fu Jason, ço est cuidé,                     *905*

920   Mais n'en truis mie autorité.

---

904 $M^2$ gros u., *n* torment — 5 $M^2$ jusque — 6 *n* Et; *K* ses-
deuient, *FMR* se deuint, *C* se ie puis, $M^2$ ancor a.; *EN* encois,
*D* aincois, *F* anzois; *G* Par aduenture plus t. ans. — 7 *F* Siere si
atornee, *D* l. a. si, *E* Vous sera si preste, $M^2$ *Rk* V. rendrai si p.;
*n* neif, *eR* nes — 8 *EN* maz, *G* malx, *D* mas, *R* mare ; *N* treif,
*F* trief, *eR* tres — 9 *F* neif — 10 *M* la sot; *R* aisot b. a chie —
11 $M^2A$ Ele; $M^2Me$ granz; $M^2AFRek$ forz ; *n* Enterine la fist —
12 (*A*); Et m. à *F* ; *KR* Et fu ml't b. garniz, *Me* Et m. fu b. g.;
*AFRek* li borz; $M^2$ Et b. fu garnie de borz — 13 *K* solent, *D*
voldrent, *M* uoudrent, *E* uostrent — 14 *JK* ne ; *EFk* lauctor —
15 *EF* fust; *R* primere, *n* -iere; *N* neis, *F* neif, $M^2e$ nes — 16 *M*
Qui onc fust, *R* O unques f., *F* Conques eust, *N* Qui einz aust ;
$M^2$ ueilcs, *K* ueile, *Rn* uoile, *E* uoiles,. *DM* sigles ; *F* Neif, *N*
treis, $M^2$ *Me* tres — 17 ($M^2$ que) ; *EN* premiers, *R* primers, *F*
primier, *K* onques ; *EFK* corust — 18 $M^2$ primiers, *M* premier ;
*F* Cil ousa dedainz, *N* C. qui einz i osa — 19 $M^2$ quide, *A* cuidie ;
$A^2CGN$ conte; *J* ce a (*dialectal*) p., $A^1EH$ cai (*E* ce) anpense, *D*
sai enpensse, *F* ce est uerite, *BRk* ce dient (*B* dist on) bien —
20 $A^1$ ai, *F* faut, $A^2N$ faz; $M^2A^1$ autre a., *eJ* a. uerite ; *C* M. ne fu
pas a., *B* M. ie nen t. en lactor r., *kR* M. en lauctor ne (*MR* nen)
t. gie (*R* t.) rien.

Cil ot la nef apareilliee.
E bien cloëe e chevilliee
E encordee de funains;
E governauz i ot e reins,                          910
925   Veiles, utages e hobens,
E forz chaables e granz drens.
N'i ot rien plus que aprester :
Dès or puet om o li sigler
Par mi la mer a hautes veiles                       915
930   E au soleil e as esteiles.
La novele fu ja alee
Par Grece et par mi la contree
Que Peleüs li reis faiseit
Une nef faire a grant espleit,                      920
935   En que Jason deveit entrer,
Qui en Colcos voleit sigler,
Car aveir cuide la toison

---

921 *M²A* apareille, *K* -eillee, *R* -ilee, *F* -eilie — 22 *C* Et b.
cloiee, *M²ARk* E clauelce; *M²A* cheuillee, *K* cheuelie, *R* -ellie,
*FG* -illie, *C* caucilliee — 23 (*HJ*): *R* incordee (i *sur le premier*
e), *F* bien cordee; *M²* de fust nains, *M* refu mainz, *DJ* ce (*J* de)
fu nains; *L* Et ordenee de fuz granz, *C* Et desore corde as mains
— 24 *et* 25 *m. à L*; 24 *M* Bons g.; *AK* gouernail, *JR* -al; *M²CDK*
rains; *M* esrainz; *C* Et si ot g. et r. — 25 *M²* ytages, *B* ut., *R*
utaiges, *J* hut., *A* hautages, *e* hustaches, *HM* estages, *n* estranges,
*A²* estranghes; *M²* obens, *K* hobans, *n* hobanz; *Mi* ot bons, *BR*
et grans rens (*B* rans); *C* V. i ot estranie et grans — 26 *F* chea-
bles; *B* Et forceables et hobens; *nA²C* forz; *C* drans, *N* danz, *R*
dainz, *AH* dens, *R* diens, *D* orens (*v. f.*); *M* et plaisanz — 27
*ADk* riens; *KRn* p. r., *A* mes r.; *L* a a. — 28 (*M²* om), *Kn* len,
*ER* an; *D* pueent; *F* lui; *Rck* aler s.; *L* Des ore p. par mer s.
— 29 *R* Pur la m.; *M²R* o h.; *L* Quant il uoldra — 3o *ADN* Et a
la lune, *R* Et al suloil — 31 (*ACHJR*); *F* est tost a. — 32 *M²JRky*
Par g. et par mi la (*K* p. lautre) c., *B* Parmi g. et par la c., *nC* Par
tote g. la c. — 35 (*M²EHJNR* En que), *A* Et que, *CF* En cui, *D*
En coi, *M* En quoy, *B* Lau; *K* Et i. i d. e.; *nABC* uoloit e., *EH* e.
deuoit — 36 *A* Et en; *R* a corcois, *B* en corcos; *M²n* deuoit s.,
*C* d. aler, *EH* a. uoloit — 37 *F* cuidoit, *K* quidot; *F* toisons.

Que de fin or est el mouton.
Li plus pro e li plus vaillant                                925
940    E cil qui plus erent aidant,
Plus redoté, plus coneü,
En sont dreit a Jason venu :
Ofert, pramis e dit li ont
Qu'ensemblement o lui iront.                              930
945    E il trestoz les en mercie,
E doucement lor dit e prie
Que, quant il avreit bon orage
E il verreient son message,
Apareillié fussent e prest                                    935
950    De venir la ou la nef est.
Ensi li ont tuit otreié :
Après ont pris de lui congié.
      Quant vint contre le tens novel,
Que doucement chantent oisel,                         940
955    Que la flor pert e blanche e bele,
E l'erbe est vert, fresche e novele ;

938 (BR); (n Qe); A ou m.; F de fin or est li moutons — 39
n preu, H prou, D preuz; E prisie li; M²ABCJRk Des (BC De) p.
prouz (BCM preuz) et des (BC de) p. (J mielz) uaillanz — 40
nC puissant; D Et qui estoient p., E Et li meillor li p.; ABHJKR
Et qui daus erent p. (H mius) aidans, M²M Des plus dotez (M
seurz) des mielz (M plus) aidanz — 41 (AR); BF et p. cremus (F
cremu); E Li r. li coneu, M Li p. dote li p. conneu, M² E qui
p. erent c. — 42 D a i. d. — 43 M²DFK Offert — 44 M
Quensemble o lui en i., A Que ensemble o l. sen i. — 45 D
Jason; R amercie — 47 Ekn auront, D verront, A auroient (v. f.);
M² buen, N boen; D orache — 48 (A); R ueoient; n uerront lo
(F lu) suen — 49 n A. soient — 50 (A); F neif, N neis, M²EM
nes, R nex — 51 K Issi; MR Et ainsi (R insi) li o. o. (M tuit o.),
D Tout ainsint li o. o. — 53 M uient; K Co fu el t. diuer n. —
54 F li oisel; — 55-6 interv. dans n — 55 (A'); M²EK flors;
M²K pareist b.; x Et (GL Que) la f. est fresche et b. (GL est
(L iert) f. nouele) — 56 (A' J); k Et l. u.; M²A'DK uerz, R uint;
A' froiche; n est f. et n., G e. f. et si est bele, L u. et bonne et b.

Tome I.                                                                        4

Quant li vergier sont gent flori
E de lor fueilles revesti,
L'aure douce vente soëf,                      945
960   Lors fist Jason traire sa nef
Dedenz la mer, ne tarja plus.
Argo ot non del non Argus :
Argus l'aveit faite e ovree,
Por Argus fu Argo nomee.                      950
965   Guarnir la fist Peleüs bien :
Ne lor defailleit nule rien
De quant que lor esteit mestier.
Venu furent li chevalier
E tuit si autre compaignon :                  955
970   En la nef entrent a bandon.
Ensemble o eus vait Herculès,
Qui parenz ert Jason mout près.
Li venz corut devers la terre,
Qui la nef tost del port desserre;            960
975   La veile ont fait el mast drecier.
Bon vent orent e dreiturier,
Donc comencierent a sigler
Par mi la transe de la mer.
Tant ont siglé a veile pleine,                965

957 *M* que, *K* Et; *D* Q. li biau u. s. f. — 58 *MNR* fueille
— 59 (*M²JR* Laure), *F* Loire, *EHJKN* Lore, *A²* Loure, *DM*
Leure; *G* dou uent; *M²* u. e s., *F* et uent s.; *A¹* Laire est d. u. s.,
*A* La rosee si chiet s. — 60 *M²* Doncs, *R* Dun, *K* Donc; *FL* fait;
*M²KL* la n.; *n* tendre (*N* traire) son tref. — 61 *N* la nef, *F* la
neif; *Rekn* tarda — 62 *CN* Argos, *F* Argus — 63 *K* conree, *F* for-
mee — 64 *JR* Par; *CN* argos n., *F* argot n. — 66 *M²* defailli,
*F* defailot, e i failli — 67 *F* quanqil lor fu m. — 69 *M* leur a.,
*K* li a. — 70 *F* neif — 71 *R* o cels — 72 *M²D* iert; *Rk* i. estoit
p. — 73 *K* .j. u. — 74 *F* Qe : *A* t. la n.; *N* de p.; *F* deseure —
— 75 (*A²*); *A* Li uoille; *R* el marc, *N* au mat, *G* au mal, *J* o
mals, *C* la nuit; *L* Lor uoiles font en haut d. — 77 *R* Dunt, *n*
Si, e Lors — 78 (*B*); *F* les ondes, e le trauers; *kR* A haltes
veilles (*M* haute uoile) par la m.

980     Ainz que trespassast la semaine,
        Ariverent as porz de Troie
        A grant leece e a grant joie :
        El havre de Simoënta
        Sai bien que la nef ariva.                    *970*
985     Fors s'en eissirent ambedui,
        Jason e Herculès o lui,
        E tuit lor autre compaignon :
        Grant joie meinent el sablon.
        Lor eve douce ont refreschiee,               *975*
990     Que la mer aveit empeiriee ;
        Sor le rivage el bel gravier
        Ont fait conreer lor mangier.
        Dous jorz aveient sojorné,
        Quar auques esteient lassé ;                 *980*
995     N'aveient mie grant corage
        De faire el païs lonc estage,
        Mais mout lor ert e buen e bel
        De reposer en lieu novel
        E d'auques sojorner lor cors.                *985*
1000    Tuit esteient de la nef fors :
        Mal ne damage ne faiseient

980 *FK* Qe anc (*K* ainz) qe pasast; *R* trapassast — 81-2 *interv.
dans C* — 81 *R* al porz, *FMe* au port — 82 *C* A l. — 83 *M* Au
port, *F* Et au p., *R* En la rue; *DN* symeonta, *EM* sim., *F* simeona,
*KR* simoneta — 84 *CLN* lor ; *N* neis, *F* neif, *M²E* nes — 85-6
*interv. dans D* — 85 *M²Me* Hors; *N* amedui — 86 *R* andui —
87 *nEJK* li a.; *K* T. li altre c. — 89 *M²* refreschee, *Rkn* -ie, *D*
rafreschie, *E* ia freschiee — 90 *M²Ekn* mers ; *K* enpeirie, *R* anp.,
*DMN* enpirie, *F* emp., *E* enpiriee, *M²* empirer — 91 *M²* grauer
— 92 *M* conroier — 93 *FR* Dos, *D* Deuls ; *K* demore, *les autres
mss.* seiorne (*de même partout* (seiorner), *sauf avis contr.*) — 94
*M* A. e. ml't l. — 97 *M²F* iert; *M* e. b.; *enM* bon — 98 *kn* De
seiorner, *R* Dels r. ; *Ne* el ; *M²* lue, *R* lou, *ekn* leu (*de même par-
tout, sauf avis contraire*) — 99 *M²NRek* sejorner; *F* donques
asier — 1000 *F* neif ; *M²Me* hors ; *M* Por ce e. issu h. — 1 *Ekn*
domage, *D* doum., *R* domaige.

    En la contree ou il esteient.

      Reis de Troie Laomedon

    A oï dire que Jason                      *990*

1005    Ert arivez e Herculès,

    E autre chevalier adès

    Plus de set cenz, des plus hardiz

    E de Grece des plus esliz,

    Sont de lor terre ça venu :              *995*

1010    Le païs avront confondu,

    Les chasteaus ars, prise la preie,

    Se il mout tost nes en enveie :

    Nes i vueille ja consentir,

    Quar granz maus l'en porreit venir.     *1000*

1015    Laomedon fu de grant sens :

    Crienst e dota en son porpens,

    Se ceus de Grece consenteit

    Ne en nul sen lor amordeit

    Qu'il arivassent a ses porz,           *1005*

1020    Il en sereit honiz e morz ;

    Bien en porreit perdre s'onor,

    E quant vendreit al chief del tor,

    Tost li fereient lait damage.

---

1002 *R* estoent — 2 *M²AJLRky* Li rois ; *K* troi ; *A²* De t. r., *MᶜFH* laumedon, *C* laaumedon — 5 *Rk* Est; *n* E h. ert (*F* iert) a. — 6 *M²LR* E autres cheualiers; *n* Et dautres c. assez — 7 *MᶜKLR* prouz (*L* preuz) e h., *M* preu et hardi. *e* des p. **esliz,** — 8 *M²DLN* les, *F* aus ; *e* hardiz; *M* Estoient arriue o lui — 9 *F* la ; *M* Ca s. de l. t. u. — 10 *D* lessent c.; *M²E* Tot le p. ont c., *kR* Tot lor (*M* Tuit li) p. iert c. — 11 *F* Les casteus, *M* Li chastel ; *KR* Del pais (*R* Des chastiax) iert p., *e* Des c. ont p. — 12 *M* Sinelement; *F* nos en, *R* ne len; *A* ne se manoie; *M²* aj. 2 *v.* : Damage li feront enfin Se il longues sunt si ueisin — 14 *F* Qe; *E* en p. — 15 *CFR* Laumedon; *C* fist g. s. — 16 *enKR* Crient, *M* Craint; *K* et dote — 17 (*R*) ; *M¹* Sa — 18 *K* Et; *EFRK* a n.; *MᵖDM* sens; *n* les — 19 *D* son port — 20 *DM* Tost — 22 *n* Quant u. (Fuendront); *K* de tor — 23-4 *A* T. en f. honte e lait Li rois a pris .j. sien varlet — 23 *H* i f.; *B* grant d.; *MᶜBK* dam. (*forme const.*), *EHN* domage, *DF* -aige.

Li reis a pris un suen message :        *1010*
1025  Cuens esteit cil de haut parage,
      Pro d'ome aveit en lui e sage.
      Son talent li encharge e dit,
      E cil l'a bien mis en escrit.
      Puis est montez el palefrei,        *1015*
1030  Dis compaignons mena o sei ;
      Tant chevauchierent a espleit
      Que al port sont venu tot dreit ;
      Le seignor ont tant demandé
      Que li autre lor ont mostré.        *1020*
1035  Son message li dist li cuens,
      Qui sire e mestre esteit des suens :
      « Jason, » fait il, entent a mei :
      « Oies que di de part le rei,
      « A tei mande nomeement,            *1025*
1040  « E a ces autres ensement,
      « Que tost en eissiez de sa terre,
      « Qu'en pais la vueut tenir senz guerre.
      « Senz son congié e senz son gré
      « Estes en son païs entré :         *1030*

1024 *M* Li cuens, *H* Donques ; *CF* ot p. — 25-6 *m. à xD*; -26
*est placé avant* -24 *dans EH* — 25 (*BHJR*); *M* e. de h., *A* e. de
ml't h. — 26 *M²C* Proudome; *M* Preud. bealz et s. (*sic*), *A* Ml't
i a. prodome et s. — 27 *L* encarche, *B* -ge; *F* lo charge ; *D* li c.
et li d.; *B* dist — 29 *D* del p.; *R* palafroi — 3o *EJRk* Dous, *D*
Des — 3r *k* T. cheualchent a grant e. — 32 *A* Que anoit — 33
*R* Lor; *M* tost — 34 *M* Et li; *ekn* li ont .— 35 *EKR* lor; *ek* dit
— 36 *M* fu; *D* sires et mestres e. des siens — 38 (*BR*); *A²* Jo
uoil dire; *CLn* Ci (*N* Ge) sui uenuz; *M²* De p. laomedon le r.,
*A* Sez que te mande nostre roi, *A'Jy* Oies la parole le (*A'H* del)
r.; *A²KL* de par, *F* de parz; — 39 *n* Il (*N* I) te m. premierement ;
*K* primes, *MR* primiers ; *A* A toi tout denommeement, *M²* Vieng
a tei tot n. — 40 *EN* ans., *R* ansiment, *F* empsement — 41 *n*
Que tu ; *M²n* ten isses; *kR* Mande quissiez fors (*M* hors) — 42 *n*
En ; *M²* uout, *K* uelt, *FM* ucut, *D* veult, *E* uialt, *N* uiaut (*de
même à peu près partout*) — 44 *n* les tu.

1045 « Il ne set pas por quel afaire,
  « Mais mout li torne a grant contraire
  « Dont vos onques ci arivastes
  « Ne que dedenz sa terre entrastes.
  « Ne vueut que plus i demoreiz,   *1035*
1050 « Ainz vueut tres bien que vos sacheiz,
  « Tost vos torreit a grant folie.
  « Ne vos i aseürez mie :
  « Eissiez vos en grant aleüre,
  « Qu'om ne vos face autre laidure ;  *1040*
1055 « S'un sol jor aviëz enfrait
  « Le devié que par mei vos fait,
  « N'en porreit puis un sol baillier
  « Que tot nel feïst detrenchier ;
  « De vos sereit faite jostise,   *1045*
1060 « Ja n'en sereit raençon prise. »
  Jason oï la desfiance,
  Grant duel en ot e grant pesance :
  « Par Deu, » fait il, « seignor Grezeis,
  « Grant honte nos a fait li reis,  *1050*
1065 « Qui de sa terre nos congiee,
  « E ço nos mande e nos deviee

---

1045 *M²* siet (*f. constante*), *M* soit; *M²* par — 47 *n* Quant, *Ae*
Que; *F* o. uos — 48 *A* uous en sa — 49 *M* demorgiez, *Ne* demo-
roiz, *K* demorreiz, *AFMR* demorez — 5o *n* que uos t. b.; *Ne*
sachoiz, *F* sacies, *M²M* sachiez — 51-2 *interv. dans les ms.* — 52
*Ae* torneroit a f., *M* t. a. g. f. (*v. f.*); *n* Tost t. a g. f. — 53 *M²* Eissez,
*ekn* Issiez — 54 *DN* Quen, *F* Qe hom, *E* Quan ; *M²Ak* Ainz quil
uos f. — 55 (*A*); *M²* aueiez, *K* auriez ; *F* Se un s. i. auez; *M²*
enfreit — 56 (*A*); *J* deuis que por ; *D* Seur la deuisse quen vos
fet — 57 (*A*); *K* Ne porreiz p., *E* Ja nen porroit — 58 *M* touz ne,
*J* tost nel; *K* fist; *nD* Quil nen (*N* Quil nel, *D* Quen ne) feist t.
d., *M²A* Que ia ior mais ; *M²* eust mestier, *A* fust cheualier; *E*
Quan tenist puis a c. — 59 *n* feroit mout grant i., *K* f. fere i. —
6o *M²EN* raencons, *K* reanc., *F* reanzos, *M* uaiance (*sic*) — 62
*K* G. ire; *M²M* en a — 64 *M²N* cist r. — 65 *M²* congee, *BCF* -ie
— 66 *M* Et si ; *n* Et nos commande, *De* Et ce nos uiee (*D* vee).

« Que demain n'i seions trové.

« Nos deüssons estre honoré

« Par lui e par la soë gent,                    *1055*

1070  « Mais de tot ço n'a il talent :

« Mauvaisement nos i honore ;

« Mais ancor cuit veeir tel hore

« Qu'il s'en repentira mout chier.

« Vassaus, » fait il al messagier,              *1060*

1075  « Dire poëz a vostre rei

« Que, par les deus de nostre lei,

« Quant nos ici preïmes port,

« Damage, orgueil, honte ne tort

« Ne volions faire en sa terre,                 *1065*

1080  « Ne n'avions talent de guerre;

« E s'il en Grece fust venuz,

« A grant joie fust receüz:

« Il n'en fust mie congeez,

« Anceis i fust mout honorez.                   *1070*

1085  « A mainz sera ancor retraite

« Ceste honte qu'il nos a faite,

« A teus cui mout en pesera :

---

1067 *F* ne ; *K* seons; *M* Que ni s. d. t. — 68 *EN* deussiens, *DF* deussions, *K* deusson; *M²* henore, *EKN* en., *M* honn. — 70 (*R*); *n* ni a neient — 71 *EN* Malueisement, *k* -esement, *D* Mauuessement; *M²* henore, *EKN* enore, *D* 'enn., *M* honn. (*et de même le plus souvent*) — 72 *M²MRe* encor, *K* onquor; *E* E. c. ie ; *M²F* tiel, *EN* tele; *M²NRek* ore — 73. *F* Qi; *M²* cher — 74 *KNR* Vassax, *F* Vasaus, *E* -ax, *ADM* Vassal — 75 (*AR*); *EN* porroiz, *F* poirez — 76 *F* dieus, *M* diex; *K* a nostre — 77 *e* preismes ici p. — 78 *D* Doumache, *F* -age; *M²* ergueil, *nDM* orgoil, *E* orguel, *K* ennui — 79 *EF* uoliens, *M²* uousimes — 80 *ek* Nos; *N* nauiens; *Fe* talant, *M* cure — 81 *F* Et si; *K* i f. — 82 *E* i f. r. — 83 *K* ne; *M* I ni; *n* congehez — 84 *DM* Aincois, *F* Anzois, *N* Encois, *D* Aincois, *E* Eincois (*de même le plus souvent*) — 85 *D* Av mains, *M²* A maint, *EN* A meinz; *M²Re* encor, *K* onquor; *C* En m. leu ert encore retret — 86 *K* Icest enors; *C* fet — 87 *M²* tiels qui.

« Ço cuit, ja faille n'i avra. »
Herculès a dit al message :  *1075*
1090  « Vassal, le port e le rivage
« Guerpirons nos hui o demain,
« Mais d'une chose faz certain
« Laomedon vostre seignor :
« Jusqu'a treis anz verra tel jor  *1080*
1095  « Qu'en cest païs ariverons,
« Que ja congié ne l'en querrons,
« Ne ja por vié ne por manace,
« O li seit bel, o li desplace,
« N'i laisserons a sojorner.  *1085*
1100  « Enoier nos deit et peser
« De la honte qu'il nos a fait.
« Meü devreit aveir tel plait
« Qui li tornast a deshonor,
« Ainz que venist al chief del tor,  *1090*
1105  « E dont toz jorz se poüst plaindre :
« Si fera il, ne puet remaindre. »
Li messages fu mout corteis :
« Par Dieu », fait il, « seignor Grezeis,
« Laide chose est de manacier  *1095*

---

1088 *M²* quit; *K* Gie c. ia, *N* la ce c., *F* Ice c. qe (*v. f.*) —
90 *M²* Vassaut, *NR* Vassax, *E* Vasax, *F* -aus, *D* Amis; *n* lo (*F*
li) passage — 91 *M²* ia o d. — 92 *FM* faiz, *N* fais, *K* seit — 94
*FM* Jusquan, *R* Jusque, *E* Tresqua, *D* Aincois; *K* tierz an; *M²F*
tiel — 95 *M²D* arriuerons, *k* -on, — 96 *F* ne li; *R* queron, *F* -ons,
*Nk* querron — 97 *F* Qe; *K* par... par; *Rekn* men. (*de même
partout, sauf avis contraire*; *cf.* manacier *3093 M²K*) — 98 *K*
bel li s; *R* len d.; *D* il soit b. ou il d., *E* mal li s. ou bien li place,
*n* bien li poist ou bien li p. — 1100 *M²E* Enuier, *D* Enn., *M* Ann.,
*FK* Ennoier — 2 (*C*); *M²* Mou; *n* Il a ore m., *K* Bien en d. a., *e* Il
a m. ce cuit — 3 (*C*); *M²M* Que; *F* tornera, *N* torra; *e* Qui tor-
nera — 4 (*C*); *K* quil; *en* Aincois que uiegne (*N* ueigne, *E*
uiengne); *K* de t. — 5-6 m. à *n* — 5 *HR* peust, *J* peut, *k* poist, *e*
porra — 6 (*HJ*); *K* Si aura — 8 *K* Por de; *M²* s. f. il g.; *N*
sire g. — 9 *M²Men* men.

1110     « Jo ne ving pas a vos tencier :
        « Mon message vos ai dit bien,
        « Ne cuit qu'i obliasse rien ;
        « Jo n'en ai plus o vos que faire,
        « Dès or me metrai el repaire :        *1100*
1115     « Se il vos plaist, vos en ireiz,
        « E, s'il vos plaist, vos remandreiz ;
        « Mais, ço sacheiz, jo loëreie
        « Que vos meïsseiz a la veie. »
        A tant s'en part, si s'en retorne,       *1105*
1120     E cil remestrent trist e morne.
        Une chose puet om saveir :
        S'il en eüssent le poëir,
        Ja de la terre nen eississent
        Desci que damage i feïssent ;        *1110*
1125     Mais poi sont gent al comencier :
        Iço le lor a fait laissier.
        N'i oserent plus remaneir :
        En lor nef entrent vers le seir,       *1114*
        Fortment siglerent e nagierent,      *1116*
1130     De la contree s'esloignierent.        *1115*

---

1110 *K* Se ; *N* uig, *M²* uienc, *DK* uieng, *F* ueint, *M* uoil ; *M²M* mie ; *F* ou vos — 12 *M²K* quit ; *F* qe, *R* que — 13 *M* Ne ie nai, *nK* Ge nai or ; *MEFN* a uos, *K* de uos — 14 *M* an r. — 15-6 *interv. dans M²n* — 15 *FM* Sil u. p. (*v. f.*), *e* Se u. p. or, *AK* Sil (*A* Si) u. p. si ; *n* u. r. ; *R* uos en aloies ; *M²* Se u. p. u. i remaindreiz ; — 16 *AR* Et si ; *A* demourrez, *R* remandroies ; *M²* O se ce non uos en irez, *n* Mais par mon lox (*F* lous) uos en iroiz — 17 *M²* M. ce sachez, *n* Et sachiez bien, *e* M. s'il uos plest — 18 *R* en la ; *e* tenissiez uostre u. — 19 *E* et sen ; *M²* e si sen torne — 20 *R* Et il ; *M²F* remistrent, *M* remainstrent ; *ERkn* triste, *D* tristre — 21 *M²* p. hon, *R* p. lon, *DMn* p. len, *EK* poez — 22 *R* ueissant lor poer — 24 *M²* De ci, *R* De ce, *k* De si, *en* Deuant ; (*M²KR* damage), *H* damace, *n M* doumage, *Je* dom. (*de même à peu près partout*) ; *M²* fesissent, *F* preissent — 25 (*A²C*) ; *DJN* pou, *E* po ; *A¹BH* ont g. ; *N* a c. — 26 *M²Men* Ice, *R* Icen ; *eR* lor a f. tot (*R* a) l. ; *M²* laisser — 27 *F* ouseront — 28 *F* neif (*forme const.*) — 29-30 *interv. dans ARek* — 30 *n* Et de la terre.

Mout regrete sovent Jason      *1117*
Ço que lor fait Laomedon
A lui et a ses compaignons.
Tant ont tiré as avirons      *1120*
1135    Et tant siglé as pleines veiles
E a la lune e as esteiles,
Qu'il ariverent en Colcon.
De la nef est eissuz Jason,
Herculès e si compaignon.      *1125*
1140    Sor le rivage, el bel sablon,
Vestirent lor cors gentement :
Riche furent lor garnement
De dras de seie a or brosdez,
De gris e d'ermine forrez;      *1130*
1145    Li plus povres ot vesteüre
Riche e bien faite a sa mesure.
Une cité ot iluec près,
Que l'om clamot Jaconitès :
Bele ert e grant e fort e gente,      *1135*
1150    Tors i aveit bien plus de trente;
Close esteit tote de bon mur
De fin marbre, serré e dur;

---

1131 *F* regretent — 32 *KR* li f., *M*² a f., *e* lor fist; *n* Ce
quauoit f.; *F* laumedon, *D* leom. — 34 *n* o. sigle — 35-6 *interv.*
*dans E, répétés dans D* — 35 *n* tire; *M*²*E* a p. — 37 (*R*); *n* a c.;
*A* colcos — 38 *F* einsuz; *A* iasos — 39-40 *interv. dans EH* — 39
*EH* Sadoberent de lor conroi — 40 *A* Sus; *K* biau; *EH* Sor la
riuiere el sablonoi — 41 *EH* Lor cors uestirent richement —
42 *M*² li g. — 43 (*R*); *M*² brusdez, *M* brodez, *N* brosde, *F* besde,
*D* borde — 44 *M* dermines; *DN* forre, *F* foire — 45 *n* a u. — 46
(*R*); *n* Bele et b., *M*²*MR* R. b. — 47 *DK* ilec, *L* illec, *M* illeuc;
*F* citez iert mout p., *N* c.ert enqui p. — 48 *EHR* lon, *GKL* len,
*M*² on; *E* claime, *J* cleime; *nL* Quen apeloit, *A*² Qui ot a non,
*D* Qui auoit n; *M*² iaconides, *M* aconitez, *L* ocolitez — 49 *FR*
iert; *M*²*K* n granz et forz, *MRe* f. et g. — 50 *M*² b. tresqua t.,
*R* al p. de t. — 51 *n* T. e. c., *ERk* Closes esteient; *M*²*K* buen
— 52 *F* mabre, *M* marre.

Mout i aveit riches maisons
E granz palais e hauz donjons,                    *1140*
1155    E chevaliers e marcheanz
Riches e sages e mananz ;
Dames i ot mout e puceles,
E borgeises çointes e beles.
Mout fu la cité bien fondee,                      *1145*
1160    E mout fu riche la contree :
De fruiz, d'oiseaus e de peissons
I ot, ço sacheiz, granz foisons.
Bele e riche ert Jaconitès,
Li reis aveit non Oëtès :                          *1150*
1165    Assez aveit riche  tenue,
Quar mout ert bien l'isle vestue.
    Beaus fu li tens e cler le jor,
Come el termine de pascor.
Jason li proz e Herculès                           *1155*
1170    Et tuit lor compaignon après
Sont venu dreit a la cité :
Gentement furent conreé ;
Bien semblerent bone maisniee,
Quar trop fu bien apareilliee.                     *1160*

---

1154 *n* Et forz p. ; *K* danions, *F* deignons — 55 *M²* merchaanz
— 56 *e* puissanz — 57-8 *interv. dans M* — 57 *n* M. i ot d.; *F*
pulcelles — 58 *M²* vorgeises; *n* gentes — 59 *M²En* citez; n La c.
fu m. — 60 *n* Si fu m. r. — 61 *EKRn* fruit, *M²* doiseus ; *n* i ot;
*DK* poisson ; *M* de uenoison — 62 *M²K* sachez, *MNRe* sachiez;
*n* Et doisiaus sachoiz (*F* iert a); *M* a foison, *DK* grant f. — 63 *M²F*
iert; *J* iaconides; *L* estoit  la citez; *A²* Ml't par fu bele la c. —
64 (*AJR*); *LN* oestes, *F* hoestes, *H* laertes; *A²* Getes en fu li
rois nomez — 65 *M* mesmie (*ou* mesnue); *n* A. ot r. teneure —
66 *M* reuestue (*v. f.*); *M²F* iert, *e* fu; *n* sille (*F* si le) seure;
*M²R* iert (*R* fu) lisle b. tanue — 67 *F* B. fist; *n* et fist c. i.; *M²M*
e genz e clers li iors; *y* Ml't feisoit bel tens et c. ior — 68 *F* en,
*N* au; *A* Et el; *R* del p.; *M²M* pascors — 70 *M²* lur (*graphie
ordinaire de ce ms.*); *n* si, *K* li; *M* Et autre c. ades — 72 *D* atorne
— 73 *M²* buene, *n* bele, *K* gentil — 74 *ekR* ml't fu.

1175    A merveille les esguarderent,
        Quant il en la cité entrerent,
        Cil des rues e des soliers
        Des fenestres e des planchiers,
        Et mout par sont en grant d'enquerre     *1165*
1180    Dont il vienent ne de quel terre ;
        Mais cil ne pristrent fin ne cès
        Desci qu'il vindrent el palais
        Ou Oëtès li reis esteit,
        Qui un grant plait le jor teneit.        *1170*
1185    Devant la sale de la tor,
        Fors des arvous del parleor,
        Ot une place grant e lee,
        De haut mur tote avironee ;
        Le trait durot a un archier :
1190    La joërent maint chevalier        *1176*
        As dez, as eschès e as tables,        *1179*
        E as autres gieus deportables.

---

1175 *tous les mss.* esgard. — 79 *BHRk* M. estoient, *E* E. m.;
*M²* de g.; *C* de querre, *M²* enquerre, *F* enqiere — 80 (*R*); *M*
Donc, *N* Dom; *M²Ken* u. e de, *H* uenoient de — 81 (*R*); *nC* M.
il; *F* ches, *D* tes; *C* onques pes; *M²* M. ne p. ne f. ne c. — 82
*M²Mn* De ci, *K* De si, e Deuant; *R* que; *C* Tant que il; *B* asses
pres — 83 *M²* O; *N* oestes, *B* oertes, *C* oethes, *F* hoestes, *R*
hoetes — 84 *M²* uns granz plaiz, *D* mont grant plet; *E* le i. .j.
g. p. t. — 85 (*AH*); *M²* Dauant; *n* les sales; *E* an .j. destor, *M²*
lez la t. — 86 *Me* Hors; *K* arsuols, *J* aruoz, *N*-olz, *F*-ols, *H*-aus,
*M* auolz, *A* alues; *D* de laruox; *H* el p.; *E* H. des aleors de la
tor — 87 *H* haute l. — 88 *E* hauz murs; *K* tot, *n* bien, *H* ert; *n*
enuir. — 89-90 m. à *H* — 89 (*AL*); *JKe* a un arbalestier (*J*-eles-
tier, *K*-elastier); *C* a dun, *F* de un; *M²* archer — 90 *nA* iooient,
*B* uerent (*sic*), *R* iuirent, *C* estoient, *M* geterent; *K* uinrent m.
buen c.; *A²* li c.; *BCJRky aj. 2 v.* : Conte baron (*Rk* C. et b.,
*BC* Contes barons) et soldoier (*H* Ch' c. et ch') La se (*R* sen) uont
tuit (*B* alerent, *C* saloient) esbanoier — 91 *M²LRA* d. a e. e a t.,
*EGNR* eschas, *K* eschez; *J* es taubles — 92 *M²* E a, *J* Et es;
*M²* iues, *N* ious, *E* ieus; *J* deportaubles, *n* delitables.

Assez en i aveit le jor :
Maint bon cheval, maint bon ostor
1195    E maint chier riche guarnement
I poüst l'on veeir sovent.
Par la porte entrent li Grezeis :          *1185*
Oëtès vait contre eus li reis ;
Si baron e si vavassor
1200    Les reçurent a grant honor.
Quant li reis sot qui il esteient,
Ou aloënt e dont veneient,          *1190*
Honora les de grant maniere
Et mout par lor fist bele chiere ;
1205    La nuit lor fist si bel ostel
Qu'onc puis qu'il murent n'orent tel.
A mangier lor dona assez          *1195*
E mout les a bien conreez :
Assez i sistrent longement,
1210    Pro i ot claré e piment.
Li reis es chambres enveia,
E si tramist por Medea :          *1200*
C'est une fille qu'il aveit,
Que de mout grant beauté esteit ;
1215    Il n'aveit plus enfant ne heir.

1193 *K* i en ; *n* en i ot ice (*F* en cel, *GL* a c.) i.; *M* A. i auoit
— 94 (*A*); *K* buen, *N* boen, *M²R* bel; *M²* e m. o.; *R* oistor,
*M* oistour, *A* ostour, *R* ator — 95 *M²* tres r., *K* bien r.; *tous les*
*mss.* garn. (*nous ne relèverons plus* ga *pour* gua) — 96 *A* peüst, *n*
poist, *M²Me* poeit ; *KJ* poissiez, *Me* on, *n* len; *Jk* uoier — 98 *N*
Oestes, *F* Hoestes, *R* Hoetes — 99 *M²* uasu., *Men* uauasor —
1200 *M* recoivent, *e* recuellent — 1 *N* que — 2 *M²* aleient, *K*
alouent; *M* donc — 4 *MR* leur par f.; *K* lor f. ioiose c.; *R* lee c.
— 5 *R* buen, *M* bon; *D* ml't bel — 6 *M²R* Qunc, *K* Unc, *D* Onc,
*En* Que; *M²* que m.; *M²F* tiel (*forme ordinaire à ces deux mss.*)
— 8 *n* gent c.; *e* M. les a del tot enorez — 9 *K* mestrent; *Ne*
longuement — 10 *M²KR* Prou, *E* Ml't; *R* clere; *M* Pain i ot et
c. et p., *D* C. i ot et bon p., *n* C. ont more et p. — 13 *R* Ciert,
*M* Cest — 14 *M* Qui m. de g.; *Ne* biaute, *K* bialte — 15 *M²*
enfanz; *EN* oir, *DF* hoir, *M²KR* eir; *M* por uoir.

Trop ert cele de grant saveir :
Mout sot d'engin e de maistrie,    *1205*
De conjure e de sorcerie ;
Es arz ot tant s'entente mise
Que trop par ert sage e aprise ;    1220
Astronomie e nigromance
Sot tote par cuer dès enfance ;    *1210*
D'arz saveit tant e de conjure,
De cler jor feïst nuit oscure ;
S'ele vousist, ço fust viaire    1225
Que volisseiz par mi cel aire ;
Les eves faiseit corre ariere :    *1215*
Scientose ert de grant maniere.
Sot que li reis la demandot,
Si s'atorna plus bel que pot :    1230
D'une porpre inde a or gotee,
Richement faite e bien ovree,    *1220*
Ot un bliaut forré d'ermines,
E un mantel de sambelines

1216 *En* Mout, *D* Mont (*forme ordin.*); *M²* iert, *kR* fu; *M²* ele, *M* bele, *E* pleine, *D* sage — 17 *DK* denging (*de même partout*); *M²* de m. (*avec un point après* dengin, *sans* e). — 18 (*C*); *M²* c. de, *kER* coniurer; *F* De coniur et de forcenerie — 19 *C* Assez i ot, *M* Et si i ot t. — 20 *n* en ert; *M²* iert — 21 *R* ligromance — 22 *AMe* des senf., *M²K* de senfance — 23 (*H*); *ABCRk* Dart; *C* s. molt; *n* Des arz s. et de c. (*F* et c.) — 24 *B* fizist, *M* faisoit, *n* *C* Del i. feist (*C* fasoit) bien (*C* la) — 25 *m. à yJ*; (*R*); *C* uos f.; *A* ce feist maire — 26 (*AR*); *N* uolesoiz, *C* uoleises, *M* uolessiez, *K* uolassent; *M²* A ceus por cui le uousist faire — 27 *M* iauez, *A* yaues, *R* aigues, *D* ues — 28 *M²* iert — 29 *C* Set, *F* soit; *ekR* Oi (*E* Quant ot) que li r. la (*D* le, *R* por li) mandot, *A* Que que li r. si la m. — 3o *K* Donc, *R* Dun, *D* Lors; *R* se torna; *Cn* Atorna soi; *A* au miex; *AEM* quel, *D* quil; *R* bele che soit (2ᵉ *main*); *n* com p. b. p. — 31 *M²* porprinde; *A* dor; *R* porpre a or; *H* brosdee — 32 *H* R. painte et aornee — 33 *M²BK* Sot, *nCHJ* Et; *D* Un b. ot; *M²* bliaud, *R* blait; *nE* dermine, *Jy* dermin r *A* Dun blanc iert fourree dermines — 34 *C* Et buen; *A* Sot .j. mantel de s.; *M²* sanb., *C* sembeline, *F* sibiline, *N* sebel., *ABRk* sebelines, *EJ* sebelin; *H* dun osterin.

1235 Covert d'un drap outremarin
   Qui ses set peis valeit d'or fin.
   Quant gentement se fu vestue,    *1225*
   Si est des chambres fors eissue;
   Ses puceles mena o sei,
1240 Desci qu'el fu devant le rei.
   Trop fu bele de grant maniere
   De cors, de façon e de chiere.    *1230*
   Bendee fu d'un treceor,
   Onques nus hom ne vit meillor;
1245 A ses cheveus esteit orlaz.
   Autre parole ne vos faz,
   Mais el païs ne el regné    *1235*
   N'aveit dame de sa beauté.
   Par mi la sale vint le pas;
1250 La chiere tint auques en bas,
   Plus fine e fresche e coloree
   Que la rose quant ele est nee :    *1240*
   Mout fu corteise e bien aprise.
   Oëtès l'a lez lui asise.
1255 Bien ot enquis e demandé
   Dont cil erent, de quel regné.
   Quant ele certainement sot    *1245*

---

1235-6 *m. à* E, 34-5 *m. à* D — 35 (*AHJ*); N paille — 36 (*AHJ*);
F set — 38 (*R*); M²Me hors, (Rn fors) (*de même partout, sauf
avis contraire*); AK f. de sa chambre; M²Nek issue, F ensue,
(R eissue) — 39 K Sis, n Dous — 40 M²DKR De si, AMn De ci ;
K que ; E Tant quele fu; M²R dauant — 41 M Ml't; F T. belle fu
— 42 M² faicon — 43 Ne Bandee; C riche or — 44 R Conques,
K Unques; M² hon nez nen — 45 n An; M²Rkn ors laiz, B orlais;
C Mout ot gent cors et biaus les bras — 46 C nen; M²Rkn fais,
B faiz; M A. conte ne u. en t. — 47 EF reigne — 48 M²R Neu
esteit riens, K Naueit il r., M Not onc fame; M²Ne biaute,
K bialte (*de même à peu près partout, sauf pour* M² — 51 M f. f.;
n P. (F De) fresche p. encoloree — 52 nM Que nest la r. q.
(M q. ele) est n. — 54 R Hoetes, F Hoestes, N Oertes — 55 n
Ele a — 56 M Donc; E D. il e., n D. il sont et, Rk D. c. furent.

Que c'ert Jason, mout par li plot :
Mout en aveit oï parler
1260    E mout l'aveit oï loër.       
Mout l'aama enz en son cuer :
Ne poëit pas a nesun fuer        *1250*
Tenir ses ieuz se a lui non ;
Mout li ert de gente façon.
1265    La forme esguarde de son cors :
Cheveus recercelez e sors
A e beaus ieuz e bele face, —        *1255*
Dès or criem que trop ne li place ; —
Bele boche a e dous reguarz,
1270    Bel menton, bel cors e beaus braz ;
Large e grant a la forcheüre,
Si a mout simple parleüre,        *1260*
Sage est e de bone maniere.
Mout le reguarde en mi la chiere.

1258 *MR* ciert — 59-60 *interv. dans M* — 59 *M* Ne pooit autre
regarder — 61-2 m. à *M* — 61 *FK* le ama, *NR* len a. — 62 *M²R*
negun — 63-4 *interv. dans M* — 63 *K* a li — 64 *M²* li iert, *DMR* li
fu, *K* estoit, *E* par fu — 65 *M²* e. e s. c. — 66 *M* Cheueuz, *K* -elz,
*D* -ex; *EN* -ox; *F* entrecelez; *A²* Cheuols ot cherchelez — 67 *E* Ot
et ; *DRk* Et a ; *M²* beus, *Re* biax, *K* bialx, *M* biauz; *K* ielz, *E* ialz
*D* eulz ; *n* Son bel nes (*N* neis) et sa b. f., *A²* Bels cols bel ujs et b.
f. — 68 *n* crient que, *E* c. ml't; *DHJ* Des ore c.; *M²RAk* Mais des
(*K* Mait dex) or crient (*M* crain, *A* crieng, *K* criem); *kyJR* que t. li
p., *A* que mal li face; *A²* Na rien sor lui qui li desplace — 69-70
m. à *A²* — 69 *A* ot; *en* biax r.; *J* regart — 70 *K* Biau m.; *ENk*
biau c., *F* beau c.; *M²* beus b., *M* bel bras; *J* Cest la rien
qui lesprent et art — 71 *M* Bele; *DHKR* L. ot et g., *B* L. et
grande ; *E* ot la forcheure; *DFM* lenforcheure, *K* laff.; *R* g. f.;
la m. à *C* — 72 (*BJR*); *EH* Si ot m. s. (*H* Et si ot s.) esgar-
deure, *M²A* Sa contenance e (e m. à *A*) p., *n* Vers sa semblance
et sa mesure, *C* Vers ot les ieuz outre mesure — 73-4 *interv.*
*dans A²* — 73 *M²* Saiue e de mout, *A²n* Sages (*A²* Sage) et de;
*BCMy* S. est m. (*H* ert m., *CE* estoit) de grant m., *JKR* S. est
de m. g. m., *A* Si ert de m. bele m. — 74 (*B*); *K* Souent les-
garde; *F* Mout lesgarde, *A²N* M. lesgarda, *E* M. lesgardoit, *R*
M. regarde, *H* M. la r., *D* M. le resg.; *M²* mie; *A²* aj. 2 v. : Ert
la pucele et bien aprise Ml't le regarde et ml't le prise.

1275    Mout i a Medea ses ieuz
        Douz, frans e simples, senz orguieuz ;
        Mout le remire doucement :                    *1265*
        Sis cuers de fine amor esprent :
        Mout par li plaist, mout li agree.
1280    Tost li avreit s'amor donee,
        S'il fust en lieu qu'il li queïst :
        Ne cuit ja l'en escondeïst.                    *1270*
        Onc mais nul jor n'i entendi,
        N'amer ne voust ne n'ot ami :
1285    Or i a si torné son cuer
        Qu'el ne laira a nesun fuer
        Qu'ele n'en face son poëir ;                    *1275*
        Poi preisera tot son saveir,
        S'ele n'aemplist son corage :
1290    Mout le desire a mariage.
            Ensi sofri a mout grant peine
        Toz les uit jorz de la semaine ;                *1280*
        N'ot bien ne repos ne solaz :

1275 *A* i ot, *A²* i mist ; *RK* ielz, *A²* eols ; *Dn* son oil, *E* son
oel — 76 (*A*) ; *M²* f. s. e sans erguenz ; *A²* El dolz et s. ; *R* sim-
ple ; *M* orgueuz, *R* -uelz, *K* -uilz, *A* -uex, *E* -uel, *Dn* orgoil, *A²*
orgeols ; *e D.* est et s. s. (*D* -e et s.) o., *n* Sage lo (*F* la) uoit et s.
o. — 77 (*A*) ; *R* la ; *nE* regarde ; *M²* M. par le maire — 78 *AM* Son,
*K* Sis, *M²R n* Ses ; *M²AR* cors ; *M²kn* fin — 79 *M* M. li (*v. f.*) —
80 *M* Ml't li a. t. — 81 *e* Sel, *M* Se ; *K* Sesteit ; *n* ert ; *M²* iert en
lue que li ; *R* Se li f. en luy ; *F* qil le — 82 *M²* quit, *F* qil ; *KR*
que len, *B* que li, *e* quil san ; *M²BMR* escondesist ; *CF* escondist
— 83 *M²K* Unc, *nA* Ainz, *EJ* Einz, *HR* Ainc ; *B* Ains mains ; *M²*
nuil ; ni *m. à R* — 84 *BC* Quamer ; *AKNe* uolt, *R* uost, *F* ueult,
*B* uol, *HJ* uaut ; *C* Ne ueut a. ; *e* nauoir ; *D* mari, *F* oi — 85 *M²K*
a t. si — 86 *KR* Que, *n* Quele ; *M²KR* negun ; *e* Quel ne lerra ia
(*D* pas) ; *en* a nul f. — 87 *R* non f. ; *M* Que nen f. (*v. f.*) — 88 *n*
Petit p. s. s., *E* Po, *D* Pou ; *M²* proisera, *Rekn* pris. ; (*M²* sauoir)
— 89 (*H*) ; *D* nacomplit, *F* nen emplaist ; *EK* Sel nen aconplist
(*E* aemplist) — 90 (*A*) ; *R* Molt fu d. an ; *M* en m. ; *n* M. en
uoldroit le m., *y* M. d. cest (*H* cel) m., *M²* Ja ne sera uers lui
sauuage — 91 *N* Einsi, *AM* Ainsi, *D* Ainsint, *K* Issi — 92 *M* Tout.

Dès or la tient bien en ses laz
1295    Amors, vers cui rien n'a defense.
Sovent esguarde e se porpense
Coment ele ait joie pleniere,        *1285*
Quar destreite est de grant maniere :
Mout en dote le comencier.
1300    Un jor, quant vint après mangier,
Si l'ot li reis a sei mandee
En la sale pavementee.        *1290*
Assez la conjot e embrace,
Cent feiz li a baisié la face ;
1305    Comande li e dit après
Que o Jason e Herculès
Parout par bien, tant li consent.        *1295*
E cele, que d'amor esprent,
S'en vient a eus mout vergondose,
1310    De parler sage e sciëntose.
Mout par li fait Jason grant joie;
Soëf, basset, que l'om ne l'oie,        *1300*
Li dist : « Vassaus, ne tenez mie
« A mauvaistié n'a legerie,
1315    « Se a vos me vieng acointier :

---

1294 *n* tint — 95 *K* qui ; *M²Ke* riens, *n* nus, *M* nul ; *M²ANe*
desf., *MR* deff., *F* destreinse — 96 *A* sesgarde ; *Rk* si — 97 *K* uoie
— 98 *M²* a g. — 99 *n* M. redote; *N* len c. — 1300 *M²* enpres —
1 *M²* Si ot. — 2 *M²* sa s.; *M²n* pauim., *M* painturee ; *e* En une s.
bien (*D* a or) pauee, *K* Dedenz la s. encortinee — 3 (*R*); *M*
conioist, *M²n* ioist, *D* conioit, *B* congot — 4 *n* Assez; *ekR* la
beise (*R* baise) ; *M* la place — 5 *enR* Comanda ; *M* lui ; *D* dist;
*K* enpres — 6 *kFR* Que a ; *R* Qua a yas.; *M²* Quo i. e o h.; *F* et a h.
-- 7 *kEN* Parolt, *A* Parolst, *F* Parloit, *E* -lolt, *D* Parle; *M²* por b
ce li, *n* car bien lo li (*F* le) — 8 (*R*); *ENk* damors ; *M* sesprent —
9 *M²* uint ; *F* uergonouse, *M²* -oindose — 10 *en* De parler fu (*e*
Ml't fu sage et) escientose — 11 *N* p. f. a i. — 12 *m. à F; R*
bassez — 13 *M²* uassaut, *ADk* uassal, *R* uassaux ; *ER* nel — 14
*M²D* mauuestie ; *EN* mal., *K* ma., *FMR* mauueste ; *M* lecherie,
*D* vilanie ; *EF* ne (*F* ni) a folie — 15 *F* ucing, *DKR* uoil, *E* uuel.

« Il ne vos deit pas enoier.

« Dreiz est e biens, ço m'est avis,          *1305*

« Qui home veit d'autre païs,

« Qu'il l'aparout e areisont

1320    « E que leial conseil li dont. »

— Dame, » fait il, « vos dites bien :

« Merci vos rent sor tote rien             *1310*

« Dont il vos plot qu'a mei parlastes

« E que premiere m'areisnastes.

1325    « Fait i avez que de bon aire,

« E quant tant vos en plot a faire,

« A toz les jorz de mon aé               *1315*

« Sacheiz vos en savrai mais gré.

« Mout par poëz grant joie aveir,

1330    « Quar pleine estes de grant saveir,

« Beauté avez mout e franchise

« E de haut sen estes aprise.            *1320*

— Jason, » fait ele, « bien savon

« Que vos venez por la Toison :

1335    « Onques por el ça ne venistes.

1216 *M*ᵃ*EN* enuier, *FK* ennoier, *D* anuier — 17 *k* bien, *n* bel
— 18 (*R*); *enK* Q. u. h. — 19 *R* Que, *E* Quan, *D* Quen; *R* li
parout, *MNe* laparolt, *K* le parolt, *F* la paroule — 20 *Ke* leal;
*n* leiaus consauz (*F* conseil); *M*ᵃ doint — 21 *ekR* D certes —
22 *M*ᵃ Marci, *DK* Merciz; *n* u. en — 23 *n* plaist; *ekR* Quant
uos premiere (*R* Q. prim.); *E* maparlastes, *R* me parlastes, *M* a
nous p., *DK* mapelastes — 24 (*A*); *M*ᵃ*n* E primiere (*n* Et que
primiers) maraisonastes (*N* mareis., *F* mamis.); *ekR* Si (*K* Sun)
estrange (*R* Sistrange) home areisonastes — 25 *M*ᵃ Fais; *MR* a.
mlt, *n* en a.; *A* Ml't a. f.; *M*ᵃ buen; *R* ayre — 26 *M*ᵃ Q. ice uos;
*R* pleist; *n* Q. t. u. en a plau (*F* pleu) f. — 27 *M* T. les i. mes;
*M*ᵃ hee, *FE* ahe, *R* aie — 28 *M*ᵃ Sachez; *A* mal gre; *n* V. en s.
ce sachiez (*F* saces) g., *Rek* Vos en dei mes saueir bon gre — 30
*e* Quant, *FM* Que, *N* Qui; *M*ᵃ mout e., *n* tant e.; *e* tel s. — 31
*M*ᵃ Beute; *n* M. a. beute (*N* biaute); *Rek* Bele estes et de grant f.
— 32 *n M* grant; *M*ᵃ*M* sens; *KRe* Et hautement; *n* iestes — 33
*Rek* J. amis tres b. — 35 *K* Unques; *F* Quant uos por cel qi
en u.

« Mais grant estoutie empreïstes,
 « Quar, se erent tuit assemblé           *1325*
 « Cil qui furent e qui sont né,
 « Ne porreient il engeignier
1340  « Ne porquerre ne porchacier
 « Par qu'il la poüssent aveir :
 « De ço n'aiez vos ja espeir,           *1330*
 « Por neient le cuideriëz.
 « Por quei vos travailleriëz ?
1345  « Essaié s'i sont ja plusor,
 « Quin furent mort al chief del tor :
 « Onques n'oï qu'en eschapast      *1335*
 « Nus, qui de l'aveir se penast.
 « Li deu i ont lor guarde mise
1350  « Par tel maniere e par tel guise
 « Com te dirai, quar bien t'est ues.
 « Mars i a mis d'arain dous bues :    *1340*

---

1336 *M²DK* enp., *EN* anp., *R* ap. ; *N* Mes ml't g. folie anp.,
*F* Mout g. f. entrepreistes — 37 *F* Qar ; *M²K* si, *A* sor ; *KRe*
se t. e., *F* se fussent t., *M* ce cuit serent — 38 *R* et or, *DK* ne
or ; *n* or s. et seront ne — 39 *K* mie, *MRe* pas; *M²* enginger,
*DN* -ier, *FM* -nier, *EK* engingnier — 40 *M²* Ne porpenser —
41 *KR* Por quil, *M* Par quoy il, *M²* Cum il, *n* Com il, *H* Comment; *AEKn* poissent, *DM* peussent — 42 *M²* Dice; *Rek* Ja nen
(*M* ne) soiez (*K* seez, *M* laiez) or (*K* ore) en e. — 43 *K* quideriez
— 44 *K* A quei, *M²* Qui tant, *n* En uain ; *Nk* traveilleriez, *M²*
treu., *F* traveilarez ; *e* Por droit neant (*D* Et por n.) u. trauelliez
— 45 *F* Asaie, *D* Essaiez ; *M²* se ; *K* plosor — 46 *E* Quan, *DRk*
Qui; *k* de t., *R* del ior — 47 (*A*); *R* eschampast, *F* esc. ; *ekR*
Onc (*K* Unc, *R* Ainc, *E* Ainz) noi cuns (*M* que nul) en e. (en *m.*,
à *R*) — 48 *ekR* Qui de li (*K* lie, *DMR* lui) a., *A* Nuls homs q.
dauoir — 49 *F* en ont; *K* la — 50 *n* En, *R* Por — 51 *ARk* C. ie
(*K* Et gie) te d. se (*K* si) tu ueuls (*K* uels, *MR* uoes), *BJy* C.
(*DJ* O) il lor est mestiers et oes (*D* hues, *B* ues), *M²* Come ie te
faz or certain, *A²* Com io te di aparmain; *C* b. te ne est hues
— 52 *BN* dareim, *C* diram; *A* beus, *H* boes ; *K* buos dels; *M²A²*
d. bues darain.

« Quant ire e mautalenz les toche,
« Par mi les nes e par la boche
1355 « Gietent de lor cors feu ardant :
« Ja de la mort n'avra guarant
« Quin iert atainz ne conseüz,                    *1345*
« Sempres n'arde com se c'ert fuz.
« Par art e par conjureison
1360 « Ont cil en guarde le mouton :
« Qui la Toison voudra aveir,
« Si covendra par estoveir                        *1350*
« Que il les puisse si danter
« Que traire les face e arer.
1365 « Mars, li poissanz deus de bataille,
« Les i a mis ensi senz faille.
« Ancore i a el a passer                          *1355*
« Que fait assez plus a doter :
« Quar uns serpenz qui toz jorz veille,
1370 « Qui pas ne dort ne ne someille,
« Le reguarde de l'autre part
« Par tel engin e par tel art,                    *1360*

1353 *M²* mals talenz, *A* mautalent, *D* -ant, *K* malt.; *A* Q.
nisun m. — 54 *R* par mi la b. — 55 *M²* Jetent, *K* Getent, *M*
Geite; *M²* fue, *N* fou — 57 *n* Quen (*F* Qi en) est, *E* quan est,
*D* Quil niert; *M²EN* ateinz, *K* ateint; *M* et c., *R* naconseuz —
58 *M²A* ardra, *F* ni arde; *A* c. sil iert; *N* se i., *F* se ce i.;
*Rk* Quil (*R* Qui) n. ensement (*R* alsiment), *e* Qualtresi (*D* Qau-
tresint) n. ; *ekR* come fuz — 59 *EM* coniureson, *F* -ison, *R* -ason,
*D* -oison — 60 *EK* cist, *F* il; *MR* a garder, *N* enlarde — 62
*M²DRk* conuendra, *N* conuanra, *F* conueira — 63 *K* poisse, *E*
puise, *M²EN* donter; *F* Qil les p. si deuancier — 64 *R* atraire;
*F* f. arier — 65 *M²* Marz; *Men* puissanz — 66 *DM* ainsi, *K* issi;
*R* Les a; *M²MR* c. m. s.; *EMn* sanz, *DK* sans, *M²* sens — 67
*K* Enqore, *M²AMen* Encor; *DMn* ia il, *A* ia il el (*v. f.*) — 68
*E* a. f. p., *F* f. encor p., *M* e. f. p.; *M²R* assez f. (*R* f. a.) a
redoter — 69 *A* Car nul; *EN* uoille; — 70 *M²* ni ne; *EN* somoille;
*AKRe* Q. ne d. onques (*AK* o. ne d.) ne s. — 71 *M²Ek* regarde,
*D* resg., *R* regaurde ; *F* garde dal a. — 72 *D* enging.

« Que ja rien n'i aprochera
« Si tost come sempres morra ;
1375    « Quar feu giete ensemble e venin,
« Qui tost li a doné la fin.
« Granz est e fiers e trop hisdos,                          *1365*
« Onc hom ne vit si merveillos :
« Ne porreit mie estre conquis
1380    « Ne engeigniez a estre ocis.
« Que t'en fereie lonc sermon ?
« Saches ja n'avras la Toison                               *1370*
« Por rien que seit, nel cuider mie :
« Guar come as empris grant folie !
1385    « Ainz te di bien, se tu i vas,
« Que ja mais n'en retorneras. »
        Jason respont come afaitiez :                       *1375*
« Dame », fait il, « ne m'esmaiez :
« Ne sui mie por ço venuz
1390    « Que m'en torge come esperduz ;
« Mieuz vueil morir que jo n'essai
« S'en nul sen aveir le porrai.                             *1380*

---

1373 *R* Qui ; *tous les mss.*; *M²* apresmera — 74 *M²* senpres ;
*BRK* com illucques (*R* il., *K* ileques, *M* ill). m. — 75 (J); *BCRn*
Que ; *M²* fue, *N* fou ; *A* fu lerbe ; *M²* gete e. u. ; *nC* f. g. auec
(*C* gete o) le u., *BJRk* il g. (*Rk* gete) f. (*M* et f.) et u. — 76 *C*
Si tost lor a ; *BJRky* Qui tolt (*M* si toust, *e* Q. tost), la uie son
(*eK* a s.) uoisin — 77 *M²* isdous, *F* hysdos, *K* hisdox, *N* hidos,
*e* hideus, — 78 *K* Unc, *M²* Ainc, *F* Anc, *EN* Einz ; *E* ne uit
nus, *D* n. ne u. ; *K* plus m.; *M²* merueillous, *M* orgueilleuz —
79 *F* poira ; *Dn* pas — 80 *M* engignez ; *n* por e. — 81 *F* te, *Rek*
uos ; *K* grant s. — 82 *Rek* Ne poez auoir — 83 *RK* ne; *M²* quider,
*N* cuidier, *K* quidez, *MR* cuidez, *e* -iez — 84 *EMR* Trop auez
e., *DK* E. (*K* enprise) a t.; *R* g. felonie — 85 *N* Einz, *EMR* Je,
*K* Gie, *D* Ge — 86 *KR* Ja m. uis, *M* Jamez; *M²* Que ia m uis
nen torneras — 88 *kR* Bele dame. — 90 *K* retor ; *MRe* Que ie
(*M* ien) men tor (*D* tort) (*R* me torne), *n* Q. ie retor — 91 *tous les*
*mss.* uoil ; *M* ne sar, *FR* ne sai; *K* et si ne s. — 92 *M²* nuil sans ;
*D* Sauoir se iauoir.

« Se o mei ne l'en puis porter,
« Ja mais ne m'en quier retorner ;
1395   « Quar a toz jorz honiz sereie,
« Si que ja mais honor n'avreie.
« Par ci m'en covient a passer :                *1385*
« Tant en ai fait nel puis muër ;
« Seit maus, seit biens, que que m'en vienge,
1400   « Ne puet estre que jo m'en tienge.
— Jason, » fait ele, « bien entent
« N'en querreies chastiëment.                   *1390*
« Seürs puez estre de morir :
« De ço ne te puet nus guarir.
1405   « Dueus e pitiez me prent de tei :
« La en iras, ço sai e vei ;
« Mais se de ço seüre fusse                     *1395*
« Que jo t'amor aveir poüsse,
« Qu'a femme espose me preisses,
1410   « Si que ja mais ne me guerpisses,
« Quant en ta terre retornasses,
« Qu'en cest païs ne me laissasses,             *1400*
« E me portasses leial fei,

1393 *n* Se ne lan pois o m. p., *ekR* So m. (*R* Se) ne l. p.
amener (*e* aporter) — 94 *n* Ja ne m'en q. m. — 97 *kFR* Por ço,
*B* Par cai; *FM* me; *F* apenser — 98 (*BCJR*); *M* ne — 99 (*A*);
*M²H* S. b. s. m.; *M²* quel que, *B* coi que, *E* que quil; *H* q.
quen auiegne; *KN* me u., *M* men prengne, *F* maucingne, *A*
men uenge; *C* s. ben que men auegne — 1400 (*BH*); *nC* Ne puis
muer; *M²* men uenge, *JR* m. tigne, *BNy* m. tiegne, *F* m.
tiengne; *A* q. nul nen prenge — 1 *HJRky* J. (*K* Alors) amis tres
b. — 2 (*A*); *HMRn* Ne; *KN* crerreies, *E* cresr., *FM* crer. —
3 *A* puet — 4 *A* nul, *M²* riens — 5 *M²* Duels, *AN* Duel; *AD*
pitie — 6 *R* Lay; *N* ou -- 8 *Nek* peusse, *F* poisse — 9 *A* Que
a e.; *M* preissez, *R* preistes — 10 *k* Et, *eR* Ne; *MA²* Q. ia m.
ior; *R* guerpistes — 11-2 *m. à M* — 11 (*J*); *C* a ta; *nC* reven-
droies — 12 (*JR*); *M²* En; *BH* Que tu ici (*B* deca); *n* Et quensem-
ble o toi me tenroies, *C* Et que toz iors o moi seroies — 13 *Me*
Que; *C* Et moi porteras, *n* Et porteroies.

« Engin prendreie e bon conrei
1415 « Com ceste chose parfereies,
« Que mort ne mahaing n'i prendreies.
« Fors mei ne t'en puet rien aidier          *1405*
« Ne aveier ne conseillier.
« Mais jo sai tant de nigromance,
1420 « Que j'ai aprise dès m'enfance,
« Que, quant que jo vueil, tot puis faire :
« Ja ne m'iert peine ne contraire.          *1410*
« Quant que est grief, tot m'est legier :
« Ja n'i troverai encombrier.
1425 « Or esguarde que tun feras,
« Saveir se tu[l] m'otreieras :
« Ton cuer m'en di senz deceveir,          *1415*
« Tot ton corage en vueil saveir.
— Dame, » fait il, « jo qu'en direie ?
1430 « Sor toz les deus vos jurereie
« E sor trestote nostre lei
« Amor tenir e porter fei ;          *1420*

1414 (CR); N boen, DKR enging; K Bien p. e. et c., M² Je
preisse e. e c. — 15 k Que, M² par feisses — 16 M mal ; M²
mahein, M mehein, F mahang, E -eing, DK mehaing, R ma-
ching; KR ne, F en — 17 M² For; M²FRek riens, N nus; ekR
R. (M Nulz) ne ten p. (K ti puot) f. m. a. (K edier, E eidier) —
18 K auier, R auoir, D aueoir, E auoier, M² auancier, M aidier,
n bien faire — 20 F Qe ai; R ie ai apris; FK de — 21 N tot quant
que ie u. (F u. ie) p. f.; D ien u.; M² p. t. f.; K quant ie u. trestot
p. f.; E uuel (les autres mss. uoil; de même partout, sauf avis
contr.) — 23 ekR Ice quest g. (K Co que test gries) ce (K co, e si);
F Qant qes g. m. tuit l. — 24 F ne; ekR Ni ai (K Ni a) ne peine
(R Ni ay pogne) ne e. (eM nen conbrier, R ne incombrier); M²
enconbrer — 25 Rekn tu — 26 M² se ce, DK se le, nMR se tu ;
E S. uuel sel; R motrieras — 27 Rek Di mei (E men) t. c. —
28 M² tun ; M Ta uolente; K T. c. u. tot s. ; F uoi, E uoel
— 29 Rky Bele dame ie (K et gie) quen (R quant) (H que uos)
d. ; FK que; n feroie — 30 M² te i. — 32 R A mantenir, D De
vous amer, M² Amer toz iors, N Vos a garder, F Com agar-
dier.

« A femme vos esposerai,
« Sor tote rien vos amerai.
1435  « Ma dame sereiz e m'amie,
« De mei avreiz la seignorie :
« Tant entendrai a vos servir            *1425*
« Que tot ferai vostre plaisir.
« Menrai vos en en ma contree,
1440  « Ou vos sereiz mout honoree :
« Tuit vos i porteront honor,
« E li plus riche e li meillor ;         *1430*
« Plus i avreiz joie a plaisir
« Que li cors n'en porra sofrir. »
1445  La pucele respont a tant :
« Or sai », fait el, « vostre talant.
« Ço remandra jusqu'eneveis            *1435*
« Que se sera couchiez li reis.
« En ma chambre vendreiz toz sous :
1450  « Ja compaignon n'avreiz o vos.
« La me fereiz tel seürance
« Que vers vos n'aie plus dotance ;     *1440*
« Puis vos dirai com faitement
« Porreiz les bues e le serpent
1455  « Veintre e danter e justisier :

1436 *n* Sor moi — 37 *R* atendray — 39 *D* Merre u. ent; *FRk*
Menerai uos en ma c. — 42 (*AH*); *M²D* et li menor — 43 *nAC*
Vos (*A* Ml't) a. p. ioie a (*C* et) p., *BJRky* V. i a. p. de delit —
44 *A* cuers; *F* non poiria; *C* Q. ne pora li c. s., *BJRky* Q. ne uos
ai conte ne (*H* et) dit — 45 (*C*); *BJRky* Biax amis chiers (*M* douz)
plus ne demant — 46 *BJRky* Je uoi (*B* Jen oi, *M* Ge feroi) auques
u. semblant, *A* Or soit f. a u. t.; *C* uetre (*forme constante*) — 47
*M²H* Desqueneuois, *éd.* iusque ne veis, *ABEn* iusqua neuois (*BF*
nenois), *D* iusquen ne vois, *R* iusque la nois, *M* iusquez au soirs
— 48 *M²B* Quant; *ADK* ce; *H* Que estera; *N* Q. c. se s., *F* Qe
qant cholcie s. — 50 *M²* cump. — 51 *R* Ja ; *éd.* cel s. — 52 *Rek*
de u.; *A* mesd.; *K* Q. p. naie de u. d., *n* Quenuers u. n. mes (*F*
nen aie) d. — 55 *M²* V. dontier; *EMn* donter.

« Ja puis n'avreiz d'eus encombrier.
— Dame », fait il, « ensi l'otrei :                    *1445*
« Mais enveiez, sos plaist, por mei ;
« Quar ne savreie ou jo alasse,
1460      « Ne a quel hore jo levasse. »
          Dist la pucele : « C'iert bien fait. »
Congié a pris, puis si s'en vait ;                    *1450*
Ariere en ses chambres s'en entre.
Mout li tressaut li cuers el ventre ;
1465   Esprise l'a forment Amors.
       Mout li enuie que li jors
       Ne s'en vait a greignor espleit :                *1455*
       Mout se merueille que ço deit.
       Tant a le soleil esguardé
1470 · Que ele le vit esconsé.
       Mout li tarja puis l'anuitier,
       Que son plait li fait porloignier ;              *1460*

1456 *M²* Ne uos feront p. enconbrer, *Rky* Que ni a. nul en-
conbrier (*e* mal nenc.). — 57 *DMR* Ma d. belle, *H* Ma b. d., *K*
Ma dolce amie, *E* Ma dameisele ; *HK* issi, *R* ansi, *D* ainsint —
58 *A* e. sempres ; *N* a m., *M²* o m. ; *Ke* M. se uos p. uenez, *MR* M.
u. se (*R* si) u. p., *n* E. (*F* En uouz) se uos p. — 59 (*AL*) ; *C* Que ie
nen s. ; *BJRky* quant leuer, *M²* ou torner — 60 *F* e l., *CL* me
l. ; (*AL*) ; *BJRky* Ne en quel leu deuroie aler — 61 (*A*) ; *BRed*
Biax dolz amis ce ert (*Dk* iert) ; *F* ce ert, *M²N* ce iert, *C* or est
— 62 *K* et si ; *AC* si sen reuait — 63 *MNe* Arriers, *CF* arere, *K*
arriere, *A* auec ; *ABRekn* sa chambre ; *C* ses cambres entre — 64
*M²* le cuers, *M* le cuer, *R* li c., *C* el cor ; *nC* del (*C* de) u. — 65
*Mn* Mout la (*F* a) e. (*M²* espris de) granz (*n* grant) a., *C* Eprise
est de grant amor — 66 *C* Et m. li poisse ; *K* ennoie, *BM* annuit,
*D* an., *F* ennuit, *N* -ie — 67 *BM* plus grant, *K* meillor — 68 *B*
sesmerueille, *D* sen m. ; *MR* ce que d. ; *C* Tant ot atendu quelle
uoit — 69 (*AL*) ; *BJRky* T. par a la nuit (*K* nuiz, *H* le uespre)
atendu, *C* Le soleil qui se est choucie — 70 (*L*) ; *M²* ueit ; *F* Qelle
le uit tot coche, *C* Et quant elle le u. chouse, *BJRky* Que li
soleuz esconsez (*D* resc.) fu, *A* Que couchie fu et e. — 71-2 m.
à *H* — 71 *n* tarde, *R* tarza, *M²k* tarda ; *e* Ml't par couoite — 72
*AKNe* Qui ; *C* Que elle le uit ; *N* pol., *D* prolognier, *F* porlun-
gier, *C* -ongier, *A* eslongier.

E quant le jor en vit alé,
N'ot ele pas tot achevé :
1475   Soventes feiz a esguardé
La lune s'ele esteit levee.
Crient que sempres s'en aut la nuit :        *1465*
Ne li torne mie a deduit
Ço que par la sale veillierent
1480   E ço que pas ne se couchierent.
Son vuel, fussent tuit endormi :
Mout par en a son cuer marri.        *1470*
As uis des chambres vait oïr
S'ancor parolent de dormir ;
1485   Iluec escoute, iluec estait.
N'en ot tenir conte ne plait :        *1474*
« Iço, » fait ele, « que sera ?
« Ceste gent quant se couchera ?
« Ont il juré qu'il veilleront        *1475*
1490   « E que mais ne se coucheront ? ˌ
« Qui vit mais gent que tant veillast,
« Que de veillier ne se lassast ?

1473 (*C*); *ekR* li iorz (*MR* le ior) sen (*K* en) fu alez; *N* an uit, *M²* en ueit, *F* en sont; *A* uit trespasse — 74 *C* aqite; *Rek* Ne li fu pas (*e* mie) encor (*EM* anc., *K* unquore) assez — 76 *KR* se (*R* si) ele ert (*R* est) l., *n* qi estoit l. — 77 *A* Dout; *M²* haut, *F* ait, *A* uet; *kyR* Ml't c. que (*E* quel, *DM* quele) ne perde; *F* nuiz — 78 *M²* t. pas; *F* m. adduiz — 79-80 *interv. dans H* — 79 (*A*); *nC* Cil qi p. la s. uenoient, *BJRky* Que tant (*H* Cil qui) uoit (*D* vont) ueillier en la s. — 80 (*A*); *nC* il ne se couchoient; *BJRky* Mue (*DR* Que) color (*H* C. m.) uermeille et pale — 81 *DM* uoil, *Kuol*; *ARek* f. ia; *H* F. ia s. u. — 82 *kR* le c. — 83 *EK* A luis, *F* aus h. — 84 *M²DNR* Sencor, *K* Sunquor; *R* del — 85 *DK* llec, *M* Illeuc; *B* sestut, *H* sescoute; *BEKR* sestait, *D* sestuet, *M* agait — 86 *kR* Ne uolt (*M* uoult, *R* uost), *e* Nen uoit — 87-8 m. à *K* — 88 *M²BEMR* genz — 89 *K* Unt — 90 *A* Ne hui m., *R* O h. mas, *K* O oimes, *D* Et que il, *M* Huimez et, *n* Que ia m. — 91 *kR* ne se cochast (*R* cholchast), *e* qui ne c., *F* q. t. ueillassent — 92 *N* lasast, *F* laissassent; *Rek* Qui uit mes g. qui t. ueillast.

« Mauvaise gent, fole provee,
« Ja est la mie nuit passee, *1480*
1495 « Mout a mais poi desci qu'al jor.
« Certes mout a en mei folor :
« De quei me sui jo entremise ?
« Mieuz en devreie estre reprise
« Que cil qui est trovez emblant. *1485*
1500 « Fol corage e mauvais semblant
« Porreit l'om or trover en mei,
« Que ci m'estois ne sai por quei.
« Estuet me il estre en esfrei
« Que volentiers ne vienge a mei *1490*
1505 « Jason, quel hore qu'i envei ?
« O il, mout volentiers, ço crei.
« Que faz jo ci ne cui atent ?
« Tant en ai fait qu'or m'en repent. »
De l'uis se part en itel guise. *1495*
1510 Vint a son lit, si s'est asise ;
Mais jo cuit bien certainement
Qu'el n'i serra pas longement.

---

1493 *M²F* genz — 94 *KR* Ja ert (*K* iert); *M²En* nuiz, *R* not;
*KRn* alee ; *E* La m. n. ert ia p. — 95 *E* po, *D* peu: *EK* desi,
*M²DMRn* de ci; *R* al i. — 96 *ekR* Mes il a en m. grant f. — 98
*ekR* Ml't (*e* Je) d. or mielz e. prise, *M²* M. ren deureie e. p. —
99 *A²* Car, *M²C* Cum, *n* repris; *M²EK* enblant, *N* anbl., *D* ambl.,
*C* ebl. — 1500 *ky-BJR* M. c. et f. (*B* mais) s., *n* Fol uilein et m.
s., *M²* F. mauuaiz e legier s., *C* Molt f. sen et m. s., *A²* F.cuer m.
l. s. — 1 *M²* lon, *K* len, *MN* on, *F* un, *e* en; *R* p. lein tost — 2 (*HJ*);
*Men* Qui; *R* mestoit, *C* por maing — 3 (*R*); *K* Estuot, *F* Estoit, *D*
Couuient; *M* il me, *M²* me doncs; *C* moi estre — 4 (*CJ*); *H* Quil;
*M²F* uoluntiers (cf. *1506*) — 5 *F* quiel; *M²* oro; *CJ* A qele;
*M²n* qui enuoi; *CJ* que ie e.; *ERky* Si tost com uerra (*R* uenra)
mon message (*D* courage) — 6 *ckR* Ne faz (*MR* faiz) ie donques
que mal sage — 7 *M²* doncs; *n* et qui, *M²* ne q.; *ekR* Qui (*R* Que)
ci estois et ci a. — 8 *Kn* or, *M* que — 9 *M²F* Del huis; *FK* sen
— 10 *k* Vient — 11 *ekR* Mes gie quit au mien (*MR* bien mon, *E* b.
a) escient — 12 *F* Qil, *DRk* Que; *F* nen; *KNe* longuement; *D*
Que tu seras plus l.

Relieve s'en, n'i puet plus estre,
S'ala ovrir une fenestre.                               *1500*

1515   Vit la lune, que ert levee,
Lores li est s'ire doblee :
« Dès or, » fait ele, est il enuiz :
« Passee est ja la mie nuiz. »
Clot la fenestre, ariere torne :                        *1505*

1520   Iriee est mout, pensive e morne.
En mi la chambre s'aresta
Tot en estant, si escota :
La noise oï auques baissiee,
Quar ja departeit la maisniee.                          *1510*

1525   A l'uis s'en vait pensive e pale,
Si esguarda par mi la sale.
As chamberlens vit les liz faire :
Lores li est bien a viaire
Que jusqu'a poi se coucheront                           *1515*

1530   E que guaires plus n'i serront.
Par la chambre vait sus e jus,
E sovent reguarde al pertus,
Tant que trestuit furent couchié.

---

1513 *M²* Releue, *N* Releua ; *F* Que ne le sen ne — 14 *ek* Si, *R*
Se ; *ERk* uet, *D* ua ; *F* Si la — 15 *M²* iert, *KRe* fu ; *M* Vit que la
l. e., *F* Si u. la l. qi ert — 16 *Ak* Adonc ; *M²A* fu ; *ekR* samors —
17 *M* mest il auiz ; *F* Dieus f. elle est enuit — 18 *F* nuit — 19 (*J*) ;
*M* arr.; *EN* arriers, *DHKR* si ; *NRky* sen t.— 20 (*A²*) ; *nC* Ml't i.,
*M²* Iriee en est, *A* I. est, *R* I. uint, *BJRky* Irieement ; *M* pesme
et m. — 23 *MR* ot, *K* ert ; *M²* baisse ; *n* bien abessiee : *ek* ot a.
abeissiee — 24 *M²* sespartent, *R* departent ; *M²* maisnee — 25 *M²F*
Al huis — 26 *n* regarda, *A* regarde — 27 *M²* chanb., *K* chan-
berleins, *N* -oins, *M* -ans, *F* camberlains, *D* chambellans — 28
*M²* E l. li fu en u.; *N* Mes lors, *F* M. lor, *AK* Adonc ; *n* li fu
bien, *A* li fu il, *K* li estait ; *R* Adunques li est ; *M* Adonquez li
pot ml't plaire — 29 *F* iusque, *M* -quez a ; *E* po, *DN* pou ; *M²*
coucheroient — 30 *M²* serroient — 31 (*C*) ; *A* ua ; *JRky* En la c.
sen entre (*DH* entra, *J* -ai, *E* reua) puis — 32 *BMR* Mais, *K* Molt ;
*k* reuient, *JR* reuint, *A* esgarde ; *B* as pertrius, *e* al pertuis ; *nC*
S. (*F* Souient) garde (*C* Si r.) por un p.

  Bien a veü e aguaitié    *1520*

1535 Le lit ou Jason se coucha.

  Une soë maistre apela :

  Tot son conseil li a gehi,

  Car el se fiot mout en li :

  « Dreit a cel lit, » fait ele, « iras  *1525*

1540 « Tot soavet, le petit pas ;

  « Celui qu'i gist m'ameine o tei :

  « De noise te guarde e d'esfrei.

  — Dame, » fait el, « premierement

  « Vos couchiez, si sera plus gent.  *1530*

1545 « De la nuit est alé partie,

  « Sil tiendreit tost a vilenie

  « Qu'a couchier fusseiz a tel hore,

  « Quar bien en est mais tens e hore. »

  Fait la pucele : « Jo l'otrei. »  *1535*

1550 Ne firent mie lonc conrei.

  En un chier lit d'or et d'argent,

  Qu'onques nus hom ne vit plus gent,

  Dont li quatre pecol egual

---

1534 *n* espie, *M*'*Rk* agaitie, *e* aguetie, *B* esgaitie — 36 *M* mais-
tresse (*v. f.*) — 38 *M*' fie ; *kR* Quele (*R* Qua elle); *n* Car ele se (*F*
sen) f. an li — 39 *N* ce, *M* tel — 40 (*R*); *M*'*e* T. belement — 41-2
*interv. dans M*'*n* — 41 *KR* Cel qui i ; *K* ameine; *n* Jason diras (*F*
A i. dirai) que (*F* qil) ueigne a moi — 42 *F* et de desroi; *ekR* Trestot
(*M* Trestuit) sanz n. et sanz esfroi (*K* effrei) — 43 *M*'*F* prim.; *kyJR*
Ma d. or uos cochiez auant — 44 *N* coucheroiz, *M*'*F* couchez; *F*
ce ert, *N* si iert; *ekR* Si sera molt (*e* Si ert assez, *H* Si estera) p.
auenant — 46 *EMN* Sel; *D* t. on — 47 *H* Sa colchier; *R* colchiez;
*ABRe* fussiez, *M* -ies, *J* -ez, *H* esties, *N* seroiz, *F* seroies; *F* en ; *AK*
tele, *nCEHJ* ceste — 48 *A* b. est m. et t. ; *C* Qe leu e t. en e., *n* Que
(*F* Qa) lous en (*F* i) e. saisons; *BJRky* Et medea plus ne (*BJy* ni)
demore — 49 *F* et ie ; *BJRKy* Ml't a tost deuestuz ses dras — 5o(*C*);
*BJRKy* Et coche sei (*yJ* Colchiee sest) en es le pas (*H* isneles pas,
*M* et nel let p.) — 51 *nL* En un l. couche (*L* entre); *L* tout darg. — 52
*AEn* Onques; *M*' on; *M*'*F* nen; *AH* si g. — 53 *n* Dom, *G* Don, *C*
Car; *n* li que pou, *L* li chepoul, *C* li pecol, *G* li postel; *nCGL* et li
limon, *L* et lenuiron; *BJRek* Li q. p. (*E* quepol, *J* capol) par ; *M*'
igual, *Jek* igal, *B* ingal, *R* egal; *AA*' D. (*A*' Tot) li pecoul et li fesal
(*A*' feschal).

Furent tuit ovré a esmal,                    *1540*
1555   A esmeraudes verdeianz
       E a rubins clers e luisanz ; —
       Coute i ot grant vouse de paile,
       Onc meillor n'en ot en Thesaile,
       E lençueus blans deugiez de seie,     *1545*
1560   Ne cuit que nus hom meillors veie ;
       Mout i ot riches oreilliers,
       Onques pucele n'ot si chiers ;
       Li covertors fu riche assez,
       D'unes bestes fu toz orlez            *1550*
1565   Que reluisent come orpimenz ;
       D'autres mout chieres fu dedenz ;
       Vous fu d'un drap sarragoceis
       D'or e de seie trestot freis ; —
       El lit se coucha la pucele,           *1555*
1570   Que mout fu sage e gente e bele :
       Bien esteit digne d'itel lit.
       La vieille, senz autre respit,

---

1554 *BKRe* F. bien o., *A²* F. o. tot ; *nCGL* F. t. (*FG* tot) fet
dor arabon (*N* arragon, *L* darr.,*C* enuiron) — 55 *M²* esmaraldes,
*K* esmer. — 56 *M²* E ou robins c. reluisanz ; *K* As r. *A* Et r.; *LNe*
rubiz, *AK* rubis ; *F* rubin clers l. — 57 (*C*); *M²EK* Colte, *F* Cou-
tre ; *M²* uolse ; *ekR* qui fu de paille (*e* paile) — 58 *E* Ainz ; *nR*
Onques m. not (*R* ne not), *M²* Que m. not faite ; *F* thesaille, *KN*
tess., *D* tesaile, *E* tess. — 59 *M²* lenceus, *R* lincuels, *K* lincels,
*N* linciax, *A* linceus, *F* Et lilencauls bons, *D* Et les dras b.; *N*
dougiez, *F* dragiez, *kR* dolgiez, *D* trestoz ; *A* L. ot b.; *E* Li drap
blanc delie — 60 *M²K* quit; *K* mes n., *MRe* ia n.; *M* meilleur —
61 *M²* un riche oreiller — 62 *ekR* plus c., *M²* si cher — 63 *M²*
couertuirs, *A²* -oirs; *A²* est bons a.; *ekR* Couertor (*R* -oir, *D* -ouer)
i ot r. (*D* ot riches) a.; *M²A²EFR* asez — 64 *eR* Dune beste — 65
*MN* Qui, *F* Si ; *e* Et reluisanz — 66 *F* moutes ; *N* ml't riches — 67
*M²K* Vols, *n* Volz, *eM* Vox ; *M* sarrazinoiz, *K* saregoseis, *F* sara-
gozois — 68 *EK* trestoz ; *n* pierres estoit f. — 69 *FKRe* couche —
70 *Ke* est s., *F* e. proz; *M²* g. e s. — 71 *H* disne ; *M²* ditiel, *R*
dicel, *AKn* de tel; *nC* Et mout (*C* M.) e. d. — 72 (*A*); *M²N* uielle ;
*BJRky* Conques nus hom sa per (*B* millour) (*E* sa p. n. h.) ne uit.

De la chambre s'en est eissue,
Dreit au lit Jason est venue;      *1560*
1575   Tot belement e en secrei
Le traist par mi la main a sei.
E cil s'en leva mout isnel,
Si s'afubla de son mantel.
Tot soavet et a celé      *1565*
1580   S'en sont dedenz la chambre entré.
Clarté i ot, tres bien i veient,
Car dui cierge grant i ardeient.
La maistre a l'uis clos e serré,
Puis l'a desci qu'al lit mené.      *1570*
1585     Medea le senti venir,
Si a fait semblant de dormir,
E cil ne fu pas trop vilains :
Le covertor lieve o ses mains.
Cele tressaut, vers lui se torne;      *1575*
1590   Auques fu vergondose e morne :
« Vassaus, » fait el, « qui vos conduit ? »
« Mout par avez veillié anuit. »
« Tel noise ai tote nuit oïe

1573 *M²* Sen e. tors de la c. e., *ekR* Et la uielle sen e. issue —
75 *F* a s. — 76 *M²Rek* trait; *e* tot soauet a s. — 77-8 *interv. dans*
*B* — 77 *n* Cil se leua tost et i., *B* Ma damoiselle uous atent, *JRky*
Et cil se (*D* sen) lieue isnelement, — 78 *nC* Si a. un suen (*C* cort)
m., *A* Ml't tost affuble son m., *eJMR* Si sest afublez coiement,
*H* Et si safuble cointement, *K* Si safuble coietement — 79 (*A*);
*ekR* T. belement — 80 *N* enz en — 81 *ekR* ot b. i ueoient, *F* t.. b
uueoient — 82 *M²K* cirge, *F* ciege; *F* g. c., e c. cler — 83 *M*
La uiele — 84 *M²n* de ci, *KR* Quant desi qual (*R* deci al) l., *e*
Et tot droit au l., *M* Et iusquau l.; *Rek* la m. — 85 *Rek* Quant
(*KR* Et) m. le uit u. — 86 (*A²HJR*); *KR* Puis; *M²D* s. f. — 87 *e*
qui nestoit p. (*D* pas nest trop) u., *kR* ne senbla (*R* semble) pas
uilain; *A²* Cil not mie le cuer u. — 88 *M²* couuertoir; *A²* od, *Ren*
a; *KR* sa main; *M* sa mainz — 89-90 *m. à M* — 90 *M²* uergoin-
dose, *F* -oinouse — 91 *M²* Vassaut, *Dk* -al, *N* -ax, *F* Vasaus, *E*
-ax; *R* Vassax uassax, *HJ* vassal vassal — 92 *EN* enuit — 93 *R*
not.

    « Qu'or m'ere a grant peine endormie.   *1580*

1595    — Dame, » fait il, « n'i quier guion

    « Se vos e vostre maistre non :

    « S'en vostre prison me sui mis,

    « Il ne m'en deit pas estre pis. »

    La vieille ensemble les laissa,   *1585*

1600    En autre chambre s'en entra.

    Jason a parlé toz premiers :

    « Dame, li vostre chevaliers,

    « Icil qui quites senz partie

    « Sera toz les jorz de sa vie,   *1590*

1605    « Vos prie e requiert doucement

    « Quel receveiz si ligement,

    « Qu'a nul jor mais chose ne face

    « Que vos griet ne que vos desplace. »

    Medea respont : « Beaus amis,   *1595*

1610    « Grant chose m'avez mout pramis :

    « Se vos le voliëz tenir,

    « Ne me porriëz plus ofrir.

    « Seürté vueil que jo en aie :

    « Puis atendrai vostre manaie.   *1600*

---

1594 *R* Or ; *D* miere ; *n* Core a primes mere e. — 95 (*A A²*) ; *kBDR*
D. certes, *H* D. par deu ; *M²MRn* ne ; *e* quis ; *C* noi g. — 96 (*CR*) ;
*K* ou ; *D* u. mere, *M²AA²M* ceste dame — 97 *D* En ; *F* men — 98
*K* me d. ; *M²* Ne men d. pas e. de p., *n* Ne m. d. gaires e. p. ; *E*
pris — 99 *KRe* mestre, *M²* uielle, *MN* uiele, *F* ueille — 1601 *K*
parole, *MRe* lapele — 2 *ekR* ie sui (*DM* fait il) li c. — 3-4 *interv.*
*dans n* : Cil q. t. l. i. de sa u. S. toz uostres s. p. — 3 *ekR* Q.
uostre q. (*D* iert q., *E* est q.) s. p. ; *M²K* sans, *eMR* sanz (*graphie*
*respective de ces mss. ordinairement*) — 4 *R* ma, *M* uostre — 6 *N*
Que ; *Ne* receuoiz, *M²FRk* receuez — 7 *M²K* Que — 8 (*A*) ; *F* Qa
auos grief ne qa ; *ekR* Qui (*K* Que) uos seit grief ne (*M* qui) ;
*D* qui vos place — 9 *M²* beus — 10 *n* ci p. ; *B* Ml't g. c. maues ;
*e* M. mauez g. c. ; *M²K* pramis, *les autres mss.* promis (*de même*
*partout, sauf avis contr.*) — 11 *M* la ; *K* lo me uolez, *R* le u. —
12 *F* poroie p. soufrir ; *M²A²BJRky* Vos ne me poez, *C* Ne me
porois ia — 13 *M²* Mais s. u. q. ien — 14 *En* menaie.

1615      — Dame, a trestot vostre plaisir ;
          « Senz fauseté e senz mentir,
          « Vos en ferai tel seürtance
          « Qu'a tort avreiz vers mei dotance. »
          Une pelice vaire e grise                        1605
1620      Vest Medea sor sa chemise,
          Del lit s'en est a tant levee,
          Si a une image aportee
          De Jupiter le deu poissant :
          « Jason, » fait el, « venez avant.               1610
1625      « Vez ci l'image al deu des cieus :
          « Jo ne vueil mie faire a gieus
          « De mei e de vos l'assemblee ;
          « Par ço vueil estre aseüree.
          « Sor l'image ta main metras,                    1615
1630      « E sor l'image jureras
          « A mei fei porter e tenir
          « E mei a prendre senz guerpir ;
          « Leial seignor, leial amant
          « Me seies mais d'ore en avant. »                1620

1615 kR tot a (R al) u. — 17 F seürance; KRe itel (eR tele)
fiance — 18 ekR Que ia mes nen a. d. — 21 M Du lit sest ml't
tost l. — 23 DF poissant, M²EN puissant; D son d. — 24 (L);
ekR J. amis, K A. j. — 25 BIJM Veez, A¹ Vet ; H Vesci ; M cel
ym.; M² as dex; AN ciex, M² ciels, F cels; KR a lun des dex,
A'BIJy de (BIJ a) mon deu; A² al dieu sourain ; C Vees ici limaie
des dex — 26 (C); AA² nel, A¹ nou ; BEJ uoel, A²DINk uoil,
F uoi, A¹ uueill; M² jues, F ieus, A iex, CKN giex, A'IJy ieu ;
B pas tenir a geu, A² mie f. en uain — 27 F ne de — 28 FRk
Por; K cen : M²DNRk uoil, F uoi, E uoel; M²EMn as. — 29
(ABGR); C ton doi, N lo d., L le d., F li dois — 30 nR lo deu (R
la ymaige) me i. — 31 (BGL); n Amor; kR Fei a garder et a t.
(MR maintenir), HJ A p. f. et a t. — 32 J A moi; H A p. a
famc; BHM s. mentir — 32-4 interv. dans MRy — 33 (BHGJR);
c Toz miens a fere mon comant; A' L. espos ; L Et a s. tres leau-
ment — 34 (A); BRk Et que taurai, EH Et que seras, D Et ques-
seras, J Et q. taie ; Cx Vos aurai des orc (G mais dor, L des or),
A² A. en uos dore ; M desor (v. f.).

1635  Jason ensi li otreia,
    Mais envers li s'en parjura ;
    Covenant ne lei ne li tint :
    Por ço, espeir, l'en mesavint.
    Mais jo n'ai or de ço que faire,   *1625*
1640  Del reconter ne del retraire :
    Assez i a d'el a traitier,
    Ne le vos quier plus porloignier.
    Tote la nuit se jurent puis,
    Ensi com jo el Livre truis,   *1630*
1645  Tot nu a nu e braz a braz.
    Autre celee ne vos faz :
    Se il en Jason ne pecha,
    Cele nuit la despucela ;
    Quar, s'il le voust, ele autretant.  *1635*
1650  E quant ço vint à l'ajornant :
    « Dame, » fait il, « ne targera,
    « Desci qu'a poi ajornera ;
    « Ne porrai mais guaires ester
    « Qu'il ne m'en estuisse torner.  *1640*
1655  « Or m'est mestiers, or me bosoigne

1635 *A*² iure li a — 36 *A* Et ; *F* liei, *K* lie, *M* lui ; *ekn* se, (*M*²*AR*
sen) — 38 *kR* E. por (*R* par) co — 39 *D* ore, *N* plus ; *F* M. ie ne
sai p. (*v. f.*) — 40 *B* recorder ; *D* De ce conter — 41 (*B*) ; *N* duel
a t., *M* del t. — 42 (*A*) ; *M*² les ; *n* Ne uos q. (*F* cuide) or ; *N* pol.,
*F* prolungier ; *BRek* Ne uos uoil or (*ER* u. mais, *D* i uoil) ; *BEk*
p. ennoier, *R* anoier (*v.f.*) — 44 *K* Issi, *M* Ainsi, *D* Ainsint (*formes
ordinaires à ces mss.*) ; *F* en l. — 45 *n* antre ses b. — 47 *MR* sil ; *R*
no pecca, *M* ne demoura — 49 *DFR* si le ; *R* lo ; *M*² uout, *KNe* uolt,
*F* uelt, *M* uolst, *R* uost ; *F* el di ; *ekF* ensement, *R* alsiment — 5o
*N* laniornant, *F* le iornent ; *ekR* Et q. u. a laiornement — 51 *M*²
tariera, *Kn* tardera, *M* demoura, *R* demorara (*le 2*ᵉ *ra de 2*ᵉ *main*)
— 52 *M*²*n* De ci ; *F* qau ; *n* pou ; *F* iorz era ; *ekR* Gaires que il a. —
53 *ekR* Ni ; *F* Nen poirai gaire e. ; *D* aler — 54 *F* Qe no ; *K*
estoisse, *R* estoiche ; *M*² a torner ; *n* mestuisse retorner ; *ekR*
Que il ne men e. (*Me* conuiegne) aler — 55 *DMRx* mestier ; *M*²
mout me b., *FG* or mest b., *kR* et grant besoigne (*K* besoing),
*e* et sanz alogne (*E* esloingne) ; *M*²*Rkx* besoigne.

« Que de mei penseiz sens aloigne,
« Quar en vos en est m'esperance
« E mis conseuz e m'atendance. »
Fait la danzele : « Beaus amis,        *1645*
1660   « Sacheiz, j'en ai bien conseil pris. »
Andui se sont del lit levé,
Quar ja pert del jor la clarté.
Un escrin d'or prist Medea,
Veiant Jason le desferma,        *1650*
1665   Si en a trait une figure
Faite par art e par conjure :
« Ço, » fait el, « porteras o tei ;
« Quar jo te di en dreite fei,
« Ja, tant com tu sor tei l'avras,        *1655*
1670   « Rien nule en terre ne criembras. »
Après li baille un oignement,
Ne sai com fu faiz ne coment :
« De ço, » fait ele, « seras oinz,
« Car de ço t'est graindre bosoinz.        *1660*

1656 *EN* pensoiz, *M²FMR* pensez, *D* penssez ; *N* poloigne, *K* aloing, *G* esloigne ; *Fe* Que uos p. de ma besoigne — 57 *F* u. e. la moie e. — 58 *M²* conseilz, *K* -elz, *EN* -auz, *FMR* -eus ; *ekR* ma fiance — 59 *F* doncelle, *N* donzelle ; *Rek* Si maist (*K* mait) diex biax dolz a.— 60 *F* S. bien ai bon ; *N* boen ; *kyJR* Gie en ai tot (*M* Je ai ml't bien, *R* Ge en ai b.) mon (*R* le) c. p.— 61 *EN* Endui ; *D* sen ; *DJK* dilec, *R* diluec, *M* dilleuc, *H* le ior — 62 *M²* ia piert del i., *C* dou i. parut ; *A²BRk* Ja uoient (*R* ueoient, *v. f.*) d. i. ; *eJ* Ja (*J* Jai, *D* La) ueoient (*e* ueoit on) d. i. c., *H* Car il estoit ia grant c., *x* Quant (*GN* Car) d. i. uirent la c. — 63 *K* escring, *F* escuz — 64 *D* Deuant, *EKR* Veant, *nMR* Voiant ; *F* desferme la — 65 *M²K* traite — 67 *ekR* Amis ço p. — 68 *F* Car ie di bien, *N* Ge te di b., *e* Et si te di (*D* dis) ; *M²* par d. f., *Kn* en bone f. — 69 *M²K* come s. ; *R* com s. t. laueras — 70 *M²* mar criendras ; *JKRe* N. rien (*K* riens) qui seit ne c. (*K* crendras, *R* crinbras, *J* creinbras), *M* Ja nulle r. ne caidras ; *F* cremeras — 71 *F* ongement, *R* ungiment — 72 *M* sce ; *M²* cum (*forme constante*) ; *K* ou fu fet — 73 *M²* Dice ; *F* s. ontiz ; *eKR* Amis de co serras (*M* sera) bien o. (*R* iert grandz besoinz) — 74 *DK* tiert, *EM* est ; *KNe* graindres ; *M* plus grant b., *F* grant beschariz.

1675 « Puis n'avras ja de feu dotance  
« Qui a ton cors face noisance.  
« Or te baillerai un anel,  
« Si ne verras ja mais plus bel ;  
« E si saches bien que la pierre *1665*  
1680 « Ne puet estre en nul sen plus chiere.  
« Soz ciel n'a home qui seit vis,  
« Dès qu'il l'avra en son deit mis,  
« Qui ja puis crienge enchantement,  
« Feu, arme, venin ne serpent : *1670*  
1685 « Ne li pueent faire emcombrier,  
« Ne en eve ne puet neier.  
« Tant com l'anel avras sor tei,  
« Mar avras dote ne esfrei.  
« Ancore a il autres vertuz : *1675*  
1690 « Se tu ne vueus estre veüz,  
« La pierre met defors ta main :  
« Adonc puez bien estre certain  
« Que ja rien d'ueil ne te verra.  
« E quant ço iert qu'il te plaira *1680*

1675 *e* pas de ; *F* nauroies de — 76 *M²MRe* nuisance, *n* pesance — 77 *M²* baillerai mon ; *ekR* Et si retien ci un (*K* cestui) a. — 78 *K* Tu ; *M²* nen ; *n* Onques nus hom ne uit ; *N* si b., *eMR* tant b. — 79 *R* sachiez — 80 *L* sens ; *M* e. de rien ; *nE* Ne porroit pas estre — 82 *MR*en doi ; *K* D. que il l. sor sei m. — 83 *M*en Que ; *EK* crienme, *DNR* crieme, *F* creme, *M* crainne ; *F* enchantamenz — 84 *M²* Fue ; *F* serpenz ; *ekR* Ne feu ne a. (*E* armes) ne s. (*K* sarpent) — 85 *M²* poent, *K* puent, *N* puet, *F* poit, *D* peut, *R* poet ; *M²* enconbrer — 86 *F* poit ; *kJR* Ne e. (*R* aigue) ne le (*R* li) p. — 87 *M* aura sor soy — 88 *FR* Mais (*R* May) nauras ; *E* peor, *D* garde — 89 *K* Unquore, *M²Re* Enc.; *DKR* i a ; *e* de tex — 90 *EN* uiax, *D* uex, *M* ueuz, *F* ueu, *K* uels, *R* uos — 91 (*A²*) ; *M* clou, *H* enclo, *N* tien ; *M²* dehors, *A* hors de, *ekBR* dedenz ; *n* tes (*F* des) mains — 92 (*A*) ; *F* Iluec poras ; *N* Lors porras e. toz ; *n* certains ; *M²* De ce te uueil faire certain, *A²BJRky* Et ie (*A²* Adunc) te (*D* ten) faz tres bien (*EH* ml't b., *K* de co) c. — 93 *M²* doils, *A* deux, *kR* doil, *e* duel — 94 *M²* riert ; *R* quel, *AF* que.

1695      « E que tu n'avras d'içο soing,

         « Clo la pierre dedenz ton poing :

         « Si te verra l'om come autre home.

         « Onques Oteviens de Rome

         « Ne pot conquerre cel aveir,          *1685*

1700      « Qui cest poüst contrevaleir.

         « L'anel » fait el, « me guarde bien,

         « Quar jo l'aim plus que nule rien. »

         Après li rebaille un escrit,

         E si li a mostré e dit :          *1690*

1705      « Jason, quant le mouton verras,

         « Ne faire ja avant un pas

         « Desci qu'aies sacrefiié,

         « Que n'en seient li deu irié :

         « Crieme sereit, se nel faiseies,          *1695*

1710      « Que chierement le comparreies.

         « Par içο les apaieras,

         « E dementres que tul feras,

         « Cest escrit di tot belement

1695 *n* de ce; *F* soig; *kER* Que tu de co nen auras s. (*K* nau-
ras besoing, *E* n. pas s.), *D* Q. se tu de ce nen as s. — 96 (*A*);
*M²* Clou, *M* Met; *n* La p. tien; *M* dehors; *F* t. doi; *e* Oste la p.
de t. p. — 97 *Ke* len; *BH* on com ; *B* dautre; *GLN* Len (*N* En) te
uerra com un a.; *F* On uera te; *FG* com a.; *M²C* Veuz seras (*C*
-aiz) ; *A²* cum sunt altre h. — 98 (*B*); *K* Unques (*forme ordinaire*);
*M²* Octouiens, *M* -enz, *D* -euien, *A* -ens, *E* osteuiens,*N* otheu.,
*K* oteu., *F* outauiens ; *A²* nus on ce est la somme — 99 *F* tiel ;
*A²* Not assamble si grant a. — 1700 *F* Qe; *n* ce, *M* ia, *KRe* la;
*M* peust, *KRen* poist — 1 *F* elle ; *M²n* garde ; *A²* ele g. b.; *ekR*
Biax amis lanel gardez (*D* garde l.) b. — 2 *N* Que ie, *G* Qui —
3 *R* baille, *F* baila — 4 *N* Or se ; *M²* monstre, *K* conte — 5 *R*
com le — 6 *KRe* Naler ia puis, *M* Aler ne puez — 7 *M²* De ci,
*kR* De si, *n* Deuant — 8 *N* ne ; *M²Rk* li d. nen (*KR* ne) s. — 9 *ekR*
Bien puet estre; *M²* si — 10 *KRe* Que (*K* Et) tu molt (*R* Qe m.)
chier le comperreies (*E* conpar., *R* comprar.) — 11 *FKR* Por —
12 *M²* tu f. ; *n* Endementiers (*N* -tres) qe le f. (*N* que tu diras),
*Rek* D. que tu la f. — 13 (*B*); *R* ml't b.; *M²K* diras b. ; *F* Cist
e. dirai.

« Treis feiees contre Orient :                    *1700*

1715  « Guart bien seies amenteüz.
« Or te baillerai ceste gluz
« Par tel maniere destempree,
« Que ja a rien n'iert adesee
« Dont ja mais desevree seit.                    *1705*

1720  « Grant aleüre va tot dreit ;
« As nes e as boches as bues
« L'espant tote, quar bien t'est ues :
« Par ço les avras si conquis,
« Ja feus de lor cors n'istra puis.                *1710*

1725  « Arer les feras quatre reies,
« Mais clo tes ieuz, que tu nes veies ;
« Puis t'en va tot seürement
« Combatre contre le serpent.
« Bataille grant i troveras,                       *1715*

1730  « Mais ja mar le redoteras,
« Quar ja vers tei n'avra poëir.
« Or te vueil bien faire saveir :

1714 *K* fiees, *B* foies, *M'e* -ees, *FM* foiz — 15 *M'M* gart,
*ABEHNR* gar, *DJKR* car, *C* qar ; *M'* que, *C* quen ; *BJRky*
aperceuz (*yJ* aparc.) ; *n* Garde (*N* Gar que) ne s. esperduz — 16
*A* glu, *C* glus ; *BJRky* Amis (*H* Et si) tien ueiz (*M* uez) ci ; *H*
une glus — 17 *K* cel ; *DJM* destrampee, *E* -enpee, *N* destran-
pree — 18 *F* anon, *K* a riens ; *FH* nert ; *R* nerradessee — 19 *E*
Don, *M* Donc, *n* Que — 20 *M* uait, *R* iai ; *F* bon d. — 21 *M'A*
Es... es ; *FKRe* des b ; *K* buos — 22 *HJ* car ce ; *AK* tes, *FM*
est ; *M'DN* hues, *F* hoes, *EJK* oes, *AL* oeus ; *R* cest uees ; *L* Ses
en estoupe qe cest oeus — 23 *FJK* Por ; *F* aueras c. — 24
*ABFMR* feu ; *C* l. neis ; *K* F. ne sera de l. c. mis, *BJMRy*
F. de l. c. nen iert (*B* ert) (*D* niert puis, *H* nert plus) fors
(*DM* hors) m. (*E* nistra ia p.) — 25 *M'* lur f. ; *F* roes — 26
*M'F* clou ; *M* ieulz, *K* ielz, *F* oilz, *D* eulz, *E* ialz, *N* iauz ; *M'*
nel — 27 *M'* te ua, *E* iras ; *F* tost — 28 *Dk* encontre — 29 *M* B.
fort — 30 *R* mar (*corrigé en* mal), *F* man ; *M'* rien le doteras, *M*
le douteroiz (*v. f.*), *E* tan esmaieras — 31 *MRn* Que ; *n* deuers —
32 *FG* Si te, *BJky* Mais gie, *R* Or ie, *M'A* Or se, *A'* Or si ;
*M'AA'JRky* te u. f. s. (*D* asauoir), *B* te fais b. assauoir.

« Trestoz les denz fors li trairas,
« En la terre les semeras                    *1720*
1735   « Que o les bues avras aree,
« Qu'ensi est chose destinee
« Qu'en autre sen ne puet pas estre.
« Sempres verras a tez ieuz naistre
« Des denz chevaliers toz armez              *1725*
1740   « E de lor armes adobez :
« En poi d'ore seront nascuz,
« E d'eumes, d'aubers e d'escuz
« Seront mout bien apareillié ;
« Mais mout seront entre eus irié.           *1730*
1745   « Veiant tes ieuz s'entrociront,
« Si tost come il s'entreverront.
« Adonc avras tot achevé,
« Mais guar n'i seies oblié :
« Por ço qu'avras eü victoire,               *1735*
1750   « Si rent as deus_merci et gloire ;

1733 *n* Toutes; *M²* hors; *C* Trestotes les d. li; *BMRe* Les d.
du serpent tu (*e* tost) prendras, *K* Les d. de cel s. p. — 34 *F* Et
en; *M²F* terra — 35 *M²F* ou; *MRe* Que tu a. as b. a., *K* Q. tu as
buos a. a. — 36 *n* Ensi; *ekR* Si est la — 37 *R* Quant, *nL* En;
*LF* nen; *ekR* a. guise ne p. e. — 38 *DKR* Ilec, *E* Iluec, *M* Ml't
tost; *M²* Senpre u. o; *D* eulz, *K* ielz, *N* iauz, *E* ialz, *L* oex, *F* oil;
*Rek* nestre — 39-40 *interv. dans B* — 41 *K* Et en (*v. f.*); *D* pou,
*E* po; *ekR* nascu; *n* iert chascuns (*F* ciascun) uoincuz (*F* uestuz)
— 42 *M²* dozbers; *n* De haubers (*F* Daubers) darmes; *B* Delmes
et d. et descu, *ek* De hiaume (*K* De hialme, *M* Del heaume)
dauberc (*K* et daubers, *D* et dauberc, *E* d.) et descu, *R* Des elms et
des auberchs uestu — 43 (*AA²*); *M²* apareille; *ekR* Sera chascuns
apareilliez — 44 *n* ensemble irie; *ekBR* Molt iert (*E* ert) li uns
(*M* li un, *R* un) (*B* Et m. ert luns) uers lautre iriez, *A²* Et ml't
ierent entrels irie, *A* M. m. iert lun a lautre i. — 45 *M²N* sentro-
cirront, *e* se conbatront — 46 *M* Ainsi t. com, *R* Insi t. c. (*v. f.*);
*M* il se uerront — 47 *M²* E doncs, *R* Adunc, *Ne* Lores, *F* Lors
— 48 *M²F* garde; *N* ni; *M²* seit; *ekR* Naies le cuer antroblie —
50 *A* a d.; *M²* mercis; *MRe* En r. merci, *K* Graces en r.; *M²Rek*
au (*M²K* a) deu (*K* de) de g.

« Treiz feiz lor fai afflicion,
« Après iras vers le mouton.
« La Toison prent, lui lai ester,
« E ne t'i chaut plus demorer :        *1740*

1755 « Isnelement si t'en repaire,
« Qu'enui n'i aies ne contraire.
« Ne te sai plus que enseignier,
« Mais doucement te vueil preier
« Que de tot ço rien n'obliër.        *1745*

1760 « Dès or t'en puez hui mais aler ;
« Ne poons or plus estre ensemble :
« Granz jorz est ja, si com mei semble. »
    Entre ses braz Jason la prent,
    Cent feiz la baise doucement ;        *1750*

1765 Après a pris de li congié,
    Dreit a son lit est repairié.
    Bien a repost e bien mucié
    Ço que cele li ot baillié :
    A grant maniere se fait liez.        *1755*

---

1751 *N* fiez; *M²* lors; *F* fait ; *ekR* feras a.; *Mk* affliction, *Jen* affl.— 52 *JR* Et puis (*R* pois) — 53 *M* li lait, *n* lai lui, *K* l. le — 54 *M²* nen ; *eknR* te ; *ekR* chalt (*R* calt) a d.; *A* Et naies soing de d. — 55-6 *interv. dans A* — 55 *F* puis; *ekR* Mes tost te remet el r., *A* Et i. ten r. — 56 *ekR* Car iluec nauras plus (*E* puis) (*D* tu nauras i.) que faire, *A* Isnellement fais ton afaire, *M²* Trestot en paiz e sans contraire — 57 *M²* ti — 58 *E* uuel, *DNRk* uoil, *F* uoi — 59 (*AJ*); *DK* riens; *R* ne o.; *F* t. r. ne oblier — 60 *K* puoz, *M* puiz ; *K* oimes a., *A* tres bien a. ; *eJ* Des ore ten p. b. a. — 61 *F* pas p. e.; *M²D* plus e.; *J* estre p. e. — 62 *A* Il est grand jor; *M* me s. — 63 *B* souef le p. — 64 *M* en j. tenant — 65-6 *interv. dans n* — 65 (*C*); *A* lui, *F* lei ; *M²Cn* congiez; *JRky* Et puis en a le (*K* P. a de lie son, *H* Et p. a de li) c. p. — 66 *nC* Qant; *A* reperie, *Cn* repairiez, *M²* repeiriez ; *BRk* Si sest arriere (*B* arier, *M* ariers, *R* arieres), *yJ* A. (*E* -es, *H* ariere) sest (*H* sa) en s. l. mis — 67-8 *interv. dans Mn* — 67 *M²* bien a m.; *B* B. tost fu repus et m., *ekR* B. a tot repost et m. — 68 *e* ele; *BDMR* a b.; *M²Cn* quele li aueit b. — 69 (*A*); *C* En; *n* Mout fu de g. m. l., *ekBR* Or est iason ioianz (*M* ioiax, *R* ioiez) et l.

1770    Quant en son lit se fu couchiez,
        Endormi s'est en es le pas,
        Quar de veillier esteit toz las;
        E quant il ot dormi grant piece,
        Il pot estre ja haute tierce.    ·    *1760*

1775    Levez s'est, e si s'apareille :
        Aler en vueut a la merveille.
        Grant paor et grant sospeçon
        Ont de lui tuit si compaignon.
        Quant Oëtès veit qu'il vueut faire,    *1765*

1780    Bonement li prent a retraire:
        « Jason, ço saches, de ta mort
        « Ne vueil estre blasmez a tort :
        « Por çol te di, se m'en creeies,
        « Ja la le pié ne portereies.    *1770*

1785    « Onc ne vi nul, qui i alast,
        « Qui ariere s'en retornast.
        « Li deu i ont lor guarde mise,
        « Qui ne vuelent en nule guise
        « Que hom charneus i mete main.    *1775*

1790    « De ço somes nos bien certain :
        « Se tu i vas, fins iert de tei,

---

1770 *n* a s. l. fu repairiez; *C* si; *ekR* Dedanz son l. sest tost
(*MR* tot) (*E* se rest) colchiez — 71 *n* Adormi; *M* en ellespas —
72 *M*²*n* trop l.; *kR* Car (*R* Que) t. (*R* tot) e. de u. l. — 74 *M*² e.
bien; *nL* Si pot ia e., *kR* Tant quil estoit ia, *e* Que il e. ia ; *A* Ja
pooit bien e. a t. — 75 *e* L. est; *M*² L. sen est si; *ekR* puis si; *A*²
Dunc est l. si — 76 *M*²*A*² sen u.; *n* Car a. u. ; *K* uelt, *D* ueult,
*EN* uialt, *FM* ueut (*de même le plus souvent*) — 77 *EN* peor, *M*²*DK*
poor; *M* sopecon, *eK* soup., *M*² sospeicon, *R* sospicion — 78 *K* Unt;
*R* toz ses ; *D* Orent de l. si — 79 *N* oestes, *F* hoestes; *M*² qui il
(*v. f.*) — 80 *ek* Belement li prist, *R* Bonement el p. — 83 *M*²*E* cel,
*ADRkn* ce; *R* tel di, *K* lo di, *FMR* si me (*R* mel); *F* creroies, *M*
croiez — 84 *N* Que ia les piez, *DRk* Ja le p. la, *F* Ja le piez — 85
*F* Ainz, *N* Einz; *Ke* nen ; *n* ne fu nus; *M*² quon; *en* la a. — 86
*Dk* arr., *F* arieres, *EN* arr. — 87 *M*² lur — 88 *DM* ueulent, *KN*
uolent, *F* uoillent; *R* Quil ne uoloit — 89¹ *F* carneus, *M*² mor-
teus; *R* il m. — 90 *M*² Dice; *n* tuit c. — 91 *M*²*MRE* est.

« Mais ja ne t'iert veé par mei.

« Force sereit que te fereie,

« Si sai que blasmez en sereie.                    *1780*

1795    « Fai en tot ço que tu voudras :

« Ja mar por mei le laisseras. »

    Tot quant qu'Oëtès li reis dit

Prise Jason assez petit.

Il ne se vueut plus atargier :                     *1785*

1800    De la cité s'en ist premier.

Li reis, li prince e li baron,

Herculès e si compaignon

Le conveient jusqu'al rivage,

Ou il devait prendre passage.                      *1790*

1805    Iluec li covint a passer,

Vousist o non, un braz de mer ;

Mais estreiz ert, ne durot mie

Guaires plus de liue e demie.

De l'autre part ert li isleaus :                    *1795*

1810    N'ert guaires granz, mais mout ert beaus.

Ço li ont dit, la trovera

Ço que il quiert e ou il va.

Lez le rivage, el sablonei,

Prist ses armes e son conrei.                       *1800*

1792 *K* ne tiert ia ; *FR* por — 93 *R* ce; *M²* qui te faroie — 94 *eKR* Bien sai — 95 *e* Or en f.; *KR* quant que tu en u., *e* quan que tu u. — 96 *F* Ja mais; *R* lo laseroie — 97 *A* Tout ce; *E* oethes *F* hoestes, *N* oestes; *F* li ot d.; *kyR* Q. quoetes li r. a d. — 1799-1800 *interv. dans BRky* — 99 *C* atarder, *n* delaier; *BRky* Ne li sist (*M* siet, *H* plot) plus li atargiers (*K* estagiers), *J* Ne li fut proz li atardiers — 1800 (*A*); *M²* primier, *Bky* premiers, *R* prim. — 1 *n* p. li — 2 *M²* cump. — 3 *e* tresquau — 4 *F* deuroit — 5 *DKR* llec; *F* conuint, *KRe* couient; *M²M* le couenoit (*M* conuenoit) — 6 *KR* Ou uoille ou n., *e* Vuelle ou ne uuelle; *F* un ram — 7-8 *m. à R.* — 7 *M²FM* iert, *yK* est; *H* nen; *yK* dure — 8 *M²* que; *M²FK* lieue; *F* dimie — 9 *M²F* iert, *MRe* fu, *K* est; *R* lisleax — 10 *M²* Niert, *K* Non, *MRe* Ne; *M²* molt iert, *K* m. est, *Re* m. fu — 11 *ekR* Dit li ont quilec (*M* quilleuc, *E* quiluec, *R* -ch, *D* qui les) t. — 12 *M²* qui il, *k* quil — 14 *ekR* Mist (*R* Mis).

1815    Primes chauça ses genoillieres :
        Onc el siegle nen ot si chieres.
        D'or fin furent li esporon,
        Taillié de l'uevre Salemon.
        Après a un hauberc vestu,                    *1805*
1820    Onques mieudres forgiez ne fu :
        Tailliez ert bien a sa mesure ;
        La maille en ert serree e dure.
        Poi li pesa, quant l'ot vestu.
        Après laça un heaume agu,                    *1810*
1825    Resplendissant, de bone taille :
        Ja por arme ne fera faille.
        Li cercles ert d'or esmerez
        E des nons as deus toz letrez :
        Mout l'en teneit om a plus riche.            *1815*
1830    Li nasaus fu d'un chier oniche :
        Qui meillor ne plus beau queïst

---

1815 *FM* Primiers, *EN* Prem. — 16 *R* ganuliers, *K* genoilliers
— 17 *M²* Ainc, *A* Ainz ; *n* Onques nus hom ne uit ; *M²A* el (*A* ou)
siecle ; *M²* not fait ; *ERk* El siecle (*R* secle) naueit il (*M* not nulle,
*E* n. nules, *R* nert nulle) ; *K* plus chiers, *R* si c., *E* p. chieres ;
*D* Qui mont erent bones et c. — 17 *Tous les mss.* esperon — 18
*ekR* a ; *M²Kn* loure — 19 *kR* son h. ; *M²* ozberc, *R* auberch, *A²*
holberc — 20 *K* Unques ; *F* meaudres, *NE* mi-, *KM* mieldres, *R*
meldres ; *M²* forgez nen — 21 *M²* Taillez ; *ek* fu, *F* iert — 22 *M²*
iert, *ekCR* fu ; *EK* sarree ; *A²* est ml't s. — 23 *ADn* Pou, *E* Po ;
*BRek* q. u. lot — 24 *A* lace, *L* reprent ; *A²* son ; *M²* heume, *A²F*
helme, *A* elme, *R* hielme, *K* hialme, *G* hy-, *eN* hiaume ; *ekDR*
Son h. lace (*R* alaza) au mialz (*DM* miex, *KR* mielz) quil sot (*D*
pot), *C* Omques meillor forgiez ne fu — 25 (*AC*) ; *ekR* Cler luist si
est (*D* et luisant) de b. t. — 27 *A* Le cercle ; *n* fu, *M²A* iert, *ekR*
est ; *E* toz e. ; *n* esmere ; *M* de fin or e. (*v. f.*) — 28 (*A*) ; *ekR* Des
dex i ot (*R* ert) n. (*M* uoulz) ; *R* totz li crez ; *n* Des n. as d. fu
toz (*F* tot) letre, *A²* bien letrez — 29-30 *interv. dans BRek* —
29 *F* le ; *n* t. len ; *A²* plus a r., *F* au p. r. ; *BRek* El front (*M* chief)
deuant ot un bericle (*R* benicle) — 30 *E* nasex, *D* nassex, *M*
uassax, *N* nasiax, *K* nasax ; *M²F* honice, *BRek* onicle — 31 (*AR*) ;
*F* Qe ; *BRek* Cil qui m. ne (*K* et) p. biau (*e* bel) quist.

De folie s'entremeïst.
Après a ceint un brant d'acier, —
Onques nus om ne vit plus chier,                    *1820*
1835    Si riche ne de sa valor, —
Cler e tranchant come rasor.
Un escu ot d'os d'olifant,
Fort e bien fait e riche e grant :
La bocle en fu d'or Espaneis                         *1825*
1840    E la guige tote d'orfreis.
Un grant espié cler e luisant
Li baillierent d'acier trenchant.
Quant bien l'orent apareillié,
Si a d'eus toz pris le congié.                       *1830*
1845    Baise Herculès e sa maisniee,
Qui de lui remaint mout iriee :
Grant duel demeinent li plusor,
Quar paor ont de lor seignor.
En un batel s'en est entrez,                         *1835*
1850    De la terre s'est esquipez.
N'ot o sei autre marinier,
Ne n'i mena point de destrier :

1832 *BRek* De la f. (*e* grant f.) sentremist — 33 *DNk* branc
— 34 *M²* Si nen fu ainc nus faiz, *kE* Onc (*E* Einz) ne ui mellor
ne, *R* Ainc hom m. ni p. c.;*n* tant c. — 35-6 *interv. dans BRek*
— 35 (*C*); *n* tel u.; *BRek* El (*R* Al) mont not onc (*BR* ainc) (*D*
El not onques) co quit mellor, *A* Si r. not nul uauassour — 36
*C* Clere en t.; *E* et luisant; *BRk* Clers fu tranchanz c. (*MR* plus
que, *B* p. de) r.; *A* de grant luour — 39 *R* boche; *ERkn* b. fu;
*M* espenois — 40 *R* guinche, *K* guise — 41 *K* c. reluisant, *R*
chier et trenchant — 42 *M²* baillerent; *KNe* tranchant, *R* luisant
— 43 *M²* Q. son cors ot — 44 *M²Rk* de t. — 45 *H* Mais ercules;
*M* maisnee, *K* meisniee, *Ne* mesn. — 46 *Rek* por lui (*DM* li);
*n* se part; *DRk* tote i.; *M²* iree; *E* remenoit i. — 47 *D* enmai-
nent — 48 *n* Grant p. ; *M²DK* poor, *EN* peor (*de même ordinai-
rement*); *M²* lur, *F* son — 50 *M²* eschipez, *K* eskapez, *N* aquipez;
*R* si sest quipez — 51 *FR* mariner, *M²* conseillier — 52 *M²* Ni
m., *N* Nil ni m., *F* Il ne maine; *E* autre d.; *K* Ne onques ni m.

Ço saveit bien, n'i vausist guaire
A tel bosoing n'a tel afaire,            *1840*
1855    Dreit vers l'isle nage a expleit,
Al mieuz qu'il sot e al plus dreit.
Medea fu en une tor :
Vit le, si mua la color.

Des ieuz plora, nel pol muër,          *1845*
1860    Quant elel vit en mi la mer.
Belement dist entre ses denz :
« Jason, sire, beaus amis genz,
« Mout sui por vos en grant error,
« Quar jo vos aim de grant amor.     *1850*
1865    « En grant dotance m'avez mise :
« Ne puet mais estre en nule guise
« Que jo m'en puisse aseürer,
« Tant que vos veie retorner.

« Grant paor ai e grant dotance    *1855*
1870    « Que de ço n'aiez remembrance
« Que vos ai dit e enseignié :
« Ja mais nen avrai mon cuer lié
« Desci que vos tienge en mes braz.
« A toz les deus oreison faz      *1860*
1875    « Qu'il ne seient vers vos irié. »

---

1853 *ekR* Co sauez b. nen ot que faire — 55 *M²* D. a; *ekR* N.
u. lisle a grant e. — 56 *Fk* mielz, *D* miex, *N* melz, *E* mialz;
*DMn* pot — 58 *M²* sa c. — 59 *EN* ialz, *K* ielz, *FM* oilz, *D* eulz
(*de même ordinairement, sauf avis contr.*); *K* plore; *M²M* ne;
*K* puot, *FMR* puet — 60 (*M²* elel), *F* elle le, *D* ele; *MR* celui uit,
*K* ui celi; *Ae* en haute m. — 63 *R* par ; *M²M* de — 64 *N* fine, *F* fin
— 67 *k* me — 68 *M²* Jusque ten — 70 *E* naies, *M²D* naie — 71
*n* De ce que uos (*F* a uos) ai e.; *M²E* Q. ie tai d. — 72 *F* nauroie;
*K* nauroi le mien c. — 73 *n* De ci, *M²* Jusque, *Rek* Tant que;
*M²D* te t.; *NR* teigne, *M²DFM* tiegne, *E* tiengne; *M²MRe*
entre m. b..; *K* me uoie e. uos b. — 74 (*M²NK* oreison), *E* ore-,
*D* oroi-, *FM* oraisons — 75 (*Ici commence P; je donne les variantes
jusqu'au v. 1976*); *M²* nos, *BRek* tei; *P* Enuers uos ne s. i.

A tant en plore de pitié.
   Jason a ja tant espleitié
   Que en l'isle fu essaivié.
   N'i ot puis autre demorance :        *1865*
1880   Son escu a pris e sa lance,
   Eissuz s'en est fors del batel,
   Puis est poiez sus en l'islel.
   Les bues choisi e le serpent
   E le mouton, qui mout resplent :        *1870*
1885   Grant clarté done l'or vermeil
   Contre la raie del soleil.
   Des nes e des boches as bues
   Eissi tel flambe e teus feus lues,

1876 *n* Lores ; *BMR* A t. si (*B* se) ; *KP* a plore ; *M*² Doncs plora des ieus, *A*² Dunc p. ele, *A* Dont p. jason ; *P* ajoute : Puis sapoia lez un pilier Por son cher ami esgarder — 77 *A*² J. sestoit t., *P* yason a t. ; *M*²*L* ot ia t., *N* i a t., *K* a t. ia ; *E* sest ia t. auanciez — 78 *A*² Qen lislet sest droit, *n* Quen l. se uit ; *L* uint asegie ; *C* esigie, *G* asiegie, *F* esegie, *LN* as., *A*² essiauuies (*cf. 3280. 7158. 7343 et 18910*), *A* arriue, *M*² toz a pie ; *BIJDky* Que iusquen (*DMR* -a, *H* dusqua, *E* desquan, *D* tresquen) sa (*R* sia, *I* la, *K* est, *E* sest, *H* sont) (*D* Quil ot t. lisle) nagie (*E* nagiez), *P* Et tant as enuirons n. — 79-80 *interv. dans KP* — 79 *H* Ni a ; *Bn* plus — 80 *nD* prist et (*D* et puis) — 81-2 *sont placés dans P après* — 78 *modifié* — 81 *F* Ensuz, les autres issuz ; *Me* hors ; *e* Lors, *H* Si, *JRk* Donc ; *JRky* est i. ; *J* de b. ; *P* Quil est e. de son b. — 82 *P* Et ; *ACPR* montez ; *BRky* P. si e. (*D* sest) m. (*K* entrez) ; *n* Venuz en est droit al i. ; *P* lisel — 83 *K* buos ; *kP* choisist, *R* chosist, *e* choisit — 84 (*J*) ; *en* dor r. — 85 *BJMRe* Vit la g. c. del (*J* de) u. (*B* del solel), *KP* Vit la c. (*P* clartei) de lor u. — 86 *P* le rage, *F* la nue ; *J* de soloil ; *B* Qui fait resplendre le u. — 87 (*BIJ*) ; *M* das n. et de ; *A*¹ boiches, *F* . .ches ; *ACEH* des b. ; *A*² Des narines as bues ansdous — 88 *R* Ensi, *M* Ainsi, *N* Ist, *A*¹*BIJKy* Issi ; *M*² flanbe, *nP* flame ; *M*² fues ; *K* tex flanbes et tex f., *A*¹*BIJMRy* tex (*M* tel) feus (*D* del feu) tel (*A*¹*JR* tex, *B* tes, *I* telz, *DH* et) f. (*M* flamme, *A*¹*HI* flame, *R* flames) lues, *A* Ist si grant flambe et si grans feus, *A*² Et des boches issoit tels f., *C* I. tel flame et telz f., *P* Eissi un tel flame lues        c)

Ço ert avis, qui l'esgardot,                    *1875*

1890    Que toz li isles embrasot.

Jason son oignement a pris,

Son cors en a oint e son vis.

La figure a sacrefiiee

Que Medea li ot bailliee ;                       *1880*

1895    Mist la sor l'eaume e atacha,

Si come ele li enseigna.

Après fist as deus sacrefise

A la maniere e a la guise

Que la pucele li ot dit,                          *1885*

1900    E treis feiees list l'escrit.

Vers les bues ala maintenant

Tres par mi le grant feu ardant.

Sempres fu toz arz sis escuz,

Mais il ne fu mie esperduz :                      *1890*

1905    La gluz es boches espandi,

Onques puis flambe n'en eissi ;

Lor vertu ne monta puis guaire.

1889 (*A*); *M* Si; *M²ADFR* iert; *K* quis e. — 90 *F* isle; *K* les isles esbraseit, *P* le isle abrasoit — 91 *P* Yason a s. o. p.; *F* ongement, *P* ongnement — 92 *ek* en o. et puis (*D* bien et); *R* en ongist et sa uis — 93 *F* sacrifie, *M²Rek* -efiee, *N* -efriee — 94 *P* Qe samie; *M²* bailee, *F* baillie, *N* donee — 95 *M²* M. sor son heume; *EN* liaume, *F* lelme, *D* le hiaume, *K* lialme; *R* sor h. e estaicha; *F* latacha; *e* Par (*D* Sor) l. la m. et tocha, *P* De sus son elme latecha — 96 *KPRe* Com (*P* Car) medea; *P* ensegna, *N* commanda — 97 *P* fest — 98 *E* meniere, *F* main., *P* -ere — 99 *R* pulcella; *P* dite — 1900 *M²* fiees; *F* lit, *N* lut; *PRek* Et si lut (*PR* list, *K* li ot) pur treis feiz lescrit (*K* escrit) — 1 *K* bous; *Rek* uait (*K* ua, *e* uint) demaintenant (*R* dunc m., *M* m.); *P* As bues en uait (p.-ê. uint) ~t m. — 2 *D* par le mi; *nD* leu del f.; *EHPRk* Trestot (*P* Dreit treis) p. mi (*H* par mi t.) le f., *D* Par le mileu del f. — 3 *DK* Maneis, *R* Menois, *EM* Ml't tost; *P* fust ars t. s. c. — 4 *EM* pas e. — 5 *k* glu; *F* boiches, *P* toches — 6 *eKR* Conques; *P* plus; *M²EKP* flanbe, *DF* flamble, *N* flame, *M* flamme; *R* ne; *F* ensi, *PR* insi, *NRek* issi — 7-8 *interv. dans E* — 7 *M²* Lur, *R* Lors; *M²Ren* vertuz; *nK* gaire, *M²R* guaires, *E* guere, *D* -es.

Quatre reies lor a fait faire,
Si com li ot dit Medea;                                    *1895*
1910    Mais onc nel vit, bien s'en guarda;
Onques n'i osa esguarder :
Ne voleit mie trespasser
Ço que li aveit dit s'amie,
Quar il feïst mout grant folie.                            *1900*
1915    Quant ço ot fait, delivrement
Ala requerre le serpent.
Quant li serpenz le vit vers sei,
En haut sifla e fist esfrei :
Ses escherdes herice e tremble,                            *1905*
1920    Feu e venin li gete ensemble;
Sovent trait fors son aguillon,
Tote la terre art environ :
Soz ciel n'a rien, que onc fust nee,
Que ja eüst vers lui duree.                                *1910*
1925    Ne fust Jason si bien guarniz,
En petit d'ore fust feniz :
Que de l'arson, que del venin
Sempres fust alez a sa fin ;

1908 *R* Que tres; *P* reges — 10 *M²P* ainc, *EF* ainz, *F* einz; *K*
nes, *MPR* ne, *en* ni — 11 *n* nes; *M²Rkn* esgarder; *D* nel o. oublier,
*E* nen o. trespasser — 12 *ekR* Car il ne volt (*ER* uost, *D* uit)
pas t. (*E* oblier); *NP* trespaser — 14 *ekR* Que (*R* Quel, *E* Quil)
ne li tornast a f. — 15 *N* ot ce; *P* fat — 17 (*BHJ*); *K* lo s., *MR*
le serpent; *M²A²CJ* Q. apresmer (*A²* saprocier) le u. a (*A²* uers,
*CJ* de) s., *nGP* Qui estoit plainz de grant esfroi (*GP* desroi) —
18 *M²* sufla, *C* sofla, *GKPRn* sibla; *H* Il a sible; *n* desroi; *G* par
grant esfroi — 19 *J* eschardes, *R* esgardies; *H* eschailles; *R* en
rice; *M²K* tremble, *ENR* tranble; *C* S'i eschaufe irice tremble
— 20 *M²* Fue; *K* gitot, *P* getoit, *M²* jeta, *BMRe* espant — 21
*M²Rek* hors (*de même partout, sauf avis contr.*), *P* fore ; *F* agui-
lon — 23 *DK* riens; *Fqe*; *M²* ainc, *F* anc, *N* einz, *E* ainz; *M*
fu ; *P* nen a r. nulle n. — 24 *les sept mss.* qui, (*P* Qe); *ekR* u. lui
(*D* li) e.; *P* Qe envers lui e. — 25 *P* Yason — 26 *F* En poche —
28 *K* Maneis, *R* Menois, *E* Tenpost, *M* Tost.

Mais l'oignemenz e la figure,                    *1915*

1930   Ou erent escrit li conjure,
E li aneaus d'or qu'il portot
Le defendeit e porguardot.
Sor lui peceie son espié
Sanz ço que de rien l'ait plaié ;            *1920*

1935   En mainte guise s'i essaie,
Ainz qu'il li puisse faire plaie.
De l'espee teus cous li done
Que toz li isles en resone :
N'i puet entrer, ainz s'en resort,           *1925*

1940   Tant a la pel e dure e fort.
Soz sei l'abati mainte feiz,
Si angoissos e si destreiz,
Que assez en failleit petit
Qu'il ne l'esteint e ne l'ocit.              *1930*

1945   Tel angoisse a, quant il l'atoche,
Que le sanc rent par mi la boche ;
Tel angoisse a, toz en tressue ;
Mais tant s'esforce e s'esvertue
E tant i chaple de s'espee                   *1935*

1929 *F* longement, *M³K* loignement — 30 *DRk* furent — 31 *M* Mes ; *M³* anels, *F* -eus, *K* -ials, *M* -iaus, *N* -iax, *E* eniax, *R* anel ; *ekR* a. que il (*M* quil) p. — 32 *Ne* desf. ; *e* Le gardoit bien et d. ; *kR* b. et gardot, *M³* e le g. — 33 *D* Souz — 34 *K* riens ; *M³* la, *e* lot ; *n* blecie — 35 *F* assaie — 36 *N* Einz ; *Fk* que ; *R* le ; *n* poist — 37 *R* De ses spee ; *M³F* tiels ; *M³* coups, *R* cops, *N* cos, *F* coux ; *Me* tel cop — 38 *D* li i. touz ; *R* toz le islex, *P* t. lislez, *F* toute lisle, *M³* trestoz li eirs — 39-40 *interv. dans n* — 39 *Rn* Ne ; *A³* pot, *R* poit ; *N* anz ; *B* sen estort, *M³* se r. — 40 *M³* Si — 41 *N* Sor lui ; *P* labat (*v.f.*) ; *F* Sot la batoit moute foiz ; *BJRky* Desoz lui (*K* li) labat ; *ACDMR* maintes — 42 (*J*) ; *D* est et d. ; *H* Si fu a. et d., *P* Si est iluec yason d. ; *E* destroit — 43 *ekR* Que il en (*MR* sen) faut (*K* falt) a. p. — 44 *DK* ou ne, *M* et (*v. f.*) ; *k* ocist — 45 *e* Tele, *K* Cele ; *nEP* le (*N* lo) toche, *R* a t. — 46 *ekR* Quil (*M* Qui) rent (*K* roit) le s. — 47 *KRe* Tele, *F* Tiel ; *P* De mal talent ; *M³* arson ; *F* tot ; *EFK* que t. t. — 48 *kR* et esuertue — 49 *R* il caple de ses espee : *M³* de lespee, *M* despee (*v. f.*) ; *e* i a c. despee.

1950    Que la teste li a coupee.
        S'un poi durast plus la bataille,
        Sempres fust morz Jason senz faille.
        Les denz en traist, sin a semee
        La terre qu'il aveit aree :                    *1940*
1955    Tantost en sont chevalier né,
        De lor armes tuit adobé.
        En es le pas se corent sore,
        Ocis se sont en petit d'ore.
        Donc ot Jason tot achevé                       *1945*
1960    E son grant travail afiné :
        Granz merciz a as deus rendues
        Des victoires qu'il a eües.
        Il est venuz dreit al mouton,
        Si en a prise la toison.                       *1950*
1965    N'i voust puis faire lonc estage :
        Tost i poüst aueir damage.
        A son batel vint dreit errant,
        Si entra enz de maintenant ;
        Destachié l'a, e si s'empeint,                 *1955*

1951 *e* pou — 52 *ekR* Morir le (*eR* lì) conuenist — 53 *n* li ; *ek* trait ; *R* a trahit si les ; *D* si a, *P* si na — 55 *DK* Maneis, *R* Menois, *M*² Sempres ; *P* cheualiers — 56 *M*² tot, *KRe* bien ; *P* De totes a. bien arme — 57 *P* Maintenant se sont coru s. — 58 *F* sen ; *ekR* Entrocis se s. en poi (*e* po) d. — 59 (*C*) ; *M*² Doncs, *R* Dunc, *en* Lors ; *R* a ; *P* Quand yason ot ; *M*² trestot fine — 60 *M*²*C* acheue ; *ekPR* S. g. t. (*n* Et s. t.) tot (*DKP* et) a. (*E* a t. fine, *DP* et acheue, *M* t. a.) — 61 *P* Grant ; *M*² mercis ; *R* as des ; *e* as dex a r., *M* a diex r. (*v. f.*), *K* en a dex r.; *M*²*CP n* rendue — 62 *M*²*n* De ce quil a uictoire eue (*N* aue), *C* De ce qui lont faite aiue ; *kR* ot e.; *P* De la u. qa eue — 63 (*C*) ; *ekR* Puis — 64 (*C*) ; *F* prist toute la t. — 65 *e* uost, *R* uos, *F* uoist, *M*²*AB* uout, *H* ualt, *CKNP* uolt ; *EKRn* plus ; *R* p. l. f. estaige, *K* f. p. l. e. — 66 *M*²*An* poist ; *JPRky* Quil (*k* Que) ne li tornast a d., *M*² T. len p. uenir d., *C* Car a. i peüst d. — 67 *FMe* tot e., *KR* tost e., *P* errenment — 68 *JR* entre ; *R* e. entre (*sic*) de m.; *P* tot m. — 69 *K* Destage le, *MPR* Destache le (*R* loit), *J* Destaiche le ; *E* puis si ; *M*² senpeint, *JMR* sen point, *DKP* lenpeint ; *F* en mer se point.

1970    De tost nagier pas ne se feint.
    Medea le vit el retor,
    Que fu as estres de la tor.
    S'ele ot joie, nus nel demant,
    Quar onc greignor n'ot rien vivant :      *1960*
1975    Li sans li revint en la chiere,
    Dès ore ataint joie pleniere.
       Herculès e li chevalier
    Virent lor seignor repairier :
    Tel joie en ont, nel set nus dire,      *1965*
1980    Mais mout en a li reis grant ire.
    Jason est a terre venuz,
    Forz del batel s'en est eissuz.
    Receivent le joiosement
    Tuit ensemble comunaument ;      *1970*
1985    Isnelement le desarmerent
    Icil des suens qui plus l'amerent.
    Tote la gent de la contree
    I est venue e assemblee

1970 $M^2$ Del; *n* De n. t.; *F* font — 71 *P* Samie lo; *F* en r., *M* au
r. — 72 $M^2$*Rekn* Qui; *nEP* ert, *D* est; *P* as loges — 73 *H* a i.; *K*
ne d., *C* el d. — 74 $M^2$ ainc; *A* onc si grant; $M^2$ riens u. ; *C* Not
mais graignor a son u., *n* Onques fame nen ot mes tant, *BJPRky*
Conques (*P* Onqes) pucele not si grant (*K* nen ot tant) — 75
(*ACHJ*); *F* Li sanc li mue, *N* Li sens li remue, *M* Si sans li
remonte ; *B* revient; *R* li uint a; *K* sa c. — 76 (*CP*); *BJMny* or;
*BJPRky* atent; *A* planiere — 78 *D* Leur s. v. — 79-86 m. à *C* —
79 *P* i. ont, *R* i. nunt — 79 *M* ne ; $M^2$ siet, *K* se, *M* scet, *F* seit, *R*
sot, *P* puet; $M^2$ riens ; *n* n. nel s. d. — 80 *K* en ot; *P* grand (*forme
constante*) — 82 *Me* Hors; *BMR* en est; *P* De son b. est forz; *F*
ensuz, *R* insuz, *les autres* issuz (*de même partout*) — 83 (*AA²*);
*A¹BIJPRky* Receuz (*A²* -eut) fu (*A¹BIJPR* est, *K* iert) molt liee-
ment — 84 (*A*); *A¹BIJRky* De (*R* Des) toz les (*R* li) suens (*BDHIMP*
siens); (*M²AA¹* comunaument), *A²IJkny* -ement, *R* -alment, *BP*
-elment — 85-6 *interv. dans BJPRky* ; *P* Car il estoit delz toz
amez Isnelement est desarmez — 85 $M^2$ En es le pas; — 86
*kFJR* Et cil; *kJR* qui iason p. amerent; *y* Car trestuit ml't for-
mant (*D* de fin cuer, *H* durement) lamerent — 87 $M^2$*KRn* genz
— 88 $M^2$ a assenblee, *R* alasemblee, *H* alencontree, *E* et aunee.

Por esguarder la grant merveille,
1990 Qu'onques ne vit nus sa pareille,                    *1976*
Ne ja nen iert mais tel veüe :
Fiere parole en ont tenue.

La Toison ont mout esguardee :                           *1977*
Diënt que c'est chose faee.
1995 Bien afichent veraiement,
S'as deus ne venist a talent,                            *1980*
Ne poüst pas estre engeignié.
Se d'eus ne li fust otreié,
Com faitement e en quel guise
2000 Poüst par home estre conquise ?
Mout ont Jason entre eus loé :                           *1985*
Bien le tienent tuit a faé.
En la cité li reis l'en meine,
De lui honorer mout se peine.
2005 Si come il el palais entra,
Encontre li vint Medea :                                 *1990*
Cinq cenz feiees le baisast

1989 *D* resgarder, *les autres* esgarder; *n* meruoille — 90 *A*² Ne uit ainc mais hom; *n* ne uit hom, *eMPR* ne uirent; *M*²*AC* Que hon nen (*A* Ainz homs ne, *C* Q. nus ne) u. mais; *HK* Conques (*K* Onques) nus ne uit; *M*² la p.; *n* paroille — 91-2 m. à *BJPRky* — 91 (*A*); *FG* niert, *N* ne iert; *M*² tiels, *F* tiel (*v.f.*), *CN* tex, *G* tele — 92 (*ACG*); *M*² Nen nuille terre coneue — 93-4 m. à *H* — 93 (*AA*²); *P* M. o. la t. regardee, *BJRkxy* M. longuement (*H* longem., *x* voluntiers) lont esgardee (*n* esgarde, *HJ* agardee), *M*² Fiere parole en est alee — 94 *CP* qe ce est; *D* finee; *n* Tuit lo (*F* li) tenoient a fae — 95 *H* saficent; *n* certainement — 96 *A* Sa, *M* Sax, *F* Se aus, *R* Ses — 97 *BDJMP* peust, *EKNR* poist, *F* pois; *BDJRk* mie e.; *H* Ne peussent e. e. — 98 (*AA*²*C*); *H* Sil ne leussent o., *eknBJPR* Se dex ne leust o., *M*² Se par elz ne f. o. — 99 *kR* ne en (*R* a); *R* tel, *H* ques — 2000 m. à *H*; *n* Poist; *ekR* Fust ele p. h. c. — 1 *kyR* Bien est i. de toz (*R* dest oiz) — 2 *kyR* Et dient t. quil est faez — 3 *R* li moine, *F* imaine; *N* moine — 4 *NR* poine — 5 *M*² cum (*de même partout, sauf indication contraire*); *kR* Quant iason; *e* J. en la cite e. — 6 *M*² Li u. e. m. — 7 *D* Qui .c. f., *n* Q. en la boche; *F* len.

Mout volentiers, se ele osast.
Par mi les flans l'a embracié;
2010   Soavet li a conseillié
Que la nuit venge a li parler,                    *1995*
Quant il iert lieus, senz demorer :
« Dame », fait il, « mout le desir ;
« Del tot ferai vostre plaisir. »
2015   Li bainz li fu apareilliez :
Quant lavez se fu e baigniez                      *2000*
Isnelement s'en est eissuz ;
Mout est de riches dras vestuz
Que s'amie li ot transmis.
2020   Après sont al mangier asis ;
Servi furent mout hautement.                      *2005*
N'i ferai plus porloignement :
Tote la quinzaine e le meis
S'i sojornerent li Grezeis.
2025   Grant leisir ont li dui amant
De faire ensemble lor talant :                    *2010*
Sovent demeinent bele vie.
Jason en a mené s'amie,
Quant ço avint qu'il s'en ala.
2030   Grant folie fist Medea :

2008 *M²F* uoluntiers — 10 *n* Sauez que li a c. — 11 *M³* hauge, *FM* ueigne, *eNR* uiegne; *M²* o; *K* lie, *FMe* lui — 12 *Ek* ert; *M²* lues, *D* leus, *B* lieus, *M* lieu, *E* tans; *D* Q. l. en i., *n* Tot soavet — 13 *BRk* D. certes — 14 *FRek* De; *BMR* faire, *e* fere — 15 *n* Les b. li ont, *M²* Ses b. orent — 16 *R* Q. l. fu et bien b., *F* Q. b. se fu et lauiez — 18 *Me* fu — 20 *D* lont; *Fk* assis — 21 *M* richement — 22 *n* Ne uos f. aloignement (*F* alongem.), *ekR* Ni faz autre p. (*R* prolongement) — 23 *FM* quinzeine, *N* -ene — 24 (*R* Si), *M²K* Se, *e* I; *n* S. puis; *tous les mss.* seiorn. — 25 (*AC*); *BJRky* Li d. a. o. buen (*MRe* bon, *HJ* bien) lesir — 26 (*AC*); *BJRky* De lor bon (*DKR* bien) faire (*BHJK*) dire a (*BRy* et) lor plaisir — 27 (*AC*); *kyR* Molt par d. (*E* menerent, *R* demenoient) — 28 (*M²* á mene), *N* amene; *F* ne ameine, *CRek* et medea.

Trop ot le vassal aamé,                          2015
Por lui laissa son parenté,
Son pere e sa mere e sa gent.
Assez l'en prist puis malement ;
2035  Quar, si com li Autors reconte,
Puis la laissa, si fist grant honte.             2020
El l'aveit guardé de morir :
Ja puis ne la deüst guerpir.
Trop l'engeigna, ço peise mei ;
2040  Laidement li menti sa fei.
Trestuit li deu s'en corrocierent,              2025
Qui mout asprement l'en vengierent.
N'en dirai plus, ne nel vueil faire,
Quar mout ai grant uevre a retraire.
2045    Quant en Grece furent venu,
Al port dont il erent meü                        2030
Ariverent joiosement :
De grant peine e de grant torment
Furent estors, ço lor est vis.
2050  Grant joie en firent lor amis ;
Fiere parole en demenerent,                      2035

---

2031 ekR T. a ; F ame, N ename ; H Le u. a t. a. — 32 H laia,
F abaissa (v. f.) ; JRek Quant p. l. let (D lesse, R laissa) s. p. —
33 MR S. p. sa ; M²A terre — 34 M² Mais a. len p. m. ; A le p. ;
ekR P. len auint molt m. — 35 M²DKRn auctors, E actors, M
liures ; R li conte — 36 (J) ; e La guerpi p. ; DRk a ml't g. h. —
37 (A) ; CF Elle ; JRek Ele lot (R Celle lo) gari de la mort, H E.
le garanti de m. — 38 C deuoit, F deist ; BJRky Puis (BJM Si, R
Sil) la lessa (H guerpi) si (BMR il) fist (H ot) grant tort — 39
M²FMRe lengigna, K lengingna, N len pesa ; F ce poisa — 41
ekR Li deu uers lui (M li) ; MR se — 42 F Qe : K trop a. la ; D le
venchierent — 43 (A) ; R Non ; F ne non, BDN ne ne, R ne nen
— 44 n Que ; ekR trop ; R a ; E oeure, D euure, les autres oure
(ouure) ; R al rethraire, M a faire — 45 R f. reuenu, M sont r.
— 46 D venu — 47 M² Arr. ; kyR Receu sont — 49 M² lur (forme
presque constante) ; A iert, n fu — 50 B en font a, M² funt a ;
BRek ont fait a (a m. à M) ; A i. firent ou pais — 51 M²K p. d.

Quant la merveille remirerent.
Mout en reçut Jason grant pris
E grant honor, si com jo truis.
2055     Sis oncles l'a mout honoré ;
Ne li a nul semblant mostré             *2040*
Qu'il fust iriez de sa venue :
N'esteit pas chose aperceüe
Qu'il le haïst ne qu'il vousist
2060     Que damages li avenist.
De sa vie ne de son fait              *2045*
Ne sera plus par mei retrait :
Jo ne le truis pas en cest livre,
Ne Daires plus n'en voust escrire,
2065     Ne Beneeiz pas ne l'alonge,
Ne pas n'i acreistra mençonge.      *2050*
Daires n'en fait plus mencion :
Mais qui or veut oïr chançon
De la plus haute uevre que seit
2070     Ne que ja mais oïe seit,

2052 (*A*); *F* en retrairerent, *M²* lur conterent ; *kyR* Q. cele m. esgarderent — 54 *n* ie lis; *KR* par le pais, *B* ens el p., *yJ* en son p.; *A* De toute la gent du p. — 56 *M²* nuil s. monstre — 59 *M²* Quil lo, *M* Qui le; *R* Que le... quel; *EKNR* uolsist — 60 *N* domages, *F* doum., *R* mal venuz; *ek* Que max ne ennuis (*E* enuiz, *D* an., *M* ann.) li uenist — 61 (*AC*); *FJ* samie ; *y* Par nul home (*D* semblant) ne par son (*D* nul) fet — 62 *e* Ne — 63 *M²* la; *e* Ne ie nen t. plus, *n* Ne nen (*F* Nen) t. p. en icest (*F* cest) l. — 64 *D* Car; *F* ne, *EMR* ni; *eR* uost, *KN* uolt, *C* uelt; *enKR* n. u. p. — 65 *C* nes a. — 66 *C* Ne ia; *Cn* acresta; *A²MRe* Car (*A²* Ne) acroistre (*DM* a oir, *R* aoire) ni (*R* ne) uoult (*D* ueult, *E* uialt, *A²* uolt, *R* uoet) m., *K* Nen uelt fere acreire m. — 67 *F* mention — 68 *M²* uout, *J* uolt, *R* uoit, *K* uelt, *BDM* ueult, *E* uialt; *N* oir uoldra lecon, *F* M. oir uoudra lachaison — 69 *R* De p. bele alte o.; *A²EFH* oeure, *D* oeuure, *A* ouure, *M²BNRk* oure (*de même le plus souvent*); *A* a droit — 70 (*A* Que); *M²* a m.; *F* m.; *A* Q. ia m. iour ; *BJRky* Si com beneoiz (*M* -oiz, *K* -eeiz) lapercoit (*M* apercoit)_ *A²* Et la mielz dite et plus a droit.

Des plus granz batailles crueus,                    2055
Des plus fieres, des plus morteus,
Dont la riche chevalerie
Que a cel tens ert fu perie,
2075   E destruite la grant cité,
Jo l'en dirai la verité                             2060
E retrairai trestote l'uevre,
Si com li Autors la descuevre.


## PREMIÈRE DESTRUCTION DE TROIE

Cil orent conté e retrait
2080   Ço qu'a Troie lor ot om fait,
Si com li reis les congea,                          2065
Qui sa terre lor devea,
Ne pas nes i voust consentir
E assez les cuida laidir :
2085   Mout par en ont tenu grant conte.

---

2071 *BJRk* Des b.g. et c., *e* G. b. forz et c.; *B* cruaus, *C* -aux,
*A²* -els, *D* -iex, *n* mortex — 72 *F* crueaus, *N* cruex, *H* cremeus,
*E* chanpex, *C* mortaux, *A²* mortels, *Nk* -ex — 73 (*J*); *M* Donc, *R*
Dun, *A²* dunt, *K* Don; *M* greque, *B* gresse, *e* gente, *H* grande; *K*
D. grezesche — 74 (*R* Que), *F* Qe (*les autres* Qui; *je ne signale
plus* qui *suj. fém.*); *N* ce; *M²A* iert; *R* Q. en lor estoit, *BMJ* Qui
lors e. en, *K* Q. adonc e., *e* Q. puis en fu, *H* Q. p. fu (*v. f.*);
*BJMR* en fu p.; *y* a duel p. (*DH* partie); *N* fenie; *F* t. en ert
finie — 75 (*A*); *M²BJRek* citez — 76 (*A*); *BJek* Dont (*BJ* Or, *M*
Ou) iert (*BEM* ert) dite, *R* Oires dire ; *M²* les ueritez, *BJRek* la
ueritez — 77-8 m. à *EH* — 77 *kR* Car gie r. tote, *DJ* Qe uoil
retrere t.; *DJ* lueure — 78 *M²EFKR* auctors, *M* autteurs; *DJ*
beneoiz; *M²ekn* descoure, *DJ* descueure (*de même ordinairement*)
— 79 (*J*); *y* Cist, *n* Quant — 80 *DK* ot len, *E* ot en; *M²* l.
orent, *R* l. estoit, *M* l. fu (*v. f.*); *n* Ce que troien (*F* li t.) lor ont f.
— 83 *F* ne i; *DFR* uost, *M²KN* uolt (*de même le plus souvent*);
*kR* Nes i (*M* Ne les, *R* Nelle) u. mie c., *e* Mes i (*D* nu) u. m. c.
— 84 *M²K* quida; *ekR* Ainz (*E* Einz) les i (*MR* les) c. molt l.

Grant tort, grant despit e grant honte     *2070*
Lor fist Laomedon li reis :
Mout en a pesé a Grezeis,
En desdeing pristrent e en gros
2090    De ço qu'il onques fu si os,      .
De sa terre lor fist devié ;      *2075*
Mout par en sont trestuit irié.
Juré ont bien tuit e pramis
Qu'il en destruiront son païs,
2095    Tote l'en confondront sa terre :
Seürs puet estre de tel guerre,      *2080*
Dont il sera honiz e morz :
Mal lor i devea ses porz.
Ne s'en voust pas taire Herculès :
2100    Sor sei en prist le greignor fais,
A toz ses amis le mostra ;      *2085*
Tant dist, tant fist, tant porchaça
Que ceus de Grece a esmeüz
Vers Troïens toz irascuz.
2105    Par son porchaz e par ses diz,
Si com reconte li Escriz,      *2090*
Mut le damage e tot l'afaire

---

2086 *F* respit), *D* anui ; *R* G. coroz g. d. et h. — 87 *F* Lau-
medon — 88 *M*²*M* a g., *M* greioys — 89 *DMR* desdaing : *n* Mout
lont ensemble pris en g. — 90 *F* qe o.; *n* ols ; *ekR* Ce que cil fu
o. si os — 91 *ekR* Que de sa t. l. f. uie (*D* vee) — 92 *e* M. en
furent ; *n* M. par en f. tuit i. — 93 *eknR* lor (*F* lon, *ekR* li) ont
t.; *MRen* promis — 94 *F* Q. d., *N* Q. destruiroient ; *ekR* Q. gas-
teront tot son (*e* le) p. — 95 *n* li c.; *ekR* Et c. t. sa t. — 96 *M*²
de la — 98 *ekR* l. uea (*K* uaa) onques s. p. — 99 *N* Nen; *n* sen
puet t. — 2100 *n* a pris ; *EK* greingnor, *les autres* greignor (*de
même partout, sauf avis contr.*) — 2 *n* T. f. t. d, *D* T. f. t. quist
*kER* T. f. (*K* quist) et t. se p. — 4 *FR* En uers (*v. f.*); *F* sont,
*N* est — 5 *en* ses p. — 6 *M* conte — 7 *K* Mot; *EMR* li d.;
*EMn* domage, *R* domaiges ; *H* M. grans damaces; *KRy* et le (*e*
et li, *H* et) contraire; *n* Le d. fist et lafaire.

Que vos orreiz hui mais retraire.
A Parte ala, ne tarja plus ;
2110 La trova Castor e Pollus :
Frere esteient e andui rei,                                    *2095*
Riches ert chascuns endreit sei.
Cist ont grant joie fait de lui.
Tant lor a dit que ambedui
2115 Li ont pramis a aïdier :
« Prest sont » ço diënt, « del vengier ;     *2100*
Ja por eus n'i avra tarjance,
Mout en iert prise grief venjance.
Bien puet estre li reis seürs,
2120 Ja si forz tors ne si forz murs
N'avra, que par force nes prengent         *2105*
E que sa honte ne li vengent. »
Mout par s'en fait Herculès liez
E mout les en a merciiez
2125 E parfondement les encline ;

2008 *e* Dont (*E* Don) uos morreiz ; *F* oimes, *R* omais, *K* auant ;
*M* dire e r.; *H* Ensi com uos mores r. — 9 *n* En parthe, *AC* A
perte ; *C* ni ; *H* targa, *A²BLRek* tarda — 10 *Dn* polus — 11 *kn* F.
e. amedui (*k* andui, *F* ambdui) roi ; *D* et fil de r. — 12 *M²K* iert ;
*n* Mout e. c. riche — 13 *ekR* Molt — 14 *EN* amedui, *K* andui —
15 (*GL*) ; *A²* tot a a., *C* a amer, *BJRky* quo li (*H* od l.) iront ;
*M⁰* prasmise lor aie — 16 *G* de u., *C* daler (*v. f.*), *A* de laler ;
*BJRky* Et (*M* Et que) sa honte li vengeront (*DR* vench.), *A²* Et
troie destruire et plaissier, *M²* Quant sa semonse auront oie —
17-8 *interv. dans A* — 17 *A* par ; *ekR* Endreit els ; *E* mar a.t., *M²*
nen a. t., *Ln* ni ait demorance ; (*A²* tariance), *M²ARek* tard. —
18 *M²A²* M. sera grieue (*A²* fiere) ; *C* M. i aura g. u., *A* M. par
sera griez la u.; *F* pris ;*n* aspre u.; *ekR* Que (*R* Quel) nen (*K* ne)
seit p. la (la *m. à M*) u. — 21 *H* quil a f.; *M²BFHJMR* ne, *AA²E*
nel ; *K* qua f. ne le; (*A²MR* prengent), *M⁰CJN* preignent, *F*
prai-, *BD* pre-, *AEHK* prengnent — 22 *K* Et qua ; *R* la h.;
*A²* del h. ne se ; *M²ACL* Et quo (*C* que, *L* qua, *A* a) tot laueir
ne sen uiegnent (*C* uaignent, *A* uengent ; *L* nen ameignent), *n* Et
qe lor a. nen ameignent (*F* ne ni maignent) — 25 *M²* parfund. :
*M¹K* lor e.;*eJMR* P. les en e. (en *m. à R*).

Puis est alez a Salemine.                    *2010*
Telamon trueve le corteis :
N'ot en Grece meillor Grezeis,
Ne plus riche, ne plus hardi,
2130    Ne mieuz aidant a son ami.
Tote l'uevre li a retraite            *2115*
E la honte que lor fut faite :
« Se vos », fait il, « de rien m'amez,
« Or i parra ; si en venez
2135    « A Troie, quar nos i alons :
« Pro avrons gent, se vos avons.         *2120*
« Trop sereit lait tot a estros
« Que nos i alissiens senz vos ;
« Mout iert honiz qui remandra. »
2140    Tant li a dit, tant li preia
Que de l'aler cil li afie ;            *2125*
E Herculès mout l'en mercie.
Puis est venuz en Fice ariere.
A Peleüs fait grant preiere
2145    Que de l'aler prenge conrei,
E de mener ensemble o sei            *2130*
Les meillors homes de sa terre
E ceus qui plus sevent de guerre.

2126 (*J*); *M²Rk* salam. — 27 *KNe* Thelamon, *FM* Thelemon ;
*M²KNK* troue, *FM* troeue — 28 *M²Men* grezois — 31 *M²D* lor
— 32 *F* qa — 34 *ekR* Se u. certes — 34 *M²* parre ; *ekR* donc
en u. (*R* uegnez); *n* Apareilliez uos si u. — 35 *F* qe nos — 36
*M²KR* Prou, *M* Preuz ; *en* Ml't auons ; *K* si ; *R* P. a. se nos i
allons — 37 *F* l. a estors ; *ekR* Molt par s. let (*D* les) a e. (*R* et
estors, *K* a destros) — 38 *N* alesiens, *D* alisions, *A* alissons ;
*M²Ek* Se nos i alions ; *R* Se n. i alons sanz de uos — 39 *M²D*
remaindra — 40 *K* T. li dist et t. li p. — 41 *M²* Que cil de l. ; *N*
c. len a.; *ekR* Que il (*E* Quil i, *D* Quil, *R* Quil li) ira co li (*K*
lor) a. (*R* lui a affiee) — 43 *M²ARk* v. a ; *M²n* sice, *Ae* siche, *M*
sicre — 44 *D* fist ; *K* fere p. — 45 *K* prengne, *N* preigne, *D* prai-,
*FM* pran-, *E* preist — 46 *EM* damener — 48 *E* ces, *KN* cels,
*F* ciels, *M* ceulz, *D* cil.

« La terre est riche e d'aveir pleine :
2150 « Senz grant travail e senz grant peine
« Porrons le païs eissilier                    *2135*
« E nostre grant honte vengier.
— Par fei », ço respont Peleüs,
« Tant i menrai contes e dus
2155 « E chevaliers proz e hardiz, —
« De ço seiez seürs e fiz, —              *2140*
« Qu'en la terre sojornerons
« Un an o dous, se nos volons. »
Fait Herculès : « Vos dites bien :
2160 « Ne me poüsseiz dire rien
« Dont me feïsseiz si grant joie,          *2145*
« Come d'aler sor ceus de Troie. »
A Nestor est tot dreit alez,
Qui riches ert e renomez.
2165 L'uevre li prent tote a retraire
E ço que il voleient faire.               *2150*
Cil ne s'en fait de rien eschis,
Ainz dit : « Senz faille vos plevis
« Que jo serai li premerains
2170 « A destruire les Troïains.
« Ja ne verrai vostre message,            *2155*
« Sempres ne m'aiez al rivage ;

2151 *M²* eissilier, *F* esilier, *VRek* essillier — 52 *kR* Et n. h.
bien u. (*R* h. u.), *e* Et b. n. (*D* uostre) h. u. — 53 *n* ce li dit —
56 *M²* segurs (*forme dominante*); *ekR* Que toz s. — 57 *K* sorior-
nerons, *M²MRen* sei. — 58 *ERk* et (*EK* ou) plus, *D* entier — 59 *n*
Dit — 60 *K* poisseiz, *En* poissiez, *DM* peuss. ; *R* A me (ne *ajouté
sur la ligne d'une main postérieure*) puissiez — 61 *n* feissiez ;
*ekR* De que (*K* qui, *DM* quoi) ieüsse (*R* aussc) greignor (*K* grai-
gnor) i. — 63 *D* A Hector ; *A* rest ; *E* ralez — 64 *Dn* est, *M²R*
iert — 65 *ekR* li commence — 66 *F* Ce que li en uoloit ; *R* uolent
— 68 *ekR* tres bien le u. p. — 69 *M²* primierains, *R* -ans, *F*
primerians, *N* premeriens ; *R* Ge s. toz li p. — 70 *M²N* troiens,
*D* troyens, *F* troians — 71 *n* Tantost ne u. lo (*F* li) m. — 72 *ekR*
Si tost com maureiz.

« Teus compaignons menrai o mei,
« Qui tost movront un grant desrei.
2175     « Jo n'oï onques mais novele
« Que plus me fust bone ne bele ».    *2160*
Or a quant que vueut Herculès :
Nule chose ne li faut mais.
As porz font faire quinze nes ;
2180     D'ancres, de veiles e de tres
Les apareillent e guarnissent    *2165*
E de vitaille les emplissent.
      Quant vint el tens qu'iverz devise,
Que l'erbe vert pert en la lise ;
2185     Lan que florissent li ramel,
Que doucement chantent oisel,    *2170*
Merle, mauviz e oriol
E estornel e rossignol.
La blanche flor pert en l'espine
2190     E reverdeie la gaudine ;
Quant li tens est douz e soés,    *2175*
Lors partirent des porz les nes.
Ceus qu'Herculès aveit somons,
Les dus, les princes, les barons,

---

2173 *M²* Tiels, *F* Tieus — 74 *M²* Que — 75 *ekR* mes pieca (*K* piece a) (*M* p. m.) n. — 76 *M* fu — 77 *ekR* co que (*K* quil) uelt — 78 *M²* Nuille ; *R* N. rien ; *E* Il not t. ioie onques m. — 79 *n* fait — 8o *R* de set tres — 83 *M²* eu, *G* en ; *F* au t. que uers ; *eKNR* quiuers ; *éd.* duise, *D* deuisse, *G* decline — 84 (*A*) ; *DKN* uerz, *A²* uers, *F* uerde ; *M²* piert, *R* part, *L* neist, *D* vint, *EHn* point ; *H* et la ; *D* glise, *F* rise, *N* risse, *L* lisse ; *G* et haucine — 85 (*AA²BCHR*) ; *M* La, *J* Lor, *nL* Lors, *M²* Lucs, *G* Que ; *D* cil r., *H* li ormel — 86 *K* Et d., *A²* Et suef ; *A²FM* li o. — 87-8 *m. à M* — 87 (*A*) ; *DN* Melle, *BK* Merles ; *E* et maluiz ; *BK* oriols, *D* oryol, *A²* uriels — 88 *K* estroumais, *éd.* -viais, *B* -meis ; *A²* estorneals et loxignels ; *K* rossignols, *B* rousillos, *D* rousignol — 89 *M* fleur, *les autres* flors ; *M²* piert, *F* paert, *R* uint — 91 *ekR* Que ; *n* soeis — 92 *M²* Donc ; *R* de ; *M²KNe* del port (*cf. v.* 2199-200) — 93 *E* Ces, *knR* Cels, *D* Cex ; *tous les mss.* sem.

2195    Ot toz mandez e atenduz,
        Ainz que des porz se fust meüz.                    *2180*
        Puis s'empeignent es hautes ondes ;
        Par la ou els sont plus parfondes,
        Traient e siglent a esforz.
2200    Dès qu'il furent parti des porz,
        Onques ne pristrent ces ne fin,                    *2185*
        Nul jor al seir ne al matin,
        Desci qu'il virent la contree
        Qu'il aveient tant desiree :
2205    Mout par orent trestuit grant joie
        Quant le païs virent de Troie.                     *2190*
        Le jor laissierent trespasser,
        E quant ço vint a l'avesprer,
        Al port de Sigeon tornerent,
2210    Totes lor nes i ariverent.
        Quant il les orent aancrees,                       *2195*
        Si les ont bien achastelees :
        Par les bretesches metent armes,
        Haches, darz, javeloz, gisarmes,

---

2195 *n* Or, *e* Ont; *M²* atendu — 96 *M²Rekn* del port; *M²D* fus-
sent m. (*M²* meu); *n* A. quil se fust d. p (*N* diluec) m. — 97 *N* sen-
poignent, *F* se poingnent, *ekR* se mistrent ; *Jn* en — 98 *M²* o euz,
*A* ou il ; *M²* sunt (*forme constante*); *knyC* La ou (*H* Lau) eles
sont, *J* La o estoient; *R* La o les erent molt p.; *M²F* parfundes
— 99 *n* esfort — 2200 *R* De quel ; *E* Tant quil sont esloingnie;
*n* del port, *D* del pors — 1 *M²* Ainc ne pristrent cesse; *F* chef;
*kER* Il ne cessent ne prennent f., *D* Ne cesserent ne pristrent f. —
2 *ek* Ne i. ne s. (*E* nuit); *R* Ni i. ni s. ni; *K* a m. — 3 *M²R* De
ci, *k* Desi, *en* Deuant — 4 *k* Que t. a. d. — 5 *F* M. p. en oirent
ciascun — 6 *k* Q. u. (*M* il u.) le p. — 7 *D* desu (*le 1ᵉʳ jambage
accentué*) rent; *F* trapasser — 8 *M²* il u.; *n* il uirent (*F* u.) lanui-
ter — 9 *M²* del sigeo; *N* sygeon, *k* siege, *R* seige, *D* fice, *E*
troye; *F* traierent; *ek* sen (*EM* se) t. — 10 *M²k* arriuerent, *D*
aancrerent — 11 *E* ariuees, *DK* arr. — 12 *K* enchastelees, *E* an-,
*DM* eschantelees, *R* esc., *n* enchaenees (*cf.* 7037) — 13 *M* bres-
ches, *n* batailles — 14 *BJRek* H. (*E* Lances) i. (*B* gauerlos, *K*
danesches) et g. (*B* ghis., *M* guis., *E* ius.); *F* Maches d. iaualoz g.

2215      Que, se ço esteit aventure
          Que d'eus fust fait desconfiture,            *2200*
          As nes refust lor forterece,
          S'il lor tornot a grant destrece.
          Quant la nuit fu tres bien meiee
2220      E la lune se fu couchiee,
          Sor le rivage, el bel sablon,                *2205*
          S'en eissirent fors li baron.
          Un parlement ont d'eus josté ;
          Peleüs a premiers parlé :
2225      « Oëz, » fait il, « seignor ami,
          « Riche, sage, pro e hardi.                  *2210*
          « En tot le siecle ne sai taus,
          « Si corajos ne si vassaus,
          « Ne qui aient le tierz conquis
2230      « Riches terres ne bons païs.
          « Mainte bataille avez vencue               *2215*
          « E mainte terre escombatue :

2215 *F* Qe ce se e. mesauenture; *ekJR* sil (*J* si) aueneit a., *A²*
se cestoit par a.; *B* Sil auenist par a. — 16 (*A²*); *BJRek* Quil (*D*
Qui) tornast a d. — 17 *A* Es; *n* neis ; *J* resoit, *e* seroit, *n* fust
lors ; lor *m. à F.* — 18 *BDJMR* Sil (*D* Si) lor uenoit; *E* Se il l.
t. a d. — 19 (*ACHJM* nuit), *M²BKRy* nuiz; *BJRek* fu bien
anuitiee (*M* amutiee, *C* anutie, *R* anotee, *B* enseitie, *H* anserie);
*A* Que la n. iert ia b. miee ; *M²* moiee; *nA²* Q. la lune se fu leuee
— 20 *nA²* Et grant part (*N* granz parz) de la nuit alee; *C* couchie,
*B* colcie, *J* colchie — 21 *n* enz el sablon — 22 *eknR* issirent ; *eM*
hors — 23 *KR* donc i., *J* de i., *A* deulz i., *M²* dels i., *M* porparle;
*exC* i ont i., *A²* ont aioste; *H* P. o. primes i., *B* A .j. p. sont i. —
24 *M²DF* primiers, *k* primes — 25 *D* s. f. il a. — 26 *Ek* R. et s.,
*n* R. et puissant; *M²* saiue; *K* prou, *M²EN* preu, *F* pros, *DM*
preuz — 27 *E* siegle, *R* secle, *n* monde ; *M* tals; *ERk* El s. nen a
tex uasax, *D* En tout le mont na t. uass. — 28 *M²* uassals, *N* uasax,
*F* uasaus; *ekR* Por sofrir (*D* foir) poinnes (*DM* paine) et granz
(*R* grant) max — 29 *R* aurent; *Dk* autant, *E* itant, *R* tant — 3o *kR*
et b.; *M²K* buens, *N* boens, *R* buen — 31 *M* M. merueille; *L* M.
terre en ont; *N* meue, *EL* ueincue, *D* uaincue — 32 *L* Et m.
bataille esbatue, *ekR* M. enor (*E* peor) en (en *m. à ER*) a. eue.

« Par tot vos est bien avenu,
« Quar onques ne fustes vencu,
2235   « Ne ne sereiz ja por nul plait.
« Tant avons espleitié e fait                    2220
« Qu'en cest païs some entré,
« Nel sevent ancore home né.
« A ço nos covient ore entendre
2240   « E entre nos tel conseil prendre
« Que nos ensi le poissiens faire,              2225
« E de ceste chose a chief traire,
« Que nostre en seit or la victoire,
« L'onor e le pris e la gloire.
2245   « Treis choses vos i vueil mostrer,
« Que bien i font a esguarder                   2230
« E que chascuns deit bien saveir
« Que faire en deit tot son poëir.
« L'une est de prendre vengement
2250   « Del lait qu'il firent nostre gent,
« Quant de cest païs les chacierent             2235
« E laidement les manacierent.

2233 *F* Et par — 34 *F* Qar, *les autres* Car — 35 *M²* serez,
*FM* serrez, *Ne* seroiz — 36 *M* a. ia; *n* porchacie — 37 *C* entrez
— 38 *M²* sieuent; *M* sceuent encor; *K* Ne nel set onquore, *Len*
Nil (*D* Sil, *E* Si) nest seu par (*F* por), *A²* Nel set nus h. de mere
ne, *AC* Nel s. encor nul home ne (*C* hom qui soit nez) — 39 (*A²*);
*MRn* uos; *M²A²En* or (*m. à M*) — 40 (*A²HJ*); *M²Rk* E t. c. e. n.
(*M* uous) p. — 41 *n* e. p. (*F* posions) f.; *e* Q. n. le puisiens (*D*
puissons) e. (*D* ainsint) f., *M²Rk* Q. e. (*K* issi, *M* ainsi) le pous-
sons (*K* poisson, *M* -ons, *R* -omes) f. — 42 *Me* a fin, *R* a bon f.;
*Kn* Et c. c. a tel fin (*n* chief) (*D* a f.) t. — 43 *R* E que, *e* Si que;
*MRe* s. la — 44 *K* Le p. et lenor; *M²EN* Lenors, *D* Lanours, *F*
Lonors, *M* Lonneur — 45 *F* uos u. demoustrier, *BKRe* u. uoldrai
(*B* uolrai, *R* uoldiraj) m.; *M²* monstrer — 46 *M²* Que b. i sunt; *e*
Qui b. f. a acreanter — 47 (*CHJ*); *M²A* E dont, *A²* Et dunt; *A*
fait b. — 49 M² Lun, *D* Lex; *M²* del p. ueniement — 50 *D* que —
51 *M* ce — 52 *Men* men.

　　　　　« L'autre est des terres chalongier,
　　　　　« Qu'il ne nos puissent damagier :
2255　　　« N'avra en eus que corrocier,
　　　　　« Quant verront lor terre eissillier ;　　　2240
　　　　　« Mout se peneront del defendre
　　　　　« E de nos cors ocire e prendre ;
　　　　　« Mais de ço ne m'esmai de rien,
2260　　　« Quar vos le fereiz par tot bien.
　　　　　« La tierce chose que vos dis,　　　　　2245
　　　　　« Se nos vencons noz enemis :
　　　　　« A Troie sont li grant tresor
　　　　　« De pailes e d'argent e d'or
2265　　　« E de tote autre manantie,
　　　　　« Ne nos n'avons pas la navie　　　　　2250
　　　　　« Ou la meitié en portissons,
　　　　　« Quant nos nos en retornerons ;
　　　　　« Toz jorz en serons mais manant
2270　　　« En noz terres e nostre enfant,
　　　　　« E tote Grece en vaudra mais,　　　　　2255
　　　　　« Quant serons mort, mil anz après.

2253 *M²* Lautre; *F* de t.; *ekR* testes; *K* chalangier — 54 *F* nos
ne — 56 *K* la t., *D* lor terres ; *M²FM* eissilier, *Ne* essillier — 57
*Ne* desfandre — 58 *n* nos toz; *M²EM* ocirre, *F* oucire — 60
*ERkn* Que; vos m. à R.; *M²* fareiz; *F* tres b., *N* mlt t. b. —
61 *DRk* ie d. — 62 *E* ueincons, *D* uaincons, *N* uoincons, *K*
uencon — 63 *D* si g.; *Nek* tresor — 64 *R* Des; *F* pailles — 65
*n* Et toute a.; *N* manencie — 66 *M²* Nos nen a., *Re* Se (e Et) nos
nauons — 67 *DM* Que; *M²* portessons, *EN* portesons, *F* -isons,
*D* -isions, *M* -issons, *R* -ison, *K* -isson — 68 *M²* de ci en tornerons,
e arriere (*D* -es) t. (*D* retornerons); *R* retorneson, *K* -eron, *n* -erons
— 69-70 *interv. dans yJ* — 69 (*B*); *CLMn* seront, *K* serron, *R*
serem; *yJ* Dont (*E* Don, *J* Dun) chascuns sera mes (*J* seromes)
mananz — 70 *BLkn* Et, *H* A; *Mn* terre; *M²CR* Et nostre (*R*
nostres) pere (*C* peire); *F* nos e., *B* no e.; *yJ* a noz enfanz —
71-2 m. à R — 71 *A* en aura m., *x* mielz en u.; *BJky* Et g. en
sera (*K* serra) mieldre (*BD* mieudre, *E* miaudre, *HJ* mieldre,
*M* miedre) ades, *C* T. g. en u. mes — 72 (*C*); *ABDJ* seront, *K*
serron; *DH* mors; *E* Apres noz morz m. a. et mes, *n* M. anz a.
qe ce (*N* ce que) sera.

« Or n'i a plus : la nuit s'en vait;

« Ne covient pas faire lonc plait.

2275 « Tens est mais hui de nos armer :

« Jusqu'a poi verrons ajorner.                 2260

« Partons noz genz e ordenons

« E nos eschieles devisons

« Par tel sen e par tel maniere,

2280 « Com plus nos seit chose legiere,

« Que, quant ço vendra a la feire,             2265

« Qu'il nen i ait rien a refaire,

« Que ne seiens gent esbaïe.

« E qui le mieuz savra, sil die. »

2285 Herculès respondi premier :

« Leial conseil e dreiturier                   2270

'« Donez, sire, senz nule dote.

« Faisons armer nostre gent tote :

« A Troie en auge une partie,

2290 « L'autre remaigne a la navie.

« Jo e Telamon veirement                       2275

---

2273 *M²E* nuiz — 74 *DM* conuient, *n* poons; *R* puis; *DK* grant
p. — 75 *M* Huimez, *R* humais, *e* huimes, *M²* mais or — 76 *M²D*
Des qua; *Dn* pou, *E* po — 77-82 *m. à E* — 77 *K* Parton, *M* Par
touz; *K* ordenon, *F* deuisons — 78 *R* escheres, *n* batailles; *F*
ordenons, *K* deuison — 79 *M²* sens, *M* senz — 80 *DRk* Que; *D* ne
s.— 81 *F* ueira; *n* faire; *M²A* E (*A* Que) q. ancuj u. (*A* u. a.) au
faire, *ekR* Et q. co u. au (*R* a) bien f. — 82 *F* Qil, *N* Que il; *n*
ni ait; *F* a ce f.; *ekR* Que nos ne nos porrons (*K* poon) retraire —
83-84 *interv. dans ekR* — 83 *F* Qe nos ne; *R* no siens; *M²* seions,
*FMRe* soions, *K* seons; *M²Fe* genz, *R* gens — 84 *F* Et qi mielz
s.; *N* Et qui s. melz si lo d., *ekR* Qui bien (*E* mielz) s. sil (*EM*
sel, *R* si) face et die — 85 *N* respondic, *M²* respont a, *ERk* r. tot
(*E* toz, *M* tuit); *EN* premiers, *DF* prim. — 86 *F* Loiaus c.; *N*
Leiax consauz; *n* droituriers; *e* Qui ml't estoit bons (*D* mont est
sage) conseilliers — 87 *M²* nuille; *ekR* Oez seignor (*E* fet il) —
88 *D* Ferons; *F* genz — 89 *K* aille, *N* aut, *F* ait, *EMR* uoist, *D*
uet — 90 *D* en la — 91 *EK* Gie, *DNR* Ge, *M²FM* Je; *M²* o t.;
*Kn* thel., *R* tal., *e* thelamons; *A* O t. et uostre gent.

« Irons devant o nostre gent ;
« Vos vendreiz el conrei après
« A sostenir le greignor fais :
2295   « Chascuns avra sa compaignie.
  « Ainz que l'aube seit esclarcie,    *2280*
  « Nos embuscherons près del mur
  « En lieu covenable e seür.
  « Li autre, qui ci remandront,
2300   « En treis conreiz se partiront :
  « En l'un sera li reis Nestor,    *2285*
  « E en l'autre sera Castor ;
  « Pollus avra le tierz conrei.
  « Devant les nes, el sablonei,
2305   « Tendreiz o eus torneiement.
  « Ço sai jo bien certainement,   *2290*
  « Dès que li reis ci nos savra,
  « O quant que il aveir porra,
  « S'en istra sempres o le cri :
2310   « En es le pas les avreiz ci.
  « Tant voudront estre a la meslee,  *2295*
  « Ja la cité n'iert reguardee,
  « E qui ainz ainz ça en vendront,

2292 *M²An* Cheuaucherons, *K* Iron d.; *A* premierement, *DRK*
la n. g.; *E* Aurons la d. n. g. — 93-4 m. à *E* — 93 *AF* uenrez, *N*
-oiz, *M²A* en; *Dk* Et vous nous (*k* uos) ensiureiz a., *R* Et nos et
nos ensegroiç a. — 94 *DRk* Por s. — 95 *M²* cump. — 96 *E* Einz ;
*M²* esclarzie, *R* esclarie, *K* esclargic; *n* Mout bien armee et bien
garnie — 97 *K* enboscherons — 98 *M²* lue, *KNe* leu ; *DFK* conu.
— 99 *N* remanront, *M²* remaindront — 2300 *M A* — 1 *F* serra
— 2 *n* li rois c.; *R* En l. s. li r. c. — 3 *n* Polus — 4 *n* noz — 5 *M*
Tenroiz, *E* Tendront, *n* Tenez — 6 *D* ueraiement; *n* Et (*F* Je) le
uos di — 7 *n* les uerra (*F* ueira), *M²* les s.; *A* D. lors que li r. le s.
— 8 *knyR* A; *NRe* quan que; *M²* quil ia a.; *F* poira — 10 *n*
Isnelement; *k* auron, *n* aurons — 11 *D* mellee — 12 *D* resgardee,
*les autres mss.* regardee — 13-4 *m. à D* — 13 (C); *A²* Eirrament
tot ; *A* Ainz que; *N* cinz einz, *F* ainz ; *EHIRk* Et cil (*R* icil) qui
a.; *FI* cha; *A²MNI* uenront, *FR* uerront, *K* uiendront ; *J* Tuit
ensemble cil en u.

&laquo; Dès que la novele en orront :

2315  &laquo; Mout sera tart as Troïans

&laquo; Qu'il nos truissent ça fors es chans.

&laquo; Ja n'i avra resne tenue                    *2300*

&laquo; Desci que targe i ait fendue.

&laquo; Vos, n'aiez cure de desrei :

2320  &laquo; Ici mantenez le tornei.

&laquo; Nostre gent sera embuschiee :           *2305*

&laquo; Quant la vile sera voidiee,

&laquo; De nostre embuschement saudrons,

&laquo; Tot a delivre i entrerons ;

2325  &laquo; Ja n'i troverons grant content,

&laquo; Quar fors sera tote lor gent.            *2310*

&laquo; Quant les portes avrons saisies

&laquo; E de nos chevaliers guarnies,

&laquo; Après lor dos nos apoindrons ;

2330  &laquo; En itel sen les forsclorons,

&laquo; Sorpris seront de grant maniere,         *2315*

&laquo; Quant escrié seront deriere ;

&laquo; Estrangement seront enclos,

---

2314 $M^2C$ sauront ; H Tantost com la n. o. — 15 (BI) ; ($M^2C$
troians), $A^1A^2Mn$ troiens, $yJ$ troyens — 16 $M^2y$ uos ; BCI truisent,
F troassent ; $M^2DLM$ hors ; N Que il n. t., R Ke nus troissent ; H
Quil vos tenissent hors ; Ca *manque à* $A^2BCK(v.f.)$ ; $AA^1A^2BCIRky$
as, F aus ; Cl cans, n chens, $A^2BDKR$ plains, $A^1EHJ$ pleins —
17 $M^2K$ regne — 18 $M^2R$ De ci, k Desi, en Deuant ; N oit ; K qui
ait t. f.; e t. an soit — 19 R Ni aueç — 20 Ke maintenez — 21 $M^2$
enbuschee, FM embuschie — 22 $M^2$uuidee, M uudie, F uoidie,
D uidiee — 23-4 m. à N — 23 $M^2E$ saldrons, K -on — 24 $M^2e$
enterrons, K -on — 25 $M^2$ contenz ; ekR aurons (K -on, E aura)
desfendement (K def., M deff.) — 26 e Ca, M Que ; R seront ; k la
— 28 *tous les mss.* garnies (*de même partout pour garnir, sauf indi-
cation contraire*) — 29 N les enpoindrons, F en les prendrons,
ekR batant poindrons (K -on) — 3o Rn Et en tel (F cel) s.;
$M^2DMR$ sens ; eK f. clorrons (K -on), N enclorrons, F enclorons
— 31 $M^2$ a g. — 32 F escriez ; R e. souurunt, e escrier sorront ;
M Q. nos les assaudronz ; ekN derriere, R dar. — 33-4 m. à D
— 33 (HJ) ; M forcloz, C esclos, J enchos, K enclous.

« Quant nos les assaudrons as dos :
2335 « Se ariere vuelent torner,
« Par nos les covendra passer.                    *2320*
« Onc ne virent si fort passage,
« Ne qui lor tort a tel domage :
« Leiaument vos jur et plevis
2340 « Qu'ensi seront tuit mort e pris.
« Qui mieuz savra, si m'i ament;            *2325*
« Mais, solonc le mien esciënt,
« Jo cuit aveir auques bien dit. »
N'i ot un sol, grant ne petit,
2345 Qui li conseil a buen ne tienge.
Coment que il lor en avienge,                     *2330*
As armes corent a eslais,
Quar le jor criement, qui est près.
Sor le rivage, el sablonei,
2350 A chascuns d'eus pris son conrei.

2334 *K* dous; *M* Q. escrier sorront — 35 *n* Sil arieres; *e* arrie-
res, *Ak* -ere; *BKNR* uolent, *DM* ueulent, *F* uoilent, *AE* uoelent
(*de même le plus souvent*), *C* uoldront; *M²* Sar. sen u. t., *kBHJR*
Sarr. (J Sil ariers) u. (*H* uoles) retorner — 36 *FJ* Por; *CH* uos;
*H* le ; *K* couiendra, *M²Cn* conuendra, *H* couanra, *D* couuendra,
*E* couandra — 37 *D* Onc, *k* Ainz, *EN* Einz, *F* Anc — 38 *F* a
lor torne (*v. f.*); *EMn* dom., *D* damache (*formes ordinaires*) —
40 *K* Que issi, *D* Quainsint, *M* Quainsi, *R* Cant si, *N* Quensins,
*E* Quil i ; *F* ou p.; *eM* et m. et p., *K* ou morz ou p. — 41-2 *m.*
à *E* — 41 (*A*); *n* Et qui melz (*F* miels) s. si mam.; *A²* dunc si
lament, *C* si aut auant, *M²JRky* die autrement, *B* dire a. — 42
*M²AN* selonc; *kHJR* Co mest auis mien (*K* mon) e. (*H* ml't dol-
cement), *D* Mes ie cuit au m. e. — 43 *kDHJR* Que iai (*R* ia,
*DHJ* ie) co (*D* ne) quit a. (*K* alques, *HJ* assez) b. (*HJ* en) d., *E*
Quant hercules lor ot ce d. — 44 *kJR* Onques ni ot, *D* Il ni ot
ne — 45 *M²R* Que ; *ek* a bon; *n* Q. a boen (*F* bon) c. ne lo (*F* li);
*N* teigne, *DM* tiegne, *EF* tiengne — 46 *EM* quapres; *DR* que
apres lor a., *K* quen auant en a. ; *N* aueigne, *DM* auiegne, *F*
auegne, *E* auiengne — 48 *ekR* uirent auques (*K* al-) p. — 49 *M²En*
sablonoi, *D* sablonnoi, *M*- oy — 50 *K* chascons, *D* chascun; *kR*
C. d. a p., *F* C. daus prist.

De blans haubers, d'eaumes aguz  2335
E de maintes colors escuz
S'apareillierent gentement;
Après desevrerent lor gent.  2338
2355  Herculès chevaucha premiers  2341
Bien o dou mile chevaliers.
Dus Telamon avuec sa gent
Chevauche après serreement :
Trei mile en i ameine o sei,  2345
2360  Qui soz les heaumes furent quei.
Après chevauche Peleüs,
Qui des chevaliers ot le plus :
Quatre mile, tuit alosé,
En vont o lui vers la cité.  2350
2365  Mout sont riches les treis compaignes :
Covertures et entreseignes
Aveient de maintes colors.
Anceis que pareüst li jors,

2351 *K* buens, *M* boens, *eR* bons ; *M²* hozbers, *F* aubers, *M* hauberc ; *M¹* deumes, *D* delmes, *K* dialmes, *EN* diaumes, *F* de haumes — 52 *M²Rk* mainte color, *D* bones couleurs; *F* descuz — 53 *M²* Sapareillerent doucement, *K* Molt sappareillent g. — 54 (*C*); *F* deuiserent, *N* deuiss.; *BDHJRk ajoutent 2 vers :* Ja en i (*M* i en) aura (*BR* Ja i auera, *H* Ja ni ara ml't, *DJ* Ja i aura ml't) de (*BDR* des) feruz Despiez (*H* Despius) trenchanz et desmoluz — 55 *FM* cheuauche, *KN* cheualche — 56 *En* a, *kDR* ot; (*M²* dou), *F* doi, *K* deus, *MNRe* .ij. — 57 *DRkn* thel., *E* thelamons; *M¹* ouec, *F* auec, *N* auoc; *ekR* Et t. o (*R* ot, *D* tout) autretant (*EK* al-) — 58 *MR* C. si, *D* Si cheuauchent, *E* Puis c. ; *ENR* sarr., *F* primierement — 59 *n* Troi, *K* Dou, *R* Dox, *Me* .ij.; *N* en amoine, *F* en a mene, *M* en remaine; *Ke* en meine ensemble (*D* auecques) sei (*E* o sei), *R* an remoyne auec soy, *M²* en i uienent o soi — 60 *F* sot les armes; *Ne* hiaumes, *K* hialmes, *M¹R* heumes (*de même le plus souvent*); *E* sont tuit coi; *M²Rk* Soz les h. enbronz (*K* et bron, *M²* embronch, *R* anbruns) et quoy (*M²* quoi, *K* quei) — 62 *N* de; *ekR* Q. ot c. (*e* c. ot) assez p. — 63 *M²* par brief nome — 67 *M²Rk* Orent de tant m. c. (*KR* mainte color) — 68 *N* Encois, *F* Anchois, *eMR* Aincois; *ekR* ueissent (*R* -ant) le ior.

| | | |
|---|---|---|
| | Se repostrent par les vergiers, | *2355* |
| 2370 | Qu'il troverent granz e pleniers. | |
| | Contre le tens d'esté novel, | |
| | Esteient flori li ramel, | |
| | E li arbre vert e foillu | |
| | Les ont guardé e defendu, | *2360* |
| 2375 | Que nus ne les i aparçut. | |
| | Li clers matins, qui venir dut, | |
| | Ne tarja guaires : l'aube crieve | |
| | E li soleuz s'espant e lieve. | |
| | Li païsant de la contree | *2365* |
| 2380 | Virent la grant gent aünee, | |
| | Virent les nes e les armez : | |
| | Ço les a fortment esfreez. | |
| | Li criz lieve par le païs, | |
| | Dès qu'il virent lor enemis ; | *2370* |
| 2385 | Grant fut la noise e granz li sons ; | |
| | Fuient as bois e as boissons. | |
| | A la cité en vait li criz : | |
| | Li plus seürs fu esfreïz. | |
| | Laomedon ot mout grant ire, | *2375* |

2369 *F* uers — 71 *B* Entre; *E* tans, *D* temps; *M²* le termine n.
— 72 *DKR* cil r. — 74 *M²* Ce fu garde; *EMN* gardez, *K* gari;
*DR* desf., *K* deff., *N* deffandu, *E* desf. — 75 *M* rien; *e* riens; *M²*
apercut, *DF* aparcoit — 76 *F* auenir; *DF* doit — 77 *NRek* tarda,
*F* tarde; *e* gueres, *kn* gaires; *F* en creue — 78 *D* soleus, *KN*
solauz, *EF* solaus, *M* solail; *M²* sespart, *N* sespent; *F* et creue
— 79 *N* paisent; *M²* del acontree — 81-2 *interv. dans n* — 81 *n*
neis (*forme constante*); *A²* L. n. u. — 82 *B* Chou; *DKR* forment,
*M* mlt; *M²* qui f. les ont e., *E* Chascuns sen fuit toz e., *n* Mout
en fu ch. e., *C* Merueilles furent e., *A²* Ml't fu li pules e. — 84
*R* De — 85 *tous les ms.* Granz; *Kn* et li resons; *E* Mlt fu g. la n.
et li s. — 86 *AF* aus... aus, *M* es... es, *A²* as...es; *F* meisons; *e*
Es (*D* El) b. f. et es b., *R* Furent el b. et els boisons; *A²DM*
buissons — 87 *An* En; *A* en ua, *C* nen uait, *n* lieue; *M²* Li c. en
u. a la c., *kyJR* En la vile est li c. leuez — 88 *DHJ* Li p. hardiz;
*M²* segur sunt esfree; *BRky* est esfreez (*K* eff., *BMR* effraez); *AC*
esbahis — 89 *BF* Laum.; *H* a.

2390     Quant il oï noncier e dire
        Que li Greu erent retorné
        Por lui destruire e son regné.
        Isnelement arma son cors,
        De la vile s'en eissi fors,            *2380*

2395     O itant de gent come il ot
        E come il onques aveir pot.
        Vers eus chevauche a grant espleit,
        E dès que il les aparceit,
        Ferir les vait demaintenant :        *2385*

2400     La ot maint chevalier sanglant,
        E maint navré e maint maumis,
        E maint abatu e ocis ;
        E dès qu'il vindrent as espees,
        Moùt s'entredonent granz colees.       *2390*

2405     La ot maint heaume esquartelé
        E maint chevalier decoupé :
        ·Par grant ire se requereient,

---

2390 *M²* nuncier, *F* nuntier, *ekR* conter — 91 *D* grieu, *K* griu
— 92 *M²* P. d. lui s. r. — 93-4 *m. à e* — 93 *kR* arme; *n* sen issi
(*F* ensi) fors — 94 *Bn* De la cite; *BEHRk* issi; *J* sen issent,
*D* est issuz; *M²ABDM* hors; *n* sarma (*F* si arma) son cors —
95 *F* A; *kyAJNR* A (*KJ* O) tant de g. com (*yAJN* comme) il
(*K* il i) ot — 96 (*A*); *M²* Ne cum; *H* il a. en p.; *kJR* Et ot quant
(*R* tant) que (*JR* quil, *K* quen) a. en p. — 97 (*AC*); *E* ces, *J* cels,
*HN* aus, *D* euls, *F* eaus; *JRy* irieement, *K* irie-, *BM* iree- — 98
(*AC*); *M²A* aperc.; *kyBJR* Et quant (*H* com) il aparcut (*DJ*
aperc.) lor gent — 99 (*A²*); *A* ua; *C* u. maintenant (*v. f.*); *kyBJR*
Tot m. les u. ferir — 2400 (*A²*); *N* meint; *kyBJR* Le (*H* Les)
plus hardi (*DH* hardiz) a (*J* et, *B* en) fait fremir — 1-4 *m. à E* — 1
*BDHJRk* La ot m. cheualier; *M²A²BJRk* malmis; *nH* ocis —
2 *n* afole et maumis; *H* malmis; *A²* M. afole et maint ocis, *puis
ces 4 v. spéc.* : Maint fort escu i ot percie Et maint bon halberc
desmaillie Tant mainte lance i ot brisie Et mainte anme de cors
sachie — 3 *HM* Et quant; *n* uienent — 4 *M²H* M. sen (*H* Si se)
donerent, *n* Si sentredonent; *D* Sachiez quil i ot des c.; *FJK* grant
colees — 5 *EN* meint; *K* decercle, *R* eschantele — 7 *ekR* Par
ml't g. ire se requierent.

Espessement s'entrociëient.
Nestor avuec la soë gent                           *2395*
2410   Les encontra premierement.
Le pis en ot al comencier :
Mout i ot as suens grant mestier.
Grant piece tindrent le tornei,
Ainz que venissent li conrei                       *2400*
2415   Ou Castor e Pollus esteient;
Mais puis que il le bosoing veient,
Si secorent lor compaignons.
Lors mut Castor o tot les sons :
Lances baissiees, escuz pris,                      *2405*
2420   Vont encontre lor enemis.
La ot grant presse e grant huëe
E mainte fort targe esfondree.
Mout se tindrent li Troïien,
Estrangement le firent bien :                      *2410*
2425   Onc de la place ne se murent,
Toz tens espessierent e crurent.
Lor gent veneit a granz compaignes

---

2408 *ekR* ensemble fierent (*M* i f.) — 9 *AF* Nector; *N* auoec,
*M²* auoc, *FRk* auec, e o tot — 10 *k* encontre, *R* enchauce — 11
*M²* Le fais, *F* Les feis, *N* Lesfort; *n* ont — 12 *D* en ot, *M* ot; *n*
Et m. ot; *DM* siens — 13 *M²* lor t. — 14 *EN* Einz — 15 (*AJ*);
*H* chastor; *nCD* polus; *Rky* Qui o (*D* a) (*E* An que, *H* La ou) c.
et p. erent — 16 (*AC*); *N* des que il, *F* de qil, *R* puis ki; *DRk*
le b. esmerent (*D* erent), *E* el b. entrerent — 17 *C* Et secorrent;
*M²Rek* Si secorent, *F* Secorrent (*v. f.*), *N* Secorrurent — 18 *M*
Doncs, *A²C* Dunc; *AEkn* uint; *H* chascor; *A* a tot, *N* auoc, *FM*
auec, *C* ouec; *eKR* o ses barons; *C* suens — 19 *M²* baissees, *KN*
bessiees, *M* -iez, *F* bassees, e leuees — 22 *N* meinte; *M²N*
grant; *FM* m. t.; *M²* efrondee, *F* enfondree, *kR* estroee — 23
*H* si; *M²Rkn* troien, e troyen (*de même partout, sauf avis con-*
*traire*); *R* bien li t. — 24 *K* lo, *M* leur — 25 *K* Unc, *R* Ainc, *F*
Anc, *E* Que — 26 en *T.* iorz; *N* angroissierent, *F* engrosserent
— 27 *M* Leurs, *D* Leur; *tous les mss.* genz; *F* uenoient, *D* uienent;
*FM* grant: *M²* cump.

Par valees e par montaignes:
Une envaïe lor ont faite,                        *2415*
2430    Ou mainte espee ot nue traite.
La ot mainte sele voidiee ;
Chaciez les ont plus d'une archiee.
Se ne fust li conreiz Pollus,
Qui a venir ne tarja plus,                       *2420*
2435    Sempres i perdissent Grezeis;
Mais li autre, qui vindrent freis,
Lor laissierent chevaus aler :
La veïsseiz estor lever
Estrange e pesme e doloros,                      *2425*
2440    Lait e mortel e angoissos.
Grant sont li hu, grant sont li cri ;
La s'aïdent li plus hardi :
Al departir sont les colees.
Quant les compaignes sont jostees,               *2430*
2445    Si ront recovree la place ;
Mais mout dura petit la chace,
E ne por quant li Troïien
I perdirent, ço sai jo bien,

---

2428 *M²* chanpaignes — 29 *e* enuahie; *M²* fait — 30 *M* On, *R* De,
*N* Et, *F* Car ; *R* et t. ; *n* i ot (*F* ont) t. ; *M²* La ot maint bran dacier
nu trait — 31-2 *interv. dans n* — 31 *M* ont; *M²* uoidee, *D* uidiee,
*M* uudie — 32 *F* Chaice; *M²* dun; *M²F* archee — 33 *ekR* Mes se
la bataille p.; *M²* Si ; *M²F* conrois, *N* -oïz ; *n* polus — 34 *N* Que;
*F* Qe auint; *n* tarda; *ekR* Ne uenist quele (*KR* que il( tardast p.
— 35 *k* Donc i, *R* Dunc i, *D* Trop i, *E* Lors i ; *M¹* S. p., *M²Rek*
li g.— 37 *FK* Lors — 38 (*J*); *ek* ueissiez, *R* uessieç, *n* oïssiez ; *D*
Hector meller — 39 *M²Nk* doleros, *E* doleleus, *D* doulerex — 40
*K* mortal; *M²* angoissous — 41 *enJR* hui; *A²* et g. li c., *E* et fier
li c.; *H* et li hu et li c. — 42 *M* Lasse (*v. f.*); *A²* sairent, *MR* se
uirent; *yJ* Li sage (*H* haut) home (*J* gent), *K* La conut len; *N*
moins h., *F* mieus ardi — 43 *A²* La departirent les c., *eR* S. au d.
les (*R* des) c.; *K* les granz c.; *M* Couart au d. des c. (*v. f.*) — 45 *AHn*
ont, *R* runt *corrigé en* unt, *D* rot; *F* recoure, *C* recrouue ; *BJRky*
la (*B* lor) p. r. — 46 (*AC*); *n* M. ml't po (*F* mout) d. puis, *BJRky*
M. m. lor a petit (*e* p. lor ot, *BHJ* p. lor a) duree — 48 *n* sauons b.

Cent chevaliers proz e vaillanz                    *2435*
2450    E de toz les mieuz combatanz.
          Laomedon, de Troie reis,
        A esguardé que li Grezeis
        Damagereient mout sa gent,
        S'il ne les teneit autrement.              *2440*
2455    Trop folement se desreoënt,
        Nule mesure n'i guardoënt :
        Mout i perdeient por ço plus.
        Li reis les a fait traire en sus,
        Sevrez les a e faiz conreiz :              *2445*
2460    Dès or sera beaus li torneiz ;
        Or i avra joste senz faille,
        Ainz que departe la bataille.
        Li reis Nestor fu mout hardiz
        E chevaliers granz e forniz.               *2450*
2465    Armez fu bien el milsoudor,

---

2449 *n* des plus u. (*E* uailant) ; *M¹KR* prouz, *eM* preuz ; *e* et
aidanz — 5o *M²* mieus, *FK* mielz, *Me* miex, *N* miauz ; *M²* cumb.
(*de même partout dans les composés de* com), *N* combatenz,
*F* -ant — 5i (*A*) ; *F* Laum. ; *BJRky* qui estoit rois — 52 *C*
Oit ; *tous les mss.* esgarde (*de même toujours pour* garder *et les
composés, sauf indication contraire*) ; *A* E. b. — 53 (*A*) ; *BRek*
Ont ia m. domagie (*K* dam., *D* doumachie) ; *H* O. ia m. d. les lor
— 54 *H* A son coer en a grant dolor — *Après* -54 *D aj. ces 4 v.* :
Tost esseroient desconfit Ja ni auroit granment respit Mont li
grieue li cuers li tremble Ne se tenoient pas ensemble ; *les 2 der-
niers sont aussi dans EHJ* (var. Ne se tienent pas bien e.) —
55 *P* Tant f. ; *K* desreioent, *HM* desroient, *E* demenoient ; *H*
Car t. durement se desroient — 56 *m. à B* ; (*ACJPR*) ; *FH* ne
tenoient, *K* ne g. — 57 (*BC*) ; *n* en perdirent ; *K* par — 58 *EN*
fez ; *R* les fait ; *M²K* t. sus — 59 *CF* faiz, *A* fais ; *M²A* conrois,
*nC* conroiz ; *BRek* A une part les a s. — 6o *M²CF* biaus, *N*
biax ; *M²A* tornois, *nC* tornoiz ; *BRek* Or se (*C* Or sen, *R* Ore)
conbatront (*R* combatent) miels assez — 6i *A* Qui i a. — 62
*N* Einz — 63 *D* Nector ; *M²F* ardiz — 64 *MRe* preuz — 65
*M²CJK* milsoldor, *A²* mels., *E* -sodor, *DMN* misoudor ; *F*
b. ennsaudor.

Soz ciel n'en aveit nul meillor :
Uns sors baucenz ert de Castele,
Ne s'i tenist pas arondele.
Les menuz sauz en vient es rens :                    2455
2470   En corage ot e en porpens
Qu'il ira ja ferir les lor.
Laomedon mantint l'estor,
Ses homes chadele e estreint :
De bien faire pas ne se feint.                       2460
2475   Onques nus hom de mere nez
Plus richement ne fu armez ;
Riches armes ot a merveille.
D'une chiere porpre vermeille
Ot coverture e entreseigne                           2465
2480   E en sa lance grant enseigne ;
Les lengues l'en batent as poinz.
Nestor broche vers lui toz joinz.
Li reis le vit vers lui venir,
De plain eslais le vait ferir :                      2470
2485   Tant com cheval porent aler,

2466 C c. nauoit; nC un m.; ekJR naueit cheual m., H Onques
nus hon ne uit m., A² Il nen a. s. c. millor — 67 F Un fors
bauzens iest; M²MR baucens, A² balcans; M² iert, KRe fu (m.
à M); A²FM castelle, M² chastele — 68 DF arondelle — 69 KR
uint, D uet; M²K as r., MR errans, n erant — 70 ekR Sa en c.
et; R et purpans; n En p. a et en talant (N -ent) — 71 n iroit;
R la; K Que il i.; Me des l. — 72 F Laum.; M² maintint, N
meintint; ekR Ou l. tient (D tint) — 73 R kadele, D conduit,
n chastie, E asanble; M²Re estraint; M prie et contraint —
74 M² Del; K ferir; M Que nus de b. f. ne f.; M²MRe faint —
75 K Unques; D homs, M² on — 76 ekR P. gentement; M Ne fu
p. g. a. — 77 n Riche robe; M et a m.; F meruoille, N mercu.
— 78 ERk riche p.; D p. r. et merueille; n uermoille — 79 n
Et c.; N antresaigne, F en- — 80 n l. ot g. ensaigne — 81 Ken
langues, M leinguez; n li — 82 D Hector; F broce — 83 eM uoit
— 84 KN plein — 85 M² T. cum plus tost; M pourent, F poi-
rent, K poent.

Se vont granz cous entredoner ;
Par mi les bocles des escuz
Se passserent e fers e fuz.
Li reis a peceié sa lance,                    2475
2490   Mais jo vos di bien senz dotance,
Nestor eüst navré a mort,
Se il n'eüst hauberc si fort.
Cil refiert lui par gránt vigor,
Si que la targe peinte a flor              2480
2495   Li a fendue e dequassee
E la broine li a fausee ;
Auques l'a navré tot de plain
Par mi le braz e par la main ;
Puis l'a empeint de tel vertu              2485
2500   Qu'a la terre l'a abatu.
Li reis fu merveilles iriez :
Isnelement sailli en piez.
Ainz que Nestor feïst son tor,
Ot trait le vert brant de color ;          2490
2505   Treis cous l'en dona granz e fiers :

2486 *M*² coups, *K* cols, *e* cox, *N* cos, *M* cops — 87 (*C*); *B* les
bloques, *D* la boucle — 88 *Cn* Sen ; *BJRky* Se (*BRk* En, *HI*) font
passer ; *R* et fu et fuz — *yJ* aj. 2 v. : Li cuir (*J* cuer) rompent
et les es fendent Des escuz que (*E* qui) pas (*H* mie) nes (*J* p. ne)
desfendent — 89 (*C*); *e* i pecoia (*E* pecea), *BJKR* pecoia donc,
*H* pecoie dont, *M* pecoia (*v. f.*) — 90 *H* M. io le u. di s. — 91-2
*m. à H* — 91 *M* et m. — 92 *FM* Sil ; *F* hausberc, *M*² auzberc —
93 *M*² de g.; *ekR* Nestor r. li (*Me* le r.) par u. — 94 *DF* painte,
*EN* pointe — 95 *H* rompue ; *F* desq., *EK* decassee — 96 *DFH*
broigne, *M* brone, *E* broisne ; *H* La fort b.; *M*² est f. ; *JRk* Et
si a la b. f.; *HK* falsee, *DM* faussee — 97 *kyR* A. (*k* Alques) la
bien n. a p. (*e* de p.) — 98 *kyR* et en ; *M*² le m. — 99 Nenpoint,
*M*²*EK* enpeint, *F* apaint — 2500 *ekR* Que del cheual — 1 *J* est
m.; *EN* meruoilles, *D* durement — 2 *n* Par mautalent — 3 *N*
Einz, *E* Eins ; *M*² fesist ; *n* preist s. retor — 4 *M* bon b.; *NR*
bran, *DM* branc ; *M*² b. u.; *D* coislour — 5 *M*²*R* coups, *K* cols,
*D* cox, *EN* cos, *F* couz ; *n* li d. (*F* donc).

Mout ert li reis bons chevaliers.
Uns Troïens, Cedar ot non,
Jovnes senz barbe e senz grenon, —
N'ert ancor pas li anz passez                    *2495*
2510  Qu'il aveit esté adobez, —
Mout ot grant duel, mout fu marri,
Por poi li cuers ne li parti,
Quant son seignor vit a la terre :
Par ire vait Nestor requerre.                    *2500*
2515  Tel li dona en mi le piz
Que de sa lance vole escliz :
Outre en passast le confanon,
Se il n'eüst hauberc si bon ;
Mais ne por quant al par hurter                  *2505*
2520  L'a fait a là terre enverser.
Li heaumes feri el gravier,
Si quel virent mil chevalier.
Toz li premiers qui i avint,

2506 *M²F* est ; *ekR* Nestor (*Me* Li rois) fu molt (*D* est mont) ;
*M²K* buens, *EN* boens, *FM* bon — 7 *K* Un troien, *H* .j. cheualiers ;
*L* cesar — 8 *N* Jones, *K* Jone, *e* Enfes — 9 *M²A* Niert ; *eAMR*
Encor, *K* Unquor ; *A* N. p. e., *ekR* E. (*K* Unquor) nestoit — 10
*H* Q. estoit nouel a., *n*. Q. ot este n. armez — 11 *B* M. g. d. ot ;
*K* duol (*forme constante*) ; *ekCR* se m. (*R* sesmarri, *M* se mari,
*C* se mariz) — 12 (*K* Por), *N* Par, *F* Per, *R* Pur, *M²BMe* A ; *eAN*
pou ; *B* lem parti ; *M²* que nert ses c. partiz, *Rky* quil not (*H* na)
le c. parti ; *A* A pou le cuer ne li p. — 13 (*A²C*) ; *N* uoit ; *A* Q. le
roy u. iesir a t., *BJRky* Q. a t. u. (*Jy* u. a t.) son s. — 14 *A* ua ;
*Rky* Ferir u. n. (*K* N. u. f., *H* N. a feru) par uigor, *BJ* F. le
u. p. grant u. — 15 *nC* par (*F* por) mi ; *M²* li p., *A* le pis, *R* lo pit ;
*JRky* En (*D* Par) mi le p. tel li d. — 16 *M²* la l. ; *nC* fist e. ; *A* De
la l. uolent esclis, *JRky* Que sa l. en clices (*Jy* pieces) uola —
17 *M²* O. passe, *N* O. pasast, *F* Outra paisast, *K* Oltre enuoiast ;
*M²DK* gonf., *MR* gonfenon, *n* li gonfanons — 18 (*A*) ; *M* Sil ; *M²*
auzberc, *R* auberch ; *n* Se li haubers (*F* aubers) ne fust (*F* fist) si
bons — 19 *ekR* Et — 20 *M* uerser ; *n* Le fist a la t. uoler — 21
*M²* heumes, *K* hialmes, *e* hiaumes ; *n* Del hiaume (*F* hyaume)
— 22 *F* qil, *D* que — 23 *M²F* primiers ; *F* qe ; *R* la a. ; *ek* Trestoz
li p. qui (*K* que) la uint.

Ço fu li reis, qui le brant tint                          2510
2525  Cler e trenchant el poing tot nu :
Parmi l'eaume l'en a feru
De tel aïr que le nasal
L'en a abatu contre val,
Que de la levre e del menton                    2515
2530  Puet om veeir sor le sablon.
Bien cuit que s'en venjast li reis,
Se nel hastassent li Grezeis ;
Mais tant i a d'eus assemblé
Que l'un de l'autre ont dessemblé.              2520
2535  Mais ainz qu'il fussent remonté,
I ot maint chief de bu sevré.
Li Troïen bien s'i aidierent
E des Grezeis mout damagierent :
Ocis en ont teus trente sis,                    2525
2540  Qui mout esteient de grant pris.
Castor a bien Cedar veü,
Qui Nestor aveit abatu ;
Mout le vit bien aidier e poindre
E mout sovent o les suens joindre.              2530
2545  Devers le roi n'a en la place

2524 *ek* son b.; *M* branc; *N* q. i auint — 25 *ERk* le tint t. nu
— 26 *M*² lcume, *R* lelme, *F* li aume, *K* le hialme, *eN* lo (*e* le)
hiaume ; *enM* la f. — 27 *ENK* Par; *M*² hair; *FM* li; *BDN* nas-
sal — 28 *ERk* En; *M*²*n* Len (*n* En) abati ius (*n* tot) c. — 29 *n* De
la l. (*F* leubre); *M* que du m. — 3o *DKn* lan, *M*²*M* on, *E* an; *k*
uoier — 31 *M*² quit; *eN* uenchast, *F* uengast — 32 *F* ast., *N* hat.
— 33 *eK* en i ot (*K* a), *R* i en sont, *M* en i s.; *M*²*R* asenble —
34 *R* et l.; *J* a; *M*² dessenble, *A*²*kn* deseure, *AJRy* dess. — 35-6
m. à *M et sont placés dans R après* 2540 — 35 *N* cinz — 36 *M*²
Sot cent ches (*v. f.*) ; *DF* del; *M*² bus; *K* colp de brant done — 37
(*CJR*); *M*² sen a., *K* se edierent, *n* sentraidierent (*F* -erent), *H*
domachierent — 38 *MR* Et m. des (*R* les) g.; *K* tant d.; *MNe*
dom., *F* daumagerent; *H* Et les grizois bien laidengierent — 39
*R* i ot; *DR* .xxx. et s., *E* .xxxvj., — 40 *F* Qe tuit; *EK* haut p. —
41 *L* cesar — 42 *F* Qe — 43 *N* uoit — 44 *F* souient ou aels
iondre; *ekR* as (*M* a) grezeis i. — 45 *ekR* not.

Un sol des suens qui mieuz la face.
Sor un cheval d'Espaigne sor
Sist bien armez li reis Castor :
Par mi les rens vint eslaissiez           *2535*

2550  Vers Troïens fel e iriez,
Prez del damagier senz demore.
Uns Troïens li corut sore :
Seguradon aveit cil non ;
Bel cors, bel vis, bele façon           *2540*

2555  Aveit sor tote creature ;
Riches hom ert a desmesure.
Il e Cedar erent cosin,
Mout i aveit noble meschin.
Cil e Castor s'entrecontrerent ;           *2545*

2560  Enz el mi lieu des rens josterent
De tel aïr com li cheval
Porent moveir de lor estal :
Bien i parut a lor escuz,
Qu'estroëz orent e fenduz.           *2550*

2565  Seguradon sa lance brise,

---

2546 *Me* siens ; *K* Uns trestoz sols — 49 (*J*); *MR* le ranc, *C*
lens rens, *B* lestor ; *F* sest ; *M²* esleissiez, *BJky* -essiez, *C*
ariez — 5o (*R*); *B* As, *yJ* Uns; *M²K* fels ; *A* fu ml't i., *C* toz
esleissez — 51-2 *interv. dans JRky* — 51 *CF* Prest; *M²CR* de,
*A* deuls; *BERk* Por lui d. en es lore (*H* a cel ore, *M* tot en leure),
*D* Tost lapercut em petit dore — 52 (*HJ*); *F* suore; *D* Li est
empres coureuz s. — 53 *ABJRkn* Seguradan, *A²* -ans, *H* -os, *CL*
Securadan, *e* Segurardanz; (*M²AA²CR* cil), *F* il. *BJRky* a — 54
*K* Biau uis biau c. — 56 *M²* hon, *M* hons, *R* om; *M²* iert, *MR*
fu ; *en* R. estoit; *M²* mout sans mesure — 57 *L* cesar; *ekR* furent
— 58 *DRk* M. par (*R* per) i (*D* i par) bel (*K* biau) m., *E* M. a.
en lui b. m. — 59 *R* sentra-, *KNe* sentren- — 6o *F* en; *M²* lue;
*ekR* En mi les r. donques (*R* dunkes, *M* donc si) i. (*e* sentre
aiosterent) — 61 *N* Par, *F* Por; *M²* hair — 63 *ekR* que (*MR* quant,
*e* car) lor escu — 64 *M²* ont toz; *n* Qamedous (*F* Qamb.) les o.
f.; *ekR* En sont (*K* Furent) estroe e fendu, *M* En s. froe et con-
fondu — 65 (*J*); *ABKR* Seguradan, *nM* -en, *A²* -ans, *H* -os, *e*
Segurardanz.

Onques n'i ot autre devise :
Bien cuit, s'ele ne peceiast,
Que del cheval jus le portast.
Castor le navra al joster ;                    2555
2570  Onc li haubers nel pot sauver :
Son confanon el cors li baigne,
Li dueus des suens creist e engraigne.
Cedar vit son cosin navrer,
Sempres cuida del sens desver :               2560
2575  Ja morra, s'il nel puet vengier.
Isnelement point le destrier,
Castor a pris bien en travers.
De la lance trencha li fers :
L'escu li perce e la ventaille,               2565
2580  Iluec li fist sis haubers faille ;
Par mi la chiere l'a navré
E del cheval jus enversé.
Par la regne prent le destrier,
Si l'a baillié un escuier :                    2570
2585  Par grant proëce l'a conquis.
Castor dut bien estre entrepris :
A terre fu entre tel gent,

---

2567 *M'K* quit — 68 *ekR* Que ius a (*E* a la, *D* tresqua) **terre**;
*M* lemportast — 69 *M²* n. lui ; *BMR* porter — 70 *K* Unc, *FR*
Ainc, *E* Ainz, *N* Einz ; *D* le ; *DM* hauberc, *F* auberc ; *R* A. hau-
berchs ; *n* garder — 71 *M²BDR* gonf. — 72 *F* duel, *M* duelz, *M²*
duels, *D* deuls, *K* dels, *E* diax, *N* diaus ; *DM* siens ; *D* croit ; *DM*
engreigne, *E* -eingne — 73 *L* Cesar — 74 *D* Bien en c. ; *EJRk*
B. cuide (*K* quide, *E* cuida) morir et d. (*R* deseurer), *H* B. quida
le sens forsener — 75 *M* Il m. ; *D* uenchier — 76 *M²* destrer —
77 *M²* e en, *F* b. de, *N* b. au ; *ekJR* a ateint (*DM* ataint) a (*K* en,
*R* al, *M* au) t. — 78 *F* sa ; *R* tranche — 79 *R* pece, *F* trenche,
*N* tranche — 80 *M²n* ses ; *M²* auzbers, *FM* aubers, *R* hau-
berchs ; *e* Si que li h. (*D* le hauberc) li f. f., *kR* Si que li f. li h. f.
— 82 *n* Et ius d. c. — 83 *K* reigne, *nM* resne ; *e* les resnes —
84 *e* Sel bailla a, *Fk* Si le baille a ; *n* son ; *K* esquier, *F* eschuer
— 86 *eK* B. dut (*K* deit) c. ; *F* C. dire b. est espris.

Qui ne l'amoënt de neient.
Cedar li dist : « Sire vassal,                          *2575*
2590   « N'en menreiz mie del cheval.
       « Auques ai mon cosin vengié,
       « Dont mout m'aviëz fait irié.
       « Ja del guaaiŋg d'este contree
       « N'avreiz la perte restoree :                   *2580*
2595   « Guage nos i avez laissié
       « E plus perdu que guaaignié ;
       « Mil en gisent sor la marine,
       « Dont ja mais jor n'avrons haïne :
       « En cest païs nos remandront,                   *2585*
2600   « Ja mais Grece ne reverront. »
       Castor ert pris e retenuz,
       Qui mout s'ert a pié combatuz,
       Quant reis Pollus l'a socoru.
       Cele part es le vos venu :                       *2590*
2605   Son frere ne lor laira mie,

---

2588 *M²* amerent — 89 *L* Cesar; *eK* uassax, R uasax — 90 *M²*
merreiz, *N* menroiz, *F* ·ez; *F* le c.; *ekR* Nest mie uostre (*e* -es)
li (*R* le) cheuax (*M* cheual, *R* keuax) — 91 *R* Aunques — 92
*ekR* D. mauez f. mon (*e* le) cuer i. — 93 *F* gaing, *les autres mss.*
gaaing; *N* diste, *F* desta; *M²* del acontree; *ekR* Del g. de ceste
c. — 94 *D* ia p.; *FG* perde — 95 *ekNR* Gage, R Gaaing, *F* Gaain-
gne; *M²* laisse — 96 *F* Et p. plus; *M²* gaaigne, *Rekn* -ie, *E*
gaeingnie — 97 *H* Cil; *n* Tel mil en gist; *E* par la — 98 *E* Don;
*F* nauront; *kyR* D. nos naurons (*K* -on) (*E* uos nauroiz) ia m. h.
(*EH* seisine) — 99 *A* ce; *DR* vos; *M²A* se, *C* sen; *M²DHJR* re-
maindront, *N* remenront, *A²B* -anront — 2600 *BDJRk* en g. nen-
treront (*K* ne torront, *DR* ne vendront), *A²* guerre ne nos feront;
*CF* rcueront — 1 (*C*); *M²A* iert, *Jkn* est, *A²* fu ; *H* fust prist (*sic*)
— 2 *CH* O mlt; *k* sest; *n* sestoit bien, *A²* b. s.; *M²* si estoit
chier uenduz; *A²DR* desfendus — 3 (*A*); *BJRky* Mais p. lot (*EH*
la) tost (*H* bien) s., *C* Q. li r. p. la ueu, *A²* Mais dusqua poi iert
socorus, *n* M. quant le sot polus li rois — 4 *m. à H*; *C* corant est u.,
*A* iert poignant u.; *A²* Ses frere i est p. uenus; *n* est alez manois;
*ekBJR* Qui (*eR* Quil) lo quidot aueir perdu — 5 *kyJBR* Mais (*H*
Ne) il ne (*R* nel) lor en (*H* i) lerra m., *A²* Sachiez quil ne lor l. m.

Tant come il ait el cors la vie.
D'ire desvez, en es le pas,
Les est alez ferir el tas ;
Set cent Grezeis de grant valor                    2595
2610   Le sivent après en l'estor.
Ja i avra fiere meslee :
Trop iert la joste comparee
Que Castor fist. Jo n'en sai al :
La s'entrevienent li vassal,                        2600
2615   La s'entredonent, la s'empeignent ;
D'eus entrocire ne se feignent.
La terre est coverte des morz.
Jo qu'en direie? Par esforz
Fu Castor rescos e montez,                          2605
2620   Qui bien fu en set lieus navrez :
Par vive force lor tolirent,
As branz la presse departirent.
Pollus lor i fist grant damage,
Quar le fil al rei de Cartage                       2610
2625   Lor i ocist : ço fu dolor.

2606 (H); ekBJR T. com aura — 7 kyJR tressue; D en el — 8
kJRMolt tost se fiert en mi le t. — 9 A Sot .c.; F Set g. — 10 M²F
Les; K sieuent, R sieguent, AD suiuent, F ueint; K enpres; D A.
le s., A Qui le s. pres — 11 D mellee — 12 n Ja; D est, E fu —
13 (GL); A²C nen (C ne) sera al, BJRky ia (H or) i parra, M² par
contencon — 14 L Lors sentreuient, G La sentreuindrent, A² Ml't
furent conu ; xC uasal; C La fu ueuz qi ert u., A La ot maint
cheualier u., BJRky Com bon cheualier en lui (D li) a, M² La o
ocist seguradon — 15 n la senpoignent (F se poignent); M² La
sentreplaient e maaignent, BJRky En (D De) la besoingne (HK
bataille) tuit (K molt) senpeingnent (BDMR se painent) (K ne se
feignent) — 16 M²KR Dels, M Deulz, BD Deuls, F Daus, EN Dax;
M²N entrocirre, e entre o., M entrochire, R antrocierre, F oucire
(v. f.); K molt se peinent — 17 B de m. — 18 F Ja, kR Plus — 19
ekR Est, N Ont, F On; D Quastor; K rescous, e resqueus, NR
escous, FM escouz; n monte — 20 ekR Mes b.; M²R lues, M lieuz,
Ken leus; n Quen auoit en s. l. naure — 21 M le t. — 22 DM
brans; D deronpirent — 23 E a fet — 24 J Que, DRk Qui; K lo
r. — 25 ekR Lor a ocis en cel estor.

Nies ert le rei, fiz sa soror ;
Jovnes esteit, de poi d'aage,
Mais bel vaslet i ot e sage.
Assez fu plainz e regretez :                    2615
2630   Eliachim ert apelez.
Quant li Troïen mort le virent,
Poëz saveir grant duel en firent :
Criënt, plorent e font granz dueus,
Por lui derompent lor cheveus.                  2620
2635   Li reis trova mort son nevo :
Plora des ieuz e fist un vo
Que ja mais Troie ne verreit
Desci que il vengié l'avreit.
Ses homes a trestoz somons :                    2625
2640   « Poignons, » fàit il, « fil a barons ;

2626 $M^2F$ iert, $ekR$ fu ; $E$ lor roi, $H$ au r. ; $N$ filz, $F$ fil ; $ekR$
de sa s. — 27 $EJ$ Juenes, $DNk$ Jones, $L$ Joenes, $F$ Joune ; $J$
J. huens ere, e J. hom ($D$ homs) iert ; $E$ po, $L$ pou ; $F$ poue
deage ; $DBHJMR$ de bel a. — 28 $EM$ Ml't ; $k$ biau ; $EM$ uallet,
$K$ ualles ; $D$ Bon cheualier ; $n$ M. mout le tenoit len a s., $M^2$ M.
m. iert de grant uasselage — 29-30 interv. dans $M^2BRk$ — 29
$H$ Saiues hom fu et renomes ; $K$ plaint — 30 ($C$) ; $H$ Econadon,
$E$ Elcomadan, $n$ Eliacus, $D$ Ely., $M^2$ Eliachun, $AR$ Elyachim, $M$
Eliachyn, $K$ -chin, $B$ -cim, $L$ Helymachins ; $M^2AF$ iert, $BJRky$ fu
— 32 $n$ S. p. ; $A$ que g. d. f. ; $K$ duol, $F$ doel — 33 $A$ P. c., $Cn$ C. et
p. f. ; $A^1BGIJLRky$ P. et c. ($M$ P. c.) grant d. font ($L$ et f. duel) ;
$M^2CF$ duels, $N$ diax, $A^2$ deols, $G$ dol ; $A^2$ Por lui p. et f. — 34
$A^2$ Et si d. ; $CF$ rumpirent, $LN$ rompoient ; $A^1BGIJRky$ Por lui
chascuns ($I$ mains hom) ($DK$ C. p. l.) ses c. ront ; $M^2$ cheuels,
$L$ -elz, $D$ -ex, $F$ -oels, $A^2E$ -ols, $M$ -euz, $N$ -ax, $GH$ caueus, $I$
cauiaus (de même à peu près partout) — 35 $M^2Rn$ neuou, $AMe$
-eu — 36 $M^2AR$ oilz, $K$ ielz, $EFM$ ialz, $N$ iauz, $D$ eulz (de même
à peu près partout) ; $M^2$ si f. ; en son ; $M^2Rn$ uou, $AMe$ ueu —
37 $M^2$ troia — 38 $M^2$ De ci la que, $K$ En desi que, $M$ Jusque
tant que, $R$ Entre et ke, $n$ Deuant que il, e D. ce que — 40 $K$
Poignon (la $1^{re}$ p. pl. en -on dans ce ms. sauf indication con-
traire), $n$ Poigniez, $E$ Seignor ; $Fk$ filz, $H$ fius, $D$ fiulz ; $eMR$ de
b. ; $M^2$ a ses b.

« Quar destruions noz enemis,
« Sin delivrons nostre païs,
« Que cist coilvert vuelent destruire
« E metre a duel et a martire.                    2630
2645     « Veez voz freres, voz amis,
« Vez mon nevo, qu'il m'ont ocis.
« Or i parra qui me sivra
« E qui mon enui vengera. »
A tant a fait li reis soner                        2635
2650     Un cor d'olifant haut et cler.
Li renc fremissent environ,
N'i set coarz sa guarison :
Jas troveront feus e engrès,
Hui mais les requerront de près.                   2640
2655     Li reis chevauche o les premiers :
Bien ot set mile chevaliers.
Les escuz pris, lances baissiees

2641 *EH* Car, *M³ADJRkn* Si; *K* destroion, *F* destruons, *AE*
-uisons; *M²* cesz e.; *FMRe* anemis — 42 *F* Si en, *MNR* Sen,
*M²e* E — 43 *M²F* culuert, *N* cuiuert; *n* afflire; *ekR* C. (*D* Cil)
gloton (*MR* -ons, *E* -o) nos u. ocire — 44 *n* a mal; *ekR* Liurer a
d. (*D* a mal); *MR* doel — 45-6 *interv. dans N* — 45 *M²R* Vez;
*LMR* noz f. noz (*MR* et n.) a., *F* uos f. et uos a.; *M²* uez
uoz a. — 46 *F* Vcez, *ekR* Et; *M²Rn* neuou, *Me* -eu; *n* ont o.
— 47 (*AA³*); *ekBR* Or uerre (*R* ucray, *B* uenrai) ie; *N* siurra,
*D* suiura, *R* segra, *F* seguiera — 48 (*H*); *nCL* mon ami,
*M²AA³BDGJRk* son a.; *L* uenchera, *D* uanch. — 49-50 *interv.*
*dans F* — 49 (*AA³BCGHJLR*); *D* a li r. fet s.; *F* A f. li r.
de troie s. — 50 *K* corn; *D* dolyfant, *K* doliphant, *A²* diuoire;
*B* bel et c. — 51 *DM* denuiron — 52 *M²* siet, *M* scet, *N* sot,
*F* soit; *K* C. ni seit; *F* choars; *M²EFRk* gar., *N* garisson,
*D* guerison — 53 *n* La; *F* trouerent; *M²* fels, *n* fel; *ekJR*
Felons les trouent (*D* trueuent, *M* treuuent) — 54 *K* Oimes — 55
*N* toz p., *D* tout p., *F* de p.; *M²F* prim. — 56 (*J*); *M²E* B. o,
*H* B. od, *D* B. a; *C* osset; *ekR* .x. mile, *J* .iij. m.; *F* B. ot ou soi
mil c. — 57 *H* Lor: *M²F* baissees, *M* -iez, *EKN* bessiees, *D*
besiees.

S'entrassemblerent les maisniees :     2645
La veïsseiz estor mortel,

2660    Ja mais nus hom ne verra tel.
Nel porent li Grezeis sofrir,
Le champ lor covint a guerpir :
Jusqu'a la mer ne tindrent place,     2650
Assez perdirent en la chace.

2665    Ja ne tenissent mais conrei,
Quant uns messages vint al rei :
Dircès ot non de Salemine,
Parenz prochains ert la reïne.     2655
Par mi le cors ot une plaie

2670    Que de la mort fortment l'esmaie :
« Laomedon, » fait il, « que fais ?
« Sire, por quei ne t'en revais ?
« Hui cest jor ies morz e traïz,     2660
« Tu seras sempres desconfiz.

2675    « Vez lor gent venir après mei :
« Set mile sont e plus, ço crei.

---

2658 *N* Sentras., *F* Sentresc., *M²* Sentrerasenblent, *E* Sentrencontrerent, *J* Sentrereuinrent, *KR* Sentrereuienent, *M* Sen treuienent (*v. f.*), *A²* Se rassemblerent; *H* Lor uont rescolre lor m.; *M^cF* maisnees, *R* -ies, *A²DKNe* mesniees, *M* -iez (*cf. 2713, etc.*) — 59 *ekR* Lors; *e* ueissiez, *K* ueissez, *FM* ueisiez; *M²* mortiel — 60 *M²* nen, *F* non — 61 *M²* Nes, *M* Ne; *N* porront; *M²* suffrir — 62 *R* l. estut; *M* les escouient g.; *n* La lor conuint lo c. g., *D* Le c. commencent a — 63 *M^cF* Jusque, *E* Desqua; *R* quidient p. — 64 *F* i p. — 65 *D* ni — 66 *M* j. message — 67 (*A²C*); *A* Circes, *D* Dayres, *M* Daire, *J* Dures, *BEHK* Daires; *H* a n.; *M²Rk* Salam., *n* la marine; *L* Qui m'lt sauoit bien la m. — 68 *M²* procheins, *F* -ans, *N* -iens, *EJ* pruichiens; *M²FMR* iert, *DJ* est; *N* raine, *D* royne, *F* roine, *J* reigne — 70 (*M* Que), *M²KRe* Qui, *n* Et; *eknR* forment; *n* sesmaie — 71 *D* dist il, *An* sire; *M²* fas, *D* fes, *E* fez, *M* faiz — 72 (*AA²*); *M²* nen ten reuas; *D* te retres, *E* te retrez — 73 *K* Oi; *F* H. en c.; *eF* es; *M²* trahiz — 74 *K* serras; *M²K* senpres; *D* Tu esteras ia — 75 *N* Voi, *K* Veiz, *DM* Voiz; *F* Voies; *n* la g. u. a. toi — 76 *E* .xx. ·ᵐ· s. si com ie croi.

      « Troie ont prise par traïson,

      « Ja mais nul jor n'i rentreron :

      « Es tors, es murs e es portaus          *2665*

2680      « A plus de mil de lor vassaus ;

      « La vile ont prise e si guarnie

      « Que perdue l'as a ta vie.

      « Part tei de ci delivrement,

      « Si chevauche contre lor gent :       *2670*

2685      « Mieuz est qu'encontre lor ailleiz

      « Que vos ici les atendeiz. »

      Mout fu espoëntez li reis,

      Quant il oï que li Grezeis

      Aveient sa cité saisie :       *2675*

2690      S'il s'esmaia, n'en merveil mie.

      Si grant duel a e si grant ire,

      Ne set que faire ne que dire ;

      Bien veit n'en puet senz perte aler.

      Un graile a fait a tant soner.      *2680*

2695      Sa gent restreint environ sei,

      Mais onc n'en puet sevrer conrei,

      Quar li Grezeis ne li laissoënt,

---

2677 *n* traisons — 78 *JRky* dedenz ; *R* nen ; *M²ADH* ni enter-
ron, *n* ni entrerons (*N* an-), *J* noz nentreron, *E* ne ranterron, *M*
ne uertiron, *K* ne retorron — 79 *F* As t. as m. et as — 80 *n* uas.
— 81 *A* si g. et p. — 82 *n* P. las (*F* lais) tote ta u. ; *A* sans
deuise — 83 *M²* Pars, *DMN* Par — — 85 *FK* Mielz, *EN* Mialz,
*D* Miex ; *H* encontre ; *D* leur, *A* euls, *M* eulz ; *F* eus i alez ;
*ADMJ* ailliez, *EN* -oiz, *R* allieç, *H* ales — 86 *EN* atandoiz, *F*
atendez, *A* -iez, *H* -es ; *DJRk* Que ici (*Rk* uos ci) les atendissiez
(*K* -eiz) — 87 *N* Molz ; *n* est ; *R* espaonteç, *D* espouantez — 89
*F* sa terre — 90 *M²* sesmaie, *N* sesbai, *F* les hai ; *M* ne, *R* na
— 92 *M²* siet, *M* scet — 93 *M²R* sans ; *R* perde ; *D* par autre a.
— 94 *N* graille, *ERk* gresle, *D* grelle ; *ekR* en haut — 95 *n* Ses
genz ; *K* estreint, *EFM* estraint, *R* estroit — 96 *F* anc ; *DRk* M.
ne pot s. (*K* aueir) (*D* puet suiure) son c., *E* M. ne pueent tenir c.
— 97 *nE* lor ; *M²* laisserent, *K* lessoent, *Ne* -oient, *FM* laiss.

Qui de neient nes espargnoënt :
De près lor esteient veisin,                    2685
2700   Sis font morir de male fin.
Li reis, dolenz e entrepris,
Vait encontre ses enemis :
D'ire et d'angoisse, vueille o non,
Li chiet l'eve a val le menton ;                2690
2705   Sa perte veit e son damage,
Por poi que toz vis n'en enrage.
Teus mil en veit vers sei venir,
Qui maintenant l'iront ferir :
Ne puet mais estre en autre sen,                2695
2710   Dès or i perdront Troïen.
Nestor e Castor e Pollus
Les asaillent, ne pueent plus.
Danz Herculès e sa maisniee,
Que mout fu gent apareilliee,                   2700
2715   Les ont devant si aprochiez,

---

2698 *D* neent, *M* ni-, *N* noi-, *K* naient, *E* neant; *M²M* nel, *N* les ; *M²* espargnerent, *eMN* -oient, *K* esparnoent, *R* enparnoient; *F* ne sesparnoient — 99 *AK* e. lor u. — 2700 *M²* Sils funt; *n* Si lor f. traire, *ekR* M. les f. de (*K* a) — 1 *Kn* dolanz — 2 *A* Va, *n* Vint; *FMe* anemis — 3 *R* et a.; *M* ou u.; *E* uuelle, *D* veille, *M²MRn* uoille — 4 *K* cort; *M²* laiue, *F* lieue, *M* liaue; *A* lyaux li c.; *M²E* sor, *ADK* par — 6 *F* Per; *DN* pou, *E* po, *MR* poy ; *n* que uis de duel; *MR* A p. se tient quil (*R* ke il), *K* A peine se t. quil; *D* A par .i. p., *E* A po san faut; *e* que il — 7 *M²A* Tielz, *M* Telz, *C* Teuz, *DN* Tel, *F* Tiel; *kny CR* u. lui (*H* a l., *C* uez l.) — 8 *HM* le uont; *n* Q. liront ia de pres (*F* apres) f. — 9 *Ce* a nes.i. sen; *BJRk* e. m. a (*JM* en) nul sen, *M²AC* autre e. en (*C* a) nuil (*C* nesun) s. (*A* nisun sens); *H* Il ne p. m. e. a n. s. — 10 *N* perdent, *F* perdirent; *M²AC* D. or p. li t. (*A* -ens), *BJRky* Que ni perdent li t. — 11-2 *m.* à *D* — 11 *nHJ* polus — 12 *H* ni, *K* nen, *F* com ; *M* puent, *M²An* poent, *HJKR* porent — 13 *A* Dant, *BRky* Quant; *F* ou sa; *M²* o ses maisnees — 14 *BRky* bien a.; *M²* sunt g. apareillees — 15 *M²* dauant; *n* Li sont d. si aprochie, *ekR* Les uit (*R* uint) d. sei (*e* lui) a.; *M²* aprochez.

Mil confanons i a baissiez.
De plain eslais lor corent sore,
Mout en ociënt en poi d'ore.
Cil furent las, cist furent freis ;                    2705
2720   Enclos les orent li Grezeis :
Derier les fierent e devant,
Mout en ociënt maintenant.
Mout i oïsseiz granz criëes
E granz retenteïz d'espees.                             2710
2725   Sor un cheval sist Herculès,
E si n'orra parler jamais
Nus hom de tel ne de son per :
Pro vos en porreit om conter,
Mais a peines creü sereit                               2715
2730   Come il fu nez ne qu'il valeit.
Iriez, le brant d'acier nu trait,
S'embat es presses, si lor vait :
Fiert e chaple, bote e empeint,
Tot detrenche quant qu'il ateint ;                     2720
2735   Dous meitiez fait d'un chevalier.

---

2716 *M²DKR* gonf.; *MRe* ot b. — 17 *M* li — 18 *A* Cil en
ocistrent; *DN* pou, *E* po (*de même partout*) — 19-22 *m. à D* —
19 (*H*); *A* C. f. mort; *M²BJMRn* cil f. f. — 20 {*HJ*}; *N* Anclos ;
*B* De toutes pars murent grigois ; *A* griiois — 21 (*H* derier), *M²K*
Detries, *EM* Derriers, *AB* -ier, *J* Deriers, *N* Desriers, *F* De-
rieres *et R* Darrieres (*v. f.*); *M²* dauant — 22 *K* .M. en — 23 *n*
oisses, *Me* -iez; *H* oist on g. espees — 24 *n* grant; *kyR* Et reten-
tissemenz (*M* -ens, *HK* -ent) — 25 *M* Lor, *N* Cil, *M²* En — 26
*K* Mes nus norra, *MR* M. uous norrez, *e* De tel n.; *M²* nus hon
ia mes — 27 *M²* Parler; *Rk* De tel cheual, *e* De si uaillant — 28
*n* Trop, *M²* Prou ; *n* len c.; *ekR* Assez uos en puet on (*K* len, *e*
en) c. — 29 *M²K* peine, *N* poines ; *eF* creuz — 3o *M* Comme,
*eKR* Coment— 31 *M²* *K* lo b., *EN* le branc; *N* nu dacier t.; *Rk*
a t. — 32 *M²N* Senbat; *ekR* Por la greignor (*K* grai-, *R* grant)
p. sen u. — 33 *F* caple; *M²* enp., *N* enpoint — 34 *eN* quanquil ;
*N* atoint — 35-6 *interv. dans ekR* — 35 *N* mitiez; *E* Don
naure sont maint c.

Si granz cous fiert del brant d'acier,
Entor lui muerent e fenissent,
Tote la place li guerpissent.
Tant a venu, tant a alé,                              2725
2740    Laomedon a encontré.
Il ne l'ala plus loing querant :
Si grant li a doné del brant
Que la teste li a tranchiee,
Veiant le mieuz de sa maisniee.                       2730
2745    Quant il virent mort lor seignor,
Onc puis ne pristrent d'eus retor :
Chascuns de sei guarir se peine,
Dès qu'il furent senz chevetaine;
Le champ guerpissent maintenant,                      2735
2750    Vers la vile s'en vont fuiant.
Mais devant lor sont li Grezeis,
Qui les abatent treis e treis.
Jo qu'en direie ? A grant dolor
Furent mort e destruit le jor ;                       2740
2755    Laomedon i fu ocis,
Poi eschapa des autres vis.
    Quant partie fu la meslee

2736 *n* Si grant cop ; *M²* coups, *K* cols, *M* cops, *e* cox; *ekR* Tex
c. i f. — 37 *F* muirent, *K* muorent — 38 *m. à F* — 41 *ekBR* nel
(*R* ne) uait (*BR* ua) pas; *K* quierant — 42 (*M²R* Si grant), *C* Si
g. cox (*v. f.*); *ABJNky* Tel cop (*K* colp); *J* de b.; *n* li done de
son b. — 43 *M²* trenchee, *F* tranchee, *N* -iee — 44 *DRk* le plus;
*N* miauz, *E* mialz, *F* mielz; *M²F* maisnee — 45 (*JL*) ; *H* uoient;
*kR* lor s. m. — 46 *FR* Ainc, *K* Unc, *JN* Ainz, *E* Einz; *JRky* nus
dels ni (*J* ne) prist; *N* restor, *kR* confort — 47 (*C*) ; *A* C. deuls
de g.; *BJRky* C. pense de sei g.; *D* guerir (*forme ordinaire*)
— 48 (*C*); *A* norent nul c.; *BJRky* Quant uirent lor seignor (*D*
lor s. u.) fenir (*MRy* mourir) — 51 *M²F* dauant; *n* aus s. li g.,
*e* s. uenu g.; *kR* D. lor s. u. g. — 52 *M²n* Que, *R* Ke; *K* ocient;
*R* dox et trois — 53 *EHRk* Plus; *F* diroge; *K* que diron —
56 *F* Pou, *M* Poy; *F* escampa; *EK* i, *DMR* en; *Re* remest, *K*
remist, *M* remaist — 57 *ekBJR* departie est (*M* d. fu), *L* departi
fu; *DJ* mellee.

E la bataille fu finee,

En la cité trestuit entrerent : 2745

2760 Onques contredit n'i troverent.

De femmes e d'enfanz petiz

I ert trop granz li ploreïz;

Es temples as deus s'en fuieient,

Quar aillors guarir ne saveient. 2750

2765 Mainte dame, mainte pucele,

Mainte borgeise riche e bele

Veïst om foïr par les rues,

Paoroses e esperdues :

En lor braz portent lor enfanz. 2755

2770 Tant par i esteit li dueus granz,

Onques ne fu en nul lieu maire,

Ne nus nel vos savreit retraire.

Totes ont les maisons guerpies

Pleines de riches mananties : 2760

2775 Mout en troverent li Grezeis.

Bien i esturent plus d'un meis :

Maint riche aveir, maint bon tresor

De pailes e d'argent e d'or,

2758-2922 m. à G — 59 e tuit sen e., *M*²*Rk* par force e. — 60
*K* Unques — 61 (*M*² femmes), *Men* fames, *K* femes — 62 *M*²
iert, *ekR* fu ; *M* ml'ı; *FM* grant — 63 *F* As t.; *M*² fuieient, *R*
fuioent, *en* -oient, *M* fuient — 64 *n* pooient — 66 *n* cointe et b.
— 67 *M*² lon, *M* on, *FK* len, *DN* en, *E* an ; *M*² fuir ; *B* parmi
(*v. f.*); *E* cez, *B* ces, *D* ses — 68 *BM* Paoureuses, *e* Poor., *N*
Poeroses, *M*² Poor., *F* Spoentouses — 69 *D* sor — 70 *M*² Tant,
*H* Ml't; *D* Car trop p. e.; *M*²*FM* duelz, *DHJK* dels, *EN* diax;
*A* le duel ; *n* Mout fu li d. et fiers et g. — 71 *M*² Conques; *n* Si
conques (*F* Si qe auques) ne fu nus diax (*F* daus) m.; *M*² lue,
*eKR* leu — 72 *FR* ne; *MRe* porroit — 73 *L* sont; *M*² sunt
(*forme ordinaire*); *M*²*Fk* maisons, *e* mes. — 74 *En* Plaines (*F* -e),
*D* Plainnes ; *N* manencies, *F* -ties, *M* -dies ; — 75 *n* i t., *M*² en
i trouent — 76 *L* Et p. i e.; *F* estairent; *N* du — 77 *M*² buen,
*A* grant; *F* tesor, *M*² thesor; *KL* M. grant a. et m. t. — 78 *L* Et
p. et a. et or ; *FL* pailles.

E mainte pierre e maint anel,          *2765*
2780  E d'or et d'argent maint vaissel,
Et maint cheval e maint ostor,
E maint riche drap de color
En porterent en lor contree.
Trestote ont la vile guastee,          *2770*
2785  Les fortereces ont fondues
E les riches tors abatues :
Onc n'i remest meison entiere
Ne mur ne temple ne maisiere,
Ne bon palais ne bel maneir.          *2775*
2790  Des femmes firent lor voleir :
Assez i ot des vergondees,
Sin ont des plus beles menees.
La fille al rei, Esiona, —
Ja mais plus bele ne naistra,          *2780*
2795  Ne plus franche ne plus corteise,
Grant ire en ai e mout m'en peise, —
Cele en a Telamon menee :
Danz Herculès li a donee,

2779-80 *placés dans* nL *après* -82 — 79 (*AJ*); *CFL* Dor et dar-
gent — 80 (*AJ*); Et *m. à CM*; *F* Et mainte piere et m. uaisel ;
*C* uasel — 81 (*AJL*); *M²* oztor, *F* astor — 82 *L* Et m. d. r. — 84
(*B*); *M²* Tote o. ; *nLM* Tote la u. ont g. (*L* degastee), *ky·BR* Tres-
tote (*M* Tote) ont la u. (*EM* la u. o.) r. — 85 *M* ronpuez — 87 *K*
Unc, *n* Anc, *R* Ainc, *M* Onques, *E* Einz; *R* ne; *F* remist; (*E* mei-
son), *n* maisons, *M²* meis., *K* mesons, *M* -on, *D* mesiere — 88
*DKn* murs; *R* temples; *M²ER* meisiere, *K* me-, *M* ma-, *F* mai-
sere, *D* quarriere — 89 *eM* bons, *F* buens, *N* boens, *K* buen; *e*
pailes, *M²M* palaiz, *K* pales; *F* buens, *N* boens, *EK* bons, *DMR*
biax; *M²* manoir, *nM* -oirs, *R* men., *e* auoirs — 90 *n* fames, *ek*
dames; *M²* uoloir, *K* uoleirs, *enMR* -oirs — 91 *ekR* en i ot (*K*
out , *R* oit, *e* ont) u., *n* en ont des u.; *M²* uergoindees — 92 *MNe*
Sen; *K* en lor pais m.; *A* Des p. b. en ont m. — 93 *F* ensyona,
*EMN* es., *K* ysiona, *D* esioona — 94 (*AA²*); *ekR* ne sera — 95 *n*
p. simple, *M* p. bele — 96 *n* forment; *K* me; *A G.* doleur est
et m. len p. — 97 *F* thelemon, *M²DNRk* thelam., *E* -ons.

Por ço qu'en Troie entra premier.     2785

2800    N'en ot mie mauvais loier,

E s'il a femme l'esposast,

Ja guaires donc ne m'en pesast ;

Mais puis la tint en soignantage,

Ço fu grant duel e grant damage.     2790

2805    Quant lor buens orent acompliz

E li navies fu guarniz,

Es nes entrerent a grant joie,

Puis partirent des porz de Troie ;

Par mer siglerent e nagierent     2795

2810    Tant que en Grece repairierent.

Grant joie en firent lor ami

E trestuit li autre autresi.

Granz graces ont as deus rendues

De ço qu'ont victoires eües :     2800

2815    Mout lor ont faiz granz sacrefises

---

2799 (*ACGL*); *F* prim., *A²Rky* premiers — 2800 (*ACGL*);
*BJRky* Ne fu pas malues (*J* poures) li loiers (*k* cheualiers, *R*
keu.), *A²* Ne fu mie m. l. — 1 (*A²*); *R* Et se, *e* Se il; *enM* fame,
*K* feme (*de même partout, sauf avis contraire*) — 2 *A²* développe
*e 3 v.*: Ne por autre ne la laissast Dunc alast mielz mais nel
faisoit Ainc esposer ne la voloit; *M²* doncs; *A* g. ne li em p.;
*JKR* Ja de noient (*R* nient), *M* Ja de rien (*v. f.*); *e* Esyona pas
nen p. — 3-4 *m. à D* — 3 *AA²BJRky* M. il; *K* tient; *R* a; *K*
soin-, *F* son-, *J* sengnantaige — 4 *A* Dont ce fu d.; *F* duels; *N*
granz diax; *BHNRk* Sin (*K* Si) fist honte son bon (*K* buen)
lignage, *EJ* Si en f. h. (*J* fit grant h.) a s. linage — 5 *M²MRe*
bons — 6 *H* nauie; *D* naurez furent gueriz — 7 *N* neis; *kyR*
Enz sen (*H* en) — 8 *K* si; *Ny* del port — 9 *n* n. et s. — 10 *Fk* T.
quen *et R* T. Quez (*v. f.*); *M²* T. quen g. sen repairerent; *n*
ariuerent — 11 *M²* i f.; *A* ont fet de lor; *AC* amis — 12 (*HJ*);
*BCDRn* Et tuit li a., *M²* Et cil del pais, *A* Tuit cil qui erent; *AC*
del pais — 13 (*BHJR*); *An* Grant; *A* grace en ont; *F* dieus, *les
autres mss.* dex; *ACn* rendue — 14 *M²* Por ce; *ACn* De ce qil
ont uictoire eue (*N* aue, *F* ehue), *EHM* Des u. quil ont eues,
*DKR* Des auentures quont e. — 15-6 *m. à M* — 15 *M²FR* fait;
*K* en font biax.

E voz renduz e granz servises.
Mout ont granz aveirs departiz
A lor peres e a lor fiz;
Tant en donent a lor maisniees          *2805*
2820   E as prochains de lor ligniees,
Onc puis povreté ne conurent :
Riche, asazé e manant furent;
De Troie e de sa manantie
Fu tote Grece replenie.          *2810*
2825       Or vient uevre, s'est qui la die,
Ja mais teus ne sera oïe.
L'uevre e la chanson vos ai dite,
Si com jo l'ai trovee escrite,
Saveir par com faite acheison          *2815*
2830   Avint ceste destrucion.
Par assez petit d'uevre mut,
Mais mout par monta puis e crut :

2816 *M²* uouz ; *E* Et granz enors — 17 *D* Mont (*forme cons-
tante*); *F* grant auoix; *kR* M. g. a. o. d. — 18 *Mn* parenz; *F*
ailor — 19 *F* ailor; *M²FR* maisnees, *N* mes-, e mesniees, *k*
-ies — 20 *M* a; *M²F* procheins, *EN* -iens; *M²* lignees, *k* -ies, *n*
contrees — 21 *EJ* Ainz, *H* Ainc; *DJK* cognurent, *E* recurent,
*M* norent (*v. f.*); *M²A²n* Que (*A²* Quil) onques puis poure nc
furent — 22 (*M²* asaze), *DMR* essaucie, *EH* formant, *K* uassax ;
et m. à *M²M* (*v. f.*); *M* menant; *C* Por les granz donz que il re-
cheurent, *n* Mout en essaucierent et crurent — 23 *M²E* la ; *N*
manencie, *F* -tie, *M* menantie — 44 *D* grace replanie — 25 *K*
Ore; *EH* oeure, *D* hueure, *M²Rkn* oure — 26 *M²* tiels, *F* ticus,
*KNRe* tex, *M* tele ; *M²* nen; *ekR* ne s. t. — 27 *M²kn* Loure, *e*
Lueure, *R* Leure ; (*Cn* la chanson), *M²* lachaison, *K* -eson, *JLe*
-oison, *MN* lacoison, *H* laquoison, *A²B* locoison; *J* L. lach. — 28
*kBR* ele (*M* el) est a troie e. (*R* troue et scrite) — 29 *n* por;
*M²F* achaison, *N* acoison; *KRy* Dont, *M* Donc; *kR* uint, *y*
mut; *kyR* et quels (*K* kel, *E* quex, *D* qex, *M* de quoy) fu (*H* est)
lachesons (*DR* -oisons, *M* lacoison, *H* la raisons) — 30 *M²N*
destruction, *F* -ccion; *kyR* Por (*y* Par) quei (*D* que) fu la (*R*
fu de troie la) destructions (*ER* -uccions, *D* -uicions, *M* des-
truction) — 31 *M²F* doure, *ekR* mesfet — 32 (*C*); *An* M. assez
(*N* as.); *ekR* m. lueure.

Onques chose, si com jo truis,  
A tant n'ala ne ainz ne puis,               *2820*  
2835    Quar d'icel tens tuit li meillor  
En furent mort a grant dolor.  
Por assez petit comença  
La guerre, que tant puis dura ;  
Mout par en fu l'uevre dotose,         *2825*  
2840    E la fin en fu dolorose.  
Or est la chose comenciee,  
Que mout sera griefment vengiee ;  
Mais li respiz al vilain dit,  
Qui onques de rien n'i faillit :       *2830*  
2845    Teus cuide sa honte vengier,  
Cui en avient grant encombrier.  
Mais ço puet or bien remaneir.  
Qui la chose voudra saveir,  
Si atende : nos li dirons,           *2835*  
2850    Solonc ço qu'el Livre trovons,  
Com faitement iço ala,

---

2833 *K* Unques — 34 *ekR* Ne monta tant; *n* nauant — 35 *N* de ce, *F* a cel, *D* en cel, *R* de ciel — 36 *e* mis a; *K F.* ocis — 37 *K* Par; *M*ˀ Por poi dachaison conmenca — 38 *M* p. t. — 39 *M*ˀ*N* loure, *F* loeure; *ekR* Al comencier fu molt d. — 40 *ekR* fins; *F* Et en la fin mout, *N* En la f. fu m.; *N* dolerose, *ekR* perillose — 41 *M*ˀ commencee, *Fk* comencie — 42 *ek* griement; *n* Qui asprement s.; *M*ⁿ uengee, *Fk* -ie — 43 *nA*ˀ*C* li reproche (*A*ˀ -ce), *A* le reprouche ; *M*ˀ*ACn* au; *CF* uilan, *N* -ein; *BJRky* li prouerbes dit molt bien — 44 *A* de mot; *C* ne falit; *nA*ˀ Ou nus (*A*ˀ on) ne troue contredit; *BJRky* ni (*BKRe* ne) failli de rien — 45 *M*ˀ Que tiels c. son duel u.; *F* Tieus, *JKRy* Tex, *M* Tel; *K* quide; *D* venchier — 46 (*C*); *M*ˀ Qui porquiert son g. encombrer; *F* auint; *JRky* Qui (*R* Kil) se met plus (*e* p. se m., *H* puis en uient) en (*HK* a) lenconbrier (*HM* enc.) ; *A* destourbier — 47 *F* poit; *J* b. or — 48 *F* Qe — 49 *M*ˀ Sil i entent; *ekNR* entende; *n* et nos d., *ekR* que nos d.; *M*ˀ diron — 50 *M*ⁿ*MR* Selonc, *e* Selon, *K* Solon; *H* Ensi comel; *R* ce quil; *C* ce qi; *M*ˀ trouon; *D* S. ce que nos trouerons, *n* Si com el l. la trouons — 51 *M*ⁿ*N* ice, *ekR* la chose.

Qui perdi e qui guaaigna,
Qui fu ocis e qui ocist,
E saveir qui venjance prist ;      *2840*
2855 Qui fu riches e qui fu proz,
E qui fu plus loëz de toz,
E qui fu tenuz al plus sage,
E qui de plus hardi corage,
E qui i reçut greignor pris.      *2845*
2860 Iço que j'en l'Estoire en truis
Me porra oïr reconter
Qui bien me voudra escouter.      *2848*

RECONSTRUCTION DE TROIE ; AMBASSADE D'ANTÉNOR EN
GRÈCE POUR RÉCLAMER HÉSIONE.

Laomedon un fil aveit,      *2851*
Qui riche e sage e pro esteit :

2852 *n* Qui i p. qui ; *F* gaagna, *les autres mss.* gaaigna — 54
*kR* Et qui puis la u. p.; *M²e* en p. — 55 *K* Q. fu malueis; *e*
prouz — 56 *EN* p. fu, *kDHR* li p. — 57 *kyR* Qui (*MR* Cui) len
(*H* on) tint plus a prouz (*R* prou, *DM* preuz, *EH* preu) a (*K* et) s.,
*n* Qui fu plus biax (*F* biaus) et qui plus sages (*F* saiges) — 58
*kyR* plus ot; *F* fu plus de ardiz, *N* p. de hardiz; *n* corages — 59-
60 *interv. dans JRky* — 59 *F* qi recuit ; *M²* E q.r. le; (*M²n* grei-
gnor), *A* meilleur; *HJKR* Vos dirai se ie (*K* gie) sai et puis, *M*
V. d. ie se ie p., *E* V. d. se fere le p.— 60 *A* Et ce;*M* que ie en ;
*AEH* q. en, *K* quen; *H* lestore, *M* hystoire; *M²ADHJM* sup-
*priment* en *dev.* truis; *n* ie el liure lis — 61 (*C*); *M²* Men, *F* Ne, *K*
Jal, *e* Ja, *A* I ; *M²* recontier, *ADR* raconter; *HL* Ja le p. (*L* En p.
len) o. conter — 62 (*AC*); *H* mi; *M²F* escoutier, *K* escolter, *N*
escoter; *BDJRk ajoutent ces 2 v.* : Je (*K* gie, *R* Ge) li dirai ia tel
merueille Onc (*R* Ainc, *J* Ainz, *BK* Ja) nus hom (*J* hons) (*D* On-
ques nus) noi (*R* noy, *J* noit, *K* norra, *B* nora) sa pareille, *et EH*
*ces 2* : Ja len (*H* Jo li) d. ia (*E* tot) mon corage Ainc (*E* Ainz)
nus noi si grant domage (*je ne donne plus les variantes graphi-
ques peu importantes que pour M²*) — 63 *F* Laum.;*M²R* fiz, *k* filz
— 64 *n* proz; *M²* Q. mout saiues e prouz, *ARek* Riches sages
(*R* saiues) et prouz.

2865     Icil ert apelez Prianz,
        De sa femme aveit uit enfanz.
        En ost esteit loing del païs,         *2855*
        Ou sis pere l'aveit tramis :
        Un chastel aveit asegié.
2870     Quant il li fu dit e noncié
        Que Troie esteit e la contree
        Tote arse e destruite e robee,         *2860*
        E sis pere ocis e sa mere
        E ses sorors e tuit si frere,
2875     Fors une, dont ert grant domage,
        Qu'en esteit menee en servage ;
        Quant la novele fu seüe         *2865*
        E Priamus l'ot entendue,
        S'il ot dolor, nus nel demant :
2880     Rien que vesquist n'en ot si grant.
        Assez plora e fist grant duel :
        Iluec vousist morir, son vuel.         *2870*
        Mout a son pere regreté
        E sa valor e sa bonté :
2885     « Laomedon, chier pere, sire,

---

2865 *n* Et cil ert, *ekR* Et (*D* Qui) esteit; *M*²*F* iert; *M* A. e. p.
— 66 *M*²*K* oit, *D* .vij.; *R* auoi ot — 67 *e* host; *M* loig, *n* fors
— 68 *M*²*KRen* ses ; *enK* percs; *M* son perre ; *D* promis — 69
*M*²*DN* asegie — 70 *kR* Et q. co li fu annoncie, *e* Et q. ice li fu
noncie — 71 *ek* et tote la c. ; *RKe* tote t. et la c. — 72 *ekR* Esteit
d. a. et r. (*M* d. et toute r.), *M*²*N* A. e d. et r., *F* A. d. et dero-
bee) — 73 *M*²*KRen* ses ; *M* son pere — 75 *M*² iert, *n* fu ; *N* granz ;
*ekR* F. cune (*K* une) sole la plus sage — 76 *M*² Quin, *eknR* Qui ;
*ekR* en fu — 78 (*A*²); *ekR* Et cil prianz — 79 (*A*²*C*); *DRk* grant
duel, *E* peor ; *A* nul — 80 *M*²*ACn* Riens; *C* qui uiue nen ot mes
tant, *n* qi soit uiue nen ot tant; *A*²*DHJRk* Onc (*R* Unc, *J* Ainz)
mes (*H* Car ainc) nus hom, *E* Onques mes h. ; *A*²*JKR* ne lot, *M*
not, *M*²*A* not onc — 81 *A* Adonc; *H* et si f. doil — 82 *n* Lores,
*A* Alors, *C* Adonc; *ekJR* Tot maintenant fust mort (*E* morz),
*H* Aincois morust iloc ; *D* ueil, *J* voil, *F* uel, *LM* voel, *K* uol
— 85 *M*² chers; *ekR* Et dist l. biau s.

« Tant a mon cuer mis en grant ire
« Qui vos a mort, ja mais nul jor                2875
« Ne porrai vivre senz dolor.
« Onc mais ne fu faiz teus outrages :
2890    « Meie est la honte e li damages;
« Poi pris e aim tote ma vie.
« Haï! bone chevalerie,                          2880
« Come estes morte en poi de tens !
« Bien devreie perdre le sens :
2895    « Tenir se deit por confondu,
« Qui tel damage a receü.
« Haï ! la noble gent de Troie,                  2885
« De vos parti a si grant joie!
« Come estes a honte eissilliee,
2900    « Morte e ocise e detrenchiee !
« Franches dames, franches puceles,
« Tant par a ci freides noveles !                2890
« Tant sont malement departi
« De vos vostre riche mari!
2905    « Voz fiz, voz freres, voz nevoz
« E voz amis les beaus, les proz,
« Toz les ont li Grezeis ocis                    2895

2886 *M*² cors; *n* an martire — 87 *ekR* Pere qui u. a m. n. i.
— 88 *ekR* Ne uiurai mes s. grant d. — 89 *M*² Ainc, *F* Anc, *E*
Ainz; *DK* fet tel, *F* fait tiels, *M* faiz tel — 90 *N* Miens, *F* Mieus ;
*M*² lonte, *R* la onte; *n* li diax et li (*F* les) hontages — 91 *F* Pauc
— 92 *DKN* Ahi, *F* Hay, *M* A las (*de même v.* 2897) — 93 *M*
Ml't, *D* mort — 94 *n* mon s. — 95 *ekR* a c. — 96 *eMR* dom.,
*D* doumache (*de même ordinairement*) — 97 *ekR* tres n.; *n* genz —
99 *eMR* Or, *K* Ore; *M* iestes; *M*² eissillee — 2900 *M*² detren-
chee — *Après* 2901, *ElI aj. 4 v.* : Ml't estiez gentes et beles Vostre
biautez est ore esteinte Ceste nouele nest pas feinte Por uos me
duel franches puceles — 2 *F* T. por i a ci, *M*²*AC* T. a ici — 4 *N*
De nos; *K* u. charnel ami — 5 *kyJR* Vostre frere uostre (*R* e
uestre) neuo (*J* neuou) — 6 *M*² les beus les prouz; *yJMR* Et
uostre ami li bel (*J* biau) li preu (*J* prou), *K* Vostre mari li biau
li pro, *n* Et uoz autres bons (*F* buens) amis toz — 7 *M* greiois.

« E eissillié le bel païs.

« Tote ont destruite la contree

2910   « E ma soror en ont menee :

« Bien sai vilment la tendra cil

« Qui l'en a menee en eissil.                    *2900*

« Ha ! las, com puis de duel morir!

« E coment puis jo ço sofrir ?

2915   « Com porrai jo mais joie aveir ?

« S'eüsse force ne poëir

« Coment j'en preïsse venjance,                  *2905*

« Ço me donast grant alejance ;

« E se Deu plaist, ainz que jo muire,

2920   « Lor cuit jo tant forfaire e nuire

« Dont il avront assez que plaindre :

« Ne puet la chose anceis remaindre. »          *2910*

Ses genz mande, ne tarja plus,

Tant come il en puet aveir plus,

2925   E ses veisins e ses amis,

Si chevauche vers son païs.

---

2908 *M²* E cisiliez del — 10 *ekR* Et sen (*K* si) o. ma s. m.; *M*
soreur, *D* serour, *les autres mss.* seror — 11-2 *interv. dans n* —
11 *n* Qui or la tanra assez uil — 12 *n* Cil ; *F* exil, *NRek* essil —
13 *M²M* A l., *K* Ah l., *F* Ahui, *N* Ahi — 14 *M²* Ne, *KER* Mes ; *N*
p. ice, *F* ie le p., *ERk* le p. ie ; *D* C. le porrege s. — 15 *F* porais ;
*N* ia mes, *F* m.; *Rek* Coment p. m. — 16 *F* ni — 17 (*AC*); *M²*
Com ie en; *L* Com en p. la u., *BJRky* Que u. en poisse (*BDJM*
peusse) prendre — 18 (*A*); *C* A mi redonast; *M²C* g. leiance; *F*
Si neusse g. aligrance, *LN* Gen ausse g. alegence (*L* ml't grant
ioiance), *BJRky* Encor (*K* Onquor) peusse (*EK* poisse) ioie
atendre — 19 *E* Mes; *K* de; *F* moire — 20 *F* aut ie; *D* sorfaire,
*M* faire — 21 *EN* Dom; *n* a p.; *ekR* D. il reporront duel aueir
— 22 *F* poit; *G* ainsis, *L* einsint; *kR* remaneir, *E* remenoir; *D*
ainz r. — 23 (*A*); *enkR* manda ; *tous les mss.* tarda — 24 *m. à G*;
*N* pot, *F* poit; *eMR* Et dit (*R* dis) quil (*DR* que) ni remaigne nus,
*K* Dist que ni en remandra nus — 26 *n* Puis; *ekR* Cheualche
(*D* Cheuaucha) droit uers (*K* en).

Sa femme ovuec sei en mena,                    *2915*
Que aveit a non Ecuba.
Bele dame ert, proz e vaillanz,
2930   Si aveit del rei uit enfanz,
Les cinc vaslez, lez treis meschines :
Dignes fussent d'estre reïnes.                  *2920*
Hector ot non li ainz nez fiz :
Onques plus proz ne fu norriz ;
· 2935   Tant fist de sei, tant ot bonté,
Toz jorz en sera mais parlé.
Li autre après ot non Paris :                   *2925*
Cil fu mout beaus e de grant pris.
Li tierz ot non Deïphebus,
2940   E li quarz après Helenus :
Cil fu devins, deviner çot ;
Mout par fu sages, grant sen ot.                *2930*
Li quinz Troïlus aveit non :
Gent ot le cors e la façon,
2945   Trop fu de grant chevalerie ;
Assez sera avant oïe

2927 (*M²K* femme) ; *M²* E sa f. o s.; *N* auoec, *AFGK* auec ;
*GKn* lui ; *GN* amena ; *eMR* Sa f. ensemble o lui (*R* ans. lui)
m., *M²* E sa f. o s. ; — 28 *DFM* a. n.; *D* dame E. ; *F* nom (*de
même* -33, -37 *et* -39) — 29 *M²* Cele ; *M²F* iert ; *M²* prouz ; *ekR*
Molt par ert (*K* fu) p. molt ert (*D* fu) u. — 3o *n* Ele a.; *nA²DJ* de
lui ; *A* Du roy ot eu ; *M²C* oit, *Ay* .vij. — 31 *D* uallez, *N* ualez,
*K* uallet ; *Ay* les .ij. — 32 *R* fussient, *F* foissent — 33 *e* Hectors ;
*M²* lainz ne de f., *D* son a. nez f. — 34 *M²* p. prouz, *k* miel-
dres, *R* mieldre — 35 *ekR* ll (*D* l) f. de s. tante b. — 36 *eK* A
(*e* Qua) toz i. en s. (*E* mes en ert) ; *MR* m. en s. — 37 *kyJR* Et
li autres ; *A* Lautre a. ot a n. — 38 *F* Qi mout fu biaus ; *E* hauz ;
*n* et bien apris — 39 *DNRk* Deyph., *E* deifebus, *F* dieph. — 40
*en* ot non ; *BMRn* elenus, *A* enulus — 41 (*A*) ; *BRek* Cil (*MR*
Cist) helenus (*BMR* el.) ; *F* diuins diuiner — 42 *Ln* Cil (*F* Et) fu
m. s., *M²* saiues ; *A* grans ; *M²BL* sens ; *BKRe* De merueillos
(*R* -es) sen (*B* sens) home i ot, *M* Merveilleuz senz dome i ot —
43 (*AC*) ; *KLNe* troylus ; *M²* ot a n. ; *L* Et li q. t. ot n. — 44 *D*
Gente ; *M²* faicon — 46 *F* serra ; *ekR* Ca auant iert (*E* ert) a. o.

La merveille qu'il fist de sei ;      *2935*
Cil ot le pris de maint tornei.
Des treis filles ot non l'ainz nee
2950 Andromacha : mout fu senee,
Mout fu bele, mout fu corteise,
Mout ama honor e proëise.      *2940*
Cassandra ot non cele après :
De deviner sot cele adès.
2955 Polixena fu la puis nee :
Mais a Troie n'en la contree,
Ço vos di bien de verité,      *2945*
N'ot onc femme de sa beauté.
Ço dit l'Escriz, que trente enfanz
2960 Aveit ancor li reis Prianz,
Qui esteient bon chevalier,
Mais n'erent mie de moillier.      *2950*
    O tant de gent com li reis ot,
Vint a Troie come il ainz pot.
2965 La cité trova eissilliee
E la gent morte e detrenchiee ;
Tot trova ars, guast e fondu,      *2955*
Robé, maumis e abatu ;

---

2947 *ekR* Et la ualor (*D* ualours, *M* -eurs) quil ot en s. — 48
*M*² Cist — 49 *ABn* De ; *e* Des .ij. ; *J* leinnee — 5o (*AC*) ; *M*² An-
dromagua, *M* -ca ; *n* la plus s., *BJRk* fu (*J* fut) appelee ; *y* Cas-
sandra (*D* Cascendra) mes ml't fu s. (*H* en cele contree) — 52 *BEN*
prooise, *M* proise, *F* proisse, *D* proesse, *A* -sce, *J* proeise — 53 *F*
Cansandra ot n. l'autre a., *D* Cassendra ; *e* fu ml't de grant pes —
54 *R* Adeuiner ; *AF* s. ele, *K* sauoit ; *e* Si sot de d. a. — 55 *F* Po-
lixenain, *L* Poll. ; *ekR* mainz (*K* meins) n. — 56 *n* an t. — 57-8 *interv.*
*dans E* — 58 *R* ainc, *E* ainz ; *Dn* Nauoit f. (*F* dame) ; *M*² beute —
59 *e* lescrit (*m. à M*) ; *nK* Li e. d. — 6o *K* onquor, *eK* encor ; *D*
pryanz — 61 *K* buen, *M* boen — 62 *nK* pas de sa m., *MR* p. tuit
de m. ; *e* Mes nestoient p. de m. — 63 *ekn* A ; *R* genz — 64 *M*
plus tost quil p. — 65 *F* troue ; *M*² eissillee, *F* eisilee — 66 *M*²
detrenchee — 67 *n* T. tot ; *F* arse gaste fondue ; *M*² g. confundu ;
*kR* ars et c., *e* a. et abatu — 68 *F* Robce et maumisse et abatue ;
*M*² Roube malmis.

Onc n'i trova meison entiere,
2970 Ne tor ne temple ne maisiere.
Les premerains treis jorz plorerent,
Que de viande ne gosterent. *2960*
Por les ames de lor amis,
Qui aveient esté ocis,
2975 Firent as deus granz sacreflses,
Si com dreiz ert, e granz servises.
Après, ne tarja pas grantment, *2965*
Prist conseil Prianz o sa gent
Que la cité restorereit,
2980 Meillor e plus grant la fereient,
E plus defensable e plus fort,
Qu'il ne criengent orgueil ne tort *2970*
Ne mauvoillance de veisin,
Ne vers rien ne seient aclin,
2985 Ne de Grezeis n'aient dotance :
Après porront prendre venjance
Del damage qu'il lor ont fait. *2975*
Ne firent mie trop lonc plait :
Ovriers quistrent, assez en orent
2990 E, a l'anceis qu'il onques porent,
Comencierent le marbre a traire

2969 *K* Unc, *F* Anc, *E* ainz — 70 *M²* meisiere — 71 *M²* pre-
meirains — 72 *M²* Quonc — 73 *F* Por le amor — 75 *n* Si (*N* Se)
f. as dex s.; *ek* sacrefices, *F* sacrif. — 76 *DRk* est; *M²* E si cum
d. iert lor s., *n* Granz loanges et granz s. — 77 *K* Enpres; *tous
les mss.* tarda; *F* puis — 78 *F* Prist p. c., *ENRk* P. prist c., *D*
Pryanz c. prist; *eknR* a — 79 *M²* restorereient, *F* restoieroit —
80 *M²* fareient — 81 *M²MNRe* desf. — 82 *n* Qi; *D* criembret, *E*
crienbroit, *N* crinboit, *F* creme, *K* crieme, *R* crime, *M* craine ;
*M²* ergoil, *M* or-, *N* orguoil, *EK* orguil — 83 *M²NKek* malu.;
*M²D* ne u. (*D* voisins) — 84 *ekR* Ne ne seient (*E* seront, *D* seroit)
u. els a. (*D* aclins); *FM* enclin, *N* an- — 85 *N* des — 86 *F*
poroient ; *ekR* Puis en p. (*D* porroit, *E* iront); *M* querre, *R* que-
rer — 87 *F* qi; *ekR* Que (*e* Car) grant d. lor (*D* li) o. f. — 88 *K*
Ni — 89 *M²* Ourers, *F* Ouures — 90 *n* Et il al ainz (*N* ancois) —
91 *M²* Conm.; *F* mambre.

E la cité tost a refaire.                               *2980*

Ço truevent bien li cler lisant,

E ancore est aparissant,

2995   C'onques en terre n'ot cité

Que la resemblast de beauté

Ne de grandor ne de largece                             *2985*

Ne de plenté ne de richece.

Riche i sont fait li fondement

3000   E l'uevre que desus s'estent :

Mout la troverent deguastee,

Mais cent tanz mieuz l'ont restoree ;                   *2990*

Mout la refirent bele et gente.

Mout i mist Prianz grant entente :

3005   Mout la fist clore de bons murs

De marbre hauz, espès e durs ;

Mout en erent haut li terrier.                          *2995*

Al meins le trait a un archier,

Aveit granz tors tot environ,

3010   Faites de chauz e de sablon.

De marbre fin e de liois

Jaunes e verz, indes e blois,                           *3000*

---

2992 *e* toute a; *K* retraire — 93 (*J*); *N* Tot ce t.; *M*ᵃ*KN*
trouent, *F* troue; *D* trouuons nos assez l. — 94 *FMe* encor, *N*
ancor — 95 *R* Onkes; *M* el monde — 96 *F* Qe — 97 *F* hautece
— 98 *M*ᵃ*MRNe* plante, *F* plainte — 99 *n* R. s.; *eR* i ont (*M* i ot,
*E* en ont) f. le f. (*MR* pauement) — 3000 *M*ᵃ loeure, *E* le mur —
1 *tous les mss.* degastee — 2 *F* tant; *M*ᵃ*FRk* mielz, *E* mialz, *D*
miex; *Dkn* lont m. — 3 *F* feront b., *N* refont et b.; *eKR* M. par
la firent — *Les vers 3001-3236 sont dans B*³ (*1*ᵉʳ *fragm.*); *3001-*
*40 et 3209-38 sont utilisés* — 5 *M* Bien; *n* C. la f. bien de (*N*
de b.) haut mur; *K* buens — 6 *D* bien, *n* bis, *R* alt, *K* fort; *n* et
dur; *M* De fin m. serre et durs, *E* E. et h. de marbres d. — 7 *Dn*
ierent; *F* grant — 8 *M*ᵃ*F* Au meinz, *N* Au moins; *KRy* A (*R* Al)
plus que le t. dun a., *M* P. q. du t. dun bon a., *B*³ P... mains que
(*le reste douteux*) — 9 *ekR* T. i a., *B*³ G. t. a. — 10 *F* Fautes;
*kER* a c. et a, *D* o c. et o; *B*³ cauch, *R* cauç, *M* caulz — 12 *B*³
Jausnes; *En* Giaunes (*F* Gaunes) uermauz (*F* -eus); *K* Jalnes
i. et u. et b.

En esteient tuit li quarrel,
Mout bien entaillié a cisel.
3015 En plusors lieus ot fortereces,
O chaafauz e o bretesches,
Sor granz motes en haut levees,                *3oo5*
De granz fossez avironees.
Teus mil maisons i ot e plus
3o2o A reis, a contes e a dus,
La meins fort n'eüst pas dotance
De tot l'empire al rei de France.              *3o1o*
La gent des terres environ
E de tote la region
3o25 I ert tote atraite e venue :
Poplee l'ont e si vestue
Que treis jornees senz devise                  *3o15*
Durot e mout plus la porprise.
Mout en erent beles les rues
3o3o E de riches meisons vestues ;
Mout i aveit de beaus palais :
Si riches ne verreiz ja mais.                  *3o2o*
En tote Troie n'ot bordel

3o13 *ekR* E. trestuit ; *B³* tot ; *F* quarel, *EN* carrel — 14 *Dn*
cissel — 15 *K* plosors, *B³* pluiseurs, *D* plus. ; *M²* lues, *les autres*
leus ; *F* ont — 16 *R* A c. et a b., *n* A chaefauz (*F* -anz) et a b.
(*F* breteresches), *K* Buens eschaiphals et b., *eM* A (*m. à M*) escha-
fauz (*E* eschaufaus, *M* -ax) et a b., *J* Et as chaufauz et as breteiches ;
*L* breteches, *M* -ces — 17 *F* Sor haut montes et granz l. — 18 *F*
grant fosses — 19 *F* Troi m. ; (*M²E* meisons), *Dk* mes., *n* mais. (*de
même à peu près partout*) — 20 *nB³* As r. as c. et as — 21 *M²* meinz ;
*M²ER* forz, *B³DK* fors — 22 *M²B³Rk* De trestot lenpire de f. —
23 *M²AB³EMn* Les genz (*F* gens), *KR* La g. ; *F* de terre ; *M²A*
denuiron — 25 *nB³* est, *ekR* fu — 26 *M²* Poblee, *F* Puplee, *B³e*
Pueplee ; *M* lot ; *M²* si e u. — 27 *B³* .iiii. iornees ; *F* diuise —
28 *ekR* et assez (*DMR* a. et) p. (*E* et p. asez) lasise — 29 *K* M.
i ; *ekR* furent — 3o *F* des ; *ekR* bones (*E* boenes) — 31 *M²* palez,
*E* pallais, *D* -es, *E* pales, *M* -aiz — 32 *nB³* Ja plus (*B³* si) r. ne
u. m. — 33 *B³* troies na ; *M* cordel.

Ou eüst pierre ne quarrel
3035    Se de marbre non entaillié.
Ja nus hom n'i moillast son pié,
Quar les rues erent voutices,                    *3025*
Les unes as  autres jointices :
Desoz erent pavementees,
3040    Desus a or musique ovrees.
    De l'une part sist Ylion,
De Troie le maistre donjon.                      *3030*
Cel fist Prianz a son ues faire,
E si vos puet om bien retraire,
3045    Onques ne fu faiz autreteus
Par nul home qui fust charneus.
El plus  haut lieu de Troie sist :              *3035*
Trop fu maistre cil qui le fist.
Sor une roche tote entiere,
3050    Que fu tailliee en tel maniere
Que a compas tot a roont

---

3034 *F* qarel, *N* carrel — 36 *k* soillast, *R* soilast, *E* suill., *D*
soul. — 37 *B³* Que; *M* ierent, *D* furent, *E* i sont; *KN* uolt., *E*
uost., *B³* uaut., *F* uoit., *D* uolcices, *MR* iointices — 38 *MR*
uoltices; *D* Lunes as a. sont i. — 39 *FM* ierent; *M²DKn* pauim.,
*M* paintureez — 40 *B²* Deseure; *n* a arc; *ekR* Et dessus (*R* desor)
a or bien o. — 41 (*A*); *CGKL* A une p. s. (*K* font); *M³GLn* ylions,
*C* illions, *B-* on, *M* ylyon; *A²BJMRy* D'une p. firent y. — 42
(*AA²HR*); *M* doion, *K* danion; *M²Cx* li maistre donions — 43
*M* Tel, *A²* Ce; *D* pryanz, *E* prienz; *H* P. le f.; *HK* oes, *M²en*
hues, *A²* uez (*les deux jambages de l'u accentués*); *M* sonez —
44 *A²* le p.; *M²* hon, *BHM* on, *A²EN* an, *DKF* len — 45 *BHLn*
Conques; *BJMRy* nen (*BMR* ne) fu nus faiz (*R* fet, *e* fez)
autex (*B* autes, *E* itex), *K* nus fet nen f. a.; *L* fete; *M²L* autre-
tiels, *F* -ieus, *A²* -els, *N* -ex; *C* Qe unquez fu f. nullz itel — 46
(*L*); *AFJ* Por; *M²A²M* mortels, *GHJR* mortex; *B* Ne jamais ne
sera ses pers, *C* Par main de nul home mortel — 47 *F* En ; *M²R*
lue (*forme constante*) — 48 *ekR* Molt; *enKR* maistres; *K* la f.
— 50 *M²* taillee; *ekR* Fu entailliez (*M* -ie) en (*E* de) tel m. — 51
*F* Qi, *G* Com; *ekR* En (*D A*) un c.; *eMR* en r., *n* anuiron, *G*
auiron.

S'estreigneit auques jusqu'a mont, —            *3040*
N'esteit si estreiz de desus,
Cinc cenz teises n'eüst e plus, —
3055    Iluec fu Ylion asis,
Dont om sorvit tot le païs.
Si esteit hauz, qui l'esguardot,            *3045*
Ço li ert vis e ço cuidot
Que jusqu'as nues ateinsist :
3060    Onques Deus cel engin ne fist
Qui i poüst estre menez
Par nul home qui onc fust nez.            *3050*
De marbre blanc, inde, safrin,
Jaune, vermeil, pers e porprin
3065    Erent asis en tel maniere
Tuit li quarrel de la maisiere.
Ensi come il divers esteient,            *3055*
Por les colors ques departeient,
Si erent les uevres diverses
3070    A flors a oiseaus e a bestes.

---

3052 *K* tot a m., *E* desqua m., *n*G iusquen (*G* iusquau, *F* iusqe) son; *M* Se restreignoit alques a m. — 54 *n* Naust (*F* Hauz) x. c. t. et p. — 55 (*A*²); *R* Iloc, *K* Ilec, *MR* Ila; *K* ont; *M*²*Bxy* ylions, *M* ylyon — 56 *N* Dom; *FMR* en, *EGN* an, *AA*²*BH* on, *M*² lon, *CDJKL* len; *K* sorueit, *JR* -oit, *L* seruit, *G* soruist, *F* soruint; *eC* sorveoit le (*C* tot le) p.; *A* D. on uit trestout le p. — 57 *Fe* les guardoit — 58 *M*² iert; *K* quideit, *M*² -ot — 59 *e* tresquas; *K* atensist, *F* atans, *e* atains. — 60 *DNR* tel, *F* tiel; *DK* enging, *F* engien — 61 *M*²*Ek* poist, *R* poit, *n* puist, *D* peust; *n* menez — 62 *R* ainc, *F* anc, *EN* ainz; *M*² P. nuil qui seit de mere n. — 63 *e* et s., *MN* et porprin, *F* et purpin — 64 *F* noir et psarcin (*sic*), *N* blou et sarcin; *e* Giaune et u.; *E* et bien p.; *M* safrin — 65 *ekR* Furent; *k* assis; *M*² par tiel — 66 *EN* carrel — 67 (*HR*); *M*²*C* Quensi (*C* Car si) come d.; *N* Einsi, *D* -int, *J* Ensin, *K* Issi, *F* Ansis, *M* Ainsi; *n* com li; *F* deuers — 68 *F* la colors; (*N* ques), *DF* qes, *E* qes (*avee i suscrit*), *R* Ki (*l's est grattée*), *M*² quis, *HJM* quil — 69 *BJRky* Furent (*H* Firent) les oures par deuise, *C* D. oures i ot fetes — 70 *C* oiseuz; *M*² oiseus e o b.; *A* et a oissiaux et b., *BJRky* a b. en tel guise.

Azur ne teint ne vermeillon  
N'i aveit se de marbre non.                    *3060*  
D'or esmeré e de cristal  
Erent ovré li fenestral.  
3075   N'i ot chapitel ne piler  
Que l'om ne feïst tresgeter  
Tot d'uevre estrange e deboissiee            *3065*  
E a cisel bien entailliee.  
Riche furent li pavement:  
3080   Assez i ot or e argent.  
Dis estages larges e lez,  
Beaus e bien faiz e bien ovrez,              *3070*  
I trovot l'om dès le premier,  
Ainz que l'om fut sus al derier.  
3085   Les batailles e li crenel  
Furent tuit ovré a cisel.  
Images de fin or entieres                     *3075*  
Ot mout asis par les maisieres.  
Quant achevez fu Ylion,  

3071 *Men* taint — 72 *E* del m. — 73 *E* Tuit; *ekR* entaillie; *e* a
c., *R* des c. — 74 *ekR* Furent ; *M* entaillie (*v. f.*) — 75 *R* capites,
*F* -el, *N* chapital — 76 *M²R* lon, *DFk* len, *EN* lan — 77 *ekR*
Dune oure e. d., *n* Tote estoit loure d. ; *K* deboissie — 78 *N*
cissel, *D* sizel, *E* cisiax ; *M²* entaillee, *K* -ie — 79 *M²F* pauiment
— 81 *A²D* estaches; *A²* lees — 82 *M²F* Biaus, *DJKN* Biax, *E*
Bons; *M* Ml't b. f. (*v. f.*); *A²* Beles et richement ourees, *puis ces*
2 *v.*: I avait faites contremont El grant palais tot en reont —
83 *M²C* lon, *A²* on, *F* an, *N* len; *M²F* primier; *BJRky* Trouot
(*E* Trueue) len (*HM* on, *BDR* en) des le premerain (*K* prim.) —
84 *C* f. fus au dener; *A²BJRkny* A. quen (*n* que, *M* con) uenist ;
*A²* al dereinier, *nA* au derrenier, *BJRky* au darreain (*J* deraein,
*R* dareayn, *M* derrain, *H* daarain, *K* dederain) — 85 *F* cremel —
86 *n* o. t. — 87 *M²FMRe* Ym. — 88 *n* Orent, *k* Ot len ; *k* assis,
*H* iete ; *A²* Ot assises, *puis ces* 2 *v.*: De lor deus en qui il creoient
Et v greignor fiance auoient — 89 *BJRky* Et q. par fu faiz (*J* faz,
*R* fayt) (*B* p. fais fu, *K* fu parfet), *H* Et q. fu fais tos, *E* Et
q. parfet ont, *D* Q. p. orent; *J* ilion.

3090    Mout par fu de riche façon ;
        Mout sist en orgoillose place,
        Tote rien par semblant manace :        3080
        Manacier puet, que rien ne crient,
        Se devers le ciel ne li vient.
3095    Toz l'empires, tote lo gent,
        Qui sont desci qu'en Oriënt,
        N'i forfereient une pome :        3085
        Trop par fu forz, ço est la some.
            Une sale fist Priamus
3100    De marbre fin e de benus :
        Riche fu mout l'entableüre
        E plus riche la coverture ;        3090
        Mout ot asis de riches pierres
        En plusors lieus par les maisieres ;
3105    Mout par fu grant, mout par fu lee
        E mout fu richement ovree.
        Onc ne fu veüz pavemenz        3095
        Teus come cil fu ne si genz :
        Tant i ot des uevres levees,

---

3090 (BJR) ; M² riches de faicon ; E de bele f., H de gente f. ;
D Ml't fu de tres b. f. — 91 M² ergoillose ; m. à F, qui laisse un
blanc après le v. qui suit — 92 K riens — 93 JMen Men. ; M²K
qui, JR car ; ek riens — 94 R Si ; M ne u. ; e Se par d. le c. ne
u. — 95 (BR) ; M²H Tot lenpire ; enJ T. (F Tot) li e. de (J et)
la g. — 96 R Kc ; M²FMR de ci, B dessi, K de si ; R en o. —
97 F fors feroient ; eBR Ni feroit (B feront) uaillant ; M² Ni
fareient ne que un home — 98 BJRek est f. ; M fort ; J cen e., D
sen e. — 99 D Pryamus — 3100 n blanc, E bis — 1 n en fu ; e De
marbre fu ; K lentaleure, eM lentaill., F lentail., N lataill., R
lantayll. — 3 e M. i ot a. r., M²K assis — 4 M² lues — 5 M²BNRek
granz ; ekR et molt fu 1. — 6 M r. fu ; n M. par fu r. — 7 (BJ) ;
E Einz, M Ainz ; K ueu ; n De la sale li ; BN pauement, F paui-
ment ; M² Onc pauim. not hon ueu — 8 (J) ; B Tes, M Tel ; B c.
cis ; DR granz, M grant ; E T. con cil fu ne ausi g., n Estoient
fait et bel et gent, M² Tiel cum cil iert qui faiz i fu — 9 e
dueures enleuees, M² hon oures l. ; n Tantes oures i ot l.

3110      Ne sai com furent porpensees.
      A l'un des chiés fu faiz li deis.
      Ou mangera Prians li reis :                *3100*
      Les tables i sont arengiees,
      Ou mangeront ses granz maisniees.
3115      En l'autre chief, de l'autre part,
      Par grant conseil e par grant art,
      Fist faire li reis un autel,               *3105*
      Onques nus hom ne vit itel :
      Ensi com Daires le retrait,
3120      D'estrange richece l'ot fait;
      Onques ne pot estre seü
      Demi l'aveir qui mis i fu.                *3110*
      L'image al deu qu'il plus creeient,
      Ou il greignor fiance aveient, —
3125      C'ert Jupiter li deus poissanz, —
      Cel fist faire li reis Prianz
      Del meillor or qu'il onques ot             *3115*
      Ne que il onques trover pot.
      Grant seürté e grant fiance
3130      I aveient e atendance,
      Que par ço fussent defendu,

3112 *M²* Ou maniera p. li rois — 13-33 (*sauf les mots* o foniax) *sont d'une main postérieure dans N* — 13 *F* Li; *M²* arongees, *F* ataigiees — 14 *M²* manieront; *Ne* les g.; *M²FR* maisnees; *M* serians mesniez, *K* seruant mesniees — 15 *ekGR* A — 16 *R* Per, *F* Por; *FJ* et por; *M²NR* esgard, *ABCK* esguart; *G* par grant e. — — 17 *e F.* li r. fere. j. bel (*E* riche) a., *BRk* I fist li r. .j. bel a. — 18 *M²R* itiel, *F* un tiel, *DM* autel — 19-20 *m. à N* — 19 (*R*); *M²* Eissi, *D* Einsint, *A²K* Issi, *M* Ainsi, *F* Si; *M²M* come d. r.; *M* daire, *D* dayres — 20 *M²* la, *eMR* lont; *F* De grant richeces lorent f. — 21 *ekR* Ne puet demi conter (*E* mostrer) la letre — 22 *N* Demis lauoirs; *F* qe; *ekR* Le grant a. con (*R* ken, *e* quen) i fist metre — 23 *M²* qui, *KR* ou; *ekR* mielz c.

24 *ekR* Et ou g., *F* Et la ou; *K* graignor, *n* il plus — 25 *kn* Cest; *en* lor, *M* le; *FM* dieu; *M* poissant — 26 *R* Cil, *M²* I — 28 *en* auoir — 31 (*AG*); *FJ* por ce (*F* cel); *KN* deff., *M²Je* desf.

Ne ja ne fussent mais vencu, *3120*
Ne mais destruite lor contree:
Mais n'ert pas tel la destinee.
3135 Chambres voutices o forneaus, *3121*
Verrieres, clostres e praeaus,
Fontaines, puiz i ot adès :
Eve preneient assez près.
Quant li mur furent achevé, *3125*
3140 Qui clostrent tote la cité,
Onc si riche, si com jo truis,
Ne furent fait ne ainz ne puis.
Sis portes i ot solement,
Se li autors ne nos en ment. *3130*
3145 Ço dit Daires, qui n'i faut pas,
L'une ot non Antenoridas;
La seconde, que ert après,
Apelot om Dardanidès;
La tierce apelent Ylia; *3135*

3132 (*A*); *n* Ne ia m. ne f. u., *BJRek* Et lor anemi confondu —
33-4 m. à *BJRky* — 33 (*C*); *nA* la — 34 *M²G* niert; *M²* tieus
pas; *A* telz, *GL* tels, *n* tex; *nC* lor — 35 (*C*); *BJRky* et f., *GL*
a f.; *BJ* fornials, *F* -iaus, *EFMR* -iax, *DK* ax, *M²* -eus, *BJ* -ials,
*N* foniax — 36 *N* Vergers, *GL* -iers, *F* Vegiers, *C* Verieres;
*CRek* cloistres, *L* clostrent, *GN* cloitres; *M²* praeus, *J* -ials, *BEk*
-iax, *R* -yax, *D* preax; *C* praeteaus, *L* et praeteax, *F* et pontiaus,
*N* et apentiax — 37 *FR* poiz, *M* et piz (*v. f.*); *J* Et f. i ot a.,
*M²* P. i ot funtaines a.; *M* assez — 38 *JRky* La riuiere lor cort
de p. (*JMR* c. apres, *e* corut p.) — 41 *F* Anc si, *E* Ainz si, *KR*
Alsi, *M* Asi — 42 *DF* faiz; *F* ni a. ni; *R* anç — 43 (*A²G*); *L*
coleices, *N* colcicent; *F* i auoit cloent; *L aj. ce v.* : Assez barres
et assez lices — 44 *M²F* auctors, *L* actors, *A²ERk* liures; *D* Se
nostre l. ne nos m.; *L aj. ce v.* Qui bien en sait lueure deuant —
45 (*H*); *M²* dist; *D* dayres; *Ken* ne; *L* Mielz qe d. qui ni fu
p. — 46 *Dx* anth., *EJ* ath; *BHM* at., *R* antenoriadis; *A* a non
antenas — 47 *M²* secunde, *n* segunde; *M²* iert, *J* est, *AD* fu; *M²*
enpres — 48 *M²R* lon, *Dk* len, *A* on, *EJn* en; *B* Apeloient; *M²*
dardanydes, *D* darainides — 49 (*A*); *JRky* auoit non; *J* ilia.

3150    La quarte raveit non Ceca ;
        La quinte resteit apelee
        Par non, ço sai de veir, Tymbree,
        E cil qui a dreit l'apelerent
        La siste Trojana nomerent.                      *3140*
3155    Richent furent mout li portal ;
        Sor chascune ot tor principal
        Haute e espesse e defensable.
        N'i ot si povre conestable,
        Cuin fust balliee la menor :                    *3145*
3160    Mil chevaliers n'ait de s'onor,
        Et de rentes al plus eschars
        Plus de vaillant set mile mars.
        Que serait ço que jo direie?
        De folie me penereie :                          *3150*
3165    Ne sereit pas sempres oïe
        Solement la disme partie
        Des merveilles e des façons
        Des murs, des tors e des donjons;
        Enuiz sereit de l'escouter,                     *3155*

---

3150 *F* auoit; *JRky* apelot len (*M* on, *H* lon, *E* an); *nG* cetha, *CDHMR* ccta (*M²AA²BEJK* ceca), *L* techa — 5r (*B*); *DM* estoit, *F* ostoit, *R* i e.; *J* apalee — 52 *BJRky* Si com ie truis lisant, *A* Par main ce sachiez bien; *M²A²* tinbree, *BCJMRe* timbree, *F* tibree, *GN* tÿbree, *K* tynbree (*AH* tymbree) — 53 (*AA²*); *BJRky* Troiana (*B* -e, *D* Troyana, *H* Troina) ot la siste (*J* sixte) non (*BJM* a n.), *L* De cels qui a droit la nomerent — 54 (*AA²*); *L* troya apelerent; *BJRky* Ne uos en dirai se ueir non — 55 *BMRe* Ml't en furent haut li portal, *K* Ja nus hom nel me tort a mal — 56 *K* Sur — 57 (*R*); *Ne* desf., *K* deffendable — 58 *M²* comestable, *Re* conn., *F* conestabile — 59 *M²* Quin, *An* Cui; *M²* bailee ; *e* Qui en baillie ait, *BRk* Cui (*K* Qui) on (*K* len, *J* en) en baillast; *M* maistrour — 60 *B* neust (*v. f.*) — 61 (*A*); *M²D* as p., *F* a li p., *R* a p. — 62 (*A*); *ekR* .c. m. m. — 63 *R* Ky; *F* que rediroie; *B* conques ie d. — 65 *n* Se; *eNen* ; *M²KN* senpres, *R* sempre ; *E* si tost o. — 67 *M²* facions — 68 (*A*); *n* Des t. des m.; *FM* meisons, *Ke* mes. — 69 *K* a escolter; *M²* escoutier.

3170    E mei graindre del reconter.  
       Ço est la fin : nus hom vivanz  
       Ne vit si riches ne si granz.  
          Quant Ylion fu achevez  
       E Troie la riche citez,          *3160*  
3175    Grant joie orent, mout furent lié ;  
       Mout ont as deus sacrefiié.  
       Gieus establirent e troverent,  
       Ou mainte feiz se deporterent ;  
       Onques ne fu riche maistrie       *3165*  
3180    N'afaitemenz ne corteisie,  
       Dont l'om eüst delit ne joie,  
       Que ne trovassent cil de Troie :  
       Eschec e tables, gieu de dez  
       I furent, ço sacheiz, trovez,      *3170*  
3185    E mainte autre uevre deportable,

---

3170 *M*² p. grant, *n* p. granz, *K* greindre, *E* -es, *DM* graindres ; *R* plus grantires *(semble refait sur* grandres ; *M*² recontier, *K* aconter — 71 *F* Cest li faiz ; *M*²*AKNRe* fins ; *M*² hon ; *n* uiuant ; *ekR* Cest la f. el siecle uiuant — 72 *ekR* Not mes ; *eknR* si riche ne si grant — 73 *C* ont acheue — 74 *J* ilion ; *n* mestre c. ; *C* cite — 75 joie m. à *F* ; *B* et f. — 76 *F* sacrifie, *les autres mss.* sacrefie — 77 *M*² Jues, *n* Jous, *KR* Geus, *eB* Gex, *A*² Gius — 78 (*BR*) ; *K* Et ; *FRek* maintes ; *K* si ; *A*² aj. 4 v. (*voy. aux* Notes) — 79 (*L*) ; *M*²*AA*² Onc ; *G* maitrie ; *A*² Nonques ne fu jeus ne maistrie, *HJM* O. el (*J* o) monde not m. (*J* mestire), *K* Unc el monde not maiestire, *E* Onques el mont not m., *BD* O. el monde m. (*B* maaistire) — 80 (*G*) ; *F* Ne festiment ne seignorie ; *M*²*AEk* Nafaitement, *J* Nafeicement, *A*² Afaitemens, *C* Nafaitamens, *B* Nenfantement ; *R* Ne fontement ke lon poust d. ; *M* que nulz poist d., *H* que on puist d., *DJK* quen puisse (*K* poist) d., *E* quan sache d. — 81 *A*² Dunt, *N* Dom, *M* Donc, *L* Ou ; *M*² Ion, *DKL* Ien, *M* hos, *R* on, *E* an, *nG* en ; *R* naust, *n* aust ; *A*² et giu, *B* deduit ; *M* D. hos e. et i. — 82 *F* Qi — 83 *M*²*DFRk* Esches, *EN* Eschas ; *M*² iue, *D* ieu, *n* ious (*F* et i.), *KR* geus, *D* gex, *M* et gieuz ; *M*²*E* de de — 84 *M*²*Rk* sachez, *F* -es, *Ne* -iez, *J* saichoiz ; *D* Il f. ; *kJR* I (*J* Il) fu ico (*JR* ice, *M* ce) ; *M*²*E* troue — 85 *ekR* Et maintes euures deportables (*K* conuenables).

Riche e vaillant e delitable.
   Quant li reis Prianz ot ço fait
E de ses uevres a chief trait,
Sa cité vit fort e entiere     *3175*
3190   E sa terre riche e pleniere,
Tens fu e lieus, ço li fu vis,
De requerre ses enemis :
Ne pot obliër por nul plait
Le damage qu'il li ont fait     *3180*
3195   De son pere e de sa ligniee,
Qu'il orent morte e eissilliee.
Jor a asis de parlement :
Le mieuz i manda de sa gent.
Si fil i furent tuit fors un :     *3185*
3200   Bon chevalier ot en chascun.
Hector ot tramis senz essoine
Es granz parties de Pannoine
Lor grant afaire porchacier
E a eus le regne aleier.     *3190*
3205   O les autres qu'ot assemblé,
Qui sage furent e sené,

3186 *ekR* Riches uaillanz (*K* mananz) et delitables — 87 *H* a;
*M²C* tot f.; *e* r. ot tot ice fet — 88 *M²Kn* oures (*forme constante*
— 89 *M²FRk* forte — 90 (*ABR*); *N* grant, *FM* grande — 91 *En*
Tans, *M* Temps, *M²* lues; *M* T. et lieu ce — 92 *en* an. — 94 *F*
que; *M²* orent; *ekR* quen (*MR* con, *E* quan) li ot f. — 95 *M²FK*
lignee — 96 *k* Quen li ot m., *n* Quil li ont m.; *M²F* eissilee —
97 *k* assis; *n* Lors aioste (*F* -a) un pallement (*F* parlament) —
98 *M* Au, *F* Li; *FK* mielz, *EN* mialz, *DM* miex; *ekR* a mande
— 99 *n* T. si f. i f.; *M²* Si fill i f. ne mes un — 3200 *k* Buen
bacheler — 1 *F* essoigne — 2 *e* penoine, *L* pau., *R* penoyne, *N*
pannoigne, *F* par., (*M²E* pannoine) — 3 (*L*); *kR* Le; *eACGL*
Les (*A* Leur, *C* Lor) granz aferes — 4 *F* Et a els ale reigne,
*K* As granz besoignes, *MR* Et a la besoigne, *e* Et la b. a;
*M²AA²CFek* alier, *R* allier; *GLN* Dom (*G* Don, *L* Dont) il auoient
grant mestier — 5 *M²M* quil ot; *M²* ioste; *n* Ou cels qui furent
a. — 6 *M²* saiue, *R* sayges, *D* sages; *nM* Q. f. s. e bien s. (*M* e ș.).

Se conseilla, come il dut faire.

Oëz qu'il lor prist a retraire :

« Seignor », fait il, « entendez mei,        3195

3210 « Vos qui m'amez par dreite fei.

« Bien savez la mesaventure

« E la laide desconfiture

« Que li Grezeis, par lor outrage,

« Firent de nostre bon lignage.        3200

3215 « Mon pere ocistrent : par nul fuer

« Ne m'en istreit l'ire del cuer,

« Ne ne fera ja mais nul jor,

« Se jo n'en puis prendre retor.

« Ma soror ai en lor contree,        3205

3220 « Qu'uns vassaus a asoignantee,

« Ne la deigne prendre a moillier :

« Peser m'en deit e enuier.

« Trop est grant honte e lait damage

« Que fille a rei est en servage :        3210

3225 « Jo i ai honte grant e lait.

« Qu'en direie? Tant nos ont fait,

---

3207 *Jn* conseille ; *n* qe (*N* si) dut il f., e de son affere, *kJR* quil (*R* qui) ot a f. — *Pour 3200-38, B³ est utilisé* — 10 *EF* de, *B³k* en ; *B³F* bonne f. — 11 *K* malauenture, *R* male uenture, *M* lede auent. — 12 *M* Et la male — 13 *B³* grigois, *M* greioiz ; *R* per — 14 *M* uostre ; *K* buen — 15 *B³* occisent ; *MRe* por, *B³n* a — 16 *BDRk* Ne mistra (*D* Nen istra) mes lire ; *E* Nistra m. lire ; *EM* de mon c. — 17 *DN* sera ; *F* Nen istra ia m. a n. i. ; *BDRk* por ueir ; *E* Ne ne porre mes pes auoir — 18 *E* ne ; *ekBR* restor (*B* retor, *K* ueniance) a. — 19 *B³N* la c. ; *F* Ma suer a en soe c., *ekJR* De ma seror quai (*M* que, *J* quert) tant amee — 20 (*J*) ; *A* tient ; *AM* ensoingnantee ; *D* Que uns u. en a menee — 21 *B³ek* doigne ; *M³* moiller — 22 *FMR* me ; *Fk* ennoier, *eB³* anuier — 23 (*C*) ; *N* granz ; *AB³F* et grant d. ; *JRky* Si (*D* Sil) fet il ueir (u. *m. à M*) dex quel d. — 24 (*A*) ; *M³* fillarei ; *M³C* seit — 25 *F* Ge ai ; *A* ait ; *B³* g. h. et g. l., *n* h. et g. l. ; *ekR* Grant ennui (*DR* anui, *E* enui, *M* annuit) nos (*E* me) firent et l. — 26 *M³B³* Que, *R* Chen ; *n* Ge quan die.

&laquo; Ja ne devons grant joie aveir,

&laquo; Desci que Deus nos laist veeir

&laquo; Le jor que lor poissiens merir         3215

3230    &laquo; Ço dont tant les devons haïr.

&laquo; Fort vile avons e bien guarnie

&laquo; E de plusors parz bone aïe.

&laquo; Mout fust bien tens de guerreier :

&laquo; Ja nel loasse a porloignier,         3220

3235    &laquo; Ne fust por ma soror raveir.

&laquo; Mais primes nos covient saveir

&laquo; Se por nul plait la nos rendront,

&laquo; Car mout me peise que il l'ont.

&laquo; Manderai lor qu'il la me rendent,    3225

3240    &laquo; E puis après, s'il la contendent,

&laquo; A vos trestoz e a mes fiz,

&laquo; Que ne seie del tot honiz,

&laquo; Prendrai conseil del guerreier,

&laquo; O del haster, o del targier. &raquo;    3230

3245    Li fil le rei e si feeil

Tindrent a mout buen cest conseil :

---

3227 (*A*); *F* nen; *R* dauons, *N* deurons; *B*³ d. mais i. ; *ekR* Que ia ne d. i. a. — 28 *M*²*B*³*R* De ci, *k* Desi, *en* Deuant; *M*² lait u., *K* dont uoier — 29 *F* que nos les puisions; *M*²*KR* poissons, *M* poissonz, *B*³*D* puissons, *E* puisiens, *N* puiss.; *n* nuisir — 30 *N* Dom; *B*³ le; *R* dauons, *M* poons — 32 *M* leuz; *nB*³ grant, *K* bien; *F* haic; *M*² enforcie — 33 *H* Il; *BCJRky* est; *EHJ* tans, *A* tant; *M*² dels, *AR* a — 34 (*R*); *B*³*H* loaisse; *B*³ commenchier; *M*² Jel l. bien p., *nC* Nen (*C* Nil) l. rien poloignier (*CF* porlonger), *eJ* Mes iel (*DJ* gc) l. a porl., *A* Nel lesse pas a prolongnier, *B* Mais ie le lo a pourlongier — 35 *M* soreur, *M*²*B*³*KRen* seror; *M*²*F* auoir — 36 *B*³ premiers; *DF* conuient — 37 *K* par; *M*² le; *B*³ me r. — 38 *Fe* men; *F* peisse — 40 *F* si la, *R* si lo — 41 *M*²*A* O t. uos; *M*² que ie uei ci, *A* et o m. f. — 42 (*A*); *M*² seions d. t. honi — 43 *N* Penrai, *M*² Aurai; *NRe* consoil; *nKR* de — 44 *M*² astier, *F* ester; *K* Ou de h. ou de; *KNe* tardier, *DM* tarder — 45 *nAR* li feoil (*A* feel), *D* son feel — 46 *M*² cel, *R* lo, *A* lor, *F* cist, *D* son; *E* T. a b. ıcest c.

Nus ne porreit meillor doner.
Li reis en a fait apeler
Un suen conte, riche baron,                    *3235*
3250   Mout de grant sen e de grant non.
Cointes ert, riches e senez,
Antenor esteit apelez ;
Mout sot de plait, mout sot de leis.
Mout bonement li dist li reis                  *3240*
3255   Que la l'en estoveit aler
Sa soror querre e demander.
« Ne sai », fait il, « cui enveiasse,
« Sire Antenor, se vos laissasse :
« N'i puis nul meillor enveier.                *3245*
3260   « Ore pensez de l'espleitier.
« A ceus dites qui furent çà,
« S'il me rendent Esiona,
« Ja ne m'orront puis tenir conte
« Del lait, del tort ne de la honte            *3250*
3265   « Qu'il firent d'ocire mon pere,
« De mes sorors ne de ma mere.
« Li sole quier jo e demant :

---

3247 *M²* nen, *N* nel — 48 *R* a f. en a. — 49 *M²K* son, *BM* sien ;
*K* r. c. b. — 5o *(A)*; *B* g. pris; *M²* De g. s. mout; *n* De g. sen et
de g. renon (*F* raison); *M²AM* sens — 51-2 *interv. dans BJRky*
— 51 *nK* Contes; *F* iert, *M²* e, *BJRky* et; *M* noblez, *B* sages;
*A* C. r. et asasez — 52 *JMny* Anth., *M²R* antenors, *L* athenor
— 53 *M²HL* plaiz; *E* des l.; *L* et m. de l.; *M²* lois *(par excep-
tion)* — 54 *M²* Tot; *MRe* dolcement — 55-6 *m. à M.* — 55 *n*
couenoit; *BEKR* Que lui e. (*B* estauoit) la a. (*R* laler), *D* Q.
de lui estouuoit laler — 56 *M²BDKR* seror ; *E* Sa suer requerre,
*n* Por sa s. (*F* seror) q. — 57 *M²K* qui — 58 *Men* Anth.; *M²N*
laisasse — 59 *ekR* M. ni (*R* ne) p. nul (*E* pas) e. — 6o *n* Or
enpansez, *ekR* Or p. bien — 62 *M* Si, *x* Quil; *M²e* rendront; *K*
Ysiona, *BMen* Esy. — 63 *m. à F*; *(B)*; *KR* nen o.; *M²* plus, *N*
mes — 64 *ekAR* Del t. del l.; *ABDFK* et de — 65 *M²MRe*
docirre — 66 *M²Ckn* serors, *R* freres ; *e* ma seror; *DFRk* et de
— 67 *F* Liei soule ; *BRek* Li me (*M* Si la) rendent (*BD* rendront)
plus ne d.

« Honte ai qu'on la tient a soignant.
« Metez i or norme e poëir                    3255
3270     « Coment nos la poissiens aveir :
« Mout en serai liez e joios,
« S'amener l'en poëz o vos. »
Fait Antenor : « Ço sacheiz bien,
« Por message n'i perdreiz rien :             3260
3275     « Dès que jo la en dei aler,
« Ne quier targier ne demorer. »
La parole est remese a tant.
Le soir, quant vint a l'anuitant,
Fu la nef bien apareilliee,                   3265
3280     Que tost fu del port essaiviee.
A espleit sigla a la lune :
Bon vent li a doné Fortune.
Siglé ont ensi la semaine :
Onc n'i sofrirent mal ne peine.              3270
3285     A Manese pristrent port dreit,
Ou Peleüs li reis esteit :

---

3268 *n* Car h. est quil lont en s., *BRek* Car h. men ont fete
g. — 69-72 *m.* à *B* — 69 *ekR* Or (*K* Orc) i m.; *M²A²C* or mout
grant p., *A* ml't tres g. p.; *ekR* sen (*M* senz) et p. — 70 *DNR*
puissons, *E* puis., *K* poisson, *M* peussons, *F* poons; *M* uos la
puissez; *M²EM* aueir — 72 *M²* lan, *Cn* la ; *ekJR* Se la me (*e* uos
la) ramenez o uos — 73 (*B*); *M²* sachez, *F* -es, *N*-iez ; *ekR* ie uos
di b. — 74 *E* Par — 75 *F* doie — 76 (*B*); *M* targer, *DF* tarder, *EN*
-ier — 77 *N* remest, *F*-ist, *H* -aint — 78 (*AJ*); *M²EHMR* La nuit;
*n* Et q. il u., *C* Q. u. le soir — 79 (*AC*); *N* neis, *M²JNek* nes, *F* neif;
*DJ* Si fu la n. a. (*J* apereillie) — 80 *ekJR* Si (*e* Qui) fu del (*J* de)
p t., *A²* Qui d. p. fu t., *H* Puis que d. p. fu; *M²* essaiuee, *A*
essauee, *C* elongee, *A²H* eslongie, *E* eslongnie, *DJR* esloigniee,
*M* -ie, *K* esloingniee (cf. *1878. 7158. 7343 et 18910*) — 82 *EN*
Boen, *K* Buen; *E* lor; *D* ot — 83 *M²* eissi, *DMR* ml't bien, *E*
m. an, *K* tote — 84 *R* Ainc, *AE* Ainz; *JMR* ne; *D* souffri ne;
*n* Onques ni orent — 85 *LN* manesse, *J* -isse, *A²* -uese, *R* -asse,
*C* -use, *A* -aise, *M* menesse, *G* -asse, *B* mannesse, *R* maresse,
*D* micenes; *EFH* A messe (*H* meze) p. p. tot d.

La cité fu soë demeine.
Danz Antenor o ceus qu'il meine
Vindrent a lui, quis herberja                     *3275*
3290   E treis jorz bien les sojorna,
Tant qu'il se prist a merveillier
Saveir que veneit espiier
Antenor, qui mot ne li sone
Ne de neient ne l'areisone.                        *3280*
3295   Mout se merveille qu'il a quis
En la terre ne el païs.
Vers Troïens n'ot nule pais,
Ne ne cuidot aveir ja mais :
Demanda li qu'il veneit querre                     *3285*
3300   En la contree n'en la terre.
Fait Antenor : « Ço est bien dreiz
« Que jol vos die e quel sacheiz.
« Ço vos mande Prianz li reis,

3287 *M¹En* citez ; *M¹F* iert, *N* ert ; *H* an demoine, *F* en demaine ; *M¹* domajne, *BDM* dem., *E* demeinne, *K* demeine — 88 *MRen* anth.; *ekBR* Et a. et cil (*K* cels) ; *M* qui, *B* que ; *M²BDFM* maine, *N* moine, *R* moyne, *E* meinne — 89 *M* o lui puiz se ; *EKRn* ses, *D* si — 90 *n* Et b. t. i.; *F* la s.; *tous les mss.* sei.; *ekR* Anthenor t. i. s. — 91-2 *m. à E et 93-4 sont interv.* — 91 *ekDR* T. quil pristrent ; *M²* merueiller — 92 *M²M* quil, *L* qui ; *M¹L* uienent ; *F* Sauoient qil uenoient, *G* Que ciert quil uenoit, *BCDHJRk* Quil (*D* Qui, *K* Quilec) esteit (*J* estoient) uenuz, *A²* Sil erent uenu ; *tous les mss.* espier — 93 *K* Antenors, *ABCGJMRny* Anthenor, *L* Ath.; *F* que ; *n* rien, *C* molt ; *M²A²* Quar a. m.; *E* Ml't se meruoillent que ce s. — 94 *E* neant, *AD* neent, *M* ni-, *K* nai-, *L* noi- ; *n* De rien nule ; *EM* nes ; *M²A²FK* larais., *ADMR* lares., *EM* ares., *L* larres. — 95 *E* Ne quil panse ne — 96 *F* cite ; *K* et el ; *E aj.* : Ne sil est uenuz espier (*cf.* 3292) Chose don les puist anpirier — 97 *Ne* troyens ; *K* na, *Mn* nont — 98 (*R*) ; *M²N* quident, *F* cuident, *K* quidot, *DM* cuidoit — 99 *E* Demandent, *M²R* -de, *F* -dai ; *DF* lui ; *kR* que il uient (*R* ke li) (*K* uint) q. — 3300 *n* ne an, *K* et en — 1 (*HJ*) ; *enK* Dist ; *enM* anth., *K* antenors ; *n* il est — 2 *M* ic, *K*gel, *M²DR* iel, *E* le ; *H* io le d.; *nL* Que iel (*L* le) (*F* Qil uos) die a ceste foiz — 3 *M²AA²C* Ce te, *K* A uos ; *A²* li rois prians.

« A tei e as autres Grezeis,                    3290
3305    « Que mout li estes tuit mesfait :
        « Grant tort e grant honte e grant lait
        « Feïstes de son pere ocire ;
        « A duel, a mal e a martire
        « Livrastes tote la contree.             3295
3310    « Quant l'eüstes arse e robee,
        « Sin amenastes sa soror,
        « Qu'i est a trop grant deshonor.
        « En soignantage la tient cil
        « Qui l'en amena en eissil :             3300
3315    « Grant honte en fait Priant le rei.
        « Or si te mande e dit par mei
        « Que sa soror aveir li faces :
        « Il ne te fait autres manaces,
        « Mais qui en pais la li rendra,         3305
3320    « En bone pais la recevra.
        « Il n'a talent d'el demander :
        « Ja ne l'orreiz de plus parler.
        « Vers vos eüst mout a requerre,

3304 *n* A uos, *C* Jecois; *JRky* Et a toz les (*E* ces) a. g., *A²* Et a uos altres bien uoillans — 5 *D* Q. uous li avez t. m., *A²* Q. m. auez uers lui m. — 6 *nA²MR* G. t. g. — 7 *D* de mon; *M* docire s. p. — 8 *kR* a honte; *M* misere — 9 *n* Arsistes — 10 *n* tote r. — 11 *D* Si, *F* Si en, *EMRN* Sen — 12 *F* Qe est t.; a m. à *FR*; *ekR* ml't g.; *M²Rkn* desenor — 13 *M²* *MRn* soignent — 14 *E* a menee — 15 *M²* est a, *A* en a, *A²* fait, *N* ont fait; *F* o. faite a prianz li roi; *JRky* en feistes le r. — 16 *N* se; *F* Or te m. a dir por m.; *A* m. et dist; *E* m. il, *D* m. ci; *kR* le vos (*R* te) m. p. m. — 17 *tous les mss.* ser. (*de même partout, sauf avis contraire*) — 18 (*HJ*); *M²* ten, *DK* uos; *JRky* mande — 19 *M²M* paiz, *e* pes — 20 *M²M* paiz, *e* pes; *n* Mout uolentiers la reprandra — 21 *kyJR* cure; *F* de; *C* demandier — 22 *C* ne moroiz, *A* nen orres, *A²* nen hores; *ekJR* nen o. par (*J* por) lui p., *x* nen o. (*G* orras) auant (*L* aillors) p., *H* ne len o. mais p.; *CF* parlier — 23 *A²* Il uos ; *n* auroit; *ekR* Assez uos e. (*D* seust) a r.

« Mais ja par lui n'en sordra guerre, 3310
3325 « Noise ne tençon ne meslee,
« Se sa suer li est aquitee. »
La parole entent Peleüs :
Si fu iriez qu'il ne pot plus.
Por ço qu'auques vers lui pendeit 3315
3330 La requeste que cil faiseit,
Dist li que ço seüst il bien,
Par lui n'espleitereit il rien :
« Jo n'ai », fait il, « de ço que faire :
« Por poi que ne vos faz desfaire. 3320
3335 « Se danz Prianz, cui tiens a rei,
« En enveiot ja mais vers mei,
« Estrangement le comparreit
« Toz li premiers qui i vendreit.
« Or vos metez tost a la veie, 3325
3340 « Si guardez ja mais ne vos veie,
« N'en ma terre plus n'arestez :
« Guardez mais n'i seiez trovez.

3324 (A²); M²F por; kR nen auroiz (K naurez uos) g.; n
Que par (F por) l. nen s. la g. (F s. g.) — 25 F tenchon, N
tancons; M² N. contencons — 26 K Si sa suor, R Sa seror; nM
Se sa seror (N serors) li e. quitee (M liuree); K deluiree — 27 F
pelleus — 28 K que ne, n com il — 29 nE qua lui a. p. — 30 n
il fasoit — 31 (AC); n Il dist; JKR Amis co (R ces) sacheiz uos
tres b., DEHM Vassax (H Amis, E Diua) fait il ce sachiez b. —
32 n Por; C ne ploiterent, N nespleteroit, F nesploitiroit; ekR
Par (R Per) mei nespleiteroiz (R nespondereiç) uos (D de) (E
nesploiteras tu) r. — 33 F Se; ekR Car gie nen ai (M Que ie nai)
de — 34 Ne Par, K A; n pou, E po, M poy; M² contraire —
35 M² que; N quan tienc, F quen tint; ekR Se cil que (MR cui)
uos tenez (E tu tiens ci) a r. — 36 nC enuoie, M -ait — 37 ekR
Molt durement (DM chierement); M² conperreit — 38 DKR Li
premerains, M Touz li premiers; R ueroit, FM uenroit, N uan-
— 39 M² M. uos or — 40 ekR que mes (M que ia mez) — 41 n Ni
an ma t. n., ERk Trop auez en ma t. este, D T. vous estes ci
seiornez — 42 ekR ni s. mes troue (D trouuez).

« Si me doint Deus honor e joie,
« Ja mais ne reverriëz Troie. »                    *3330*
3345    Antenor n'i fist plus demore,
A sa nef vint en mout poi d'ore ;
N'i a un sol qui ne se hast.
La veile traient sor le mast :
Mout s'esjoïrent cil dedenz,                       *3335*
3350    Quant enz se fu feruz li venz ;
Onc ne furent seür de mort
Tant qu'esloignié furent del port.
Lez le rivage de Boëce,
Qui siet es parties de Grece,                      *3340*
3355    S'en passerent un bien matin ;
Onc ne pristrent cesse ne fin
Desci qu'as porz de Salemine.
Sor le rivage, en la marine
S'en eissirent defors al plain :                   *3345*
3360    La nuit suefrent jusqu'al demain.
Demandé orent e enquis

3343 *F* dieus, *M* dieu, *M²KNRe* dex; *ekR* Se d. me doint (*M* doinst); *M²* henor, *KN* enor — 44 *F* reuerez; *DK* nen iriez, *R* non ireç, *E* nenterriez, *E* ne uandriez — 45 *MRen* Anth. (*de même partout, sauf avis contraire*) ; *nC* ne ; *n* pas ; *ekR* plus ne si (*kR* se) d. — 46 *N* An; *Fk* la ; *F* neif; *kR* en uient en p. d., e u. (*D* uint) an petit d. — 47 *R* ke — 48 *MNRe* uoile, *F* uoille — 49-50 *interv. dans ekR* — 49 *D* Si ; *R* se ioierent — 5o *C* q. es nez (*v. f.*); *F* en fu ; *e* Et q. si fu: *kR* Et q. il furent entre enz — 51 *K* Unc, *F* Anc, *CR* Ainc, *E* Ainz — 52 *M²* Des quesloigne, *F* T. qe loignie — 53 *M* boice — 54 *M²* iert, *ekR* est; *M* grice — 55 *K* partirent; *F* por b. m., *ekR* oltre un m. — 56 *F* Onques ne p. ne chief; *N* ne ces ne f.: *ekR* Puis ne cessent (*M* cesserent) ne prennent (*DMR* pristrent) f. — 57 *MRn* De ci, *Ke* Desi; *F* qe as; *KRe* qual port; *M²FRk* salam. — 58 *N* Lez, *F* Les — 59 *Ke* iss., *M* issent; *M²D* dehors, *KR* tuit fors, *EM* tuit hors; *MR* a; *n* La nuit i furent iusquau main (*F* matin) — 6o *M* soffrent; *e* sofrirent tresquau mein; *n* Et trestot le ior landemain (*F* et len d.) — 61 *ekK* ont et bien (*K* o. b. et) e.

Se Telamon ert el païs;
E om lor dist qu'en la cité
Aveit grant piece demoré :                          *3350*
3365 « Qui besoing a d'o lui parler
En la vile le puet trover. »
Antenor gent s'apareilla,
A merveilles bel s'atorna ;
Mout richement son cors vesti,                      *3355*
3370 E si compaignon autresi.
Puis sont es palefreiz monté.
Ne furent pas trop esfreé :
Ja a cel tens reguart n'eüst
Nus messages, qui que il fust.                      *3360*
3375 Par mi la vile chevauchierent
L'ambleüre : tant espleitierent
E tant quistrent e demanderent
Rei Telamon qu'il le troverent.
Delez la sale en un herbier,                        *3365*
3380 Desoz l'ombre d'un olivier,
Descendirent cil que vos di.

---

3362 *DRkn* thel., *E* thelamons; *M²F* iert, *DRk* est; *M²* al p.
— 63 *M²R* hon, *F* en, *NE* an, *DK* len; *E* An lor a dit; *D* Len
lor dit que en sa c. — 64 *R* Nauoit; *ERk* seiorne — 65 *F* Qa;
*Ne* da, *FMR* de — 66 *n* la cite — 67 *ekR* Quant a. entendu la
(*M* a); *A²* bien sap. — 68 *A* A merueille, *N* Et meruoilles; *AN*
bien; *A²* Et ml't richement; *F* Et a m. sadorna; *ekR* Molt gente-
ment (*e* richement) sapareilla — 69 *eA²* M. noblement — 70 *M²*
cump. — 71 *DFK* montez — 72 *DHK* esfreez; *F* mie t. esfreesz
— 73 (*GL*); *nM* Et ; *M²* en ; *F* cels; *D* resgart, *les autres mss.*
regart — 74 *K* messagiers; *K* quels, *M* quel, *e* quex — 75 *M²*
cheuaucherent, *N* cheual- — 76 *M²* espleiterent, *N* esploit. —
78 (*A²*); *enMR* Thel. (*de même partout, sauf avis contraire*); *R*
ki lo — 79 (*ABC*); *L* Dalez, *A²* De sos, *D* De souz; *e* sa s.; *M²*
erber, *xI* herboi, *D* vergier — 80 (*ABC*); *D* lerbe; *M²* lonbre
dun oliuer; *I* oliuoi; *x* De desoz (*F* De soz) l. dun sapoi, *D*
Desouz lerbe dun oll. — 81-2 m. à *C*; *A²* La descendent li mes-
sagier Lor garnement furent ml't chier — 81 *F* qi, *I* dont; *nI* dis.

Ja esteit bien près de midi :
Delez la tor, en uns vergiez,
Lor fu Telamon enseigniez ;        *3370*
3385    Par un guichet les i menerent
Trei chevalier que il troverent.
Sor un feutre d'un paille bis
Jut en l'ombre d'un ciparis.
Nen ert pas sous cele feiee :      *3375*
3390    Cent chevaliers de sa maisniee
Aveit o lui riches e beaus ;
De lui teneient lor chasteaus.
    Antenor fu sages parliers :
    « Sire, nos somes messagiers.    *3380*
3395    « Par mer nos a a tei tramis
    « Prianz li reis en cest païs.
    « Nel laisserai que nel te die :
    « Par mei te mande mout e prie    •

3382 *J* meisdi; *D* antor m., *ARk* Ja poeit bien estre (*A* e. b.)
midi (*R* mis di), *nI* Ja pot bien (*I* B. pooit) estre miedis (*F* midis)
— 83 *m. à C; A*¹ Desoz, *A*² Joste; *n* la sale; *M*²*AJe* un uergier,
*A*¹*A*²*BHIRk* un (*A*² uns) uergiez (*A*¹*A*²*BH* -ies) — 84 (*A*¹*A*²*BCHI*);
*E* thelamons; *A* enseignie; *M*²*J* Lur uont (*J* Vet lon) t. enseigner
(*J* -ier), *e* Ert t. esbanoier (*sic*); *C* aj. (*pour la rime*) : Qi prouz
estoit et afaitiez — 85 (*A*); *C* guicet, *F* guinches (*corrigé en*
guinchet *par un* t *sur la ligne*); *R* gui ke les i m. — 87 *En*
fautre, *M*²*KR* feltre; *MRe* de; *K* paile de f. b. — 88 (*J*); *A*
Desous, *F* Jut de soz, *K* J. soz, *C* J. a; *D* de c.; *M*¹ cyp. — 89
*C* Il nert, *M*² Nen iert, *N* Nestoit; *AF* Niert pas suel (*A* seul)
celle (*A* a cele) foiee; *BJRky* Ni (*Bk* ne) fu pas trop a eschari (*BH*
escari, *M* escheri) — 90 *M*²*F* maisnee, *C* masnie; *BJRky* prou
(*BM* preu, *KRe* preuz) et hardi — 91 *C* a l.; *M*²*ACn* biaus;
*BJRky* Furent o l. et cointe (*H* auolc l. c.) et bel — 92 *M*²*ACN*
chastiaus, *F* chasteus; *BJRky* maint chastel (*J* chatel, *H* castel)
— 93 *ADK* Anthenors, *EMn* -or (*de même à peu près partout*);
*M*² parlers, *N* palliers — 94 *n* ie sui uns cheualiers, *ekR* fet il
ses (*R* ces) m. — 95 *M*² en cest pais; *ekR* Vos (*R* Nos) a enuoiez
et t. — 96 *ekR* Li r. p.; *M*² a tei tramis — 97 *Fe* Ne; *K* lerrai
(*v. f.*; *F* qi ne tel d.; *JRek* nel uos; *M*² Je nen laisserai nel —
98 *K* uos.

|  |  |  |
|---|---|---|
| | « Que tu li rendes sa soror, | *3385* |
| 3400 | « Que as ja tenue maint jor. | |
| | « Fille a rei est, de grant parage : | |
| | « Ne la deis plus en soignantage | |
| | « Tenir n'aveir, quar trop est lait. | |
| | « Rent li, si avras mout bien fait : | *3390* |
| 3405 | « Ancor sereit bien mariee, | |
| | « S'il la raveit en sa contree. » | |
| | Telamon art e esprent d'ire, | |
| | De mautalent prist a sozrire : | |
| | « Vassaus », fait il, « o vostre rei | |
| 3410 | « N'ai rien a faire, n'il o mei ; | *3396* |
| | « Ne sai qu'il est, onc nel conui, | |
| | « Ne rien ne fereie por lui. | |
| | « Ço sai jo bien qu'a Troie alames | *3397* |
| | « Por un tortfait, que nos venjames : | |
| 3415 | « Por ço que j'i entrai premier, | |
| | « Me rendirent itel loier, | *3400* |
| | « Une pucele fille al rei : | |
| | « Icele en amenai o mei. | |
| | « Tenue l'ai, tenir la vueil, | |

3399 *ekR* uos li rendeiz (*MR* -ez, *e* -oiz) — 3400 *ekR* Quauez; *en* t. ia — 1 *AMRen* F. est a; *nE* de, *D* au, *M* a, *R* al; *KR* halt, *nM* haut — 2 *M²* deiz p., *ekR* deuez; *n* Ne cuidoit pas quen s.; *M²N* soignentage; *F* sonant. — 3 *n* La tenist an; *MF* que; *KRe* molt — 4 *N* Ran, *F* Qant; *MRe* Rendez li donc (*e* la li) si iert (*DM* ert), *K* R. li si sera — 5 *K* Onquor, *M²e* Encor — 6 *K* Si la r., *F* Sil auoit, *e* Sil la tenoit — 7 *E* Thelamons; *D* enplit — 8 *M²N* mautalant, *K* maltalent; *n* prant; *M²Fk* sorrire — 9 *M²* Vassaut, *DM* Vassal; *eknR* a u. — 10 *AD* riens, *E* ie; *M²* que f.; *F* ne il; *cknR* a m. — 11-2 *m. à K* — 11 *MR* qui e.; *F* anc, *E* ainz, *B* ains — 12 *D* Ne ne f. riens; *M²* faroie — 14 *M²* torfait, *M* ort f., *n* fortait; *M²* dont n.; *D* venchames — 15 (*AC*); *M²* ie, *FM* ie i; *NRe* premiers, *FM* prim. — 16 (*A*); *C* Men donerent; *N* rendierent; *M²* itiel, *F* itieus, *N* itex; *ckR* Men fu renduz ml't (*K* un) biax (*M* biau); *enkR* loiers — 17 *ekR* Dune p. f. a — 18 *Dkn* Cele, *BR* Celi; *BM* amenoi, *R* amenoy; *kBR* auec m. — 19 *M²Rkn* uoil, *E* uuel, *D* veilg.

3420　« Quar mout est franche senz orgueil.
　　　« Amer la dei e tenir chiere :　　　　　*3405*
　　　« Bele est e sage a grant maniere.
　　　« De ma victoire est guerredon,
　　　« Qu'ensi le voustrent li baron :
3425　« Par grant proëce la conquis.
　　　« De ço ai bien mon conseil pris,　　　*3410*
　　　« Que ja nul jor ne la rendrai,
　　　« Tant com jo sains e vis serai.
　　　« De ma victoire fu loiers :
3430　« Ja ne serai puis chevaliers,
　　　« Que vos ne autre l'en meneiz.　　　*3415*
　　　« N'i enveit il pas autre feiz,
　　　« Quar assez tost le comparreit
　　　« Toz li premiers qui i vendreit.
3435　« A vos meïsme di jo bien
　　　« Que vos guardeiz sor tote rien　　　*3420*
　　　« Que en cest païs n'aresteiz,
　　　« Isnelement vos en railleiz :

3320 *K* et sans; *M²* ergoil, *Men* or-, *K* orguil — 21-2 *interv'
dans eA²BR* — 21 (*AA²HJ*); *N* uoil, *F* uoi; *M²C* aueir c. — 22
(*BCH*); *K* B. et s., *JM* B. et s. est, *A* Et est b., *n* Quele est s.;
*M²AA²J kn* de g. m. (*v. f. dans M²*) — 23 *F* ai, *N* oi ; *F* guierdon;
*BRky* Donerent la moi (*BH* M. la d.) li baron — 24 *N* Ensi,
*F* Einsi, *A* Quainsi; *N* uostrent, *F* uoistrent, *A* uodrent; *BRek*
Por (*D* Par) ma proece (*B* proijere, *D* deserte) (*E* mon seruise) en
g. — 25 *FR* Por: *R* requis — 26 *nA* De ce en ai (*A* ai ie) bien
(*AF* bon), *ekR* Et ien (*K* sin, *M* sen) ai (*D* oi) b. mon — 27 *F*
Qe a — 28 *ekR* T. comme (*M* com); *en* u. et s. — 29 *F*
logier — 30 *ekR* p. ne s.; *F* cheualier — 31 *M²* ni; *M²ERkn*
autres; *M²EN* lan, *F* la; *M* menoiz, *R* meneçois, *En* manroiz,
*M²DK* merreiz — 32 *F* Ne; *ERk* mie, *M²* mais; *M* e. m. a.; *K*
autres — 33 *G* tot; *M²NRek* conp., *D* conperront — 34 *M²F*
primiers; *E* Icil qui p., *K* Li p. qui ca; *D* Les premerains qui i
uendront — 35 *e* Et u.; *ERkn* meismes, *D* meesmes — — 36 *E*
gardoiz, *M²DMRe* -ez — 37 *N* narestoiz, *M²F* narestez, *G*
naretois; *ekR* Quen c. p. ne demorez — 38 *N* railloiz, *G* rirois,
*FL* ralez, *M²AA²Jky* alez.

« Pesera mei d'ore en avant,

3440     « Se jo vos i truis sojornant. »
         Antenor e si compaignon                    *3425*
         Ne firent mie lonc sermon :
         Dreit a lor nef s'en repairierent,
         En mer parfonde s'esloignierent.

3445     Dreit vent orent e bon oré :
         Del lonc de la mer ont siglé,              *3430*
         Dreit en Achaie sont venu;
         Iluec pristrent port e salu.
         Conreerent sei gentement,

3450     E senz autre porloignement
         Ont Castor e Pollus tant quis              *3435*
         Qu'il les troverent el païs.
         Antenor lor a dit tres bien
         Son message, n'i laissa rien :

3455     « Seignor », fait il, « Prianz vos mande
         « E par mei vos dit e comande              *3440*
         « Que sa soror li faceiz rendre;
         « E se mis sire vueut dreit prendre

---

3339 *M²* Pesereit; *M²A²n* dor; *ekR* Car gie (*E* ml't, *D* mont)
aurai lo cuer pesant — 40 (*A²*); *M²* Son u. i trueue soriornant;
*A* Se plus; *F* Se ie i trois; *ekR* se (Si) u. i truis (*K* trois) dor
(*e* dore) en auant — 41 (*C*); *n* ne si; *M¹* cump. — 42 *e* Ni — 43
*F* neis; *MR* en; *M²n* repairerent — 44 *M²F* parfunde; *M²* sesloi-
gnerent, *n* sesquiperent; *ekR* Car la (*K* le) demorer plus ne quie-
rent — 45-6 *interv. dans n* — 45 *A²* Bon uen; *K* buen o. — 46 *K*
Le, *Rn* De, *M* Du — 47 *x* Tant que a; *ekAJR* D. a; *C* archage,
*B* harcage, *H* arc., *K* cage, *nG* caie, *M* hacaie, *A²* acaie (*M²K*
achaie), *D* charole, *R* chartage, *EJ* parte, *L* troye, *A* athe-
nes; *J* sen s. u., *E* s. tost u. — 48 *K* a s., *enJ* de s. — 49 *e* riche-
ment — 50 *N* pol., *F* prolungement, *K* detenement, *MR* detrie-
ment, *e* delaiement — 51 *Mn* Polus; *R* Unt t. c. e p. qi, *A* C. et
p. o. t. quis — 52 *R* Ki; *F* le; *G* en p., *M²AJRky* ce mest ui_s
— 53 *L* Ath. — 54 *K* nen; *D* cela — 55 *EK* S. baron, *M* Seignors
barons — — 57 *EN* facoiz, *M¹* facez, *D* faciez, *FMR* faites —
58 *M²MRe* mes, *L* me; *M²DRk* sires; *E* an uialt; *nG* Et puis
apres sil uialt.

« De vos, si en seit uns jorz pris :
3460 « Trop avez esté enemis.
« Buene en sereit la benestanee :            *3445*
« Trop a duré la mauvoillance. »
Castor e Pollus respondirent
Qu'onques a Priant tort ne firent :
3465 « Mais ço set om certainement
« Que sis pere premierement                  *3450*
« Forfist vers nos e vers les noz,
« Dont damages vint puis as voz.
« Laomedon le comença,
3470 « Qui laidement le compara ;
« E qui de rien nos en apele                 *3455*
« Ne nos puet aporter novele
« Dont meins nos seit. Nos ne preison
« Ceus de Troie se petit non :
3475 « Mieuz amons nos lor mauvoillance
« Que estre o eus en benestance ;
« E qui ça vos en enveia
« De petite amor vos ama.                     *3462*

---

3459 *M²F* iors; *D* .j. ior; *A²* mis — 60 *G* auons; *ekR* Na soing
daueir t. e. — 61-2 *m. à x* — 61 (*C*); *M²* Bone, *A* Si en ; *BJRky*
Il ameroit ml't (*D* plus *H* mius) lacordance, *A²* Ml't s. bone lac.
— 62 *M²A²A³BCDHJRk* malu.; *E* T. dure la male uoillance —
63 *Mn* Polus — 64 *M²* Qonques, *Men* Conques; *D* pryant; *K*
ne forfirent — 65 *M²* siet, *M* scoit, *F* sai; *M²R* hon, *eM* on, *K* len,
*n* bien — 66 *M²MRen* ses ; *M²Rekn* peres; *F* prim. — 67 *F* Fes
si — 68 *EK* Don, *N* Dom; *D* as noz, *F* aus n. — 69 *F* Laum.
— 70 *M²e* conparra, *M* conpera — 73 *M²* meinz, *D* mains, *ENR*
moins; *N* ne ne p.; *tous les mss.* prison — 74 *M²* Celz, *KN* Cels,
*D* Ceuls, *M* Ceulz, *EF* Ces; *n* se mout pou n. — 75 *kn* Mielz,
*E* Mialx, *A* Miex, *D* Mex; *FK* amon; *A* Nous a. m.; *M²ANRk*
malu.; *e* M. a. la male uoillance — 76 *M²* elz, *FK* els, *N* aus, *D*
euls, *M* eulz, *E* ax, *R* iels; *ekR* Questre uers (*E* anuers) e.;
*K* a; *M²Rek* bone estance, *n* b. fiance (*v. j.*); *A* Que ne faisons
la bien e. — 77 *F* ia; *ARek* Et cil qui ca u. e.

« Voz genz ne les noz ne sont une
3480   « N'ensemble n'ont nule comune.
       « Ne volons que ça nus en vienge :          *3463*
       « Içо que chascuns a, çо tienge.
       « Metez vos or tost el repaire,
       « Quar tote honte e tot contraire
3485   « Vos fereit l'om, çо sacheiz vos :
       « Ja n'en sereit parlé o nos.
       « E quant vos ça preïstes port,
       « Mout dotastes petit la mort. »          *3470*
           Antenor entent le respons,
3490   Qui ne li fu ne beaus ne bons :
       Mout li est tart qu'il seit ariere,
       Quar mout li font cil laide chiere.
       Senz congié prendre s'en retorne,          *3475*
       Iriee chiere fait e morne.
3495   En lor nef entrent, si s'en vont :
       O droite bise cui il ont

---

3479-80 *m. à BJRky* — 79 (*AA²CGL*); *F* et les — 80 *M²*
Nensenble; *G* une c.; *L* Ne ne sont pas d'une c. — 81 (*BL*);
*BJRky* Ne querons; *M²* ia ca, *n* nus (*F* nos) ca; *A* nul, *M²E* uns;
*M²BMRy* uiegne, *J* uigne, *x* ueigne; *A²* ia que a nos uieigne — 82
*yJMR* Mes ce, *A²* Et ce; *E* sel t., *n* se t., *DH* si t.; *BMy* tiegne,
*A²* tieigne, *J* tigne, *x* teigne, *R* reteigne (*v. f.*); *K* M. que chas-
cons a co se t. — 83 *F* ore; *BJRky* Or u. m.; *BRk* al — 84
*BDHJRk* Que; *kBHJR* tost (*H* grant) ennui (*B* anuis) et grant
c.; *e* tost uous ferions c. — 85 *e* En cest pais; *M²* fareit, *F* ferunt;
*M²J* lon, *BMR* on, *KN* len, *F* en; *M²F* sachez; *K* ci entre nos
— 86 *nHJMR* a nos; *K* s. altre por uos; *e* Se (*D* Si) i demo-
riez .ij. iorz — 87 *E* ci — 88 (*A*); *M²* M. redotastes peti m.,
*kyJR* P. r. (*D* redoutiez) la m. — 89 (*A*); *D* Athenor; *n* oi, *R*
atent; *M²n* les — 90 *F* Qe; *M²* funt; *N* furent b., *F* fu b.; *M²*
beus, *F* biaus, *M* biauz, *KNRe* biax (*de même le plus souvent*) —
92 *A* fet cil; *n* li ont (*F* ot) fait; *kyR* len (*MR* on) li fet (*E* fist)
ml't (*K* li feseit) — 93 *N* panre — 94 *M²* O iree c. e m., *n* O c.
correciee et m., *A* Comme cil qui fist c. m. — 95 *F* E en ; *M* nez,
*L* neis — 96 *ekR* A ; *M²* qui, *R* che, *ekn* que.

Ont tant nagié e tant siglé
Que a Pile sont arivé.      *3480*
Li dus Nestor en esteit sire,
3500      Qui mout ert fel e de grant ire :
De ses armes esteit mout proz
E uns des plus vaillanz de toz.
Mout ert bien de sa terre sire.      *3485*
Poi li esteit d'un home ocire :
3505      Maint en aveit o ses mains mort,
Qui ne li faiseient nul tort.
Mout ert engrès e de put aire,
E mout li ert poi de mal faire.      *3490*
Antenor a tant dit e fait,
3510      Son message li a retrait
Tot mot a mot : rien n'i oblie,
Que bien ne li reconte e die
Ço que Prianz li encharja ;      *3495*
Onques por paor nel laissa.
3515      Nestor le reguarde en travers,
D'ire devint pales e pers :

---

3497 *M²* T. ront, *n* T. ont — 98 *M²Mn* pire, *AER* pirre, *L*
pyre, *D* pytre (*cf.* *8231*) — 99 *AERk* Li reis; *DL* Nector —
3500 *M²A* iert, *Hkn* fu, *J* est; *K* fels, *F* beus, *N* biax; *H* cruex et
plains dire, *A* f. et de put ire — 1-2 *interv. dans BJKRy, m. à*
*M* — 1 (*AC*); *BJKRy* Molt (*BJRe* Trop) ot en lui sen (*H* sens,
*BRJe* pris) et ualor — 2 *C* de p.; *BJKRy* Uns des p. u. fu (*H*
prisiez ert) des lor — 3 *M²* iert, *F* li ert; *ekR* Bien esteit — 4 *Dn*
Pou, *E* Po; *n* Mout li ert p.; *M²Ne* ocirre — 5 *M* Mainz, *D*
Mains; *ADRkn* a s.; *MR* morz — 6 *M²R* Que, *F* Qe, *A* Quil;
*M* nul torz — 7 *M²* iert; *A* crueus; *kyR* Nestor fu fel (*D* bel)
(*K* ert fels) et de mal (*M* male) aire — 8 *Dn* pou, *E* po; *D* Mont
li estoit p. — 9 *L* Athenor (*forme constante*) — 11 *DK* riens; *F* nen
— 12 *DK* reconte — 13 *K* Quant que, *eR* Quanque, *M* -es; *M²Re*
encharga, *K* enchercha — 14 *N* nes l.; *M²* Onc por p. rien ne l.;
*M²K* poor, *D* poour, *EN* peor — 15 (*J*); *L* Nectors, *N* Castor; *H*
a t., *F* de t. — 16 (*J*); *M* deuient; *F* pailles, *H* pailes.

&laquo; Fiz a putain, &raquo; fait il, &laquo; bastarz,

&laquo; Por poi des ieuz ne vos desfaz.                    *3500*

&laquo; Par cui congié, par cui otrei

3520    &laquo; Vos osastes metre sor mei ?

&laquo; Por poi jo ne vos faz desfaire

&laquo; O vilment a chevaus detraire.

&laquo; Vers vostre rei hontos, mauvais,          *3505*

&laquo; Ne querrai ja jor aveir pais.

3525    &laquo; Sis pere, li chaitis dolenz,

&laquo; A mout grant tort laidi noz genz,

&laquo; Qui rien mesfait ne li aveient

&laquo; N'en sa terre ne forfaiseient :              *3510*

&laquo; E cuidereit or vostre sire

3530    &laquo; Vengier la mort e le martire

&laquo; Que nos feïmes des chaitis,

&laquo; Quant destruisimes le païs !

&laquo; Cuidereit nos il faire acreire              *3515*

&laquo; Qu'amor ne pais nos tenist veire ?

3535    &laquo; Dahé ait hui la soë amor

3517 *EKN* Filz, *D* Fiuz; *M²* f. il maluaiz; *ekR* malues et maz; *C* bastras — 18 *MNe* Par, *F* Per; *n* pou; *M²* oilz, *C* euz, *n* ialz; *ekR* P. un petit; *M²F* desfaiz, *k* deffaz, *C* defas — 19 (*AC*); *M²* Per, *F* Por; *M²* no qui o.; *kyJR* Com osastes uenir sor (*K* uers) m. — 20 (*C*); *kyJR* Molt sui iriez quant gie uos uei, *A* O. uos uenir s. m. — 21 *eN* Por; *DN* pou, *E* po; *e* Par .j. po; *k* que ne, *R* kc no; *F* ne uos face d.; *M* def., *K* deff. — 22 *kR* Ou a c. (*k* cheual) u. d. — 23 *M²* mauuaiz — 24 *M²* Ne quier ie ia; *ekR* Ne querons (*K* querron) nos ia a. p.; *E* Ne amons nos ne tenons pes; *M²* paiz — 25 *en* Ses; *M²KRe* peres; *M* son pere li chaitif — 26 *M²n* Qui a t. l. les nos (*N* noz) g. — 27 *DK* riens; *k* meffait — 28 *F* Ne en sa t., *M* Ne sa t.; *e* mesfeisoient — 29 *M²ACn* Or si (*M²F* se) (*A* ainsi) quideroit (*AN* cuid., *C* cuide, *F* cuidoit) — 30 *D* Venchier — 31 *Nek* feismes — 32 *EN* destruiss., *M* destruismes, *F* -imes, *R* destriuesmes (*avec un accent sur le premier jambage de* iu) — 33 *M²* Quiderent; *M C.* il n.; *FC.* il f. — 34 *ERk* et p. — 35 *FK* Dehe, *M* Dehez, *E* Dahez, *D* Dahaz; *R* De ehait; *ekR* or qui quiert (*e* croit) samor.

&laquo; Ne qui s'i fiera nul jor !  
&laquo; De grant folie se porpense :  
&laquo; N'a pas l'aveir ne la despense                    3520  
&laquo; Dont vers nos puisse forceier  
3540      &laquo; Ne dous meis de l'an guerreier.  
&laquo; Tot quant qu'il a ovré e fait,  
&laquo; S'il ne se guarde de fol plait,  
&laquo; Li avrons tost ars e guasté.                      3525  
&laquo; Guardez que ne seiez trové  
3545      &laquo; Demain en la cité de Pile ;  
&laquo; Eissez vos en tost de la vile,  
&laquo; Quar il n'est genz cui jo tant hee  
&laquo; Com ceus de la vostre contree.                    3530  
&laquo; Dahé ait qui les amera  
3550      &laquo; Ne qui ja o eus pais avra ! &raquo;  
Antenor n'esteit pas seürs :  
Mout vousist estre fors des murs.  
Bien veit qu'il vait querant folie :                     3535  
Por poi sor lui n'est revertie.  
3555      A la nef vint plus tost que pot ;

---

3536 *M²* Ne ia, *N* Et qui ; *F* Et qil si feira — 38 *F* ni ; *L* pois-
sance — 39 *N* Dom, *G* Don ; *M²* fronteier, *FR* forcier, *G* forsoier ;
*BJRky* Quil poist (*D* peust) u. n. f. (*J* foncoier, *R* forcier), *L* D. il
nos puisse iosticier — 41 *enM* quanque ; *F* a dite — 42 *F* Se si ne se
g. de bel p. — 43 *ekR* A. nos t. — 45 *A* conte ; *M²ABCFRky* pire,
*J* pirre, *L* pyre — 46 *M²* Eisez, *CN* Issiez, *F* Einsiez ; *CF* uos
(*C* en) fors de ; *BJRky* Ne crien (*K* criens) le (*E* uo) roi ne son
empire — 47 *M²* qui, *F* qi, *CN* que ; *BJRky* Soz ciel na gent
(*Dk* rien) que ie t. hace — 48 *C* ceauz, *N* celx, *F* cels ; *N* Comme
c. ; *n* de u. c. ; *C* uestre ; *BJRky* Com gie faz uos (*E* an) ia dieu
(*EHR* deu, *K* de, *D* dex) ne place — 49 *F* Dehe, *C* Deez ; *N* oit ;
*M²* ia les ; *BJRky* Quentre nos ait (*E* oit) ia (*e* mes) bone amor
— 50 *n* Et qui ; *n* a ; *M²* ceus, *CF* cls, *N* als ; *BJRky* Ne pes
nacorde mes (*eM* ne concorde) nul (*eJ* a n.) ior, *H* Ne p. nacor-
dement n. i. — 51 *BEHJRk* nest pas bien s. ; *L* segurs — 52 *eKR*
Ja, *B* Bien ; *eKN* uolsist, *F* uoisist ; *n* pres — 53 *M²M* ua — 54 *N*
Par, *ekR* A ; *DN* pou, *E* po — 55 *Ln* En ; *JRky* sa ; *M* uait, *A*
ua ; *ekJR* quil ; *nA²G* com p. t. p. ; *H* sen uait com ains p.

O itel vent come il i ot
S'est tost de la terre esloigniez :
Or voudroit estre repairiez.                    *3540*
Ja ne prendra mais port, son gré,
3560    Desci qu'a cel seit arivé
Dont il mut. Bien treis jorz entiers
Lor a duré uns granz tempiers :
Mout fu la mer neire e hisdose,                 *3545*
Oscure e laide e tenebrose.
3565    Grant paor ot, mout se demente
Antenor por la grant tormente :
Li venz e la mer le desfie,
N'a esperance de sa vie.                        *3550*
Cil de la nef gisent a denz,
3570    Mout se claime chascuns dolenz :
Ja n'en cuida uns eschaper.

---

3556 (*A²C*); *M²* Ou itiel; *M²A* il ot; *HLn* A tot itel (*L* tele)
(*n* tote tel) g. com il ot, *ekJR* A (*e* Et, *J* O) tel gent (*DJ* tex
genz) com auec (*R* auoc, *D* ouec, *E* auoec) lui ot — 57 (*A*); *ER*
T. sest; *D* De la t. est t..; *M²* esloignez, *E* esloingniez, *A²F*
eslongiez — 58 *A* Qui, *R* Oi; *M²* repairez (*nous ne signalerons
plus dans ce mss. e pour ie (fréquent surtout à la finale devant e
fém.*) — 59 (*AA²C*); *F* prendroit, *N* panront; *n* lor g.; *BIJRky* la
son uoil (*K* uol, *E* uuel) mes (*D* Ja m. s. u.) p. ne prendra — 60
*M²C* De ci; *nA²* Deuant quil (*A²* Desqua cel) soient a., *BIJRky*
Tant qua celui (*H* Deuant que il) arriuera — 61 (*A*); *M²* D. il
torna, *n* La d. murent; *H* A celui dont il mut premiers — 62 *A*
Li; *n* forz t.; *BJRek* Les (*D* Le) tint uns tormenz granz et fiers,
*H* .iij. iors le t. .j. t. f. — 63 *E* ert; *M²ERk* mers, *D* nuit; *M*
isdose, *N* hidose, *eM* -euse — 64 (*JR*); *n* L. o. (*N* et o.); *M²* O. 1.
t.; *EH* O. et noire et perilleuse — 65-6 *interv. dans n* — 65 *M²K*
poor, *E* peor (*formes constantes*); *n* Fu poerox (*F* pauros) — 67
*M²ENRk* mers — 68 *e* Na mes e.; *eM* en sa u. — 69 *N* adant,
*L* adens, *G* adans, *R* es danç — 70 (*A²JR*); *M²AM* claiment;
*M²A* chaitis, *C* chatif, *G* dolans, *L* -ens, *N* -ant — 71-2 *interv.
dans BJRky* — 71 (*AG*); *M* ne; *M²* quide, *A²* -ent, *K* quida;
*BCDLRk* nus; *F* eschamper, *C* escamper, *BH* escaper.

Mout lor fu fort a endurer :
A grant dolor e a grant peine,                    *3555*
Ainz que trespassast la semaine,
3575   Ariverent en lor païs.
Grant joie en fu a lor amis :
Li reis e li baron de Troie
Les reçurent a mout grant joie.                   *3560*
Par les temples Antenor va,
3580   Mout doucement les deus ora;
.      Un sacrefise lor ofri,
Por ço que de mort l'ont guari.
Après est el palais venuz.                         *3565*
Ne se fist pas taisanz ne muz :
3585   Oiant le rei, oiant ses fiz,
Oiant cent chevaliers esliz,
A tot conté e tot retrait,
Com faitement il aveit fait,                       *3570*
E dist : « Por poi que cist messages
3590   « Ne m'est tornez a granz damages.
« Tant par nos heent cil de la,
« Ja mais n'ameront ceus de ça.

3572 N forz, BDRk grief, HJ gries, A³ mal; E M. fu cruex —
74 N trespasast, F trep.; ekBR Ancois (M -oiz, e Aincois) que pas-
sast — 75 ekR Sont arrive; M a leur — 76 ekR ont fait (K faite);
K o; B auis — 77 e barnez — 78 M² Le — 79 M² as dex ala —
8o E as dex; eRk proia; M² les aora — 81-2 interv. dans K —
81 Ne sacrefice, F sacrif. — 82 ekR quil lont (DM ont) de m. g.
— 83 M² au palaiz, D el pales — 84 F Ne sest pas t., ekJR Mes
ni est p. t. — 86 (A); Dk les c., E ses c. — 87 A A tout r. et
raconte — 88 (CGJL); EHRk lauoit; A Ainsi com il auoit erre
— 89 Ne par; Dn pou, E po (formes ordinaires); K qua; B cis,
FKR cest, M ce; kR message, x mesage, e-es — 90 (B); M²
torne; eR grant; R domaige; x Ne li (GL me) sont torne a
domage, k Na (M Nai) receu molt grant damage — 91-2 sont
placés dans nL après 3618 — 91 (GR); BKe Trop; M uous, L
les; Be uous par h., M p. h. — 92 L Ja nes a. cil; M² celz, NR
cels, F ces, C ceuz, G cex; Bky Ja mes ço cuit (K quit) pes ni aura.

« A Peleüs alai premier,                           *3575*
« Cui mout trovai enrievre e fier.

3595 « Sacheiz mout en failli petit,
« Quant mon message li oi dit,
« Qu'il ne me fist deshonorer.
« Comença mei a congeër                            *3580*
« Mout laidement de son païs :
3600 « Ja ne sereit, ço dist, amis
« A ceus de Troie nul jor mais,
« N'o eus n'avreit triue ne pais.
« O lui ne poi jo al trover.                       *3585*
« Puis me remis ariere en mer :
3605 « Telamon quis e demandai
« Tant que a peine le trovai.
« De par vos li dis e requis,
« Mout m'en penai e entremis,                      *3590*
« Qu'il vos rendist vostre soror,
3610 « Car tenue l'aveit maint jor.

---

3593-4 *interv. dans B* — 93 *F* primier, *A²k* premiers; *B* Peleus
a cui fui premiers — 94 *M²AL* Que; *L* tant; *Ce* Molt le t.; (*CJLR*
enrieure), *M²* engres, *n* ire, *E* antulle, *G* enresde, *A* cruel; *K*
Molt par fu enrieures et fiers, *B* Ml't fu enresdes et ml't fiers,
*M* Ml't fu orgueilleuz et ml't f., *A²* M. par estoit felons et f., *H*
M. p. fu periurs et m. f. — 95-6 *interv. dans BJky* — 95 (*C*);
*M²KR* Sachez, *N* Sachoiz, *les autres* Sachiez (*formes ordinaires*);
*BD* quil; *ABen* sen; *H* fali, *B* falut; *JM* m. sala (*J* ala) a p. —
96 (*AA²CHR*); *BEJ* Q. li oi m. m. d.; *F* ai d.; *M* ou d. — 97 *F*
feist; *M²ACNR* desen., *F* deson.; *BJky* Que molt grant ennui
ne me f. — 98 *A* Me c.; *R* coniaier, *C* conuier; *BJky* Puis si me
comanda (*K* c. bien) et dist — 99 (*ACR*); *BJky* Que gississe (*E*
ississe, *BDM* ie i., *J* issasse) — 3600 *nC* dit; *BJky* Nul ior ne s.
uostre — 1 *kyB* Il ne uos amera ia m. — 2 *N* Na als, *F* Ni a
eus, *C* Ne a elz; *R* naurot, *C* nauroit, *M²n* naura; *nC* triues;
*M²KR* trieue; *ekB* Ne quiert uers uos — 3 *n* En; *M²NR* el; *M²*
rien el t.; *kyB* Altre chose ni poi t. — 4 *F* men; *EKN* arrière,
*M* arrier, *D* aillors — 5 *enK* Thel. — 6 *n* qe a poines, *ek* qua
grant paine — 7 *F* part; *R* dit — 8 *R* me — 9 *N* rendiest — 10
*M* Quauoit ia t.

« Cui chaut? Assez me foleia

« E vos meïsme laidenja :

« Por vos, ço dist, rien ne fereit,                    3595

« Ne bien, ne mal, ne tort, ne dreit.

3615   « Pollus me redist autretel,

« Mout me laidi en son ostel ;

« Mout me fist mauvais acoilleit

« E dist que Troïens haeit :                           3600

« Ne fereit por vos nule rien,

3620   « Ço dist, ne que por un vil chien :

« Nos i atendisseiz vos mie.

« Assez me dist honte e folie.

« Jo sofri tot o morne chiere,                         3605

« Puis me remis en mer ariere.

3625   « Nestor quis tant qu'a lui parlai,

« Vostre message li contai.

« Cui chaut ? quar il me dist tres bien

3611 *R* me folia, *M²* me laidenia, *ek* mestouteia (*E* -ea), *n* me
rampoigna (*N* -ona) — 12 *EMRn* meismes; *D* meesmes le denia ;
*F* laideigna, *E* leidania, *M²* foleia, *A²* maneca — 13 *A²DKR*
riens; *M²Men* dit ; *FR* nen ; *M²* fareit (*forme constante*) — 15 *n*
Polus; *D* redit, *H* refist — 16 *ek* dist (*K* fist, *D* dit) lait ; *R* Lai-
denia moy; *ENk* a ; *A²J* hostel — 17-8 *m. à A²* — 17 *D*
mauues, *Ek* malues; *J* acoillot, *F* acoloit, *G* recuilloit, *L* acoil-
loit — 18 (*AGH*); *M²* Mout; *DM* dit ; *e* troyens, *R* troen; *J* haioct
— 19 (*AJ*); *GLN* Nan, *BR* Nen; *M²* fareit, *F* feront; *M²A²CMR*
ce dist (*CM* dit); *EK* co dist (*E* dit) r., *A²* por uos r. — 20
*M²BCHMR* Por (*C* Par, *R* Per) uos, *Dn* Ce dit; *L* nis, *G* nez, *B*
nes; *BDHJM* put c.; *M²AR* ne mais (*A* non plus) que por (*R* per)
un c., *E* Ne plus que por .j. poure c., *K* Ne quil fereit p. un uiel
c., *A²* Ne ia nauries de lui bien — 21 *M²BCIkny* Ne uos i a. m.;
*M²* atendissez, *N* -esoiz, *F* -esez, *E* -esiez, *D* -isiez, *M* attendis-
siez, *R* entendisses; *A* Ne nous i atendissons m., *A²* Ne dote rien
uo signorie — 22 *A* nous d.; *F* dit — 23 (*R*); *M²k* a; *M²* triste,
*E* simple; *x* Soffrir (*L* Soffir) mestut (*F* mestoit) sa pute (*G*
male) c. — 24 *R* remist; *L* men reuing; *K* en (*M* a) ma char-
riere; *Ne* arriere — 25 (*A*); *M²* quo; *e* que iel troue — 27 (*G*); *A*
quant, *R* cant, *KL* que, *yJ* et; *MC.* c. il; *R* dit; *H* ml't b.

« Sire, que nos amot de rien.                    3610
« Des dous ieuz me voleit desfaire,
3630   « O vilment a chevaus detraire ;
« Manaça vos a eissillier
« Et tote Troie a trebuchier.
« Onc, ço sacheiz, jor ne conui          3615
« Nesun plus orgoillos de lui,
3635   « Ne plus pervers, ne plus sorfait.
« Que vos en fereie lonc plait ?
« Ne vos prisent ne ne vos aiment,
« Ne ceus qui de part vos se claiment.    3620
« Nos i poëz de rien fiër,
3640   « Ainz vos estuet d'eus a guarder.
« Il resevent, ço sacheiz bien,

3628 (R); ALekn Que il (M pas) ne uos a.; G Por uos ne
feroit nulle r. — 29-3o m. à EH, 31-42 à E — 29 A .ij. des
iex, M² Des oilz (v. f.); M²R me cuida; BDJk Des i. me feroit
tot d. — 3o BDJk Co dist (DM dit) ou (BM et) a ; R O a c. u. d.;
F desfaire — 31 Dn Men., M Menace, K Man., H Manece; M²M
nos; R assaillier — 32 D troye; H escillier; K trebuscher, D
-schier — 33 (R); A²C Ainc, A Ainz ; x Puis que fui nez, BDHJk
Ge uos di bien; J ainz, G ains, N onc, L hom ; F anc nel c., A
nul nen c. — 34 (C Nes un), BDHJk Home, R Homen, M² Negun,
L .j. seul, N Un sol, F Uns sols; M² ergoillous, F org., N
orgueillos, A -eus, DHJ -ex; G .j. p. sol orgullox, A Plus felon
o.; A² Nul p. felon homme — 35 (C); M²LR poruers, A cuiuert,
A² cruel; F forfait, G mesfait; kBDHJ Ne qui plus tost deist
(B desist, H feist) un lait (D let) — 36 (ABHJR; C nos; D diroie;
x Que u. f. plus l. p. — 37-42 m. à BC — 37 (AGL); F Ne ne n.
(v. f.); M²A² Ne nos p. ne ne nos; R ament; DHJR Il ne u. p.
rien (DH ne) ne a. — 38 L Ne rien; M²A²HR par (R per, A²H
de) uos se reclaiment; ADGJKLN de par uos, M de u (v. f.); J se
tienent — 39 R Nos (corrigé en Nō); kDHJ Ne (J Ni) uos p.;
nG Ne u. i p. rien f., A Ml't pou uos i p. f., L Ja ne uos i
couient f.; GK riens — 40 (L); DN Einz; AR u. lo bien;
DHJk dels bien (HJM b. d.) g., G b. dex g. — 41 (A); M² Il
resieuent, F Isnelement; M² sachez, R saichiez, N sachoiz, F
sachien; kDHJ En els et il reseiuent b.

« Que vos ne les amez de rien.
« Prenez conseil qu'en devez faire     *3625*
« Tel dont vos poisseiz a chief traire
3645 « Al pro de vos e a l'onor;
« Quar ço nos dïent li autor :
« Qui grant chose vueut envaïr,
« La fin a qu'il en deit venir     *3630*
« Deit esguarder, se il est sages,
3650 « Que n'en vienge honte e damages. »


## Délibération ; l'expédition de Paris en Grèce est décidée.


Mout fu iriez Prianz li reis,
Quant il oï que li Grezeis
Aveient despit son message :     *3635*
Mout l'en pesa en son corage.
3655 Les manaces ot e le lait
Que Antenor dit e retrait,

3642 *N* ramez — 43 *M²* Pernez, *H* Prendez; *M²k* que, *R* con ;
e doiez f., *H* dicest afaire — 44 *M²F* Tiel ; *M* Donc uous; *FM*
poissiez, *M²DN* puissiez, *E* puisiez, *C* poissez ; *H* d. nus puisson
— 45 *M²Fk* prou, *MNe* preu; *ek* A uostre p. a uostre enor;
*M²N* a lenor, *F* al honor — 46 *M* Que; *K* recontent, *D* nous
content; *M* nostre aucteur; *M²A²DFKR* auctor, *E* actor — 47 *M²*
uout, *F* ueut, *D* ueult, *EN* uialt, *A²K* uelt — 48 (*R*); *M²FM* quel;
*K* quei; *Ke* en puet, *M* chief p., *F* atendoit (*v. f.*); *A²* A quele f.
il d. — 49 *A* sage — 50 *N* Quil; *N* et *F* (*en marge, 2ᵉ main,
xvᵉ siècle*) ueigne, *e* uiegne; *F* (2ᵘ *main*) ne damages; *K* Q. mals
ne len u. et d., *M²ACR* Quil ni ait hontes (*ACR* honte) ne d.
(*A* domage), *F* (1ʳᵉ *main*) Ne li sont torne a d., *eM* Honte (*M*
Que h.) nen u. ne damages, *A²* Quil ne len auieigne hontages —
51 *F* irez; *D* Pryanz — 53 *A²* A. laidi — 54 *FM* pese; *Ke* Ml't
par (*K* Forment) len pese (*e* poise) — 55 *M* Et les m. et le l. ;
*enM* men. — 56 (*R*); *L* dist; *A* Quantenor li d.; *M²* lur ot r., *EK*
lor (*E* li) a r.

E les reproches e les diz.
A ses homes et a ses fiz                       *3640*
Le prist a dire e a mostrer :
3660    « Seignor, en vos me dei fïër.
        « Oïr poëz l'adrecement
        « E la pais e l'acordement
        « Que cil de Grece nos fereient,          *3645*
        « Se lieu e tens e aise aveient.
3665    « De nos n'ont crieme ne dotance,
        « Mout prisent poi nostre poissance :
        « Ma soror ne me rendront mie.
        « Or ne sai jo mais que jo die,            *3650*
        « Mais assez nos vient mieuz morir
3670    « Que ceste honte en pais sofrir.
        « Dahé ait qui la soferra
        « E qui a tant ne s'en metra
        « Que l'om ne nos en blast a tort.         *3655*
        « A morir avons d'une mort :
3675    « Assez sovent a l'om veü
        « Que cil qui esteient vencu
        « Revenqueient lor enemis,

---

3657 *E* ledanges — 58 *n* conter — 61 *Ken* ladresc. — 62 *M²*
paiz — 64 *e* Se eise et t. et l. a., *M* Saese et lieu et t.a., *K*
Sese et t. et l. en a.; *EF* tans, *DM* temps — 65 *DM* vos; *F*
creme — 66 *ek* dotent; *D* po; *DM* uostre; *M²* poisance, *E*
puiss. *N* puissence — 67 (*J*); *R* rendroit; *n* De ma s. ne
rendront (*F* -oit) m. — 68 *R* nen s. ne m.; *DM* ien d.;
*K* mes que gie en d. — 69 *M²M* uos; *D* miex a. nos u. m.; *K* A.
nos i u. m. m. — 70 *n* c. chose; *M²* en paiz, *K* issi — 71 *F*
Dehe, *K* Dehaiz, *eM* Dahez; *kn* le; *FM* soufrira — 72 *E* an tel
ne; *L* sen demetra — 73 *M²KR* lon, *G* on, *A* en, *enA²HJM* len
(*de même à peu près partout; nous ne donnerons plus que M²*);
*F* ne uos ne b.; *GKR* nos b.; *M²Rkx* blasme, *H* blame, (*B* blast);
*C* Qe nen soions blasmez — 74 *R* auoms done — 75 *K* A. a len
s. u.; *M²* lon — 76 *A²* q. ont este u.; *eFM* uaincu, *N* uoincu —
77 *M²* Reuenccient, *CF* -coient, *R* -quoient, *N* Reuoincoient, *kH*
Venquirent puis, *BDJ* Vencoient p.; *M²ACRMen* anemis; *A*
Revenchoient bien lor amis.

&laquo; Si qu'a eus erent puis sozmis.     *3660*

&laquo; Fort vile avons : jusqu'al joïse

3680    &laquo; Ne sereit el par force prise.

&laquo; Chevalerie avons assez

&laquo; E de genz a pié granz plentez ;

&laquo; De la vitaille avons adès.     *3665*

&laquo; Mout nos devons metre en grant fais

3685    &laquo; Que de l'ire dont somes plein

&laquo; Querons mecine a estre sain,

&laquo; O faire a ceus honte e damage

&laquo; Qui le firent nostre lignage :     *3670*

&laquo; Si serons sain, lié e joios.

3690    &laquo; Cest afaire met jo sor vos.

&laquo; Que qu'om die ne que que non,

&laquo; N'en ferai rien se par vos non.

&laquo; Non pas por ço ma volenté     *3675*

&laquo; E mon corage e mon pensé

---

3678 *M²* elz ; *x* Quant a tant nos en (*F* i) somes mis, *CR* Ja
frois ne lor eusent puis (*C* en saut en pis), *BJky* Et orent puis
(*e* auoient) enor (*BJM* vertu, *E* uertuz, *H* et los) et pris, *A* Ja ne
nous en seroit de pis, *A²* Si ferons nos iel uos plevis — 79 *E*
tresquau ; *M²A²* iujse, *M* uisse — 80 (*R*) ; *M²DFk* ele ; *M²k* a f.,
*F* por f. — 81 *R* aurom — 82 *AC* grant ; *n* Et dautre gent (*F* genz)
a g. (*F* grant) plantez (*F* plaintez), *ek* Et bien iusqua .v. anz
passez — 83 (*G*), *M²A* Viure e uit. aurons (*A* auon), *CR* Blei
(*R* Blc) et u. auom, *K* A. nos uiandes, *D* Auomes nous uiande,
*E* Auons de la uit., *L* De u. rauons assez — 84 (*ACL*) ; *n* la
deuront ; *M²FGKR* a g. : *G* M. deuos (*sic*) mestre a — 85 *M* donc
nous s. — 86 *ek* Eussiens (*K* -ons, *D* Eusions) pris conseil certain
— 87 *ek* Por, *n* Et, *R* A — 88 *F* a n. — 89 (*J*) ; *M²* Serions s. ;
*kyJ* Seignor (*M* -ors) qui estes coraios — 90 *M²* m. or, *kDJ* les
gie ; *n* Icest a. m., *A²* Icest conseil metrai — 91 *M²JR* Que quen
d. ; *R* ne que n. ; *AA²Ky* Que que en (*e* ian, *A* io, *A²* len) d. ne
(*K* et que) que n. ; *n* Quen diroie ie (*F* ne) ne que (*F* qi) n. —
92 (*A*) ; *C* Ne, *F* Non ; *R* si per ; *D* Riens nen f., *HK* R. nert (*K*
niert) faite, *JR* R. nen niert fait, *M* Rien nest fait ; *A²* sanz uostre
bon — 93 (*ACR*) ; *ek* Et ne porquant, *A²* Et nequedent — 94 *M²*
en m. p.

3695 « Est biens e dreiz que vos en die,
   « O seit saveirs, o seit folie.
   « Eslisons tant de nostre gent
   « Come il vos vendra a talent, .    *3680*
   « De chevaliers proz e hardiz,
3700 « De totes armes bien guarniz,
   « Sis enveions en lor contree
   « Tot belement e a celee :
   « Ainz que la chose seit seüe,    *3685*
   « Puet la terre estre confondue,
3705 « Lor home mort, lor preie prise.
   « Ne cuident pas en nule guise
   « Que l'om osast sor eus aler
   « Ne en lor terre a force entrer.    *3690*
   « Haï! haï! franc chevalier,
3710 « Qui lor orgueil porreit baissier,
   « Come avreit grant aumosne faite!
   « Or me dites que vos en haite.
   « Iço vos di jo bien de veir,    *3695*
   « Se vostre aïde en puis aveir,
3715 « Qu'a mei ne la guarront ja mais,
   « Ne n'i avront triue ne pais. »
   N'i a un sol qui l'en desdie;
   Chascuns li pramet e afie    *3700*

---

3695 *L* bien; *kDJ* B. est et d.; *M²A* q. uos en d.; *DJK* q.
iel, *M* quel; *ER* Est b. d. q. ie le u. (*R* u. en) d. — 98 *F* Qe;
*M²ACKRe* nos — 3700 *D* Et de leur a. — 1 *M²* Sils, *D* Ses,
*Jkn* Si, *E* Se, *R* Sej; *M²* enuions, *E* enueons — 3 *N* Einz —
4 *en* Peut, *k* Por; *M²* lur; *F* gent — 5 *M²M* morz; *ek* l. terre —
6 *M²K* quident; *en* quen; *M²* nuille -- 7 *kD* Que nus; *E* O s. n.
hom — 8 *E* la t.; *M²N* Nen lor t.; *n* par (*F* por) f. e. — 9 *ekn*
Ahi ahi — 10 *M²* ergoil (*forme ordinaire*); *ekn* Q. lorgoil
(*F* Qe o.) p. abessier; *A* plessier, *C* baisier — 11 *ek* Molt g. a. i
a. f.; *F* anmoisne, *K* almone, *D* asmosne — 12 *ek* Mes d. mei —
13 *ek* ltant — 14 *Dkn* a. p. — 15 *M²* Quo; *n* A moi — 16 *n* Na
moi nauront; *En* triues, *K* trieue — 17 *F* suel; *D* la — 18 *ekn*
promet; *E* Einz li p. c. saie.

        Qu'il en feront tot son voleir
3720    A lor force e a lor poëir:
        « Comant e die son plaisir,
        Quar il sont prest de l'obeïr. »
            Mout s'en est li reis esjoïz,                    *3705*
        Puis a parlé a toz ses fiz;
3725    Si lor dit qu'al suen esciënt
        A fait en eus bon norriment,
        Quar beaus les veit, hardiz e proz:
        « Maistre sereiz », fait il, « sor toz.           *3710*
        « Chascuns avra sa compaignie
3730    « Bien ordenee e establie.
        « Chascuns sera princes des suens,
        « E dus e sire e maistre e cuens.
        « Or i parra qui plus dorra                       *3715*
        « E qui les suens plus amera.
3735    « Or guart chascuns que teus lor seit
        « Qu'autre seignor nus ne coveit,                 *3718*
        « E que nesuns d'eus ne se plaigne
        « Qu'il aient mauvais chevetaigne,

----

3719 *F* Qe len feroit; *M²* faront (*forme constante*) — 20 *F* for
et; *après ce vers, x place les v. 3757-60* — 21-2 *sont placés dans
x après 3738* — 21 (*A*); *R* et s. p. — 22 (*A*); *ek* Il seront; *R*
obedir — 23 (*A*); *D* Li r. sen e. mont c. — 24 *ek* P. a apelez (*D*
apele), *M* Si en apele — 25 *M* Et dit leur, *K* Si lor a d.; *Ken* qua
(*K* que) son escient — 26 *nG* I a f., *kH* A dels f., *D* A f. deuls,
*A* Fist en euls, *R* A il fait, *E* A f. ml't; *N* boen, *F* hon; *nek* norris-
sement (*e* -isement, *F* norisimant) — 27 *M²* beus les u. ardiz e
prouz; *R* b. uos uos a. — 28 *M* Maistres; *kD* de t.; *DN* M. f. il s.
— 30 *M²* Tote; *nM* bien garnie — 31 *K* prince, *eN* mestres, *F*
maistre; *D* siens — 32 *M²* s. m.; *Dn* Et d. et prince; *E* D. et
sires princes et c.; *K* quens — 33 (*R*); *Ke* donra, *M* durra —
34 *M* siens; *M* aidera, *K* enorra — 85 *A* Et; *M²* tiels, *F* tieus,
*M* tiex, *eKN* tex, *A* tel; *M* que t. s. — 36 *M²ACEn* Que a. s.
ne c. (*C* nen couuoit) — 37-8 m. à *ek* — 37 *R* neguns, *A* nesun;
*n* nus dals ia; *M²* E qunques n. delz — 38 *M²* mauuaiz, *N*
maluais, *F* mauuase; *N* cheueaine, *L* -teine, *FG* -taine.

« Ne qu'il ne perdent lor valor                    *3719*
3740  « Por defaute de lor seignor.
      « Or iert veüe l'esperance,
      « La norreture e l'atendance
      « Que jo ai faite e atendue;
      « Dès or sera bien coneüe
3745  « La proëce que g'i espeir.                    *3725*
      « Par la fei que dei Deu le veir,
      « Por neient s'atendreit a mei
      « Cil qui mauvais sereit de sei.
      « Mais cil qui porra endurer
3750  « Les granz peines d'armes porter,             *3730*
      « Les sofraites e les haanz,
      « Qu'i seit seürs e combatanz,
      « Cil iert mis fiz, lui amerai,
      « Tot quant que il voudra ferai;
3755  « Tot le mien prenge e doint e ait :           *3735*
      « Ja ne l'en sera dangier fait.
      « Hector, beaus fiz, tu ies li maire :

3739 *Rk* i; *n* que il p. — 40 *R* Per d., *ek* Par maluestie; *F* son
s. — 41 *F* uenu, *D* veu; *ek* latendance — 42 *R* noir.; *ek* lespe-
rance — 43 *M*² ia ai; *n* Que iai (*F* ai) faite; *M* Q. iai fait et laten-
due, *n* La gentillece iert or ueue — 45 *EN* proesce, *D* prouesce;
*M*²*F* ie e. — 46 *k* Mes f. q. dei a de (*M* d. dieu), *e* M. f. q. ie
d. d.; *n*. F. q. doi damedeu, *AR* Ainsi (*R* Ensi) me conseit (*A*
-eult) dex; *C* Ansi me dont deus dire u. — 47-8 *interv. dans ek*
— 47 *K* naient, *M* nient, *e* neant; *DK* satendra, *N* se tanroit
— 48 *M*² mauuaiz, *N* maluais; *ek* Qui bien nel fera endreit s.
— 50 *n* poines, *E* poinnes; *KD* La grant peine — 51 *M*² sofreites;
*N* ahenz; *ek* les peines granz — 52 (*M*²*MRn* Qui), *eK* Quil; *M*²*K*
segurs — 53 *ME* ert; *Men* mes; *LR* cel, *DM* cil; *EK* si lamerai
— 54 *N* quenque il, *F* quanqil, *R* cant il; *ek* Tote sa uolente f.
— 55 *FR* li; *Fy* preigne, *N* praigne, *M* prengne, *M*² doinst,
*F* donc; *ky* suens (*M* sienz, *B* siens, *H* sien) sera (*D* serei) —
56 (*L*); *G* Si que; *R* ne en; *FG* dongier, *L* dengier, dangiers,
*N* dongiers; *C* Ja dongiers ne li s. f., *Bk* Ja nus d. ne len sera,
*D* Que ia d. ne len fere, *E* Ja nul dongier uers moi naura — 57
*MG* Biau f. h.; *M*²*BCFe* es; *G* plus grans, *L* li maires.

« Sire seras de cest afaire;

« Tu en seras li chies de toz,

3760    « Quar mout par ies sages e proz.    *3740*

« En tei sera lor recovrier,

« A tei se venront conseillier :

« Ne vueil qu'i ait fil de baron

« Qui rien face se par tei non.

3765    « De toz avras la seignorie,    *3745*

« La poësté e la maistrie.

« E tu, guarde que sauve i seit :

« Por ço avras en m'onor dreit,

« Por ço me seras fil e heir.

3770    « Li deu en facent mon voleir! »    *3750*

Hector respont come senez :

« Sire », fait il, « voz volentez

« Vueil jo mout faire, quar dreiz est.

« De vostre plaisir vez me prest :

3775    « Volentiers m'en entremetrai    *3755*

« E tot mon poëir en ferai.

3758 *G* sor toz mes gens — 59 (*CHJ*); *GM* Tous; *ER* Tu esteras; *E* mestres; *F* sor toz — 60 (*BCHJR*); *F* Qe; *M²* Q. m. es s. e mout prouz; *M* hardiz et p. — 61 *ky* li (*M* le, *H* lor) recouriers, *M²* lur recourer, *nA* seront bon r. — 62 (*C*); *F* sen; *M²* uoudront conseiller; *eK* Tu lor seras bons (*M* bon, *K* buens) conseilliers (*K* -ers) — 63 *M²ACDkn* uoil, *E* uuel, *B* uoel; *R* ke, *nBCM* quil; *M²* est; *Bk* filz, *D* fiuz, *nCE* fil; *nD* a b. — 64 (*CR*); *M²F* Que; *DK* riens; en f. r.; *F* por — 65 *M* tout — 66 *D* pooste, *M* poote; *ek* baillie — 67 *M²* qui saiue; *ekn* salue; *nE* s.s. — 68 *M²N* menor; *k* P. (*M* Par) co i a. meillor d.; *e* Por ice a. m. d. — 69 *AN* Par ce; *N* an; *n* filz et hoirs (*F* oirs); *M²R* fiz; *M²* heirs; *A* hoir, *R* oir; *CJky* Gie te ferai de mon regne oir — 70 (*BCHJR*); *A* sachent; *M²n* mes uoleirs — 72 *ek* Biax (*M* Biau) sire (*K* sires) chiers; *M²F* uoluntez — 73 *E* Uuel, *M²DRkn* Uoil (*de même partout, sauf avis contraire*); *M* bien f. que, *K* m. f. et; *D* dont mont fere d. e., *E* f. car bien d. e. — 74 *R* soi toç p., *K* me faz (*M* faiz) p; *n* De u. prou (*F* preu) u. moi tot (*F* ueez me tost) p. — 75 *M²FR* Uoluntiers (*de même partout, sauf avis contraire*); *M²* farai (*id.*).

|      | |      |
|------|--------------------------------------|------|
|      | « A toz les deus pri e requier        |      |
|      | « Que mon aiuel puisse vengier :      |      |
|      | « Lor voleir seit e lor plaisir       |      |
| 3780 | « De nos guarder e maintenir          | 3760 |
|      | « Tant qu'eüssons venjance prise      |      |
|      | « De cele gent que poi nos prise !    |      |
|      | « Trop sera lait, se lor enfant       |      |
|      | « Se vont de nos escharnissant,       |      |
| 3785 | « Ne s'il remaneient en paiz          | 3765 |
|      | « Des laiz, des torz qu'il nos ont faiz. |   |
|      | « Bien nos devons tuit essaier        |      |
|      | « De nostre grant honte vengier :     |      |
|      | « Mout par m'est tart e mout coveit   |      |
| 3790 | « Que de noz genz bataille seit       | 3770 |
|      | « Envers la lor : bien la voudreie,   |      |
|      | « Volentiers m'i essaiereie.          |      |
|      | « Ço peise mei, que ne portons        |      |
|      | « Armes vers gent que nos haons :     |      |
| 3795 | « Contre eus les vueil jo bien porter, | 3775 |
|      | « Mais mout nos covient a guarder     |      |

---

3777 M²NRek dex, F dieus — 78 M'FKR aiol, e aiel, M aeil ;
E puise, k poisse ; D uenchier ; N m. uuel uos puissent — 79 R
L. u. faire ; n A l. uuel s. a (F et a), Ke De trestot seit a — 80
DMRn uos — 81 K Tres ; DF qeusions, EN queussiens, R ke
aiom (p.-ê. corr. de keussom après grattage) — 82 e ceste ; R ke,
les autres qui ; n pou, e po ; F uos — 83 FK si — 84 R uant ;
nE eschern., e -isant — 85 Dk Et sil, F Mes fil ; M remenoient,
n remaint ensi ; K es ; M'M paiz ; n senz plait — 86 (R) ; M² D.
t. d. l., E Li lez li t., n Del lait del tort ; nE fait — 87 E B. deu-
rions — 88 n A uostre — 90 M²FRe nos ; R Ke n. g. la b. en s.
— 91 ek molt ; e le ; M² uoudroie — 92 M² essaeroie — 93 N
poisse ; K me, N nos ; F me p. ; DMR nos ne ; F q. nos ne ; M²
porton, R portom — 94 F enuers (v. f.) ; DKn genz ; M²R que
haisson — 95 (R) ; e Uers ax (D euls), k U. cels ; F la ; E doi ;
M²N mout ; M² portier — 96 R molt nus, N ml't me, F nos ;
ek primes ; Ke nos c. g., M c. bien g. ; M² M. nos c. mout a ;
M²F gardier.

« Que en tel sen le començons
« Que traire a bon chief le poissons.
« Mout sont fort gent, mout ont aïe,
3800 « Mout dure loing lor seignorie :    *3780*
« Grant honte avrons al comencier,
« Se nos nel poons avengier.
« Qui bien comence, que li vaut,
« S'en la fin del tot pert e faut ?
3805 « Comencement deit l'om haïr    *3785*
« Dont l'om ne puet a chief venir.
« Li vilains dit : « Mieuz vient laissier
« « Que mauvaisement comencier. »
« Bien savons tuit qu'en tot le mont
3810 « N'a si tres fort gent come il sont.    *3790*
« Vez Eürope, que il ont,
« Que tient la tierce part del mont,
« Ou sont li meillor chevalier
« E li mieuz duit de guerreier :
3815 « Onc al ne firent a nul jor    *3795*
« Ne ne servent d'autre labor.

3797 (*A*); *CR* la; *M²A C* comencon, *R* -om; *ek* Se nos le c. a f.
— 98 *C* en puison, *N* lo puissoms, *F* le poons; *A* Qua b. c. t.,
*R* Ke a c. t,; *ek* Que a b. (*K* buen) c. le p. t. — 99 (*A*); *M²KR*
forz genz — 3801-2 *interv. dans ekB* — 1 (*BC*); *A* auront;
*M²KR* del, *A* de — 2 *CR* Se ne nos en p. uengier, *ekAB* Se nos
ne nos p. u., *n* Se nen (*F* ne) p. les noz u. — 3 (*B*); *R* Ke; *M²*
comenca; *C* Qui commence conque li faut — 4 *A* Quen; *C* Se la
f. p. del t. a f.; *ekn* Se (*M* Qui, *E* Quant) en la f. par (*M* du) t.
defaut (*BK* li faut) — 5 *M²R* lon, *CKn* len, *AM* on, *e* en (*de
même au v. suiv.*) — 6 *M²* chef, *nK* fin — 7 *M²* uileins, *F* uilans;
*Fk* mielz, *E* mialz, *N* melz, *D* miex; *R* est, *kF* ualt — 8 *K*
malueisement, *E* -ant; *M* Q. folie c. — 10 (*R*); *D* ausint, *E* ausi,
*K* il si, *M* si, *n* pas plus; *C* fors gens; *M²* g. si forte com; *N* que
il s.; *A* Il na si f. g. com — 11 (*A*); *D* Euroupe; *knC* Veez e.;
*M²* qui, *R* che; *C* qil o. (*v. f.*) — 12 *CR* la t. p. tient; *ek* La t.
partie d. m. — 13 *R* Ont s. — 14 *F* mielz, *EN* mialz, *D* miex;
*K* plus dur — 15 *R* Unc, *n* Einz; *M²NR* el, *F* il; *ek* Que len
sache car onc (*E* a) n. i. — 16 *ek* Ne seruirent.

« Ceus puent bien en ost mener
« O eus e par terre e par mer ;
« Ceus avront toz a lor talent,
3820 « E ceus d'Aise tot ensement.                    *3800*
« Cil d'Aise nen ont cure d'al,
« Mais toz jorz seient a cheval ;
« Plus vuelent guerre qu'autre rien,
« Onc n'amerent repos ne bien.
3825 « Iço resavons nos de veir,                    *3805*
« Que cil resont a lor voleir.
« Si guardez bien quos en fereiz :
« Ja mar por mei le laissereiz.
« Jo n'en di rien por coardie ;
3830 « Ensorquetot n'avons navie
« Par que sor eus poissons passer :

---

3817-8 *interv. dans* F — 17 *M²R* Celz, *KN* Cels, *M* Ceulz, *E*
Ces, *D* Tex; *M²N* poent; *M²R* p. toz, *N* p. il; *ekB* puot (*eBM*
puet) len (*DM* on, *E* an) b. ; *NR* en host, *M²* a euz ; *F* Auont
(*sic*) il cels sanz demander — 18 *N* aus, *R* els ; *M²* En ost; *ek* Ou
seit par t. ou seit p. mer — 19 *M²R* Celz *nk* Cels, *D* Cex, *E* Ces,
*M* Ceulz (*de même partout, sauf avis cont.*); *K* tot, *N* il — 20
*kD* Et toz icels (*M* ceulz) dəse (*M* daisie) e., *E* Et trestoz cez
daise e. — 21 *AR* ne ront, *n* nont ia; *kD* Icil d. (*M* Cil daire)
nont c. — 22 *K* que ades, *M* ades, *F* qe ou eaus — 23 *M²kn*
uolent, *D* veulent, *E* aiment — 24 *K* Unc, *F* Ainc, *E* Ainz, *N*
Einz; *N* repox, *K* ne pes — 25 *kDF* Co r. (*F* sauom) n. bien
de u. — 26 (*AC*); *M²R* cist r., *N* cels rauront, *e* cil sont
tuit, *kF* C. resont t. (*M* bien) — 27 *Fek* Esgardez (*K* -eiz); *eknR*
que (*R* dun) uos en f.; *M²* b. quel en fareiz; *eNR* feroiz, *FM*
ferez — 28 *K* me; *E* rien an leiroiz ; *K* less., *D* lesseroiz, *N*
leiss., *M* lesserez, *F* lais. — 29 *D* riens; *K* Gie nel di pas par —
30 *K* nauez — 31 *et le vers ajouté dans Bk sont interv. dans K* —
31 *kyJ* En, *CFRk* Par; (*EH* que), *R* ke, *M²K* quei, *Cn* qei, *ADJ*
quoi, *B* coi ; *k* la mer; *M²* euz, *CJ* els, *E* ax, *n* aus; *D* nous peu-
sions, *CJ* p. sor els; *E* puisons, *HJN* puiss., *R* -oms ; *AEJ* aler;
*y aj.*: Dont uers (*H* sor) ax puissons (*D* puissions sor euls)
aler (*E* passer), *J* Ne dome (*sic*) p. la mer p., *Bk* Par (*K* Por) quoy
(*B* Si que) sor eulz p. aler.

« A ço ne sai conseil doner.                    *3812*

« Senz nes ne sai com faitement            *3815*

« Lor poissons faire nuisement.

3835    « Mout i avons poi d'apareil,

« Sin fait a prendre tel conseil

« Dont l'om puisse a tel chief venir,

« Ne nos en plaignons al partir ;            *3820*

« Quar l'onor de nos e le bien

3840    « En desir jo sor tote rien. »

A ço redistrent lor talant

Li plusor d'eus e li auquant :

En plusors sens le loënt faire,              *3825*

Mais enuiz est de tot retraire.

3845        Après eus toz parla Paris :

« Tot iço », fait il, « rien ne pris.

« Riche gent somes e vaillant

---

3832 (*AGLR*) ; (*vers placé dans l'éd. après 3830*) ; *Fky* Ne ie ne
(*k* nen, *y* ni) s. ; *CNe* consoil, *K* consel ; *kyBJ* aj. : Mes que (*H*
les) nes fetes aourner (*H* atorner, *E* aprester, *K* tot ourer) ; *puis
l'édition donne le v. 3831* — 33 *N* nef, *F* neif ; *L* Se nest einsint
c. f. — 34 *eN* puissons, *F* poisons, *R* puissom ; *F* nuisim. — 35 *e*
pou ; *M²* daparoil — *N* M. a. petit daparoil — 36 *N* Si en f. a panre
conseil ; *BEFRk* Sin (*FR* Si en, *BM* Sen, *E* San) doit len (*kBR*
deuons) p. ; *D* Si en d. on p. c. — 37 *M²* lon ; *M* poist, *K* poisse ;
*M²* fin u. ; *M* a c. u. — 38 *F* nos complaignons ; *M²* pleignons, *N*
pleinoms, *R* plaign. ; *A* Ne nos p., *C* Quon ne sen ploigne, *BJk*
Que nus nen gab (*B* cab, *J* gat, *K* gart), *H* Quon ne nous gabe,
*e* Quan ne sen gat (*D* gast) ; *kyABCJ* au departir — 39 *M²KNRe*
lenor : *kD* de uos, *C* des noz — 40 (*ACR*) ; *kyBJ* Voldroie gie
— 41 (*R*) ; *kBDJ* Sor ço, *E* Apres — 42 *M²AR* delz, *N* dals,
*CF* daus ; *M* Li plus deulz, *K* Li plosor ; *kBD* qui sont en pre-
sent ; *E* Plusor qui furent an presant — 43 (*ACR*) ; *k* plosors
(*forme constante*), *kBD* le uolent — — 44 (*C*) ; *M²N* enuis, *A*
anui ; *ekB* E. (*k* Ennui) seroit de ; *B* trop, *R* toç ; *F* M. annuis
s. de r. — 45 *M²R* elz, *Fk* els, *D* euls, *N* aus, *E* ax (*de même le
plus souvent*) — 46 *EK* seignor, *DM* -ors ; *F* nen p. — 47 *n* puis-
sant.

« E d'aïde e d'aveir manant ;                                      *3830*
« Ceste vile ne crient nul home.
3850   « De mon conseil est ço la some,
« Que des Grezeis querons venjance,
« Quar jo sai de fi senz dotance
« Qu'il nos en avendra toz biens :                          *3835*
« De ço seit toz li blasmes miens.
3855   « Seit la navie apareilliee,
« E si seit en Grece enveiee
« Delivrement jusqu'a brief jor.
« Li deu en vuelent nostre honor,                           *3840*
« E dirai vos coment jol sai.
3860   « L'autr'ier, es calendes de mai,
« Chaçoë en Inde la Menor
« Un cerf, ço m'est vis, coreor.
« Lo jor le chacierent mi chien :                           *3845*
« Assez corui, ainz ne pris rien.
3865   « Mout fist grant chaut d'estrange guise :
« Le jor ne venta guaires bise.
« Mes veneors e toz mes chiens
« Perdi es vaus Cithariiens.                                *3850*

---

3848 *F* Et de aie, *R* Et de terre ; *ek* Daide (*k* Daie) et d.
bien m., *N* De cheualerie uaillant — 49 *NC.* citez — 51 *R* de ;
*M²* querions, *E* -iens, *R* -om, *K* -on, *A* querrons, *M* preignonz
— 52 (*J*) ; *M²FR* fin, *C* uoir; *H* s. bien et s. — 53 *N* uendra a,
*R* uendra; *K* grant b. — 54 *N* li b. t.; *R* les — 55 *M²* apareillee
(*nous ne relevons plus dans ce ms. e pour* ie *devant* e *muet*) —
56 *N* Et en g. s. e. — 57 (*G*); *N* et a, *L* iusqe a, *M²* desqua;
*Fek* sanz nul seior — 58 (*GL*); *F* uoillent ; *MN* uostre — 59 (*R*);
*ekF* Si u. d.; *M* com ie le s. — 60 *F* a k. ; *N* qualendes, *M²KRe*
kal., *F* kall. — 61 (*ABC*); *M* Chauri ; *y* ynde ; *JKNy* maior ;
*N* Chacoient en i. m. — 62 *L* miert; *M²* correor, *A* coureour ;
*N* Ce m. u. un c. c. ; *FJky* onques ne ui greignor — 63 *R* La ior
c. ; *N* chacoient — 64 *N* corrui, *F* corri, *R* corru, *M* couru;
*DK* onc, *R* unc, *M²* ainc, *M* onques, *BF* mes; *M²* nen — 66 *MR*
Cel ior; *M²* Ne u. gaires le i. b. — 68 *N* Trouai; *FJMy* el
ual. *A* au ual; *M²ACEHMRn* de (*E* des) citariens (*HR* cyt., *N*
cich.., *J* es terriens. *K* de tariens, *D* as citoiens.

«  Lez la fontaine ou rien n'abeivre,
3870    « Tres desoz l'ombre d'un geneivre,
« M'estut dormir, nel poi muër :
« Onques avant ne poi aler.
« Sempres maneis en m'avison                    *3855*
« Vi devant mei Mercurion :
3875    « Juno, Venus e Minerva,
« Ces treis deuesses m'amena.
« Treis feiz m'apela dreitement,
« Puis dist : « Paris, a mei entent.          *3860*
« Cez deuesses vienent a tei
3880    « Por le jugement d'un otrei.
« Une pome lor fu getee
« D'or massice, tote letree :
« Les letres dïent en Grezeis                   *3865*
« Qu'a la plus bele d'eles treis
3885    « Sera la pome quitement
« Entre eles en a grant content :
« Chascune plus bele se fait,
« Chascune est dreiz, ço dit, qu'el l'ait ;  *3870*
« N'i a celi de sei ne die

---

3869 *en blanc dans* N; *D* forest; (*R* rien), *M²* riens, *Bek* nus;
*F* que rien noeure — 70 (*R*); *M²* De d., *B* Par d.; *N* De soz 1.
dune g.; *M* donc g. — 72 *N* O. par el, *R* Unc en a.; *M²* passer;
*kyFJ* Anceis (*E* Eincois, *J* Enc.) quauant poisse (*BHJM* peusse, *D*
poise) (*E* que a. puisse) a. — 73 *k* Trestot, *N* menois; *E* Tot dema-
nois, *D* T. deuant moi; *F* en ma uision, *MNR* en uision (*R*
-ons), *A* en a.; *B* llueques en auision — 74 *BR* Vint. *F* Oi, *M²A*
Fu; *M²* dauant; *MN* Me uint d.; *R* mercurions — 75-6 *interv.*
*dans M²NR* — 76 (*A*); *M²* Cesz, *N* Qui; *A* dieuesses, *n* deesses,
*R* deessas; *Bek* Vindrent o lui il mapela — 77 *N* durement; *Bek*
Par t. f. molt isnelement — 79 *M²* Celz, *ek* Treis; *D* o t. — 80
*R* atroi — 81 *M²KNe* gitee — 82 *M* mars., *D* massete ; *B* Masice
dor, *M²FR* Dor est masice (*M²* massis); *F* et l. — 84 *M²FR*
Que — 86 (*L*); *M²KRe* Entreles; *R* na, *G* ont eu; *ek* a descorde-
ment, *F* entencongient — 88 *L* C. dist d. est; *LR* qe lait ; *F* Et
dit droit est quelle; *ek* Et molt furment auant se (*e* sen) trait —
89 *M* celui, *KRen* cele ; *Fek* qui (*FM* qe) bien ne d.

3890 &laquo; Que por beauté n'en perdra mie.

&laquo; L'une la vueut, l'autre li viee.

&laquo; Ancor n'est a nule otreiee,

&laquo; Ancor n'en est nule saisie :                    *3875*

&laquo; Mout est l'une a l'autre marrie.

3895 &laquo; Conseil ont pris, — jo lor donai

&laquo; E par bone fei lor loai, —

&laquo; Que a ço que tu en direies,

&laquo; E celi cui tu la dorreies,                    *3880*

&laquo; Des autres li seit otreiee,

3900 &laquo; De beauté seit la plus preisiee.

&laquo; Totes treis l'ont ensi greé

&laquo; Com de ta boche iert devisé :

&laquo; Cele l'avra cui tu diras                    *3885*

&laquo; E de beauté plus loëras.

3905 &laquo; Par tei le covient a saveir,

&laquo; Qui la pome devra aveir.

---

3890 (R); *EGK* par; *ekn* ne — 91-2 *m. à M* — 91 *en blanc dans N*; *RC* tol, *M²* tout, *C* uout, *J* uolt; *M²C* la, *F* lo, *H* le, *KR* len; *ABCD* uee, *M²FHGJKL* uie, *R* nuje; *AGL* Lune a lautre la tolt (*G* tout) et u., *A²* L. le colt laltre deuie — 92 *K* Onquor, *M²* Oncor, *AA²R* Encor; *N* a lune; *yJ* Nest a n. dax (*J* deles); *M²ACEGLN* otroiee, *A²FHJ* otroie, *K* otreie, *D* ostroiee, *R* outerie; *B* Or nest ele a nului donee — 93-4 *m. à A²* — 93 *M²* Oncore, *K* Onquor, *ABJMRy* Encor; *A* nest a n. — 94 *eBJR* et lautre, *C* o l.; *M²* M. en e. chascune m., *N* Lune uers l. e. m. m., *H* Nest a lun na l. ostroie — 95 (R); *e* pristrent, *k* quistrent, *B* quisent; *H* prisent ior lor; *F* loai — 96 *R* Et p. de (*sic*) droite foi; *F* donai — 97 (*ACR*); *Fek* Qe tot ce que; *ek* diras; *H* Que celi que tu elliras — 89 (*J*); *An* A; *ekA* cele; *M²R* que, *AKN* qui, *C* a cui; *nACR* donroies, *ekJ* donras; *H* Et par bon consoil loeras — 99 (*JR*); *C* sont; *D* ostroiee, *M* otriee, *CH* otroie — 3900 (*J*); *M²CFR* E de biautie (*F* beute), *N* Et des autres; *CH* prisie, *AEFM* -ee — 1 (*A*); *C* grae, *N* graie, *R* gere; *P* bien otroie; *yJ* Eles lotroient (*D* ostroient, *JK* otr.) benement — 2 *A* Et; *R* ma b.; *N* boge; *F* Ce ço ror ço : n ce iert iogie; *C* deuisse, *kyJ* Que tu faces le iugement (*H* aiuement) — 3 (*J*); *M²EKR* que, *N* qui — 4 *F* Pleine b.; *DF* tu l. — 5 *Dk* lor — 6 *R* Che.

« Chascune conseilla a mei
« Priveement e en segrei :                       *3890*
« Soz ciel n'a rien que jo vousisse
3910      « Qu'a icele hore n'en traisisse ;
« N'i ot celi que ne m'ofrist.
« E Venus m'afia e dist,
« Se la pome li otreioë                           *3895*
« E de beauté plus la looë,
3915      « Femme de Grece me dorreit
« La plus preisiee qu'i sereit.
« La pome ensi li otreiai
« E de beauté plus la loai :                      *3900*
« A li m'en tinc por la pramesse,
3920      « Si sai tres bien que la deuesse
« M'aïdera, n'en dot de rien.
« Se vos, sire, le volez bien,
« G'irai, ço sacheiz, volentiers.                 *3905*
« Tant aie gent e cheualiers
3925      « Qu'en lor terre poissons forfaire :

3907 (*GR*); *F* en c.; *M²* o m. — 8 *F* Tot bellement; *N* a s.;
*eFM* secroi — 9 *EN* uolsisse — 10 *en* Que a cele ; (*D* hore), *M*
heure, *M²EKRn* ore; *R* ne ; *M²* treis., *E* treiss., *MN* traiss., *F*
traisse, *D* tresise — 11 *eknR* cele; *R* ke, *M²Ne* qui, *Fk* molt; *M²*
nem o. — r3 (*AR*); *ekJ* Que se la p, li donoie ; *C* otroie — 14 *M²*
biautie; *M²Rekn* looie; *C* p. lotroie — 15-6 *interv. dans M²* — 15
*Jekn* donroit — 16 *ekFJR* La p. bele qui (*F* qe, *R* ke) i s.; *DN*
prisiee, *C* prise; *CLN* qui i soit — 17 *K* issi; *nM* la; *J* otroia,
*M* otroie — 18 *M²* biautie, *Ne* -te, *K* bialte; *M²* mout; *J* loia, *M*
looie — 19 *M²* O; *M²BERk* me; *DN* ting, *kE* tieng, *B* tien; *R*
par, *BEk* de ; *K* sa, *BM* ma ; *F* Qella me tinge ma p. — 20
(*R*); *ekB* Je; *N* Et si s. b., *F* B. s. de fi; *knBE* deesse — 21 *M²*
Me eidera, *BF* Men a., *N* Mi a., *ERk* Maidera ie; *M²* nel ; *EK*
nen d. r. — 22 (*ACR*); *Fky* Sire se u.; *H* la; *N* loez — 23 *R* Si
i.; *Fek* Gie i (*FM* Ge) i. (*e* Gen irai la) molt u.; *M²A* sachez;
*M²FR* uoluntiers — 24 (*AR*); *M²A* ai ie, *N* aurai ; *eAK* gens;
*FJky* Mes que iaie (*F* ie ai, *K* gie aie) boens (*y* bons, *K* buens,
*FM* tant) c. — 25 *M²* lor puis, *N* porrai, *E* puise, *R* puissom, *D*
puisons, *F* pois.

« Ainz que nos metons el repaire,

« Lor avrons tel damage fait,

« Qui a toz jorz iert mais retrait. »          *3910*

Anceis qu'a ço respondist nus,

3930     Parla premiers Deïphebus :

« Bien lo, » fait il, « e bien agré

« Le conseil qu'a Paris doné.

« A lui m'en tieng, mout a bien dit :          *3915*

« N'i deit aveir nul contredit.

3935     « Bien cuit e crei, se il i vait,

« Que li Grezeis nos feront plait

« E qu'il rendront Esionan :

« Anceis que vienge al chief de l'an,          *3920*

« Plait nos feront tot a noz grez.

3940     « Seit li navies aprestez,

« E si en aut hastivement :

---

3926 *E* Einz; *e* soiomes, *M* soiemez, *K* seons mis — 28 (*A*); *R*
ke, *eFM* Qua (*F* Qe a, *M* Que) t. i. m.; *ekn* sera r.; *J* Qua t. i.
serai mes r. — 29 *e* Eincois, *A* Aincois; *F* qe aice, *BM* quapres,
*E* quauant, *K* quonques; *M²* responsist, *D* -dit — 30 (*AJ*); *A²*
primes, *M²FR* primiers; *k* dey-, *n* diefebus, *E* dei- — 31 *M²R* lou
*AC* le; *ekBFJ* B. doit fet il estre loez, *A²* Ml't me uient bien
f. il a gre, *G* B. dist paris et ci lagre, *L* B. li siet et b. a grae —
32 (*ACLR*); *ekBFJ* Cist (*B* Cis, *F* Cil, *EJ* Li, *D* Le) consalz
(*DF* conseil) qui (*F* que) ci (*J* cil) est (*J* ai) donez; *G* quil
nos a donne, *A²* Ice que p. a loe — 33 *M²* O; *EJMRn* me;
*FL* ting, *M²* tienc; *G* mateig; *N* il a — 34 *EK* Ne — 35 *K* B. crei
et quit; *M* il mait — 36 *M²* faront — 37 *F* Qil; *EMn* esyonan,
*L* -ain, *D* -am, *K* Ysionan — 38 *CH* quil; *L* soit; *M²F* chef —
39 *BCGn* Pais; *R* Plaiç; *M²* faront; *R* feron toç; *A* a nos agrez,
*C* a n. g. (*v. f.*); *GHN* P. f., *L* Feit sera; *H* a nostre talent,
*GLN* a noz uolentez; *F* a noz talanz, *BDJk* a n. comanz, *E* a n.
creanz — 40 *m. à H*; (*A*); *CGLN* nauires; *DFJk* Face on (*D* en)
(*K* Facen, *FJ* Facent, *B* Facon) les nes (*F* neis) bones et granz,
*E* A nos grez et a noz talanz — 41 *N* Puis; *M²F* en haut, *BDHM*
uoisent, *K* aillent, *A* sen uoist; *E* Mes uoisent an; *M²AF* astiue-
ment, *R* aust., *C* aut.

« N'i ait autre porloignement ».
   Après parla danz Helenus, *3925*
Frere Paris, fiz Priamus.
3945  En piez s'estut devant le rei :
   « Sire, » fait il, « entendez mei.
   « Jo sai auques de deviner :
   « Ne veïstes onques mon per. *3930*
   « Mainte chose ai prophetiziee
3950  « Que est provee e essaiee ;
   « Onques chose ne fis acreire
   « Que n'ait esté provee a veire :
   « De rien que die n'i faudrai. *3935*
   « Mais, ço sacheiz, une rien sai :
3955  « Se Paris a de Grece femme
   « Ne de la terre ne del regne,
   « Se Troie n'en est eissilliee,
   « Arse e fondue e trebuchiee,
   « J'otrei que j'en seie dampnez

---

3942 *H* porloignement, *A* -ongnement, *J* parlongement, *F*
prolung., *N* poloign., *D* proloign., *R* aloingement, *E* delaie-
ment; *H aj.* : Mais de laler tot esrãment — 43 *A* dant; *F A.*
cels p., *Bek* A. reparla; *F* elenus — 44 *EN* Freres; *M²* fiz
(*forme ordinaire*) — 45 *F* estoit, *k* esteit; *M²* dauant — 46 *eF*
entant a m. — 47 *FR* diu. ; *M²* Ne siet lon bien, *R* Ce sachoiç b.
— 48 *N* Nen oïstes, *ek* Nen u. ; *M²* Nus nen porreit oir m. p. — 49
*J* propheticie, *M²* -zee, *N* prophiciee, *D* porchaciee — 5o *F* Qe
sont; *D* pessaiee, *R* essaucie; *N* Q. bien a este e. — 51 *F* fist —
52 *NR* et uoire; *Fek* Por ueraie (*F* uerace, *M* uraie, *e* uerite)
qui (*F* qe) ne fust u. — 53 *R* A, *M²* Ja; *Fek* Ja de r. (*k* riens)
nule; *NR* ne — 54 *F* Mes s. bien; *M²* M. ce se (*sic*) sachez bien
rien ne s., *k* Et s. b. que r. ne (*M* nen) s., *D* Dire porroiz que
riens nen s., *E* Et s. b. nen mantire — 55 *EK* fenne, *DN* fame,
*BFM* feme — 56 (*B*) ; *F* Ni... ni; *N* Ne de cel pais, *E* De la
contree; *M* ne du roiaume (*v. f.*) — 57 *K* Si; *M²* Que t. nen
seit eissillee, *eBM* T. an sera tote essilliee — 58 *M²* fundue e
trebuchee; *M* A. et destruite, *F* A. f.; *D* trebuschiee, *K* -chie,
*N* degastee — 59 *R* Loutroi; *Ekn* ie.

3960 « E en un feu ars e ventez. *3942*

« Veü en ai les visions *3945*

« Par treis feiz e devins respons :

« De ço me faz devins e maistrè,

« Que il ne puet autrement estre :

3965 « Se de Grece femme en ameine,

« Senz mort, senz dolor e senz peine *3950*

« N'en porra eschaper uns sous,

« Quar li Grezeis vendront sor nos,

« Par vive force e par bataille

3970 « Ylion abatront senz faille ;

« Ja n'i avra si haut terrier *3955*

« Que il ne facent trebuchier.

« Peres e fiz toz ociront

« E tot le regne destruiront

3975 « A grant dolor e a torment :

« Ja nos i remaindra parent. *3960*

« Por ço sereit bien, ço m'est vis,

« Que n'i alast pas danz Paris :

« Remaigne sei, quar grant damage

3960 *M²* fue, *K* fu, *N* fou ; *ekB* Et en f. a. (*E* Et a. en f.), *B* A. en. j. f. et puis u. ; *N* antrez ; *ekBJ aj.* : Se co nest (*B* est) ueirs que ie ai (*E* iai ci, *M* iai) dit Et si sera mis en escrit — 61 *F* V. ai les diuinisons — 62 *BJek* T. f. et les, *F* Et por t. f. ; *FR* diuins — 63 (*L*) ; *M²* deuin, *F* diuins ; *kB* gie tres bien m. ; *eJ* me puis ge (*J* bien) faire m. — 64 (*BL*) ; *F* Car il, *ek* Et si ; *M²R* Quil ne p. pas — 65 (*R*) ; *ek* Se il de g. f. a. (*D* enmaine) ; *F* feime, *N* fame — 66 *L* S. mal ; *kDF* S. duol et s. m. (*F* s. noisse), *E* S. d. s. m. et s. grant p. — 67 *R* eschamper, *F* esc. ; *Fk* sols, *D* sox, *EN* sos — 68 *F* uendroit — 69-70 *interv. dans kyBF* — 71 *FR* terrer — 72 *F* Qil nen face ; *DK* trabuschier, *M* -ucier ; *M²R* Quil ne facent aplaneier (*R* le f. aplanier), *A* Q ne f. ius tr. — 73 *M²KR* tot, *M* tuit — 74 *E* Et le r. t. — 75 *N* A granz dolors a granz tormenz — 76 *N* ne uos, *M²* ne nii ; *R* ne mi laiseront ; *N* parenz ; *ek* Ocirront tote nostre gent ; *N aj.* : Ne freres ne cosins germeins De ce sui ie tretoz certeins — 77 *ENR* biens — 78 *ekF* mie p. — 79 (*L*) ; *R* sen, *M²* ci ; *G* grans dommaiges, *D* grant damaches.

3980     « Nos puet venir par son passage.
         « Grant chose deit l'om desvoleir,          3965
         « Por piz oster, e remaneir ».
             Quant Helenus ot achevee
         La parole qu'il ot mostree,
3985     Tuit furent a la cort taisant,
         Onc n'i parla petit ne grant.              3970
         N'i aveit un sol mot tenti,
         Quant Troïlus en piez sailli.
         Des fiz le rei ert le menor,
3990     Mais ço nos retrait bien l'Autor,
         Poi ert meins forz en son endreit          3975
         Ne meins hardiz qu'Hector esteit :
         « Avoi ! » fait il, « franc chevalier,
         « Por quei vos vei si esmaier
3995     « Por la parole d'un proveire,
         « Qui ci nos fait mençonge acreire ?        3980
         « Trop par est fous qui cuide e creit

---

3980 G Puent u, LN Poent u.; G les paisaiges; R p. faire;
Fek N. porreit f. (E Poons auoir) a (EFM en) s. p. (D ses pas-
sages) — 81-2 m. à GN — 81 (HJ); M²L C. d. lon (L len) bien d.,
R Ce doit caschuns mult bien uoloir — 82 AA²J); C Par; L mielz;
R hoster, Dk ester, FL estre, E lessier, H abatre, E remenoir —
83 F elenus; Fe acheue, G racontee — 84 Fe moustre, M² mon-
stree (forme ordinaire), G montree — 85 GN par la — 86 (AR);
N Ni parole, A Ni parlerent; M² peti; BCFGJky Ni ot parle ne (F
parlerent ni) tant ne quant— 87 N dun; R rendi — 88 KNe troylus;
R est en — 89 H au r.; M² esteit li meindre; C fu, R iert; A²
li menors, BJky ni ot menor (FM meillor), GLN Filz lo roi ert
uns (GL iert .j.) des menors — 90 (leçon de A); M² Ce nos funt
li a. entendre; A²GLN M. bien n. r. (A² ce reconte, G bien
rac.) li autors (L actors), BFJky M. tant (K co) sauons nos par
(FJ por) l., CR M. ce trouons bien en l., M°CDHJK lauctor, A
-eur — 91 e Po, N Pou, M Poy; M²F iert; M² meinz, FM
mainz, D mains, EN moins (cf. le v. suivant) — 92 E quectors,
D quactors. — 96 FM Qe, R Che; M²F uos f. neient — 97 M²KR
folz, n fols, DM fox, E fos; K T. e. f. q. co c.

« Que il sache qu'avenir deit

« D'ui en treis anz : jo nel cuit mie.

4000  « Ço li fait dire coardie :

« Proveire sont toz jorz coart,                    *3985*

« De poi de chose ont il reguart.

« Cist ne fait mie a escouter :

« Dehaiz ait hui son deviner !

4005  « Que quiert il entre chevaliers ?

« Mais aut orer en cez mostiers                    *3990*

« E guart qu'il seit e gros e gras.

« Nos vies ne s'acordent pas :

« Penst bien de son cors aaisier,

4010  « Qu'il n'a d'autre chose mestier.

« Peine e travail por pris aveir :                 *3995*

« Itel vie devons aveir.

« E qui por son devinement

« Laira a prendre vengement

4015  « De la grant honte e del grant lait

« Que li Grezeis nos ont tant fait,                *4000*

« Cil seit a toz jorz mais honiz

3998 *MR* Quil; *F* ce que a., *R* ke a. ; *KN* seit — 99 *M²*a t. a.
ie ne quit; *ek* croi; *F* nen cren — 4001 *R* t. tens — 2 (*R*); *ADN*
pou, *E* po ; *C* che c.; *M²R* o. grant r., *F* o. r.; *D* resgart — 3 *F*
Cil ; *N* f. pas; *M²* escoutier; *Jky* Ne pris gaires (*M* -e, *H* noiant),
*M²* Dex maudie — 4 *LN* Honte ait qui croit; *ACR* Des he, *A*
Dehais, *C* Daez — 5 *A* q. ore, *L* croit il; *ek* Ne doit estre ; *F*
entres — 6 *EK* Ainz; *Ek* uoist, *DG* uoit, *H* doit, *F* ait; *LM* a,
*A* par; *M²R* cesz, *FL* cels, *CEJMN* ces, *AD* ses — 4007-4166
m. à *J* (*un feuillet disparu*) — 7-8 *interv. dans M² et placés
dans AGLN après -10* — 7 (*R*); *M²AGLN* Mes g. ; *A* qui;
*C* Et grant; *H* et biax; *M* cras — 8 (*ACHR*); *M²* Nos et
il ne concordons pas; *F* uices — 9 (*H*); *M²CR* E penst, *LN*
Et pent, *G* Et pant, *E* Pant b., *D* Pense b., — 10 *GLN* D.
c. na il m. — 12 *ekF* D. plus amer (*F* auer) quautre a. —
14 *E* Leira, *DK* Lera, *M²* Larra; *M²* a querre — 17 *M²NR*
Si; *H* ert; *DHk* mes a t. i.; *E* Icil soit trestoz uix h.; *R* oniç
mes.

« E de trestoz les deus partiz. »
  A cele parole ot grant bruit :
4020  « Mout a bien dit, » ço dient tuit.
  Chascuns loë, chascuns otreie        4005
  Que Paris se mete a la veie :
  « Por les paroles Heleni,
  O ait veir dit o ait menti,
4025  Ne remaigne. » Non fera il :
  Por ço furent tuit a eissil.        4010
  Ensi fu li conseuz greez :
  « Seit li navies aprestez ;
  En Grece en aut, pas ne remaigne
4030  Qui que s'en lot ne qui s'en plaigne. »
  A cele feiz ne distrent plus.        4015
  Prianz tramist Deïphebus
  En Pannoine, lui e Paris,
  Por chevaliers querre el païs.
4035  La en alerent senz demore :
  Assez en orent en poi d'ore ;        4020

---

4118 (*A*) ; *BN* Et de toz les dex departiz ; *R* partes, *F* maudiz ;
*EH aj*. : Qui ses paroles ancresra (*H* enquerra) Et a ses diz (*H*
son dit) sen atendra, *et G introduit un discours d'Hécube (voy.
aux* Notes) — 19 *G* A ces paroles — 23 e Tot por la parole ; *K*
Par les p. deleni ; *F* eleni, *N* del deuin — 24 *F* dit uoirs ; *M²R*
O die ueir ; *R* oiat m. — 25 (*ACHR*) ; *eBMN* remandra ; *M²FR*
ne, *MN* nel ; *M²* fara *(forme ordinaire)* — 26 *M* Par tant, *E* Por
ce ; *Bky* sofrirent maint peril ; *nACR* Por ce alerent (*AR* Por (*R*
Per) qualerent) tuit (t. *m. à* C) à (*A* en) peril (*N* essil) — 27 *K*
Issi, *E* Einsi, *D* Ainsint ; *N* est ; *M²R* conseilz, *EN* -auz, *D*
-eulz, *K* -alz, *FM* -eil ; *R* graez, *FM* loez, *eK* donez — 29 *K* alt,
*M²M* haut, *F* ait ; *R* pas aut ne r. — 3o *F* iot ; *E* duelle apres
et p. ; *K* qui que senp. — 31 *R* ni ; *K* dirent — 32 *D* pryanz ;
*n* tramis ; *DKN* dey-, *EF* deifebus — 33 (*M²E* pannoine), *R*
penn., *k* pen., *D* penoyne, *N* panope, *F* penolope ; *K* loinz del
pais — 34 *ek* C. q. del p. (*K* il et paris) — 35 *R* Lai ; *F* en poi
dore, *K* erramment, *e* uoirement, *M* uraiement — 36 *AN* pou ;
*F* sanz demore, *DM* erraument, *E* araumant ; *K* Molt en o.
hastiuement.

Tant en josterent come il vorent,

Puis s'en tornerent come ainz porent.

    Après manda li reis Prianz

4040    Un parlement qui mout fu granz :

Tuit i vindrent cil de s'onor,          *4025*

E li plus riche e li meillor

Mandé furent comunaument.

Mout par i assembla grant gent,

4045    Quar bien voleit li reis Prianz

Saveir lor cuers e lor talanz :       *4030*

« Seignor, » fait il, « mandez vos ai :

« Savez por quei ? Jol vos dirai.

« Bien oïstes la grant dolor,

4050    « Com furent mort nostre ancessor,

« Que cil de Grece detrenchierent,   *4035*

« E Troie e la terre eissillierent.

« N'en a esté prise venjance :

« Or si sacheiz bien senz dotance,

4055    « Ne remandra mais por nul plait

« Que autre chose n'en seit fait.    *4040*

---

4037 *ABy* T. en amainnent (*B* menerent) com en (*A* il) orent, *k* Molt en amenerent et o., *C* T. i uindrent com il norent, *M²R* T. en aduistrent cum il porent (*R* uolrent), *nL* T. com lor plot en aiosterent — 38 (*R*); *H* Et puis sen tornent; *C* c. il p., *M²* o celz quorent; *A* tornent plus tost quil p.; *n* Et quant lor plot (*F* p. l.) si (*F* sen) retornerent), *L* Et cels qui lor plot r. — 39 *F* A. ni tarda li — 40 *M²* tu m. g., *R* merueilles g.; *F* Uns p. fist mout fort et g. — 41 *M²KN* senor, *E* lonor, *D* lenneur — 43 *F* Mout iuindrent; *enBM* comunement, *K* -alment — 44 *F* assez — 45 (*AC*); *L* Qe; *ekB* Li r. p. u. saueir; *F* priant — 46 (*ACL*); *ekB* Et lor talanz (*e* talent) et lor voleir; *F* talant — 48 *BEM* Oez, *M²DKR* Oiez; *M* ie — 49 *R* oustes; *eBM* Oi auez, *K* Oie a. — 50 *F* Dont; *M²K* anceisor — 51 *D* essillierent — 52 *n* De t. la; *M²* eissillierent, *eK* ess., *FM* eissilierent — 53 *R* Nos ne nauons p. — 54 *ekFR* Or sachiez b. et (*F* b., *R* de fi) — 55 *N* remenra, *DM* remaindroit, *E* remen-, *K* remandront; *nE* pas; *K* par — 56 *ek* Qualcune c.; *k* ne; *EM* fust f.

« Dreiz ert qu'o vos me conseillasse.
« Ainz qu'autre chose començasse.
« Antenor i tramis l'autr'ier :
4060 « Saveir voleie e essaier
« S'il me rendreient ma soror,                4045
« Qu'il tienent a grant deshonor.
« Il ne m'en voustrent rendre mie,
« Mout li distrent lait e folie.
4065 « Or n'i a plus : j'ai conseil pris
« Que g'i vueil enveier Paris                4050
« Por forfaire, por vengement
« Del lait qu'il firent nostre gent.
« Mais tot en vueil ancor saveir
4070 « Le los de vos e le voleir ;
« Quar, se vos plaist, il i ira,                4055
« E se vos plaist, il remandra.
« E se aucun de vos desplaist,
« C'est folie que il s'en taist,
4075 « Mais die en ço qu'a vis l'en iert :

---

4057 *ekn* est, *M²* iert; *ekN* qua u., *F* qe ie, *R* quau uns;
*FMRe* men — 58 *EH* Einz; *ER* encomencasse — 59 *ekn* Anth.
(*de même partout, sauf avis contraire*); *R* lor — 60 *F* uoloit —
61 *M²* rendissent — 62 *en* Que il t. (*D* Quil tenoient); *M°EKn*
desenor, *D* deshoneur *E* deshonnour — 63 *M²KR* me, *Mn* la;
*DK* uoldrent, *M* uoudrent, *En* uostrent — 64 *M²NR* me d. —
65 *F* auons puis ia c. p., *C* ait ia plus c. p. — 66 *M²* Q. ie i, *MR*
Q. ie, *C* Car ge, *F* Ge i, *E* Or i; *DKN* uoil, *EFM* uuel; *D* Q.
e. i u. p. — 67 *F* forfait et ; *K* par, *R* per — 69 *BDk* M. tot (*B*
M. iou, *M* Tout) encore u. s., *F* M. t. ai encore a s., *E* M.
ancore uoel ie s., *R* M. non par ço s. en u.; *M²Nk* uoil — 70
*M²R* lous ; *F* Vostre l. et uostre u. ; *R* lo consoil — 71 *KR* sil;
*DNR* il iera : *M* il i ; *F* se uolez icnuoierai, *B* se il u. p. il i, —
72 *BER* Et sil; *F* Et se uolez, *D* Ou se ce non; *M²D* remaindra,
*BEMN* remanra; *F* iremandrai — 73 *R* si, *K* sil; *F* ne pleist —
74 *M²* qui; *R* F. fa si il; *F* Ce est f. quant il le teist, *ekB* Cist
(*B* Cis) afaires por quoi (*K* poi, *avec un* q *sur le* p) sen (*BM* se)
test — 75 *M²R* dien,*n* die; *F* qe; *K* tot qua u. li i. ; *F* li ert.

« Conseil creie qui conseil quiert ».     *4060*
    Panthus, uns vassaus mout senez,
De letres sages e fondez,
A comenciee sa reison,
4080    Si que l'oïrent li baron :
    « Reis sire, oëz que vueil retraire     *4065*
    « Par fei, jo nel dei mie taire ;
    « Ne dei chose celer vers tei
    « Dont jo trespas la meie fei:
4085    « Mei est avis, cil n'aime bien
    « Qui a son seignor ceile rien     *4070*
    « Par que il seit desheritez
    « Ne morz ne pris ne encombrez.
    « Treis cenz e seisante anz e plus
4090    « Ot mis pere Eüforbius,
    « Ainz qu'il passast de ceste vie;     *4075*
    « Mout ot grant sen e grant clergie.
    « Des arz e del conseil devin
    « Esteient tuit a lui aclin :
4095    « Onc cele chose ne pramist
    « Que a son terme n'avenist.     *4080*

---

4076 *M²* Conseill, *eNR* consoil *; R* trueue; *eN* consoil q. — 77
(*G*); *M²FMRe* Pantus, *A* Pactus, *H* Cassius; *B* uns ualles, *M*
.j. uassal — 78 *M²* saiues e fundez — 80 *F* tuit li — 81 *F* Sei-
gnor; *ek* R. o. q. ie u.; *EFK* oiez, *N* sez — 82 *kE* uoil; *E*
trere; *M²* ne te dei pas t. — 84 *F* trapassesse ma f.; *ky* D. deie
trespasser (*E* Don ie d. mantir) ma f. — 85 (*C*);*AF* Il mest a u.;
*N* Il m. uis quil naime p. b.; *M²* nueure p. b., *R* cel naima b.,
*A* c. la ment b.; *kyB* Car sa foi ne tient pas cil (*H* c. p.) b. —
86 (*A*); *Ek* Qui uers; *BN* coile, *C* coille, *ekAR* cele; *CR* Ki s.
s. c. tel r., *n* S. s. qui li c. (*F* qil conseile) r. — 87 (*E* que), *les
autres* quoi (quei); *M²Ekn* deser. — 88 *F* afollez — 89 *e* et .l.;
*kn* T. c. a. et .lx. (*F* quarante) — 90 *M²Ren* mes, *M* mon; *enK*
peres; *ER* euforbus, *k* eufobius, *D* enfrobius — 91 *E* Einz; *k*
que ; *N* issist, *F* ansist — 92 *M²M* sens; *M²R* maistrie — 93
*n* de — 94 *M²* tant; *M²R* uers; *ekB* Maint en furent; *BMn* enclin
— 95 *K* Unc, *F* Ainc, *E* Ainz — 96 *R* Chil; *n* En (*F* A) s. tens que
il (*F* el) n.

    Tome I.                                 14

« Jo li oï mainte feiz dire
« Que tote Troie e tot l'empire
« Empirereit e tot le regne,
4100    « Se Paris de Grece aveit femme.
« Por çol te di, se il i vait                    4085
« E de la prenge femme e ait,
« La prophecie averera
« Que mis pere prophetiza.
4105    « N'aies mie ço en despit
« Que li sages sot e porvit :                    4090
« Mieuz te vient tot ensi ester
« E ton bon regne en pais guarder
« Qu'estre en tomoute e en esfrei
4110    « Que n'en chiee li maus sor tei.
« Mout bone pais, mout grant franchise 4095
« As a ton gré, a ta devise:
« Ne querras pas, se tu bien fais,

---

4097 *M²R* A lui, *K* Gie ai ; *enM* maintes — 98 (*H*); *D* o tout
— 99 (*ACR*) ; *F* En periroit ; *G* Arderont tot et tos li r., *ky* Par
(*K* A) paris molt e. (*H* empierroit), *A²* Destruite enfin por uoir
seroit — 4100 *C* oit f. ; *R* a. de g. f. ; *M²R* femne, *nCGK* feme,
*eA²M* fame (*cf. 4102, etc.*) ; *ek* Se il de g. f. a., *A²* Se de g. f. i
uenroit — 1 *M²K* cel, *enMR* ce, *A²* uer ; *GMe* le, *nKL* uos ; *G*
dis ce il il ; *Gky* ua ; *F* sil en i uait — 2 *N* praigne, *R* pranna ;
*M²* f. p. ; (*M²R* femme) ; *ky* Et se il f. prent de la, *A²L* Et il la
f. preigne, *F* Et prent f. de grece ; *G* et a — 3 (*R*) ; *ky* Veire sera
la p., *n* Cele p. auenra, *AG* La p. auenra, *A²L* La p. en a.; *M²* pro-
phetie, *H*-sie, *F* profecie ; *C* auoirerera (*sic*) — 4 *enA²CR* mes,
*AM* mon ; *M²KRen* peres ; *LN* prophecia, *C* prof. ; *ky* dist a sa
uie — 5 *M²ACDRkn* Naiez — 6 (*AA²CR*) ; *M²* saiues ; *ky* s. hom
sot et uit (*M* dit, *K* dist) — 7 *C* Meuz ; *N* or ici, *F* ore en pas,
*A* t. ainsi ; *ky* Molt te uient (*M* deuient) m. en pes e. — 8 (*A*);
*M²R* A ; *C* t. bel r., *F* t. reigne, *ky* ton pais — 9 *M²* temoute, *R*
tomolte, *n* moleste ; *ke* Que e. en peine — 10 *M²FR* ne ; *M²*
cheie, *F* chee, *R* kie ; *eK* uienge, *M* uenist ; *M²N* mals — 11 *M²*
Quar m. b. p. e f., *R* Bonne terre e p. e f.; *n* M. grant p. et
m. ; *ek* Tu as b. p. et f. — 12 *M²R* e a ta guise ; *ek* A t. g. et —
13 *F* croiras ; *R* si.

« Com franchise perdes e pais.

4115 « Mout dessert cil male merite,

« Qui de son gré se desherite ; *4100*

« De noble vie e de gentil

« Te vueus embatre en grant peril ».

Li pueples toz comunaument,

4120 Qui ert jostez al parlement,

Contredistrent l'autorité *4105*

Que Panthus ot dit e mostré :

N'en firent rien, n'en orent cure ;

Bien i ert lor mesaventure.

4125 Al rei diënt qu'il lor comant

Trestot son buen e son talant : *4110*

Ja del faire n'avra respit,

Cui que place ne cui qu'enuit.

Mout les en mercia li reis,

4130 E solonc l'estre de lor leis

Lor a a toz doné congié. *4115*

Après a quis e porchacié

---

4114 *Dkn* Que; *ek* tu p. f. (*K* enor); *R* En f. perdas — 15
*ekn* desert; *M²* mal — 16 *M²Ekn* deser. — 17 *E* bele — 18
*M²* uons, *R* uols, *K* uels, *D* uex, *M* ueulz, *EN* uiax, *F* uiaus —
19-20 *interv. dans E* — 19 *M²R* poeples, *F* poples; *N* T. li p.;
*F* tot; *ky* Tuit ensemble; *n* communement — 20 *M²* iert; *R* Ki
fu uenuç; *N* pallement; *ky* Cil qui furent — 21 *DHN* Contre-
dient, *F* -disoit — 22 *M²DFk* pantus, *H* pamus; *N* a d.; *F* lor
auoit conte; *ky* Et ce que p. ot (*My* a) m.; *yM²* monstre — 23 *D*
riens — 24 *ek* Co esteit; *F* la m.; *R* Co fu lor granç m. — 25 *nK*
Que — 26 *M²Men* bon; *R* Sa uolonte — 27 *n* Ja plus ni aura de
(*N* pris, *G* prins) r., *ek* Ne (*E* Ni) quierent delai (*K* terme) ne r.;
*R* nauront r., *AC* niert pris r., *A²* r. ni ait — 28 *M²HK* Qui,
*N* Cuit; *DRk* quil, *M²* qui; *E* plaise, *DK* plese; *H* griet ou tort
a despit; *M²* ne qui; *N* quesnuit; *Ke* ou seit (*D* uiegne) a (*K* en)
d., *M* cui quil d., *F* ne cui d., *A* ne quil anuit, *A²* ne c. soit lait
— 29 *E* mercie — 30 *M²n* selonc, *R* segunt; *M²* listre; *n* S.
lafaire, *ek* Et a la guise — 31 *n* d. a t. — 32 *F* Et puis; *R* quist,
*K* pris.

Ovriers vaillanz por les nes faire.
Ne vos en quier lonc conte faire :
4135    Tost furent prestes e guarnies
E de vitaille replenies.    *4120*
Dès or lor targe bons orez.
Hector li proz en fu alez
Ost aioster e porchacier :
4140    Maint vaillant riche chevalier
I amena par sa preiere,    *4125*
Qui onc ne torna puis ariere.
    Cassandra fu fille le rei,
Que mout sot de devin segrei :
4145    Respons preneit e sorz getot.
Cele conut tres bien e sot,    *4130*
Se de Grece a femme Paris,
Destruite iert Troie e li païs.
Mostré lor a e dit tres bien :
4150    « Nel vos penseiz, » fait el, « por rien ;
    « Quar, s'en Grece vait li navies,    *4135*
    « Poi porrons puis preisier noz vies.

---

4133 *M²A* Homes; *F* Ourers mout buens, *ek* Molt b. ouriers (*D*
-ers); *K* a la nef f. — 34 (*ACR*); *ek* Not (*E* Na) soing de lonc ter-
mine (*M* terme) a traire — 35 *k* fetes; *F* et prest et garni — 36
*R* replanies, *F* repleni — 37 *Nek* tarde, *R* tardes; *M²* biaus, *R*
buens, *F* bon, *K* li — 38 (*AA²CR*); *M²K* prouz, e preuz; *N*
li alosez, *F* et li senez — 39 (*AC*); *A²* Gent a., *R* Amonester,
*ek* Por assenbler; *n* Fu alez por gent p. — 40 *nR* M. r. u.,
*A²* M. baron u. — 41 *M²FR* por; *M²* priere — 42 *nDM* Que
p. nen (*F* ni) retorna (*M* tornerent) a., *E* Qui ainz p. nen t. a., *K*
Q. ne r. p. a., *R* Che anc nuls non t. a.; *ekNR* arr. — 43 (*A*); *FL*
Cas., *N* Carsendra; *L* la f.; *F* del r.; *BM* f. fu au r. — 44 *F* Et;
*eK* del; *F* diuin conroi — 45 *K* R. priuez; *KNe* gitot, *F* getoit
— 46 *D* cognut, *FM* conuit; *N* requenut b. — 47 *R* Si; *ek* Se f.
a de g. — 48 *M²* Destruit; *EM* ert — 5o (*M²R* penseiz), *les autres*
pensez; *R* il, *M²* il (*avec un* c *sur la ligne*); *n* de r.; *Dk* N. p. f. ele;
*E* N. p. ia — 51 *Dk* Que; *F* Se en; *FK* uont les n. — 52 *K* P. p.
mes, *M* Poy p.; *C* poisse; *M²M* amer; *y* Ml't porrons (*H* poons)
pou (*E* po, *H* poi), *nL* Petit porrons prisier (*F* priseront pou).

« Troie en revertira en cendre :
« Ne nos en porra rien defendre.
4155  « A mal irons e en peril,
« E li plusor en lonc eissil. »                *4140*
Mout lor defent e mout lor viee,
E mout s'en fait triste e iriee.
Bien lor anonçot chose veire :
4160  Cui chaut ? qu'il ne la voustrent creire.
Se Cassandra e Helenus                         *4145*
En fussent creü e Panthus,
Ancor n'eüst Troie nul mal,
Ne li noble riche vassal ;
4165  Mais Fortune nel voleit mie,
Que trop lor esteit enemie.                     *4150*

## ENLÈVEMENT D'HÉLÈNE

El meis que chantent li oisel,
Fu la mer queie e li tens bel.

4153 (*C*); *A* reuentira ; *k* en uertira tote a (*M* en) c.; *D* Tres-
toute troye en iert, *EH* Et t. sera (*H* en s.) mise ; *H* a c.; *nL* T.
a (*F* en) c. repairera (*L* revenra) — 54 (*C*); *DH* vous ; *M*² riens,
*kEH* nus, *D* nul ; *K* deff.. *M*²y desf.; *K* Nus ne n. en p., *A* Ne
len p. ia hons ; *nL* la riens soz ciel (*F* nuls auoir) ne len garra
— 55 *nK* iront; *HLRk* a p., *M*² a eissil, *N* en essil — 56 *LN* Li
p. et en l. (*L* a grant) peril, *F* Li p. en lontain eisil ; *M* essil, *L*
essill — 57 *K* deff., *M*²*NRe* desf.; *Dk* uee, *nR* uie — 58 *Dn* se;
*M*²*DM* iree, *R* irie, *n* marrie — 59 *F* Mout ; *ek* anonce, *F* en
conoist, *H* aconte — 60 *M*² Qui c.; *R* kunc ne les, *K* que ne len;
*E* uostrent, *F* uoistrent, *DR* uoldrent, *N* uolrent, *M* uoudrent —
61 *F* Cas., *N* Carsendra — 62 *D* creuz; *M*²*EFk* pantus, *N* pen-
thus, *D* fantus — 64 (*R*); *n* li r. n., *ek* li tres nobile — 65 *n* ne
v.; *ekR* ne le uolt (*D* uost, *M* uoust) — 66 *F* Qe, *R* Ke; *DM* leur
par fu, *K* p. fu lor — 67 (*A*²); *M*² E, *kH* Al, *G* Ce; *M*²*Bky* tens;
*L* En mai; *R* ki; *A* chante li oissiaus — 68 *R* mers; *C* Voient la
m., *M*² Orent m.; *M*²*AR* coie; *A* et li t. biaus; *A*²*BJkxy* Quil (*G*
Qui, *F* Qe) fait un (*BJky* orent) t. seri (*J* serin) et b.

Les nes furent apareilliees,
4170 E de la terre en mer veiliees.
Vint e dous furent e non plus :    *4155*
Mout lor venta dreit Eürus.
Li chevalier o les barons,
Que Paris ot quis e somons
4175 E sis frere Deïphebus
En Pannoine, trei mile e plus,    *4160*
Furent venu d'armes guarni,
Defensable, pro e hardi :
En batailles ne en estors
4180 Ne poüst l'om trover meillors.
Li reis Prianz a toz parla,    *4165*
E si lor dist bien e mostra :
« Seignor, » fait il, « or iert veüe
« La grant proëce e coneüe
4185 « Que l'om cuide que en vos seit.
« Grezeis ont tort, nos avons dreit.    *4170*

4169 (*ACR*); *Jkxy* F. l. n. — 70 *R* t. merueillees; *A* uoilliees,
*C* sachies, *JMy* Quen grece seront (*E* furent) enuoiees, *K* Qui
s. en g. e., *A²x* Q. en g. s. e. (*G* uoiez) — 71 (*B*); *F* Trentados;
*M* et n. p., *A²* nient p. — 72 (*L*); *ekB* Molt par u., *A* M. p. lor u.;
*N* droiz e., *F* droiz tens sueus; *R* et irus — 73 *ACFM* Les (*M*
Li) cheualiers et (*N* o); *BJKy* et li marchis — 74 (*AC*); *M* Cui;
*M²N* pris, *R* Kis, *BJKy* s. et q.; *H* out somons; *M²ekn* sem.
— 75 m. à *R*; *M²K* sis, *enM* ses (*graphie constante dans ces mss.,
sauf avis contraire; de même pour* mis, tis), *A* cil; *ekn* freres;
*EFM* deif., *DKN* deyph. — 76 *C* Et, *kD* A ; (*M²C* pannoine), *k*
penoine, *D* -oyne, *R* pannoni, *A* peone, *n* pou (*F* poi) dore; *C* dous
m.; *E* Furent bien .vij. millier, *R aj.* : Si cuz ie li sant lu truis —
77 *ek* En (*E* Et) sont u. — 78 *FM* Def., *K* Deff., *les autres* Desf.;
*M²KRn* prou, *E* preu, *M* prouz, *D* preuz — 79 *R* Nen, *F* Et en;
*FMe* bataille, *K* la b. — 80 *FK* Nen; *KNRe* poist, *F* puist, *M*
pot; *M²R* lon, *K* len, *DM* on, *E* an; *n* il mener — 81 *D* pryanz;
*N* palla (*forme ordinaire*) — 83 *ek* S. baron ; *M* oez la conuenue
— 84 *M* p. c. — 85 *ekFR* len, *N* lan; *M²* Quide; *KRN* que en,
*F* quen — 86 *en* Li greu; *k* Li g. o. t. et nous (*K* uos) d.

« Sor eus vos envei por forfaire :
« Guardez, quant l'om l'orra retraire,
« Que si richement l'aiez fait
4190  « Que n'i aiez honte ne lait.
« Paris sera princes de vos,                    *4175*
« De la venjance desiros :
« Son plaisir faites e son bon.
« O vos avreiz Deïphebon.
4195  « Vos ireiz, » fait il, « Eneas,
« Ensemble o vos Polidamas.                     *4180*
« De rien n'ai crieme ne esveil,
« La ou sache vostre conseil.
« Ne soferreiz folie faire :
4200  « S'Esiona en poëz traire,
« Si en faités vostre poëir ;                    *4185*
« E se ne la poëz aveir,
« Si renveiez mout tost a mei,

4188 *M²* lon, *ek*NR len, *M* on; *F* quen lor aut r. — 89 (*R*); *M²* Quensi — 91 *MR* prince, *n* mestre — 92 *M²e* desirros, *NR* curios; *F* Et de la u. crueus — 93 *ek* Si fetes quant que lui (*M* li) plera — 94 (*A*); *nR* Ou; *NR* deif., *F* defension; *ek* Deyphebus o uos (*D* lui) (*E* auoec, *H* auolc) ira (*K* sera) — 95 *kyBJ* Et uos i ireiz (*e* ieroiz, *JM* iroiz, *H* ieres) e. — 96 (*J*); *MH* E. u., *D* E. o lui — 97-8 *interv. dans kyBJ* — 97 *C* crienbe; *CR* ni esuoil; *M²AA²* ne crien ne ne mesueil; *x* Ja de r. ne mesueillerai, *kyBJ* Sacheiz plus seurs en serai — 98 (*A²*); *R* ont; *CR* feront, *A* sera; *kxyBJ* La ou (*L* ou ie) u. c. saurai (*FL* ferai) — 4199-202 *réduits à 2 v. dans F* : Se esyonan p. auoir Si en t. u. p.; 4199-200 *interv. dans kyBJ* — 4199 (*G*); *R* Nauroiç ia; *L* Ni s. f. a faire; *AA²C* Naura ia, *AA²R* folie ne (*A* de) guerre, *C* folago del gaire; *M²* Ne aura ia fait fole g., *kyBJ* Naurai puis talant (*eJ* t. p.) de mal f. — 4200 *A* Seziona poëz conquerre; *K* Sysiona, *BELMN* Sesyona, *G* Se esy., *D* Se ysona, *C* Sexionain; *A²* Se m. soror; *K* men p., *R* en peit troeuere — 1-2 *interv. dans kyBJ*; — 1 (*AA²CGLR*); *kyBJ* Ne par (*J* por) force ne par (*J* por) p. — 2 (*AA²BCGHJL*); *R* Et sor — 3 (*AA²CR*); *kyBJ* reuenez; *B* bien t.; *H* Si en r. t.

« E jo leiaument vos otrei,
4205     « Se mestier avez de socors,
         « Tel gent trametrai après vos,          *4190*
         « Ja n'i avra si fort cité,
         « Chastel si clos ne fermeté,
         « Que il ne prengent par destrece
4210     « Dès qu'a la maistre forterece. »
         N'i ot puis autre parlement :          *4195*
         Es nes entrent comunaument.
         Dreit vent orent e bone mer
         Por corre tost e por sigler.
4215     Sovent saluënt lor amis,
         Tost esloignierent le païs.
         Vers Grece ont dreciees lor veiles
         Tot dreit a l'asen des esteiles.          *4202*
             Endreit les jorz d'icel termine,
4220     Si com la Letre nos devine,
         Anceis qu'il en Grece arivassent,          *4203*
         Ne qu'il onques a port tornassent,
         Fu Menelaus entrez en mer :

---

4204 *R* lial-, *K* leal-, *y* leau-; *B* Se mestier auez de conroi (*le
v. suiv. manque*) — 6 (*CR*); *B* uos en merrai o uos ; *e* uos metrai,
*kHJ* u. (*K* i) merrai; *ky J* a (*E* au) plein cors — 8 *K* clox, *M*
cloz, *CER* fort; *H C* donion ; *Bk* ne si serre (*K* ferme); *N C.* ne
si grant f. — 9 (*R*); *M²F* nen, *DK* nel; *ekn* preignent, *B* pren-
dent ; *F* por — 10 *knD* Iusqua ; *R* Iuscant la plus forte f. — 11
*M²F* plus — 12 *N* neis ; *CENk* comunemant; *F* Bone oire orent
et bon uent — 13 (*ACR*); *ek* coie m.; *B D.* o. et grant m., *F D.*
sen uont tuit por aute m. — 14 *D* Por t. c., *F* Et p. c. — 15 *Cn*
pais; *ekB* Congie prennent a (*M* de) — 16 *C* eslongierent, *R*
loignerent, *M²* departirent, *keB* ont esloingnie; *M²R* del p. — 17
*M²* drece, *H* adrecie, *N* leuees, *F* acoilli ; *R* uont dreites; *M* les
— 18 (*ekN* lasen), *M²A* lasens, *B* lassens, *F* al sen; *H* alaissent
as e. — 19-20 m. à *Jky* — 19 *N* Cil droit ; *A* le ior, *F* il tens; *CFR*
de cel, *ALN* de ce — 20 *F* diu. — 21 *E* Eincois, *N* Encois, *DF*
Aincois; *F* quen, *K* que en — 22 *F* qi o. au p. ; *n* pasassent;
*ekB* Ne que il a nul p. t. — 23 *n* Ert, *ek* Fu; *Dn* Menalax; *R* M.
fu; *D* tornez.

Dreit a Pile voleit sigler.
4225  Nestor l'aveit mandé a sei,
      Mais ne sai pas dire por quei.
      Menelaus fu mout riches reis,
      Mout proz, mout sages, mout corteis.      *4210*
      Mout ot femme de grant beauté :
4230  Onc en cest siegle trespassé
      Ne nasqui nule de son pris,
      Ne donc ne ainz, n'avant ne puis.
      Quant cil des nes s'entrechoisirent      *4215*
      E li un d'eus les autres virent,
4235  Ne sorent dire ne penser
      Quel part chascuns voleit aler ;
      Ne se voustrent tant aproismier
      Que l'uns poüst l'autre areisnier,      *4220*
      A la cité de Climestree,

---

4224 *Dn* en ; *Ek* pirre, *M²DMRn* pire ; *F* deuoit ; *Ken* aler —
25 J'auoit ; *E* N. en amenoit ; *M²*e o s. — 26 (*A*) ; *ekBJ* ge ne s.
(*J* ses) — 27 *D* Menalax, *F* -aus ; *M²* iert ; *e* uns ; *N* estoit ; *F*
mout ; *n* sages r. — 28 *M²R* saiues ; *ek* Et p. et s. et ; *M²k* prouz,
*eM* preuz ; *F* Estoit m. frans et c. — 29-30 *interv. dans ek* — 29 *n*
Une f. ot ; *M²* beutie, *F* beute, *KR* bialte, *ACMNe* biaute ; *ek* Not
onc (*E* Ne fu) f. de tel (*D* tant de) b. — 30 *R* Unc ; *C* Ainc ; *F* Tot
a ; *R* sigle, *M²ACF* siecle ; *R* trasp. ; *ek* Nen (*k* En) uostre (*M*
fire) tens nen u. (*M* fire) ae — 31-2 *interv. dans R* — 31 *n* Nen ;
*CF* une ; *ekJ* Con sa (*M* la) fame ne de tel p. — 32 *R* Ni ; *M²* doncs,
*nR* lors, *F* ainz ; *C* Nadonc ; *N* ne puis, *F* ne pres ; *R* nauant ne
ainz ; *A* a. auant ne p. ; *n* si con ie lis ; *kD* Ne ia mes naura (*D*
n. ia m.) ce mest uis, *E* Ne ia m. niert ce mest auis — 33 *n*
neis (*forme ordinaire*) — 34 *M²D* uns ; *R* les altres dels u. —
35 *R* ni — 36 *A* deuoit, *N* deust ; *F* il deuoient a. ; *ek* Li uns de
lautre o uolt (*E* uost, *M* os) a. — 37 *n* No ni ; *EF* uostrent, *DN*
uoltrent, *K* uoldrent ; *C* uoussisent (*v. f.*) ; *R* aproismer, *C* apros-
mer, *M²* apresmer, *N* aprismer, *F* apromer, *Dk* aprochier, *E*
apruichier — 38 *D* li uns ; *ekN* poist, *R* peust ; *F* Qil se poisent
— 39 (*correction*) ; *CEPn* En, *R* Vers ; *N* chim., *EH* trim., *AJ*
tim., *L* tym., *G* them., *F* timitree, *P* Stimestree, *M²A¹A²BCIM*
stimestree, *DKR* strim.

4240      Que mout ert riche e renomee,
           Ert en cez jorz Castor alez,
           E Pollus sis frere l'ainz nez.
           A icez dous fu suer Heleine,        *4225*
           Dont il orent puis assez peine.
4245      Cist Menelaus esteit sis sire,
           Qui par mer en alot a Pire :
           Heleine une fille en aveit,
           Qui o ses dous freres esteit.      *4230*
           Hermiona ert apelee,
4250      Mout ert de ses oncles amee :
           Mout l'amoënt e cherisseient,
           A grant chierté la norrisseient.
           Li Troïen tant espleitierent,       *4235*
           Tant siglerent e tant nagierent
4255      Qu'il ariverent el païs
           Qui esteit a lor enemis.
           Citherea, ço dit l'Autor,
           Aveit non l'isle a icel jor,      *4240*
           O il ariverent lor nes :

4240 $M^2F$ iert, $Dk$ est, $R$ fu; $K$ sage — 41 $M^2$ Iert, $R$ Fu ; $M^2R$ celz i., $A$ ce ior, $C$ cel tens; *ekn* Esteit le ior ($N$ lores, $F$ ore); *n* polus — 42 *tous les mss.* ses freres ($A$ son frere), $E$ Et ses f. p.; $M^2JNek$ f. ainz ($E$ einz); $AC$ lainsnez, $F$ li anz n. (*v. f.*) — 43 $M^2$ icesz; $AD$ ces ; $K$ suor; *knR* A ces d. fu ($N$ iert, $F$ ert) seror ($Mn$ suer) h. (*n* dame h.); $DRn$ helaine, $E$ heleinne (*de même partout, sauf avis contr.*) — 44 $M$ Donc, $N$ Dom ; $F$ si grant p. ; $DMn$ paine, $E$ peinne — 45 $F$ Menalaus, $D$ -ax — 46 *eF* en p. — 47 $D$ Helainne; $M^2R$ f. a.; *n* Dame h. u. suer a. — 48 $R$ Ke osces ; *n* auoec s. — 49 $M^2$ Erm., $M$ Hem., $B$ Em., $E$ Harmonia ; $K$ Hermione esteit; $M^2F$ iert a., $BR$ fu a. — 5o $M^2FGKL$ iert, $BMR$ fu; $M^2R$ des dous o., *n* de s. freres — 52 $F$ Por ; $M^2$ chertie, *ek* enor — 53 $JNy$ troyen (*de même partout, sauf avis contraire*) — 54 *nR* Et t. (*n* T.) s. et n. — 55 $M^2DKR$ arr., $F$ ariuar. — 56 *n* estoient l.; *enM* anemis — 57 $M^2M$ Cit., $N$ Cich., $D$ Chyt., $F$ Cist., $R$ Cytharea; $M^2F$ dist; $F$ li autor; *ek* tesmoing ($M$ tesmoigne) lautor — 58 $M^2B$ A. a n. l. a cel i.; $R$ ai cels i., $M$ a cel i. — 5g $M^2$ aancrerent, $R$ amenerent (*corr. de* aancrerent), $F$ ariuarent, $K$ arriuer.; $J$ lors nef.

4260 Mout ert li tens douz e soés.
Un riche temple merveillos,
Mout anciën e precios,
Aveit en cel isle, en l'onor 4245
Venus la deesse d'amor.

4265 Tuit cil del regne d'environ
I veneient a oreison.
Mout ert li temples chiers tenuz:
La aoroënt lor vertuz, 4250
La faiseient lor sacrefise

4270 Icil de la terre a lor guise,
E ofreient de riches dons
E preneient devins respons.
Lors i faiseient lor grant feste, 4255
Ço dit l'estoire de la geste.

4275 Cil del païs i erent tuit
A grant joie e a grant deduit.
Par anz s'i suelent assembler
Por la grant feste celebrer 4260
De la grant deuesse des cieus,

4260 *ekB* fu; *M²* sues, *N* soeis, *J* soef — 61 *M²Dkn* t. r.; *M²Fk* et m.; *M²* merueillous, *KN* -ox, *E* -eux, *D* -ex — 62 *M²R* mout precious — 63 *e* cele, *K* ceste; *M* cel lisle; *knR* a; *M²ENRk* lenor, *D* lanor; *F* al honor — 64 *tous les mss.* deesse — 65 *R* dauiron, *n* anuiron — 66 *D* oroison, *EFM* orison — 67 *ek* M. fu; *M²Fk* chier — 68 *F* aorent — 69 *N* fessoient; *EK* sacrefises, *M²D* -ces, *FM* sacrifices — 70 *D* en; *ek* guises; *n* Cil de la t. a la l. g. (*F* et lor ioisses) — 71 *N* I o., *M²* Offrirent i, *ek* Ml't i o. (*K* offrirent); *R* les r. d. — 72 *F* Et fasoient diuins; *M²* perneient — 73 (*R*); *A* Adonc f.; *F* mout g., *Jky* une f.; *CN* Adonc (*N* Lores) i faisoient, *M²* L. i faiseit hon — 74 *M²AHJ* dist; *E* li liures, *H* lestore, *M* lhystoire — 75 *K* furent — 76 *N* i. a; *F* desd. — 77 *DR* an (*l*'s *effacée dans R*); *F* Porce i soloient; *M²* se, *N* i; *kNR* solent, *DM* seulent — 78 *E* A; *ek* cele f. — 79 *F* Por; *A* dieuesse, *CRekn* deesse; *G* Et por la d.; *L* des rois, *CRn* d. ceus, *yBM* quamoient, *K* quauoient; *M²* En grant reuerence iert tenue.

4280     Ne la faiseient mie a gieus :  
        C'ert de Juno la soveraine.  
        Paris, o ceus qu'o sei ameine,  
        En est venuz al temple dreit,          4265  
        Ou la grant assemblee esteit.  
4285     Mout fu de grant beauté Paris  
        De cors, de façon e de vis ;  
        Sor les autres fu li plus genz,  
        Si ot mout riches guarnemenz.       4270  
        Il n'ot si povre compaignon  
4290     Ne resemblast prince o baron.  
        Un sacrefise apareilla  
        A la deuesse Diana  
        A la troïene maniere,          4275  
        O simple vout e o preiere :  
4295     Mout le fist acetablement  
        En la presence de la gent.  
        Cil del païs mout demandoënt  
        As Troïens a qu'il parloënt       4280

---

4280 *k* fesoient, *R* fas., *N* feiss., *E* teis.; *F* pas ; *Cn* geus,
*G* giax, *AR* ieus; *L* Ne la firent pas a gabois, *ekB* Sacheiz que
la (*DJ* grant) feste f. (*DJ* en f.), *H* S. la f. celebroient, *B* Ml't
grant temple i faisoient, *M*ᵃ E de grant gent e de menue — 81
(*ACP*); *M*ᵃ Ciert; *D* deuenuz, *F* diuina ; *kBEH* Cesteit uenus,
*J* C. iuno; *M*ᵃ soueiraine, *R* souraine — 82 (*A*); *F* que il a.;
*ekBCJ* et la gent (*D* les genz) quo lui (*Ce* que il) meine; *R*
enmoine — 38 *Dk* En sont uenu (*D* uenuz); *F* el — 84 *R* On;
*M*ᵃ*ENR* granz, *K* grande ; *F* La ou lasemblee e. — 85 *M*ᵃ biautie,
*F* beute, *les autres* biaute (*de même partout, sauf avis contr.*) —
86 *M*ᵃ faicon; *F* qil ot gent et — 88 *EF* Et ot; *E* plus r. — 89
*M* Si — 90 *e* Quil ne sanblast — 91 *ekN* sacrefice, *F* sacri- —
92 (*M*ᵃ deuesse), *B* dieuesse, *J* deiesse, *AA'A*ᵃ*CILRkny* deesse;
*AA'DGILNRy* dyana, *F* idona, *A*ᵃ quil ama ; *G* A cest diable
dist d. — 93 *eN* troyene — 94 *M*ᵃ*ACNR* uolt, *F* uoiz; *ek* Molt
simplement ; *R* approiere (*v. f.*), *M* et a p.; *M*ᵃ*ACMN* priere, *e*
proiere; *F* ou simple chiere — 95 (*R*); *eM* Trop; *e* acept., *M*ᵃ*K*
accept., *N* aucept. — 96 *N* O; *F* A la ueue — 98 (*R*); *M* A;
*ekn* a cui ; *N* palloient.

Qu'il esteient ne qu'il quereient,
4300    Ou aloënt ne dont veneient.
E cil respondirent briefment,
Fiz ert Priant demeinement,
Qui sire e reis de Troie esteit :              *4285*
En cest païs le trameteit
4305    Por Castor e Pollus requerre,
Qui jadis furent en sa terre,
Une pucele en amenerent,
Quant Troie e le païs guasterent :       *4290*
« Ante est cestui e suer le rei,            *4293*
4310    « Si la tient hom a grant beslei.
« Querre la vïent : se l'avïons,
« Mout volentiers l'en menriöns ;
« S'el n'est rendue, estre porra

---

4299 *eK* Qui ; *eK* et que, *M* et quil ; *n* Qui il (*F* Qil) sont et
que il uoloient (*F* qi il estoient) — 4300 (*A*) ; *R* ni, *ek* et ; *M*
donc, *R* don ; *n* et que queroient — 1 *K* respondeient ; *JNky*
briement ; *F* respondi breement — 2 *N* prians ; *R* demomement ;
*kx* Et distrent lors (*e* lor) (*H* Et disoient) a cele gent — 3 *F* Qe ;
*k* Qui co li (*M* Que le) filz prianz e., *yJ* Que li f. roi priant
(*DJ* prianz) e. — 4 *M²* cel, *A* ce ; *yJ* Quel (*D* Que el) p. (*H* Qui
laloc) enuoie auoit, *k* El p. e. laueit — 5 (*HR*) ; *n* polus ; *E* A
ces uenoit dire et r. — 6 *N* Qui andui ; *F* Qe ambdui erent ;
*M²CRn* la t. (*N* guerre) — 7-8 *interv. dans* *kyBJ* — 7 (*AC*) ; *R*
puncelle ; *M* Et une p., *K* Une dameisele ; *kB* en aduistrent ; *y*
aconduistrent, *J* -irent — 8 (*AC*) ; *ekB* destruistrent, *D* -itrent,
*J* -irent ; *kyBJaj.* : Molt par fu gente la pucele Sauriez (*E*
Sauroiez) en (*HJ* Saries en uos) dire nouele (*BK* la n.) — 9 *JR*
Tante, *n* Tant ; *M²FR* iert, *N* ert ; *A* A. c. ; *R* cestuit, *ekB* paris :
*K* suor ; *M²KN* lo — 10 *N* Or si la t. en g. desloi, *F* Si la tenoient
a desroi, *kyBJ* Cil la tienent (*H* laduistrent) a estrelei (*M* desloy),
*AGR* En li tenir font (*R* sunt) g. b. (*A* a g. desroi) — 11 *M²* sel
auion, *CR* si lauiom, *M* sillauoit (*v. f.*), *LN* se nos lauons,
*BJKy* sil la rauoit (*DK* rauoient) ; *F* Q. la uenent se il lont —
12 *M²F* uolontiers ; *k* la ; *M²A* merrion, *BEHJM* remenroit,
*D* remerroit, *K* remerroient, *LN* receurons, *F* receuront ; *CR* U.
len ramenerron (*R* rameneriom) — 13 *Cn* Se, *R* Sil ; *Bky* Son (*K*
Sen, *E* San) ne la rent.

« Que granz damages en sordra. »

4315        Mout est isnele Renomee :
        Saveir fist tost par la contree                    *4300*
        Que Paris ert avuec ses nes
        Iluec en l'isle al port remés.
        Heleine en oï la novele,

4320    Que sor autres dames ert bele
        E riche e sage e avenant.                          *4305*
        Ne se prise ne tant ne quant,
        Se ele a la feste ne vait.
        A ses privez dit e retrait

4325    Qu'ele a pieç' a un vo voé
        Rendre a cel jor determiné :                       *4310*
        Sor l'autel vueut ses dons ofrir
        E les devins respons oïr.
        Son eirre fist apareillier,

4330    Puis esploita del chevauchier ;
        Al temple vint o sa maisniee :                     *4315*
        Mout par s'en fist joiose e liee.
        Quant Paris sot qu'ele ert venue, —

---

4314 *M* sorra, *F* sordira, *R* sordera, *C* uera — 16 (*ABHR*); *DF*
S. a fait — 17 *M²* iert, *R* fu; *M²* auoc, *AR* auec, *C* ouec, *N*
o tot; *BJky* o (*BHK* a, *M* et) totes (*J* tote); *F* est au port remes
— 18 *R* lllec, *kyBJ* Estoit; *M* a p., *B* as p.; *N* remeis; *F* auoit
ses nes — 19 *M²ER* Eleine, *D* Helainne — 20 *F* Qe, *R* Ke, *M²N*
Qui; *M²R* iert (*forme ordinaire*); *ek* De totes dames la plus b. —
21 (*A*); *C* Sace, *R* saiue ; *M²* Ne uit nus hon plus a., *kyJ* Ainz
(*HJ* Ainc, *E* Einz, *DM* Onc) n. ne uit p. (*H* si) a., *A²* El monde
not si a. — 22 *M²* Ne se proisee t.; *R* Ne preisera ne tanç
ne quanç — 23 *ekn* Sele ; *eM* a cele, *K* a ceste — 25 (*enM*
pieca), *M²R* piece, *A²* grant piece; *M²NR* uou, *eFK* ueu, *M*
uoult ; *R* uoie — 26 (*A²C*); *A* ce, *M²* cest; *M²* termine; *Jky* A
r. a cel i. deuise, *n* A ice (*F* icel) i. d. (*F* la termine) — 27 *K* uelt,
*DM* ueult, *n* uielt, *E* uialt, *M²* uout, *J* uolt, *H* ua — 28 *F* diu.
(*forme ordinaire*); *ek* Co dist et ses (*e* des), *H* Les dis et les — 29
*M²F* erre, *K* eire, *eMN* oirre ; *M* fait — 30 *R* Pois, *M²* Mout;
*ENk* de — 32 *M²* se ; *M* sen par fait; *R* Molt f. persa — 33 *K*
que, *R* kil ; *ekn* fu.

Il ne l'aveit onques veüe, —
4335 Mout la coveita a veeir.
Oï aveit dire por veir 4320
Que c'ert la tres plus bele rien
Que fust el siegle terriien.
Tant fist, tant dist, tant porchaça,
4340 E tant revint e tant ala,
Que il la vit e ele lui : 4325
Mout s'entresguarderent andui.
Ele ot demandé e enquis
Cui fiz e dont esteit Paris ;
4345 Fiere beauté en lui mirot :
Mout l'aama e mout li plot. 4330
Paris fu sage e sciëntos,
Veiziié, cointe e enartos :
Tost sot, tost vit e tost conut
4350 Son bon semblant e aparçut,
E que vers lui a bon corage : 4335
Ne li fu mie trop sauvage,

4335 *N* coueta, *F* couoitoit ; *Me* M. par la couoite — 36 *M²* de
u., *R* dauoir — 37 *M²F* Qe ce iert (*F* iert), *E* Que cestoit, *DHJk*
Quele estoit ; *M²FJek* la p. b. rien — 38 (*C* Qe); *A* ou ; *M²AR*
siegle ; *knyJ* Quonques (*Jny* Conques) ueist (*M* ueust) hom (*M*
hons, *D* nus) terriens (*Jky* crestiens, *M* -en) (*F* nus h. t.) — 39 *M*
T. d. et f. — 40 *M* et la et ca — 42 *F* sentres gardent, *M²R* sesgar-
derent ; *M²F* anbedui — 43 *M* Cele — 44 *K* Qui ; *ek* et qui —·
45-6 *interv. dans A²* — 45 *A²* belte ; *ekJ* i esgardot — 46 *F* lui
ama, *A²R* len a., *ek* lesgarda — 47 *A* sages et uertueus, *A²* ml't
uistes et pros ; *M²R* Saiues ; *M²* e artos, *CR* et enartos ; *Jkxy* fu
molt escientos (*F* ensc.) — 48 *F* Ardiz et p. *M²A* Veiziez cointes ;
*A²* Et bels et gens, *M* Sages et cortois, *N* Proz et c., *yCJKR*
Vistes (*R* Viste, *J* Vites, *K* Visdes) cortois ; *M²AA²Re* et (*M²* e)
scientos, *C* et sientous, *FN* et corageus, *G* et angignex — 49 *n* T.
(*F* Tot) u. t. (*F* tot) s. ; *A²* et uit ; *F* et aparcut ; *Jky* Tot s. tot u. et
(et m. à M) tot ; *N* quenut, *J* cognut — 50 *EHN* bel, *DM* douz ; *y*
bien a. ; *K* Et s. dolz s. a., *F* Mout bel s. li aparut ; *M²* apercut —
51 *R* ha, *M²* ot ; *ek* Et quant bien conut (*D* c. b.) son c. — 52 (*R*) ;
*M²* Ne fu m. uers li saluage ; *k* Ne se fist m., *e* Quil ne se f. pas.

Anceis s'en est mise en itant
Qu'auques li dist de son talant.
4355    El veeir e el parlement
Que il firent assez briefment,       *4340*
Navra Amors e lui e li,
Ainz qu'il se fussent departi.
En lor aé, en lor enfance,
4360    En lor forme e en lor semblance
Les a griefment saisiz Amors :      *4345*
Sovent lor fait muër colors.
Tant erent bel, ne me merveil
S'il les voleit joster pareil :
4365    Nes poüst pas aillors trover.
Tel leisir orent de parler      *4350*

---

4353 *e* Eincois, *A* Ainc., *N* Enc.; *EHJLM* Anc.; *M²R* sest puis mis; *F* qe sen est mise en auant; *GLN* mise (*L* mis) a i.; *C* Anchois sest mis puis mis a tout; *Jky* se miṣt tant en a. — 54 (*AC*); *n* Auques, *R* Kaunkes; *F* li a dit s. t. — 55 *F* au, *K* al, *M* en — 56 *M²* Qui il, *k* Quil, *R* Kil; *A²* Quil fisent puis a. b., *puis 4 v. spéc.* (*voy. aux* Notes); *ekMN* briement, *F* breem. — 57 (*HJR*); *F* Aura; *AC* A. n., *A²* Damors n. — 58 (*AA²BCHJ*); *EK* que se, *GLN* que il, *F* qil (*v. f.*) — 59-60 m. à *AA²*, sont interv. dans *M²* et placés après -62 dans *n* — 59 (*BHIJ*); *E* ahe; *D* samblance; *M²* E por lor bele contenance, *CR* Diluec saluz (*R* Dilaques senç) nulle dotance, *GLN* Ne ferai pas determinances (*N* dest.), *F* Ne se firent p. defiances — 60 (*JR*); *C* A l. f. et allor; *M* f. en, *GN* formes en (*N* nen), *F* force en; *L* A la forme de lor s.; *Gn* semblances, *DHI* anfance — 61 *L* Les a s., *GN* S. les a, *F* S. aura; *CI* greument, *BGKNRe* griement, *M* forment; *R* saissi, *BM* saisi, *KN* sesiz, *e* sesis, *A* naure, *A²* naures, *M²* espris; *L* amor, *A²* damors, *H* Lor fait souent palir amors — 62 *L* color — 63 *ekB* T. furent; *FGIK* men; *eBM* pas ne m.; *A²* mesmerueil; *xIR* meruoil — 64 (*AA²*); *R* Sil uostrent aioster p., *BGILkny* Sil uousissent (*x* uoloient) estre p.; *EGIRn* paroil — 65 *R* Nel, *n* Nen, *A²GL* Ne; *M²GMR* peust, *enK* poist; *n* len, *A²* on, *G* ont; *GLN* meillors t., *F* meillor t.; *ek* Tex dous ne p. nus (*E* an) t. — *Entre ce v. et le suiv., G intercale 30 vers (discours de Paris); voy. aux* Notes.

Qu'auques i distrent de lor buens.
Paris o tot ses Troïens
Ont pris d'Eleine le congié :
4370    Dreit a lor nes sont repairié,
Mais ele sot tres bien de veir        *4355*
Qu'il la vendreit ancor veeir.
    Quant al port furent repairié,
Auques fu li soleuz baissié.
4375    Paris a sa gent aünee
Priveement e a celee :        *4360*
Danz Antenor e Eneas,
Deïphebus, Polidamas
E li autre comunaument
4380    Sont assemblé al parlement.
Paris parla avant eus toz,        *4365*
Qui mout esteit sages et proz :
« Seignor, » fait il, « en cest païs
« Nos a li reis Prianz tramis

---

4367 (*GL*); *CF* Qe a. (*F* aunques) d., *A* Qil sentredistrent;
*M* il, *M²* se; *M²AD* bons, *FR* biens, *C* boens — 68 (*ACR*); *x*
Mes (*F* Qe) danz p., *Jky* P. sen uait; *Jkxy* o (*G* a, *F* et) toz (*eJL*
tot) les suens (*L* soens), *M²* P. le beus o t. les sons — 69 *N* Ot,
*M²* A; *G* de helainne c., *A* de la dame c.; *ek* Si a deleinne p.
c., *F* Orent p. de helaine c.; *M* delene, *K* dheleine — 70 (*G*);
*EN* nef, *F* neif; *n* Enz an l. — 71 (*L*); *ek* Heleine (*M* -ene, *D*
-ainne, *E* Eleinne) s. molt b.; *F* seit ; *G* Elle sout b. en son
espoir — 72 *N* encor; *G* Quant ior paris la vaura v., *L* Quil
reuendroit por li le soir, *ek* Paris la reuendroit u. — 73 *M²* Q.
il fu au p. repairiez, *ek* Q. dheleine (*E* deleinne, *D* -ainne) fu r.
— 74 *M²* Soleilz, *K* solaus, *E* solauz, *D* soleus; *eK* bessiez; *M* Li
soleil fu a. b., *nR* Et le s. uirent (*R* Et u le s.) beissie (*R* bassie,
*F* colgie); *NR* soloil — 75 *kyJ* Et il ot sa g. assemblee (*D* abes-
siee) — 76 (*L*); *n* Tot belement; *FM* a recelee — 77 *enM* anth.,
*K* anthenors; *R* danç e.; *ek* A. et polidamas (*D* poly·) — 78
(*R*); *DKN* Deyph., *EF* Deif.; *ek* et eneas — 79 *n* commune-
ment, *K* comunalm. — 80 *F* A. s., *M²M* S. apele; *EFM* a; *N*
pallement (*forme constante*) — 81 *F* a t. — 83 *k* S. baron — 84
*M* p. li r.

4385  « Por faire a ceus honte e damage,
      « Qui le firent nostre lignage.                    *4370*
      « Il n'est rien de m'antain raveir,
      « De ço n'aiens ja nul espeir :
      « Ne l'ont mie en tel lieu enclose
4390  « Que de l'aveir seit nule chose.
      « Quant mener ne l'en porrions                     *4375*
      « Por rien que faire poüssons,
      « Si nos covendreit engeignier
      « Com nos les poissiens damagier,
4395  « E que tel chose poissiens faire
      « Dont il aient honte e contraire.                 *4380*
      « En cest païs somes venu,
      « S'est ja en plusors lieus seü.
      « Vos savez bien certainement
4400  « Que il n'aiment pas nostre gent :
      « Tant lor ont fait hontes e laiz                  *4385*
      « Qu'il n'en sera ja mais jor paiz.

4386 *D* Quil; *DF* a n. — 87 *ek* riens; *E* mantein, *K* ma ante,
*M* ma tante; *K* aueir; *n* Nest riens de ma tante (*F* tente) r.
(*F* muoir), *M²R* Ne sereit riens de mante (*R* mainte) aueir —
88 *M²* naions, *eF* naiez; *N* nos, *eFM* uos; *n* ia e., *R* De ce nen
aioms n. e., *K* Ia en co nauez uos e. — 89-90 *interv. dans JRky*
— 89 *JRky* pas; *M²* lue, *F* lou — 90 (*R*); *M²* ne seit gries c.;
*eK* De li (*M* lie) aueir (*D* rauoir) est n. c. — 91 (*R*); *M²* porrion,
*C* porions; *ek* Que remener (*K* ram.) len poissons (*L* pois., *J*
peuss.), *n* Et quant mener ne len (*F* la) poms, *H* Ia remener ne
lemporon — 92 *CJ* Par; *A* riens; *M²* poisson, *A* peussions, *C*
puissons, *K* seussons; *N* nos f. puissons; *F* Por chose que f. poi-
sons, *JMy* Por nule rien (*e* riens) que nous facons (*H* -on, *e*
sachons) — 93 *n* conuenra, *A* -droit; *M²MRen* engi-, *K* engin-
gnier — 94 *F* Coment; *CJN* puissons; *eM* Come (*M* Que, *D*
Et) les p. d. (*D* adomagier), *M²AR* Els a (*A* A euls) laidir e d.,
*H* Comment lem puisson mius vengier — 95 *M²* puisson, *R* -un,
*N* -ons, *M* possons; *K* Et t. c.; *k* lor p. f. — 98 *ekJ* Ia est, *FR*
Si est; *M²* lues; *N* sau — 99 *n* com faitement — 4400 *M²* Qui; *n*
Il n. mie — 1 *DN* fez; *eF* honte; *k* lait — 2 *R* iors; *n* Que m.
ne cuident auoir p., *kEJ* Ia m. nen s. fet nul (*JM* nus) plait (*J*
plez) (*E* nus plez fez), *D* Ia nen iert m. escoutez plez.

« N'ont en nos nule sëurté :

« Se il s'esteient apensé,

4405 « Enui e honte nos fereient,

« S'en lor terre nos ateigneient.                    *4390*

« Por ço les nos covient deceivre,

« Ainz qu'il se puissent aparceivre.

« Une grant chose ai esguardee,

4410 « Que ja vos iert dite e mostree :

« Cil del païs assemblé sont                          *4395*

« A ceste feste que il font ;

« Tuit li plus riche e li meillor

« I sont venu d'iceste honor.

4415 « Assez i a or e argent

« E maint riche chier guarnement ;                    *4400*

« Aveir i a trop amassé,

« Mout en i a l'om aporté ;

« Mout i a une bele femme,

4420 « Que est dame de tot cest regne,

« La plus preisiee senz sorpeis                        *4405*

---

4403 *DN* en eus ; *E* Dont aions — 4 *F* Et sil ; *n* estoient — 5 *M²*
fareient — 6 *eK* l. paiz ; *n* En l. terres nos retenroient (*F* rete-
noient) — 8 (*HJR*) ; *AM* sen, *n* Quil ne sen poissent a. ; *M²AJR*
aperc. ; *y aj.* : En i aura de (*H* a mil et) mors de (*H* et) pris Car ie
ne sui pas (*H* point) lor amis — 9 *k* U. c. i ai (*M* ai) e. — 10 *ekN*
Qui ; *D* la ; *F* ai d. ; *M²* monstree, *K* contee — 11 *M²N* asenble, *L*
assamble ; *M²* sunt ; *F* ensemble uont ; *ek* Les (*e* Ces) genz assem-
blees se s. — 12 *M²* qui ; *F* sont — 13-4 *interv. dans ky* — 13 *F* Tot
— 14 *R* dicest, *M²BM* de cest, *F* a c. ; (*F* honor), *M²AR* henor,
*EKN* enor, *D* honeur, *BM* honn. (*de même à peu près partout*) ;
*ekB* Venu i s. de (*K* a) ceste enor — 16 *k* c. r., *n* c. autre ; *F* garni-
ment ; *e* Et si i a m. g. — 17 *ek* molt a. — 18 *F* Et mout ; *ek*
ont tuit, *R* a bien — 19 *ky* Si a (*M* Si i a) une ml't b. f. ; *R* en i a ;
*M²R* femne (*plus souvent* femme), *A* fenme, *E* fenne, *K* feme,
*DHMN* fame (*de même le plus souvent*), *F* dame — 20 (*F* Qe) ; *A*
de t. ce r. déme — 21 *M²* proisiee, *DN* -iee, *E* prisiee, *HJK*
prisie, *M* -ee ; *M²* sans sospeis, *C* sains s., *R* soç sanpois, *A* sanz
gabois ; *Jky* Na tant p. ne loee.

« Que seit el regne des Grezeis :

« Reïne est, femme Menelaus.

« Assez i a de teus vassaus

4425   « Ou mout avreit riches prisons.

« Or esguardez quel la ferons.                    *4410*

« Ne porrions mais tant aler,

« Ço cuit, par terre ne par mer,

« Qu'en poüssons a tant venir :

4430   « Chascuns en die son plaisir.

« Nos n'avons pas gent amenee              *4415*

« A forceier en lor contree :

« Ja par la gent que nos avons

« Cité par force ne prendrons;

4435   « E se nos bien l'avions prise,

« Ne vaudreit tant en nule guise           *4420*

« Li gaainz que nos ferions

« Com cist fereit que ci veons.

« Mout i a riche troveüre :

---

4422 (*C*); (*F* Qe); *R* Qui cest, *A* ou ; *JKe* Ne ci ne en altre
contree, *M* En tant com dure la c., *H* En tote gresse la c.. — 23
*n* Raine; (*M²R* femme), *A* fĕme; *ky* Sest f. lo rei m.; *Ekn* me-
nelax, *D* menalax — 24 *R* A. i ot, *ky* Auec (*E* Auoec) li (*D* lui)
a; *D* tex .ij. — 25 *n* aura; *M* de r. — 26 *R* ke la, *M* que la, *n*
que nos; *F* Or gardez que nos en fairons ; *M²* facons — 27-8
*interv. dans ek* — 27 *N* porreiens nos, *ek* Poissons (*E* Puisons,
*D* Puissons) ia mes nul ior (*M* tant) a. — 28 *Ek* Ne, *D* Ge; *M²K*
quit — 29 *ek* Qua t. en poissons (*E* -ions) u.; *M²Rn* poissons;
*M²* en t. — 30 *ek* Die an chascuns (*K D.* chascons) tot s. p. (*M* s.
p.) — 32 *I* Por  f.; *Jky* Por faire force, *C* P. lor forcer, *R* A el
parforcier l.; *CFJLek* la c.; *A* A esforcer la leur c., *A²* A des-
truire ceste c. — 33 *FH* por, *J* per; *H* force que nos ; *M²FH*
aions, *R* auom — 34 *E* a f.; *F* Chastel ne c. — 35 *R* si ; *N*
lauiens, *F* laurons — 36 *M²* Si ne u. — 37 *M²* Tant, *A* Tout; *D*
Le gaaing; *n* La gaaigne que f. (*F* faissons); *M²* farions, *R*
fariom — 38 *C* Come celui; *K* Com cest que nos ici u., *AM*
Come cil q. n. ci u., *yJ* C. cist (*E* cil) q. n. prendrions, *nR* C.
cele (*R* cestui) q. n. auons (*F* aurons, *R* auom) — 39 *R* M. est r.
la; *n* teneure.

4440   « Veeir poëz quel aventure.
       « Mout laisserons noz enemis                    *4425*
       « Hontos e dolenz e pensis :
       « Jusqu'a mil anz en iert parlé.
       « Chascuns en die son pensé
4445   « E tot son buen et son plaisir,
       « Quar n'avons mie grant leisir :               *4430*
       « Haster nos covient cest afaire,
       « A quel que chief en deiens traire,
       « O de ço faire o del laissier,
4450   « O d'autre chose comencier. »
         Diversement i respondirent                    *4435*
       Cil qui ceste parole oïrent ;
       Mais a la parfin s'acorderent
       E bien voustrent tuit e loerent
4455   Que li temples fust envaïz,
       En icele nuit asailliz                          *4440*
       Par force e peceiez e pris :
       « Or n'i a plus, » ço dist Paris,
       « Sempres, quant la lune iert couchiee,
4460   « E la grant noise iert abaissiee,
       « Nos armerons comunaument.                      *4445*
       « O tot le mieuz de nostre gent,

4440 *M²KRe* quele ; *M* trouueure — 41 (*R*) ; *ekn* anemis (*de même à peu près partout*) — 42 *EF* D. et h. — 43 *M²* Des qua ; *EFk* ert — 44 *ek* Die en c. (*K* D. chascons) sa uolente — 45 *n* T. s. b. et tot ; *M²D.MN* bon, *F* bien, *E* boen — 46 *R* Mais ; *M* laisir — 47 *M²* Astier — 48 *N* doiens, *M²KR* deions, *e* doions, *M* deuons ; *F* quen doie — 49 *M²* O del f. ; *FR* de l. ; *ek* O seit del f. — 50 *m. à F* ; *R* encomençer — 51-2 *interv. dans ek* — 51 *R* li, *E* en — 52 *F* Tuit c. q. la paroilent o. — 54 *cM* uostrent, *K* uoldrent, *N* uoltrent, *F* uolerent — 55 *FK* assailliz — 56 *NR* Et ; *DM* A lanuitier et a., *E* Deliurement et a., *K* Contre la nuit et a. ; *FK* enuaiz — 57 *Ek* Par f. p., *M²n* E p. par f. — 58 *enM* dit — 59 *EFM* ert ; *F* choucie — 60 *M²Rn* Et la n. ; *M²R* sera baissee, *n* bien a. — 61 *ekn* comunement — 62 *k* A ; *FRk* toz ; *M²Rkn* mielz, *E* mialz, *D* miex.

« Tot belement e a celee,
« Senz noise faire e senz criëe,
4465    « Les sorprendrons en tel maniere,
« Senz ço que nus d'eus ja nos fiere,    *4450*
« Les avrons sempres toz conquis
« E tot l'aveir robé e pris.
« E cil qui remandront as nes
4470    « Aient sus trait ancres e tres,
« Que, dès que nos avrons chargié,    *4455*
« Seions tost del port esloignié.
« Teus entreseignes lor donrons
« Qu'il savront bien qui nos serons. »
4475    Mout devisent bien lor afaire.
Li jorz s'en vait, la nuit repaire.    *4460*
Cil mangierent qui mestier orent,
S'il orent quei e se il porent.
La lune prist cler a raier,
4480    Dès que il vint a l'anuitier ;
Ainz prinsome se fu couchiee.    *4465*
Armee se fu lor maisniee :

---

4463-4 *interv. dans DF* — 63 *F* a recelee — 64 *R* iriee — 65 *N*
sorprenons, *D* soupenrons ; *M²R* par — 66 *M²R* quns delz ia n.
i f. ; *n* ne n. f. ; *k* Que ia n. dels les noz ne f., *e* Q. n. des lor (*E*
Si q. n. dax) ia ne n. f. — 67 *ek* T. les a. s. sorpris — 69 *AR*
Cil ki si — r. ; *M²DR* remaindront, *E* remen- ; *N* remanront as
neis — 70 *F* A. for traites (*v.f.*) ; *N* eincres, *E* encres ; *N* treis — 71
*R* Ke, *M²* E, *en* Et, *M* Car ; *ek* si tost com a. — 72 *R* Seiom ; *K* nos,
*M* loig ; *D* Seiomes, *M²* T. s. ; *n* Sempres serons, *E* Del p. s. ; *M²En*
t. e. — 73 *N* antreseignes, *AR* entreseingnes, *M²C* entreseinz ;
*M²CR* o elz prendrons, *A* i prendron, *N* lor dirons ; *F* Itiex ensei-
gnes nos d. ; *e* Tex conaissances, *M* Tel connoissance, *K* T. coue-
nance ; *D* nos ; *K* donons — 74 *M²FR* que ; *M²R* farons, *F* ferons, *A*
-on — 75 *F* diuisent — 76 *M²* iors ; *M²KRn* nuiz — 77 *R* kaz ; *M²R*
mangier porent ; *F* m. en o., *ek* cure en o. — 78 *M²* Se il uoustrent ;
*M²* ne se, *R* ni si ; *M²* il lorent — 79-80 *interv. dans ekR* (*R revient
fréquemment à la 2ᵉ famille*) — 80 *M²* uient, *n* prist ; *ekR* Et (*R* Des)
quant il (*Me* ce) uint (*K* uient) — 81 *D* prisome ; *n* Einz que la
lune fust c. — 82 *F* Se fu a. ; *DFk* la m. : *R* Armer funt la lor m.

Le petit pas, estreit serré,
En sont tot dreit el temple alé.

4485    Cil del païs veillierent tuit,
Grant joie i ot e grant deduit;                    4470
Mais des autres nuiz las esteient,
Par dreite force s'endormeient:
N'aveient paor ne reguart

4490    Maus lor venist de nule part;
Mout ert la contree seüre.                         4475
Ha! Deus, com grant mesaventure
Avint por ço que la fu fait?
Ne vos en quier faire lonc plait :

4495    Li Troïen ont tant alé
Qu'al temple vindrent tuit armé.                  4480
Un graile sonent a l'entree,
Chascuns a trait nue s'espee :
Isnelement e en poi d'ore,

4500    Fel e irié lor corent sore;
Maint en detrenchent é ocïent,                    4485
E maint en i prenent e liënt.
La bele, la pro dame Heleine

4483 *EM* et tuit, *F* trestut, *K* s. e. — 84 *n* Sen s.; *F* dedenz le;
*n* antre ; *K* al t. d. — 85 *EN* ueilloient, *D* i ueillent — 86 (*AC*) ;
*ekFR* A g. i. et a (*R* i. a); *F* desd. — 87 (*C*); *nA* li autre (*A* les
autres) qui l. e.; *JRky* Li plusor de ueillier lassoient (*R* las.)
— 88 *M*² P. f.d.; *n* se d. — 89 *N* peor, *M*²*DK* poor — 90 *M*² Qui
lur; *ekR* Que max uienge (*E* uiegne, *R* uegne, *M* uenist, *F* lor
u. (*v. f.*) — 91 *kR* fu ; *K* segure — 92 *M*²*Rk* A, *D* He; *M* dieu;
*M*² si g. — 93 *ekR* par; *eKN* qui ; *M*² ci fu — 94 *DRek* uoil, *E*
uuel — 95 *R* unt, *M*² sunt (*forme ordinaire*); *A*² T. o. li t. a. —
96 *kR* Au t.; *F* Qe il t. entrent; *A*²*F* tot a. — 97 *M*² greile, *nM*
graille, *eK* gresle — 98 *ekR* Lors (*R* Lor) a chascun (*e* -uns) traite
lespee (*D* sespee) — 99 *yFM* Iriecment — 4500 (*A*); *AC* Fel; *M*²
Arme i. s.; *F* Fier et cruel, *eJMR* Isnelement, *K* Iriement; *R* l.
corunt, *D* secourent ; *H* Par vertu lor corurent s. — 1 *ekR* Molt
— 2 *M* Et ml't — 3 *F* et la; *N* prou, *M*²*R* prouz, *F* proz; *kyJR*
la corteise h.; *E* eleinne, *D* helainne.

I pristrent tote premeraine:
4505  Ne se fist mie trop laidir,
Bien fist semblant del consentir.                    *4490*
Maintes dames, plusors puceles
Pristrent o li riches e beles.
Cil del temple sont esbaï,
4510  Qui d'armes furent desguarni :
Ne sevent d'eus prendre conrei,                      *4495*
Muçant s'en fuïënt trei et trei.
Pris e lïëz en ont assez.
Mout fu li temples tost robez :
4515  N'i laissierent or ne argent,
Drap de seie ne guarnement.                          *4500*
Tant en i pot chascuns trover,
Ne l'en pueent demi porter :
Onc teus guaainz ne fu mais faiz.
4520  Granz fu li criz, granz fu li braiz.
Cil qui n'est pris est detrenchié.                   *4505*
Mout eüssent bien espleitié,
Mais sor le port ot un chastel,

---

4504 *M* P, i ; *M²* premiereine, *Fk* primeraine, *E* premereinne
— 5 *M²* leidir, *ek* ledir — 6 *M* de — 7 *M²AC* Plusors d.; *k* main-
tes p.; *n* Mainte dame mainte pucele — 8 *M²AC* Prist hon; *A* a
li; *D* gentes ; *n* et riche (*F* gente) et belle — 10 *e*
Car; *F* desarmi — 11 *M²* sieuent; *F* Ne se s. daus nul c. — 12
*JRe* Montant; *N* Mene an f., *H* Montent si f., *F* Menez les en ont,
*M* Fuiant secorent; *M²AC* Cil les enmeinent a beslei — 13 *ekR* P.
en o. et l.; *MN* lie — 14 *M²* Li t. fu m. t. roubez — 15 *M²* laisse-
rent, *R* -irent - 17 *AN* puet; *F* T. i poent, *M²* T. i poeit, *CR*
T. en puet (*R* pot) (*v. f.*); *K* chascons (*forme ordinaire*); *E* T.
en i porent tuit t. — 18 *N* puent, *M²* poent; *EFM* Que nel (*M*
ne len) porent (*F* poent); *DKR* Quil (*DR* Que) ne len (*D* len
nen, *R* n. l.) pot; *R* dimi — 19 (*R*); *E* Ainz, *F* Ainc; *M°* m. ne
tu f. — 20 *KR* gries — 21 *AC* Ceus; *ACF* qil (*A* qui) nont p.
ont; *kyJR* Tuit furent mort et d. — 22 *kyJR* Paris eust (*H* en a)
— 23 *F* le pont, *D* la riue.

Helee ot non, mout par sist bel ;
4525 Fort gent i aveit e hardie.
Dès qu'il orent la noise oïe,                    *4510*
Tuit esfreé se sont vestu,
Puis sont a lor armes coru ;
Onc gent ne fu plus tost armee.
4530 Tot dreit en vont a la crïee:
Failles porterent e brandons,                    *4515*
Toz en resplendist l'environs.
Les Troïens ont encontrez,
D'aveir e de prisons trossez.
4535 Virent lor gent qu'il en menoënt,
Qui braeient e qui crioënt.                    *4520*
Tel noise font e tel tomoute
Que nus n'i poëit oïr gote.
Cil del chastel furent ensemble :
4540 Hardi cuer a cui il ne tremble.

4524 *A* Herles, *G* Helle, *M²A²CH* Elee, *N* Eslce, *M* Lehe, *F*
Yssie ; *H* a n. ; *L* Qui estoit granz ; *N* et riche, *FK* et fort, *A²CGL*
et bon, *BJMe* bien fait ; *A²BCekx* et bel ; (*M²H* m. par s. b.), *A* ml't
par fu b. — 25 *M²* ardie — 26 *F* Et d. qil ont — 27 *N* esfrae, *F*
-aie — 28 *M²* Tuit, *K* Pois, *N* Tost, *F* Et; *K* uenu — 29 *C* Ainc,
*EK* Ainz ; *M²EN* genz ; *ekR* p. t. ne fu ; *F* Et la g. fu mout t. —
3o (*HR*); *F* Mout tost; *N* uienent; *M²* Dreit alerent, *C* Tuit core-
rent; *DK* meslee — 31 (*BC*); *D* Falles, *K* Fuilles, *A* Torches ;
*D* portoient; *EHJ* Chandoiles (*J* Lanternes) portent et (*H* maint;
*EHJKR* brandon; *x* Lanternes et b. ardoient (*GL* portoient) (*F*
L. b. i a.) — 32 *C* lauirons; *M²A* Tote (*A* T. en) resplant la
regions; *ekBJR* Tot font resplendir (*B* espl.) en uiron (*M* deni-
ron, *JR* danu., *B* enuirons), *H* Qui resplandissent enu., *x* De
la luor (*F* luior) plus (*GL* ml't) cler ueoient (*F* p. u.) — 34 *E*
De p. et dauoir — 35 *K* genz; *F* amenoient, *N* anm. — 36 *F* Qe
si b. et c., *JRKy* Qui de (*H* Et q.) granz brez (*M* plainz) souent
gitoient (*DHJR* fesoient) — 37 *M²* tomolte, *nL* tem., *G* timulte,
*A* tem.; *kyJR* Si feseient le leu tentir (*R* tendir) — 38 (*L*); *eAGKR*
riens, *J* rien, *F* len ; *FKR* ne ; *F* poent, *DN* poist; *kyJR* g.
(*H* conte, *M* rien) oir — 39 *F* issent; *R* ass. — 40 *M²* Ardi;
*N* cil qui, *M²H* a qui ; *F* Mout a h. c. qui.

De maintenant les vont ferir :     *4525*
La oïsseiz testes croissir,
Ferir de lances e d'espees
E de gisarmes acerees,
4545     De maçues e de coigniees.
Trop i sofrirent granz haschiees     *4530*
Li Troïen por eus defendre,
E cil del chastel por eus prendre :
Se desarmez les trovissant,
4550     Ja mais Troie ne veïssant.
Cil d'Elee mout les laidissent,     *4535*
Por poi que toz nes desconfissent :
Merveille esteient agregié,
Por ço qu'il esteient chargié ;
4555     Ne lor esteit mie bosoinz
Que lor nes fussent guaires loinz .     *4540*
Maint bot, maint hurt, mainte colee
Orent anceis prise e donee
Qu'il i poüssent parvenir :

---

4541-2 *interv. dans* F — 41 H se u. — 42 (A);F oist an, DMR
ueissiez — 43 F Ferent; R des l. — 44 (HR); F guis., EN ius.
— 45 K coignies, F corrigies — 46 F Mout; K haschies — 47-8
*placés dans* H *après* -50 — 49 D trouissient, R -ant (*corrigé en*
-ent), M -ent, J trouessent, B -eissent, M² -assent, A trouuis-
sient; CEHkn Se il (n cil) d. les trouassent — 50 B dieus ne ;
M²DJ ueissent, R -ant (*corr. en* -ent), A -iont; CEKn a t. ne
tornassent (N ralassent, F retorn.); H Li troyen les detrancais-
sent Li t. por aus desfendre Saient fort cil por les prendre —
51-2 m. à E — 51 N deslee, A dellee, M de lehe, F de yssie, B
de troie, H del castel — 52 N Par, DRk A; DN pou; H que il;
R nels — 53 N A m. e. gregic, F Meruoilles e. greuie, kyBR
M. furent plus blecie (k blescie) — 54 ny De — 55 (R); DN
besoing, FM besong — 56 M² gaire, ekR auques, R aunkes;
DN loing, FM long — 57 FM. bruit m. b., eMR Mes il orent;
K maintes colees — 58 eMR A. p. et autre; K prises altres
donees; D Aincois, E Ein-, N En- — 59 DM peussent, M²EFK
poissent, R -ant; F Ancois que p., N Einz quil i possent (v. f.);
n uenir.

4560    Assez en i estut morir.
        Mais dès qu'il orent lor prisons      *4545*
        Bailliez as autres compaignons,
        E la robe fu mise es nes
        O ceus qui esteient remés,

4565    Recovrerent sor les Grezeis.
        Donc lor alerent de maneis :      *4550*
        Les escuz pris, espees traites,
        Lor ont de morteus plaies faites.
        Il meïsme s'entrocieient,

4570    Quar nuit esteit, poi i veeient.      *4554*
        Mout en i ot la nuit ocis,
        Plusors navrez e plusors pris.
        Desconfit sont cil del chastel,      *4555*
        N'en orent mie le plus bel :

4575    Jusqu'as portes les embatirent,
        A grant dolor s'en departirent.
        Li Troïen ne se targierent :

4560 *EH* i en, *M* en ; *M²M* estuet, *E* esteut, *n* couint — 61 *en*
*M.* puis; *A* les p. — 62 *D* Liurez, *F* Rendu; *A* lor a. c. — 63 *F*
lor r. fu m. as — 64 (*AC*); *BJRky A*; *EJ* ces, *H* caus; *B* q. i
erent r. — 65-6 *interv. dans L* — 65 m. à *F*; *LN* Recorrurent,
*A* Retrourerent, *C* Retornerent, *kR* Donc (*R* Dun) retornent,
*BDJ* D. recorent, *E* Lors r. ; *kyBJLR* sus; *B* li grigois ; *ekR*
as g.; *H* D. recourerent as g. — 66 (*C*); *M²* Doncs, *n* Lors ;
*A* Si lor courent sus, *kyBJR* Si les refierent (*H* ferirent); *E*
demenois; *L* Et lauoir fu es nes menoiz — 67 *n* Lor e. (*N*
escu) — 68 *M²* mortiels, *K* -ax, *enMR* -ex — 69 *FJR* meismes, *e*
meesmes; *H* Iloc manois — 70 *kyBIJNR* nuiz; *A²* et poi u. ; *DN*
pou, *E* po; *J* uoient; *H* N. e. petit, *I* N. iert et m'lt poi; *F* Car
autres gotte ne u. — 71-2 m. à *kyBIJR* — 71 *M²A²F* i ont, *C*
orent; *F* de pris, *L* docis — 72 *F* plusoi ocis; *L* M'l't des n. et
m'lt de p., *A²* De cels del chastel ont m'lt pris — 73 (*AA²B*); *J*
de chatel — 74 (*AB*): *n* As plusors ne fu m. b., *A²* Li troien ont
le plus b. — 75 (*BR*); *A* Jusques, *M²* Desquas, *E* Tresques; *M*
Jusqua portent; *n* Des espees se combatirent (*F* sentrebatirent)
— 76 (*BHR*); *An* se — 77 *R* nen; *DKN* tardierent, *FJR* -erent;
*M* -irent, *M²* tarierent; *BL* satargierent.

Dreit a lor nes s'en repairierent.   *4560*
L'eschec de la desconfiture
4580 Ont sempres chargié a dreiture,
Puis entrerent dedenz lor nes.
Des vis n'i a nul d'eus remés,
Mais des morz en i laissent tant,   *4565*
Dont lor ami seront dolant.
4585 Ainz que des porz fussent parti,
Virent le jor mout esclarci.
Mout fu bele la matinee
Qu'il partirent de la contree :   *4570*
Vent orent buen a lor voleir
4590 Trestot le jor desci qu'al seir.
Li venz baissa a l'avespree,   *4572*
Mout devint queie mer salee :   *4571*
N'i pareisseit onde ne rible,   *4573*
De grant maniere esteit paisible.

4578 (*H*) *M* A l. n. (*v. f.*), *L* Deci as nez; *N* nef; *FM* se; *J*
repeir., *e* reperierent, *M* repairerent, *R* repar., *F* retornerent;
*eR* D. au riuage r. — 79 *M* Leschac, *n* Lo chief — 80 *D* c. s. —
81 *K* P. sen e. en; *AE* les — 82 *CR* De; *F* Dals ne ni a; *n* un sol,
*A* .j. deuls, *C* nesun — 83 *kyCJR* i laissent (*R* laisserent) il t.
(*JM* itant, *C* assez); *n* D. m. en i laisserent t., *A* D. m. en i
laissent de tiex; *M* Donc, *N* Dom ; — 84 (*H*); *EJMR* furent,
*F* en sont; *R* doliant; *M²* faront duel grant; *C* Qui l. amis feront
desuez, *A* D. l. amis aront grant diex — 85 (*R*); *C* de pors,
*M²AKen* del port; *N* fusient, *F* fuissent; *A* partis — 86 *C* V.
bien le i.; *EN* bien, *F* si; *M²* esclarzi, *n* esclari, *E* esbaudi; *A* Fu
auques li iors esclarcis — 88 *F* Quant — 89-90 *m. à JRky* — 91 (*A*);
*C* Lore; *F* baisse; *C* la matinee; *yJKR* Ni parut (*D* Naparut) pas
(*H* Ainc ni p.) onde leuee — 92 *F* deuient; *DJKR* quoie,
*M²ABCJN* coie, *F* ore; *A* C. d.la m. s. — 93-4 *interv. dans M* —
93 *C* Ne parissoit, *A* Ni aparut; *M²* unde; *BRky* Onc (*HR* Ainc,
*E* Ainz) ni parut nule (*kR* nul) (*B* ni aparut) o. orrible — 94 *M²A*
A; *A* merueilles; *E* meniere; *kBCR* est mers p., *e* fu p.; *H* Tres-
tote e. li mer p.; *N* pess., *F* pas.

4595    La nuit traistrent as avirons.
        Paris fu liez de ses prisons,
        Del grant guaaing e de l'onor,
        Del damage qu'ont fait as lor :
        Auques les ont estouteiez,
4600    Assez en i laissent d'iriez.                    *4580*
        A tant ne remandra il mie :
        Dès ore engroisse la folie.
            Li Troïen erent en mer,
        Mout desirant de l'ariver.
4605    Set jorz i furent acompliz,                     *4585*
        Quar toz lor est li venz failliz ;
        Mais tant ovrerent o lor reins
        Par mi la mer, que tote ert plains,
        Qu'il pristrent port a Tenedon :
4610    A grant joie les reçut l'om.                    *4590*
        Tenedon esteit uns chasteaus
        Sor la marine genz e beaus :

---

4595 (*C*) ; *nK* traient, *E* rament, *H* siglent ; *D* lor a. — 96 *B*
ml't 1. des p. — 97-8 *interv. dans ekBR* — 97 *ekBR* De son g. ;
*DF* sonour — 98 *K* Des damages ; *BKe* cot ; *kR* des l. — 4599-
4600 *et* 4601-2 *interv. dans n* — 4599 *R* Aunques, *n* Assez ; *N* ot ;
*B* estoutiies, *F* estorcoiez — 4600 *M* en l. ; *n* Auques i laissent
(*N* laisse) des i. — 1 *D* remaindra — 2 (*K* ore), *les autres* or ; *D*
engresse, *Bk* -osse, *n* commance — 3 *H* furent — 4 *N* desirrent ;
*F* M. lor fu tart ; *ekR* M. desiroent 1. ; *DRk* larr. — 6 *kBJR*
Adonc, *H* Adont, *D* Lores, *E* Lors ; *A²CN* ert ; *BDJ* cil (*B* cis)
iors ; *F* Qe t. li u. lor e. f. — 7 *G* ouurerent, *n* nagierent, *AA*
tirerent, *An* a, *A²L* od, *G* ou ; *M²A²* les ; *M²* rens, *FGL* rains,
*A²* mains ; *C* ourent (*sic*) la semaine ; *BJRky* Et (*D* Mes) paris ot
buens compaignons — 8 (*A²*) ; *A* les flos ; *M²A* toz iert plejns ; *C*
plaine ; *x* Que il tenoient an (*F* a) lor mains, *BJRky* Qui tant
(*DHR* tost) nagent (*E* tirent) (*BJRk* n. tant) as auirons — 9 *J*
Qui ; *nyJM* then. — 10 *J* recoit ; *M²CJ* lon, *An* on ; *M* De la
nef ; *BRk* issent li baron, *DH* Des nes (*D* Puis sen) issirent li
b., *E* Ml't ont g. i. li b. — 11 *J* Qui ; *nyJM* Then. ; *M* .j. chastel ;
*F* chasteus — 12 *n* S. le riuage ; *M* grant et bel, *nB* bons et biax
(*F* beus).

De murs de marbre ert clos e joinz,
De Troie esteit set liues loinz.

4615   Tor i aveit mout bien asise,                    *4595*
S'en esteit mout fort la porprise;
Mout par i aveit gent repaire.
Ne vos en quier lonc conte faire :
Li Troïen issent des nes,

4620   La nuit se sont iluec remés.                    *4600*
Mout i furent bien herbergié.
Paris a mout tost enveié
Un message tot dreit batant
Noveles dire al rei Priant.

4625   Cil s'est mout tost mis a l'estree;            *4605*
Le seir, quant vint a l'avespree,
Vint a Troie, le rei trova,
Trestote l'uevre li conta,
Coment Paris ot espleitié,

4630   A Tenedon sont herbergié.                       *4610*

4613-4 *interv. dans* n — 13 (C); *eknBR* De mur; *ekBR* mar-
brin; *BMR* fu; *DK* clox; n m. c.; R iuinç — 14 (C); B t. sist;
F t. .xv. l.; *ekBR* Set lieues fu de t. l. — 15 C Cort; *ekBR* T. i
ot fort (B grant) et, *M²* Grant t. i a.; F Molt i a. tors b. assises;
N asisse — 16 *m. à* F; *M²* Si e. m. forz; *CN* Sen ert m. plus f.
(N m. riche); N porprisse; *ekBR* Si (k Tant) e. f. (E fu haute)
destrange guise — 17 N bel r.; F Mout i a. tres biel repaires (*sic*)
— 18 (GL); F en uoil l. c. f., *puis ce v.* : Car trop grief seroit a
retraire — 19 (A); *M²* eissent, BDHJRk sont fors (DM hors) —
20 *ekBR* Ilec se s. la n. r. — 23 (HJ); D ml't tost b., K forment
b., *M²An* de (F tot) maintenant, C maint. — 24 kJN Nouele;
D pryant — 25 n al errer; *kyBJR* Li mes (DH rois) sest t. m.
(D m. t.); BCDHJR en l. — 26 (AC); nK La nuit; B Q. u. la n.,
M A troie u.; N lauesprer; F quant il doit auesprer — 27 *BKRy*
Fu; n A. t. u., M En son palaiz — 28 kDR Et tote; E Tot
son mesage, J Tote lor uie — 29-30 *interv. dans* IJRky — 29
(A²C); A a e.; IJRky Et coment il ont e. — 30 *kyA²JR* Qua,
C Et a, A En; *nyJR* th.; C ert h., A est h., A² lont h.; *M²* Et
qua t. lot laisse.

Quant li reis oï les noveles,
Joioses li furent e beles :
Grant joie en orent, teus i ot,
Cui mout pesa puis e desplot;
4635    Tel en furent joios e lié,                    *4615*
Qui puis en furent tuit irié.

    Paris e tuit si compaignon
Jurent la nuit a Tenedon.
Dame Heleine faiseit semblant
4640    Qu'ele eüst duel e ire grant :               *4620*
Fortment plorot e duel faiseit,
E doucement se complaigneit.
Son seignor regretot sovent,
Ses freres, sa fille e sa gent,
4645    E sa ligniee e ses amis,                     *4625*
E sa contree c son païs,
Sa joie, s'onor, sa richece,
E sa beauté e sa hautece.
Ne la poëit nus conforter,
4650    Quant les dames veeit plorer                 *4630*
Que esteient o li ravies.
Mout preiseient petit lor vies,

---

4631 *n* Mout ot grant ioie des n., *K* Q. il ot oï; *H* la nouele —
32 *C* i f.; *N* Ml't li f. bones et b., *Rek* Ce sachiez (*K* Sachiez que)
ml't li f. b., *H* Poes sauoir ml't li fu bele — 33 *kyR* G. i. font (*D*
en f., *H* fait) mes; *F* tiel — 34 *F* C. p. pessa et li desploit; *K* Qui
il; *ERk* et ml't d. — 35 *DM* Tex, *F* Tiels; *M* T. en fu ioiax et liez
— 36 *nA²* mout i., *e* correcie; *M* en fu tres bien iriez — 38 *nyBJR*
then. — 39 *E* helene — 41 *ekBR* P. et molt grant doel f. —
42 *Kn* durement — 43 *M* S. frere; *M²* regreteit, *FM* regrette —
44 *M* Son seignor sa f. sa g. — 45 (*GL*); *A²* Et sa contree; *A²F*
et son pais; *ekBR* Et si regretot (*D* regrete, *J* regratoit) — 46
(*GL*); *ykBJR* Et son lignage; *A²F* Et ses parens et ses amis —
47 *EKN* senor; *M²* Son bel seignor et — 48 (*R*); *M²* biautie, *F*
beute; *nD* proece — 49 *F* riens c. — 50 *F* oent, *N* loent; *F* parler
— 51 *M* lie; *K* o li e. r., *F* e. ou als r. — 52 m. à *F*; *M²* ameient
peti; *BMR* Qui prisent m. p. (*M* poy), *Ke* Et (*e* Qui) m. p. prisent.

Quant lor seignors veeient pris,
Auquanz navrez, plusors ocis;
4655   Por poi li cuer ne lor parteient.                    *4635*
Ceus esguardeient e veeient
Qui lor erent seignor e pere,
Oncle, nevo e fil e frere,
E de leisir n'aveient tant
4660   Qu'o eus parlassent tant ne quant :              *4640*
Les dames mistrent, par esguart,
Par sei, les homes autre part.
Onques teus dueus ne fu oïz
Come il faiseient ne teus criz,
4665       Paris nel pot plus endurer,                    *4645*
Heleine ala reconforter :
S'entente meteit chascun jor
A li reconforter de plor.

4653 *ekBR* reuoient, *F* Q. elles uoient l. s. p.; *n* l. seignor —
54 *n* Auques n.; *F* auques o.; *ekBR* Naurez detrenchiez et o. —
55 *eN* Par, *R* Per (*forme constante pour par*), *K* A; *Dn* pou, *E* po;
*n* creuoient — 56 *ekBR* Cels (*EF* Ces) esgardent qui pris esteient,
*A²* E. cels as eols et uoient — 57 *n* seror (*F* mari) et frere — 58
(*J*); *KNe* O. et n.; *M²NR* neuou, *eBM* -eu; *kR* filz, *M²* fill; *F*
O. seignor ami et pere — 59 (*J*); *ekJ* Mais; *M* du; *k* laisor,
*BR* laissor, *e* lassor — 60 *A²N* Qua els (*N* als), *F* Qaus, *D* Quen-
trex, *E* Que i ; *kBJR* Quil (*J* Qui, *R* Ki) p. ne t. — 61-2 *m. à*
*A²Jy* — 61 *A* Li home estoient dune part, *x* A une p. les h. m.
(*GL* m. les h.); *kBCR* De lune p. li home (*B* un) esteient — 62 *A*
Et les dames de lautre p., *N* Et les dames a lautre asistrent, *F*
Et dautre p. les femes sistrent, *L* Et a une a. p. les domes, *G*
Et an lautre m. les dames, *kBR* Car (*B* Que) issi (*M* aisi, *BR*
ensi) seurez (*R* seure) les aucient, *C* Que dautre p. les femes
ueoyent — 63 *M²FMR* duels, *K* dels, *D* deuls, *EN* diax (*de
même partout, sauf avis contraire*); *EH* Einz (*H* Ainc) si granz
diax — 64 *F* Com elles faissoient de lor c.; *A²* Cum funt les
dames ne — 65 (*A*); *M²HJ* ne, *C* nen; *M²* puet — 66 *E* Elene,
*D* helainne; *FJKy* uait, *BMR* ua; *M²* reconfortier; *F* Dame h. u.
conforter — 67 *MRy* i m. — 68 *m. à* H; *M²D* En; *kR* lie ; *F*
conforter de son p.

        Tot dreit a li en est venuz,

4670     Semblant fist que fust irascuz :          *4650*

        « Dame », fait il, ço que sera,

        « Ne si fait duel qui soferra ?

        « E ço ne faut ne jor ne nuit :

        « Cuidez que mout ne nos enuit?

4675     « Dur cuer avreit e reneié,          *4655*

        « Cui vos ne feriëz pitié.

        « Nule rien quos oie plorer

        « Ne puet de joie remembrer.

        « Avoi! dames, confortez vos,

4680     « Quar, par la fei que jo dei vos,      *4660*

        « Plus avreiz joie en cest païs,

        « E plus avreiz de voz plaisirs,

        « Que voz n'aviëz es contrees

        « Dont l'om vos a ça amenees.

4685     « Cil se deivent bien esmaier,        *4665*

        « Qui sont tenu en chaitivier :

---

4669 *M²D* En; *k* lie, *DF* lui; *F* A l. t. d.; *kDR* est revenuz —
70 *HM* S. fait; *MR* quil; *H* soit; *D* Mout fist s., *E* S. li f.; *e*
destre i.; *M²ACN* Mais merueilles (*C* a merueille) sest (*N* est)
i. (*A* iracus), *F* M. en est i. — 72 *n* Isi (*F* Ensi) fier d., *ekR* Itel
dolor; *F* suffrera — 73 *F* Ice; *ekR* Co (*MR* Ne) ne uos f. — 74
*K* Quidez, *MNe* Cuidiez; *FK* C. uos que m. ne mennuit (*F*
minuit) — 76 *M²* Qui; *F* feroiz; *ekR* Cil qui (*R* ke) nauroit de
uos (*Rk* de u. n.) p. — 77 *M²* Nuille riens, *kR* Nul home;
*M²AA²CRk* qui uos ot (*A* uoit) p.; *e* Nus homs qui u. oie parler,
*F* Car hom que u. ne oie plurer — 78 *F* Ne se puet de duel con-
forter, *A²* Ne porroit i. demener; *A* ram. — 79 (*A*); *x* As d. dist;
*kyIJR* D. c. u. .j. poi, *A²* Dolces d. parlez a nos — 80 *Ne* Que;
*kyIJR* que gie u. doi (*MR* que u. d.) — 82 (*AL*); *F* deliz, *A²CN*
delis; *kyIJR* Que nauiez de (*E* o, *H* a) uoz amis — 83 *kyIJR*
Quant u. estiez; *C* ens c.; *L* Qel uostre dont uos ai amenees — 84
*M* Donc, *N* Dom, *C* Don (*de même ordinairement*); *A* ci; *C* uos
estes ca, *n* ie uos ai ci, *ekR* nos uos auons; *L* Et plus i serez
honorees — 85 *n* deuroient e.; *C* molt e.; *ekR* Altre chose est
or de (*D* e. de) prisons — 86 *C* enchaitiuez, *N* achestiuier; *ekR*
Que len meinne en chetiuesons (*E* chest., *M* chartruisons).

« Vos ne sereiz ja vius tenues,
« Ne a ceus ne sereiz tolues
« Qui vos aiment ne quos ameiz;
4690     « Quites delivres les avreiz.          *4670*
« Celes que lor seignor ont ci,
« Ne s'aucune i a son ami,
« Si l'avra tot quite e delivre.
« En ceste terre porreiz vivre
4695     « A grant joie e a grant baudor :        *4675*
« Ja ne vos iert fait deshonor.
« Empor l'amor ma dame Héleine,
« N'i soferreiz ne mal ne peine :
« Ele sole vos en guarra,
4700     « Que ja torz faiz ne vos sera,         *4680*
« E au voleir de son plaisir
« Ferai tote Troie obeïr.
« Cist regnes iert en sa baillie,
« Soë en sera la seignorie.
4705     « Ja mar avra paor de rien          *4685*

---

4687 *AEN* ni ; *K* uils, *E* uix, *B* uiels, *B* uis, *J* uil, *R* ius, *M* plus ; *F* uilment, *M²A* de riens, *CLN* de rien ; *H* Ne s. ia a cels t. ; *B* tenue — 88 *N* cez, *R* ciels ; *E* Ne ni serez, *kBDJR* Ne s. pas ; *ekBJR* a cels (*E* ces) t. ; *B* tolue — 89 *M²* ni quels, *ALN* ne que, *C* ne cui, *B* et que, *kyR* et uos, *J* or nos, *F* ne que uos (*v. f.*); *B* amies — 90 (*AL*) ; *M²* Quar toz, *F* Trestoz, *C* Quite et ; *BDHJR* Quites et d. serez (*B* soiies) — 91 *M²* seignors, *ekBR* amis — 92 *n* Et saucune a, *ekBR* Se chascune i a ; *eR* s. mari — 93 *F* toz ; tot *m. à M²* ; *D* Si le raura, *BR* Si lauera, *M* El laura ; *E* q. a d., *BF* q. d. — 94 *F* poez, *R* porroit — 95 *R* i. a ; *A²* honor — 96 *A* Ne uos i ert f., *C* Ia ni receuroiz, *A²* Nus ne uos fera, *x* Uos ni auroiz ia, *JRky* Et (Et *m. à M*) sanz honte et sanz — 97 *M²* En por, *nAA²C* Et p. *kyJR* Tot p. (*J* par) ; *Cx* amor ; *A²* de d., *R* de ma d. ; *E* eleinne — 98 *FM* Ne soufrirez, *K* Ia ni aureiz ; *A²* Ni a. ia dolor — 99 *ekR* u. gardera — 4700 *FRek* Ja t. f. ne uos i s. — 1 *n* Car ; *ekR* A son u. a ; *N* plessir (*forme ordinaire*) — 3 *EM* ert — 4 *M²* Bien en aura — 5 (*A*) ; *F* mais naura ; *M²AC* auront ; *M* p. a. ; *EN* peor, *M²CK* poor, *D* poour.

&laquo; Cil a cui el voudra nul bien ;

&laquo; Riches mananz les porra faire :

&laquo; Ja rien ne l'en fera contraire.

&laquo; A la plus povre que ci est

4710 &laquo; Porra doner, se bon li est,       *4690*

&laquo; Greignor aveir c'onques n'en ot

&laquo; La plus riche ne aveir pot.

&laquo; Confortez vos, ne plorez mie. &raquo;

Chascune donc merci li crie —

4715 As piez li chieent les plusors —       *4695*

Qu'il ait merci de lor seignors,

Qui sont destreit e en liëns :

&laquo; Toz en ferai, &raquo; fait il, &laquo; voz buens

&laquo; E le plaisir a la reïne. &raquo;

4720 Ele parfondement l'encline :       *4700*

&laquo; Sire, &raquo; fait el, &laquo; s'estre poüst,

&laquo; Ja ne vousisse qu'ensi fust ;

&laquo; Mais quant iço vei e entent,

&laquo; Que il ne puet estre autrement,

---

4706 *F* Celle a cui aura ; *C* elle u. b. ; *ekR* Qui ele u. fere b.,
*A* Cui il u. f. nul b. — 7 *E* R. et m. ; *eR* uos ; *K* Riche et
manant le ; *MR* R. menant uos fera f. — 8 *CEN* riens, *M²FJRk*
nus, *A* nul ; *R* nen — 9 (*ACGL*) ; *n* Au p. ; *F* qe ici ; *kBDHJR*
soit — 10 (*AGL*) ; *kBDJR* Porreit ; *C* boen ; *kBDHJR* sele uoleit
— 11 *K* Graignor ; *kDHJR* G. honor, *M²* Plus en un ior ; *F* que
o. pot — 12 *M²* Ne la p. r. a. ne p. — 14 *M* Adonc ch. ; *n* dax ;
*M²* deles m. c. — 15 *M* len ; *M²* cheient, *Nk* chient, *F* cheent —
17 (*AC*) ; *ekBJR* es (*J* en) l. es (*E* et es, *K* et si, *M* ml't) destroiz
(*BJ* en destroit) ; *H* Ml't s. en l. a destroit — 18 (*C*) ; *A* Tout...
bons ; *M²n* biens ; *ekBR* Il dist (*E* dit) toz uoz (*E* noz, *B* lor)
bons (*E* boens, *K* biens) en fereiz (*B* feroit) ; *HJ* Il d. tos iors
lor b. (*H* en) f. — 19 *H* Tot ; *n* Et le uoloir ; *M²* de la ; *N* raine,
*F* regine — 20 *n* Celle ; *M* les e. — *Ici M¹, dont les vers précé-*
*dents manquent, remplace D dans les groupes e et y* — 21 (*A²L*) ;
*A* ele ; *kyBJR* se deu pleust — 22 *kEN* uols., *B* quesisse ; *F* nel
uousist ; *M* quainsi, *J* quensint, *K* que si, *R* cant li — 23 *nM¹*
puis (*F* pois) que ie u., *kBER* Et (*E* mes) q. gie u. co — 24 *M²n*
Quil ne p. or (*M²F* p.) e. a.

4725      « Si nos covendra a sofrir,                    4705
          « Peist o place, vostre plaisir.
          « Deus le guart, qui bien nos fera
          « E qui honor nos portera !
          « Aumosne i porra grant aveir. »
4730      — Dame, » fait il, « vostre voleir            4710
          « Sera si fait e acompli
          « Com de vostre boche iert gehi.
          Par mi la main destre l'a prise :
          Sor un feutre de porpre bise
4735      Sont andui alé conseillier,                   4715
          Si li comença a preier :
          « Dame », fait il, « ço sacheiz bien,
          « Onques mais n'amai nule rien,
          « Onc mais ne soi que fu amer,
4740      « Onc mais ne m'i vous atorner.                4720
          « Or ai mon cuer si en vos mis,
          « E si m'a vostre amor espris,
          « Que del tot sui enclins a vos.

---

4725 *M²* Sil; *M* uous, *n* me; *M²A²BFMR* conu.; *A* Si n. en
conuenra s. — 26 (*A²*); *ky-ABJR* Uoillons (*R* -iens, *E* Uuelliens,
*BM¹* Uolons, *A* Weillons, *H* Vuoille) ou non u. p., *F* Del tu
metre a u. p., *C* Puis qil est u. p. — 27 (*GL*); *M²* D. li doinst
(*C* dont) bien quil, *A²BJRky* B. ait or (*A²* cil, *J* cist) qui b. —
28 *M²* encor — 29 *kM¹* Almone, *F* -oine, *N* Aumone — 30 *ekR*
Dolce d. u. — 31 *x* seroit; *M²C* aconpliz; *ABJRky* Ferai si (*H* io)
tost (*EHk* tot) (*A* par tout) se (*R* si) dex mait (*EHM* maist, *A*
meist) — 32 (*GL*); *N* oi; *M²C* Come de u. b. i. diz; *ABJRky* C.
parmi (*A* Si c. par) u. b. i. (*H* ert) dit (*AJ* dist) — 33 *ekABR* Par
la m. d. la donc p., *F* Por lune m. lauoit il p. — 34 *ELN* fautre,
*K* faltre; *B* propre, *M* paile; *F* faudestoif la aisise — 35 *M²* a. il
dui, *M¹* alez a.; *F* Andui s. a. — 36 *e* Lors, *kR* Donc; *FM¹Rk* la c.
— 37 *ekR* Dolce dame — 38 *M²* ñamai m.; *E* Que ie uos aim sor
tote r. — 39 *ekR* Onques (*kR* Nonques) m. ne soi rien (*K* riens)
damer; *M²* qui fu — 40 *R* uox, *N* uos, *M* uoulz, *M²KM¹* uoil; *E*
Ainz ne mi soi mes a. — 41 *kR* en u. si m. c. m. — 42 *M²Rkn*
amors; *EF* sorpris, *M¹* soupris — 43 *M²M¹Rk* de t., *F* desor; *M²*
aclins, *ekAR* remes.

        « Leiaus amis, leiaus espos
4745    « Vos serai mais tote ma vie :                    4725
        « D'içó seiez seüre e fie.
        « Tote rien vos obeïra
        « E tote rien vos servira.
        « Se vos ai de Grece amenee,
4750    « Plus bele e plus riche contree                  4730
        « Verreiz assez en cest païs,
        « Ou toz iert faiz vostre plaisirs.
        « Tot ço voudrai que vos voudreiz
        « E ço que vos comandereiz.
4755    — Sire, » fait el, « ne sai que dire,             4735
        « Mais assez ai e duel e ire :
        « N'en puet aveir nule rien plus.
        « Se jo desdi e jo refus
        « Vostre plaisir, poi me vaudra.
4760    « Por ço sai bien qu'il m'estovra,                4740
        « Vueille o ne vueille, a consentir
        « Vostre buen e vostre plaisir.
        « Quant defendre ne me porreie,
        « De dreit neient m'escondireie :

4744 *M²M* Leial ami leial e. — 47 *N* riens ; *F* icherira ; *ekR*
Tote menors (*MM¹* -or) uos enorra — 48 *M²Nk* riens ; *n* T. r. uos
i s. (*F* ameira) — 50 *M²* richencontree — 52 *n* Ou an (*F* len) fera
toz uoz p., *ekR* Uos sereiz entre uos (*E* uoz, *R* nos) amis —
53 *ENR* uoldroiz, *Fk* -ez, *M¹*uodrez, *M* uoudroiz ; *kR* Tot iert
(*M* ert) fet quant que (*M* quanques) u. u., *e* Toz (*M¹* Tot) iorz
ferai quanque (*M¹* ce que) u. — 54 *ENR* comanderoiz, *FMM¹*
-ez ; *eKR* Et si com, *M* Ainsi c. — 55 *ekAR* Biax sire (*K* amis)
chiers — 56 *ER* quasez ; *A* Car iai a.; *F²M.* mout ai grant d. et
grant i. — 57 *R* Non ; *M²KNR* riens ; *F* R. n. nen poit a. p. —
58 *ekR* Car ie uoi bien se ie r. — 59 *M¹N* pou, *E* po — 60 *ekR*
B. se por (*M¹* de, *R* per) ueir — 61 *K* non u., *M* ou non ; *n* Ou u.
ou non uostre plessir ; *M¹Rkn* Uoille ; *M²* Uoile o ne uoille, *E*
Vuille ou ne uille ; *M¹* u. c. — 62 *n* Et u. bon (*F* bien) a consentir,
*ekR* A fere tot u. p. — 63 *F* Qe ; *M²MNRe* desf., *K* deff. (*de
même partout, sauf avis contraire*); *e* men — 64 *ekR* Donc por
neant (*N* noi-, *MR* nient, *M¹F* noi-, *K* naient) mesc.; *M²* nesc.

4765    « Nel puis faire, ço peise mei.                    *4745*
        « Se me portez honor e fei,
        « Sauve l'avreiz son ma valor. »
        Donc ne se pot tenir de plor.   ·
        Mout l'a Paris reconfortee
4770    E merveilles l'a honoree.                          *4750*
        Mout la fist la nuit gent servir,
        Ços puis bien dire senz mentir.


DOULEUR DE MÉNÉLAS; ENTRÉE D'HÉLÈNE A TROIE;
    LES GRECS SE PRÉPARENT A LA GUERRE.

        Renomee, que tost s'espant,
        Ne se tarja ne tant ne quant :
4775    Par tote Grece a reconté                           *4755*
        Coment le temple orent robé,
        Com Paris e sa compaignie
        Ont Heleine prise e ravie ;
        Tot a conté, tot a retrait,
4780    Ensi come il l'aveient fait.                       *4760*
        Mout en furent Grezeis irié.
        A Menelau l'a l'om noncié,

4765 *R* poisse; *M²* a mei — 66 *A²* Sor, *R* Si (*forme constante*);
*F* amor — 67 *ACJLRky* Sauf laureiz solonc (*M* sel., *R* selon)
(*E* li a. son) ma ualor; *M²A²N* Vos l. sauf (*A* sals); *M²G* lonc
ma u., *N* selonc menor; *F* V. i auroiz salue lonor — 68 (*AC*);
*M²* Doncs, *ARekn* Lors — 71-2 *m. à C* — 71 (*R*); *K* bien s.; *En*
b. la n. — 72 (*AR*); *M²* Ce puis bien; *A²* Ce uos p., *I* Chou u.
uoel, *AJRekx* Ce poez, *H* Ce puet lon; *K* saueir, *nL* croire —
73 *H* par tot; *F* espant — 74 *MM'N* tarda, *CEKR* tarde, *A*
targe; *H* satarga, *F* seiorne — 75 *F* est r., *EH* a tot (*H* tost) conte
— 76 *n* Coment; *ekR* Com il ont le t. r. — 78 *M²F* Ot; *F* p. h.;
*E* clene, *M²* helaine — 79 *n* est c. t. est ; *ekR* La renomee a tot
r. — 80 *M* Ainsi, *KM'* Issi — 82 (*M²n* A menelau), *ARek* Roy
(*R* Rois) menelax (*AR* -aus); *eN* la len, *K* la lon, *AM* la on,
*F* lont ; *M²* lont la nuncie.

Qu'il aveit sa femme perdue :
Paris la li aveit tolue,
4785 A Troie l'en aveit menee ;      *4765*
Ja poëit estre en sa contree.
Mout fu Menelaus angoissos,
Dolenz e tristes e ploros ;
Mout fu destreiz, mout l'en pesa.
4790 Ariere a Parte s'en torna.      *4770*
Nestor en amena o sei,
Qui mout l'amot par bone fei :
De sa honte e de son damage
Li pesa mout en son corage.
4795 Menelaus un message prent,      *4775*
Si l'enveia delivrement
A un suen frere qu'il aveit,
Qui mout bons chevaliers esteit :
N'aveit en Grece plus vaillant
4800 Ne plus riche ne plus sachant ;      *4780*
Agamennon fu apelez.
Icil fu a Parte mandez.
    Paris, qui fu a Tenedon,
Il e si autre compaignon,
4805 Quant l'endemain furent levé      *4785*
E del jor parut la clarté, —

---

4783 $M^2$ ia f. ; $M^1$ fame (*forme constante*) — 84 *ekR* Et p. li —
87 *F* Mout m. est a. ; *K* anguissox, *M* angoissous, *R* -us — 88
*M* D. t. ; $M^1$ tristres, *N* trites — 89 *n* dolenz — 90 *M* Arrierz, *L*
Arier ; $M^1$ parce, *CN* parche, *A* sperte, *L* pyre ; *AEGKLN*
retorna ; *F* En sa terre sen repaira — 91 *L* Nector (*forme
constante*) a amene od s. ; *E* ramena — 92 *N* Que m. ama, *F*
Quil a. m., *ekR* Qui molt lamoit (*K* lama) ; *FMRe* de b. — 94 *R*
a s. — 96 $M^2$ la tramis ; *ERk* isnelement, $M^1$ ign. — 97 *M* sien ;
$M^2R$ A un f. qui (*R* ke) il, *FK* A son f. que il (*F* qil) — 98
$M^2KN$ buens, *E* boins — 4801 $EMM^1$ Agamenon — 2 (*J*) ; $M^2$
Icist ; $M^1$ parce, *F* parthe, *HN* parche, *A* perte — 3 *EMn* then.
— 5 $M^2$ le demein — 6 (*AH*) ; *C* Que del iors, *L* Et du ior ;
(*n* parut), $M^2ACky$ uirent, *J* uidrent, *L* paru.

Bel tens fist mout come en pascor,
Qu'es arbres pert e fueille e flor, —
Monté furent es palefreiz;
4810　Assez orent riches conreiz.　　　　　4790
L'aveir e la robe ont chargiee
De que Grece esteit despoilliee,
Si l'en enveient dreit a Troie,
E lor prisons a mout grant joie.
4815　Paris tint par la regne Heleine,　　　4795
De li honorer mout se peine:
Sis cors de grant beauté resplent.
Prianz o le mieuz de sa gent
Fu par matin de Troie eissuz,
4820　Treis liues est contre eus venuz.　　　4800
Estrange joie demenerent,
La ou primes s'entrecontrerent.
Icil qui les prisons guioënt
E qui le grant aveir menoënt
4825　De tot ont fait al rei present,　　　4805

---

4807 *M²AR* Biaus, *ek* Biau, *F* Beul; *MR* ior; *AERk* com el
(*A* en, *R* len) tens p.; *M¹* B. t. fesoit com; *F* a p. — 8 *M²*
piert; *E* Quant p. es a., *kM'R* Con (*M'* Quen, *K* Lon) ueit es a.
— 10 *B* A. iot; *F* Conreez de mout bon c. — 11-2 *interv. dans*
*EH* — 11 *A* Le uair; *F* Lauoir la, *B* La r. et l.; *H* Auoir et r.
ont tot c.; *kRy* chargie, *M* -cie, *BC* cargie — 12 *CF* quoi, *N* coi;
*C* despolie; *AJRky* Quil(*AHJ* Que) en g. orent (*E* Quorent en g.)
gaaignie (*E* -eingnie, *J* gaagnie, *BDM'* -nie) — 13 *R* Sil; *M²* Si
lenueient tot d.; *HM* len amenent; *H* tot a — 15 *M²* le; *eM*
resne, *n* main; *E* eleinne — 16 *M* De lie, *F* Dele — 17 *M²EMn*
Ses, *M'* Son — 18 *nM* et le (*F* li, *N* lo) — 19 *KM'R* Sest, *EM*
Est — 20 *M²FM'k* lieues, *R* leues; *kM'R* encontre est u., *N*
e. aus u., *F* e. u. — 22 *EN* premiers; *Nek* sentrenc., *R* san
contrerent — 23 *ACFJRky* Et cil; *AJRkny* menoient — 24 *M²*
lur g.; *N* les granz auoirs; *M²C* menoient, *N* guioient, *F* gar-
doient; *AJRky* Et le g. a. (*K* les granz aueirs) conduiseient —
25 *ABCDJRky* Le (*eJK* Les) presentent au (*B* le) rei priant, *x*
Lont presente au (*G* a) r. trestot (*L* tantost), *A²* Lont t. al r. pres.

E il s'en esjoï fortment.
Son fil Paris aime et joïst,
E cil li conta tot e dist
Par ordre, ensi come il alerent,
4830 Ou e coment il ariverent,                    *4810*
Coment li temples fu brisiez
E del grant aveir despoilliez,
E come il furent asailli
Ainz qu'as nes fussent reverti.
4835 Conta li la desconfiture                     *4815*
Que il firent par nuit oscure,
E mostra li celi qu'il meine,
Que pas n'est laide ne vilaine.
Mout s'en tint li reis a guariz,
4840 Qu'or cuide estre seürs e fiz               *4820*
Que por Heleine seit rendue
Sa suer, que il ont tant tenue :
Dreit avra d'eus a sa merci,
Ainz qu'il en seient mais saisi.
4845 Mout fu li reis proz e corteis :            *4825*

---

4826 *ABDJRky* Il le (*eJK* les) recut (*B* recoit) a ioie grant,
*Cx* Quant il le uoit (*G* vist, *C* seut); *nG* mout sen esiot, *C* ioie
en ot grant, *L* g. i. en ot; *A²* Il le recut de ml't bon gre — 27
(*AA²GLR*); *M²* fill, *M¹* filz, *K* fils; *M²* mout conioist — 28 *A* Et
il; *ekR* li reconta et d. (*M* dit), *F* trestot li conte et d. — 29 *ekR*
Trestot issi (*E* ensi, *M* ainsi) — 30 *E* Et einsi com ; *nM* Et coment
il i (*M* il) a.; *M²Rk* arr. — 31 *F* Et coment, *M²* Et cum; *M¹*
bruisiez, *M²* brus., *R* buis. — 32 *ekR* Et li granz aueirs gaain-
gniez (*M¹* gaaniez, *E* gaheigniez, *MR* gaaigniez — 33 *FRek* Et
coment; *K* il fu — 34 *EN* Einz; *F* Ancois quil f. — 36 *M²e* la n.
— 37 *M²FM¹k* cele; *n* M. li c. que il m. ; *M* qui m. — 38 (*M²*
Que); *EM* nest p., *N* n. ne, *F* nestoit; *M²* uileine, *E* -einne —
39 *F* se ; *ARky* Or cuide (*K* quide) estre li r. (*R* li r. e.) g. — 40
*F* Car, *kyR* Or, *A* Et — 41-2 *m. à A* — 42 *K* suor; *FRk* qil (*v. f.*);
*e* que t. o. detenue — 43 *ekAR* Aueir les (*A* lor) cuide (*K* quide);
*M²Rek* en sa — 44 (*AR*); *EN* Einz (*forme ordinaire*); *M¹* m.
garni; *F* A. qil s. desaisi — 45 *F* M. est; *ekAR* Li r. fu sages.

Les regnes a noaus d'orfreis  
Prist del palefrei dame Heleine;  
Il toz sous la conduit e meine.  
Mout la conforte e mout li prie  
4850 Qu'ele s'esjoie e ne plort mie :      *4830*  
Assez li a li reis pramis  
Qu'el sera dame del païs.  
Tant chevauchierent, tant parlerent  
Que es rues de Troie entrerent.  
4855 Onques nus hom a icel jor,      *4835*  
Ço nos recontent li autor,  
N'aveit oï anceis parler  
De si grant joie demener  
A nule gent qui fussent vis,  
4860 Com le jor firent el païs.      *4840*  
La nuit furent mout celebré,  
Mout essaucié, mout honoré;  
E l'endemain a grant hautece  
A grant joie e a grant leece  
4865 A Paris Heleine esposee.      *4845*

---

4846 *M²* rennes ; *F* La raine ; *M²M* as ; *M²* noeus, *NRk* noiax, *A* -aus, *E* noeax — 47 *ARek* A pris d. p. h. — 48 *KN* sols — 49 *F* la p. — 50 *N* Que sesioisse, *F* Qe soit ioiose, *ekR* Que (*M¹* Quel) ne sesmait ne (*KR* et) — 51 *enM* promis (*forme ordinaire*); *K* dit et p. — 52 *ekR* Que d. s., *N* Q. ele iert d. — 53 *N* t. errerent, *F* et enerent, *L* et alerent; *kR* T. cheuauchent et t. p.; *e* et p. — 54 (*G*); *E* Quanz; *F* Qen la riue; *L* troyes; *KR* Ques r. de t. en e. (*R* t. uenerent) — 55 *M²* hon; *K* Unkes nuls ; *N* ice, *M²* celui — 56 *F* rac.; *M²* Si cum nos content, *M¹* Ce n. dient bien; *M²M¹* auctor; *ERk* Ce sauons n. b. par lauctor (*E* lactor, *R* lautor) — 57 *nE* ainceiz (*E* eincois) oi — 59-60 *interv. dans ekR* — 59 *F* gens; *N* fussient, *F* fuissent; *ekR* Ml't par ot grant ioie el (*K* es) p. — 60 (*GL*); *ekR* C. il f. de lor amis; *F* cil del p. — 61 (*C*); *M²* nuiz i fu m.; *M²F* celebree; *kyR* bien c., *A* b. herbergie — 62 (*C*); *ekR* Et e.; *M²* essaucee, *K* esalcie, *F* enhautie; *M²F* m. (*M²* e) henoree; *A* Et auoie et essaucie — 63 (*A*); *M²Rek* Mais — 64 *M²* O g. i. o; *R* Et a g. i. a l. — 65 *E* elene.

Li reis Prianz li a donee :
Mout li a riches noces faites,
Ja mais n'ierent iteus retraites.
Tuit cil de Troie festiverent
4870 Uit jorz, que onques ne finerent :          *4850*
Grant joie aveient que Paris
Aveit laidiz lor enemis.
Por essaucement de la gloire
E por l'onor de la victoire
4875 Dura la feste uit jorz e plus,          *4855*
Si come il l'aveient en us.
Heleine fu mout honoree
E mout joïe e mout amee
Del rei Priant e de sa femme
4880 E de toz les autres del regne.          *4860*
Li frere Paris l'orent chiere
E ses sorors de grant maniere,
Fors la devine Cassandra,
Que mout grant noise demena :
4885 Qui qu'onques fust liez ne joios,          *4865*
Ele faiseit duel angoissos.

4867 *(AR)*; *nA²* i ot — 68 *GN* Ja nerent (*G* nierent) mes ; *L* teles, *A* itels, *C* si grant; *F* Onques tiels ne furent, *AJRky* Ja mes telz ne seront (*HJMR* ne s. t.), *M²* Ja ne s. m. tiels — 69 *(AA²G)*; *E* Car, *H* Com; *F* festinerent, *C* festerent, *BJRky* cele-brerent, *L* se ioerent — 70 *M²* Oit, *C* Huit; *F* Set ior; *H* cesse-rent, *F* finirent ; *kABJR* onc *(BJR* ainc*)* ne lentrelessïerent (*R* len laisserent, *K* quonques nentroblierent) — 71 *F* oirent quant, *ekR* ont de ce que p. — 72 *F* Ot si laidi, *ekR* A si menez (*M¹* mene, *E* matez); *EM* ses — 73 *M²R* eissau-, *K* essal-, *F* esau-, *Ne* les-sau- — 75 *M²* oit, *F* .vij.; *E* Si ont fet f., *HJM¹* Firent f.; *M¹* .xx. i. — 76 *ek* il a. — 77 *E* Elene — 78 *F* esloie et a. — 79 *M²* femme, *N* fane, *K* fenne — 80 *M* les barons; *F* Qi sor toutes ert franche dame; *K* renne — 82 *F* les; *M²* a g. — 83 *F* diu., *R* diesse; *F* cas., *N* carsendra — 84 *(H)*; *R* Che, *les autres* Qui; *F* dolor; *e* en d., *J* en mena; *M* n. m. — 85 *M* onques, *E* que an; *J* Et qui que fut, *n* Car qui quan f. *(F* en fu*)*; *FJK* et i. — 86 *EN* E. an f., *F* Icelle en fist, *K* Lie feseit duol ; *ekJR* merueillos.

    A haute voiz a toz diseit
    Que tot certainement saveit
    Qu'or sereit Troie desertee,
4890  Ja ne sereit mais rabitee :      4870
    Mout en esteit la fin prochaine.
    Mout maudiseit sovent Heleine,
    Mout maudiseit le mariage,
    Et lor diseit que tel damage
4895  Lor avendreit prochainement,   4875
    Qui durreit pardurablement :
    « Lasse, » fait ele, « quel dolors
    « Iert, quant charront cez beles tors,
    « Cist riche mur e cez meisons
4900  « E cist palais e cist donjons !   4880
    « Ha ! quel dolor, quant mi bel frere
    « En seront mort e mis chiers pere !
    « A tart se clamera chaitis,
    « Quant les verra morz e ocis.
4905  « Ecuba, mere, queus pechiez !   4885
    « Tant sera vostre cuers iriez !

---

  4887 *F* en haut; *n* crioit — 88 *F* Car, *R* Ki — 89 *F* Qe — 90 *FM'R* hab., *EMN* ab. — 91 *M*² procheine, *e* -ene — 92 *ekR* Molt s. m. (*R* maled., *K* mal d.) h.; *E* elene — 93 *ekR* Et m. (*K* mal d.) — 94 *N* tex ; *n* doum., *eMR* dom. ; *eMR* Qui li anoncoit son (*M'* cest, *R* lo) d., *K* Quil a. lo grant d. — 95 *N* auenroit, *F* auront; *Mek* Qui lor (*E* li) uendreit (*M* uenoit), *R* Ki or uerrunt; *M*² finablement, *E* prochie-, *M'* proche- — 96 *ekR* Et; *K* durcit, *MM'* -oit, *R* duraroit; *F* pord., *R* perd. — 97 *M*²*K* quels, *F* quel — 98 *EM* Ert; *F* Qant cheiront; *EN* cherr. ; *M*² cesz, *les autres* ces; *ekR* hautes — 99 *n* Ces riches sales ces; *M*² cesz; *KN* mais., *M'* mes. ; *ekR* Quant (*E* Et) uerrai chair (*M'R* chaoir, *EM* cheoir) ces m. (*k* donions) — 4900 *eknR* ces; *M*² palez, *e* -es, *n* -eis, *M* aiz; *enkM* ces, *R* ce; *F* degnons, *K* mesons — 1 (*J*) ; *M*² E, *N* He, *K* Hau ; *F* que ; *M*² un; *KM'* biau, *n* chier — 2 *F* mi, *N* mes; *ekR* auec (*E* auoec) mon p. — 3 *n* He com — 4 *ekR* Q. il les u. toz o. — 5 *M*²*n* quels pechez (*n* -iez), *ek* quel pechie — 6 *ekR* T. aureiz u. cuer; *ekR* irie.

« Tant par a ci fort aventure!
« Com dolorose porteüre
« As fait, dame, de tes enfanz!
4910 « Ocis les t'a li reis Prianz,                    *4890*
« Qui cest mariage a josté.
« Haï! Troie, noble cité,
« Com grant dolor qu'or fineras,
« Ja mais jor ne restoreras!
4915 « Franches dames, franches puceles,              *4895*
« N'atendez mie les noveles
« Qu'orreiz sovent de voz mariz,
« De voz freres e de voz fiz :
« Fuiez vos en, bien en est termes.
4920 « Ou prendriëz vos tantes lermes                 *4900*
« Com vos covendra a plorer ?
« Ha! com porra veeir pasmer
« L'une de vos l'autre sovent !
« Mout desirasse chierement
4925 « Mort avenir, s'estre poüst,                    *4905*
« Ainz que li termes venuz fust,

4907 *ekR* T. aura ci (*M*¹ si); *M* male a. — 8 *F* Et, *J* Tant;
*eKN* doler., *R* doloir — 9 *MR* A; *ek* mere — 10 *kR* Toluz, *e*
Tolu; *n* les a — 11 *M*¹ Q. a m.; *n* cesd omages a aioste (*v. f.*); *kR*
C. m. a a. — 12 *N* Ahi, *F* Ha; *ekR* Dex com (*K* De co) plaing
(*E* pleing, *M* plaig, *M*¹ plain) la n. c. — 13 *n* quant, *A* quel; *M*²
finereiz, *C* -ois, *N* feniras, *Ae* finera, *KR* fenira, *M* perira — 14 *C*
Ne ia m.; *M*² restorereiz *C* -ois; *ekAR* nus (*A* nul) ne la refera
(*R* refara) — 16 *F* Nantendez; *ekBR* Com aura ci (*E* a ici)
froides n. — 17 *ekBR* Que (*K* Quant, *R* Quelle) uos o. de u;
*DFRek* amis — 18 *ekBR* Qui por naient (*BM*¹ noi-, *MR* ni-, *E*
neant) seront ocis — 19 *M*¹ ent; *ekAB* car b. e. t. — 20 (*B*); *M*
prendrez; *n* panroiz uos mes; *A* tant de l. — 21 (*C*); *éd.* Co;
*M*² convendreit, *A* -a, *K* couiendra, *R* conuera; — 22 *A* C. il
uos c. p., *nCL* Ha (*C* Hai) com (*CFL* tant) uerra (*L* uerrez)
souent p., *ABJRky* S. u. lune p. — 23 *ABRek* Lautre de uos a
cuer dolant — 24 *n* He (*N* Hee) tant dessirre (*F* des.); *BRek*
desirrasse — 25 *E* M. recoiure — 26 *N* Einz; *F* cist; *M* li finez.

« Qui s'apareille chascun jor,
« De la laide mortel dolor. »
Ensi braeit, ensi criot,
4930 Si faite vie demenot                              *4910*
Cassandra : ja repos n'eüst,
Por nul chasti qui faiz li fust,
Tant qu'il nel porent endurer.
Lors l'a li reis faite enfermer
4935 En une chambre, loinz de gent,                        *4915*
Ou puis fu assez longement.
     Endementres que ço fu fait,
Que jo vos ai dit e retrait.
Es vos Agamennon venu,
4940 Cui Menelaus ot atendu.                              *4920*
A Parte vint dreit, ou il ere ;
Mout trova dehaitié son frere
Por le hontage de sa femme,
Por le damage de son regne,
4945 Que li Troïen li ont fait :                               *4925*
Ne puet muër ne s'en dehait.
Agamennon esteit mout proz :

---

4927-8 *interv. dans* F — 28 *BRek* Damener la — 29 *M'* Einsi,
*M* Ainsi, *K* Issi ; *M²BM'Rk* criot (*BMM'R* -oit) e. braeit (*BMR*
-oit, *M'* breoit) — 30 (*BR*) ; *n* Si faitement se d. (*N* démentoit)
— 31 *F* Cas., *N* Carsendra — 32 *R* chastoi, *M* -oy ; *n* que — 33
*F* qe ; *kR* ne p. mais durer — 34 *M²Cn* Puis, *DJK* Donc, *R*
Dum, *A* Dont, *E* Si ; *kAJR* la fist li r. ; *FG* fait ; *nG* anserrer, *L*
en mener — 35 *ERk* loing, *M'* loig ; *n* fermement — 36 *KNRe*
longuem. — 37 *FR* Endementiers ; *M²* Entretendis cum — 38 *M²*
Ensi cum ie u. ai r. — 39 *M²* Ec uos, *n* Virent, *ARek* Fu cil ;
*FM'* agamenon, *E* -mannon ; *ARek* uenuz — 40 *eknAR* Qui,
*M²* Que ; *ekR* tant ot este atenduz — 41 *M'* parce, *F* parthe,
*CN* parche ; *C* a son frere ; *ARek* D. a p. ou menelax ere —
42 *nE* desh. ; *C* M. le t. en morne chiere — 43 *C* Par ; *E* fenne,
*N* fane — 44 *M* hontage ; *N* ragne, *E* renne, *F* reigne — 46 *n*
desh. ; *kM'R* Qui sera mes toz iorz retrait, *E* Q. a. t. i. s. r. —
47 *F* Agamenon ; *ekR* qui molt fu (*R* fu m.) p. ; *M²M* prouz.

Son frere conforta sor toz :
« Içø », fait il, « mais ne pensez.
4950 « Guardez que ja hom qui seit nez                           *4930*
« Se puisse aperceveir ne dire
« Que vos en aiez duel ne ire.
« Li preisié home del vieil tens,
« Qui tant orent valor e sens,
4955 « Ne conquistrent pas les honors                            *4935*
« En duel, en lermes ne en plors ;
« Mais quant hom lor faiseit laidure,
« Si preneient engin e cure
« Come il s'en poüssent vengier :
4960 « Si deivent faire chevalier.                                *4940*
« Qui n'a guerre n'aversité
« Ne damage ne povreté,
« Coment conoistra sa valor ?
« Mais cil a cui hom tout honor,
4965 « Qui les granz cous a a sofrir                              *4945*
« E les maisniees a tenir,
« Qu'il seit povres e sofraitos, ·

4948 *kR* conforte — 49 *C* ia ne p., *M²* ne uos pensiez ; *AJRky*
Dice (*Ky* De co) f. il bien uos gardez — 5o *M²* hon (*de même
partout, sauf avis contr.*) ; *ekR* Q. ia nus h. de mere n. — 51 *M²F*
Ne ; *K* poisse, *Ne* puise, *R* puische ; *F* aparcoiure, *R* aperceiure,
*M²* aperceueir — 52 *N* a. ne d. ; *K* doul — 53 *M²* Quar li prou-
dome ; *ekR* de lonc t. ; *n* uiel, *M²* uiell — 54 *F* honor, *N* enors
— 56 *M²* nen l. ; *FM¹* et en — 58 *M²M¹* perneient ; *K* enging
— 59 *M²Rek* se ; *KM¹N* poissent, *M²CF* pu-, *AM* peussent, *R*
puissant — 6o *n* Ce ; *ekR* Issi (*eR* Ensi, *M* Ainsi) le font li (*K*
buen) c. — 61 *R* nauersete — 62 *M²* pouerte, *M* properite — 63
(*ACHJR*) ; *F* acrestra, *A²N* -oistra, *E* conuistra, *L* cognoistra,
*I* connistra — 64 *M²C* tolt, *nE* tost ; *kM¹R* M. c. qui autrui
(*K* M. q. a a.) tolt senor (*E* sennor), *C* M. icil cui lon t. s. —
65 *R* Ke ; *K* cols, *M²* cosz, *E* cos, *M* cops, *M¹* coux, *R* cox,
*N* corz, *F* torz ; *M¹* ferir, *n* tenir — 66 *F* masnies, *N* mainies ;
*n* sofrir — 67 (*H*) ; *AA²* Or, *Bn* Qui ; *M²AC* sofreitos, *J* soffr., *N*
-etos, *FMe* -etcus, *K* soufraitos.

« Or seit riches, or bosoignos,
« A la feiee guaaignanz
4970 « Et a la feiee perdanz;      *4950.*
« Que sis pris creisse e mont e puit,
« Ne de bien faire ne s'enuit :
« Ensi conquistrent lor honor
« Ça en ariers nostre ancessor ;
4975 « Ensi puet l'om en pris venir.      *4955*
« Or n'i a rien del plus sofrir
« La honte e le damage grant
« Que nos a fait le rei Priant :
« Or porchaçons delivrement
4980 « Que en prenons tel vengement      *4960.*
« Que nostre honor i seit seüe
« E par tot le mont conëue,

4968 (*AJ*); *H* Hui s. r. hui b.; *M²A²Cx* Mananz r. et b. (*x*
uertuos); *B* Or s. poures; *R* or s. b. — 69-70 *interv. dans M²*
— 69 *M²AM* fiee, *R* feie, *enBK* foiee, *BJ* foie; *A²* Et a la fie g.;
*M²AA²NRk* ga-, *E* gaheignanz, *M'* gaananz, *J* -gnanz, *F* gaha-
gnanz — 70 *M²AM* fiee, *R* feie, *enK* foiee, *BJ* foie; *A²* Et a la fie
soit p., *M²BMe* Λ la f. s. p. (*M* f. p.), *x* Proz (*G* Et pieus) et
sages et conqueranz— 71 *CGn* Qui; *K* p. isse; *ABJRky* m. ades,
*n* an haut c. et an biens (*F* bien) pant, *G* ces b. c. en h. et puit,
*L* son bien c. et en h. point — 72 *ABJRky* Et de (*BK* del) b. f.
soit engres; *n* ne se rant (*F* tant), *G* ne sanmuit (*sic*), *L* ne
sesloint —73 *N* conqueroient; *F* -oit a lenor; *ARek* Icil puet bien
conquerre henor — 74 *M²* ariere nostranceisor; *F* Issi, *E* Einsi,
*M* Ainsi, *M'* Car si, *R* Car in si, *K* Que si; *FRek* firent; *MM'*
uostre a. — 75 *M'* Ensi, *M* Ainsi, *K* Issi; *M²* lon (*forme ordin.*) —
76 *K* ait; *M²* a mot; *C* plus que del s.; *k* de p. s., *e* p. del s.; *n*
Or ni a p. de r. s., *A* Quil ni a p. mes del s.— 77 (*A*); *enL* li (*M'*
le) domage est granz (*M'* grant), *KR* et li lez est molt g., *HJ* et les
damages g. — 78 (*C*); *AMM'N* uos; *EHJLRkn* li rois prianz;
*M²* Qui nos est uenuz par priant — 79 (*L*); *M²* porchast lon;
*F* prochainement — 80 *F* preignons del u.; *M²* Q. lon en prenge
u., *L* Quen en p. tel u., *JRky* Quen aions (*M'* aion, *J* aiens, *R*
aien) tost le u., *A* Q. nous en aions u. — 81-4 *réd. à 2 v. dans*
*L* : Qe par le monde soit seu Con fetement seront ueincu — 81
*N* uostre, *R* notre; *EKN* enors, *F* on., *M* honn., *AM'* hen.

4985

4965

« Que cil qui naistront a mil anz
« Puissent bien dire a lor enfanz
« Qu'onques si hauz dreiz ne fu pris,
« Come de ço qu'a fait Paris.
« Grant parole n'a ci mestier,
« Mais or pensons de l'enveier
« Par tote Grece sus e jus

4990

4970

« As reis, as contes e a dus :
« Somons seient d'aler a Troie.
« N'i a celui qui de grant joie
« Ne s'apareut a son poëir
« O quant que il porra aveir.

4995

4975

« Quant nostre gent sera jostee
« E por bataille conreëe,
« Soz ciel n'a vile ne cité,
« Tor ne chastel ne fermeté
« Que de nos se puisse defendre ;

5000

4980

« E qui Paris porra vif prendre,
« Sil pende l'om come larron.
« Si asprement nos en venjons
« Que tote Troie en seit fondue
« E craventee e abatue. »

4983 (C); N an cez anz, F a nos a.; AJRek Que iusqua (R Trois ka, eJ tresqua) m. a. ca (R cai) auant, H Tresqua m. a. ca en a. — 84 M² Recontent bien, n Dient apres ; AJRky Puissent dire petit et grant, C P. retraire a lor e. — 85 F Onques, L Nonques ; FM' haut, M² aut, M²M' dreit — 86 L Conme iert; F qoit f., M² que fist — 87 n Granz — 88 M² penst on — 89 n et s. — 90 M'k A r. a c. et a d. — 92 M Ni aura cel; n qua (F que) ml't g. i. — 93 M² saparelt, K sapp., M saparolt, N -alt, M' -ot, E -aut, F se paraut; R saparoil de s. p. — 94 ERn A, M' De, M Et; En quan — 95 J n. olz; kyJR iert (EHM) ert assenblee — 96 M²e conree, Mn deuisee — 98 K de c., M' ne donion — 99 n uers n. — 5001 n Sel; CN len, F lan; JRky Si le p., M² Si seit penduz; H com un l. — 2 ekR Or en feisons tel contencon — 3 ekR t. t. s. — 4 M' grau.

| | | |
|---|---|---|
| 5005 | Senz autre respit quin fust pris, | *4985* |
| | Ont par Grece lor mes tramis. | |
| | N'i ot rei ne duc n'aumaçor, | |
| | Riche conte ne vavassor, | |
| | Qui ne seit baniz e somons : | |
| 5010 | Oïr poëz d'auquanz les nons. | *4990* |
| | Danz Patroclus, danz Achillès | |
| | E li tres proz Diomedès | |
| | E li beaus Eürialus | |
| | E li forz reis Telepolus | |
| 5015 | Vindrent a Parte, ou cil esteient | *4995* |
| | Qui de l'uevre s'entremeteient. | |
| | Conseil pristrent comunaument, | |
| | Quant avreient josté lor gent, | |
| | Qu'il ireient senz demorance | |
| 5020 | D'Eleine prendre la venjance : | *5000* |
| | De l'ost joster ont conseil pris | |
| | E del navie, qu'il seit quis. | |

5005 *n* terme, *KM'* conseil; *BM'Rk* qui, *n* quan, *E* qui en; *N* prist, *F* mis — 6 *n* l. brief — 7 *CM'n* r. d. ne a. (*F* uauasor, *C* amensor), *EJ* ne d. ne a. (*J* r. naum.); *H* d. ne roi; *M* ne mancour; *M²* Not r. ne d. ne a. — 8 *F* aumacor, *eCMNR* uauasor — 9 (*C*); *tous les mss.* sem.; *ekR* qui ni (*R* ne) uenist sil fust s. — 10 (*C*); *M'* daucans, *R* dau cançς, *n* dauques; *eK* D. p., *M* De mainz p. — 11 *M'* Dant; *ekR* et a. — 12 *R* Et el; *M²* t. prous, *A²* uaillans, *kM'* uassax, *ER* uas. — 13-4 m. à *A²* — 13 *M²C* bons, *I* fiers, *A* fors, *M'* fort; *M²AA'BCIJRkxy* reis (*M'* roi) e. (*A'N* euriaclus, *M'* eurualus, *J* er.) — 14 (*correction, cf. 456. 5239. 5663. 8268. 11301. 17094 et 17227*); *F* tres gent, *B* t. fors; *R* Et f. r.; *kxBHR* neptholemus (*BHk* nept.); *eAI* forz (*M'* gros, *A* preus) neuptolemus (*I* neopth., *A* neopt.); *M²CJ* Et li forz telopolemus (*C* talopomenus) — 15 (*BR*); *F* parthe, *CN* parche, *A* sperte; *M'* En u. la ou; *M²* o cist — 16 *M²KRn* del oure, *M* deleine, *e* de (*M'* du) mouoir — 17 *Men* comunement — 18 *ekR* Mes quil aient tote lor g. — 19 *eKR* Que il iront, *M* Comment il i. — 20 *N* dalayne, *F* dalaine, *E* delene, *K* dheleine, *M'* de loure — 21 *BRek* Et que li (*B* la) nauies s. q.

Icil que jo vos ai nomé,
O ceus qu'i erent assemblé,
5025    Firent Agamemnon seignor                    5005
E sor eus toz empereor.
Tote la gent qu'il josteront
E qui al siege a Troie iront
Seront desoz sa seignorie,
5030    E de toz avra la baillie :                   5010
A lui del tot obeïront,
Son buen e son plaisir feront.
Autresi riches reis e dus
Jostisera quatorze e plus
5035    Come il esteit, mais nequeden,               5015
Par grant esguart e par grant sen,
L'ont il eslit desor eus toz,
Quar mout esteit sages e proz.
        Mout est ja ceste uevre aatie :
5040    De rechief ont Grece banie                   5020

5023 *BERk* q. uos ai ci n., *M¹* qui sont ici n.; *BE* nomes —
24 *EF* ces, *N* cals, *M²* cels; *BM¹Rek* Et cil; *BRek* quil orent
a. (*BE* assenbles) — 25 (*H*); *BFM¹* agamenon; *Be* dagam. — 26
*K* els t., *C* auz t., *M²* t. elz; *BMRe* de sor (*MM¹* sus) t. e. — 27
*M²C* Totes les genz; *C* qui; *BJRky* quil aiosterent, *A* qui la
iosterent — 28 *M²* quil; *C* a t. au s.; *BJRky* Quil a (*A* Et qua)
t. au (*K* a) s. (*H* ou s. a t.) menerent (*BR*) amenerent) — 29-30
*interv. dans M* — 29 (*AH*); *M¹* Furent; *n* S. dedesoz sa maitrie
(*F* mestie) — 30 *H* ara, *F* auroit; *M²n* bailie, *AK* mestrie; *e* Et
de sus toz (*E* de trestoz) ot — 31 *FR* de t., *E* trestot; *A* Et a lui
toz — 32 *M²n* bon; *kAM¹R* Et del (*AMR* de) tot (*R* toç); *E* Et
son comandement f. — 33 *RM* o d.; *n* Plus hauz rois et plus r.
d., *K* Altresi r. i ot d. — 34 *EMR* Iustisera, *M¹* -cera, *M²* I
iostera, *n* I auoit il, *K* Com il esteit; *M¹* .xiii.; *M* ou p. — 35 *K*
Iustisera, *n* Qe il nestoit, *M²* C. il est; *ERk* nequedent, *nM¹* ne
por quant — 36 *n* sen g.; *KRe* Par g. sen (*M¹R* sens) par esgarde-
ment, *M* P. sens et par e. — 37 (*B*); *EMN* L. esleu, *F* L. ellit;
*M¹k* desus; *n* car ml't estoit (*N* est) proz — 38 (*B*); *M* Car il; *n*
Et e. s. sor aus toz — 39 (*B*); *EK* ahatie, *R* ach., *n* anuaie, *M*
bastie; *M¹* C. u. e. ia m. a., *R* M. e. c. oure achatie — 40 *ekBR*
Et de r. g. b.

Si faitement, par tel maniere,
O seit par force o par preiere,
Ja n'i avra grant ne petit
De remaneir quiere respit.

5045     De nes, d'armes e de conreiz            5025
Firent par tot granz apareiz,
Si qu'al terme qui mis i est
Fussent trestuit guarni e prest :
A Temese dreit al rivage

5050     Ajosteront tot lor barnage;              5030
Puis movront tuit comunaument,
Dès qu'il avront oré e vent.
S'a Troie pueent ariver,
Mout en seront fort a geter;

5055     Mout en seront ainz lances fraites       5035
E espees de fuerre traites;

5041 *B* Et si lont par itel m.; *M'* Et si lont fet, *E* Et semonse, *kR* Querre les uont; *nK* en t. m. — 42 *M²R* priere — 44 *C* Del, *M* Qui de (*v. f.*); *M'* remaindre, *EM* remenoir, *K* laler; *R* praigne, *e* preigne, *K* prenge, *M* prengne — 45 *AK* harnois, *eBMR* hernois; *nL* De neis (*F* ners) et darmes aparoiz (*F* -roit, *L* dapareilz), *C* Des nes des a. (2ᵉ *main*) et de c. — 46 *ekABR* Sapareillierent demanois, *M²* Aprestent mout a cele foiz; *F* toz mener conroit, *LN* tot ml't g. (*L* beax) conroiz; *C* aparoiz — 47 *M'J* qua; *H* m. lor; *kAJR* posez, *M'* pose, *E* nomez; *n* que tens en c. — 48 *AMM'n* Furent; *H* Soient darmes; *M* F. tuit; *E* g. et t. p. — 49 (*J*); *C* th., *kR* temesse, *M'* thesmesse, *H* cemese, *BELn* athenes; *M²* Al temese d. as riuages; *n* el r. — 50 (*correction*); *n* Aiosterent; *C* Iosterent trestot; *M²* Saiostera toz li barnages, *MR* Assemblerent tuit (*R* tot) leur parage, *eJ* A. tuit (*M'* toz) par p. (*J* li barnaige), *K* Assenbleront tot le p., *A* Ont assemble lor grant b. — 51 *M* murent, *R* muurent; *M²KR* -nalment, *Men* -nement; *K* P. moueront c. — 52 (*H*); *K* quis; *M* heure — 53 *M²K* arr. (*de même partout, sauf avis contraire*) — 54 (*CGL*); *ABHJM'Rk* grief; *ENR* giter; *F* gaiter — 55-6 *m. à xC* — 55 *B* traites — 56 *BHM'R* feure, *Ek* fuerre, *C* fuere; *A* des fuerres.

Mout i avra ainz chevaliers
Abatuz morz de lor destriers.
Adès en estovra morir :
5060    Autrement ne puet avenir.           *5040*

## DISPARITION DE CASTOR ET POLLUX

Dedenz les jorz de la quinzaine
Que Paris ot ravi Heleine,
Se mistrent si dui frere en mer
Por li socorre e ramener :
5065    Mais a male hore s'i esmurent.       *5045*
Quant al port de Lesbion furent,
Si tost n'orent terre perdue,
Quant tormente lor est creüe :
Toz les treis jorz venta si fort
5070    Que nes n'osa venir a port.         *5050*
Mout fu la mer fiere e orrible,

5057 (*L*); *N* einz, *F* or; *CG* Molt en seront a. c., *E* Einz i a.
m. c., *ARky* Anceis auront (*R* aurum, *H* arons) mil c., *M'* A.
seront .m. chevalier — 58 (*BCL*); *FM'* Abatu mort de l. destrier
(*F* -er); *G* et detranchies — 59-60 m. à *C* — 59 *xA'* Ensi (*A'*
Issi, *L* Ensint) le couendra a estre, *BJRky* Ades (*HK* Assez) en
estoura (*H* estora, *M'* couendra) morir, *I* Et dels en e. m., *A*
Ml't en i e. m., *M'* Si est la chose destinee — 60 *x* Ne puet la
chose autrement estre, *A'* Qui que sen doie airestre, *ABIJRky*
Altrement ne p. auenir, *M'* Qui ne puet estre trestornee — 61-2
m. à *H* — 61 (*C*); *AA'BJRek* Co fu dedans (*A'* tot droit) cele
q.; *F* quintaine — 62 *A'EK* rauie; *E* elene, *M'* helayne — 63 *N*
Sesmurent; *K* li — 64 *M* lie, *M'* lui; *H* socolre, *M'N* secorre,
*k* secore, *e* rescorre, *F* rescoire — 65 *E* de; *M'* mal; *K* sen —
66 *M'* del esbio, *kR* de lesbie ; *E* de mer uenu f. ; *H* Q. il au p.
de m. tant f., *M'* Q. il en la nef entre f. — 68 *K* Que, *yM*
Com, *A* Cum; *M'* meue, *kyAR* uenue — 69 *F* .viij. i. — 70 *MM'*
nef, *n* neis; *M'* nosoit; *ekA* moueir, *R* moure; *F* au, *ER* del,
*M'k* de — 71 (*AR*); *M'* iert; *kn* mers; *n* pesme.

Onques d'uit jorz ne fu paisible.
N'en pot estre novele oïe,
Fors que fole gent esbaïe,
5075　Qui legier creient maintes riens　　　　5055
Cui il cuident que il seit biens,
Par iceus fu dit e cuidé
Qu'il n'erent mie tempesté.
« Ne poëient mie morir,
5080　N'en mer ne en terre perir » :　　　　5060
Ensi distrent la gent vilaine.
O lonc travail e o grant peine
Les quist om puis desci qu'a Troie.
Mais qui qu'en feïst duel ne joie,
5085　Ne pot estre por rien seü,　　　　5065
Saveir qu'il erent devenu.
Castor e sis frere Pollus
Ensi finerent, n'en sai plus.

5072 *KR* doit; *eAM* Ainz (*MM'* Onc) de (*A* en) .iij.i.; *N* pessible, *F* pas. — 73 *C* Ne; *F* puet; *ekAR* Nonques (*K* Unques) nen (*R* non, *AM'* ne) fu — 74 (*A²*); *kyAIJR* Fors de, *M²C* Mais la; *M²CN* genz ; *R* esbachie; *L* Ne qe deuint cele nauie — 75-6 m. à *A* — 75 (*C*); *L* Quil creoient en sorz tielz r., *nA²* Q. de l. c. tex r., *E* Q. a petit trueuent tex r. ; *kHM'R* Q. a poi (*H* au port) creient (*M'* trouent); *H* mainte rien — 76 *M²C* Qui il quident ; *M²* qui; *C* qe soit granz b. ; *nA²G* Qe il (*F* cil) ne c. que (*G* qui, *F* qil); *kR* Ne seuent quest (*R* kes) max (*M* mal) ne quest (*R* ke) b., *E* Ne seuent sil est max ou b., *M'* Q'n s. sest mal ou b., *H* Ne s. quest ou maus ou b., *L* Qui nestoit pas a fere b. — 77 *kHJR* icels, *M'* icex, *A²* ices, *I* ichiaus, *M²* itiels, *nA* ice; *M²R* quide, *kH* -ie, *eIJ* cuidie, *A²C* conte; *E* Par ax estoit d. et c., *L* Quil orent sorti a lor feste — 78 *A²Gn* nauront; *M²* tormente, *F* poeste, *AJRky* perillie; *E* Que en mer fussent trebuchie, *L* Quil nauroient mie tempeste — 79 *n* porroient; *R* Ne poent il; *EL* Il (*L* Et) ne p. pas perir (*L* morir) — 80 *x* En; *k* porrir — 81 *M'* ditrent; *M²* genz — 82 *n* A... a; *ekR* Mes (*K* Et) a t. et a — 83 *M²* on; *M²n* de ci, *ekR* desi; *N* quan, *M'* a — 84 *N* en; *E* eust, *n* aust; *K* dol — 85 *Ak* riens; *Rn* sau — 86 (*C*); *AA²CHIJRkxy* Que il estoient d. — 87 *N* polus — 88 *kM'* Issi, *A* Ainsi; *M²* fenirent; *M* ne.

Cist ont ja receü estreine
5090 De lor bele soror Heleine : 5070
A mainz la covint a receivre,
Qui en seront des ames seivre.

## PORTRAITS DES HÉROS ET HÉROÏNES DE LA GUERRE DE TROIE

Beneeiz dit, qui rien n'i lait
De quant que Daires li retrait,
5095 Qu'ici endreit voust demostrer 5075
E les semblances reconter
E la forme qu'aveit chascuns,
Qu'a ses ieuz les vit uns e uns.
Quant cil de Troie e li Grezeis
5100 Aveient triues par dous meis, 5080
O par meins o par plus d'espaces,

5089-92 m. à C — 89 Rek C. i (M² Icil) ont (E orent, A dui ont)
ia eu,; M estriene, R estroine — 90 R Per, ARk Por; M suer
(v. f.) — 91-2 m. à AL — 91 Fk maint, E meint; F conuient; N
conuendra r.; M² les c.; CIRky c. tel cop (M¹ tiex cox, CIRk
altel, H la mort) r. — 92 F Qe; J furent; n ames; ekR Cui
(KM¹ Qui, E Qe) lame (R larme) del cors fu (R se) desseiure
(M¹ des.) (E lan fist soiure), H Dont li ame del cors d., I Cui
lenemis uolt si dechoiure — 93 M²J Beneeit, CJM¹ -eoit, M
-oit, En -eoiz, R -oç; H dist; JKN que; KM¹N ne — 94 En quan
que; M¹ dayres, FH daire — 95 n Ici, eJ Que ci; M² uout, J
uolt, M uoult, HKM¹ uelt, E uialt, n uost, R uoct; eJ reconter,
H aconter; M² demonstrier; kR Ainz u. tot dire et reconter (M
conter) — 96 M² racontier, C -er, N deuisser, kR demostrer, F
a mostrer; AJy Les s. et demostrer (H deuiser) — 97 (C); knR
De; yJ Et de quel f. estoit c. (H casc., M¹ chacun) — 98 (J);
MR De s., M² Que es; R ielz, K iels, M ieulz, M¹ eulz (cf. 2636);
M²Rk uit toz; M un et un, J nus a nus — 99 R o li — 5100
M¹ treues, K trieues, n trie; M iij. m. — 1 R per; M² meis,
M mayn, M¹ mains, ER moins; n trois ou par p. de qatre (N
catre); kR despace.

En tres, en loges e en places
Les alot Daires reguarder
Por lor semblances reconter :
5105 S'estoire voleit faire pleine,     *5085*
Por ço s'en mist en si grant peine.
 Des dous qui sont peri en mer
Oï retraire e reconter
Que il furent andui d'un grant
5110 E d'une groisse e d'un semblant.   *5090*
Cheveus aveient lons e blois
Sor les espaules par granz trois.
Ambedui aveient gros ieuz,
Pleins de fierté e pleins d'orguieuz.
5115 Mout aveient les faces beles    *5095*
E les boches e les maisseles.
Lonc cors aveient e bien fait,
Si com l'Estoire nos retrait.
 D'Eleine, que ert lor soror,

---

5102 *R* Entreç ; *N* en tantes ; *M²* Entre les l. e esp. ; *kR* place
— 3 *M¹* dayres ; *eMR* esgarder — 4 *M²N* les ; *M* sanblance ; *n* rac.,
*MR* reciter — 5 *e* en u. ; *M²A²M¹n* plaine — 6 (*A*) ; *CF* Par, *R*
Per ; *M¹Rn* se m. ; *M²MR* en mout — 7 *K* querent — 8 e tant
dire ; *F* rac. — 9 *n* Quil f. anmedui (*F* ambdui), *kR* Quil (*M*
Qui) erent anbedui — 10 *M¹* groise — 11 *EKN* Cheuox, *F* -os
— 12 *M¹* Sus ; *M²K* espalles ; *M²y* lons t. ; *n* Jusqas e. par (*F* per)
detrois — 13 *En* Amedui ; *A* uers ; *k* ielz, *EF* ialz, *N* iauz, *M¹*
eulz, *A* yeux, *M²* oilz, *R* ioç (*de même le plus souvent, sauf avis
contraire*) — 14 *M²* denferte ; *R* Ploins... ploins ; *A* Plain de
grant f. et, *M* Tous plains de f. et ; *A* dorguieux, *EF* dorguialz,
*N* -iauz, *R* -ioç, *M¹* -ez, *M* -euz, *K* -ilz, *M²* dergoilz (*de même le
plus souvent, s. a. c.*) — 15 *kR* Les f. a. m. b. — 16 *n* Et les b.
et l. maseilles (*N* mameles) ; *M* maiseles, *M¹* mes., *K* meiss.,
*E* mess. — 17 *kR* C. auoit chascons trop b. f., *M²* L. estoient
e mout b. f. ; *Ae* Lons ; *A* fais, *e* fez — 18 *kR* me r. ; *eA* Si
con ioi dire les retrez — *P est utilisé pour les v. 5119-140* —
19 *A²KL* Heleine, *N* -ayne, *F* -aine, *BR* -oine, *P* Eleine, *C* De
heleine, *G* De helaynne ; *P* qe, *les autres* qui ; *F* qestoit, *G* qui
fu ; *Ay* De dame elene (*M¹* helayne, *A* eleine) l. s.

5120 De trestotes beautez la flor,        5100
De totes dames mireor,
De totes autres la gençor,
De trestotes la soveraine, —
Ausi come color de graine
5125 Est mout plus bele d'autre chose,     5105
Et tot ausi come la rose
Sormonte colors de beautez,
Trestot ausi, e plus assez,
Sormonta la beauté Heleine
5130 Tote rien que nasqui humaine, —     5110
Ço diseient bien li auquant
Qu'a ses dous freres ert semblant.
Enz el mi lieu des dous sorciz,

5120 *e* t. autres, *Bn* trestote biaute (*F* beute); *A* De toutes dames la gencor (*cf* 21-2) — 21-2 m. à *nA* — 21 (*P*); *yGL* t. autres; *G* le miror; *BRk* Unques ne nasqui (*Q* sai ki) en cest (*M* ce) monde — 22 *P* genzor, *H* gencior; *L* Et de bonte et de doucor, *BRk* Dame si bele ne si blonde — 23 (*A*); *n* De totes autres s., *BRk* Sor (*K* De) totes fu la s. — 24 *M²ABPR* Ensi, *M¹* Aussi, *A²* Issi, *C* Einsi, *LN* Ausinc, *J* Ansint; *BFRk* est c. ; *M¹* color, les autres colors; *ABMRe* en g. — 5125-5375 sont dans *B³* (2ᵉ fragm.) (5125-40 et 5313-75 sont utilisés) — 25 *ACIJy* E. mol't p. (*C* E. p.) b. dautre (*I* cautre) c., *BIRk* P. b. de tote (*K* que nule) a. c., *M²A²LPn* E. p. (*P* la p.) b.; *F* dune autre c., *A²* qaltre c., *M²* que autre c., *P* qe dautre c., *n* dautres colors — 26 *n* toz, *M²* tote; *A²* alsi, *M¹* aussi, *EI* ensi, *J* ensint, *L* ausinc; *n* flors — 27 (*P*); *HM¹* color, *J* les flors ; *CFn* beutez ; *BRk* De bialte tote rien s. — 28 *CEP* ensi; *AJM¹* Tot autresi; *B³* Tout autres (*sic*); *P* asez; *BRk* Co (*BM* Ce, *R* Et) dit daires (*M* daire) qui (*R* ke) co reconte — 29 *EM* Sormontoit, *K* -ot, *R* Sormunte; *M²AB³EF* biautez, *F* beutez, *P* beautez ; *kR* de bialte; *BR* heloine, *P* Eleine — 30 *FP* Qe; *A* nasquist — 31-2 m. à *A²* — 31 (*CP*); *M²* E si a este dit dauquanz, *AA¹B³IJy* Ce (*I* Chou) dist (*EH* dit) daires (*M¹* dayres, *A* daire) li uoir disanz (*AA¹* disant), *kR* Por (*R* Per) uerte (*MR* uerite) li plosor disoient, *B* Pl. por uerite d. — 32 *AA¹B³CIJPy* Qua (*I* Que) s. f. (*A* son frere) estoit senblanz (*AA¹* -ant) (*CP* ert resemblant), *kBR* Que si frere la (*B* le) resenbloient — 33 *M²* lue, *N* lou, *EFKR* leu; *P* En mi leu des d. sorcing; *M²* sorcis, *G* -ix.

Qu'ele aveit deugiez e soutiz,
5135    Aveit un seing en tel endreit                    *5115*
Que merveilles li aveneit.
Li cors de li ert blans e gras,
Mout se vesteit bien de ses dras;
Simple esteit tant e de bon aire
5140    Come l'on porreit plus retraire.                 *5120*
    Agamennon, qui esteit reis
E duitre e maistre des Grezeis,
Fu merveilles granz e membruz;
Mout ot grant force e granz vertuz;
5145    Merveilles esteit airos                          *5125*
E penibles e travaillos.
Sa char e sa crine deugiee
Ert plus blanche que neif negiee.

5134 *M²* Q. d. a.; *F* dongiez, *M¹* deliez, *H* -ies, *G* delgiez, *L* dol-,
*A* deu-; *kPR* Qui dougie (*R* dol-, *P* do-)erent et tretiz (*P* sotiz);
*GN* soutis, *L* soltilz, *H* sotius, *E* soutix; *B³* uautis, *A* uoutis; *F*
d. uoutiz, *M¹* d. petiz — 35 *NR* soing, *B³* saing, *FM* saig; *N* de
— 36 *AFMPR* Qua, e Qui; *R* meruoille — 37 *K* lie; *M²M¹*
iert; *P* blanc, *M¹Rkn* biax, *AB²* gens; *AB³M¹* cras — 38 *M²N*
bel, *AM¹* gent; *kR* M. par se u. b. de d. — 39 *AB³My* Tant (*M*
Si) e. s., *A²* S. fu t., *K* Sestoit si franche; *n* m'lt et de (*F* et);
*B³* deboinaire — 40 *M²* lon, *P* len, *H* on; *AG* Que on nen, *J* Com
nus en; *A²* Com plus le p. on r., *C* Tant com len p. r., *kR* Que
nus hom nel saureit (*R* porreit) r., *LM* Plus que len (*M* hons)
ne p. (*L* poist) r., *F* Que na la (*sic*) poroit an r., e Quan nen (*M¹*
Con len) puet p. dire et r., *A* Que nel p. d. ne r., *B³* Con nel
porroit mie r., *N* Ml't par estoit de bon afaire — 41 *FM¹* -enon, *E*
-annons — 42 *M¹* dus, *E* sire; *BRk* Et sires (*R* Sire) de toz
les g., *A* Conduiteur m. — 43 *HJM¹* g. m. et (*H* et m.) m., *C*
g. a m. et m. (*v. f.*); *A* merueillieus et m.; *M²* Fu a grant me-
rueille m., *BRk* esteit membruz a g. m. — 44 *x* M. auoit f., *CE*
grant; *AJy* G. (*E* Granz) fu sa f. et sa u., *kBR* Et si aueit
armes uermeilles — 45 *kR* De cuer (*K* cors) e. molt a., *L* Et
si e. hardiz et preuz — 46 *FMR* penables; *L* Et si uaillanz qe
nis .j. mielz — 47 *EKRn* charz, *M* chars; *K* cringne; *MN* dougie,
*F* don-, *kELR* dol- — 48 *M²M¹* iert; *M²K* neis, *EMRn* nois,
*ALM¹* noif; *eknR* negie, *M²* negee.

Ja de parler ne fust atainz,

5150 Sages ert, cointes e macainz;          *5130*

Mout ert nobles e glorios

E d'aveir riches e penos.

    Menelaus n'ert granz ne petiz ;

Ros ert e beaus, proz e hardiz.

5155 Mout esteit liez e acetables          *5135*

E a tote rien agreables.

    Achillès fu de grant beauté

Gros ot le piz, espès e lé,

E les membres granz e pleniers,

5160 Les ieuz el chief hardiz e fiers ;          *5140*

Crespes cheveus ot e aubornes.

Ne fu mie pensis ne mornes :

La chiere aveit liee e joiose

E vers son enemi irose.

5165 Larges esteit e despensiers          *5145*

---

5149-5o *interv. dans* A² — 49 K fu ; M²AA'Rk ateinz, B atainst, F hatiz, N haiz, L contans — 5o M² Saiues iert e c., AHJM' S. et c., E.C. et s. ; ARWk Trop estoit s. et ; kR maquainz, M²A'e -einz, I makains, W machainz, H chertains, A bien ioins ; F Proz et c. et maneniz (sic), N S. ert en faiz et en diz, B Trop ert rices et de sens plains, A² Bels ert et sages ert del mains, L Sages estoit et embatans — 51-2 m. à N — 51 B rices ; eAF N. (F Sages) estoit et g., L Vaillanz e. et gracieuz — 52 (B) ; M riche et precieuz, FL riches poestox (L -euz), M² fortment coueitos ; AKe Daueir r. (Ae R. d.) et gracios — 53 ekNR Menelax (forme ordinaire); K grant ne petit — 54 AM'R Rois, K Reis ; M²AM iert ; E Riches et, nB Ml't estoit ; M' Biau rois e. ; M²R prous e ardiz ; ABK b, et p. et h. — 55 (L) ; kBR M. par ert (K M. esteit) de cors a. ; M²Ay biaus e a. ; N auceptables, M² acceptable — 56 kR Et en ; R rienç ; EH Et a tote gent, AM' Et a toutes genz ; M² agraable, N -es, E agreable, B accreables, F agratiables, AH amiables, K augurables, L delitables — 57 M² biautie — 58 M² lie ; A et grant et le ; kR Nonques en nule reialte — 59 kR Ne fu nez mieldres cheualiers — 6o M' du c., k auoit, A ot et — 61 BM albornes, C ab., E anb., JM' enb., H aornes, nR ieus bornes (R brones); AHJM C. ch. et bien, B Ch. ot blons et b., kR Cheuox (M -eus) aueit lons et — 63 e ioeuse — 64 (A); M² Enuers.

E mout amez de chevaliers.

Grant pris aveit d'armes porter :

A peines trovast hom son per.     *5148*

Mout ert hardiz e corajos     *5151*

5170     E de victoire coveitos.

      Patroclus ot le cors mout gent

E mout fu de grant esciënt.

Blans fu e blonz e lons e granz     *5155*

E chevaliers mout avenanz ;

5175     Les ieuz ot vairs, n'ot pas grant ire;

Beaus fu mout, a la verté dire,

Larges, donere merveillos,

Mais mout par esteit vergondos.     *5160*

      Aiaus fu gros e quarrez

5180     De piz, de braz e de costez :

Auques ert granz e espauluz,

Toz jorz ert richement vestuz;

Mout esteit forz, mout esteit durs,     *5165*

---

5165 *n* Sages — 66 *EH* Et m. estoit bons c. — 68 *M²* peine; *kBR* En nule terre not s. p., *puis ces 2 v.* : Fors un tot sol (*K* uns t. sols) auant (*K* assez) orreiz Son non et bien le conoistreiz — 69 *M²M¹* iert (*forme ordinaire*) — 70 *n* Et de bataille; *N* couetous, *H* curios — 71 *M²* rot — 72 *eAKR* Et fu de m. bel (*K* buen, *A* bon) e.; *M* de bel contenement — 73 *A* Blons fu, *eknR* Biau fu; *L* B. et blons fu; *M²* e blois; *M²Ae* et droiz et g., *R* et genz et g., *M* lons et genz (*v. f.*) — 74 *MR* C. fu, *eA* Et cheuox (*AM¹* -ex) ot — 75 (*AA²*); *E* Et les ialz ueirs; *nC* mais ml't ot i., *KR* onc (*R* ainc) nama i., *M* et bele chire — 76 *M²* ce puet hon bien d., *M* a uerite d.; *nG* qui uerte en uiaut (*G* welt, *L* uelt) d.; *eA* Toz iorz uolsist uerite d., *A²C* Loials fu m. de uerte (*C* u. uelt) d. — 77 *M¹* donerre, *ENR* -es, *A* donn., *F* donieres; *kAR* Doneres esteit m. — 78 *M²* uergoindos; *kR* Et darmes trop cheualeros — 79 *M²* Aiaux, *ekR* -ax; *nA²* Biax (*A²* Bels) fu et g. granz (*A²* lons) et carrez (*F* grox et g. carez) — 80 *M* piez; *A²N* Les eols (*N* iauz) ot uairs, *F* Le cors ot gent; *n* lons les c., *A²* bien fait le nez — 81 *kR* Molt par; *K* biax et e.; *A²* fu g. et ml't corsus; *M²* espalluz, *F* -aluz — 82 *A²* fu r. — 83 *kR* M. par e. (*M* Et m. e.) et f. et d.; *A²* et m. fu d.

Mais n'esteit mie mout seürs :
5185 De parole ert auques legiers
E mout se joot volentiers.
     Mais un autre Aïaus i ot,
Qui Telamon en sornon ot :                    *5170*
Icist fu mout de grant valor.
5190 Mout ot en lui bon chanteor,
Mout aveit la voiz haute et clere
E de sonez ert bons trovere.
Neir chief aveit recercelé ;                    *5175*
Mout par ert de grant simpleté,
5195 Mais encontre son enemi
Aveit cuer cruel e hardi :
Ja en estor ne en tornei
Ne portast a nul home fei.                    *5180*
Soz ciel n'aveit tel chevalier,
5200 Ne qui meins se seüst preisier.

---

5184 (*A²*); *F* trop s.; *kR* Et en estor (*M* estours) prouz et s.
— 85 *kR* Mes de p. esteit l. — 86 *A²* iuoit; *M²F* uolunt. — *A²* aj.
*10 v. pour le portrait du premier Ajax, les 8 vers précédents étant
rattachés au portrait de Patrocle, à cause de* Bels (Biaus) *mis
pour* Aiaus (*voy. aux* Notes) — 87 *M²N* aiaux, *les autres* aiax;
*BHIRk* Un a. a. i auoit (*I* estoit), *eAJ* Uns autres a. estoit, *C* Un
a. thelamon i ot, *A²* Un altre aials encore i ot — 88 (*A²*); *F* Qe;
*N* an son non, *L* einsi n.; *ABJRky* Que len (*M'* lon, *A* en, *B* on)
t. sornomoit (*yJ* apeloit); *ABCRJekn* thel. — 89 (*C*); *AA²Rkny*
Icil; *K* esteit; *AH* iert (*H* fu) de m. g.; *n* enor — 90 (*CR*); *y* M.
i auoit, *M²A²J* Et m. i ot; *K* buen, *NR* boen; *K* chaceor, *R*
canthaeor — 91 (*A*); *n* M. ot la u. et h.; *kR* En sa iouente (*R*
iuu., *M* iounesse) fist mains (*R* maint) sons — 92 *M²A²* De sons
e darz (*A²* de chans); *M²G* iert; *L* bon, *C* boenz; *L* trouerre,
*G* -eres; *AJy* Et bons trouerres (*e* -erres, *J* erre) de sons (*J* son)
ere, *kR* De trestoz biens ot granz renons — 94 *x* Et m. ert, *Ae*
M. p. fu, *K* M. esteit; *n* aj. *2 v.;* Mais nestoit mie ml't seurs Et
de son cors estoit il durs (*cf.* 5183-4) — 96 *A²* le c. fier, *n* felon
c.; *kR* Ot lo c. c.; *yA* Le tenoit an a ml't h. — 99 *y* N. s. c.;
*A²* not meillor c. — 5200 (*GL*); *yAJ* Ne ia ne se (*A* sen) queist
(*M²* quersist) p., *kR* Ne m. sen uant (*M* sermant) apres mangier;
*M²* s. bobancier, *C* s. losengier, *A²* en uolsist plaidier; *I* en fust
m. beubenchier.

De grant beauté, ço dit Darès,
Les sormontot toz Ulixès.
N'ert mie granz ne trop petiz,                    5185
Mout par ert de grant sen guarniz.
5205    Merveilles esteit beaus parliers,
Mais en dis mile chevaliers
N'en aveit un plus tricheor :
Ja veir ne deïst a nul jor.                       5190
De sa boche isseit granz gabeis,
5210    Mais mout ert sages e corteis.
    Forz refu mout Diomedès,
Gros e quarrez e granz adès ;
La chiere aveit mout felenesse :                  5195
Cist fist mainte fausse pramesse.
5215    Mout fu hardiz, mout fu noisos,
E mout fu d'armes engeignos ;
Mout fu estouz e sorparlez,
E mout par fu sis cors dotez.

5201 *M²* biautie, *x* sauoir; *L* ce nos dist daires Qui meintes choses disoit uraies — 2 *Après ce v.*, *L aj.* : Sor toz les autres iert engres — 3 *n* N. pas trop g., *eA* Nestoit pas (*A* trop) g. — 4 *e* p. fu; *A* estoit; *M²M'Rk* sens; *MR* De ml't g. s., *k* Mes de g. s.; *kR* esteit g. — 5 *n* A merueille, *eA* Et ml't par — 7 *AM* nul si; *e* Nauoit mie (*M'* pas) .j. — 8 *A* La; *M²* desist; *e* Ja ne d. u.; *kR* Ne altresi bel (*k* biau) menteor — 9 (*A*); *nA²* issi mainz g.; *M²* guabeis, *R* gadois — 10 *e* M. trop fu, *A* M. ml't iert; *M²* Mout par iert saiues, *kR* M. larges esteit; *nG* Ml't e. biax et ml't (*GN* m. ert) c., *L* Mes m. estoit b. et c. — *Pour 5211-24, AA'A²BCDGHJLPR sont utilisés* — 11 *AN* dy. — 12 *DM'* refu a., *A²* grans et espes — 13 *nAK* felon — 14 *A'A²GLNR* Cil, *AFJ* Il, *B* Si, *DJy* Et; *J* fit; *DM'* fole — 15 *AA'A²* et m.; *Rk* M. par fu h. et n., *B* Mais m. ert h. et noisols; *A* noiseus, *D* oisex, *K* ueisos, *C* -ous, *J* -ox, *F* uisox, *N* -ous, *A'A²* uoisos, *y* -ex, *M* -euz, *R* uoixox — 16 *F* Et si; *DM'* Et m. par fu darme; *M'* enginex, *n* an-; *B* Et de parole scientous, *kR* Mes de p. esteit noisos — 17 *n* E. estoit et enpallez (*F* anparlez); *J* soz parlez, *A²* sorpaliers; *kBR* Et molt esteit fox (*M* folz) s. (*R* f. escharparlez, *B* fort emparles) — 18 *n* Et m. estoit; *A* cist c., *M'* son c.; *kBR* Tant esteit sis escuz d., *A²* Et m. fu orgoillos et fiers.

A grant peine poëit trover
5220 Qui contre lui vousist ester :        5202
Rien nel poëit en pais tenir,
Trop par esteit maus a servir ;
Mais por amor traist mainte feiz    5203
Maintes peines e mainz torneiz.
5225     Nestor fu granz e lons e lez ;
Force deveit aveir assez.
Le nes ot corbe ; de parler
Ne poüst hom trover son per.
Mout donot bien un bon conseil
5230 A son ami, a son feeil ;        5210
Mais quant ire le sorportot,
Nule mesure ne guardot.
Neif n'est plus blanche qu'il ert toz ;
Mout ert hardiz e mout ert proz.

5219 *kBR* Qua — 20 *Aen* Q. entor, *A²* Q. auoc ; *M¹* li ; *EHN* uolsist, *JM¹* uos. ; *BRk* Rien (*k* Riens) qui li (*MR* le) poist (*BM* peust) contrester — 21-2 *interv. dans x*, m. à *R* — 21 *M²C* Riens, *n* Nüs, *A²* On ; *C* ne ; *M¹* poust ; *MR* contretenir ; *AA'DJy* Nule rien (*AD* riens) nel (*AA'* ne) pooit sofrir — 22 *EJ* Tant, *A'A²BMR* M¹'t ; *H* Car ml't ; *M²JN* mals, *M¹* mal, *M* fort — 23 *A²* por amors, *AJk* par amor ; *M²* por amer ; *R* fist, *ABF* trait ; *A²BEFHRk* maintes, *J* meinte, *N* plusors — 24 *J* Meintes ; *AH* mains, *JM¹* meins, *F* maint, *kBR* Et granz p. et granz destreiz — 25 *F* Iestor, *A* Hector, *L* Nector ; *kR* g. et gros (*M* gros et g.) ; *eJ* N. estoit et l. — 26 *x* dauoir, *M* de uoir, *k* por u. ; *kx* auoit a. — 27 (*J*) ; Tant par ert (*MR* iert) sages ; *x* et de ; *N* paller, *F* parlier — 28 *AL* poist, *J* peust, *en* pooit ; *L* len, *A* cist ; *x* s. p. t. ; *kR* Que nus hom ne trouast — 29 *kR* M. par d. tost un c. — 30 *kR* buen (*R* boen, *M* bon) et f. ; *F* faoil, *M²* feeill, *J* feel — 31 *J* Et ; *kR* puis quire (*R* chiere) le sorportast ; *n* lo (*F* li) reprenoit, *eAJ* le sorprenoit (*M¹* soupernoit, *J* sorp.) — 32 *An* ni ; *n* auoit ; *kR* A nul home fei ne gardast — 33-4 *interv. dans ARk* — 33 *AJM¹* Noif, *EMNR* Nois, *M²Fk* Neis ; *F* nert, *L* niert, *M²* iert ; *JM¹* qui ; *eJ* fu, *L* iert, *A* est ; *K* Plus esteit blans, *M* P. iert tous b., *R* P. blanc i. toç, *kR* que nule n. — 34 *x* Et m. estoit h. et p., *eA* M. e. biax h. (*A* et h.) et p., *kR* Que son boen (*K* bien) ne feist maneis (*M* menoiz) (*R* fist demanois).

| | | |
|---|---|---|
| 5235 | Or ne resteit de rien itaus | 5215 |
| | De semblance Proteselaus, | |
| | Quar merveilles esteit isneaus | |
| | E genz e proz e forz e beaus. | |
| | Neptolemus fu granz e lons, | |
| 5240 | Gros par le ventre come uns trons. | 5220 |
| | Merveilles par ert vertuos | |
| | E de mainte chose engeignos. | |
| | Bel vout aveit e bele chiere, | |
| | Si baubeiot de grant maniere. | |
| 5245 | Les ieuz aveit gros e roonz; | 5224 |
| | | 5227 |
| | Neir chief aveit, — n'ert mie blonz, — | 5228 |
| | Les sorcilles grosses e lees, | |
| | Come s'il les eüst enflees. | |
| | De plaiz saveit trop e de leis, | 5229 |
| 5250 | E merveilles par ert corteis. | |
| | Palamedès nel semblot pas : | |
| | Gent cors aveit, n'ert mie gras; | |

5235 *KM'* riens — 36 *eknJL* Proth., *A* Protezelaus — 37 *M*
Qua, *L* Qa, *R* Que ; *e* Car legiers e. et i., *AJ* C. ml't iert l. (*J*
est larges) et i. — 38 *F* granz ; *K* Et f. et g. et p. et biax — 39
(*M²A²BCEHJLRk* Neptolemus), *AM'N* Nepth.; *FP* Neptolo-
mus, *G* Nepth. — 40 (*HR*); *M²AKR* un, *H* .j.; *eJMN* come t.,
*F* com moutons — 41 *M'GL* iert, *AJM* fu, *Cn* M. (*C* Am.) estoit;
*E* aireus, *n* couoitos — 42 *M²CH* engignos, *EM* -eus, *FJLM'*
-neus, *N* -nous, *G* -nos, *k* -nnos (*formes ordinaires*), *R* angoissous
— 43 *A²* Bel uolt, *FK* Biau cors; *M²* bone; *Ay* ml't en sa (*AE* la) c.
— 44 *M²* Mais; *M* balb., *F* balbeoit, *E* barbeot, *C* babiot,
*J* balboiet, *AH* baubioit, *A* balb., *M'* baubilloit; *DRk* Ne ia neust
robe si chiere, *puis ces 2 v.* : Suns conterres (*M* Se .j. confes) li
demandast Que erramment (*B* esr., *M* certainement) ne li donast
— 45 *A* grans; *BMny* reonz — 46 *M²* E le c. n.; *F* no, *N* ne; *J*
nest, *C* ner — 47-8 *m. à ABRk* — 47 (*C*); *A²Jny* Les sorciz auoit
gros et lez — 48 (*C*); *M'J* Con sil (*J* si) l. e. toz enflez, *EH* Si
con (*H* Come) sil les e. e. — 49 *M²* pleiz, *B* plais, *Ekn* plait; *R*
des lais — 50 *M²* A m.; *F* est, *AHJM'* fu; *kBR* Molt enorot et
(*MR* Et m. e.) clers et lais — 51 (*AA²CG*); *F* Palamides, *L* Pale-
medes ; *M'* ne — 52 *J* nest, *F* not, *M'* non, *L* ne ; *M* mie; *M²J*
cras; *M* leus ni ert mie ; *A* Beles mains auoit et biaus bras.

Grailes ert mout par mi les flans,
Douz e soés, simples e frans,
5255 Hauz, lons e blois e beaus e dreiz, 5235
E les mains blanches e les deiz.
    Polidarius ert si gras
Qu'a granz peines alot le pas. 5238
En plusors choses ert vaillanz, 5243
5260 Mais toz jorz ert tristes pensanz. 5244
Ainz cerchast l'om par mainte terre, 5241
Qui plus orgoillos vousist querre. 5242
    Machaon ert reis merveillos, 5245
Mout esteit fiers e corajos.
5265 Le cors aveit trestot roont

5253 N Grailles, EK Gresles; M -e; xC estoit; A M. fu grelles,
M Glelle fu m. — 54 F riches ; A soez, M'LM soef, n soeis ; kBR
fu (B ert) molt et f.; C De bon aire gentils — 55 A Et blons et
blois, M'CKR Hauz lons (C fu) e blois (KR blons), M Haut et
lonc (v. f.), x H. ert et biax (GL lons), Jy Et lons et blons (E
blois) ; L beax et adroiz, M' sinples et d., n et lons et d.; A' Blois
fu et l. et bien adrois — 56 (BC); AJy M. ot b. et grelles (E
gresles) d.; F L. m. ot b., A' Sot l. m. b. — 57 A' Poll.; yJ fu,
M'AA'BM iert; ABHMM' cras — 58 NR poines, M peine; C
Que a paines, M'ABFJM' Que a (BFJM' Qua) grant peine;
M' aloit il, N fessoit, F faisoit; E Qua poinnes pot aler; nAEK
un p., kBR aj.: Molt par esteit de grant noblesce Mes onques ior
(B ains nul i.) nama leece — 59-60 sont placés dans kBR après
·62 — 59 kR Molt par esteit prouz et, yAJ De pluseurs choses fu ;
F uaillant — 60 kBR M. ades iert (k ert); M'k t. dolanz, R triste
et d., C t. et ploranz; A' T. i. sambloit estre dolans, yAJ T. i. fu
(A iert) tristes (M' tristres) et p. (AEH pesanz); F pensant
— 61 CGn An, L Len, M'Rk Ainz; M'KRx le c., M cercast len;
A' Ml't chercheroit, AJy Cerchier poist (AJ peust); nC an m. t.,
A tote la t., Jy par t. t. — 62 R Ke; M' ergoillos, E orguil-
leus, M' -uelleus, E -oilleus, L -oelloz; EJKN uolsist, M' uos.
— 63 E Machaons, J Macaon, C Machion; AC fu, J fut; knR
merueillos (E -es) rois — 64 (AJ); M' Mais mout par e. c.;
knR M. il n'estoit gaires (kR mie) cortois — 65 E Le uis; JMRny
reont.

E poi cheveus en mi le front ;
Mout par manaçot richement
E mout ert fel a tote gent.　　　　5250
N'ert pas trop granz ne trop petiz ;
5270　Toz jorz s'endormeit a enviz.
　　　Li reis de Perse fu mout granz
E mout riches e mout poissanz.
Le vis ot gras e lentillos ;　　　　5255
De barbe e de cheveus fu ros.
5275　　Briseïda fu avenant :
Ne fu petite ne trop grant.
Plus esteit bele e bloie e blanche
Que flor de lis ne neif sor branche ;　　5260
Mais les sorcilles li joigneient,
5280　Que auques li mesaveneient.
Beaus ieuz aveit de grant maniere

---

5266 *AN* pou, *e* po; *K* cheuols, *EF* -ox, *N* -os — 67-8 *interv. dans F* — 67 *F* Et ml't par; *M*² menacot, *nABCG* -oit, *e* manecoit; *H* M. se maintenait r.; *G* nan tansant, *N* an tancent, *L* en tencant, *F* en cantant — 68 *GL* iert, *y* fu, *J* fut; *K* fels, *AM*¹ bel, *H* biax — 69 *nEK* Nestoit, *AJM*¹ Ne fu ; *M*² mout g. — 70 *AJRek* Mes (*AMM*¹*R* Et) molt; *AKN* se dormoit; *F* Et si d. ml't — 71 (*M*²*BCIPe* perse), *n* serse, *A*² serxe, *L* Cerse, *G* frise; *N* M. fu li r. de s. g.; *A*¹*R* Li r. pelidri; *F* grant — 72 *N* puiss., *M*¹ puis., *F* puisant, *E* uaillanz — 73 *n* gros, *e* gresle, *A* maigre — 74 *N* ert; *kR* Cheualiers esteit merueillos — *Pour* 5275-88, *AA*¹*A*²*BCDGHJLR sont utilisés* — 75 *MR* iert, *A*¹*BK* ert — 76 *A*¹*BRk* Nert (*MR* Niert) trop, *EH* Ne t.; *C* trop p. ne g., *M*¹ t. petiz ne t. g. — 77 (*A*²*R*); *M* Ml't e. ; *AA*¹*BCDJM*¹*n* b. et blonde (*AJLN* b. bl., *F* bl.) ; *L* et gente; *H* b. bloie bl. — 78 *A*¹*A*²*BCDny* flors ; *A*² despine nest ; *H* de l. nen est; *M*²*K* neis, *A*¹*BEJn* nois, *ACLMM*¹ noif; *L* Qe f. de noif nen est sor lente — 79 *G* ces s., *C* li s.; *A*¹*Dy* Fors que li sorcil (*D* sorciz); *A*¹ iugnoient; *kBR* Mes li sorcil qui li gisoent (*M* ges.), *A*²*C* M. les (*C* ses) sorcilz li aguignoient (*A*² anuioient), *n* M. ses oreilles li nuisoient — 80 *F* Qe a., *BKR* Auquetes, *M* Auques, *DM*¹ Qui j. poi ; *J* des. — 81 *H* Biau uis, *E* Biaute; *A*² Les els ot bels; *M*²*BR* a g.; *EH* men., *F* mainere.

E mout esteit bele parliere.
Mout fu de bon afaitement 5265
E de sage contenement.
5285 Mout fu amee e mout amot,
Mais sis corages li chanjot ;
E si ert el mout vergondose,
Simple e aumosniere e pitose. 5270
De ceus de Grece vos ai dit
5290 Les semblances solonc l'Escrit :
Itant com jo en ai trové,
Vos ai tot dit e reconté ;
Jo n'i ai mis ne plus ne meins. 5275
Or vos dirai des Troïains.
5295 Mout par fu beaus e lons e granz,
Ço dit l'Escriz, li reis Prianz.
Le nes e la boche e le vis
Ot bien estant e bien asis ; 5280
La parole aveit auques basse,
5300 Soëf voiz ot e douce e quasse.

5282 *x* Et m. par ert; *M²* bone, *F* folle — 83 *M²K* buen, *R*
boen, *ABxy* bel ; *A* aournement — 84 *M²* saiue, *R* sauie, *A²* ml't
bel, *M* biau (*v. f.*) — 85 *A* Bien fu a. et bien — 86 *nG* Toz (*G*
Tot) ses c., *L* Tout son corage, *ADJM'* M. c. (*AJM'* -e) trop
(*JM'* tost) — 87 *AA'BCDJRkny* estoit, *A²* ert ele, *M²* iert el ;
*A* uergongneuse, *kR* amorose — 88 *DM'* S. a. ert (*M'* iert),
*AA'BEM²R* S. a. ; *M²* e pietose, *A'* et ml't p. ; *CH* Et s. (*H* rice)
a. et p.; *A²* S. parliere et engignose, *nL* Et de grant maniere
uoisose (*F* ioiose), *G* S. commeniere et v. — 90 *M²* Lur ; (*K*
solonc), *les autres* sel. — 91 *n* uos ai conte — 92 (*JR*) ; *e* V. en ai
d. ; *x* V. ai d. (*G* an di) si com lai troue, *A* V. ai ie t. d. et conte
— 93 *Gn* Se ; *G* ait ; *K* dit ; *M²A* Ni ai aioint, *eCJ* Ni ai apost —
94 *ekJR* Or redirai, *M²* Or u. r.; *M²JMRk* troiens, *E* troyens,
*N* troieins, *F* -ans — 95 (*G*) ; *M* genz ; *eA* li rois prianz ; *L* Fu
beax et lons et genz et g. — 96 *M²A* dist ; *kM'R* lescrit, *M²* li
escriz, *n* lestoire ; *M²GL* reis p., *eA* et lons (*A* l.) et granz — 97
*F* Lo neis et la barbe — 98 *F* assis — 5300 *M²n* Soeue u. e, *K* V.
ot soeue et ; *kR* et basse ; *e* La (*M'* Et) u. soef .j. pou (*E* po) fu
q., *A* Et sa u. estoit .j. p. q.

Mout par esteit bons chevaliers,
E matin manjot volentiers.
Onques nul jor ne s'esmaia,                              *5285*
Ne onques losengier n'ama.

5305    De sa parole ert veritiers
E de jostise dreituriers.
Contes e fables e chançons
E estrumenz e noveaus sons
Oëit : sovent s'i delitot,
5310    E chevaliers mout honorot.                       *5292*
Onques nus reis plus riches dons
Ne sot doner a ses barons.
    Des Troïens li plus hardiz                           *5293*
Esteit Hector, sis ainz nez fiz.                         *5294*
5315    Des Troïens ? Voire del mont,                    *5296*
De ceus qui furent ne qui sont,                          *5295*
Ne qui ja mais jor deivent estre.                        *5297*
Des biens le fist Nature maistre

5301 *A* Et ml't e. ; *K* buens, *M¹* bon, *M²FR* biaus, *N* -ax, *M* biau — 2 *F* En ; *eA* Si manioit m. — 4 *A²* Ne l. o., *H* Ne faus losengeor ; *A* Nonques nul, *eJ* N. fax (*M¹* fox, *J* fex), *M* Nonques ; *n* losange — 5 *N* De bien paller ert costumiers ; *GL* iert ; *L* ueritoz, *A²* ueritables ; *F'* p. uericiers ; *yAJ* De parler fu fins et entiers, *KBR* Molt par (*M* M.) esteit buens (*R* boens) iustisiers — 6 *N* iostisse, *M²e* iustice, *F* -ise, *kBR* parole ; *A²* droiturables, *L* -roz — 8 *M¹* ynstr. ; *M²* noueus — 9 (*B*) ; *R* Oeiet ; *n* et escotoit ; *eAJ* En (*A* A) oir (*M¹* loyr) ml't se d., *M* A o. s. se d., *A²* Oi s. et escolta — 10 *A²* Et bons cheualiers ml't ama — 11-2 m. à *K* — 11 (*BCGJLR*) ; *F* hom, *M¹* hons ; *A* nul roy — 12 (*E* Ne sot), *C* Ne set, *les autres* (et *AGHJL*) Nosa — 13 *R* De — 14 *M¹* Si fu ; *AM¹* son ainsne ; *M²BCRk* E. sans faille (*BMR* S. f. fu, *K* Por ueir e.) h. s. f. — 15-6 *interv. dans F* ; -15-28 m. à *CP* — 16 *N* cals, *E* ces ; *BB³M* et qui — 17 (*IJ*) : *xBI* Et ; *FL* i doiuent (*F* devient) e. ; *ek* doient e., *B* doiuecestre (*sic*) ; *H* m. deuerons n. ; *N* nestre, *G* naitre ; *K* Ne ia m. i. ne d. e. — 18 (*I*) ; *AB³FLM* bons, *M²M* biens ; *EHJL* mestre, *G* maitre ; *H* Fu hector li sire et li m.

E des bontez qu'on puet aveir ;
5320 En lui mostra tot son saveir, 5300
Fors que plus bel le poüst faire.
Mais nus ne set meillor retraire.
Se en lui rien mesaveneit,
Par le bien faire le covreit :
5325 Ço savez bien, haute proëce 5305
Abaisse bien cri de laidece.
Or vos dirai d'Ector la some,
Ja ne l'orreiz mieuz par nul home :
De pris toz homes sormontot,
5330 Mais un sol petit baubeiot. 5310
D'andous les ieuz borgnes esteit,
Mais point ne li mesaveneit.
Chief ot blont e cresp, blanche char,
E si n'aveit cure d'eschar.

---

5319 *M*ᵃ quon, *K* con, *B* com, *MM'* quan, *ER* cuem, *n* quil ; *k* poisse, *BR* puisse, *EH* pot — 20 *nA* m. en l. ; *M*ᵃ monstra ; *BB³Gn* pooir — 21 *EKn* poist, *R* poit, *M* pot, *B³M'* peust — 22 (*H*) ; *M*ᵃ n. nen siet, *E* ne set n., *AB³* nul (*B³* nus) ne sot ; *knR* M. nul m. ne sai (*K* se, *N* sot, *F* puis) r. — 23 *M*ᵃ*BR* riens ; *M*ᵃ*BRk* Sen (*B* Nen) lui ueeir (*M* ueoit, *M*ᵃ ueer) rien mesauint — 24 *JM'N* Por ; *A* son ; *EH* conuenoit ; *M*ᵃ*BRk* li (*MR* le) couint — 25 *eAB³* Car ; *eA* ce sachiez, *B⁸* s. bien ; *kR* qualtre, *B* autre, *A* bone, *B³* boine ; *n* que grant p. — 26 *kBR* A. molt ; *B* cris ; *n* largesce (*dans N*, rg *semblent avoir été grattés et remplacés par* id) — 27 *B³* de tout — 28 *kBR* la m. ne l. ; *E* mialz, *kR* mielz, *M'* miex, *n* mes ; *K* por — 29 *A* pres — 30 *M*ᵃ*KR* balb., *CFM* balbeoit, *M'* baubioit, *B* babilloit, *E* loucheoit, *N* begueoit ; *LM'* M. j. petitet b., *P* M. un petit b., *AB³J* Et un tot (*B³* tout seul) petit baubioit (*J* balboit, *B³* bauboit) — 31 *B³F* Damdous (*B³* -eus), *P* Dambedos (*v. f.*) ; *M* Des .ij. ieulz ; *N* borignes, *MM'P* bornes, *K* boirnes — 32 *B³en* M. ml't pou (*E* po, *B³F* poi) li m. — 33 *AB³M'* blont c. (*A* crepe) et b., *EH* bloi crespe b. (*H* et b.) ; *GL* C. blonc ot c. et b., *C* Le c. ot c. et b. ; *HP* car, *L* chiere ; *kBR* Cheuels (*R*-ox) ot blons recercelez — 34 (*C*) ; *n* Mes il ; *G* de char ; *kBR* Par les espalles esteit lez, *L* Et bien sambloit qe leust fiere.

5335    Cors ot bien fait e forniz membres,          *5315*
        Mais il nes aveit mie tendres;
        Ne puis qu'il vint al grant bosoing,
        Ne que il traist vers lui le soing,          *5318*
        Onques as armes n'ot si dur                  *5321*
5340    En tot le mont ne si seür.
        De sa largece ne fu rien,
        Quar, se li mondes fust toz sien,
        Sil donast tot a bones genz.                 *5325*
        Lui ne durot ors ne argenz,
5345    Ne bons destriers ne palefreiz,
        Ne riches dras ne bons conreiz :
        Sol proëce li remaneit
        E li frans cuers, quil somoneit              *5330*
        De toz jorz faire come ber.

5335-6 *m. à x et sont placés dans* A² *après* -38 — 35 (*PR*); A²C
Granz et pesanz auoit les m.; *A* C. auoit gent; *yAB³J* m. f. —
36 (*C*); *A²BMR* Et si; *R* ne; *K* M. ne les a.; *yAB³J* Et si me
dit (*H* dist) bien (*B³* raconte) li escriz — 37-8 *à* yAB³CJP —
37 *K* Kar, *BMR* Car, *L* Qe, *M* Que, *R* Ki; *N* a; *tous les mss.*
bes. — 38 *M²* Ne qui; *nA²G* Not onques de maluestie (*G* maluai-
tie) s., *BRk* Ne se uolt (*R* uoet) mie traire loing (*R* en l.), *puis
ces 2 v.* : Darmes porter et nuit et ior Unc (*M* Onc, *BR* Ainz)
nama repos (*R* repox) ne seior — 39 *yAB³J* Conques, *MR* Non-
ques; *B³HJRk* a a.; *A²C* Ainc plus bataillez (*A²* ont) ne plus dur
— 40 (*HJ*); *A²C* Not en (*C* a) troie ne plus s. — 41-62 *m. à
CP* — 41 *F* ne fust, *kA²R* nesteit; *yAB³J* Ne fu de sa l.;
*M²AA²B³JLRky* riens, *N* huens (*mot en blanc dans F*) — 42
*K* si (*forme ordinaire*); *A²* estoit s.; *M²AA²B³Rky* siens, *L*
soens, *N* buens — 43 *B³MNRy* Sel; *A²B³JKen* d. il, *H* d.
tost; *A* Sil le d.; *B³en* as; *Rk* bone gent — 44 *F* durast, *A* don-
noit; *M²* Ne li d.; *F* or; *kBR* Ne (*BR* Nan) retenist or ne argent
— 45 *kBR* Ne bon destrier ne palefrei; *H* Ne bons ceuaus —
46 *kBR* Ne riche drap (*K* ator) ne bel conrei — 47 *N* ramenoit,
*F* rau., *M* remenoit — 48 *HJM'R* le franc cuer, *B³* li bons
cuers; *A* quel, *M* qui; (*M²H* som.), *ABB³JMe* sem., *R* serm.,
*K* sarm.; *n* que il auoit — 49 (*HJ*); *A²* tos biens, *x* tot bien; *A*
De f. ↑. i.; *M²* bons, *P* buens; *xA²* bers; *kBR* T. i. de largement
doner.

5350 Puis qu'il n'aveit a armes per,
   Ne n'eüst nul de sa largece,
   De tant valeit mieuz sa proëce.
   De corteisie par fu teus     *5335*
   Que cil de Troie e l'oz des Greus
5355 Envers lui furent dreit vilain :
   Onc plus corteis ne manja pain.
   De sen e de bele mesure
   Sormontot tote creature,    *5340*
   N'onques por joie ne por ire
5360 Ne fu menez jusqu'al mesdire
   Ne a sorfait n'a nule faille :
   Ja mais n'iert cors d'ome quil vaille. *5344*
   De vis, de boche e de menton

5350 (*AH*); *K* Plus; *J* as; *M¹* Onques as a. not son p., *E* El
mont nauoit darmes s. p., *A²FG* En tot le monde nestoit ses (*G*
ces) pers (*A²* ne fu p.), *N* El m. n. pas s. p., *M²P* P. que li pris
de toz iert suens — 51-2 *m. à A²* — 51 *R* Nan aust, *H* Ni auoit,
*K* Neust il; *E* Non auoit il, *M²* Nen esteit nus; *MR* a la, *BK* a
sa; *AB³* Ne neust ia nul de l. (*B³* larguece), *J* Nel uainquist ia
nus de l., *M¹* Ja nel u. nul de proesce, *n* Ne de bonte ne de l.
— 52 *AB³Rk* Dont (*R* Dun, *k* Donc) sereit (*AB³K* esteit, *H* fu
trop) bele (*K* bone) la (*B³H* sa) proece (*A* la bele p.), *eJ* Ml't (*E*
Trop) par (*J* por) ert (*J* fut) bele sa proesce (*JM¹* largesce), *n* Ne
de ualor ne de proece — 53 *M²AA²B³Rky* Sa c.; *L* refu; *M²*
tiels, *L* tielz, *B³M¹* tiex — 54 *M²R* losz, *B³* lost, *Akny* cil; *R* de ;
*M²* gries, *AB³M¹* griex — 55 *E* Auers; *Aen* tuit, *B* trop, *B³H*
tot — 56 *k* Ainz, *EN* Einz, *M²HR* Ainc, *F* Anc; *AM¹K* menia,
*B³* menga; *AB³* P. c. ne m. de p. — 57-8 *interv. dans M* — 57
*n* de raison de m.; *K* De grant s. et de grant m.; *M²B³MM¹R*
sens — 58 *eAB³* Estoit sor — 59 *B³Fe* Onques, *BMR* Car onc (*R*
ainc, *B* ains); *A* p. perte; *K* Kar por i. ne p. grant i. — 60
*AB³KM¹N* iusqua, *B* dusqua, *E* desqua, *R* trosqual; *A* deserte
— 61-2 *m. à A²* — 61 *AB³En* forfait; *BMR* Na tort fait ne a;
*Kn* Na nul fors fet (*n* forfet) — 62 (*BR*); *M²* c. d. niert, *LN* ne
nestra hom; *L* qel u.; *F* ne n. qi li u., *AB³e* nul (*B³* nus, *e* hom)
ne (*A* nen) n. qui (*B³E* quel) u. — 63-4 *m. à kBR* — 63 (*H*); *J*
boiche, *E* nes; *A* b. de m.; *A²C* Barbe auoit assez el m.

E de cors ot gente façon;

5365    Bruns chevaliers ert de visage.    *5345*

Le cuer ot franc e douz e sage :

Tant par esteit de riche cuer,

Qu'il ne deïst a nesun fuer

Parole laide ne vilaine.

5370    Onc ne nasqui hom de sa peine;    *5350*

D'armes porter ne del sofrir,

Ne de faire tot son plaisir,

Ne vit onques nus hom meillor,

E mout amot pris e honor.

5375    Onques nus hom de mere nez    *5355*

Ne fu en vile tant amez

Com cil de Troie lui amoënt,

Petit et grant, qui i estoënt.

Douz e pius ert as citeiains,

5380    E contre amor n'ert pas vilains.    *5360*

---

5364 (*HJ*); *M²B³JRy* bele; *M²* faicon, *P* fazon; *A²C* Mais molt ert (*A²* M. estoit) de g. f. — 65 *AB³Jy* fu; *A²* Brune color ot; *A²CN* el, *F* por — 66 (*CL*); *Aen* d. et f.; *B³* Et le c. ot et f.; *M* F. ot le c. ; *A²* Et ml't le tenoit on a s. — 67-72 *m. à AB³* — 67 (*A²CP*); *n* Et si (*F* trop) par e. de bon (*F* franc) c. — 68 (*C*); *M²P* Si, *F* Ne; *M²* desist; *M²KR* negun; *P* a nuls esfouer; *Me* Que il (*e* Et si) ne d. a nul f. — 69 e L. p. — 70 *K* Unc, *CR* Ainc, *F* Anc, *E* Einz, *M²* Nainz; *R* rien, *M* nul; *C* nus ne fu de si gran† p.; *P aj. 2 v.* : Nonqes por iou ne por mesdire (*sic*) Ne fu menez iusqa mesdire — 71 *n* Darnes; *enK* de; *C* tenir — 72 (*CP*); *y* Qui mialz an feist s. p., *kR* Ne del suen a trestoz offrir — 73 *C* Ne puet len mais trouer m., *A²* Ml't auoit en soi grant ualor — 74 *BCRk* Molt par a., *B³e* Por (*E* Par) ce auoit (*M¹* a. il) — 76 (*BCPR*); *A²* de sa gent; *Ae* plus a. — 77 *F* li; *ACRek* tuit lamoient — 78 (*BCGLP*); *M²* Peti; *R* ki, *M²* q. la, *n* qi lors; *yA* tuit (*H* tot) lenoroient; *A²* Et son plaisir del tot faisoient 79-80 *m. à MN* — 79 *M¹* piex, *G* pis, *L* pilz; *A* D. piteus iert; *R* fu, *L* est; *M²L* citeiens, *E* citeains, *G* -iains, *F* -aains; *C* contra citoiains — 80 (*ACG*); *nL* Encontre; *K* amors; *R* Contra a. ne fu p. uilaiens, *e* Et damer nestoit p. u.

Toz autreteus ert Helenus,
E sis frere Deïphebus,
Come Prianz lor pere esteit.
Entre eus dessemblance n'aveit
5385 De cors, de forme, fors d'aage          *5365*
E fors de cuer e de corage.
Des formes erent mout semblanz,
Mais divers erent de talanz.
Forz esteit mout Deïphebus,
5390 E de grant sen ert Helenus,              *5370*
Sages poëtes, bons devins :
Des choses diseit bien les fins.
   Troïlus fu beaus a merveille ;
Chiere ot riant, face vermeille,
5395 Cler vis apert, le front plenier :       *5375*
Mout covint bien a chevalier.
Cheveus ot blonz, mout avenanz

---

5381 *AFRk* Tot; *AM* autretel; *eR* fu; *F* elenus — 82 *M²ARk* freres; *M¹* son frere; *KLM'N* dey. — 83 *F* son p.; *kR* Com lor peres p. e. — 84 *F* des., *A* diss., *k* difference — 86 *k* de sens; *A* Et f. que de diuers c. — 87 (*L*); *M²* Lor, *C* En; *e* De forme furent; *F* dun; *enCM* semblant; *A* F. mes m. erent s. — 88 *A* Et ; *e* furent; *An* lor talant, *eCM* de t. — 89 *kLN* dey. — 90 *M²MM'R* sens; *L* De g. sauoir; *LR* fu h. — 91 *M²* Saiue poete e; *CR* Saiues p. buens (*C* boens) d.; *F* diu.; *eA* Sage home (*M¹* hons) i ot et, *k* En lui aueit molt; *M²ek* bon deuin — 92 (*CLR*); *E* sauoit b.; *k* De maintes choses (*M* De mainte chose) dist; *M²ek* la fin — *Pour 5393-5446, AA¹A²BDHJL sont utilisés; CR ont une rédaction spéciale (voy. aux Notes) en 12 vers, qui, sauf les 2 premiers, sont aussi dans A², où les deux rédactions sont combinées* — 93 *M'N* Troylus, *M²* Troillus; *B* ert; *J* bels; *EFH* meruoille — 94 *n* C. r., *H* Els a rians; *EFH* uermoille — 95-6 m. à *A²* — 95 *M²* espert, *n* auoit; *D* planier; *H* C. f. a. le uis p. — 96 *A¹* Ce; *B* conuint, *DJM'* auint (*J* auient); *AEFH* M. i auoit bon (*H* bel, *A* biau, *F* franc) c., *M* M. estoit bon c. — 97 (*J*); *B* Ceuiaus, *K* Cheuels, *M* -euz, *EHn* -ox (*de même ordinairement, sauf avis contraire*); *H* a; *M²D* blois; *AJkny* et a. (*F* auinant), *A* et reluisans.

E par nature reluisanz,
Ieuz vairs e pleins de gaieté :
5400   Onc ne fu rien de lor beauté.          *5380*
Tant come il ert en bon talent,
Par esguardot si doucement,
Que deliz ert de lui veeir;
Mais une rien vos di por veir,
5405   Qu'il ert envers ses enemis          *5385*
D'autre semblant e d'autre vis.
Haut ot le nes e par mesure :
Bien sist as armes sa faiture.
Boche ot bien faite e beaus les denz,
5410   Plus blans qu'ivoires ne argenz;          *5390*
Menton quarré, lonc col e dreit,
Tel come as armes coveneit;
Les espaules mout bien seanz,
A val traitices descendanz;

5398 *F* reluisant; *A* Et sis nez iert ml't auenanz, *A²* P. n. ml't
a. — 99 *H* Els, *A²* Eols, *B* Iex, *A* Oeux; *M²* ot u. p.; *DM'Kn*
uers, *E* ueirs, *J* uars; *H* Els a. p.; *J* Et iels u. ot p. de gaate
— 5400 *A²BH* Ainc, *F* Anc, *EN* Einz, *M²A* Ainz; (*A'M* rien),
*M²ABDJKy* riens, *n* nus, *A²* hon; *M²AA'A²BEHkn* sa b.; *AA²*
r. (*A²* hon) ne fu — 1 *DM'* comme, *les autres* com; *A* fu, *J* est;
*AK* de bon (*K* buen) — 2 *J* Por; *N* tant d. — 3 *E* daintiez;
*J* est; *M'* li — 4 *M²AJM'* riens; *M* M. ce u. di ie bien; *M²* par,
*JM'* de — 5 *AA'DJy* estoit uers — 6 *An* auis — 7-8 *m.* à *A.*— 7
*A²* ujs; *J* mes p., *B* mis p. — 8 *A²* fist; *J* a a.; *M'N* par f., *J* sa
forcheure; *kA'B* Car (*A'* Que) por a. lo fist nature — 9 *A* Barbe,
*J* Forche; *H* a; *enA* et beles (*M'* bele) d., *K* et blanches d., *B* et
blans les d., *M* et biax d., *A* et bele dant — 10 *M²AA'A²J*
P. blans (*A'* blanc) quivoire, *DM'* P. que yuoires (*M'* -e); *B* Et p.
quiuoires; *DEH* ne quargenz; *K* Que nest iuoire ou argent; *nJ*
P. blanches; *n* que nois; *A'* ne ariant, *J* nargent — 11 *AN* carre,
*F* charre; *n* col l. — 12 *Bk* a a.; *N* conu., *M* esconu.; *A²* *donne*
*ensuite les v.* 5417-8 — 13 *K* espalles; *AA'A²DM'* ot, *H* a; *K*
ben saanz, *A'* auenanz — 14 *A'N* trestices; *F* traites et descen-
dant.

5415    Le piz formé desoz les laz,       *5395*
         Bien faites mains e beaus les braz.
         Bien fu tailliez par la ceinture ;
         Mout li sist bien sa vesteüre;
         Endreit les hanches fu pleniers,
5420    A merveille ert beaus chevaliers.       *5400*
         Jambes ot dreites, vous les piez,
         Trestoz les membres bien tailliez ;
         E ot mout large aforcheüre,
         Si fu de mout bele estature.
5425    Granz ert, mais bien li coveneit       *5405*
         O la taille, que bone aveit.
         Jo ne cuit or si vaillant home
         Ait jusque la ou terre asome,
         Qui tant aint joie ne deduit,
5430    Ne meins die qu'a autre enuit,       *5410*

5415-6 *et* 19-20 *m. à* $A^2$ — 15 *L* p. corue, *A* pie fourni; *k* Les
flans formez (*K* forniz); $M^2$ de sus, *n* de sor ; *L* et ot biax br. —
16 *AJy* B. f. les m. (*J* L. m. b. f.) et les br.; $M^2$ bien, *B* lons;
*M* et b. br. — 17-8 *interv. dans L* — 17 $A^2$ Grailles estoit; *BF*
por — 18 *Fk* fist; $FM^1$ la; *L* fautreure — 19 *J* enches, *N* iames,
*F* iaines, *K* ianbes; $A^1BD$ plan. — 20 $AA^1BJky$ Merueilles (*N*
-e) fu, *n* Molt par estoit; *E* bons, *J* bels, *M* biau; *D* Mont resem-
bla bien c. — 21 $A^2HJ$ Gambes; *A* uols, $DKM^1$ uox, *H* uax, *JN*
uoz, $A^1$ uos, *B* wax, *F* uoutiz (*v. f.*); *M* et biau p., $A^2$ uoltiz p.
— 22 $A^2$ T. ses; $AA^1DJy$ Touz les m. ot (*H* a), *B* Meruelles
estoit — 23-6 *m. à* $A^2$ — 23 *n* m. bele, $M^2$ bien b., *k* b. large; *A*
enf., *J* forcheure — 24 *n* Et; *N* esteure, $M^2$ stature — 25 *J* Grantz
fut, *k* Grant iert (*M* fu); *A* et b.; *H* auenoit, *F* douenoit — 26
$AA^1BDJny$ A; $AA^1DHM^1$ forme, *EJ* force; *H* que il a., *EJ* que
grant a. — *Pour* 27-30, *A donne ces 2 v. :* Darmes et de cheua-
lerie Apres hector ot seingnorie — 27 *K* quit, *M* sai; *F* ot;
$A^2$ nul si bien fait h.; *DJy* Ne c. queust; $A^1$ Ne c. quil aussi plus
bel h. — 28 *BN* Eniusque, $M^2$ Entre que, $A^2$ Entre ci, $A^2DJy$ De
ci (*y* si) que ($M^1$ ques); *K* lusque la ou la t. ass., *M* En nulle
terre cest la somme — 29-30 *interv. dans DIJy* — 29 *BFJ* ait, *N*
oit; $A^1$ Q. plus, *H* Ne p. — 30 $A^2BDJy$ Qui; $M^2$ meinz d., *M* mes-
die; $M^2A^1Bk$ qui (*B* que) trop, $A^2$ qaltrui, *EH* qauutrui; $A^1$
esnuit.

Ne qui tant ait riche corage,
Ne tant coveit pris ne barnage.
Ne fu sorfaiz ne outrajos,
Mais liez e gais e amoros.
5435   Bien fu amez e bien ama,                      *5415*
E maint grant fais en endura.
Bachelers ert e jovenceaus,
De ceus de Troie li plus beaus
E li plus proz, fors que sis frere
5440   Hector, qui fu dreiz emperere                 *5420*
E dreiz sire d'armes portanz :
Bien nos en est Daires guaranz.
Flor fu cil de chevalerie,
E cist l'en tint mout bien frarie ;
5445   Bien fu sis frere de proëce,
De corteisie e de largece.                          *5426*
       Paris esteit lons e deugiez

5431-2 *m. à A*⁰ — 31 *A* Car trop auoit; *AA'DJy* hardi c.; *H*
Ne t. a. h. le c. — 32 *eD* Ne plus; *n* Ne qui tant ait (*N* oit), *A*
Ml't couuoitoit; *M'J* de b., *AFHK* et b. — 33 *M'* forfeiz, *M* -aiz,
*K* -ez; *A'EJK* oltr.; *F'* sorfait ne astragos — 34 *A'* iais; *M'* l.
ioios; *A'* a ici les *v. 3-6 de la rédaction CR* — 36 *A'* grief f., *Bk*
Maint pesant (*M* Mes pesanz) f. en e., *F* Et m. p. f. e.,*yADJ* Et
m. (*J* meinz) f. damor (*AE* damors) e., *A* Et m. g. aan dura; *A'*
a ici les *v. 7-8 de CR* — 37 *AM'* Bacheler, *B* Baceles; *J* est; *A'*
iouencels — 38 *F* cez, *EH* ces, *J* cest; *k* bials, *A'* bels — 39 *k*
prouz, *EHM* preuz, *AA'J* preus, *A'* forz; *A* cist, *M'A'A'BDEHn*
ses, *MM'* son; *EHJK* freres — 40 *EH* Hectors — 41-4 *réduits à*
*2 v. dans A :* Darmes et de cheualerie Ot il toute la seingnorie
— 41 *M* droit; *M'A'BDJKy* sires — 42 *N* uos; — *Au lieu de*
*43-6, A'* donne les *v. 9-12 de CR* — 43 *M'A'BDEHJk* flors,
*n* Forz,*M'* Fort; *M'A'Bk* Quil (*M'* Quar,*M* Qui) fu f. (*M'* f. fu)
— 44 *M'A'BDJky* cil; *n* li; *J* freirie, *M'* frairie — 45 *MM'* son,
*A'BDEHJn* ses freres (*n* frere); *A* Troilus de toute; *AEN* proesce
— 46 *HM'* c. de; *A* Fu son frere; *Ay* largesce — 47-8 *Bk* don-
nent 4 v. différents :* P. e. de tel (*M* grant) biaute Conques en
nule reialte Plus bel de lui ne couint querre Mes enbrons ert
(*B* fu) un poi uers terre — 47 *A* e. biaus; *nCL* ert (*L* fu) l. et
deliez (*C* dougiez), *e* estoit l. d., *H* fu bien l. et d.

E mout par ert isneaus des piez.

Les cheveus aveit blois e sors,                    *5431*

5450   Plus reluisanz que n'est fins ors.

Sages esteit e vertuos

E d'empire mout coveitos,

Seignorie mout desirot.                            *5435*

Bien faite chiere e beaus ieuz ot.

5455   Traire saveit merveilles bien,

Si sot de bois sor tote rien :

Hardiz e proz e combatanz,

De ses armes bien aïdanz.                           *5440*

Mout ot en lui bon chevalier

5460   E bien se sot d'arc aïdier.

Eneas fu gros e petiz,                              *5441*

Sages e en faiz e en diz.

Mout saveit bien autre areisnier

E son pro querre e porchacier.

5465   Merveilles esteit beaus parliers                *5445*

---

5448 *CF* estoit, *LR* p. fu ; *M²F* isneus, *yA* Legiers et toz (*A* tost) alanz ; *CJRe* de p. — 49 *C* cheuoiz, *M* cheueulz, *En* -ox ; *NR* blons, *AA²Je* lons ; *A²* ot et ; *kB* C. a. (*B* ot blons) crespes et s. — 5o *n* nert ; *kB* Et r. p. q. f. o. — 51 *F* ert ml't, *M²* e forz, *R* fu fort ; *M'J* escienteus — 53-4 interv. *dans CEH* — 53 (*BR*); *nyJ* coueitot, *A* bien amot — 54 *AJy* braz ot ; *n* Belle c. biax iauz auoit — 55 *B* sor toute rien — 56 *M* Bons archiez; *B* du bos meruelle bien — 57 *CM'* Hardi ; *M²K* prouz; *CM'* conbatant, *M* conbant — 58 *M²BCKR* Fu de, *n* Ert de, *A* Et de ; *M²BKN* et a., *R* et uaillanç, *C* aidant, *A* aidanz ; *yJ* De s. a. ml't bien a. (*M'* aidant, *E* eidanz), *M* Fu de son cors et aidant — 59-6o *m. à K* et sont interv. *dans AJy* — 59 *M'* *Ln* Et mout; *R* biau kiualer, *B* bel ch.; *A* Car ml't estoit biax ch. — 6o (*B*); *M* Et b. se sauoit darc a.; *F* sestoit, *R* se soit ; *M²L* b. d. a., *n* d. b. a.; *A* Ml't estoit biax m. estoit fiers, *C* Et darc se sot ml't b. a., *yJ* D. se sauoit m. b. a. — 61 *K* ert ; *n* gras — 62 *R* Saies, *C* Sagens; *M²* Saiues en f. s.; *eA* Et s. en f., *M* S. en f. (*v. f.*) — 63 *kn* home a.; *e* Biau s. la gent a.; *M²* araisnier, *ACNe* aresn., *F* arasner, *L* arrenier — 64 *M²AKRn* prou, *eM* preu; *AR* faire — 65 *F* biax e p.; *A* A merueille e. biau p.

E en causes dreiz conseilliers.
Mout aveit en lui sapiënce,
Force e vertu e reverence.
Les ieuz ot vairs, le vis joios ;
5470    De barbe e de cheveus fu ros.        5450
Mout ot engin, mout ot veisdie,
E mout coveita manantie.
    Antenor fu grailes e lons,
Mout ot paroles e sermons.
5475    Cointe home i ot e veiziié,        5455
Viste a cheval e viste a pié.
Sages esteit e emparlez,
Del rei de Troie mout amez.
Sovent joglot ses compaignons,
5480    Quant il i trovot acheisons.        5460
    Un fil aveit, Polidamas,
Dont li Livres ne se taist pas.
Quar merveilles esteit preisiez

5466 *GMR* cause, *A²* conseil, *n* consauz ; *Rk* dolç c., *GL* droit conseillier, *F* bon conseilier, *A²* bons conseilliers ; *eA* Et de bone foi c., *M²* E en plait douz e c. — 67 *kM¹* li — 68 *R* segurance — 69 *M²* neirs, *R* uars, *kAM¹N* uers, *F* biax ; *E* Le uis ot bel les ialz i. — 70 *M²* b. de ; *N* cheuols — 71-2 *placés dans x après* -96 — 71 (*C*) ; *R* anging ; *E* ueidie, *A* uoidie ; *kB* Molt par esteit pleins de proece — 72 (*C*) ; *R* manacie, *G* menantie, *Ay* seignorie ; *kB* Et molt par coueitot (*M* uouloit los et) richece — 73 *L* Athenor ; *E* gresles, *M¹* grelles — 74 *K* sot ; *M¹* sarm. — 75 (*AHJ*) ; *C* Si ot c. h. et u., *M²R* Mout le teneient a ueizie (*R* uecieç), *x* Ne ueistes plus anuoisie (*G* uecie, *L* uezie), *A²* En lui ot home ml't prisie, *k* Vesiez esteit molt et sages — 76 *A* Preus ; *R* pieç ; *CG* c. uiste (*G* -es) a p. ; *M²* A c. uistes e a p. ; *A²* Fors a c. et fors a pie, *k* Et molt saueit de toz langages — 77 *k* Cointes — 78 (*GL*) ; *M²* esteit a. ; *k* D. r. priant ert (*M* fu) molt priuez — 79 *R* iugot, *K* iugeit, *M* iugoit, *P* gaboit ; *enAJL* Bien desiugloit (*M¹* -glot, *J* -giot, *L* desiougloit) — 80 (*LP*) ; *F* li ; *M²R* achaisons, *M¹* -esons, *AK* -oisons, *M* acois. — 81 *M²* fiz, *KM¹* filz — 82 *EF* Don ; *A* li escris, *n* lestoire — 83-4 *interv. dans F* — 83 *M²* Qua, *F* Qe a, *ekANR* Car, *L* Qui.

E beaus e genz e enseigniez,
5485 Graisles e dreiz e brun le vis,      5465
De bons afaitemenz apris,
Forz e hardiz e defensables
E en toz estoveirs metables.
Nus de son cors plus ne valeit,
5490 Larges e douz e frans esteit.      5470
Point n'esteit feinz, poi ert iros,
Mais as armes ert vertuos.
     Li reis Mennon fu genz e granz,
E chevaliers mout avenanz ;
5495 Si ert, ço conte li Escriz,      5475
Par les espaules bien forniz,
O un dur piz, o uns forz braz,
O un chief cresp e aubornaz,
O un lonc vis, o un traitiz,
5500 O uns gros ieuz e tres hardiz ;      5480
Poi enveisiez, poi emparlez

---

5484 (R); kA Et biax et prouz, F Sages et p. — 85 n Grailles,
Ek Gresles, A Grelles, M¹ Greles ; k et lons; Ae sot bel le — 86
k buens; R faitemens; n bon afaitemant — 87 M²NRek desf.
(forme ordinaire) — 88 A t. besoins bien m., e trestoz b. m. ; F
meceables — 89-90 interv. dans Ae — 89 M Nulz — 90 Ak L.
et f. et d. ; R prouç e. — 91 (A); k Nestoit pas f. (M fel); R
feignç p. fu i., n fel ne point i. — 92 M²K O (K A) a. esteit u.,
ARe Darmes e. (Ae Et as a.) molt u., M As a. ert cheualereuz
— 93 (A); FM¹ menon, E mannons; R fu gros; F fu forz et
genz, N R. m. fu ml't f. et ianz — 94 A Et de membres; R prous
et uaillanç — 95 AM¹R Si fu ; E Si con reconte — 96 M²k espal-
les, n -ailes ; M²R toz f. — 97-8 m. à A — 97 en A... a; F a un
dur b.; R durs, e gros; H Le pis auoit g. et f. b., k P. (M Ml't)
auoit d. et f. les b. — 98 M²n A ; M²ny crespe ; y Le c. ot (H a)
c.; e m. à L; M enb., E anb., H amb., F ambonaz; N c. a
iauz borignaz — 99 n A... a ; R O un blanc u. et l. et t., yA Le
(AE .j.) u. auoit l. et t., k Et ot l. u. (M u. l.) brun (M bron) et
t. — 5500 (A); n A, A Et; y Et les i. g., k Les i. roonz; H trop
ert h. ; M² ardiz — 1 n Pou anuoisiez et amp.

E as armes desmesurez.
Rien ne dotot, rien ne cremeit,
E par tot bien li aveneit.
5505   Maint dur estor rendi e prist :                  *5485*
Merveillos fu, merveilles fist.
Sa grant proëce e si grant fait
Seront a toz jorz mais retrait.
       D'Ecuba ne vueil mie taire
5510   Ce que Daires en voust retraire :               *5490*
Ensi aveit non la reïne,
Mout esteit de bone dotrine.
Grant fu assez e bele adès,
De cors semblot home a bien près :
5515   N'aveit pas femenin talant                       *5495*
Ne corage ne tant ne quant.
Juste ert e pie e dreituriere,
E sage dame e aumosniere.
       Andromacha fu bele e gente,
5520   E plus blanche que n'est flor d'ente.            *5500*

---

5502 *AR* Darmes fu (*A* Et d.) molt d., *ek* As a. m. (*k* ert) d. —
3 *Aen* cremoit r. ne dotoit; *k* Riens; *K* rien ne d. — 4 *M²* biens;
*e* len — 5-8 *m. à E*; 5-6 *interv. dans AHJM¹* — 5 *N* rendie;
*H* Ensi come daire lescrit — 6 *n* M. ert; *H* merueille; *F* dist —
8 *K* mes a t. i. — 9 *M²* Hecuba; *An* ne me ueil pas t. — 10
*F* uost, *M¹NRk* uolt, *H* ualt; *A* Ce q. dist d. en ueil r. — 11
*N* raine — 12 (*A*); *M²* Qui m. iert, *R* Et si fu; *k* Si esteit de
molt franche orine; *N* fiere d.; *les sept mss* doctr. — 13 *M²EKn*
Granz; *n* Ml't estoit b. et g. a. — 14 (*AH*); *EJ* Del; *n* resamble
h.; *k* Et resenbloit — 15 *Ak* feminin, *e* famelin, *F* femenil — 17
*A* I. piteuse et; *M²HM¹* l. pie (*H* piue, *M¹* pure) iert (*H* ert),
*EJF* I. (Jote) et piue (*J* pie, *F* simple) ert (*J* est) ; *R* I. et p. et de
bon aire; *M¹* et osmoniere — 18 *K* Et simple, *F* Et ioie, *N* Et
bone; *F* aumon., *M¹* droituriere; *R* Et bien sauoit amosne faire
— 19 *M¹* Andromaca; *N* iante; *k* gresle et blanche — 20 *eA* P. b.
q. n. f. (*A* la fleur) en lente; *M²Rn* flors; *N* dante; *k* P. q. n. la
neis sur (*M* noif nest sor) la branche.

Blois fu sis chiés e vair si ueil;
Franche ert e simple senz orgueil;
Le col aveit de lonc espace.
En li n'ot rien que bien n'estace;
5525 En son cors ne en sa semblance,                    5505
N'aveit un point de mesestance.
Legerie ne fol semblant
N'aveit en li ne tant ne quant.
Cassandra fu de tel grandor
5530 Que ne pot estre de meillor.                    5510
Rose ot la chiere e lentillose.
Merveilles ert esciëntose:
Des arz e des segreiz devins
Saveit les somes e les fins;
5535 De la chose que aveneit                    5515
Diseit tot quant qu'il en sereit.
Les ieuz ot clers e reluisanz.

---

5521 N Blonz, EFK Blons; N B. ot les crins, F B. fu ses c.,
MM¹ Blont (M Blanc) fu son chief; N et uers les iauz; M² bloi,
AEF bel, M² biau, K uer; M²KR oill, FM oil, A oeil, E huel,
M¹ eul — 22 N Blanche, F Belle; A F. courtoise, e Et f. et s.;
M²Rk F. et s. (M² F. s.) sans nuil ergoill (M orguoil) (K et sanz
orguil); Ae orguel, F orgoil, N orguiauz — 23 eA Blanc c. a. et
bien estant — 24 n An li na; n qi; F i desplace; eA Not r. (M¹
riens) en li (A en lui r.) mesauenant, k Bele fu de cors et de face
— 26 (B); A il p.; M¹ meset., M messe-, F mesche- — 27-8 m
à AB — 27 n Lecherie ne tant ne quant; M Legiere (te sur la
ligne de 2ᵉ main), M² Niert legiere, R Laide chiere — 28 K lie,
M lui; n ne fol samblant — 29 F Cas. fu de cel — 30 MM¹ Quel,
F Qi; FR puet; E Ne pooit; A Q. ne pooit auoir m. — 31 FMM¹
Rouse, KN Rosse; E R. c. ot — 32 M²R Mais m. iert (R A m.
fu) scientose, n M. ml't par ert e., A Merueille fu e., M¹ Et fu m.
e., E Et meruoilles e. — 33 M de; R segrois, M¹ -es, M -ez, AF
secrez, N -oiz, M² respons — 34 (A); F termes — 35 eA De c.
quauenir deuoit (M¹ deust) — 36 (R); A q. que il; kB esteit;
E quan quil an esteroit; M¹ Vos d. t. q. quil en fust — 37-8 m
à A — 37 M² oillz, M ieulz; n auenanz.

Tome I.                    19

Toz ert divers li suens semblanz,
E sis estres e sis pensez
5540 Ert d'autres femmes devisez.                     *5520*
De la beauté Polixenain
Vos porreit l'om parler en vain :
Ne porreit pas estre descrite,
Ne par mei ne par autre dite.
5545 Haute ert e graile e longe e droite,          *5525*
Par les flans deugiee e estreite ;
Le chief ot bloi, les cheveus lons,
Qui li passoënt les talons ;
Les ieuz clers, vairs e amoros,
5550 Les sorciz deugiez ambedous ;             *5530*
La face blanche, cler le vis,
Plus que rose ne flor de lis.
Mout aveit de gente façon
Le nes, la boche e le menton.
5555 Le col aveit auques longuel ;             *5535*

---

5538 (*B*); *MM¹* Tot, *R* Molt ; *eR* fu ; *K* D. esteit ; *M²* les s.,
*M¹* le suen, *M* li sien ; *M¹N* talenz — 39 *n* Et ses pooirs ; *A* S. e.
telz et sis penssers — 40 *AR* Fu ; *A* dautre dame ; *e* Des a. fames ;
*M²* desseurez, *F* diu. — 41 *M²* biautie (*forme ordinaire*), *A* bele ;
*M¹* Polixenein, *HM* -an — 42 *K* len, *HMM¹* on, *En* an ; *ky* con-
ter — 43 *k* mie ; *F* dite — 44 *N* autrui d., *F* scripte — 45 *F* et g.
et granz et d., *CGL* et grans (*L* grant) et graisle et d. ; *n* graille,
*M²C* graisle, *E* gresle, *L* greile, *M¹* grelle, *A* grasse ; *M²AM¹k*
e blanche g. (*M¹* et g., *A* grasse, *k* bele), *E* et g. et b. ; *R* Grans
fu et bl. et longe, *A²* L. ert et bl. crasse — 46 *M²A* deugee, *E*
dolgiee, *K*-ie, *CM* dougie, *N* deliee, *R* douge, *A²* graille ; *F* delies
e.; *A²M¹* Et par l. f. iert bien (*A²* graille et) e., *C* P. l. f. d. et e. —
47 (*L*) ; *R* blou, *M* bloy, *F* blois, *AN* blont, *M¹* bai — 48 *M²* Quil,
*R* Ke ; *L* batoient aus t., *Ae* uienent iusquas (*A* -au, *M¹* -a) t. — 49
*k* Ielz c. et u.; *eA* ot u. c. a., *n* ot c. et a. ; *R* uerç, *K* uers, *E* ueirs
— 50 *M²* sorcilz, *EN* -ix, *M¹* -is ; *kR* dougie, *E* dolgiez, *n* grailles,
*M¹* grelles ; *N* amedox — 51 *A* La f. ot b., *M¹* Les sorcis blans ;
*M²AM¹* e c.; *k* F. uermeille et blanc lo u. — 52 *k* Si come ; *R* rosa ;
*n* flors ; *F* P. ert blance que — 53 *R* estoit ; *Aen* bele f. — 54 *k*
Les ielz ; *F* barbe — 55-8 *m. à A* — 55 *R* longes ; *M²* e lonc e bel.

Gent s'afublot de son mantel.
N'ot pas espaules encroëes:
N'erent trop corbes ne trop lees.
Plus li blancheot la peitrine
5560 Que flor de lis ne flor d'espine. *5540*
Lons braz aveit e blanches mains,
Les deiz traitiz, deugiez e plains.
Onc pucele ne fu meins fole.
Le cuer ot douz e la parole
5565 E bel semblant e bon corage. *5545*
Onc fille a rei ne fu plus sage,
Ne plus large ne plus corteise :
D'afaitement ne de proëise
Ne de beauté ne de valor
5570 N'aveit mieuz guarnie en l'onor. *5550*
Se la beauté de l'autre gent
Fust trestote en un solement,
Si somes nos de ço certain,

5556 *kn* Bien; *R* mantels — 57 *FK* espalles ; *n* ancrotees —
58 *MM'* Nierent; *n* N. t. longues — 59 *E* blanchoie, *R* blanieoit;
*k* Plus (*M* Trop) auoit blanche, *A* Son col sa chiere et sa p. —
60 *knE* flors... flors; *A* Blanchoiot plus q. f. d., *M* Plus q. fleur
de liz ne de sp;.; *KR* ne (*R* ni) daube espine — 61 *M* Lonc; *n* doiz;
*k* beles — 62 *n* braiz, *GL* braz, *M²R* denz; *M²CR* curez, *A²*
bien fais, *GJKL* dolgiez, *C* dougiez, *H* delgiez ; *K* L. d. gresles, *eM*
Et les (*M* Les) doiz lons, *B* L. d. ot l.; *BM'k* gresles et p. ; *A* L.
d. deugiez et lons et p. — 63 *C* Ainc, *AEn* Ainz ; *K* pulceJe;
*M²* meinz — 64 *N* cuert — 65 *FKM'R* biau ; *M'* biau c., *A* franc
c. — 66 *AEFK* Ainz, *CH* Ainc ; *F* au r.; *Ak* pucele ; *R* ne ui ;
*M* si s. — 67 *A* Ne p. bele ; *R* ni — 68 *K* Dafetemenz; *M²EK* et
de ; *A* richoise — 69 *AF* bonte — 70 (*AJ*); *M²Rk* Ne nasqui onc
riens (*R* conkes, *M* meilleur); *R* a nul ior, *n* Ne de proece ne
denor — 71 *A²* de tote g. — 72 (*A*) ; *E* F. an .j. trestot s., *A²* F. en
une tant s.; *M²JRk* F. tote; *M²* a un tot, *K* en un don (*M* lun
donc), *R* en un dels — 73-4 *interv. dans Any* — 73 *BM* Si s.
bien; *CR* Sin (*C* Sen) s. nos trestot (*R* -tuit), *A²* Si soies bien
trestot, *AJy* De ce somes n. tot (*EJ* tuit) (*M'* s. tres bien) ; *n* De
ce nus hom ne dote ia (*F* no dotera).

      Plus en ot en Polixenain :

5575    Plus bele ert e mieuz enseigniee       *5555*

      E de totes la plus preisiee.

        Autre gent ot a Troie assez,

      Riches, sages e renomez,

      Dont n'est ci faite mencion

5580    Ne recontee lor façon :

      El Livre n'en truis plus escrit,

      Ne de nul Daires plus n'en dit.       *5562*

## DÉNOMBREMENT DES NAVIRES.

      Vait s'en ivers, estez repaire,       *5569*

      E li termes de cest afaire,

5585    Qui ne pot mais guaires targier.

      Trestuit, ainz la fin de fevrier,

      Furent li Grezeis assemblé

      A Athenes la grant cité.

      Quant qu'il porent de gent aveir       *5575*

---

5574 *Bk* Quen eust p., *CR* Ke p. neust (*C* en ot), *AJy* Sen
(*H* Sin) ot p. en ; *C* poll. ; *n* Sen auoit (*F* Si nauoit) p. polixena
— 75 *R* b. ni m. ; *NR* miauz, *EF* -alz, *M'* -ex, *C* meuz; *k* P.
esteit b. et e. — 76 *KM'R* la mielz, *C* le meuz ; *M* De t. et la m.
— 77 *eK* Autres genz, *F* A. gent — 78 *k* Prouz et corteis ; *E*
enorez — 79 *Aen* D. ci n. f. ; *K* na (*M* nai) ci ; *R* faites ; *M*²*ARen*
mencions — 80 *R* Ni ; *n* rac. ; *AKy* la, *F* les, *M*²*R* lur ; *M*²*R* fai-
cons, *Aen* facons, *H* raison — 81 (*BC*); *M'* Ou, *AH* Quel ; *M* ne
t. p. en e. — 82 (*B*) ; *M*² E ; *K* dares, *C* daire ; *M*² ne d. ; *R* dist;
*AJny* Ne d. p. ne nos en d. — *Bk aj. 6 vers (voy. aux* Notes) —
83 *A* Va ; *N* yuers, *E* yuerz, *ALM'* yuer — 84 *e* Que; *JKM'*
cel — 85 *Ek* puet ; *k* longues ; *A*² Quil ne pooit plus atorgier,
*eJL* Ne pot (*EL* puet) m. g. delaier (*J* desl., *L* atargier) ; *n* Ne
pooit m. ; *R* tarier, *F* tarder, *Nk* -ier — 86 *M*² Ainz que fust;
*G* ainz le mois, *L* en la f. ; *yAA*²*J* A. (*E* Einz) quan (*H* con)
eust (*A*² ueist) (*A* Ainsi com fust) passe f., *Bk* Avant que trespas-
sast f. (*K* genuier); *M*²*FR* feurer ; *C* del f. — 89-90 *interv. dans*
*EH* — 89 *EH* Com (*H* Ne) p. plus.

5590    Ne par force ne par poëir,
       Par gré ne par autre maniere,
       Par somonse ne par preiere,
       A Athenes fu assemblee :
       Onques si grant ne fu jostee,      *5580*
5595    Ne ja si grant n'iert mais oïe.
       Aprestee fu la navie.
       Lor nes i orent ajostees
       Tuit li riche home des contrees,
       Bien aprestees, ços plevis,      *5585*
5600    Contre lor morteus enemis.
         Ne vos en cuit de rien mentir :
       De Miceines i fist venir
       Agamennon cent nes guarnies,
       D'omes e d'armes replenies.      *5590*
5605      De Parte en i ot Menelaus
       Seisante, pleines de vassaus.
       E de Boëce e de l'onor,
       Entre Archelaus e Prothenor,
       En i orent cinquante beles,      *5595*
5610    Trestotes fresches e noveles.

---

5590 *R* Ni... ni ; *J* por p., *H* p. auoir — 91 *yJ* De g. ; *M²Je* o p. — 92 (*BR*); *R* ni ; *n* Ne par force ne, *yJ* Ou p. s. ou ; *tous les mss.* sem. — 93 *M²Ke* lasenblee — 94 *M²* granz — 95 *MR* Ni a ; *M²* granz ; *kM¹* nert — 97 *nM* Les ; *n* ierent ; *M* assemblees, *K* amenees — 98 *M²* Li r. h., *R* Tuit li plus r., *k* Li r. baron, *nL* Toutes les riches ; *G* Et t. l. r. c. — 99 *R* cous, *M²N* iel, *F* gel uos ; *ek* Bien garnies gel uos p., *eJ* B. g. ce mest auis — 5600 *eJ* Com (*J* Come) encontre l. a. ; *M²Jen* an. — *Pour les v.* 5601-5702, *AA²BCGHJLPR sont utilisés, surtout pour les noms propres; A¹DI seulement pour les cas importants* — 1 *M²k* quit, *En* quier — 2 *GMN* miscenes, *R* minecees, *les autres* micenes (*cf.* 28546) — 3 *FPR* Agamenon, *E* Agamannons — 4 *M¹* De gent; *M* Et de uitaille — 5 (*JL*); *A* perte, *M²N* parce, *FGP* parthe, *CH* parche ; *A* en rot — 6 *K* Quarante, (*M²F* Seis.), *P* Sex. — 7 *EJn* De; *P* bore, *B* boeche — 8 (*A*); *G* archillax; *M²M* protenor — 9 *M¹* .xl. — 10 *M* Toutez.

Ascalaphus e Almenus —
Li uns ert cuens, li autre dus —
En orent trente a lor partie
De la terre d'Orcomenie.

5615    Epistrophus e Scedius
En orent cinquante, e non plus,      *5602*
Bien guarnies, jol vos plevis,      *5604*
De la terre de Phocidis.      *5603*

    Telamonius Aïaus      *5605*
5620    I vint tres bien come vassaus :
Cinquante en ot en la marine,
Qu'ot fait venir de Salemine.
Teücer ot a compaignon
E Amphimac e Dorion,      *5610*

5611 *GMR* Aschalaphus, *D* -opus, *HK* -afus, *B* Eschalaphus,
*I* -ophus, *F* Ascalerphus, *M²E* Ascalofus, *JM'P* -ophus, *A'N*
-aphus, *A²* -afos, *C* Et scalophus, *A* Et philosus, *L* Escayphez ; *N*
alermus, *F* -nius, *M²AA²CDGHR* alignus, *BLk* alinus, *A'* alynus,
*E* alingnus, *J* chelidus (*cf. 7259. 12136 et 12662*) — 12 *yAR*
fu c. (*H* rois) ; *M²Bk* Luns esteit c. ; *M²EHMNR* li autres,
*K* et laltre ; *P* Lun si ert conte e lautre d. — 13 *BC* en l. — 14
*M²M'* dorcomonie, *P* -anie, *M* dorcemenie — 15 *M²R* Epistro-
fus, *E* -oppus, *A* Epystrofus, *L* -phus, *H* Epitropus, *G* Ephi-
trophus, *M'* -tophus, *F* E Ristrophus, *kB* Reis epistroz (*B* -os, *M*
epystroz) ; *AF* cedius, *B* chedius, *DJ* chelidus (*les v. 5611 et
5615 sont réunis en un dans J* (Ascalophus et chelidus), *5612-4
manquent*), *M'CPR* celidus, *EH* celinus, *G* scelidus — 16 *xM'* C.
en orent (*F* auoient) ; *M²* c. non p. ; *EHJM* et ne p., *A* et p. —
17-8 *interv. dans BPk, m. à H* — 17 *M²B* iel, *K* gel, *M* ic,
*AJPen* ce — 18 *P* De la cite ; *M²* fochidis, *R* facidis, *BCGJLky*
focidis, *n* roscidis, *P* Phoodis ; *A* Con encontre lor anemis —
5619-24 *sont placés dans F après 5694* — 19 *M²ABGLNPRky*
Thel., *F* -omon (*les autres inconnus*) ; *M²* aiaux, *Fek* aiax, *A*
ayaus, *BGN* ayax — 20 *kB* molt b., *F* b. ; *yAJ* I est uenuz — 21
*xG* sor — 22 *F* Qa, *B* Cot ; *F* Salam. — 23 *A* Teuser, *JKn*
Theucer, *M'* -cher ; *M²* Teucrum i ot — 24 *MM'* anph., *M²EHKP*
anf., *B* amphimacus (*v. f.*), *R* anfimacus (*v. f.* ; *le sigle = us a
été ajouté d'une autre main*), *J* emphimac, *A* asimac, *FP* amphi-
mas, *G* -ast.

5625 Polixenart e Theseüs :
 Li plus povre fu cuens o dus.
  De Pile en i aveit oitante
 Li vieuz Nestor, totes a cante ;
 Cinquante en i aveit Thoas
5630 De la cité de Tolias ;       *5616*
 Hunerius, quarante e treis
 De la terre d'Essimiëis.
  Trente e set en ot li vassaus    *5617*
 Oïleïus Aïaus

5625 (*LNRk*); *M²* Polixenarz, *G* -ars, *P* -ar, *BDE* -at, *M'*
-ain, *C* Pollisenart, *HJ* Pol., *F* Polycenaus, *A* polizenaux;
*C* thesiphus, *R* thesy-, *M²ABDGKy* theseus, *M* teseuz — 26
*M²ABCEJkn* poures; *M²F* iert, *BNPk* ert; *M* quens, *M* reis
— 27-48 m. à F — 27 *M²JLMPR* pise, *CN* pyse; *A* amenoit,
*H* amena; *DJMNy* huitante, *ACP* cinquante; *J* Huit. en i a. de
pise — 28 *M²P* uiez, *kLR* uielz, *J* uiels, *N* uiauz; *L* nector en ot
quarante; *yD* Qui bien iront; *N* qante, *P* quante, *R* conte,
*G* cente; *M²* tot acraante, *BCk* sin ot (*BM* sen rot) .l., *J* tot a
deuise, *AH* se uens (*A* uent) lor uente, *eD* sil (*DE* sel) nont tor-
mente — 29 (*J*); *A²* en rauoit, *CP* en a., *R* en riauoit; *kB* Tot par
(*BM* a) conte li rois (*K* uielz) t.; *M²M* toas — 3o *A²BCEJLNPR*
tholias, *M'* thoilas, *D* choylas, *H* colias; *A²* donne 3 v. : Od
blanches uoiles od hals mas De la c. de th. Bien garni darmes
et de dras — 31-2 m. à k — 31 (*M²G* Hunerius), *J* Heunerius, *CIP*
Un., *N* Humeritus, *L* Hym., *A'R* Nerius, *A²* Nennius ot; *A²G*
.liij., *N* .lx. et trois, *M²P* q. t.; *eA'* Nereus (*A'* -ius, *M'* Merion) en
ot (*A'* rot) .xxxiij., *A* Neptus en i ot .xx. et trois — 32 *AA'GILNPR*
De la cite, *C* De c.; *M²* de simoeis, *N* deximiois, *A²IM'* dox., *A'*
docc., *G* des ymiois, *C* des imeois, *EH* dociminois, *P* de ximios,
*R* de xunoiois, *J* de sinnois, *A* dermionois (cf. 8235. 9493 et
9811) — 33 *M²R* T. s., *L* T. sis, *P* Trente siet, *G* .xxxiij.;
*M²CP* en aueit, *JMR* en i ot; *kB* archelax, *M²* toaus, *R* thoaus,
*J* taphus, *CP* oaus; *GLN* pleines de uasax; *AA'y* Seizante (*Ae*
Soisante et) set (*H* .lvij.) en ot capus (*A* caphus, *e* taphus), *A²*
Et .xxxiij. j ot itals — 34 *R* Oleius, *BM* Oileus, *K* Oeleus, *G*
Oyleus, *L* Ot yleus, *N* Oyllieus, *C* Oilenius; *GL* et a.; *A'EN*
ayax, *A* -aus, *kHM'* aiax, *M²B* e aiaus; *AA'Jy* Et a. olieus (*H*
olineus, *J* olienus), *P* De la cite de toliaus, *A²* Dans oleus et rois
a., *AA'* Et a. (*A'* oyleus) et elenus.

5635    De Logres, sa terre demeine :  
    N'i aveit celi ne fust pleine       *5620*  
    D'omes, d'armes e de vitaille,  
    Toz volenteïs de bataille.  
       Trente en aduist de Caledoine,  
5640    Senz escondit e senz essoine,  
    Philitoas e Antipus :       *5625*  
    Li uns fu reis, li autre dus.  
       Idomeneus e Merion  
    De Crete e de la region  
5645    En i amenerent oitante,  
    Beles e granz, totes a cante.       *5630*  
       D'Achaie, granz e forz adès,

---

5635-6 *interv. dans A* — 35 *R* longres, *C* longre, *JP* logre, *M* legre; *M¹* De lur grex, *eA* Des grex (*AM¹* griex) de, *H* Des nes de, *LN* En ot de, *G* Orent de; *ekABG* lor t., *AR* la t. — 36 *M* nule, *M²* celi, *les autres* cele — 37 *C* armes, *R* armeç; e *m. à M* — 38 *M²CNPRk* Tuit; *M²N* uolenteif, *KP* -erif, *J* -eris, *R* -erus, *CM* -if; *B* Et tous uolentieus; *A* Qui ml't couuoitent la b. — 39 *R* aduit, *C* auist, *P* condust; *N* T. mauduiz, *M* T. a conduit, *A¹* Quarante en rot, *yAJ* .lx. en ot; *M²A¹BCDGJLNPk* calced., *E* calcid., *M¹* carced., *H* carsid., *A²* calid. — 40 (*AA¹H*); *A²EKNP* contredit; *JP* essoigne — 41 *ky* Fil., *CDL* Filithoas, *BN* Ph., *J* Filoth., *R* Philoth., *G* -toas, *A* Philisteas; (*K* antipus), *M²AA¹A²CGHLR* santipus, *N* santh., *E* sanct., *M* rant., *B* xaint., *P* xantipus, *J* -ippus, *M¹* gandipus — 42 (*CGL*); *A¹* fu coens, *k* ert quens, *B* ert rois; *JN* li autres, *AA¹K* et lautre; *M²A²Py* Li plus poures (*A²M¹* poure) ert (*HM¹* fu, *M²* iert) r. (*M¹* quens, *P* cuens) ou d.; *R* Tuit li p. poure fu uns . — 43 *A²* Yd., *M²K* Idomenex, *GJNP* Yd., *L* Ydomenox, *R* Ipomenex, *C* -es, *M* Diomenez, *B* -aus, *M¹* Dominius, *A¹EH* Domerius, *A* Armerius; *A²* merions, *J* smerion, *G* dorion — 44 (*M²A²BGLk* crete), *AA¹JNRy* grece, *CP* terre; *A²C* lor; *A²* regions — 45 *A¹MNy* huitante, *A* voitante, *CP* cinquante; *A²* Quatre uins nez i a. — 46 *C* an; *M²CP* quante, *GN* qante, *R* conte; *Bk* Et si en (*M* Et sen i) ramena (*B* raduistrent) l., *A¹Jy* Boines (*JM¹* Bones) et forz contre tormente, *A²* Dunt li griu ml't les mercierent — 47 *A¹* Daquaie, *les autres* De trace; *N* et g.; *A²* .l. g.; *A* en i ot ulixes.

En i ot cinquante Ulixès.
   Emelius en i ot dis,
5650 De la contree de Pigris.
   De la terre e de la contree
Que Pilaca est apelee         *5636*
En ot cinquante Potarcaus,     *5637*
E il e danz Proteselaus.       *5639*
5655    Danz Machaon, danz Polidri,   *5641*
Qui furent fil Escolapi,
En i aduistrent trente e dous
De la terre de Tricios.
   De Phice, que de mer est près,
5660 En i ot cinquante Achillès.       *5646*

---

5648 $A^1$ .lx.; *k* Co mest auis danz (*M* dant) u., *A* .l. grans et
fors ades, $A^2$ En j ot de trace u. — 49 $M^2$ Emeleus, *eGJ* Heme-
lius, $A^2$ Hom., *H* Nem., *A* Eumenius; i *m. à P*; *R* oit dois — 5o
$M^2$ Del encontree; (*CPR* pigris), *A* pergris, $M^2$ trigris, $A^2JMy$
tigris, *BDGKLN* tygris — 5i *C* De t.; *A* t. de — 5a *P* Qe;
$M^1$ pilace, *AJ* pilarce, *E* -che, *B* pill., $M^2GR$ pilarca, *nL*
-cha, *CP* -ga, *H* -ge, *k* palarche; *JKy* esteit, *N* ert, *AR* fu
— 53 ($M^2$); *ABDGLRky* portacus, *N* -chus, $A^2J$ potarcus,
*CP* portarchus, *F* -agaus; *kB aj.* De la terre de iotarus — 54
*ACJPxy* Il, *R* Lui; $AM^1$ dant, *R* dan; (*R* prot.), $M^2ABGJNy$
proth., *k* protheselax, *L* -us, *F* protexelaus, *C* prothesilaus, *P*
prothis.; *kB aj.* : Qui molt esteit riches uassax — 55 (*CL*); *E* D.
macaon, *ADe* M. et, *H* Melinus et; *A* quens; *Bk* pelidri, $FM^1$
polidi, *EJ* -isdri, *A* -igri, *R* -idrin, *G* palidi, *D* polydri — 56
$M^2R$ fill, *AJPky* filz; *C* eschalopi, *GNP* esca-, *R* -lopin, *F* -poli,
*A* -losi (s *longue*), *EH* escalofi, $M^2KM^1$ -pi, *J* escaloliphi, *LM*
acalopi, *B* ascalapi, *D* aschalopin — 57 *R* adiustrent, *A* condui-
sent, *P* acondustrent (*v. f.*), $M^1$ auoient, *Cx* iosterent; *Jk* En
amenerent; $M^2CFP$ t. d. (*C* deus), *E* .xxij., *K* t. tex, *M* t. et
.iij., *G* .xxiij. — 58 *A* des, *les autres* de: *F* treciox, *G* -eus, *k* -ex,
*N* traciox, *H* -ous, $A^2$ -os, *AD* -eus, $EM^1$ -ex, *R* tricions, *J* -eex,
*CP* triceus, *B* crecious — 59 ($M^2P$ phice), *AR* fice, *BM* fici,
$A^2$ pice, *G* scise, *DJy* frise, *N* cypre, *F* cite, *L* crece; *k* de lie
(*M* li); *F* ert — 6o *R* En oit; *FL* En ot .lx.; *CGMP* .xl.; *kBCF*
*aj.* : Totes pleines de cheualiers Et de uitaille et de destriers
(*F* deniers).

De Rode, une isle desor mer,     *5649*
En fist dis pleines amener
Telepolus, uns riches reis,
Qui mout ert amez de Grezeis,
5665    Euripilus d'Orcomenie,
Uns reis de mout grant seignorie,
En ot cinquante bien guarnies,     *5655*
Bien chargiees e bien emplies.
D'Elide, une terre sauvage,
5670   En ot o sei onze al rivage
Danz Antipus e Amphimaus :
N'en ert a dire tref ne maus.     *5660*
Si com la Letre me devise,

5661-2 *interv. dans n, m. à L* — 61 *M²* rodes, *P* Tode, *F* tote,
*E* rosdon, *HJ* -un, *M¹* rodon, *A* nisdon; *J* en lisle; *M²ADy* une
isle sor (*M¹* sus) m.; *M* desus, *B* desour, *K* sor la — 62 *N* Sen f.
— 63-4 *m. à G* — 63 *A²* Th., *C* Telopolus, *R* Th., *M²J* Teo-,
*L* Neo-, *k* Leo-, *B* -pilus, *F* Leuri-, *HM¹* Theophilus, *D* -phy-
lus, *E* Tepolius, *P* Thelopodus, *N* eurialus — 64 *F* m. a.e.,
*J* a. fu m.; *M²* iert, *ARJy* fu; *k* ame; *M²FK* des; *CP* Q. m.
fu (*P* ert) sages et cortois — 65 *B* Er., *M¹* Euriphilus, *D* Eury-,
*H* Erupilus, *A²* Auri-, *M* Orupilus, *C* -illus, *A* Eutiplus, *L*
Pyripilus, *F* Fir., *N* Fil.; *M²* dorcomonie, *C* -inie, *GL* -enie,
*A²* darcomon., *M¹* de cormon., *les autres* dorcomenie — 66 *M*
.j. roy, *K* Fu reis; *A²* Qui ml't auoit g. s. — 67 *K* .l. en ot tres
b. g. — 68 *M²* chauchees, *M¹* charcies, *J* charchies; *BRk* Et b.
garnies (*kR* chargies) et e. — 69 *G* De lyde, *LP* De lide, *F* De
lice, *A²* De libe — 70 *G* Auoit; *N* En ont o aux; *B* o lui .x.;
*P* unze; *yM* En i orent .xj. (*EM* .x.), *K* En o. quatorze; *A* En
o. .xx. a cel r., *F* En ot .xv. anz el r. — 71 (*M²R* antipus), *P*
santiphus, *C* -pus, *BM* xant., *K* zant., *LN* anthipus, *F* antip (*cf.*
8275); (*R* amphimaus),*M²G* amphimas, *BM* -ac, *A²* -as, *CP* -ast,
*K* anfimas, *M²N* anphimaz, *F* anpismaz, *L* -ast; *AJy* Sanctipus
(*A* Sant., *M¹* Antipus, *H* -ippus, *J* Anth.) et anfimacus (*M¹* anph.);
*A²* Bien garnies danz a. — 72 *P* Ne; *G* ot, *CPR* fu; *M²BKR*
tres, *N* trez, *G* nef, *P* oref; *M²* masz, *n* maz, *CG* mast, *B* mac;
*A²* Ainc ni failli uoile ne mas, *AJy* .ij. (*A* Des) meillors rois ne
sauoit nus — 73 *M²* la terre, *AGPRy* lestoire, *C* listorie; *AMny*
nos, *A²* le; *FP* diu.

Seisante en i ot de Larise
5675 Polibetès e Leontins,
Qui esteient germains cosins.
Diomedès e Sthelenus     *5665*
E li beaus Eürialus
I aduistrent oitante barges
5680 De la cité, de l'onor d'Arges.
De la terre de Melibee,
Que donc n'ert guaires habitee,     *5670*
En i ot set Philotetès,
Qui mout esteit fel e engrès.
5685   Uns reis de Cipe Cuneüs
Onze en i ot e neient plus.
Cinquante en i ot de Manese —     *5675*

5674 (*M²* Seis.), *FP* Sex., *Ay* .L.; *EJ* i ont, *n* oit, *M¹* orent
— 75 (*A*); *M¹* Poliueres, *L* -zestes, *G* -thenes; *AI* leoncins, *M²*
leucin, *A¹* leuchins, *K* leurcins, *M* leuercins, *M¹* -sins, *EJ*
-cin, *G* -ci, *B* -cus, *C* lerucin, *D* livestins, *LN* lauertin, *F* auertin,
*R* liueçin, *P* Barcin *H* elyocin (*cf.* *8280*) — 76 *M¹* Q. estoit son, *A¹*
Ses tint on a; *M²BJRny* germain, *P* -an; *CEHJLPRx* cosin, *M²*
coisin — 77 *N* Dyom.; *M²AEGJMR* stelenus, *P* -inus, *A* ste-
nelus, *K* thenelus, *BDHM¹* thelenus, *C* stellenus, *L* scelenus, *F*
celinus — 78 (*M²B* E li b.), *JPRny* Et li tres b.; *yJ* eurualus;
*A* Et li courtois antyalus — 79 (*R*); *M¹* aduitrent, *Gn* iosterent,
*P* acondustrent (*v.f.*); *L* Aiost., *ABEHk* Amenerent; *G* huitante,
*AJPy* .l., *A¹* iiij. ⁱ⁺., *nB* .lxxx. — 80 *M²ABHM¹* terre de, *EPRk* t.
et de; *n* da; *B* lamor; *C* Et la t. et de leneor; *A¹* aj.: Dunt sire
estoit rois adrastus Cui fille auoit dans tydeus — 81 *L* mil., *C*
millebee, *G* mer libee — 82 (*P*); *R* Ke; *M²* doncs, *B* dont, *Rn*
lors; *Jy* Qui nestoit g.; *M²N* abitee — 83 *P* sex, *B* .viij.;
*M²A²CDJPRy* polibetes, *B* polli-, *k* politenes, *GN* leothctes, *L*
leoestes, *F* liotedes (*corr.*; *cf.* *8288 G*) — 84 *K* fels — 85
*AA²CEHM¹k* cipre, *M²JR* chipre, *P* Chirpe, *B* chipe; *K* .j. dux
de cipirncus, *M* Un roy deci peuncus, *EH* Uns forz r. de c. e.,
*x* Uns riches r. e.; *B* imeus, *A¹* nennius, *P* cimeus, *DM¹* eume-
nus, *EH* em., *A* euminus, *M²CGJLNR* cuncus, *F* euueus (*cf.*
*8293 et 8296*) — 86 *kB* .x.; *M²* En i ot o.; *EP* neant, *K* naient,
*J* neent, *M* ni- — 87 (*A²P*); *A* rot; *R* manaise (*2ᵉ main*), *FG* -eise,
*LN* -esse, *A* marese, *BCM* menese, *K* themese; *M²* en i aueit
de mese.

N'en i aveit nule remese —
Prothoïlus, quin esteit sire,
5690    Riches, poissanz de grant empire.
    Agapenor de Capadie
En rot cinquante en la navie,    *5680*
E de Pise en i ot Crenos
Trestot par conte vint e dous.
5695        Menesteüs, li dus d'Athenes
En i aveit cinquante teles,
Forz e guarnies des meillors.    *5685*
    Ço dit e conte li autors,
Quarante e nuef furent par non,

---

5688 *B* remesse, *N* maluesse, *FG* mauuaise, *L* -ese — 89 (*AF* Prothoilus), *LN* Prothoy-, *M²BEH* Protoi-, *D* Proito-, *C* Protroillus, *J* Prothroilus, *P* Protr., *M'* Pour troilus; *Ak* Patroclus qui en; (*A²B* quin), *M²P* en, *DEL* qui en, *JM'* quen, *H* qui; *E* ert s. — 90 *BC* Riche et poissant (*C* puisas), *FG* R. et mananz (*G* men.`,` *N* Riches m., *A²* Fors et puis., *AEH* Forz et puissanz, *M'* Fort et puisant, *P* R. puis., *R* Rois puisanç et — 91-2 m. à *Dy* et sont placés dans *A* après *5718* — 91 (*ACJRP*); *M* Acapador, *B* -edor, *K* Et capedor, *F* agapedon; *n* da; *x* gapedie, — 92 *xJK* ot; *J* sa n. — 93 (*kB* Et de), *les autres* De; *EH* pile, *BM* prise, *les autres* pise; *FGKL* en ot, *AIJ* en auoit; (Crenos *corr.*), *M²I* creneous, *A²* -eos, *K* -eus, *B* -us, *CP* crineous, *J* croenex, *A'* cenedeus, *D* tenedeus, *E* -ex, *A* -us, *M'* -iex, *H* menedous, *n* epineis, *L* epyoneus, *G* -ex, *M* de nez — 94 *A'* Trestote, *A²* Totes, *M²A²k* a (*A²* par) nonbre, *HJ* p. contre, *A'* a conte, *P* a uoire; *B* Par droit de nonbre; *BJ* .xxxij., *M* .x. et ij., *H* .xxx et dous; *nG* Tot p. c. .xxij. (*N* .xix.) neis (*G* nez), *L* Ce mest uis conte .xxij. — 95-6 m. à *DM'* — 95 *B* meneius; *AEIJ* d. (*I* datainnes) dus — 96 *C* Et; *M* En a.; *KP* quarante; *A'* pleines, *A²H* plaines (*les autres* teles); *A'* En i amena .xv. p.; *AE* En i ot c. et ne (*A* c. ne) plus, *IJ* En eut carante (*J* ot .l.) et nient (*J* neant) p. — 97 *A²* Grans; *H* Des mius g., *A* F. et darmes et; *R* de m. — 98 *BH* dist; *A* Ce nous raconte, *DM'* Si con reconte; *Pk* auctors, *A* -ours, *EH* actors, *DM'J* auteurs — 99 (*corr.*); *M²* Seisante n., *PR* Sex. et noef (*R* nof), *FLN* .lx. ix., *K* .lx. et nof, *J* .lix., *EH* .liij., *DM'* .l. et .iij.; *F* nons; *R* a nonbre.

5700   Tuit riche rei e fort baron,
       Qui mil e cent nes amenerent
       E trente : a itant les nombrerent.      *5690*

ACHILLE A DELPHES ; CALCHAS PASSE DU CÔTÉ DES GRECS,
       SACRIFICE A DIANE.

       Ensi com vos poëz oïr,
       De verité e senz mentir,
5705   Fu a Athenes l'assemblee :
       Ja mais si grant n'iert ajostee.
       Cil qui tant ert sages e proz      *5695*
       E qui la cure aveit sor toz —
       Ço ert Agamennon li reis —
5710   Manda les princes des Grezeis,     *5698*
       Les dus e toz les chevetaignes    *5701*
       Fors de la cit en unes plaignes :
       Mout i ot riche parlement,
       Quar mout i ot de haute gent.

5700 (*P*); *B* grant b., *N* haut b.; *F* barons; *R* Per les troiens
a confondre — 1 *R* .iij. c. (*correction*); *P* nef — 2 (*ADJ*); *P* Et
treinte, *E* Et .xx.; *R* Et qatre atant (*corr.; le rubricateur a mis
en marge les différents chiffres pour contrôler l'addition; voy.
aux* Notes); *P* conterent, *BHk* esmerent — 3 *k* Issi, *EM'* Einsi —
4 *BMn* Por, *K* Par — 6 *K* nen i. si g., *H* ne sera teus; *k* iostee
— 7 *Re* fu; *R* sauie; *M²R* prouz (*forme ordinaire*) — 8 *M* Qui;
*M²* de t.; *M* Et qui la mestrie ot — 9 *Re* Ce fu, *n* Ce estoit; *E*
agamennons, *FM'* -enon — 10 (*CR*); *M²e* M. toz (*e* T. m.) les
p. g., *J* T. les p. m. g.; *kB développe en* 3 v. : Qui molt ert
sages et corteis A sei manda toz ses (*K* les) barons Et (*K* Par)
un et un (*M* uns) les a semons — 11 *y* Contes et d. et, *k* Et reis
et d. et; *A* Et c. et d. et chastaignes; *M²NR* cheuetaines, *M'*
-eines, *E* -enes, *H* cieuetaines ; *J* Les rois les c. les demeines —
12 *EH* Hors; (*EJ* cit), *M'* cist; *M²C* F. la cite, *n* F. de la cite (*N*
lice), *Ak* Hors (*k* Fors) de la uile ; *M²* e u. ; *M²AHM'NR* plai-
nes, *E* plenes — 14 (*AR*); *enK* riche g.

5715   La ont conté lor chevaliers,                        5705
       Qu'en a chascuns e quanz miliers;
       Mais tant en i aveit venu
       Qu'a peines pot estre seü.                          5708
         Agamennon lor prist a dire :                      5713
5720   « Sire », fait il, « riche concire
       « Avez josté en ceste place.
         « Trop pesant fais prent e embrace
         « Qui vers vos s'aatist de guerre;
         « Petit aime sei e sa terre.
5725   « Tel cent en vei, al mien espeir,
       « Dont cil qui a menor poëir                         5720
       « Devreit bien par force achever
       « Ço que nos a fait assembler.
         « Li laiz e la honte est mout grant,
5730   « Que nos a fait li fiz Priant :
       « Meü somes por la venjance,                         5725
       « Quar ne volons que reparlance
       « Ne vilanie ne hontages

5715 *B* La sont; *k* La conta len les (*K* de) c.; *F* contez, *R* content; *M'* cil c. — 16 (*AR*); *Bk* Et esme (*k* esma) a .iij. (*k* set) .c. m. — 17 *Bk* Tant par; *R* en i fu aune; *N* ueu — 18 *C* paine, *ER* poines; *M'J* -es, *M'J* -es; *n* Qil ne pooit; *M*²*CR* puet; *R* conte; *kB* Qua grant merucille lont (*K* fu) tenu; *kB* aj. *4 v.*; *voy. aux* Notes — 19 *E* Agamennons, *F* -enon; *M* le — 20 *E* trop grant, *JM'* ml't g.; *MM'* concile — 21 *k* Auons; *R* conduit — 22 *en* Molt — 23 *F* Qe; *ek* nos; *R* saatis, *EK* sahatist, *n* san hatist (*F* hastit) — 25 (*J*); *An* Tel; *n* mil; *H* en ai; *HMR* a; *R* min — 26 (*A*); *kn* Que; *n* q. (*F* que) moins a de p.; *M*²*CR* C. q. en a meindre (*CR* a le menor) p.; *M* porroient amenoir; *M'* peoir; *HJ* Tot (*J* Toz) cil q. ont (*J* a); *H* mains de p. — 27 *n* D. tot p. (*F* por sa) f.; *M* Deuroient b.; *n* achiuer, *M*² achatier — 28 *M'MN* qui; *EHJ* cuns, *R* ke; *F* uos — 29-30 *m. à x.* — 29 *k* La h. et li lez; *CER* granz, *JMM'* grans; *yJ* Veez le let la h. e. g. — 30 *M*²*CR* li filz, *EM* li reis, *M'* le roi; *E* prianz, *M* -ans; *K* le rei priant — 32 *H* Que; *M*² nos; *eJ* deparl., *H* reprouance, *BK* la (*B* ia) uiltance, *M* ia nentance — 33 (*A*); *N* uilenie; *Bek* hontage, *R* ontages.

« Seit reprochiez a noz lignages.
5735 « Onc ne firent nostre ancessor
« Rien que nos tort a deshonor, *5730*
« Ne nos ne redevons sofrir
« Noz heirs abaissier ne honir.
« La seignorie e la noblece *5731*
5740 « Qu'a Grece eü e la hautece
« Ne deit pas endreit nos baissier,
« Anceis devreit mout essaucier ;
« Quar tant somes d'une acordance *5735*
« E tant vait loinz nostre poissance
5745 « Qu'il n'est nus reis qui faire osast
« Chose vers nos que nos pesast,
« Ne mais que ceste gent honie,
« Qui mar virent lor grant folie. *5740*
« Bien pert que mauvés conseil ont,
5750 « Quar tuit sevent cil qui vif sont

---

5734 *N* reprocee ; *M¹* -chie, *M²AFKM¹* -chie ; *M³Bk* nostre lignage, *FR* n. lignages, *M¹* a no lignage — 35 *BH* Ainc, *AE* Ainz ; *M³K* anceisor, *M* -iseur — 36 (*BC*) ; *A* Riens ; *F* uos tornt, *Ky* tornast — 37-8 *Bk* Ne r. (*k* porrions) soufrir ne faire Cose (*M* Ch., *K* Riens) con puist (*k* quen poist) en mal retraire (-36-7 *m. à l'édition*) — 37 *R* Ne ne r. ; *C* le deuous, *E* deuons pas — 38 *A* cors ; *C* laidengier — 39 (*B*) ; *enAC* et la (*e* la) hautesce (*C* largece) — 40 *n* Qan g. auez, *e* Que g. tient, *C* Qua en g., *k* Que g. a oi ; *enAC* et la noblesce (*N* richece) ; *B* Que gresse a et la grant n., *R* [Qu] a enue (*sic*) et la h. — 41 *BM* d. ia ; *C* enuers uos baisier ; *n* uos ; *FR* abaissier (*F*-sier) (*v. f.*) ; *Ae* par nos a. — 42 *M¹* eissaucier, *k* eshalcier ; *eA* Ainz la deuons (*M¹* deuez) ; *k* A. deit leuer et e., *B* A. deuroit par nos e. — 43 *R* tantes, *E* tans, *n* tuit — 44 *M³FM* ua ; *M¹* loig, *les autres* loing — 45 *AE* Qui ; *M¹* nul rois, *M³* mes r., *k* m. hom, *M* m. nul, *R* neus, *A* nuls hom ; *n* nos o. — 46 *k* C. por riens, *A* V. n. c., *n* Faire c. — 47 *M* M. que ; *k* qui ; *M³* Ne mes q. sol la g. ; *R* M. q. s. cele g. onie ; *N* genz — 48 *M* onc leur f. ; *R* Ke m. uit ont si g. f. — 49 *M³* piert ; *kN* malues, *e* -ais, *M³* mauuez, *F* -cis — 5o *M³* Q. t. cil sieuent, *k* Bien s. t. cil ; *en* Car b. ; *e* ci s. ; *R* ke mis s.

« Que ne sai quant de nostre gent
« Destruistrent Troie si vilment
« Que un sol vif n'en i laissierent,                5745
« La contree tote eissilierent :
5755    « E ço que porent faire sis
« Ne porront faire cent e dis?
« Puet cel estre ? Qui sil laireit
« E qui venjance n'en prendreit,                    5750
« Ancor nos fereient sordeis :
5760    « Sis en devancissons anceis.
« Quar gent qui font honte e contraire
« Ne deit hom pas sor sei atraire,
« Ainz les deit hom si devancir,                    5755
« Qu'il n'aient mie grant leisir
5765    « D'eus guarnir ne d'eus enforcier,
« Ne d'ajutoire porchacier.
« Ço sai jo bien tot a estros,
« Que guarni se sont contre nos                     5760
« E que granz genz ont assemblees

5751 *E* quanz, *M'* cans — 52 *M²* Destruitrent, *M'* Detr.; *e*
ml't u.; *K* D. si uilainement — 53 *R* Kanc; *e* .j. tot s. u.; *k* Cun
(*M* Con) sol home uif ni l.; *M²* leiss., *ek* less., *nR* -erent — 54
*M²ERk* Tote la c. ; *M²* eissilerent, *N* essillerent, *ek* -ierent, *F*
ensilerent — 55 (*J*); *n* Ice; *k* dis — 56 *M'* porent f., *n* feroient
bien; *J* p. c. et .x. (*v. f.*); *k* .xx. et sis — 57 *M* ce; *F* qi, *R* kil,
*N* quil, *M* que; *k* lessereit, *N* si feroit, *R* sufferroit, *F* -eroit;
*M²* quensi larreit, *C* qis leroit; *yJ* Qui einsi (*E* ensi, *J* -int, *H*
tot si) quites (*HJ* -e) les leroit — 58 (*R*); *e* Et la ; *M²E* ne ; *HJ*
Et u. nen prenderoit (*J* reprendroit) — 59 *K* Unquor, *M²Me*
Encor — 60 (*R*); *k* Ses, *M²* Sils; *k* adeu., *M²* en deuancisons;
*enJ* Si (*n* Se) nos en auencons (*J* -on, *M'* auancons, *F* ancesiens)
anc. (*EFJ* enc.) — 61 *eJ* Les genz; *M²* q. fait; *n* duel — 62 *M²*
Nes d. hon; *En* an, *M* on, *JKM'R* len; *F* retr. — 63 (*J*); *E* Einz;
*MM'* on; *N* an desauancir, *F* ades auancir — 65 (*J*); *M* De;
*M²R* esf. — 66 *H* daintore, *AJMM'NR* de uictoire, *C* de uito-
rie, *E* de uiande, *F* de bataille, *K* daltrui honte — 67 *eJ* Car ce
sachiez t. (*JM'* bien) a e. — 68 *E* Quil se s. g., *K* Que s. g. ia,
*M* Q. ia s. g., *M'* Que il s. garnis — 69 *F* Qe; *AFM* grant
(*M* grans) gent; *K* grant sont les a.; *R* aiostees.

5770   « De plusors diverses contrees :
       « A lor poëir se defendront
       « Tant come il onques plus porront.
       « E sos plaiseit, jo loëreie                5765
       « E endreit mei conseillereie
5775   « Qu'anceis que de ci meüssons,
       « A Apollo enveïssons
       « Prendre conseil de cest afaire,
       « Saveir a quel en porrons traire.          5770
       « Li deus nos en dira bien veir
5780   « Senz faillir e senz deceveir.
       « Bon conseillier se fait a lui :
       « Quar bien sacheiz, si com jo cui,
       « Ja de rien puis ne doterons               5775
       « Qu'il nos avra doné respons.
5785   « De ço nos est mout granz bosoinz,

---

5770 *eJ* De maintes ; *J* lontaines — 72 *M²CR* Itant cum (*R* T.
come) il (*C* come) ia p. p. ; *JM¹* le pooir auront, *EH* la force en
a. ; *k* Et troie contre nos tendront — 73 *R* Et sius plaçoit, *M²*
E si uos plest, *M* Se uos p. or, *JKny* Sil (*EHK* Se) uos plai-
soit ; *R* ie lotroie, *M²* ie loerroie — 74 *R* Bien e. m. et c. — 75-6
*interv. dans yJ* — 75 *N* Que ancois, *MM¹* Ancois, *EHJ* Encois,
*K* Auant ; *M¹* partisons, *N* meusons, *F* -iens, *K* meusson, *EJ*
-om, *M²M* -ons — 76 *M* Qua ; *MN* apolo, *R* appella ; *F* enuoies-
siens, *M²*-eiessons, *JK* -eisson, *M* -oissonz, *EH* -on, *M¹* -oiisons ;
*N* trameisons, *R* -issom — 77 *M¹* P. respons — 78 *R* a quoi, *n* a
coi ; *yJ* A q. chief (*E* fin) nos an (*H* cief em) ; *H* poion ; *k* S. a
q. c. p. t. — 79 *HMM¹* Li dieu ; *F* uos ; *k* le u. — 80 (*A*) ; *enR*
S. faille ; *yJ* s. nos (*H* nul) d. — 81 (*A²*) ; *R* Buen, *CN* Boen,
*K* Bien ; *CR* sen f. ; *yJ* Bons consellierres est et droiz —
82 (*G*) ; *L* Qe ; *M²* Ja nen uendra maus a nuluj, *K* De ço ne
redot (*M* querrai) ia n., *AJy* Et bien seurement sachoiz,
*C* Car se ie onqes le deu connui — 83 *Fy* Ia p. de r. (*H*
noient) ; *kM¹R* riens ; *E* nen ; *k* Que nos de r. ia p. (*M* ia p.
de r.) dotons — 84 *F* dit le r. — 85 *k* Por co n. e. ore (*M* or) b.,
*A²* De co est or g. li b., *AJy* Cest (*E* Cest or) nostre graindres
(*M¹* greindre, *A* maire, *J* mieldre, *H* millor) b., *CR* Dice a. m.
grant besoing.

« Ne n'est mie Delfos si loinz
« Que tost ne puissent repairier
« Cil qu'i iront sacrefier. »                    *5780*
      Ceste parole ont agraee
5790   Tuit cil a cui el fu mostree.
       Par le comun esguart de toz,
       I vait danz Achillès li proz.
       Patroclus meine ensemble o lui :       *5785*
       En Delſon vindrent ambedui.
5795   Senz eschars faire e senz nul ris
       Entrent el temple Apollinis ;
       O crieme e o devocion
       Firent al deu lor oreison.                *5790*
       Un sacrefise apareillié
5800   A Achillès sacrefiié.
       La nuit oï e sot de veir
       Ço qu'il esteit venuz saveir.
       Li respons li a dit en bas :             *5795*

5786 *B* delfois, *R* delphos, *J* -fox; *M³* de nos ; *J* trop; *CFJR*
loing; *k* Ne (*M* Que) n. pas li defois si l. (*M* deffoiz trop loing),
*eA* Ne delfo (*A* defos) n. mie si l., *H* Et li defois nest m. l., *nL*
Ne somes de delphon (*N* pas delfonz, *L* p. du feu) si l., *G* Ne
s. p. de d. l. — 87 *e* nen; *FK* poissent — 88 *F* sacrifier — 89 *n*
agree, *R* agaree, *K* craantee, *M* cre-; *yJ* La p. o. acreantee (*J*
acra., *M'* agre.) — 90 *R* il fu; *ek* cui (*kM'* qui) ele fu ; *nE* contee
— 92 *F* Ira; *M* dant — 93 *EM* mena auoec (*M* ouec) l., *M'* en
m. o l., *K* i uait auec l. — 94 *FN* delphon, *M³* delfos, *J* -ox,
*M'* -o; *R* Enidolfos, *E* Enz el fo, *k* El defois (*M* deſloiz), *H* Au
defois; *M* uienent; *L* Et uns fors rois ueit auec lui — 95 (*J*);
*R* eschern, *ek* eschar, *M* eschas, *n* gabois; *E* S. nul e.; *kLN* et
s. r.; *B* Tot s. escars f. et s. r. — 96 *MM'n* apol., *L* apollini —
97 *JM'* creime, *F* lermes ; *n* deuocions, *H* deuosion — 98 *E* a
deu, *R* a dieu, *H* as dex, *M'J* andui; *n* I fessoient (*F* fasoient)
l. oreisons; (*M³KR* oreison), *AJMM'* -oison, *EH* -ison — 5799-
5800 *interv. dans y* — 99 *F* sacrifice, *ekN* sacre-, *R* sacrifie;
*kB* S. ont a. — 5800 *ekR* Ach. a s. — 1 *C* sot il trestot; *A* por
u. — 2 (*AA³BCHGJL*); *F* Qe cil; *A* erent; *C* ueoir — 3 *M'* Le
r.; *E* ont d.

« As Grezeis, » fait il, « nonceras
5805 « Que al disme an, senz nule faille,
« Iert tote fin de la bataille.
« Ço ait bien chascuns en memoire,
« Que en l'an disme avront vitoire ;        *5800*
« E bien sachent de verité
5810 « Qu'adonc avront tot achevé,
« Quar Troie iert prise e abatue,
« E la gent destruite e vencue. »
Tot ço que li respons a dit              *5805*
A Achillès mis en escrit.
5815 Le deu aore e sil mercie,
E devant l'autel s'umelie.
    Oïr poëz com faitement
A icel jor demeinement                   *5810*
Esteit Calcas iluec venuz,
5820 Sages poëtes coneüz.
Fiz ert Testor, un Troïen.
Trop par aveit Calcas grant sen :

5804 *e* A ces (*M¹* ceus) de grece n., *M²* Saches nen ten men-
tirai pas — 5 *M²R* Qual (*R* Quel) d. an; *Fek* Qau (*K* Quel, *M¹*
Qua) disieme (*k* diesiesme, *F* desieme, *M¹* disime) an — 6 *M* Ert;
*EK* Sera la f.; *M²n* fins; *R* I. troie prise de b. — 7 *M¹* ot, *E*
oit; *M¹* chacun, *M* chascun — 8 *M²MR* Quen (*M* Que, *R* Ka) lan
dezisme (*M* disieme, *R* dicesme), *eBK* Quau (*M¹* Qua, *BK* Quel)
disieme (*M¹* disime, *B* disme, *K* diesiesme) an, *n* Qe au disme
(*F* desme) an ; *N* auroiz, *M* auint — 9 *F* sachoiz, *M'R* sachiez, *K*
-ez; *k* Et s. b. — 10 (*A*); *M²* Adoncs, *N* Que il, *ek* Que lors, *F*
Ailors; *k* aureiz, *F* aurez; *R* Ke tot a. adonc a. — 11 *M²* Que,
*eA* Et; *E* ert — 12 *FM¹* uaincue, *EM* ueincue; *n* Et la g. dedanz
iert u. (*N* d. confondue) — 14 *K* A. a m., *e* A m. a. — 15 *eN*
sel, *F* cil; *M²k* e m. — 16 *M²* E dauant lautiel ; *n* d. lui molt; *knR*
sumilie — 17 *A²* Ore escoltez — 18 *F* En cel, *N* A ice; *N*
demain., *M* demeignement, *F* demaintenent — 19 *MM¹* illeuc,
*E* -uec, *K* ilec, *F* iqi — 20 *M²* Saiue (*forme constante, sauf
vers la fin*); *R* Saiue poete et c.; *E* poestes — 21 *eJ* fu; *M²*
trestor, *F* trestoz, *N* tector, *eJ* cestor, *KR* nestor; *enJ* troyen —
22 *E* Ml't; *K* Sages estoit co seit len (*M* soit on) bien.

                Dons aportot Apollini,                    *5815*
                Al deu veneit criër merci
5825    Por ceus de Troie, qu'il fereient
        E coment il se contendreient.
        Li reis, li pueples del païs
        I aveient Calcas tramis                           *5820*
        Por ofrir sor l'autel lor dons
5830    E por oïr devins respons,
        E saveir come il lor prendreit
        De la gent que sor eus veneit.
        Ço distrent li respons devin :                    *5825*
        « Guarde », fait il, « que par matin
5835    « Auges tot dreit a la navie
        « De la Grezesche compaignie.
        « Ensemble o eus a Troie iras :
        « Sages iés, sis dotrineras.                       *5830*
        « Tis sens lor avra grant mestier :
5840    « Nes en lai mie repairier
        « Devant qu'il aient Troie prise
        « E de la gent faite jostise.

---

5823 *F* Dos ; *MR* a a. ; *K* app., *nM'* apolini, *R* appolloni —
24 *nM'* As dex, *R* Aus deus — 25 *E* ces ; *R* ferroient — 27 *M²*
poeples ; *R* el poples, *e* et la gent ; *k* Li rei li baron — 28 *n* I a.
(*N* auoit) la — 29 *M'* sus ; *M²* lautiel ; *R* lors, *n* les — 31 *e* Et
por s. ; *eR* con il (*E* ax) p. ; *n* que lor (*F* qillor) auandroit (*N* -oit)
— 32 *M'* sus ; *MM'* uendroit, *A* uenroit, *E* iroit — 33 *n* dient ; *K*
Calcas ot r. dapollin, *M* Ce li respondi apolin — 34 *n* Gardez ;
*N* font, *R* funt ; *e* Amis gardez ; *J* por, *en* le — 35 (*R*) ; *Ck*
Ailles, *n* Voisiez ; *K* demain ; *eAJ* T. d. soiez, *H* Soies bien tost
— 36 *F* grecesche, *R* -ceiche, *JMM'* -ioise, *E* -zoise, *A* -ioise, *H*
grigoise — 37-8 *interv. dans k* — 37 *k* Dreit a t. o els en i. ; *E*
Et auoec ax, *M'* Et ouec eus — 38 *Jy* es ; *M²* sils, *enM* sés ; *nE*
conseilleras ; *J* si les endoctrineras (*v. f.*) ; *R* Sauie et si en d. ; —
39 *MM'* Ton — 40 *K* le ; *H* Nes laie m., *J* Ne les en les m. ;
*M²E* repeirier, *M'* repaiier ; *n* Garde nes en lai r. — 41 (*A*) ; *M²C*
De ci — 42 *R* faire ; *A* Et faite de la g. ; *M²ACEF* iustise, *kM'*
-ce, *J* iostice.

« Ensi l'estuet a avenir,                    *5835*
« Quar ensi me vient a plaisir. »
5845     Entre Calcas e Achillès,
Qui ne s'erent veü onc mais,
Se sont el temple entrencontré ;
Puis ont entre eus dous tant parlé,          *584o*
De lor segreiz se descovrirent :
585o    Estrange joie s'entrefirent.
Achillès o sei l'en mena,
A son ostel le herberja ;
Mout se pena de lui servir                    *5845*
Et de faire tot son plaisir.
5855    De porter fei e compaignie
Sont otreié par fei plevie.
Tant ont alé e espleitié,
Qu'a Athenes sont repairié.                   *585o*
Achillès conta as barons
586o    Ço que li ot dit li respons ;
Tote lor a dite e retraite

---

5843 *K* Issi, *M*Ainsi, *M*¹ Einsi ; *n* lor e. auenir, *e* le couient a.
— 44 *F* issi mauient ; *k* itel (*M* tel en) sont li mien p. ; *eA* Quant
il as dex (*M*¹ diex) u. — 46 *C* Quil ; *R* anc, *A*²*BC* ainc ; *xM* se
uirent onques mes, *K* se furent ueu m. ; *AJy* Ne sentreuirent o.
m. — 47 *M*² al, *C* a, *F* en ; *B* entreus ; *e* Mes or se s. e. ; *M*²
entretroue, *R* entrecontree, *B* -e, *C* encontre — 48 (*B*) ; *M*¹ Or ;
*M*² entrelz ; *K* ensemble molt, *F* assez antrax ; *M* entreulz t. ;
*E* Et si ont entrax ; *M*¹ .ij. tans p. — 49 *M*²*CEHR* Que ; *M*¹
segre, *BM*¹ -ez, *CEJ* -oiz, *R* -ois, *H* secre, *A* secrez, *nG* secroiz,
*A*² -ois ; *L* grezois conseil se distrent — 51 *k* o lui ; *F* lo m. —
52 *AJek* En ; *M*²*R* ostiel, *Fk* hostel ; *R* se h., *M*² sil h. — 54 *F* Et
de lui f. s. ; *M*²*e* pleisir, *N* plessir (*forme ordinaire*), *K* plesir — 55
*M*² portier — 56 (*R*) ; *E* Se promistrent, *M*¹ Se prametent, *N* S.
ansamble, *F* S. ass. ; *Me* toute leur uie (uie *m. à M*) — 57 *M*² ront,
*R* runt ; *n* erre, *M*¹ parle — 58 *M*² ateines ; *M*²*E* repeirie — 59
*M*²*Re* reconte — 6o *M*²*FRe* ont, *M* out ; *M*² les r. — 61 (*correction*) ; *M*²*n* Si (*n* Puis) lur a ; *R* A tot lor a dit ; *k* Tote loure lor
a r., *e* Tot lor a dit et reconte (*M*¹ -ee), *A* Calcas lor a d. et conte.

La pramesse que lor est faite :
« Vitoire avront, ço sachent bien :    *5855*
Ja mar en doteront de rien. »

5865    Onc tel joie ne fu oïe
Com cil ont fait de la navie.
Calcas lor a dit e conté
Tot en ordre la verité,    *5860*
Com cil de Troie l'enveoënt
5870    Al deu, cui lor dons presentoënt.
« E por oïr e por saveir
« Que Apollo lor deïst veir
« Com faitement lor avendreit    *5865*
« Ne se Troie se defendreit,
5875    « Ne s'il se porreient tenir
« Vers vos, qu'i deviëz venir,
« Mei i eslurent e tramistrent
« E sor mei la parole en mistrent.    *5870*
« Venuz i esteie endreit eus,
5880    « Mout en voleie le pro d'eus.
« Tot mon poëir fait en aveie :
« Dedenz le temple al deu esteie ;
« Sor l'autel oi les dons posez,    *5875*

5862 *n* qil lor ont ; *k* Et la p. qui e. f.; *M¹* q. e. faee; *E* Tot
quan quil auoient troue, *A* Tout en ordre la uerite — 63 *M²M*
aurons, *M¹* auron; *R* sachient, *M¹* sachiez, *M²* sachez — 64
*M²M* doterons, *M¹* douterez — 65 *Ek* Ainz; *M²* tiels, *R* tels,
*n* tex — 66 *n* C. o. f. c.; *M* C. il; *k* a la — 67 *M* monstre — 69
*M²* lenueioent, *K* lenuoi-, *M* lenuoient — 70 *MM¹* As diex, *L* Aus
dex ; *M²KLM¹R* qui, *N* et ; *F* Au delphon l. d. representoient —
71 *nL* P. uoir o. — 72 *F* Qi; *n* apolo, *K* appollo; *M²* desist; *M*
Quapollo l. d. le u. — 73 *k* se contendront (*M*-oit) — 74 *k* Et;
il t. deffendront — 75 *k* Et se il se (*K* le) porront t. — 76 *R* Vuer;
*M²k* qui i deuez u., e ques (*E* quies) deuez asaillir (*M¹* enuair)
— 77 *R* en islirent, *kn* enuoierent; *M¹* tramitrent — 78 *M²* lur
p.; *M²k* p. m.; *n* Et lor besoigne sor moi m. — 79 *M* V. estoie,
*M²* V. ere; *n* por aus, *e* en lor lieu; *R* V. iere de droit a eus —
80 *n* estre feaus; *M²k* prou; *e* Et m. en u. lor preu — 82 (*J*);
*R* as deus; *M¹* as diex de troie — 83 *e* Sus; *M²* lautiel; *eJ* mes d.

« Que de Troie aveie aportez ;
5885 « Fait li aveie sacrefise
« A la maniere e a la guise
« Cui je soi qu'il faiseit a faire.
« Ne vos en quier lonc conte faire, *5880*
« Mais ço me dist la voiz devine
5890 « Qu'a Athenes sor la marine
« Venisse ça a vos parler,
« Por dire e por amonester
« Que ne departisseiz ja mais, *5885*
« N'as Troïens n'eüsseiz pais,
5895 « Devant que Troie fust fondue
« E la gent ocise e vencue.
« Comandé m'a qu'o vos remaigne
« Por enseignier vostre compaigne : *5890*
« O vos m'estuet a Troie aler
5900 « Por vostre gent a dotriner.
« Ço qu'Apollo vient a plaisir
« Me covient faire e obeïr :
« Dès que li plaist que auge o vos, *5895*

5885 *F* sacrifice, *e* sacref. — 87 *M²* Qui, *les autres* Que ; *M¹* gen soi ; *M* sce ; *N* fessoit ; *k* que len deueit (*M* doit) f., *M¹* qui estoit a f. — 88 *M¹* quer ; *k* uoil or plus retraire — 90 *M²k* A a.; *M¹* sus — 91 *F* ci ; *N* Men u. — 92 *B* Por uos d. et a. — 93 *enR* Qe uos ne (*ER* ne u.) d.; *M* departissiez, *M'n* -isiez, *R* -isses ; *e* mie — 94 *MN* Na ; *N* troyens (*forme ordinaire ; nous ne relèverons plus* y *pour* i *dans ce mot*) ; *N* naussiez, *F* nausiez, *R* neusses, *M* -iez, *B* -ies ; *e* Ne uostre gent ne la nauie — 95 *R* soit ; *F* confondue — 96 *M²N* genz ; *FMM¹* uaincue — 97 *K* Comanda mei ; *FHK* qua, *M¹* que — 98 *R* esseignier — 99 *R* uers t. — 5900 (*BF* a doctriner), *M²CGLNk* end.; *yAJ* P. uos garnir (*H* garir) et doctriner, *A²* P. u. aidier et conforter — 1 (*A*) ; *H* Quant ; *C* Qe a apolo, *N* Ce quapolo, *K* Ce quapollon ; *M²* en p. — 2 *F* couent, *C* conuient ; *e* Mesteut tot f.; *R* obedir — 3 *Bk* Puis ; *C* qe a, *AH* quil ; *BCER* lui ; *BC* quen ; *E* ueingne, *M¹* uiegne, *HJ* uigne, *A* uiengne ; *BCk* aille ; *C* com uos, *AH* a uous ; *xA²* il uiaut que o u. aille (*G* quo uos man a.).

« Ne m'en vueil faire refusos.

5905    « Son damage quiert e porchace
        « Qui as deus fait que lor desplace.
        « Mais une chose vos di bien :
        « Blasme en avrai sor tote rien ;        *5900*
        « Tuit li Troïen m'en harront
5910    « E mout par s'en merveilleront,
        « Quant il orront qu'o vos serai ;
        « Mais ja por ço ne remandrai.
        « Mieuz me vient as deus obeïr,        *5905*
        « E lor buen faire e lor plaisir,
5915    « Qu'a ceus de Troie, ço m'est vis.
        « Ïço que vos avez empris
        « Faites senz lonc porloignement :
        « Bon oré avez e bon vent.        *5910*
        « Ainz demain nuit, s'en sui creüz,
5920    « Iert li navies toz meüz. »
            Mout esteient haitié anceis
        E plein de joie li Grezeis,

5904 *Bk* ferai (*M* ref.) ia; *B* refosos; *E* uuel f.; *CHJM*[1]
uoil f., *M*[2] os f.; *A* Je ne len doi f. refus, *xA*[2] Ne doi pas don-
ques (*FG* Nen d. or mie, *L* Ne uos d. m.) f. faille — 5 *BM*[1] fet
— 6 *Ay* Q. f. as d.; *B* Q. f. cou quapollo d.; *M*[2]*AGLNRy* qui lor
d., *F* rien qalor d. (*v. f.*); *k* Q. fet riens que apollo (*M* chose
quapollo) hace — 7 *R* Mas, *M* Car; *e* di ge b. — 8 *M* B. en
serai, *e* Blasmez (*M*[1] -e) s. — 9-12 *m. à R* — 9 (*B*); *M*[2] me;
*M*[2]*FJ* hairont; *yJ* Li t. tuit (*M*[1] trop, *H* ml't) — 10 *M* m. fort,
*M*[1] trop si, *EJ* trop, *F* ml't; *E* sen esmeruelleront, *F* san por-
merueileront — 11 *n* sauront; *J* sera — 12 *n* nel laiserai, *yJ* ne
uos lere (*J* leira) — 13 *F* uialt; *R* obedir — 14 *F* Et boen;
*M*[2]*e* bon; *k* Et f. del tot (*M* f. t.) l. p. — 15 *nR* Que; *N* caus, *E*
ces; *F* cest... auis — 16 *M*[2]*k* enpris; *e* Ce que u. a. entrepris —
17 *M*[2] sens, *R* sainç; *N* pol.; *eJ* autre aloignement — 18 *Rk*
Buen, *N* Boen; *K* orage; *R* buen, *N* boen; *eJ* Bel tens (*JM*[1]
Biau ior) a. et ml't b. u. — 19 (*J*); *M*[2] sin, *MM*[1] se, *En* san
— 20 *MM*[1] tout — 21 *F* Uolt; *M*[2] heitie, *K* hetiez, *R* hayne; *F*
aincois, *E* einc. — 22 *M*[1] greiois.

Mais or les a Calcas guariz                          5915
E mout les a plus esbaudiz.
5925  A grant joie l'ont receü
E a grant joie retenu :
Or sont de l'aler tuit certain.
Ne demora que l'endemain                             5920
Qu'il se veilierent en la mer :
5930  Dreit a Troie voustrent sigler,
Mais ne pot estre, qu'uns orages
Lor a defendu les passages.
Une tormente merveillose,                            5925
Laide e oscure e tenebrose,
5935  Lor a ne sai quanz jorz duré :
Mout en furent desconforté.
Por poi que tuit n'i sont neié :
Trop en furent desconseillié.                         5930
Calcas fist ses esperimenz :
5940  Tost sot par ses auguremenz

5923-4 *interv. dans* k — 23 *n* M. ml't; *M* Et m.... gari; *K* Et
por c. sont tuit gari — 24 *n* toz e.; *k* Mes or sont il p. esbaldi —
26 *R* honor r.; *K* Et a baudor lont r., *e* Et ml't lieement r.;
*n* hautece tenu — 27 *R* da laler; *M'* bien c. — 28 *M* qua —
29-30 *interv. dans* e — 29 *M²* Qui il, *n* Qe il; *e* Lores san-
peinstrent (*M'* senpaintrent) tuit an m.; *n* sanpointrent, *M²k*
se mistrent; *R* Kil se uelerent (*cf.* 27310) — 30 (*R*); *Kn*
uolent; *M* A t. uoloient s., *e* Quil sapareillerent (*M'* Quils a.)
daler; *M²* aler — 31 (*AA²CR*); (*BM* pot), *M²A²CKRn* puet;
*Jy* Ne (*H* Ni) porent aler; *M²* quar, *Bk* car; *M²* orage — 32
*y* desfenduz, *C* defendus, *k* deffenduz; *F* lor; *M'* le pasages,
*M²* le passage — 34 *M* L. o., *N* Noire et o., *F* N. o., *k* L. et
orrible, *M'* L. o. — 35 *M* ie ne sce; *F* quant ior — 36 *n* Ce les
a (*F* Celles ia) ml't d. — 37 *N* Par, *k* A; *nM'* pou, *E* po; *e* Par
.j. p. ne furent noie (*M'* naie) — 38 *e* Ml't; *F* Celles a molt;
*k* Mol't par (*M* M.) en f. esmaie — 39 (*A*); *L* C. sot les; *M²* en
f. e.; *x* espiremenz; *eJM* son (*eJ* un) espirement — 40 *M²* les;
*F* auenemenz; *eJM* son augurement (*E* arguement, *M'* engine-
ment), *L* Et tout sot par ses argumenz, *A* T. s. p. s. coniuremens.

Que cist tempiers senefiot,  
Qui de passer les destorbot.  
Les barons a mandez a sei :         *5935*  
« Seignor », fait il, « or sai e vei  
5945    « Por quei tel tens avons eü :  
« Por poi ne somes deceü.  
« Mout s'est Diana corrociee  
« E mout par est vers nos iriee      *5940*  
« De ço que ne l'avons requise  
5950    « E qu'el n'a eü sacrefise.  
« Mout le nos a bien demostré :  
« Nos n'avrons ja tens ne oré  
« Desci que li vienge a plaisir.      *5945*  
« Mais mon conseil e mon avir,  
5955    « E ço que nos covient a faire,  
« Vos vueil a toz dire e retraire.  
« En la grant selve renomee  
« Que Alida est apelee,          *5950*  
« Nos covendra a repairier ;  
5960    « La li estuet sacrefiier.  
« Agamennon, qui la maistrie  

5941 (*A*); *M²* cest ; *N* tenpez ; *R* li oreç, *e* cil tormanz (*M¹* -ent) — 42 *M²R* Que ; *e* a p.; *k* lo p. lor deueot — 44 *nMM¹* Seignors ; *M¹* ie uei — 45 *K* Par; *N* tex, *K* cest; *M¹* a. t. t.; *E* Por quauons t. tormant eu — 46 *M²ek* A, *N* Par, *R* Per; *M* que ne (*v. f.*) — 47 (*H*); *kn* est; *EK* diane, *R* diaine, *M¹* diene, *MN* dyana; *KM¹R* corocie, *EFH* correciee, *N* -ie — 48 *M* Et m. e.; *MR* uos, *M¹* mei, *M²M¹NR* irie, *M* iree — 5o *K* que, *F* quelle, *R* kil; *e* sacrefice — 5i *F* uos ; *M²* demonstre (*forme ordinaire*) — 52 *En* Ia mais naurons — 53 *M²MR* De ci, *K* Dauant, *n* Deu.; *M²* quil; *M* uiegne, *n* ueigne; *e* Tant quil (*M¹* que) li uendra — 54 *R* Mas ; *e* a ce que ien cuit sentir (*cf. 13360*) — 55-6 *interv. dans e* — 55 *n* Ice ; *kn* uos ; *e* Ce quil n. an c. a f., — 56 *Ek* u. ie bien (*M* tout) — 57 *M* silue — 58 (*BH*); *M²GJM¹Re* all., *K* el., *A* aulida, *C* -e — 59 *K* Uos; *M²* conu., *R* conuindra, *e* couient toz — 6o *FM* La uos; *e* couient, *M* conuendra (*v. f.*); *F* sacrifier, *les autres* sacrefier — 61 *F* qa, *R* ke; *M* mestrise, *e* baillie.

« A de nos e la seignorie,
« Fera ceste uevre de sa main ;                *5955*
« Après serons fi e certain
5965    « Qu'o bel oré e a grant joie
« Porrons prendre les porz de Troie. »
D'iço n'i ot rien porloignié :
En Alida sont repairié.                *5960*
Agamennon sous sacrefie,
5970    Vers la deuesse s'umelie :
Del tot se met en sa manaie ;
A li s'acorde, a li s'apaie.
Après sont as nes repairié ;                *5965*
A toz a l'om dit e noncié
5975    Que del passer nus ne remaigne :
Dès or n'i a nul qui s'en feigne.
Mout s'esjoïssent li Grezeis :
Lor ancres traient demaneis,                *5970*
Haut sor les maz traient les veiles ;

5962 *F* Et de uos a ; *R* des n. ; *e* A sor toz — 63 *M¹K* cest ; *R*
eure, *M¹* hueure, *E* oeure ; *k* ses mains — 64 *F* De ce soiez fiz ;
*k* Puis seit chascuns f. et certains ; *R* fin — 65 *R* bial, *k* bon ;
*n* belle ore ; *e* Que a b. ore (*M¹* eure) — 66 *R* proç ; *k* le port,
*F* les port — 67 *R* Dice, *M²MM¹* De ce, *K* De co ; *n* A ice (*F*
Anice) nont ; *M¹* porlognie, *E* -oingnie, *M²* -oigne, *n* poloignie —
68 (*H*) ; *E* all., *M²J* allide, *M¹* al., *A* aulide, *K* elide, *B* lalide
— 69 *M²K* sols, *e* seus, *M* seul, *n* i — 70 (*M²* deuesse), *les autres*
deesse ; *F* se humilie, *R* son milie — 71-2 *interv. dans M* —
71 *k* De tot ; *F* men. — 72 *R* O... o ; *k* Vers ; *M¹k* lui... lui ;
*R* saparaye — 73 *n* neis ; *e* an (*M¹* a) lost — 74 *M²* lon, *M¹NRk*
len, *EF* lan ; *M²* nuncie — 75 *Me* de, *K* a ; (*e* ni ; *ek* remeigne, *n*
se faigne — 76 *R* ait ; *e* Lors ni ot .j. seul (*E* celui) ; *KM¹* se, *E*
si ; *M²* faigne ; *n* remaigne — 77 *M²* sesioient, *F* sesioient, *R* ses
iossent, *M¹* sesioirent, *E* -isent ; *F* les ; *M¹* greiois (*forme
constante*) — 78 *K* Les ; *MN* demen., *e* sus manois — 79 *M²*
masz, *KM¹* mas, *E* mars ; *kM¹* Haut (*K* Halt, *M¹* Haus) sont li
(*M¹* les) mas (*M* marc) ; *R* mauent t. ; *k* tirent ; *M²J* lur ; *K*
ueilles, *R* uelles.

5980    La nuit corurent as esteiles.
        Par mi la mer les nes s'espandent :
        Itel vent ont come il demandent.
        Duitor, meneor e guion       *5975*
        Aveient tel com vos diron :
5985    Philotetès, uns vassaus proz,
        Mais vieuz esteit e mout de jorz, —   *5978*
        Cil ot esté premierement
        Al premerain destruiement, —
        Cil les conduist, quar bien saveit   *5979*
5990    Par ont li cors esteit plus dreit.
        A un chastel sont arivé,
        Que Troie aveit en poësté.
        Granz fu e riches, beaus e forz,
        Mais sempres fu pris par esforz.
5995    Sorpris furent trop malement :      *5985*

---

5980 *EN* corr.; *K* esteilles — 81 *n* neis (*forme ordinaire*); *R* ses parsoent — 82 *M²* Itiel, *BR* Et tel (*B* tes), *M* Tel.; *n* U. orent t., *CJy* T. u. o.; *A* o. quil d. — 83-4 *m. à M* — 83 (*n* Duitor); *M²BK* Dujtre, *L* Guitor; *R* nontonier; *BK* D. et; *yJ* Duitres et mestres (*M¹* metres) et guions, *A* Dautres meneeurs et g. — 84 *A* telz; *eJ* Lor esteit cil que; *M²AJe* nos dirons (*M²* diron) — 85 *eK* Fil., *N* Philoth., *C* Phyloteres, *L* Filotestes, *R* Philotes, *A* Philote ere; *R* molt p.; *M²Je* prouz, *A* prous; *kB* uns (*k* .j.) hom (*M¹* hons) de iorz — 86 *M²L* uielz, *M¹* uiex, *EFJ* uialz, *N* uiauz, *C* ueil; *kB* De la mer saueit toz les cors (*B* tors), *eJ* M. il e. plus u. de touz — 87-8 *m. à K* — 87 (*HJL*); *N* Cist, *B* Cis, *A²* Il; *N* oestes, *F* nocheners; *n* prim., *R* prime errant — 88 (*A²BCL*); *n* Fu au (*F* an); *M²* premeirain, *EH* premerien, *J* -ein; *M¹* detr., *E* tornoiement, *A* tout droitement — 89 *FMM¹* conduit ; *A* En son c. quit (i *sur la ligne*) b. s. — 90 *M²AA²EM* Par ou, *KR* Par ont, *éd.* Par onc; *A²C* p. drois esteit; *R* le p. d. e.; *k* estre deueit, *F* aler d., *GN* aloit tot droit; *eJ* il iroient (*J* ieront, *E* ieroit) p. d. — 91 *M²k* arr. (*de même à peu près partout*) — 92 *M¹* pooste — 93 *R* G. f. r. et, *A* G. et r. et, *M²* G. esteit e r., *k* R. e. et biax, *F* Et bel et riche et grant, *N* B. et r. et g.; *eJ* et ml't (*E* toz) f. — 94 (*AR*); *M²* senpres (n *pour* m *devant labiale, sauf avis contraire*); *JM¹k* Maintenant fu; *E* Mes il lont p. par grant e. — 95 *M¹* Sopris, *M* Surpris; *k* si m.; *R* laidement.

Defense n'i valut neient;
En poi d'ore l'orent conquis.
De ceus dedenz ont mout ocis;
Assez i ot guaaignié preie,
6000 Or e argent e dras de seie.                           5990


## PRISE DU CHÂTEAU DE TÉNÉDOS; AMBASSADE D'ULYSSE ET DE DIOMÈDE A TROIE.

A Tenedon d'iluec alerent
Maneis, onc plus n'i demorerent.
Mais cil, cui n'en fu mie bel,
Clostrent les portes del chastel.
6005 En crieme sont e en esfrei,                           5995
Grant paor a chascuns de sei;
A defendre s'apareillierent.
Cui chaut? Trop sont cil quis requierent.
Ne se porent guaires tenir :
6010 Quant il se virent assaillir,                          6000
Si se defendirent assez.

5996 *M*²*R* Desfense, *N* -anse, *F* Defanse, *EM* Desfandre,
*M*' -endres; *K* naient, *M* nient, *E* neant — 97 (*AR*); *M* de
temps; *M*²*M* furent c. — 98 *E* ces — 99 *N* Asez; *E* ont; *M*
gaagnie, *F* gaha-, *M*² gaagne, *les autres* gaaignie — 6001 *enD*
then., *R* thenedont; *DFKM*' dilec, *R* diloc, *M* dilleuc, *M*² iluec;
*M* tornerent — 2 *M* Ml't tost, *A* Tantost, *N* Diluec; *k* que
p., *N* ainz puis; *F* Qainz puis un point; *EFMR* ne; *e* Tot
droit ainz puis (*M*' onques) ni (*E* ne) seiornerent — 3 *R* Mas;
*M*²*KM*' qui; *EMR* ne fu; *M*²*M*' cui il ne tu pas b., *E* a cul
nen fu p. b. — 5 *e* En doute — 7 *n* De — 8 *M*² Qui; *R* cant;
*k* cil s. t.; *e* ques, *M* qui — 9 (*D*); *H* p. pas bien t., *A* p. mie t.,
*k* poeient pas t., *M*²*R* porreient (*R* porent) p. t. — 10 *k* se (*K* sen)
pristrent a foir — 11 *e* Il; *K* Molt orent tost lor cors armez, *M*
Hastiuement se sont a.

Li chasteaus fu mout bien fermez :
Sor les portes e par le mur
S'en monterent li plus seür.

6015 Fort se defendent de chaillous,    6005
A ceus defors donent granz cous ;
Des tors lor lancent peus aguz :
Haubers ne heaumes ne escuz
Nel puet guarir, quin est ataint ;

6020 Jus es doves en chieent maint.    6010
A ço que haut sont li terrier,
Cui l'om en fait jus trebuchier
Ne montera ja mais ariere :
Maint en i ot la nuit en biere.

6025 Cil qui trebuchent contre val    6015
Font as montanz merveillos mal,
Quar uns en abat plus de dis,
Qui ja n'en releveront puis.

6012 *M²* iert; *M* Li chastel ert; *Ke* Et (*M¹* Quant, *E* Car) li
chastiax fu b. f.; *M¹* fremez — 13 *K* Par, *M¹* Sus; *ek* et sor
(*M¹* sus); *n* S. p. et sor mur an (*F* au) tor — 14 *e* Sen sont
monte; *n* tuit li plusor; *M²* segur — 15 *M²* o caillous, *n* as chail-
lox, *K* des c.; *E* chaillos, *M¹* caillox, *M* -oz — 16 *E* ces; *M²Me*
dehors, *R* defor; *E* cos, *K* colz, *M* cops — 17 *R* De; *M²K*
pels, *M¹* piex — 18 *FM¹* Hauberc, *K* Halbers, *M* Aubers; *M¹*
heumes, *K* hialmes, *En* hiau-, *M* heau-, *M¹* hiaume — 19 (*C*);
*M²M¹* Ne; *EM* quan, *KM¹n* qui; *K* len ateint; *M²MN* atainz
— 20 *R* Ju es dolieç en gittent; *Mn* es fossez, *CK* el fosse;
*N* an rechiet, *F* nan chiee; *C* chient, *M* cheent, *K* chai; *e* I.
en firent trebuchier; *M²Re* mainz — 21 *R* O; *Mn* s. h. — 22
*M²M¹* Qui; *EF* an, *N* en, *M¹* enz, *M²* lon; *R* il en fant; *e*
feisoit t.; *k* Icil qui (*M* Et cil con) f. enz t.; *n* trab., *K* trebus-
chier, *M* -cier — 23 *M* remontera (*v. f.*), *A* passera; *e* la mes (*E*
quis) ne remontast a.; *AENk* arr. — 24 *N* Mainz, *K* Molt
— 25 *F* trab., *e* cheoient; *BM* C. quil abatent, *K* Icil qui chient
— 26 *M* a; *M¹* meruilles, *M* -eillez — 27 (*LR*); *G* bat; *M²A*
sis; *yJ* en abatoit bien sis (*H .x.*) — 28 *R* Ke; *M²A* ne r. ia;
*A²Ln* Qui chiet ia nan (*F* ne) lieuera, *G* Q. chient ne releuera,
*yJ* Et qui chaoit nen (*E* ne) leuoit; *A²CJny* uis; *kB* Qui tuit i
remaignent (*M* -nent, *B* -nnent) ocis.

6030  Mout sont li tai grant e parfont,
      Li terrier roiste e dreit a mont.    *6020*
      As portes fu li assauz maire :
      La veïsseiz lancier e traire,
      La veïsseiz heaumes croissir
      E chevaliers espés morir.
6035  Mout se sont cil dedenz tenu    *6025*
      E chierement se sont vendu,
      Mais malement le comparerent,
      Quar onc d'iluec nen eschaperent :
      Tuit i morurent povre e riche,
6040  Si com l'Estoire nos afiche.    *6030*
      Onc cil defors merci n'en orent,
      Quar de lor gent grant perte i orent :
      Mout lor en aveient ocis,
      Por ço lor en fu mout de pis ;
6045  Onc nus n'en vint a raençon,    *6035*
      Mout i ot grant ocision ;
      Tot destruistrent, tot trebuchierent

---

6029 *N* tait, *F'* fosse; *R* Le f. sunt g. — 3o *C* terrail, *e* fosse; *M²* roistre, *eCK* roiste, *B* roste; *N* haut encontremont, *F* Et li t. h.; *FKe* contremont — 31 *k* granz li a.; *e* Quant ce uint as portes desfere — 32 *en* ueissiez, *R* -eç; *K* Et la noise et li criz molt halz — 33 *M²n* oisseiz; *n* haubers, *e* testes; *CM'N* croisir — 34 *e* Maint en i couint a m. — 35 *M* C. d. se s. m. t. — 36 *K* Et molt par se s. chier u.; *En* si s. — 38 *F* diloc; *M²* Que li auquant, *R* Kem alcun sen, *K* Car dui ne trei, *A* C. nesun seul, *M* C. onc nus (*v. f.*), *E* C. onques dui ; *M'* C. o. dileuc neschaperent — 39 *M'* T. m., *E* T. furent mor; *e* et p. et r. — 40 *F* lie e., *M* lystoire, *A* la lettre — 41 (*R*); *k* Unc (*forme ordinaire*), *H* Ainc (*f. ord.*), *N* Ainz, *E* Einz, *F* Anc; *KN* dedanz, *M²Fe* dehors; *K* merciz — 42 *F* genz g. parte; *R* per ce o., *M²* perte o.; *ek* Ainz les ocistrent (*M* och., *M'* ocitrent, *K* ocirent) com ainz porent — 43 *ek* Car des (*K* del) lor orent ml't o. — 44 *ek* si lor en fu m. p. — 45 *H* Ainc, *M'* Ainz, *E* Einz; *M²J* uns; *R* nen u. nuls; *EF* reancon, *M'* reenc. — 46 *M²N* occ., *M* och., *K* destruction — 47 *M* Tuit; *M'* detruitent, *F* destrurerent; *n* trab., *M²* trebucherent.

E tote la terre eissillierent.
La contree est mise a dolor :
6050 N'i a vilain ne vavassor 6040
Qui ne guerpisse son maneir ;
N'en i ose uns sous remaneir.
Li coreor ne li forrier
N'i laissent rien a peceier ;
6055 N'i laissent blé, n'i laissent preie, 6045
Ne chose que l'on mangier deie.
Cil del païs sont en esfrei,
Grant paor a chascuns de sei :
Ne sevent lor guarissement
6060 Ne mais a Troie solement. 6050
La s'en fuient e la s'en vont ;
La, s'il pueent, se defendront ;
La reseront il bien requis
E de durable siege asis.
6065 Quant conquis furent li chastel, 6055
Tenedon et Lauriëntel, —
Assez en a l'om aveir trait,
Trop par i ot grant guaaing fait, —
Agamennon a fait joster

---

6948 *M²* eissilerent, *F* -llerent, *les autres* essillier. — 49 (*R*);
*Fek* ont; *M* mis — 5o *e* Ni ot; *R* ni ur; *en* vauasor — 5ı *FR* Qe
— 52 *Me* .j. seul; *n* Nus nen i (*F* ni) o. r. — 53 *k* et; *K* foirier
— 54 *M²K* Ne; *K* riens que, *E* uile a — 56 *M²M'R* lon, *K* len,
*E* lan, *M* on: *n* Ne rien que nus hom — 59 (*R*); *M²* Il ne
sieuent lor gariment; *ek* garisement — 6o *R* Ni; *M* Fors a —
62 *F* Ia; *M* se; *M²KN* poent, e puent; *R* cil puen — 63 *F* ise-
ront, *M* resont, *R* seront; *M'* recuis — 64 *M* perdurable; *R*
siecle; *k* assis — 66 *enJL* Then.; *L* lauiendel, *N* lauriendel, *F*
-andel; *MR* Tenede e sor l., *A* De t. sous la tentel, *KH* Qui
si estoient (*H* Quissi par furent) fort et bel, *BI* Q. si fort f. et
si b., *C* Qe si furent et f. et b. (*écriture postérieure*), *M* Qui fort
f. et ml't b. — 67 *M²* lon, *M'NRk* len; *F* an auoient t., *EH* en
orent a. t. — 68 *yK* Ml't; *K* en a len; *N* T. i ot g. gaaigne f.;
*F* gahaïn, *M'* gaain, *E* gaeing — 69 *M* la f.; *R* f. aioster.

6070    Tot quant que il en pot trover,      6060
       Puis le departi en comun :
       Sa dreite part done a chascun.
         Après, ne tarda pas grantment,
       Josterent Greu un parlement :
6075    Li rei, li prince e li baron      6065
       I furent tuit mandé par non.
       Agamennon parla premiers,
       Qui mout fu sages chevaliers
       E de grant sen e engeignos
6080    E de l'afaire curios :      6070
       « Seignor », fait il, « mostrer vos vueil
       « Que mout deit om haïr orgueil :
       « N'i vei nul home guaaignier,
       « Par orgueil sort maint encombrier.
6085    « Qui par orgueil vueut s'uevre faire      6075
       « A peine en puet a bon chief traire :
       « Se l'om s'en loë al començail,
       « Si s'en plaint om al definail ;
       « Ne ja orgueil ne orgoillos

6070 n q. qe len (R quanç len); K torner — 71 (R); k lont, e la,
N lor — 72 N droiture; R dona a, E rant a — 74 R Chil aioste
rent parlament; N pallemant (forme ordin.); eJ Refirent g.
(M¹ grieu), M Que firent g., K Q. griu pristrent — 77 M² prim.
— 78 M² iert s. — 79 F De molt g. san; M¹ engineus, F ang. —
80 n coueitox — 82 R Ki; M² hon, M on, NR en, EF an, KM¹
len; M² ergoil, Kn org., e orguel (cf. -84, -85, etc.) — 83 F
gahain-, E gahein-, M¹ gaanier — 84 R sorçont; M²R enconbrer;
n uint grant (N uienent) e.; ek Dorgoil uienent (M¹ uiegnent) —
85 KM¹ uelt, M ueult, EF uialt, N uiaut (de même partout,
sauf avis contraire), M²R uout (parf.); R soure, kF oure, M¹
hueure, E chose — 86 KR buen — 87 M² lon, k len, n lan; n se
l.; eR Sen sen (R se) l.; e au comencement, kn au comencier —
88 R plait il; k Lon (M On) sen p. tost, n Si se lot an; kn al
derenier (N darr., F desrainier); e Len sen p. au definement —
89 R orguil, E orguiauz; M erg., FM orgueillos, N -ox, M¹ -uel-
los, E -uillos.

6090 « Ne vueil que s'acompaint o nos.        *6080*

« Li deu n'orent onc d'orgueil cure,

« Ainz le heent a desmesure :

« Mainte feiz en ont pris venjance

« E si aperte demostrance

6095 « Que nus ne deit rien plus haïr        *6085*

« Qu'orgueil en sei a maintenir.

« Perte e damage e destorbier

« Fait orguieuz sovent comencier.

« Contre un ami o contre dous

6100 « Que ja avra uns orgoillos        *6090*

« A il cent enemis mortaus.

« De toz vices est li plus maus;

« E qui mal aime e en mal creit,

« Se maus l'en vient, c'est a bon dreit.

6105 « Por ço vos vueil dire e mostrer        *6095*

« Ço dont nos covient a penser :

« Estre en devons tuit curios.

« Nostre ennemi sont près de nos;

« Entré somes dedenz lor terre,

6110 « Par force les volons conquerre;        *6100*

« Tant en avons ja comencié,

6090 *MM¹n* quil; *R* saconpain an uos; *M¹* a; *MR* uos — 91
*F* ainc, *N* ainz; *R* dorguil; *ek* nen o. onques (*M* auques) c. —
92 *K* heient; *M²* mout sans mesure — 93 *EFK* Maintes foiz;
*R* fait u. — 94 *ek* Et ml't a. — 95 *e* Car; *R* p. r.; *n* Nus hom ne
(*F* nan) d. r., *K* Que riens ne d. len — 96 *R* Quorguil, *n* Dorgoil,
*M¹* Orguel; *k* Que o. en s. m. — 97 *M²* P. d., *F* Por ce d. — 98
*M²* ergoilz, *EF* orguialz, *N* -iauz, *R* orguil, *k* -oil, *M¹* -uel
— 6100 *M²* nus, *R* nuls; *F* Que ia ou a; *e* Qui uialt auoir uns
(*M¹* un) o., *k* Que ueult (*k* selt) a. home (*M* hons) o. — 1 *M²en*
anemis — 2 *ek* Cest des u. toz li — 3 (*A*); *A²* Qui le m.; *n* mielz
(*F* mialz) a. et qui mielz c.; *M¹* hueure; *M²CLM* e mal, **y**A²IJ et
le m., *B* et qui ma; *k* Cil qui mal seit se il m. c. — 4 *R* Ce; *M²k*
mals, *F* malz, *EN* max, *M¹* mal; *M²* li u.; *R* buen — 5 *R* uoil
uos; *n* conter — 6 *MN* donc, *k* don; *M²* auient, *n* auons, *MR*
conu. — 7 *k* toz, *n* ml't; *F* coucitos, *eJ* airos — 8 *nEM* an.;
*M¹* Nos anemis — 10 *eMR* la; *F* uenons — 11 *M²e* conm.

« Dont il sont mout vers nos irié.

« Volentiers en prendront venjance,

« S'il en pueent aveir poissance ;

6115 « En lor cité se defendront                    6105

« De nos tant come il plus porront.

« Ele est mout fort estrangement,

« S'i a mout chevaliers e gent :

« Venu i sont de plusors lieus,

6120 « Chalongier nos cuident lor fieus.            6110

« Grant avantage a, ço m'est vis,

« Qui se defent en son païs ;

« Doble force a, se il rien vaut,

« Envers celui qui lui asaut.

6125 « Une buisnache feible assez,                  6115

« Ou n'a granz murs ne granz fossez,

« Se defent tant, ainz que seit prise,

« Qu'a peine est tele hore conquise.

« Ne por ço ne parol jo mie

---

6112 *n* D. molt s. anuers nos; *k* u. n. m. i.; *e* D. lor ami en
s. (*E* s. tuit) i. — 13 *N* panront, *F* prandroit — 14 *k* Se il;
*M²KNR* poent, *Fy* puent; *N* puiss., *eF* puis. — 15-6 *interv.*
*dans y* — 15 *M²* A; *y* la c. — 16 *n* T. com il onques; *M* il p. —
17 *M²EKN* forz — 18 *M²R* Si ont, *n* Si ront — 19 *M²R* lues, *N*
lous; *AF* leus, *L* leuz; *BIJky* tuit por lor (*Jy* la, *B* no) guerre
— 20 *F* Chalunger, *C* Calonger, *BHJLMM¹* Chalengier, *I* Cal.,
*K* Deffendre; *C* nes; *M²* quident, *M* doiuent, *BCHJL* uolent,
*e* uodront, *K* uol-; *M²R* fues, *N* fous, *AA²CF* feus, *L* feuz; *BIJky*
la (*kI* lor) terre — 23 *R* si il, *M* sil; *K* riens; *E* se on lasalt —
24 (*J*); *A* Contre; *R* ke; *ky* E. aucun (*k* alcon) se (*k* quant) il
(*M* i, *M¹* le) lassalt (*H* lasalt, *M¹* lasaut) — 25 *R* buis chiache,
*n* buinace, *A* bretesche, *BJek* uilete; *B* foisble, *K* poure — 26
*M²* O, *R* On; *AM* a g. m. et; *M¹* grant murs, *F* ne m.; *n* Ou il
na mur; *En* ne fermetez — 27 (*H*); *R* defont; (*HR* tant), *ACek*
mlt'; *M²* desfent a. quele; *R* kil, *E* quel; *n* d. a. que s. asise
— 28 *M²* e. tiels ore est (*sic*); *R* tels ore, *C* tel oeure; *Me* Qua
ml't grant p. e. c., *k* Kar a m. g. p. e. acquise, *n* Qa g. p. puet
estre prise — 29 *k* Mes; *M²n* paroil, *M* parolt; *k* por ico nel di
gie m.

6130 &laquo; Que jo ja pens ne que ja die     *6120*
   &laquo; Qu'al loinz se defendent de nos.
   &laquo; De ço ne sui jo pas dotos :
   &laquo; Mais une chose poons faire,
   &laquo; Ensi come il m'est a viaire.

6135 &laquo; Sens e mesure, icest pareil,     *6125*
   &laquo; Deivent estre nostre conseil :
   &laquo; Granz laiz sereit, se faision
   &laquo; Chose ou n'eüst sen ne raison.
   &laquo; Del mont, qui si est granz e lez,

6140 &laquo; Avons les plus sages jostez :     *6130*
   &laquo; Sages deit estre e buens e dreiz
   &laquo; Toz li conseuz que ja prendreiz.
   &laquo; Ço est mout bien chose seüe,
   &laquo; Coment iceste uevre est meüe,

6145 &laquo; Li quel ont dreit e li quel tort.     *6135*
   &laquo; Maint bon chevalier en sont mort.

---

6130 (*R*); *n* Qe iel panse ne q. iel d., *M'k* Q. ia (*k* gie) penz
(*k* pens) a nul (*M* pense n.) ior ne d., *E* Q. ia i panse ne ne d.
— 31 *M²* Quas, *R* Cant, *M'* Qua; *ERkn* loing, *M'* loig; *F* de-
fandist — 32 *n* s. mie; *eM* Je ne s. p. de ce d., *M²AR* Ne s. de
rien (*A* riens) de ce d. — 33 *n* poez — 34 *kM'* Issi; *M* a memoire
— 35 *L* Senz; *nG* Sen et parole; (*M²A* icest p.), *A²* cist p., *C* par
p., *I* cis parels, *BJkxy* tuit (*H* tot) p.; *M²KR* pareill, *x* -oil,
*BHJ* -el — 36 *M²* Deit gouerner; *I* D. bien g. nos consels; *yJK*
a n.; *M²KR* conseill, *n* -oil, *BHJ* -el — 37 *M²en* Grant; *F* lait,
*M²* leit, *e* lct; *M* sera se nous faisons; *F* faisions, *E* feis., *KM'*
fes., *R* faisiom — 38 *F* on eust, *R* on aust; *M²* sens; *n* et, *R* ou;
*N* raisons; *ek* Nule rien (*K* riens) qui ne fust resons (*E* reis.) —
39-40 m. à *K* — 39 *M²R* quensi, *F* que si; *ek* lons et; *M²* leiz, *R*
lieç.— 40 *R* Auoms; *M* A uous, *K* Sauons; *ek* riches chasez; *M²*
Estes les p. saiues i., *n* Somes eslit as p. senez — 41 *M²FMe*
bons; *k* bien est d. — 42 *A* Tout; *R* conseilç, *C* conselliers; *En*
Li consauz, *k* Li conseil, *M'* Le c. ; *n* que ici, *ek* quentre uos;
*M²* que uos; *N* panroiz — 44 *M²k* Come (*M* Comment) cest
hueure (*K* oure); (*R* iceste), *en* ceste; *E* oeure, *M'* heure,
*nKR* oure; *M²* comeue, *k* esm., *M* meue, *e* auenue — 46 *B*
Quant c. en s. m., *ek* M. c. en s. ia m.

« Laomedon le comença,
« Qui laidement le compara :
« Mout en fu prise aspre venjance,
6150     « Ancore en ont li heir pesance.          *6140*
« Prianz nos fist l'autr'ier requerre
« En fine paiz, senz nule guerre,
« Que li rendissons sa soror,
« Que tenue avions maint jor.
6155     « Ne l'en vousimes rendre mie :          *6145*
« Ço fu orguieuz e grant folie.
« Tant par lor estions mesfait,
« Voleir en deüssons le plait :
« Ne set mie qui rien ne crient
6160     « Come en poi d'ore maus li vient.          *6150*
« Se fust Esiona rendue,
« Heleine ne fust pas tolue :
« Ja jor Paris nel se pensast

---

6147 *F* Laum. — 48 *F* Qe ; *M¹* compera — 49 *MM¹* grant, E
granz ; *K* pris grieue — 5o *K* Unquore, *M²Me* Encor, *n* Ancor ;
*M²KR* eir, *enM* oir (cf. 848) — 51 *en* lautre an (*M¹* anz) — 52
*n* An bone foi ; *K* s. fere g. — 53 *M²* rendist hon ; *nR* Q. lan li
rendist (*F* randissent) — 54 *M²N* Quauions (*N* -iens) t. ; *M¹*
auion ; *k* Q. nos t. auons — 55 *H* li, *n* la ; *G* uos., *A²EIJN* uols.
*Lk* uolsistes, *M¹* uosites, *H* uausistes, *M²AC* uous. — 56 *M²CHJ*
ergoilz, *F* org., *E* orguialz, *N* -iauz, *A* -uex, *A²* -ols, *k* orgoil, *R*
-oel, *M¹* -uel ; *e* felenie (*M¹* -onie) — 57 *ek* li ; *N* esteiens, *FG* estiens,
*CM¹Rk* estiez, *M²* eriez, *L* deuions ; *H* T. e. uers lui, *k* T. m. par
li (*M* li p.) estiez ; *A²* T. nos sauons u. els ; *M²AA²H* mesfaiz, *J*
-eiz, *C* mesfraiz — 58 *L* Laissier ; *EG* deussiens, *n* deusiens, *H*
deusson, *M²* -eiz, *J* -ez, *ACDM* -iez, *M¹* deusiez, *L* deuions ; *k* U.
la peis (*M* La pes u.) en deuiez (*M* deussiez) ; *E* Bien d. u. ; *F* lor
p., *M²AA²CHJ* la paiz — 59 *M* scet, *k* scit, *M²* siet ; *FR* qe — 6o
*k* En con, *R* En can ; *M²KR* mals, *FM* mal ; *M¹* en uient ; *E* mes
auient — 61 *nyJM* esy- ; *kCHJ* Sesyona (*k* Syzi-) f. donc (*CHJ*
lors) r., *e* Se e. f. r. — 62 *N* Helayne, *B* Helena, *E* Elene, *L*
Eleine, *CG* Ne f. p. h., *H* Ja h.ne f. t. ; *M²* tollue, *IM¹* perdue
— 63-4 *placés dans* x *après* -65, *qui vient après* -66 — 63 (*L*) ;
*N* Ja lors, *A²* Ja dans ; *AA²CF* ne ; *C* sel, *A²* sen ; *G* passast
*A¹BIJky* Ja p. ne (*A¹J* nel) se (*I* sen) fust pensez.

« Ne nostre terre ne robast.

6165    « Honte i avons, e il greignor;

        « S'avons perdu, e il des lor;        *6156*

        « S'avons damages, e il dueus;

        « De nos se plaignent, e nos d'eus;

        « Tort ont eü, e nos greignor :

6170    « De ço se plaignent tuit li lor.

        « Faisons en tant, jol lo e vueil,       *6157*

        « Que l'om nel nos tienge a orgueil

        « E que nostre n'en seit li torz :

        « Quant les avrons destruiz e morz,     *6160*

6175    « Toz nostre pris en iert doblez,

        « Quant nostre torz n'i iert trovez;

        « Mout nos sera bien eschaeit,

        « Quant nos avrons victoire e dreit.

---

6164 (*CG*); *A²* Que... derobast; *L* Q. il n. t. r.; *A'BIJky* Quen nostre (*H* Que en no) t. fust entrez — 65-6 *interv. dans x* — 65 *H* en; *R* auom, *KM'* auon; (*M²A'A²EGHIJLN* greignor), *B* grignour, *F* greinor (*cf. 6169*), *M'* grenor, *A* mauiour (*sic*) — 66 *G* Saues; *M²* del lor, *M* greignour; *J* Perdu des noz et il — 67-70 *m. à K* — 67 *x* domaige; *L* mals, *F* max; *N* et nos dax, *G* il ront dex; *ACR* Se (*R* Si) nos plaignons (*A* Se plainsimes) il (*R* i) firent daus (*C* deaus, *R* diaus), *A'A²BIJMy* Se (*A²M'* Si) p. dels (*A'* Daus nos p.) et il de nos, *M²* Ensi uait la honte e li duels — 68 *A'A²BIJMy* Malement uait (*A²* Ml't durement) ce ueez uos; *F* uos... uos; *L* dals, *GR* diaus, *F* dax, *C* de aus, *A* daus — 69 *B* Et sil ont tort, *JMy* Il o. g. t. ; *M* et il — 70 *C* Dice, *M* Se ce; *C* t. le lour, *A²H* tot li lor, *BI* li plussour — 71 *A²* Or f. t., *A* Fesonmes t., *E* Feisons ml't tost; *M²* Faison, *M'k* Feson, *R* Fasom; *F* autant, *I* ent t.; (*A²* iol), *M²AR* iel, *L* gel, *G* io, *BJMy* ce, *K* co; *C* lc; *M²CR* lou; *n* et ge le uoil — 72 (*R*); *M²* lon, *A* on, *n* lan, *Bky* nus; *C* ne nos torne, *ABkny* ne le (*K* nel) t.; *J* Q. nel t. nus, *L* Et niert pas tenu; *M²ABJMy* tiegne, *FR* -ngne, *N* teigne; *M²* ergueil (*forme ordinaire*), *BCRkn* orgucil, *M'* orguel, *L* -oel — 73 *EN* nostres; *M* tort — 74 *K* conquis; *M* destruit et mort — 75-6 *interv. dans F, m. à H* — 75 (*CGJL*); *M²* i i.; en *m. à R*; *E* ert, *A* est; *n* doplez — 76 *E* nostres; *Rk* niert t. (*k* contez), *e* niert recontez — 77 *enLM* escheoit, *M'* -aoit; *A* M. par n. s. b. cheoit — 78 *kB* Q. il auront tort et nos d.; *R* u. per d.

« Cui l'om fait tort e il s'en venge,            6165

6180 « Içò li est doble loënge ;

« Mais qui tort fait e honte e lait

« Senz çò que l'om l'ait a lui fait,

« S'il l'en meschiet, ja n'en iert plainz,

« Anceis en fait esjoïr mainz.            6170

6185 « Mandons Priant par noz messages,

« Par teus qui seient proz e sages,

« Que Heleine rendre nos face,

« O une chose de fi sace,

« S'il ne nos fait dreit del mesfait            6175

6190 « Que Paris a en Grece fait,

« Donc avra tort, nos avrons dreit :

« Ne puet estre destruiz ne seit ;

« Ja mais a nos ne la guarront.

« S'il la rendent e dreit nos font,            6180

---

6179 *K* Qui; *M²* lon, *eK* len, *n* lan, *M* on, *R* le; *M²ARe* se il, *E* se len; *kANR* se u.; *M²* uienge — 80 (*A*); *C* Ici; *ek* Estre li doit d. — 81 (*A*); *R* o h. o l.; *M²* leit — 82 *M²AR* lon, *C* len; *n* quan (*F* qi) li ait de rien fait (*F* mesfait); *eM* Et len (*M* on) ne li a r. m., *K* Et lon li a de riens m. — 83 (*H*); *C* Si, *M* Ci; *n* li, *M²* en; *K* niert p.; *M* plaiz, *F* plaint; *M'* nest mie p., *E* nen est pas p. — 84 (*CR*); *E* Encois; *M²A* sen esioissent m., *BMny* en est (*B* est il, *M* iert il) blasmez (*BM* gabez) de m. (*F* maint); *K* Onquores e. gabez de m. — 85 *J* prianz, *A*-s; *A²DHFR* por; *M²* tiels; *B* message, *C* mes. — 86 (*AR*); *R* ke; *x* Par tex quan les (*F* Por cex qe lan) t. por s.; *kBHJ* Tex (*B* Tel) quen (*BM* con, *H* quil) t. a. p., *M²* Que lon tienge a p.; *C* Par les plus p. par les plus sage, *A²De* Dont nos auons assez de (*A²* de pluisors) s.; *H* tigne, *BGLM* tiegne, *F* tieigne, *N* teigne; *M²* preus, *H* prous, *B* pros; *BC* sage — 87 *ACR* heloine; *A²x* Q. h. n. (*F* uos) f. r., *kyBJ* Q. il n. f. r. h. — 88 *C* derit s.; *R* Si con de fin la c. s.; *A²x* U. c. puet bien atandre (*A²G* entendre); *kyBJ* Ou (*K* Et, *B* Or) sache u. c. certaine — 89 *F* uos — 90 *M'* gresse — 91-2 *interv. dans* *M²ACRn* — 91 *M²* Doncs, *AM'* Dont; *CN* auront, *F* aurons; *ek* a. il t. et n. d. — 92 (*A*); *CFMR* destruit, *M'* detruit, *K* uencuz; *C* nen — 93 *R* o nos; *n* de nos garde (*Ng.* de n.) nauront — 94 *ek* Mes sil la r. et d. f.

6195    « Qu'irions nos plus demandant?
        « Buen torner s'en fereit a tant.
        « Jo voudreie qu'a nostre honor
        « Nos fussons ja mis el retor.
        « A ma parole n'a mes diz                    6185
6200    « Ne cuidez que seie guenchiz;
        « Quar, ço sacheiz, tant en ferai,
        « Ço cuit, ja blasmez n'en serai. »
            En plusors sens i respondirent
        Cil qui ceste parole oïrent.                 6190
6205    Li un loënt bien l'enveier,
        L'autre nel voustrent otreier.
        Li un diënt mout a bien dit,
        E de plusors fu contredit.
        Que vos en fereie lonc plait?                6195
6210    Otreié ont qu'ensi seit fait.
        Li messages fu enchargiez
        A dous chevaliers mout preisiez :
        Li uns ot non Diomedès,
        E li autre fu Ulixès.                        6200
6215    Por cest afaire bien fornir,                 6202
        N'i poüssent meillors choisir.               6201

---

6195 *R* Queriom, *n* Qe irons ; *M* puiz — 96 (*R*); *N* Boen,
*M*²*Me* Bon; *K* se — 97 *R* quau — 98 *M*² En f.; *En* fussiens, *M*¹
fusons ; *M* au rour — 99 (*AC*); *n* Por mes paroles por, *y* A mes
p. na (*M*¹ a); *M* ne a — 6200 *M*²*ACR* Ne me tien (*R* ting) ie (*A*
tenez) de rien (*A* riens) g.; *k* quidez, *F* cuidez, *yN* -iez; *GN*
quen — 1 (*AH*); *K* Car s. que t. — 2 *M*² quit; *n* Ja ce c., *eM*
Ce (*M* Je) c. que, *HK* Jo croi ia (*K* que); *M*¹ blamez; *M* ne —
3 *H* Et li pluisor; *n* son; *M*²*FH* li — 4 (*H*); *F* ces paroles — 5
*K* uolent; *R* Lun l. molt b. — 6 *M* Li un ne ueuelent; *F* Li
autre, *M*¹ Autres ; *n* uostrent, *M*²˙uoudrent, *e* uolent; *K* Plosor
nel puoent — 7 *M* m. b. a d. — 8 (*R*); *M*²*n* des; *n* autres —
10 *n* lont; *N* ensi; *n* lont f. ; *ek* En (*M* Quen) la fin dient que
(*E* quil) s. f.  — 12 *e* .ij. mesages; *E* pris. — 14 *M*²*Ne* autres;
*e* hul. — 15-6 *interv.* dans *ky* — 15 *M*² afeire, *kM*¹ afere, *EH*
mesage; *M* mielz f., *H* maintenir — 16 *M*²*KNy* poissent, *M*
peussent; *F* Nan poist lan.

N'i ot rien plus del porloignier :          6203
Cil s'alerent apareillier.
Mout se vestirent richement,
6220   Quar, se li Livres ne me ment,
De dras de seie de colors
Ovrez a bestes e a flors,          6208
D'or e de pieres estelez,          6210
Furent vestu e afublez          6209
6225   Ensi tres bel e si tres bien          6211
Qu'il lor avint sor tote rien.
En lor chiés orent dous chapeaus
Faiz de la plume d'uns oiseaus
Qui conversent, ço dit l'Autor,          6215
6230   En Inde la Superior.
Soëf uelent, ços sai retraire,
E si n'est color que n'i paire :
Ceus portent por le chaut d'esté.
D'or furent bien esporoné.          6220
6235   Palefreiz orent genz e beaus,
Soëf amblanz, forz e isneaus ;
Merveilles erent bien taillié

6217 *M* nient; *n* p. r. ; *Ekn* de; *N* pol., *M'* porlonnier, *F* pro-
lungner — 20 *Ken* nos, *R* men — 22 *M'* o fl. — 23-4 *interv. dans*
*ek* — ʼ23 *F* estelle, *R* estoile, *kM'* tassele, *E* aorne — 24 *Ek*
afuble, *M'* aflube — 25 *F* Ansi, *KM'* Issi, *M* Et si; *N* ensi t. b.,
*KM'* issi t. b. — 26 *F* Qi, *R* Ke — 27 (*R*); *Kn* chief; *Men* cha-
piax, *K* -pax — 28 *R* Plainç; *M* dun — 29 *R* Ke; *A²* ce dist,
*M²BJek* tesmoing, *H* selonc; *kBJ* lauctor — 3o *e* ynde —
3ı *CJMM'* olent, *KR* olant, *EH* oelent, *B* flairent ; *R* cous, *K*
co, *M²CGHJMM'* ce; *E* coi r.; *M²Ax* Bien olant (*F* oil., *N* oil-
lent, *G* oll.) sunt ce s. (*G* sait) (*A* se puet) (*L* et si s.); *MACJy*
retrere; *A²* Si oloient cum laituaire — 32 *tous les mss., sauf A²,*
colors; *A²* Sos ciel nest color; *R* ke, *F* qe; *M* ne; *M²A²e* pere
— 33 *N* Cez, *E* Ces, *F* Ce — 34 *M²J* gent; *M²JNRe* esper., *kF*
auirone — 35 (*R*); *N* boens, *FMe* bons — 36 *M'* igniax — 37-8
*m. à M* — 37 (*A*); *H* Merueille; *Jky* furent.

E de l'eire bien aaisié.  
Ne neif ne cignes n'est si blans          *6225*  
6240    Come il aveient toz les flans ;  
Ferranz e bais e pomelez  
Orent cous, cropes e costez.  
Enselé furent gentement  
E enfrené si richement          *6230*  
6245    Que por mil besanz moneez  
Ne fust li lorains achetez.  
   Cil monterent delivrement.  
Dous vaslez meinent solement :  
Ne voleient armes porter,          *6235*  
6250    Quar teus poüssent encontrer  
Qui ja a reison nes meïssent,  
D'eus ocire ne se feinsissent.  
Mais qui quis truisse ne qui non,  
Ne lor dira rien se bien non.          *6240*  
6255    Dreit a Troie tote l'estree  
Chevauchierent la matinee.  
N'ont nul reguart de destorbier :  

6238 *N* de loirre, *M²ek* deliure, *R* desliure, *F* de bonte;  
*HJM¹* et b. a., *M²ACEMR* e a.; *CK* aisie, *HJ* aasie, *M¹* eesie,  
*M²AEFR* aeisie, *N* aesie — 3o *R* Et; *MM¹* noif, *C* nof, *nE*  
nois, *M²KR* neis; *EK* cisnes, *CM* -e, *M¹* cines; *E* N. ne c.  
nestoit si b. — 4o (*R*); *F* estoient; *ek* orent uentres et f. — 41  
*R* baç — 42 *M²k* cols, *N* cox, *E* cors; *M¹* flans crepons, *F* col et  
crope — 43 *N* Enselle, *F* ans.; *nK* richement — 44 *nk* gentement  
— 45 (*A*); *KR* moneiez, *C* -oiez, *M* noielez — 46 *A* Nen f. li  
pires a.; *R* loraigns, *E* hernois, *n* pires; *M²CR* esligiez, *n* -ez,  
*J* achatez, *H* acates — 47 *M²* Cist — 48 (*R*); *ekn* uallez; *n*  
moinent — 49 *k* Ni — 5o *MM¹* peussent, *FK* poissent, *N* pois-  
sient, *E* les poist — 51 *kM¹* Que; (*M²ENk* reison), *M¹* reson;  
*F* Qe a raisons ne les m. ; *E* meist — 52 *M²N* ocirre; *ek* Ne d.  
greuer; *N* foins., *F* fains., *M¹* -isent, *M* faignissent, *E* feinsist  
— 53 *MM¹* ques, *M²* quor, *A* que; *M²A* truissent, *M¹* truise;  
*n* M. qui les t. (*F* troissent), *E* Qui que les t. ; *R* Cui que  
contrassent ne cui n. — 54 *e* len; *R* si — 55 *F* lastree — 57  
(*AC*; *M²R* grant r.; *ek* Norent r. (*K* garde) ne d.

Rien ne doterent messagier.
Ainz que midis fust trespassé, *6245*
6260 Furent venu a la cité.
Par mi les rues chevauchierent,
Tant com plus porent espleitierent ;
De maint furent le jor miré
E de maint furent esguardé. *6250*
6265 Devant la sale aveit un pin
Dont les branches furent d'or fin
Tresgetees par artimaire,
Par nigromance e par gramaire.
Li pins fu faiz de tel semblance : *6255*
6270 Poi esteit plus gros d'une lance,
Mais desus fu espés ramuz
E par mi la place estenduz.
Por ço qu'ensi grailes esteit
E par desus tel fais aveit, *6260*
6275 Se sont li dui rei merveillié
Com ço pot estre apareillié :

6258 *CR* ne (*R* nen) dotoient, *n* ne cremoient; *ek* Ne dotent
r. (*K* riens); *E* cheualier — 59 (*AR*); *R* trap.; *M²* Anceis le
midi t., *N* Ancois que f. m. pase, *FGL* Ainz qe ueissent midi
(*GL* uenist midis) p., *M¹* A. ore (*M¹* huere, *M* leure) de m. (*J*
meisdi) p., *E* Einz queussent m. p., *H* Asses ains miedi p., *C*
Ainz que fust *le ior* p. (*les trois mots soulignés de 2ᵉ main*), *A²*
A. miedi ont tant erre — 60 *A²* Quil sunt uenu; *FKe* en la c. —
62 *En* com il p.; *M* Lenbleure tant e. — 63 *F* mainz; *ek* Ainz
queussent tot trespasse — 64 *A²x* home regarde; *Ek* F. de plu-
sors (*k* plos.) e., *M¹* De p. f. r. — 65 *M²R* Dauant la s. soz le
p., *ek* Il (*K* Si) ot d. la s. .j. p. — 66 *R* chanbres; *A²* Ki les b.
auoit — 67 *M²* Tresietees, *n* -gitees, *E* -iees, *M¹* Treietes, *K*
Tregetees — 69 (*GLR*); *M¹* Le pin; *M²* iert f., *A* iert fet, *en*
estoit; *M²* par tiel senbl., *N* ditel sanbl. — 70 *nM¹* Pou — 71
*M* desoz; *M²R* iert; *R* ramiç — 72 *M²* E par grant maistrie;
*R* estandiç, *nBK* espanduz — 73 *N* quainsin, *ekF* que si; *R* ke
g.; *N* grailles, *M²E* gresles, *M¹* grelles — 74 *M²R* Et que; *F*
de soz; *K* sus si grant fes — 75 *nE* Sen ; *M²* Sunt li d. r. mout
merueille — 76 *R* puet; *ek* Coment ce fu a.; *M* apareille, *F*
-eilie.

A grant richece l'ont tenu.
Des palefreiz sont descendu,
As dous vaslez les ont laissiez.                    *6265*
6280   Par mi les degrez entailliez
Sont el palais dreit monté sus :
Mout i aveit contes e dus
E maint bon chevalier gentil.
Li reis Prianz e tuit si fil                         *6270*
6285   Conseil preneient qu'il fereient
Des Greus, qui si les requereient.
A tant li dui message entrerent :
Contre eus li plusor se leverent.
Devant le rei sont aresté.                           *6275*
6290   Ulixès a premiers parlé :
« Reis Prianz, ne te salu mie,
« Quar nostre gent t'est enemie :
« Assez i a eü de quei.
« Nos somes ça tramis a tei :                        *6280*
6295   « Agamennon te mande e dit
« Que senz lonc terme e senz respit
« Rendes Heleine son seignor,
« E de la laide deshonor
« Que fist Paris en nostre terre                     *6285*

---

6277 *E* A ml't grant chose — 78 *R* palafroiç — 79 *e* A; *FR* dos;
*ekn* uallez; *k* leissiez, *M¹* less., *En* bailliez — 81 *n* En s. (*R* S. d.)
el p. m. s.; *M²* palaiz — 82 *e* Assez i ot (*M¹* a) — 83 *K* buen; *E*
M. c. i ot g.; *K* gentill — 84 *e* Pr. i fu; *k* R. (*M* Roy) p. i fu et
si fill (*M* fil) — 85 *M²* perneient; *LNk* prenoit (*k* prennent) que
il f.; *R* kil, *M²A* que; *F* p. des grezois — 86 *M²* gries, *M¹* griex,
*k* grex; *M²* quensi, *A* qui ci; *N* D. grezois q. l. r., *L* D. g. q.
si les greuoient, *E* Vers lost comant se contendroient, *F* Qe il
an feroient manois — 87 *F* Ataint, *M* Adonc; *Nek* li messagier
(*e* mes., *N* mesaig.) — 88 *n* Contrax; *R* tuit li p. l.; *ek* Li p. con-
trals se l. — 89 *N* aioste — 90 *M²F* prim., *MM¹* premier, *K*
primes — 92 *M²en* genz; *nE* an.; *M¹* est tanemie — 93 *E* a
reison, *M¹* a res.; *ek* por q. — 97 (*A*); *eknCR* a son — 98 *M*
Et du lait et du d., *K* Del let et de la desenor.

6300    « Te font par nos li Greu requerre.
        « Fai vers eus tel adrecement
        « Qu'il le prengent graantement.
        « Tant a en eus sen e mesure,
        « Se tu lor vueus faire dreiture,          6290
6305    « La dame rendes e l'aveir
        « E faces dreit a lor voleir,
        « Ço te mandent, qu'il le prendront
        « E en lor terre s'en riront.
        « N'avreiz ja puis de nos dotance:         6295
6310    « Seüre pais, ferme creance
        « Vos tendrons mais d'ore en avant.
        « N'aiez or mie sen d'enfant,
        « Quar, se vos ço ne volez faire,
        « Tel damage ne tel contraire           6300
6315    « N'avint onques come en iert fait;
        « Jusqu'a mil anz sera retrait.
        « Legierement puez adrecier
        « Ço que tant te puet damagier :
        « Le mal quin puet venir sor tei          6305
6320    « Puez or mieuz covrir o ton dei
        « Que a brief terme o mil escuz.
        « Se jo de ço ne suis creüz,

6300 EKn li g. (K grezeis) p. n.; M² Te sunt uenu li grie r. —
1 N acordement, F -ament — 2 K Que il; k prengnent; K
craant., EM creant., N craent., M¹ greant., M²R graablement,
F creanterent — 3 M²k sens; n droiture — 4 M² uous, kR uels,
M¹ uelt, EN uiax, F uials; n mesure — 7 MR que il ; F la p.
— 8 FR iront — 10 k Seurte; K pes et f. — 11 M²Kn tendront;
e nos; h des ore, M²En m. dor — 12 M² Or naiez m.; M²Me
sens — 13 M Que; n se ice — 14 R ni, F et — 15 F Ne fu o. com
il; EM ert — 16 M² Des qua; M¹ fera; e retrez — 18 M²E qui;
EK te p. t., M t. p. (v. f.); M¹ Ce quen repuet t. d. — 19 KN
quen, F quan, R chem, eM qui — 20 F oi; eFM a, KNR de —
21 (C); R Cha b. t., en Que ca auant; ekn de m., A a m. —
22 E ne s. de ce.

« Ne t'en i vaudront mil que treis.

« Tot ton talent m'en di maneis;                                6310

6325   « Conseille t'en e si respon,

« Quar a torner nos en avon. »

Prianz respondi al message :

« Vassaus, ne vos tieng mie a sage,

« Se vos cuidez que me honisse,                                6315

6330   « Mien esciënt, tant com jo puisse :

« Honiz me sereie jo bien,

« Se de tot ço faiseie rien.

« S'il m'aveient en buies mis

« O en lor chartre set ans pris,                                6320

6335   « Si ne me querreient il plus.

« Ne sui mie si al dejus

« Por quei jo face hontos plait :

« Ne vueil qu'a mes heirs seit retrait.

« Jo lor avreie dreit a querre :                                6325

6340   « Primes destruistrent ceste terre ;

---

6323 n Ne te ualdroit il melz (F mialz) ancois (de 2ᵉ main dans N); R Ne te u. (v. f.); ek Mil homes (E home) ni u. que trei — 24 (R); n uoloir; F mann., N men., ek Ton talent lor (eM li) mande par mei — 25 (C); A et sen; R te si en respunt — 26 (R); An Car retorner (n Qe repairier) nos en uolon; C nauon; yJ Se tu le (E Sauoir sel) uoldras faire ou non — 27 M' Priant; M as messagez — 28 KM'R Uassal, M Uassalz, EN Uasax, F -aus, M² Uassaut; M'N tien, F teiᵍ; E por s.; M² fait il poi estes s., A ie uos t. po a s. — 29 K Quant u. quidez; eMN cuidiez; R Si c. ke ie ne onisse — 3o ek Fox est qui cuide (K quide) quel feisse — 32 N fessoie, K feroie — 33 R a boies; E buihes, M fers — 34 R En lor cartre; M' la ch., K lor chartes, n lor terre; E Ou .vij. a. en lor c. p. — 35 en Ne me requer-roient il plus; C queroient — 36 M² No (o refait); R Nont encor m. le desus, eJK Ml't en sui (K ai) or mialz au (K le) d., M Mielz en ai ore le d., n Ne sui ancore si confus — 37-8 interv. dans J — 37 (A); H feroie; N plaiz; k P. q. fereie, e Ici auroit trop, J Que ie onques f. — 38 F uoi; H a; K eirs, enM oirs; N retraiz — 39 M² aureie el d. (il faut p.-ê. lire aurciel d.); R querrere, F requerre (v. f.) — 4o M' detruitrent.

« L'or e l'argent e la richeise
« En porterent. Mais plus me peise
« De ço qu'il m'ocistrent mon pere :
                          *6330*
« Ne me remest soror ne frere,
6345  « Ami, parent ne bien voillant.
« Ja n'avrai joie a mon vivant
« Desci qu'en aie restor pris :
« Jo m'en sui bien en mon dreit mis.
                          *6335*
« Antenor i tramis l'autre an,
6350  « Qu'il rendissent Esionan :
« Assez vilment me manacierent,
« Lui deboterent e chacierent.
« Ancor la tient en soignantage
                          *6340*
« Cil qui l'en mena en servage.
6355  « Ire e pesance en dei aveir :
« Ço puet il bien de fi saveir,
« N'en sera pais n'acorde quise
« Si en sera venjance prise.
                          *6345*
« Or me ront ma terre eissilliee
6360  « E ma gent morte e detrenchiee :

---

6341 *F* richeisse, *M* -ese, *M'* ricoise — 42 *R* mas ml't men p., *n* dont m. me p. — 43 *M'* ocitrent — 44 *M²R* mi r.; *M* remaist; *EM* ne suer; *M'* lessierent s. ne f. — 45 *N* uillent — 46 *J* naura; *ER* en; *N* talant — 47 *M'Rn* De ci, *HK* De si, e Deuant; *R* ke naia; *KJM'R* retor, *A* retour — 48 *H* Jo mi; *EJk* a ; *n* an tel san — 49 (*R*); *eknJ* Anth.; *C* li; *nCR* lautran, *M'Hk* antan, *A* errant — 5o *A* Qui; *F* Qe me r. (*v. f.*), *N* Qen me randist, *n* esy., *A* esyonant; *kJM'* Por celi (*J* celui, *KM'* cele) dont (*M* donc) ai (*M'* iai, *M* ie) (*J* a ge) grant ahan (*M* haan), *EH* Trauail i ot et g. a. — 51 *M'* mane-, *En* mena- — 52 *R* Et lui boterent, *e* Lui laidengierent; *M* Et l. meismez lcid., *K* Et l. hontosement c.; *E aj. 2 v.* : Et mont tolue ma seror Que il tenoit a desenor — 53 (*R*); *K* Onquor, *n* Ancor, *E* Icil — 54 *MR* lamena — *E* Qui len amena — 56 (*KN* de fi); *FR* de fin, *M²* enfin, *eM* tres bien (*cf. -69*) — 57 *F* pas, *M'* paiz; *M* prise — 58 *M* Sen — 59 *M'B* eissillee, *F* -iliee, *EMN* essilliee, *KM'* -ie — 6o *M²BKM'* detranchie.

« Après diënt que dreit lor face !

« Agamennon vueil que bien sace, —

« Dites li bien que jo li mant, —

« Tant com j'avrai non rei Priant,      *6350*

6365    « N'avra a mei triue ne pais.

« Iceste guerre durra mais :

« A toz les jorz que jo vivrai,

« Tot mon poëir en mostrerai.

« Ço sachent il de fi por veir,      *6355*

6370    « Que jo lor ferai a saveir

« Quel cuer jo ai, ne queus aiües

« Me sont dès un meis acreïes.

« Près m'ont requis, mais se jo puis

« Ne se j'en ma terre les truis,      *6360*

6375    « Jo lor i cuit chalonge metre :

« Ço vueil je voër e prametre,

636ı (*ACR*); *BJky* mandent; *n* q. f. d. — 62 *CR* u. b. q.; *AR* sache, *C* sage; *M²* qui me menace; *BJky* Con cil qui bat et puis menace (*KM¹* man.); *n* bien seurs (*F* aseurs) soit — 63 *R* Dies lo li car, *C* Et li lires qe; *M²* Voil que de part mei seit sachanz, *BJky* Et puis (*K* en) apres demande (*BH* -ent) droit — 64 *C* c. aurai; *R* nom; *M²* reis prianz; *A* ie a. n. priant; *N* la t. c. iaie n. p., *F* T. c. mapelera (*sic*) p., *yJ* la agamemnon ci endroit, *kB* Ag. mant (*B* nient) ci e. — 65 *K* o, *R* en; *M²BKR* trieue, *Me* treue, *C* triues ; *n* Naurai ia (*N* ie) mes ior a .aus pes — 66 *M¹* dura, *R* durera — 67 *M¹* A tout, *n* Trestoz — 68 *M²* monsterrai, *M¹* mostere — 69 (*A*); *R* s. bien ; *C* de fit, *M²R* de fin; *kHJM¹* Co (*H* Mes) s. li grezeis, *E* Mes ce s. li greu; *Bky* de u. — 70 *B* bien s. — 71 *nAC* et quex (*AF* quels, *C* qes) a. (*N* aues); *M²* quelz, *R* ques; *kyBJ* et quels (*BJy* quex) amis — 72 *m. à H*; *M²A* puis un; *F* an; *BJM¹k* Assez ai (*MM¹* a) gent en cest pais, *E* Je lor sere max anemis — 73 *BH* et se, *K* m. si; *F* gel, *yM* ies, *B* les; *BFMe* truis, *H* tris — 74 *R* ia (en *ajouté sur la ligne*), *M²* ie en (*v. f.*), *N* an, *A* en; *K* Et dedanz ma t. l. t., *KJMy* D. ma t. et se (*BM* t. se) ie puis, *F* En ma t. mais bien di p.; *H* aj. : la parlement ni ara puis — 75 *M²AK* quit, *B* cuic; *M¹* chalenge, *k* -ange — 76 *F* Ge; *M²* ueeir; *A* Ce lor uoil u., *R* Ce uos u. dire.

« Qu'o eus n'avrei ja concordance
« Ne ferme pais ne bienestance,
« Tant come aie cent chevaliers ;     *6365*
6380     « E sos ne fusseiz messagiers,
« Trop vos esteüst malement.
« Alez vos en hastivement,
« Quar ja, tant com jo vos verrai,
« Hore senz ire ne serai. »     *6370*
6385     Diomedès prist a sozrire :
« Par Deu, » fait il, « ja mais senz ire
« Ne sereiz donc, s'ensi vos vait.
« Jusqu'a un meis orreiz tel plait,
« Veeir en porreiz cent miliers     *6375*
6390     « Toz adobez sor lor destriers :
« N'i a celui qui n'ait enseigne,
« Heaume e hauberc e entreseigne.
« Ja si forz lices n'i avreiz
« Qu'en poi d'ore ne guerpisseiz.     *6380*
6395     « Es murs de marbre e es portaus

: 6377 *M²AC* Quo eus naie ia, *R* Ke ie els naie, *N* Que ie ia
naurai, *F* Qe ia ni a., *ky* Que uers (*e* Quanuers) els naurai
accord. — 78 (*C*); *R* ferma paç; *A* bonne estance, *ky* bien uoill-
lance (*E* uill.) — 79 *E* iaie, *M²* aurai, *M* iaurai, *H* iarai, *K* gie ai
— 80 *M²n* E se, *Jky* Se uos, *R* Et sous ; *kFJ* fussiez, *M'N* fus.,
*H* fuiss., *R* fuses ; *E* nestiez ; *Ny* mes. — 81 (*A*); *R* estast ia, *F*
esteut, *C* ensteust, *M²* alast ia ; *JMy* Ia u. alast (*E* iroit) molt m.
— 82 *M²* Tornez ; *M* ml't h. — 83 *n* Que — 84 *EHNk* Ore, *M'*
Heure, *F* Ia mais — 85 *Fek* prant ; *M²M'* sorrire — 86 (*A*);
*F* danz rois, *ek* biax (*MM'* biau) rois — 87 *M'* dont, *E* mes ;
*MM'* sainsi, *E* seinsi, *K* se si ; *M²* se ensi uait — 88 *M²* Des
qua ; *MN* uerroiz — 89 *K* Uoeir, *M* Uoier — 90 *EM* les d. ; *R*
sors mil d., *e* sus bons d. — 91 *nR* Ni aura (*F* -ai) nul (*R* cel) —
92 *M²* Heume, *enJ* Hiaume, *KR* Hialme ; *F* auberc, *M²* auzberc ;
*FJM'Rk* H. h. ; *F* ou ; *Jek* chiere grifaigne (*E* -eigne, *J* -eine,
*M'* -aine, *K* griff.) — 93 *n* fort lice ; *C* leu (2ᵉ *main*); *K* auereiz
(*v. f.*), *M²* arois — 94 *EK* nes, *M'* les ; *FM'* guerpiroiz, *E* -isoit,
*K* -issez — 95 *EM* As, *n* Les ; *R* El mur ; *M* deuant, *n* de
pierre ; *e* as portax, *n* les p.

« Vos avront ues pierres e paus.

« Tant i verreiz des voz morir

« A l'assembler e al partir,

« Tant en verreiz o mortel plaie, *6385*

6400 « Grant cuer avreiz, s'il ne s'esmaie.

« Quant ci avez de nos pesance,

« Qui n'i avons escu ne lance,

« Bien la devreiz donc aveir d'eus :

« Longement vos durra cist dueus. » *6390*

6405 Grant tomoute sorst el palais

De ço qu'ot dit Diomedès.

Dui cent en saillirent en piez :

Ja fust toz morz e detranchiez,

Quant li reis se mist entredous,

6410 Qui a grant peine l'a rescos. *6396*

« Tolez, » fait il, « nel faites mie.

« Se li musarz dist sa folie,

6396 *A* metront; *M²* hues, *R* oes; *ekJ* U. couendra; *JK* pax, *M'* piax ; *n* U. abatront et les creniax (*F* -ax) — 97 *M* de uous — 98 *F* Au deseurer au departir — 99 (*AR*); *n* T. an morront dé, *ek* La u. tante — 6400 *N* Dur, *F* Bon ; *A* duel; *FR* aura — .1 *n* Q. uos, *E* Q. noi — 2 *AF* Que; *A* auez; *R* nescu ni — 3 (*A*); *E* Ml't ; *B* lo ; *M²* dons; *CR* deuriez a. deaus (*R* dels), *F* d. a. donc daus ; *kB* donques (*K* la donc) auoir (*M* sauoir), *Jy* lores (*E* lors bien) a. — 4 *An* Longuement, *M²* A longes ; *R* dura; *FRk* cest, *C* cis, *ABJM'* cil; *JMy* Lonc tans d. c. d. por uoir, *K* Longues d. cest tens p. u.; *M²JR* duels, *B* dex, *A* daus, *C* deaus, *E* diax, *F* diaus, *MM'* duel, *N* max — 5 *M²R* tem., *EKN* temolte, *FM'* -ulte, *M* tum., *J* tom.; *enJMR* sort, *CL* ot; *A* G. noise sourdi; *AM'* ou — 6 (*AC*); *R* Dice quo d.; *ekFJ* que dist (*JM'* dit) — 7 *n* .vij. c. — 8 *ek* f. ocis, *A* fussent mort ; *R* Mors les eusent d. — 9 *BJ* sest mis ; *A* deus, *M* deuz, *BJM'* deux, *n* dos, *F* dox; *R* entreus d. — 10 (*B*); *LN* granz poines; *F* Qe a g. p. les a. r.; *K* rescous, *M* -oux, *F* -ox, *JM'* -eux, *P* requeus; *M²AR* Qui a p. les a escous (*A* resqueus) — 11-6 m. à *K* — 11 (*C*); *R* Teseç, *L* -iez, *F* Fuiez, *B* Fuiies, *P* Otest, *A* Tournez; *n* dist il, *M* seignors, *P* -or, *B* signeur; *AHJMRn* ne — 12 (*C*); *FM'R* musart; *R* di, *FJMe* dit.

« Ne devons mie nostre sen

« Ici metre contre le suen :

6415     « Conoistre puet om a ses diz

« Qu'il n'est mie de sen guarniz.

« N'en ma cort n'a reguart messages,     *6397*

« Queus que il seit, o fous o sages :

« Ja n'en avrai jor retraçon.

6420     « Por assez poi se honist om :     *6400*

« Por mil mars d'or ne vueil jo mie

« Qu'uns d'eus i ait perdu la vie. »

  Eneas sist delez le rei :

« Sire », fait il, « en meie fei,

6425     « En toz lieus est droit jugement :     *6405*

« « Qui dit que fous e que fous prent. »

---

6413 (*CR*); *F* d. metre; *yBJM* Ge ne tien pas ice (*B* mie
chose) a bien (*J* buen), *H* Ice ne t. io mie a b. — 14 (*CR*); *F*
I. alues; *yBJM* De m. nostre sens (*E* san) au suen (*BM* sien) ;
*R* li s. — 15 *M²CR* hon, *JMM¹* on, *F* lan, *N* len, *E* an ; *H* Bien
puet percoiure ; *M¹* par s. — 16 (*C*); *M²JMPRy* sens — 17-8
m. à *P* — 17 (*CL*); *n* Na, *kyBJR* En; *nM* garde ; *M* message,
*N* mesaige — 18 *nyJL* Quex, *BK* Quels, *A* Quel, *M²MR* Qui;
*M²* quei il, *R* ke il, *F* qil; *M²* fols, *E* fos; *N* o saige ; *M* ne fol
ne sage — 19 (*ABCP*); *N* aura; *M* retraison, *E* -econ; *L* nul
ior renon; *M²KR* a. retracion; *J* Ia a nul i. ne dirai lon — 20
*LN* Por un (*L* ml't) petit; *M²* hon, *C* on; *F* Par un fol se honiz
proz don, *ekBJP* Que (*E* Quan) jaie fet (*E* aie f., *B* ie face) tel
mesprison (*P* -ixon, *B* -oison, *J* traison) — 21 (*R*); *C* Par; *A* nel
uueil; *n* ne uoldroie m., *BJkyP* dor fin (*P* dor ie, *e* dargent)
ne uoldroie — 22 (*R*); *Cn* Qe uns; *n* daus i perdist; *BJPky* Que
nus (*M¹* nul, *P* uns) dax eust mal a troie — 23 (*BHJPR*); *M¹*
Heneas; *A²* fust; *F* deuant, *k* ioste; *M²* lor r. — 24 *R* mia ; *N*
dist il; *F* antent a moi, *k* entendez mei (*M* a m.) — 25 *R* droiç;
*M²* auient ce souent; *x* Par tot dit len (*G* on) cest i., *BJPky*
Len (*M¹* En, *BH* On) dit (*BH* dist) et a (*P* an) droit i., *A²* De
tant foiz io mon i. — 26 *F* Qe; *AA²CH* dist; *H* com faus et
com faus p. ; *ekBJ* con fos (*M* folz, *M¹* fox) con fos (*M* folz, *M¹*
fox) repant(*BJ* reprent); *A* que que fox p., *Rn* come fous (*n* fox)
p.; *A²C* Q. d. folie com fol p. (*A²* il se mesprent).

&laquo; E s'il vuelent dire que fous,

&laquo; Bien lor debate l'om les cous :

&laquo; La folie sor eus reverte,

6430    &laquo; Sin aient mout bien lor deserte.     *6410*

&laquo; Jo porreie ja ci tant dire

&laquo; Que vos me feriëz ocire

&laquo; O pendre o en un feu ardeir.

&laquo; Jo cuit or bien, al mien espeir,

6435    &laquo; Que malement lor avendreit     *6415*

&laquo; Se por vos non, e a bon dreit,

&laquo; Qui ci vos vienent ramponer:

&laquo; N'est mie biens de l'escouter.

&laquo; Tiengent lor veie, jol lo bien,

6440    &laquo; Quar ci ne guaaigneront rien. &raquo;     *6420*

Diomedès li respondi :

&laquo; Sire, &raquo; fait il, &laquo; vostre merci.

&laquo; Conter savez e mieuz jugier :

---

6427 *R* fol; *M²Kny* uolent; *M* Si uouloient d., *BJek* Sil u. dire (*A²K* parler), *H* Se il ont parle ; *kyBJ* come fol — 28 *M²A* lon, *n* lan; *F* Si lan, *C* Si lor; *N* les ox, *F* les dox, *R* le col ; *e* Si lor bate len b. le c:, *BJM* B. en b. chascuns son c., *K* B. battent a chascons lo c., *H* B. rebate on cascon le c., *A²* Si aient bien batus les cols — 29 *M²* Lur, *HR* Lor; *M'* sus — 30 *MNe* Sen, *F* San; *Ke* tote, *M* chascun; *H* Si en a. tote la perte ; *M²* dess. — 31 (*HJR*); *F* ia ici; *M²M* t. ci d. — 32 *M²R* Dont — 33 *R* en f.; *M²* fue, *N* fou — 34 *ek* Tant lor uuel ie fere saueir (*M* a s.) — 35 (*H*); *A* en sereit; *M²CRn* Q. folement lor estereit — 36 *N* Se nert por u., *E* Se p. u. nert; *M²K* buen, *N* boen — 37 *k* Que ci nos u., *H* Il n. u. ci; *MM'* uiegnent, *R* uinent; *M* ramposner, *K* -ogner, *R* -oiner, *M²N* ranponer — 38 *M²R* biens, *AC* bien, *BMe* bon, *N* lous, *G* leux, *FL* leus; *K* Co nest pas buen, *H* Ne font noient; *BCky* a e. — 39-40 *interv. dans BJky* — 39 *R* Tienge, *MN* Tiegnent, *F* Tei-; *M²M'J* ueies; *BJky* par mon lus — 40 (*A*); *F* Qe, *R* Ja; *M²* ne g. ci, *F* ne g. il; *A²N* Ci ne g. il r., *BJky* Doutrage dire sont trop os — 41 *M* lor — 42 (*R*); *N* dist il; *Ek* Biax sire chiers, *M'P* Biau sire chier — 43 *M²* Contier ; *R* Coment sauoit; *N* melz, *R* mialç, *F* mal, *M'* bien ; *Ek* bien et i.

« Ci nos porreiz aveir mestier.

6445 « Bien entendons a vostre conte          6425
« Que, qui nos voudreit faire honte,
« De neient nos en pesereit :
« Or sacheiz bien, coment qu'il seit,
« Ne vos mesconostrai mais mie.

6450 « Onques de rien n'oi tel envie          6430
« Com j'avreie de vos trover
« Ou vos poüsse merciër
« De tant bel dit e de tant bon.
« Mout avez trait vilain sermon,

6455 « E en maint lieu sera retrait :          6435
« Mais s'eissir osiëz al plait
« Ou tant avra escuz e lances,
« Chevaus, haubers e conoissances
« E chevaliers de tante terre,

6460 « Se lors voliëz pris conquerre,          6440

6444 *F* Li; *FR* uos; *n* poez; *eM* Ce u. puet bien; *K* Co u. p.
a. grant m. — 45 *R* entendunt — 46 *K* Qui que; *F* Ne qi n.
uoudroiz — 47 *M²Rn* ne uos p.; *ek* De rien ne u. en p. — 48
*M²KR* sachez, *eFM* -iez; *F* Mais b. s., *N* Mes ie sai b. — 49 *K*
mesconoitrai, *F* -ostrai, *E* -uistre, *M¹* conoistrions — 5o *K*
Unques; *EHk* tele, *M²n* tiel ; *R* Unc de r. noi grenor e. — 51
*y* C. auroie, *R* Ke iauroie — 52 (*A*) ; *EHK* poisse, *M* peusse,
*AM* puisse, *M²NR* La ou u. puisse m. — 53 *nLR* De tanz biax
(*L* bons) diz et de t. (*L* tans, *F* si) bons (*R* bon), *M²C* Par t. biau
dit e per(*C* de)t. bon, *A* Et si biau d. et si tres b., *A²* Tant auez
bel d. et tant b., *Bky* Del bel (*k* biau) acuilloit (*M¹* acoiller, *K*
recoillet, *B* -oit, *M* receuoir) et del b. — 54 (*A²*); *C* mauez dit; *nL*
Vos (*F* Nos) a. traiz uilains sermons; *Bky* Trait nos a. (*K* a. uos)
or (*K* oi, *BM* hui) tel sarmon — 55 *K* Que en, *yM* Qui en, *F* An;
*EFK* mainz leus; *C* En m. haut leu (*R* autre lueu) s., *AA²N*
En maint leu estera (*AA²* liu iert encor); *M²* lue, *MM¹* lieu, *H*
liu; *Ky* retrez — 56 *N* osseiez; *F* soisiez uenir, *M²C* se e. osez
(*C* oss.), *A²* se souent uenez; *ky* Et se osez (*M¹* oss.) issir (*EHM*
i. o.); *C* a p., *Ky* as plez — 57 *N* hauberz et l. — 58 *M*
Cheualiers (*en abrégé*); *M²* ausbers, *N* escuz; *FM¹* conois., *E*
conuis. — 59 *n* mainte t. — 6o *C* Sadonc uollez; *M²* doncs, *R*
donc, *A* dont ; *F* uorez.

« Sacheiz grant l'avriëz conquis,
« Se me rendiëz mort o pris.
« La me cuit acointier a vos :
« Se n'en avez l'eaume terros,
6465 « Ja puis armes ne porterai            6445
« N'en grant estor ne me verrai.
« Ha ! quel vassal e quel baron !
« Quin avreit treis en sa meison
« Tant par se porreit faire liez :
6470 « Ja ne sereit desconseilliez            6450
« De faire tost un hontos plait. »
Fait Ulixès : « Dès ore est lait ;
« Vilanie est : remaigne a tant.
« Sire, » fait il al rei Priant,
6475 « Vostre respons ai bien oï,            6455
« Ne l'ai de rien mis en obli :
« Bien le savrai as noz retraire.
« Dès or nos metrons el repaire. »
Mout engrossoënt les paroles :
6480 Sempres en i eüst de foles,            6460

6461 *M*ʳR Sachez, *en* M -iez; *M*ᵃ laureiez, *F* aurez — 62 R
mi; *N* man meneiez; *F* Se nestiez ou morz — 63 *F* Ia, *R* Ie; *K*
quit (*forme ordinaire*); e mesteut essaier — 64 *F* nauoiez, *N* ni
auez; *M*ᵃ le heume, *NR* hiaume, *F* laubers; *C* terreous, *R*
teros, *M*ᵃ tros; *ek* Se (*k* Si) ne uos faz (*K* faiz) tot corecos (*M*ⁱ
cour., *EK* corecos) — 65 *eK* Ia mes; *M*ⁱ arme — 66 *M*ᵃR Na, *A*
Sen, *C* Ni; *n* metrai; *ek* Ne g. e. (*E* granz estorz) ne maintendrai
— 67 *M*ᵃ uassaut; *M* ne q., e ha q. — 68 *R* Ken, *M* Quen; *F*
dous; (*M*ᵃR meison) — 69 *F* T. se par p.; *ek* Com il en p. estre l.
— 70 *F* nen — 72 *Ek* Dist; e hul.; e or; *n* or est plus l.; *M*ⁱ uet let
— 73-4 *interv. dans kny* — 73 (*CR*); *N* Uilenie; *n* lessiez a t.
*kyA* Ne puet pas (*H* Il p. bien) remaneir (*EH* remenoir) a t. —
74 (*ACR*); *H* dist il — 75 *M*ᵃ*ACR* auons oi — 76 *H* noiant; *R*
mes — 77 (*CR*); *M* sauroie, *en* saurons; *A* a nos — 78 *A* vous;
*k* al r. — 79 *kn* engroissierent, *M*ⁱ -sierent, *E* angroissieres, *R*
engrossent; *nM* lor — 80 *M*ᵃ di f.; *kM*ⁱ Ia ni (*M* Ia en i) e.
auques (*M*ⁱ dites), *E* Ia en i e. bien.

Quant Ulixès s'en est partiz.
Jus avalent les ars voutiz ;
En lor palefreiz sont monté,
Puis chevauchent par la cité.
6485    Totes les rues trespasserent,                6465
Mainte richece i esguarderent,
Maint riche ostel e maint vassal,
Maint chevalier e maint cheval,                      6468
Maint bon borgeis, maint marcheant,
6490    Maint orgoillos e maint preisant.            6469
Quant fors furent, si espleitierent,
Lor ambleüres engrossierent.
Tant ont erré e chevauchié
Qu'en l'ost des Greus sont repairié.
6495    Al tref Agamennon alerent :
Onc ainz lor regnes ne tirerent ;
Des palefreiz sont descendu,                         6475
La sont tuit li prince venu,

6481 *F* Ou, *M*¹ Mes ; *e* hulixes — 82 *M*² deualent, *KM*¹ auale, *N* -ez, *F* descendi ; *nK* des ; *M*² arcs — 83 *K* Sor ; *R* palefroi — 84 *M* cheuauchierent (*v. f.*) — 87 *M*²*R* ostiel, *F* -al ; *A* M. bel estour, *A*² M. bon halberc, *BM*'*K* M. cheualier, *E* Mante richesse ; *M*²*A*²*R* m. bon (*A*² bel) u. (*R* ciual), *nK* et m. cheual ; *E* uasal — 88 *BJky* M. bon (*K* buen, *B* bel) boriois, *A*² M. gentil prince ; *AN* uassal, *FR* uas. — 89-90 *m. à BJky* — 89 (*A*) ; *R* buen, *C* boen ; *A*² M. cheualier ; *R* et m. m. ; *N* marcheent, *R* merchaant, *F* -eant — 90 (*A*²*C*) ; *M*² erg., *N* orgueillos, *F* -ox ; *R* prisant, *An* puissant ; *A*² aj. 4 *v.* (*voy. aux* Notes) — 91 (*AC*) ; *A*² Q. f. fors, *eJ* Q. f. hors, *M* Q. h. f. ; *JM*¹ lors ; *N* sespletierent, *F* sangroisserent, *H* angoissierent — 92 *FJM*¹ ambleure ; *CM* engroiss., *E* an-, *JM*¹ angrois., *KN* enforcierent, *F* esploiterent ; *H* Et l. a. esploitierent, *L* Grant a. cheualchierent — 93 *F* esploitie — 94 *M*² gries ; *R* de grex — 95-6 *interv. dans n* — 96 *R* Unc, *F* Anc, *AN* Ainz ; *n* puis, *R* anc ; *M*¹ Deuant, *J* Tresque, *H* Trosque, *BEk* Iusque ; *BJky* la ; *EFM* resnes, *JKM*¹ resne, *K* regne — 98 *R* li p. t. ; *EM* T. li p. i. s. tost u. ; *KM*¹ T. li halt p. (*M*¹ Trestuit li p.) i s. u.

Li rei, li conte o les barons,
6500    Quar oïr vuelent le respons.
Li message lor ont retrait
Ensi come il l'aveient fait,    *6480*
Tot lor venir, tot lor aler,
Les respons d'eus e le parler :
6505    N'i ot parole en la cort dite
Une sole grant ne petite
Qu'il ne lor aient reconté.    *6485*
Après sont as osteus alé,
E si donc fu prez li mangiers :
6510    Il s'i asistrent volentiers.

## Expédition d'Achille en Mysie

Agamennon e li baron
Furent dedenz son paveillon,    *6490*
Ou assez ot or Espaneis
E bons pailes riches e freis.

6499 *An* et li baron, *R* et li bernages; *ek* Molt i assenbla
grant (*sic*) barnages — 6500 *A* Qui; *M²* les r., *R* les messages;
*ek* Por oir le uoir des m. — 1 (*R*); *kF* messagier — 2 (*R*); *F*
Ansi, *A²* Issi; *ek* Tot ce quil lor a. fet — 3-4 *interv. dans K* — 3
(*R*); *en* et l. a. — 4 (*R*); *M²* lur, *M¹* lor; *K* Tot lor r. tot lor p.—
7 (*A²R*); *A* raconte, *F* conte — 8-10 *A²* Puis sont li prince
remonte Et sunt as tentes repairie De la guerre sunt rehaitie —
8 *M* hostelz, *A* hosteux, *M²M¹* ostiex, *EKN* -ex, *F* -iax — 9 *M²R*
E se dons (*R* donc), *C* Et sa donc; *M²* presz, *C* prest; *n* Aprestez
lor fu, *ek* Apareilliez fu; *A* Que aprestez iert leur mangier —
10 (*ACR*); *K* Et il; *M¹* se; *M²* asitrent, *K* sassistrent, *nM* ass.;
*M²F* uoluntiers (*forme constante*) — 11 (*AHJR*); *A²* Agamenons,
*FM¹* -on, *E* -annons; *M²M¹* si b. — 12 *n* Sistrent dedenz un —
13-4 *m. à A²* — 13 *M²R* espaigneis — 14 (*AHJ*); *K* buens, *R*
buen, *N* boens; *enK* pailles; *F* dor frois.

6515    En plusors sens ont pris conseiz,
        Mais tairai m'en a ceste feiz :
        N'est mie lieus de tot retraire,       *6495*
        E j'ai avant assez a faire.
        Mais ci porreiz oïr après
6520    Com faitement danz Achillès
        Ala en Mese porchacier
        De quei l'ost eüst a mangier.      *6500*
        La l'orent li prince tramis :
        Il ne s'en fist de rien eschis.
6525    O lui ala dus Telephus
        E chevalier dis mile e plus.
        Ço dit e reconte Darès,       *6505*
        Telephus fu fiz Herculès.
        En Mese alerent, ço vos dis,
6530    Ou mout aveit riche païs
        E planteïf e asazé,

---

6515 *K* plosors ; *FR* plusor sen (*F* san), *J* p. sens ; *F* an, *CL* iert a ; (*M²ACR* p. c.), *A²JPkny* conseil pris ; *AGR* consoilç, *C* conssois ; *M¹* Parle ont de plusors endreiz — 16 (*CR*) ; *A* ie men tais ; *kyJP* ne lai pas por co (*M¹* ensi, *J* ensint) (*EH* mie si) enpris, *A²n* De guerroier lor anemis ; *A²* aj. 2 *v.* : Assez en ont entrels parle Et maint conseil pris et done — 17 *M²* lues, *N* lous, *M¹* liex, *EK* leus, *A* leu, *M* lieu, *F* biax ; *A²* Mais nel puis mie tot r. — 18 (*A*) ; *R* assez a. ; *n* Car (*F* Qe) iai assez aillors (*F* ailors a.), *eA²K* Autre chose ai assez, *A²M* Assez ai a. c. — 19 *A²* M. o. poez ci a. — 20 *M¹* feit. ; *MM¹* dant — 21 *eknBJ* a ; (*H* mese), *les sept mss. et AA²CGLR* messe, *B* mexe (*cf. -29 et -44*) — 22 *A* coi ; *M²* losz ; *A²C* Qe lor gent (*C* host), *R* Ke li ost, *GJkny* Coment lost (*EN* loz, *K* lor) ; *L* Qe il eussent — 23 (*AGL*) ; *F* Li orent, *A²* La lont tot ; *R* le p. ; *ky* Li p. li ont enuoie — 24 (*AA²R*) ; *F* Cil ; *N* se ; *ky* Il i ala par (*K* por) lor congie — 25 (*R*) ; *M* li ; *F* dux, *E* danz, *A²* dans, *M¹* dant ; *M²* stelefus, *Me* telefus, *nK* th. (*cf.-28*) — 26 *M²FM¹R* cheualiers ; *ek* .ij. — 27 *A²FR* daires, *M* deuez — 28 *AA²* Stelephus ; *M²A* iert, *A²* ert — 29 (*AR*) ; *eknL* A messe, *G* An m. ; *A²* ce mest uis, *L* com mendis — 31 *R* O ; *N* planth., *K* -eis ; *F* Et bien garni ; *M²AR* assaze, *N* asade, *F* asede, *eK* repleni, *M* -ani.

De bataille tot conreé.                          6510
Il le troverent dur e fort,
Mainz chevaliers i reçut mort,
6535  Quar Teütrans, quin esteit reis,
Se combati o les Grezeis:
Defendre lor voleit sa terre.                     6515
Nes ala mie trop loing querre,
Mais o la gent qu'il pot joster
6540  S'ala sempres o eus mesler.
De maintenant s'entreferirent,
Mainte colee i departirent:                       6520
Ne s'entrespargnierent de rien.
Cil de Mese le firent bien,
6545  Lor cors e lor païs defendent:
Ço sacheiz bien que chier se vendent;
E se ne fust une aventure                         6525
Que trop lor avint pesme e dure,
Greu fussent desconfit le jor.
6550  Mais Achillès en mi l'estor
Conut le rei: ferir le vait,
Si que mortel plaie li fait:                       6530

6532 *M²NR* tuit c. ; *F* Et de b. porpanse, *ek* Et de uitaille bien
garni — 33 *M²ACR* la t. dure; *n* Il les t. durs et forz — 34
*M²ACRek* Maint cheualier; *n* Molt par i ot cheualiers morz —
35 (*M²* teutrans), *A* th.,*R* tr., *G* thretaus, *L* cheutrax, *N* cetraus,
*M'* centraus, *F* cetlurus, *C* treucier, *kE* theucer; *F* qi, *R* ki, *M'*
en, *L*quen, *G* qui an, *NEk* qi en ert (*k* fu); *A²* Kar cil quin
estoit sire et r. — 36 *NR* conbatie; *F* ou, *A²L* od (*forme cons-
tante*); *M'* Qui se c. as greiois — 38 *M²R* Nels; *R* m. l. requerre;
*n* Mes nes a. m. l. q., *A* Ne les a. pas t. l. q., *ek* Estrange gent
nala pas q. — 39 *N* Car; *R* ou, *n* a; *A* qui; *ek* a (*K* o) tant com
pot assenbler — 40 *F* Alla; *M²FM'* a; *R* dels oiseler — 43 *K*
sentresparnierent, *M²* -gnerent, *M'* -noient, *n* -gnoient, *R* sentre-
parnieient — 44 (*R*); *ekn* messe — 45-6 *m.* à *M* — 46 *n* sachoiz,
*M²R*e -iez — 48 (*M²R* Que), *F* Qe; *ek* molt (*eM* trop) lor fu et
p. (*M* p.) et d. — 49 *M²M'* Grieu, *K* Griu; *F* furent, *N* fusient,
*R* fussant; *E* D. f. g. — 50 *FM'k* Quant — 51 *F* Conuit; *M* uoit
— 52 *M²F* mortiel, *K* -al.

A denz chaï en mi la place.
L'eaume de son chief li deslace :
6555  Sempres eüst le chief trenchié,
Mais Telephus li a preié
Que il eüst de lui merci ;                          *6535*
De son escu bien le covri.
Achillès demande por quei :
6560  « Bien a, » fait il, « dis anz, ço crei,
« Qu'en cest païs me herberja,
« A merveilles m'i honora ;                         *6540*
« Mout se pena de mei servir,
« Por ço nel puis veeir morir. »
6565  Achillès mout joiosement
Li dit qu'en face son talent.
    Cil de Mese furent vencu,                       *6545*
Qui lor seignor orent perdu :
Onc puis ne pristrent d'eus retor,
6570  Ne plus ne maintindrent l'estor.
Li Greu cerchierent le païs :
Assez i ot robé e pris ;                            *6550*
Onques ne fu tel manantie
Ne si faite preie acoillie

6553 *E* chei, *R* kei — 54 *M²* Leume, *N* Liaume, *F* Li hiaume,
*R* Lielmes ; *ek* Le hiaume del c. li d. — 55 *ek* Donc (*e* Lors)
li e. ; *n* aust — 56 (*R*) ; *F* th., *KNe* thelefus, *M* tel., *C* thela-
phus ; *M²MR* prie — 57 *M²* Qui ; *n* aust (*forme ordinaire*) — 58
(*ACR*) ; *n* e. le recouri, *ek* tost (*M* tout) le c. — 60 (*ACR*) ; *n*
.x. a. f. il ; *ek* Sire b. a .x. (*E* .ij.) a. — 62 *n* Et ; *K* A son
poeir ; *M²* me hen. ; *eM* Ml't doucement et enora — 65 *F* A. dit,
*N* A. dist — 66 *ek* dist ; *M²R* Dit quil en ; *n* Que il an fera (*F*
Qil an f. tot) — 67 (*AHR*) ; *eknJ* messe, *B* mexe — 68 *n* Quant
— 69-70 *interv. dans x* — 69 *R* Unc, *BEN* Ainz, *L* Ne ; *M²* p.
puis delz ; *L* del r. ; *ekBJ* ne (*M¹* ni) firent (*B* fisent) nul retor (*J*
trestor) ; *F* Tuit furent pris sanz lor seignor — 70 (*R*) ; *F* Ainc, *N*
Ainz ; *kBJM¹* puis ; *J* le tor, *K* estor — 71 *M²* cercherent, *F* ch.
— 72 *ek* ont — 73 *K* Unques ; *M* men., *N* manencie — 74 *F*
tres grant p.

6575    Come chascuns en meine e prent.
        Li reis fu navrez mortelment ;
        Sot qu'a morir l'en estoveit                    *6555*
        Ne par el passer n'en poëit :
        De Telephus voust son heir faire,
6580    Quar mout sot bien dire e retraire
        Que sis pere li ot rendue
        Sa terre, qu'il aveit perdue :                  *6560*
        « Uns reis, » fait il, « me guerreot,
        « Qui deseriter me cuidot.
6585    « Mais Herculès me vint aidier
        « La ou j'en oi greignor mestier ;
        « Le rei ocist e detrencha                      *6565*
        « E ma terre me delivra,
        « Tote la me rendi en pais.
6590    « Por ço la te guerpis e lais,
        « Mon heir te faz, rei e seignor
        « E de la terre e de l'onor :                   *6570*
        « Mener en porras grant richeise
        « De ma mort vei que il te peise :
6595    « Grant gré t'en sai. Sevelis mei
        « Ensi com l'om deit faire rei ;
        « Fai mei faire ma sepouture                    *6575*

6575 *M* Conment ; *e* Con c. en ameinne ; *M*² o pr. — 76 *N* male-
ment, *K* mortalm. — 77 *M*²*FR* S. que ; *ne* m. li (*M*¹ le) couenoit ;
*ek* Bien sot ; *k* que m. lestoucit — 78 (*R*) ; *n* partir ; *M*² ne — 79
*F* th., *ekN* thelefus, *M* telefus, *A* stelefus ; *M*²*AM*¹*R* uolt, *M*
uoult, *EF* uialt, *KN* uelt ; (*M*²*AR* heir) — 81 *EN* ses peres, *M*
son pere — 83 *M*²*k* guerreiot — 84 *e* uoloit — 85 *K* men ; *kR*
uient — 86 *k* graignor, *M*¹ grenor, *N* plus grant — 88 *F* Moi
et ma t. d. — 90 *k* te g. or et l., *M*² tot mon regne te l., *R* te
bail m. r. et l., *A* la te redoing et l. — 91 *M*²*K* eir ; *AM*¹*R* ten
— 92 *M* De ; *F* ma t. et de ma anor — 93 (*R*) ; *e* i p. ; *K* purras
— 94 *Fe* Bien uoi q. de ma m. te p. ; *k* q. molt ; *R* ten ; *MR*
pese — 95 *M*² sepelis, *R* seuileis, *M* enseueliz — 96 *F* Ansi, *M*
Ainsi, *K* Issi ; *M*² lon, *KN* len, *F* lan, *MM*¹ on, *E* en ; *R* rois —
97 *K* Fe. *E* Fei ; *EKR* me ; *M* Or fai ; *M*²*EFR* sepulture, *M*¹
sepurt., *k* sepolt.

« E mon service e ma dreiture.
« Guarde la terre, aime la gent :
6600 « Ne lor faire destruiement.
« De bon pere seies bons fiz. »
A cez paroles est feniz.                      *6580*
Sevelir le fait Telephus
Si richement come il pot plus :
6605 En un sarqueil l'ont embasmé
De vert marbre menu goté.
Quant sis osseques fu feniz,                  *6585*
De la tombe sont toz partiz.
Ses homages a puis toz pris
6610 Des nobles homes del païs ;
Les fortereces fist guarnir,
Tot le regne ot a son plaisir.                *6590*
    Quant ço fu fait, sempres après,
Se mist el repaire Achillès.
6615 Telephus li fait grant preiere
Qu'en l'ost l'en laist torner ariere :
« Ço vueut faire que cil feront              *6595*

---

6598 *N* sepucre — 99 *R* aima — 6600 (*AR*); *N* faces; *M²* Ne
quieres, *MM'* Ne soffre, *EK* Ne soffrir; *M²Ek* lor d., *M'* le
deseritement — 1 *R* S. de b. p. b. f.; *kM'* filz — 2 *M²* cesz,
*eN* ces; *F* A icest moz si — 3 *M²* Sepelir; *M²* la; *n* th., *ek* the-
lefus, *A* stelefus — 5 *M* Sor; *M²R* sercuel, *M* -queu, *KM'* sar-
queu, *E* -queuz; *n* maubre (*F* marbre) menu gote ; *ke* bien e. —
6 *e* goste, *R* liste; *n* Lont seueli (*F* dedanz mis) et en baume
— 7 *M²F* li, *N* ses; *M²N* obseques, *F* seruises; *ek* Q. son obse-
que (*M'* oseque) orent feni, *CR* Q. orent tot ce parfeni — 8 *M²*
tumbe, *R* tumba; *Cek* se s. parti, *N* sest departiz; *F* Si sest
de sa t. p. — 9 (*C*); *R* hum.; *n* de toz p.; *M²* Lues ses h. a t. p.,
*ek* P. a t. o. (*E* les) h. p. — 10 *n* riches, *K* plus hauz — 11 *E* font
— 13 *ek* un poi (*M'* pou, *E* po), *A* lon temps — 14 *MR* al, *M'*
ou — 15 (*AR*); *N* Th., *eK* Thelefus, *F* Thelofus, *M* Telefus, *A*
Stelefus; *M* len; *Kn* fist; *F* tiel p.; *M²AMRen* proiere — 16 (*R*);
*ekn* le; *M* lait, *E* let, *F* fist — 17 *M²* uolt, *F* uost, *KN* uelt, *M*
ueult, *E* uialt, *M'* uoil; *ek* Autel u. f. con f.

Qui al grant siege a Troie iront,
E si sera as granz torneiz
6620 Qu'il lor tendront par plusors feiz. »
Mais Achillès li dit e prie
Que il d'iço ne parout mie :                                    *6600*
« Vos remandreiz, que bosoinz est.
« De nos socorre seiez prest :
6625 « Faire nos poëz grant aiüe.
« Guardez que l'ost seit socorue
« De vin, de blé, d'uile, de char ;                            *6605*
« Si nel tenez mie a eschar
« Ne en obli, quar mal sereit
6630 « E laiz blasmes vos en vendreit. »
Remés est cil a quel que peine.
    Ainz que trespassast la semaine,                           *6610*
Fu Achillès en l'ost ariere.
Mout li ont fait joiose chiere,
6635 Quar mout a l'ost enmanantie
E de vitaille replenie.
Agamennon e Menelaus,                                          *6615*

---

6618 *R* s. sen iront ; *n* q. au s. de t. i., *ek* Cil q. a t. au s. (*E* au
s. a t.) i. (*K* sont) — 19 (*C*) ; *F* seront, *Re* serai ; *A* a — 20 *G* Qi,
*R* Ki, *A* qui ; *R* traidront ; *ek* Que il feront la maintes (*M¹* -e) f.,
*n* Qan lor fera souantes f. — 22 *M²AR* dice ; *M²Nk* parolt, *E* -ost,
*M¹* -ot, *F* -oiz, *R* parlot — 23 (*AC*) ; *N* remanroiz, *F* -drez, *M²R*
remaindreiz, *e* -ez ; *R* ka ; *F* besoing, *M²NR* besoinz ; *k* quil est
b., *e* por le besoing — 24 (*C*) ; *N* moi ; *F* serez ; *M²* Gardez que
nos uos truissons p., *A* De vous s. trestout p., *ek* Qué uos nos
secorez (*M¹* secorr., *E* -oiz) au loinz (*e* loing) — 25 *e* porrez ;
*MM¹* aue — 26 *M²* losz ; *F* secorrue — 27 *N* duille, *M²FRk* doile ;
*enK* et de c. — 28 *EF* Et, *N* Se — 29 *ek* Ne lobliez ; (*R* mal),
*M²* mals, *Men* lait, *K* lez — 30 *MM¹* lait, *M²* larz, *N* granz, *FK*
grant ; *k* blasme, *M¹* blame ; *MN* uanroit, *F* auenroit (*v. f.*) — 32
*ek* Mes a. q. passast — 34 *K* li firent ; *M* bele c. — 35 *eM*
aman. ; *M²* Q. il a lost m. resbaudie, *F* Car il a m. lost auancie ;
*N* enauancie.

Nestor li vieuz e Aïaus,

E des autres trei cent e plus,

6640 Reis e contes, princes e dus,

Sont dreit a la tente venu

Ou Achillès ert descendu.                    6620

Chascuns d'eus l'est alez baisier :

Grant joie en font, quar mout l'ont chier.

6645 Conté lor a com faitement

Se combati e o quel gent,

Com li reis fu morz e conquis,              6625

E Telephus ot le païs

E tot le regne quitement,

6650 Reis en est riches poissantment :

« Del blé, del vivre del païs

« Nos socorra, ço m'a pramis. »           6630

Tuit ensemble l'ont merciié,

Dïent mout a bien espleitié

6655  E bele chevauchiee faite :

Quant a Troie sera retraite,

Pesera lor, si deit il faire.                      6635

---

6638 *M¹* Nector ; *M²K* uielz, *EM* uialz, *M¹* uiex ; *n* Li rois n. ;
*EN* ayax — 39 *M²R* treis (*R* tres) cenz, *F* troi .c., *Ne* .iij.ᵉ, *k* .v. c.
— 40 *n* R. et p. c. ; *M* R. c. — 41 (*ABC*) ; *M²* Es uos, *R* Son d. ;
*C* tende ; *BM¹k* S. tuit a sa ; *E* S. trestuit a son tref ; *M²R* uenuz
— 42 *M²A* iert, *F* est, *N* fu ; *ekB* Et quant il furent ; *M²R*
descenduz — 44 (*B*) ; *F* Tuit ansamble que ; *K* en ont — 46
*MRen* a q. — 47 *M²* iert, *A²* ert, *Cn* est ; *ek* Coment (*M* Com)
li rois fu morz et pris — 48 *n* th., *ekC* theletus, *AA²* stelefus ; *C*
Th. oit ; *M²AA²N* a — 49-50 *interv. dans CR* — 49 (*AA²BGJLP*) ;
*H* Et tot lempire ; *CR* Par le regne fait ses talanz — 50 *M²* pois-
sanm., *A* et puissant, *CR* et puissanz ; *x* Li ot (*L* fu) done deliu-
rement, *A²BJky* Roi en firent (*A²* a fait, *K* fist len) isnelement
(*H* deliurement, *B* tot esranment, *A²* ml't richement) — 51 *AF*
De ; *A* blez — 52 *F* secora — 53 *M²* gracie — 54 *n* m. ont b.,
*k* molt (*M* que) b. a, *E* quil a b., *M¹* que il a — 55 *FMM¹*
cheuauchie, *M²* -ie, *R* keuauchie ; *k* Et bele c., *E* Et grant cheua-
lerie — 56 *M²* Qui — 57 (*A*) ; *M²* Peisera, *F* Pessera ; *B* li ; *L*
dut ; *R* uer f.

## DÉNOMBREMENT DES ALLIÉS DE PRIAM

   Ici me covient a retraire, —
   Anceis que jo trespas avant,
6660  Dreiz est e biens que jol recant, —
   Queus aïdes ot Priamus,
   Queus reis, queus princes e queus dus  *6640*
   E queus contes e queus barons :
   Oïr porreiz d'auquanz les nons
6665  Qui la riche cité guarnirent
   E qui lonc tens se defendirent.
    De Sezile i vint Pandarus,    *6645*
   Ampon li vieuz e Adrastus.

6658 (*ACR*); *H* Mes ains, *A'BIJy* M. or, *A²x* Des or; *M* nous; *A'BIJky* couendra r., *A²x* porroiz (*A²* porez) oir r. — 59-60 *m. à L* — 59 (*A²BJ*); *HR* traspas, *AK* trespasse; *C* uoisse plus amont — 60 *M²* ie requant, *F* uos rechant, *A* ie r.; *N* que ie uos die et chent; *C* Est bien drois que ie uos racont; *BEHJk* Par (*J* Por) bels (*M* bries) moz (*K* biau dit) et (*E* bel parler) par (*J* por) auenant, *M'* Par mos qui soient a., *A²* E. d. que io die en oiant — 61 *M²A²BK* Quels, e Quex, *R* Kex, *C* Qes, *L* Quielz, *n* Quanz (*cf. -62 et -63*); *M* Quel aide; *B* aies auoit prians — 62 *M²A²k* Quels, *B* Quel; *ekA²J* contes ; *B* que c. si poissans ; *R* et kels d. — 63 *n* Et qex, *L* Et quielz, *R* Et kels ; *N* qex, *L* quiex, *F* quelx ; *A²JRek* princes ; *B* Quels ameriaus — 64 *MN* porroiz, *Jy* -ez, *M'A²BFKR* poez; *M²* dalquanz, *R* de auquans; *kyBJ* Dauquanz (*M* De quanz, *e* Daucuns, *B* Dauques) p. o., *A* Dont vous p. o. — 65 *F* Qe — 66 *ek* la d. — *Aux v. 6667-876, AA²BCGHJLPR sont utilisés, surtout pour les noms propres; voy. aux* Notes — 67 (*A²*); *M²* sezir, *FJ* secile, *EG* sezire, *C* cecire, *A* sesire, *H* sesile, *BM'* sezille, *R* scecerie, *P* Cilie, *L* set illes, *J* selile; *M* De sez en il ont; *L* pandralus, *P* pandanus — 68 *M²R* Apon, *n* Alponz, *G* Alpon, *L* Aspons, *kM'* Hupoz, *BH* -os, *E* Huppot; *M²JK* uielz, *BEFGH* uialz, *N* uiaus, *M'* uiex; *R* le uiel; *P* hupoliuiaus, *A* Apominus, *C* Apolineus; *F* adastus, *C* andastrus, *P* andratus, *A* adarus, *L* drandalus, *R* dastrus (*v. f.*), *M* cupesus (*cf. 6703*).

Gent amenerent merveillose
6670 E hardie e chevalerose :
De riches armes bien armé,
Icist defendront la cité        *6650*
Encontre ceus qui l'ont asise,
Qu'el ne seit arse ne maumise.
6675     De Colophon, une contree
Que de mer est avironee,
I vint Caras e Masius,        *6655*
Nesteus li forz e Phimacus.
Icist erent tuit quatre rei,
6680 E chascun amena o sei
Gent merveillose e bien armee
E por bataille conreee :        *6660*
Cist defendront l'onor Priant,
E por lui trairont maint ahant.

6669-70 *interv. dans* F — 69 F lanz; *A*² orgoillose — 70 F
Gent h.; *A* bataillereuse; *M*² H. e cheueleirose — 71 BPek sont
a. — 72 F Icil, *A* Ceus si; BPek Cil (*M* Cist) d. bien, R Cist
desfendirent — 73-4 *interv. dans* M²ARx — 73 M²R celz, AKn
cels, M ceulz, E ces; P Encontraus qi lon asise; *Fk* ass., N
asisse — 74 *M*² Qui, R Kil, P Qe; *kn* Quele ne s. a. ou (*Mn* ne)
m. (*n* prise) — 75 (*J*); *M²E* colofon, *A* -one, P -phone, Bk -pon,
C collofon, M¹ cholonpon, F celephon, GHLN thelefon; *M*²
acontree — 76 P atronee — 77 ABGMn carras, K -cas, P -tas,
C -aus, *A*² karras, M¹ corax, L tharas, *M*² cains, J camus, H
rarus; *M*² maius, C massius, M¹ marc., MP mars., L amasus,
N ermafus, F hermaphus, K ficius — 78 M²AEHJk Nestex, C
Nextes, P Nestes, *A*² -els, R Bestex, BGM'n Nestor, L Nector ;
ALN uiex; (*dans* L *fors* vient après uielz *exponctué*); *n* firma-
mus, GLP firmacus, M'R simacus — 79 Mn Icil, B Ichil, A
Icilz; ekBP furent; *A* et mestre et roy — 80 *n* Et amenerent au
conroi; ekAB Ch. i (*A* en, B dels) a., P Ch. a. — 81 P Cent
merueilosement armee — 82 K Et de; B ert c.; *M*² conreiee, R
-oiee, BPen conree — 83 (*A²LP*); knyABCJR Cil; *Ke* lo rei p.;
BM'k prian — 84 K trarront; B Et t. p. l.; H auoir grant; BM'k
ahan; P t. achant; *M²A²x* Si quen (*G* quil) iront (*n* seront,
*A*²G ferunt) mil grieu (*n* greu, *G* greus) sanglant (*A*² dolant),
J Tant con seront sein et uiuant, R Et feront trestuit son comant.

6685    De Lice i vint li vieuz Glaucon
     E sis fiz o lui Sarpedon.
     Cist dui i ont gent amenee,      *6665*
     Trei mile e plus de lor contree :
     Por ço i vindrent o tel gent
6690    Qu'al rei de Troie erent parent.
     Icist ferront de granz colees
     E soferront les granz meslees,    *6670*
     Ainz que Greu aient Troie prise
     Ne par force la gent conquise.
6695    E de Licoine, que tant vaut,
     Vint Eüfemes l'amiraut.
     Mil chevaliers proz e hardiz,    *6675*
     De totes armes bien guarniz,
     I amena en son conrei :
6700    Icist maintendront le tornei ;

6685 *L* lyde u.; *A* i fu ; *M²CL* uielz, *nGR* uialz, *AB* uiex, *A²EJk*
rois ; *M¹* le roi, *P* li roi ; *CMN* glacon, *M²G* claucon, *L* colcon,
*K* glacus, *A²* glaucons, *M¹* glouton — 86 *K* sis, *MM¹* son, *les*
*autres* ses ; *Ek* frere, *P* freres ; *H* auolc ; *C* sarpendon, *K* -pedus,
*H* -bedon, *BL* sapedon, *J* serpedon ; *A²* li rois sarpedons — 87
(*M²* Cist), *les autres* Cil, *BK* g. bien armee, *EHJ* de g. a.; *M¹* o. g.
ml't b. a.; *M* o. amenee — 88 *M* T. m. gent, *A²* Plus de t. mil ;
*M²A²* del acontree — 89 *nABM* a t.; *E* Por ce u.; *A²E* a si grant
g. — 90 *N* r. priant; *R* ierent —91 (*B*) *R* Icest, *eN* Icil, *F* Et cil;
*F* feront, *ekB* dorront; *Aek* les g.; *A²* i f. g. c. — 92 (*AB*); *M²n*
de g., *A²* dures; *Ae* mellees — 93 *M²MR* grieu; *N* oient — 94 *K*
Et; *n* Ne la g.; *A²* tote c. — 6695-702 *m. à BP* — 95 (*CH*); *A²*
De blaconie; (Licoine, *correction*), *N* lacone, *CFHL* -oine, *ekJ*
lancoine, *A* -one, *G* -oinne, *M²* laucoine, *R* la come — 96
*M²ACGn* l u.; *M²CR* eufremes, *G* euffr., *F* euframe, *L* -es, *A*
euformes (*cf.* 12307 *et* 12647); *A²Jky* l (*J* ll) font (*K* fist) uenir
(*A²* a uenu) .j. amiraut (*A²EK* -alt) — 97 (*AC*); *JK* Eufemes, *H*
Heu-, *M* Heufumes, *M¹* Eufame, *E* Eufreme, *eM* ot non li hardiz,
*J* qui fu h., *K* forz et h., *H* ce dist lescris — 98 (*R*); *n* riches;
*ekJ* Mil cheualiers prouz et esliz (*M* hardiz), *H* Ml't fu saiues
et de grant pris — 99 (*A*); *M* Enmena cil, *eK* Am. c.; *M²* o son,
*n* au suen; *H* .m. cheualier ot en c. — 6700 *R* mantendron; *ky*
Cil m. bien le t.

Cist feront mainte riche eissue,
Ainz que la vile seit rendue.                             *6680*
    Hupoz li granz e Cupesus,
Qui de Larise esteient dus,
6705   N'i vindrent mie povrement.
Cil d'eus qui meins amena gent
En pot aveir set cenz de taus                             *6685*
Qui proz esteient e vassaus
E desirant d'armes porter :
6710   Mout voudront cist ainz endurer
Granz sofraites e granz mautraiz
Que ja Greu aient Troie en paiz.                          *6690*
    Li reis Remus de Cisonie
I vint o gente compaignie.
6715   Set contes ot e quatre dus
E chevaliers set mile e plus :
Si lige home erent natural ;                              *6695*

---

6701-2 *interv. dans F* — 1 (*R*) ; *ky* Cil, *A* Ceus, *F* Il ; *K* firent ;
*kny* issue — 2 *K* fust r. — 3 *M*² Hupaz, *AM*¹ -os, *P* -o, *A*²
Huspos, *E* Huppoz, *H* Leipos ; *L* Empres la gent ; *CEJ* cupessus,
*M*¹ -ensus, *M*² -esuc, *A*² cuspesus, *F* cupresus, *GN* -essus, *L*
crup., *M* adrastus ; *KP* H. et c. li granz — 4 (*AG*) ; *M*² duc ; *nR*
estoit dus, *M*¹ iert sire et d., *BJMy* De l. fu (*L* iert) sire (*H*
rois) et d. ; *P* la Rise, *M*²*EHRn* la r. ; *KP* De l. fu reis pois-
sanz, *A*² Ni ot celui ne soit hals dus — 5 *k* Ne — 6 *A*²*E* Icil ;
*M*² meinz ; *M* qui deulz mainz ; *M*¹*C* q. m. a. de g. — 7 (*R*) ; *A*²
En amena ; *n* .vj., *eBM* .v. ; *K* .v. c. a. ; *Bk* ditaus — 8 (*R*) ; *F*
prox, *N* prou, *A* prous ; *Bk* Li pires iert (*B* estoit) prous (*K* pros)
(*M* nobles) et u., *e* Dont li p. estoit u., *M*² Que lon teneit a mout
u., *A*² Qui ml't erent das cors uassals — 9 (*AA*²) ; *N* dessirrant,
*k* desiranz, *M*²*E* -irranz, *M* -irreus ; *M*² portier — 10 (*B*) ; *A* cilz,
*M* cil ; *K* a. cil, *FM*¹ ancois ; *A*² u. ainz mal e. — 11 *M*²*R* sofrei-
tes ; *C* maltraix, *R* maus traiç, *A* m. trais, *M*² mesfeiz, *A*² dehais ;
*n* ml't g. laiz ; *L* De g. s. et de l. ; *ekJ* g. mals traire, *B* grant
mal t., *I* anuis t., *H* maint mal t. — 12 (*AA*²*R*) ; *M*² Q. grieu
a. a t. peiz, *ekBJ* Q. maluais plet lor facent (*BM* face) faire
— 13 *G* sisonie, *L* osonie, *M*² tys., *A* cyfonie, *C* yf. — 14 *nMPR*
a ; *AB* ml't grant, *M*¹ riche ; *n* grant cheualerie — 16 *ABEk*
.iij. m.

N'i ot un sol n'eüst cheval,
O deus o treis o quatre o sis,
6720 Toz milsoudors e toz de pris.
Armes ont fresches e noveles,
Heaumes, haubers, escuz e seles      *6700*
Totes d'un teint, d'une color,
Qu'ensi plaiseit a lor seignor,
6725 Por ço qu'il s'entreconeüssent
Es granz batailles ou il fussent,
E que il fust dit e retrait,      *6705*
Saveir come il l'avreient fait.
Cist briseront ainz mainte lance
6730 E feront mainte desevrance
D'ames de cors, que la cité
Seit ja prise par poësté.      *6710*
   De Trace, une terre pleniere,
Ou la gent est hardie e fiere

6717-6874 *m. à* K (*Joly suit* B *ou* G, *plus souvent* G, *avec
quelques inexactitudes*) — 17 (B); *M* ierent; *M³ACM¹R* Si h. l. n.
— 18 (*ACR*); *HM* Ni a; *By* celui, *M* cheluï; *n* Ni auoit un naust;
*M¹* qui nait — 19 *nE* ou quatre; *nEG* ou .v. — 20*M²ARn* Tuit;
*M¹* Li, *HJ* Des; *M²* milsoldor, *J* -ors, *R* -odor, *BE* -ors, *N* -oudor,
*F* misoudor, *G* -ors, *M* -ouz, *M¹* missodor, *A* -ours, *H* -oldors;
*AM²Ren* tuit, *M* et plain, *H* qui sont; *BJy* et de (*M¹* sont de, *J*
de ml't) grant p. — 21 *M¹* chieres — 22 *BJNy* Hiaumes, *M²*
Heumes, *G* Hyaumes, *F* hiames; *M²* ozbers; *n* Haubers h.; *R*
peitralç et s., *B* et bones s., *J* et chieres s. — 23 *M²JNRe* taint
— 24 *M²* Quar si, *A* Quainsi; *n* Ensi le uoloit, *R* Car einsi plot;
*M* Par la uolente, *G* Selonc le uoloir, *BJy* Par le u.; *G* l. s.,
*BJMy* de (*H* a) l. s. — 25 *G* sentreconueneussent — 26 (*AR*);
*M²* Els; *BEHJM* Es b. ou que il f., *M¹* En bataille quant il i
fusent — 27 *M²R* Et qui (*R* ke) bien f., *A* Et b. feust, *M* Et quil
fust; *J* fut — 28 *GM* lauoient, *F* auoient — 29 (*H*); *BFe* Cil; *M¹*
bruiseront, *Au* froisseront, *R* i briserent — 30 *R* Et firent;
*MN* dess., *F* conoissance — 31 (*AJR*); *M²* Danmes, *M¹* Darmes,
*BCHK* Darme, *HM* Dame; *BCkn* et de c.; *M²R* citez — 32 *BJMy*
Lessent prendre (*M¹* perdre); *J* por; *M²R* poestez, *MM¹* pooste
— 33 (*ACGLR*); *A²* tarse; *EJKM* plainiere — 34 *M¹R* Dont;
*M* sont, *R* fu, *M²APR* ardie.

6735    E aduree e combatant
       Plus qu'autre gent que seit vivant,
       I vint Pileus e Acamus :          6715
       Li uns ert reis, li autre dus ;
       Si vos di bien qu'en ambedous
6740    Aveit chevaliers merveillos.
       Dous mile e cent vassaus Traceis
       Amenerent contre Grezeis :       6720
       Mout en soferront ainz grant peine
       Que la cité seit lor demeine,
6745    E de granz batailles champaus
       E forz estors durs e mortaus.
       E de Peoine, une contree       6725
       Ou mainte merveille a trovee, —

6735 *n* Et adroite; *tous les mss.* combatanz — 36 *R* kautra;
*M²GJMM¹Pn* genz; *R* ke, *M²Gn* qui ; *eJMP* P. que nule (*P* qa
mille) autre g.; *tous les mss.* uiuanz — 37 *H* Si ; *GJ* pilex, *L*
pylex, *M* pelex, *M¹* peliex, *H* peleus, *n* pilus, *C* calles; *P* Uint
Thereplex; *ACEM* alcamus, *P*-uz, *xR* calamus, *A²* calcamus, *H*
arcamus, *M¹* art., *B* arcasmus, *J* ascamus — 38 *M¹* Luns en;
*M²A* iert, *G* est, *BJMPy* fu; *Cn* cuens; *R* Luns ert r. et li;
*M²EMNR* autres — 39-40 *interv. dans BJMy.* — 39 *AA²CRMx*
que; *M²* anbedous, *G* -ox, *A* -eus, *n* amedos ; *A²CR* en ces (*R*
cest) dous; *JMy* Tant uous sai dire de ces (*M¹* dices) deus, *B* T.
u. en s. d. des dos — 40 (*A²CR*); *GM* Ierent, *ALN* Er., *F* Her.;
*nAG* cheualier m.; *BJMy* Ch. (*E* -ier) èrent (*M¹* orent, *EJ* furent)
m.; *A²* aj. 2 *v*.: Cist amenerent en la uile De chevaliers plus de
.ij. mile — 41 *M¹* uallez, *A²* uaillans ; *R* trachois, *A²* tarsois, *A*
turcois, *eJM* cortois, *B* et cois — 42 (*A²BJR*); *F* I ameneront,
*C* I menerent — 43 *M* soff., *G* souff., *M¹* sorferont, *M²* sofri-
runt, *J* soffr.; *ABJMy* M. s. ancois (*E* encois, *A* ainz cist) g.
(*B* de) p., *A²* Cist sofferunt ancois g. p. — 44 *M²ABCRn* citez;
*yIJ* Q. lor s. la c. d., *A²* Q. griu laient en lor d. — 45-6 *m. à*
*yA²BIJM* — 45 (*C*); *M²R* chanpels, *G* champiax, *nL* -ex, *A* cam-
paus — 46 (*AC*); *G* Et grans e. et, *nL* Et de g. e.; *x* meruceil-
lex (*L* -eus); *R* Et fort estor; *M²R* mortiels — 47 (*BCJR*); *AG*
peone, *N* pecine, *F* perine; *L* De pecine, *e* De peoine, *H* De
pejoine, *A²M¹* De peonie (*M¹* -ye), *P* De penonie — 48 *AJ* est,
*F* ert, *P* sunt (*v. f.*) — *Les v. 6749-6954 sont dans B¹.*

Quar es forez e es montaignes,
6750    Dont mout i a plus que des plaignes,
Veit l'om folez e satereaus,
Bestes sauvages e oiseaus                        *6730*
De mil manieres e de plus, —
Li reis quin ert Pretemesus
6755    E Steropeus, uns suens cosins, —
Andui erent jovnes meschins,
Genz, beaus e proz e enseigniez                  *6735*
E en toz lieus bien afaitiez, —
Mil chevaliers i amenerent
6760    Qui onques lances n'i porterent,

6749 *B'* Ker; *G* ah; *B* fosses; *FG* et an, *J* et as; *F* foraines
— 5o (*B'P*); *N* Dom, *G* Don, *F* Ou; *R* De munç i a; *BEGMn*
il i a; *AFGR* de p.; *M'* D. p. ia quil na des p.; *eJ* pleignes, *nR*
plaines — 51 *M*²*B'* lon, *AHGM* on, *nB* an, *EJKM'* len (*nous
ne donnerons plus, pour ce mot, que la graphie de M²*); *F* folie;
*P* Anforez e; *GM* satiriax, *BHN* -iaus, *P* Satiriaus, *M'* sateriax,
*E* sot., *J* satereax, *M²* -als, *A* sauteriaus, *H* sat., *A²* soterels — 52
*M²EN* salu., *GN* sauuaiges, *MM'* sauages; *nP* osiaus, *C* oisedeus
— 53 *EG* men., *M'* natures; *P* De mile mainere; *M'* répète ici
les v. *6731-2* — 54 (*M²B'* quin), *A* quen; *M²A* iert; *C* Rois
en estoit, *R* R. estoit, *A²* I uint li rois; *BJMPy* De la fu r., *x*
Sen estoit (*F* Si nestoit) r.; (*J* pretemesus); *B'* -ius, *M²BHM*
issus, *e* -osus, *A* pretermissus, *A²* protemesus, *GN* pratimesus,
*F* -nesus, *CR* pretesimus, *L* prochimesus, *P* prethemisus — 55
*B'e* terepex; *M²JR* sterepex, *C* -ez, *A* stenepex, *A²* stefeleus, *G*
therepex, *L* cheropex, *B* crespeus, *MP* crepeus; *M* sienz, *A* sien,
*M* suen; *R* cusiens, *M²M* coisins; *C* un soen cosin, *P* un suens
coisin — 56 (*M²* iounes); *B'* ioenvles, *H* iouenes, *R* ioures, *E*
iuenes, *BJM'Px* iones, *M* iouez, *A* ioenne, *C* ioene; *CP* meschin,
*R* -iens, *B* mescins; *x* Chascuns estoit, *eBJMP* Li plus uialz fu,
*A²* Ni a celui ne soit — 57 *B'* G. p. & b.; *M²L* G. biaus e prouz
e (*L* bien) e., *BF* G. et b., et bien ans., *G* Et ians et b. et a.,
*N* Et b. et p. b. a., *eM* B. et p. et b. a. (*M'* afaitiez), *C* Gent
biel et preu et enseignie — 58 (*B'GM* lieus), *M'* liex, *M²R*
lues, *AEn* lcus; *M²EN* afeitiez, *M'* enseigniez; *J* les biens
affatiez — 59 *B'* cheualers (*forme constante*); *R* i menerent, *G* i
amenerrent; *J* .ij. m. c. a. — 6o *R* Ke unches, *F* Qe onques;
*GJMNRe* ne ; *F* ni aporterent.

Mais darz trenchanz de fin acier
E granz ascones por lancier,                6740
Forz ars turqueis : gent desarmee
Ne puet aveir a cez duree.
6765    Cist navreront maint chevalier
E ociront maint bon destrier, —
De cel vos sui jo bien devin, —            6745
Ainz que del siege seit la fin.
        De Frise i revint Antipus
6770    E Mercerès e Thalamus :
Cist n'erent mie chastelain
Ne vavassor de basse maïn,                 6750
Ainz erent riche rei poissant,
Fort e hardi e combatant.

6661-2 *interv. dans* F — 61 (*BR*) *F* Et; *C* dras; *F* acer — 62
(*M²B¹* ascones), *A* enganes; *xyBCM* Et (*F* Mais) iaueloz (*F*
iaualoiz, *G* iauelox, *M* gauelox, *B* gaurelos, *H* gauerlos); *CR*
Et granz iaueloz (*R* gauelotç); *BMxy* por bien (*x* droit, *H* mius)
l. — 63 *B¹* torqueis, *M²AR* turquois; *M²B¹E* genz, *G* gens — 64
*R* Ni; *M²* celz; *E* a aus, *JMM¹n* uers els, *G* contrex — 65 *FMM¹*
Cil; *M¹* nauerront, *B¹* naffrerent; *M* m. bon c., *R* mil cheualer
— 66 *B¹* ocistrent, *M²GJLNe* ocirront, *M* ochiront; *M²B¹* buen —
67-8 *interv. dans* BMny — 67 (*M²A* De cel), *B¹* De teus, *xR* De
ce; *R* me faç ie b.; *G* bons; *F* durins, *M²GN* deuins; *yBM* Ce
uos di ie (ie *m. à M*) b. et d. (*E* destin), *J* Et si feront meint
orphenin — 68 *ABB¹JMy* li sieges ait pris (*H* presist) fin (*B¹*
fins) — 69 *B¹* iuint lxantipus (*sic*); *AH* f. r.; *B* reuient, *G*
uint rois, *nL* u. danz; (*M²BR* antipus), *AG* santipus, *M* xant.'
*P* xanc., *n* santh., *L* sat., *E* sanct., *M¹* sacr., *C* setypus, *H*,
artopus — 70 (*B* merceres), *M²B¹* mesceres, *A* mes., *R* mec.
*CJNPe* mic., *FGLM* misc., *H* -erres; *Jy* Rois m.; *M¹* r. alca-
mus; (*R* thalamus), *M²BCII* calamus, *FGMM¹N* alcamus, *R¹*
asc., *L* ac., *E* alcanus, *P* alinus, *J* santippus; *A²* Masceres et
ascanius — 71 (*A²*); *BFMM¹* Cil, *A* Ceus; *BMR* nierent; *HP*
cast., *B¹* chastelant — 72 *m. à B¹*; *enP* uauasor — 73 *répété
dans B¹ en changeant* puissant *en* puissanz; (*B*); *M¹N* Einz, *C*
Ainc; *M* ierent; *M²C* rei r. et p.; *nE* puiss., *M¹* puis. — 74 *B¹*
Forz & hardiz & conbatanz; *FR* Forz.

6775 Cist amenerent teus maisniees
  Qui gent furent apareilliees:
  Chascuns en a en sa compaigne    *6755*
  Set cenz: n'i a cel n'ait enseigne,
  Heaume d'acier resplendissant
6780 E espee buene e trenchant.
   De Boëce i vint Asimas,
  Fortis li proz e Sanias.      *6760*
  Conte esteient icist tuit trei,
  Mais ne se porterent onc fei :
6785 Toz jorz s'esteient guerreié
  Mais or s'esteient apaié
  Por guarnir Troie encontre Greus.  *6765*
  Mil chevaliers aduistrent teus,
  N'i a un sol qui a tornei
6790 Face ja mauvestié de sei :

6775 *BMM'* Cil ; *B'* maisnies, *M²* -ees, *e* mesn., *N* -iee, *F* maisnee ; *B* compaignies — 76 (*A*) ; *F* estoit ; *N* ml't fu g. ; *B'M'* apareillies, *M²* -ees, *F* -ee, *N* -iee — 77 *R* Caschun, *M'* Chacun — 78 *JM'* .vij. m. ; *MM'* nul, *A* cil ; *N* noit ; *E* Tex .vij. c. chascuns a e. — 79 *B'* Eaume, *M²* Heume, *eNP* Hiaume, *F* Hiame ; *P* daciel — 80 *M'BFMM'* bone, *E* boinne ; *F* et bien t. (*v. f.*), *N* dacier t. ; *BEMn* tranch ; *Paj.* : Cist defandront li roi prianz E troye contra tote ganz — 81 (*A*) ; *B'* boete, *B* boice ; *L* bote i reuint ; (*B'* asimas, *cf. HM' au v. suiv.*), *BPR* afimas, *M²M* afunas, *F* aufumas, *J* ansimas, *A²CEH* anf., *GN* amph., *M'* anph., *L* anfoinas — 82 (*B'* Fortis), *M'BCEGJLMNP* Fortins, *F* -caus, *A* Forons, *M'* Fortin, *H* Fions, *R* Fortraç ; *B'* le p. ; *M²* prouz ; *B* samias, *FG* sainas, *MR* sauias, *C* samas, *H* asimas, *M'* asymas — 83 (*R*) ; *L* Contes ; *J* furent, *M'* erent ; *AF* icil ; *x* icist (*FG* icil) troi, *BJM* tuit por roi ; *H* I. erent conte p. r., *EP* l. estoient riche (*P* tez trois) roi ; *CM'* de mout grant desroi — 84 (*R*) ; *BMy* Mes (*B* Mains) onc (*BEH* ainz) ne se p. f., *n* Ne se p. onques f. — 85-6 *m. à DM'* — 85 *H* sauoient g. — 86 (*J*) ; *C* apage, *M²M* apaisie, *B'* amaisie — 87 *ADRny* contre ; *M²DMM'* griex — 88 *F* andurrent, *A* aioustent, *DM'* iosterent, *B* Aduisent ; *BEH* A .m. (*B* mains) c. t. ; *M²M* tex, *CM'* tiex ; *CM* Amenerent .m. c. t., *J* .iiij. .m. c. orent t. — 89 *JMy* celui ; *F* an, *AEM'* en, *MN* au — 90 *EHN* malu.

Icist feront de teus eissues
Dont i seront paumes batues.                    6770
　　E del grant regne de Botine,
Terre sauvage outremarine,
6795 Vint Boëtès e Epistroz
O chevaliers set cenz de proz :
Frere esteient icist germain.                   6775
Onc en lor terre n'ot fait pain :
Especes buenes e peissons,
6800 Fruiz precios e veneisons
Aveient a mangier apris.
Chascuns aveit cheval de pris,                  6780
Espié trenchant, escu e broigne :
Mout avront ainz cist grant essoigne
6805 Que la vile guerpissent mais,

---

6791 (*M*³*B*¹*R* eissues), *F* einsues, *les autres* issues — 92 *B*¹
Dunt en, *M*³*AR* Dont i; *x* D. (*N* Dom, *G* don) esteront; *BCJMy*
D. (*M* Donc, *E* Don) .m. (*C* molt) p. s. b., *A*³ D. .m. ierent p.
b. — 93 (*C*); *B*¹ & de; *BCJMPy* Dun (*M* Oun, *B* Du) r.
estrange (*C* -aigne); de *m. à M*; *DGLM*¹ bocine, *R* bozine, *M*³
boctine, *A* boctrine; *A*³ Del roialme de boetin — 94 *R* oltram.,
*P* ultram. ; *A*³ Une t. oltremarin — 95 (*C*); *M*³*R* boeces, *B*
boecel, *G* boethes, *n* oestes, *L* doetes; *MM*¹ epystroz, *P* epis-
torz, *A* -trouz, *A*³ -trous, *N* espistroz, *G* -os, *L* espirroz, *EJ*
epitroz, *H* -ox, *M*³ espitroz — 96 (*AA*³*BJPR*); *B*¹*M*¹ et p.; *x* O
.vij. c. ch. de p. (*F* c. p.); *H* .v. c., *M*¹ .vij. m.; *CM* ml't p. — 97
*R* Cosin; *F* icil, *A*³ andoi; *BJMy* Cist (*BM*¹ Cil) e. frere g.
— 98 *B* Ainc, *AEn* Ainz; *B*¹ nout (*forme constante*); *M*³ pejn —
99 *M*³*AR* bones; *ABCMen* espices ; *BCMe* Bones (*E* Boines) e.;
*n* Mais e. et boen pesson (*F* bon peisson); *A* poisson, *C* puissons,
*MM*¹ poisons — 6800 *M*³*AFR* Fruit; *F* ueneison, *N* -esson, *A*
-oison — 1 *M*¹ A mengier a. apris — 3 *A*³ Espiel t., *F* Et spee t.;
*B* Escu t. espiel; *M*¹ de b., *A*³*BB*¹*JMNe* broine — 4 (*A*); *BR* c.
ainz, *n* icist; *JMe* C. (*M*¹ Cil) a. ainz ml't; *R* granç; *BB*¹*JMe*
essoine, *F* assoigne, *R* eissone — 5-6 *interv. dans AGLN* (-6 *dif-
férent*) — 5 (*AJ*); *R* Kil; *M*³ Quil g. la u. m.

Jusque de la guerre seit pais.
De Paflagoine, une contree                              6785
Que assez est poi renomee, —
Quar si est loinz vers le soleil
6810    Qu'a grant maniere me merveil
Com faitement l'om i ireit
Ne coment rien ça en vendreit, —                        6790
Merveille fu e iert toz dis
Coment en vint Philemenis.
6815    C'ert li sire de Paflagoine,
Mais ne cuit pas que soz le troine
Eüst dous chevaliers si granz :                          6795
Por poi ne resemblot jaianz.

6806 (*AB'*); *B* Jusques, *R* Jusqua, *M²F* Des que; *F* grezois au-
ront fait p.; *eDM* Tant (*DM'* Ainz) quil s. de la g. p., *G* T. que
la g. s. an p., *A²* Dusque la terre iert tote en p., *J* Deuant que tote
s. en p., *N* Et soferront ainz ml't grant fes — 7 (*G*); *AB'* pafa-
gloine, *CEM* -gloine, *M²A²BN* -goine, *HM'* -gone, *J* paphagoine,
*R* passagl., *L* parfoine, *F* pafonie, *P* pafeioine — 8 (*J*); *nR* a.
p. e.; *M* poy, *An* pou, *EH* po; *A²* Mais a. p. e. habitee — 9
(*AA²*); (*M²* Quar); *B'* Ker loin; *JMy* loing; *R* le soil; *n* ensis (*F*
ansi) e. u. — 10 *K* Par g. m., *F* Qe a grant poine; *BMN* Qua
g. merueille; *GN* men m., *BH* mesmerueil — 11 *M²* lon, *B'*
len; *NR* ieroit; *F* an gandroit, *M* on i., *B* on la i.; *yJ* aloit
— 12 (*AA²R*); *M²CHJM'n* Et (*m. à M*); *B'* come; *M* Conment;
*M²Rn* riens; *BCM* en (*C* i) reuenroit, *yJ* san reuenoit; *B'* aj. 2
v.: Tant i a ewes a passer Et tanz puis roistes a monter — 13
*M²AB'Rn* Merueilles est e fu; *P* e ert; *F* toz tois — 14 *HJ* i
uint; *GN* philemenys, *MPR* philimenis, *B'F* filemenis, *BCJe*
fili-, *M²A²* filo-, *H* filaminis, *L* Selemenis — 15 *A²* Ciert, *M*
Siert, *M'n* Cest; *B'M'* le s.; éd. (*ms. ?*) Cist est sire; *B'* Pafaloi-
gne, *M²P* -goine, *GHM'N* -gone, *CEM* -gloine, *A* -glone, *F* pafo-
goine, *L* palf., *J* paphagloine, *R* passagloine — 16 (*BPR*);
*M²B'H* quit; *AC* trosne, *F* toine, *HM'N* trone; *H* q. que desos;
*EJ* M. ie ne c.; *BEFJM* quen tot le t. — 17 *N* Aust; *B'R* un
cheualer plus granz; *BJMPy* .j. cheualier plus (*HM'* si) grant
— 18 *ARn* Par, *BJMy* A; *M* poy, *nM'* pou, *EH* po (*de même
partout, sauf avis contraire*); *M²* sembloient, *P* risembloit, *A*
resemblent, *A²* sambloit uns; *M'* quil ne sembloit, *n* que il nestoit;
*B* gaiant, *JMPy* iaiant.

Mout esteit forz e vertuos
6820   Fel e hardiz e corajos.
Ne sai mie coment il sot
Le siege qui a Troie alot :                    *6800*
Venir i voust, toz dessemons,
Bien o dous mile compaignons;
6825   E si en traistrent mout granz peines
Dis meis entiers e treis semaines.
Ains qu'a Troie fussent venu,                   *6805*
Ot il de sa gent mout perdu,
Quar assez en teus lieus veneient
6830   Ou por un poi ne perisseient.
Merveille fu com s'i esmurent :
Ja en nul sen venir n'i durent.                 *6810*
Philemenis e sa compaigne,
Que mout par ert fiere e grifaigne,
6835   Vindrent a Troie por defendre
Que Greu ne la poüssent prendre.

6819 *B'FMM'* fort; *B* coragous — 20 *M'* Fort, *E* Preuz, *M'B* Fels; *B'MR* hardi; *B* uertuous, *n* angignos — 21 *M'* saie; *B'* il soct — 22 *R* uers t.; *B* estoit, *B'* aloct, *éd.* (*ms.* ?) plot — 23 *F* uost, *M'JNe* uolt, *M* uoult, *H* ualt, *R* uont; *MM'* tot, *B* tos; *M'* des semons, *F* de semons — 24 *B'* B. a, *AM* B. ot; *M'* dou, *R* dui; *J* A toz; *n* O tot (*F* O toz) .x. m. — 25 *A* trairent, *F* traignent; *A'* maintes p. — 26 (*AA'R*); *n* .ij. s., *M'* .x. s. — 27 *M'* fusent, *N* fusient, *F* i fust — 28 (*AR*); *Men* m. (*E* maint, *M* mil) de sa g. p. — 29 (*M'* Quar), *les autres* Car; *M'R* lues, *M'* liex, *AEN* leus, *M* lieuz; *F* an maint leu, *N* en mainz leus, *MC* en t. l.; *enM* assez u. — 3o *B'* Ou, *M'A* O, *n* Qe, *éd.* (*m.* ?) Que; *AB'JKMny* par; *ACE* po; *M'n* pou, *M* poy; *CJMy* Par .j. p., *n* Qe p. p.; *CJMny* quil ne p. — 31 *M'ARn* Merueilles; *A* com il, *en* qil si, *B* quant il; *AB* sesm. — 32 *B'* en negun sen (*v.f.*), *R* neyun s., *A* nisun s., *eM* a nul s.; *M'ABMM'* sens; *n* Car a nul ior; *B* nen d., *F* ne dourent — 33 *B'* Phillemenis, *M'R* Philim., *P* Philimenus, *N* Filemenys, *FG* -is, *M* Filim, *E* -minis, *M'* Filomenis — 34 (*M'* Que), *R* Ke; *M'* iert, *R* fu; *eCM* m. estoit; *R* fere, *B'* fele — 35 (*AB'CHJ*); *F* par d., *M'R* li d.; (*B'R* defendre), *F* defandre, *les autres* desfendre — 36 (*B'*); *M'AR* peussent, *nM* poissent, *E* pois., *M'* puis.

Armé erent en autre sen　　　　　　　　*6815*
Que n'esteient li Troïen :
De cuir boilli escuz aveient
6840　Qui de fin or resplendisseient;
Mieuz en preisot l'om le peior
Que de Troie tot le meillor,　　　　　*6820*
Quar de pierres de Paradis,
D'Eüfratès e de Tigris
6845　Esteient tuit orlé e plein,
E ensement tuit li lorain.
De porpre aveient conoissances　　　*6825*
E granz enseignes en lor lances.
Cist feront d'eus sovent parler
6850　Al torneier e al joster :
Por paor ne por coardie

6837 (*AR*) ; *B*' Armez ; *EM* furent ; *F* -san, *M*² sens ; *A*²
Armes daltre guise portoient — 38 (*AB'R*) ; *M*² nestoit nus des
troiens ; *E* ne furent; *EN* troyen, *F* troian; *A*² Que li t. ne
faisoient — 39 *M*²*A*²*B*' De cuirs ; *M*²*B*' boilliz, *A*²*En* boli, *B*
boulis, *M* bouilli, *A*² uostis ; *A*² eurent escus — 40 *R* Ke; *H* res-
plendioient; *A*² .V. m. mars dor i ot v plus — 41 *AB*'M. en
valeit le sordeior (*A* tout le piour) ; *x* M. en ualoient li p., *A*²*R*
M. prisot len (*A*² on) le sordeior, *A*'*BClJMPy* M. en prisoit (*H*
proise, *BMP* prisa, *I* proisast) on (*A*' prisoient) le peior (*E* poior,
*JM*' peor) (*P* an lor pooir, *J* lor lor peor); *M*² M. ualeit li pires
des lor; *MN* Mielz, *A*'*A*²*EFGI* Mialz, *M*' Mez, *PR* Miauz — 42
*M*²*x* tuit li, M tout li — 43 (*M*² Quar), *B*' Quer, *les autres* Car;
*M*'*P* des ; *R* perres, *P* peres; *M*² paredis — 44 (*AC*) ; *M*²*GL* De
eufr., *M*' Deufrate ; *R* ni de ; *B*'*F* tygris, *N* thygris — 45 (*AB*') ; *N*
dore, *R* ore; *enCR* plain, *M* painz ; *P* paint et orne — 46 (*AB'R*) ;
*M* Escu et seles et l., *e* Et lor s. et lor. l., *C* Et ensemble tuit
le l.; *M*² lur, *A*²*B*'e lor; *M*²*E* lorein, *M* lorainz ; *P* Et de bonoure
manoure — 47 (*B'R*) ; *P* porpor (*v. f.*); *N* porpres orent; *M*²*M*'*P*
conois., *F* conos., *E* conuiss., *R* conoissance — 48 (*B*') ; *R* lance
— 49 (*B*') ; *en* Cil, *A* Ceus; *M* en lost deulz p., *e* dax en l. p.;*R*
i f. ml't dels p. — 50 *M*²*B*' A t. e a j. — 51-2 *placés dans yDJ
après* ·74 — 51 (*R*); *H* Par; *B*' pouor, *JNy* peor, *M*² poor; *R* ni
per, *HM*' ne par.

N'iert ja par eus Troie guerpie.                     *6830*
  N'i revint mie de trop près
D'Ethiope li reis Sersès,
6855  Ne Mennon, li fiz sa soror,
Qui mout esteit de grant valor
E riches chevaliers assez,                           *6835*
Quar sire fu de dis citez.
Sersès i vint mout richement
6860  E o noble contenement.
A venir mist set meis e plus :
Mout amena contes e dus                              *6840*
E chevaliers e autre gent,
Mais onques peiz ne arrement
6865  Ne fu si tres neir come il erent.
Estranges chevaus amenerent.
  Ne saveient armes porter,                  *6845*
Mais de traire ne de berser
Ne sot onc rien gent avers eus :

6852 *M*²*F* por elz ; *yJM* t. par (*J* por) ax g.; *nG* Niert par (*F* por)
aus t. deguerpie (*F* gerpie); *B*¹ Ne puet ia t. estre g. — 53 (*AB*¹*R*);
*M*²*F* Ne, *H* Si, *M* Mi; e*C* t. de p.; *M* prez — 54 (*B*¹); *R* De tiope,
*BEH* Detiope, *MP* De tyope, *C* De tyopes, *M*¹ De ciope, *L* De
cyope, *G* De ethiopes; *B*¹ le rei ; (*B*¹ sersès), *M* perses, *P* Sercxes,
*les autres* perses (cf. *7406* et *7473*) — 55 *M*²*L* Le (*G* Ne) menor,
*N* Ne magnon, *E* Ne mannons, *CM*¹ Ne menon, *A* Ne memnon ;
*JMP* Nemnon (*v. f.*), *F* Menon (*v. f.*); *R* li filç de sa seror,
*M*²*B*¹*CLPn* fiz de sa s. — 56 *EM* m. furent — 57 *B*¹*M*¹ Et riche
cheualer (*M*¹ -ier); *B*¹ asez; *J* Et r. rois et hauz a. — 58 (*M*²
Quar),ᶜ*B*¹ Quer, *les autres* Car; *AB*¹*M*¹*n* s. esteit, *M*² sires iert,
*B* s. ert; *J* .xx., *M*¹ .ij.; *E* Seignor erent — 59 (*B*¹ Serses), *P*
Serxes, *les autres* perses; *M*¹ Le roi p. i u. r., *E* Icist p. u. r.;
*A* si r. — 60 *AM* Et a — 61 *nM* Au — 62 *R* auia — 63 *B*¹ E c.
estrangement; *yB* autres genz — 64 *Aen* poiz, *M* poys, *H* pois;
e*B* arremenz, *H* aremens, *A* erremont, *F* ancrement — 65 *EMRn*
si noirs (*R* noir), *M*²*B*¹ si neire, *BCHJM*¹ si t. noirs (*B* nor, *JM*¹
noir); *x* com il estoient ; *M* ierent — 66 (*GL*); *yBJ* Merueilleus;
*x* amenoient — 68 (*DJK*); *CB*¹*M*¹*n* et de b. — 69-70 *interv. dans n*
— 69 *B*¹ Ne saueient (*v. f.*) ; *F* seit, *C* soit; *n* onques nus, *CJe*
gent nulle (*M*¹ n. g.) r. (*M*¹ riens) a elz, *H* rien (?) n. g. a ax ;
*M*²*B*¹*JR* genz ; *M* Ne sauoit nulle a eulz ; *A* riens enuers aus.

6870 Mout esteient hardiz e feus.
Icist feront de Greus essart,
Quar lor saietes e lor dart                    *6850*
Sont entoschié : ja n'en guarra
Nus hom qui navrez en sera.
6875     De Therace i vint Heseüs,
Il e sis fiz Archilogus.
Al rei de Troie erent parent                   *6855*
E si ami de longement;
Fort home erent cist e gentil.
6880 Chevaliers orent plus de mil,
De teus qui ja ne feront faille
En fort estor ne en bataille :                 *6860*
Icist socorront lor parenz
E aideront a ceus dedenz.
6885     D'Agreste, une isle en mer lontaigne.

---

6870 *M*ª ardiz, *G* hardis ; *M*ª*R* felz, *KL* fels, *M*¹ feux, *E* fex,
*H* faux, *AN* faus, *G* fax ; *EHJM* Hardi e. et ml't f. (*M* feeulz,
*J* cruels, *H* foax), *M*¹ M. iert chacun hardi et f. — 71 *A* Iceus, *n*
Icil ; *M*¹*R* des ; *R* gres, *M*ª gries, *MM*¹ griex, *E* granz ; *B*¹*E* essarz,
*M*ª eissart, *J* issart, *F* es. — 72 (*M*ª*B*¹ Quar) ; *B*¹ saietet, *J* seites ;
*B*¹*E* darz ; *F* as s. et ou dart — 73 *M*ª*H* entosche, *MM*¹*n*
ochie, *A* -ouchie, *J* enthochie ; *AB*¹*M* ne g. — 74 *B*¹ hoem, *R*
huem, *Me* hons ; *Mn* que ; *B*¹ naffre ; *F* feruz en serra — 6875-
906 m. à *DJe* — 75 *xH* De (*F* Ne) trace (*L* thrace i reuint; *B*¹
terarcha, *M*ª -qua, *R* terrarche, *I* tetraarche, *A*¹ th., *B* therasce,
*K* -esche, *M* terasche, *C* terrasqe, *A* cerasque, *A*ª teraigne (*voy.
aux* Notes); (*M*ª*AA*¹*A*ª*BB*¹*CIRkx* i uint); *B*¹*HM* teseus, *les autres*
theseus (*cf.* 11325) — 76 *B* Lui et sis f., *H* Et ses biax fius, *B*
Et ses freres ; *H* arcil., *R* argil., *lL* anchilocus — 77 *M* ierent —
78 (*HR*) ; *AB*¹*MNk* longuement — 79 *B*¹ F. esteient ; *M* ierent ;
*AHkn* cil — 80 *B*¹ ourent, *F* erent — 81 (*AHR*) ; *F* cex ; *M*ª que
— 82 *Hn* Ne en e. ; *R* forç, *K* dur — 83 *FM* Icil, *K* Et cist — 84
(*AB*¹) ; *M*ª eid. ; *M*ª*R* celz, *N* cels, *F* cex ; *Hk* Mais que il soient
(*M* quil se s.) mis d. — 85 (*ABGR*) ; *C* De greste, *M* De gresse, *F*
De grece, *K* Dastesse ; *A* i uient ; *A*ª*FHL* une terre l. ; *M* loitaigne,
*R* -ne, *K* loingt., *H* lontagne, *A*ª*CF* -aine, *BGN* -aigne, *L*
-iegne, *P* lointaine.

Dont la gent est fiere e grifaigne,
Vint reis Fion e reis Edras,         *6865*
Qui n'amenerent mie eschars
De chevaliers ne de serjanz :
6890   As Troïens seront aidanz ;
Mout en despendront ainz del lor
Que Greu n'en aient le meillor      *6870*
  Del reiaume d'Alizonie,
Qui vers terre est de Femenie,
6895   Ou les chieres especes sont
Que l'om porte par tot le mont,
Vint Pistropleus, uns reis veillarz,    *6875*
Qui mout ert sages des set arz :
Mainte merveille saveit faire.
6900   Cist amena un Saietaire,

6886 *N* Dom; *M²ACNR* genz; *R* fu, *A* iert ; *R* fere, *H* ferte; *BF* griff., *H* grifagne, *R* guilfaine — 87 *B* Uns; *P* Fison, *A'* phyons, *CI* phyon, *M* syon, *F* fions, *L* frions; (*A'FL* edras), *M²AA'A²BB'CGHRk* esdras, *N* ebras, *P* Eforas — 88 *H* Cil, *kBC* Mes; *n* namenoient, *R* namerent, *G* nanm.; (*M²B'R* eschars), *A* eschas, *A'A²BCHkx* a gas — 89 (*AA²B'GLR*); *BCHk* O (*H* Od) eus c. et s.; *R* ni, *x* et — 90 *M²R* eid.; *kBCH* .x. m. en ont (*BM* i ot) de bien a. — 91 (*R*); *xA²* M. an (*A²* i) perdront ancois (*N* enc., *G* ains.), *kBCH* M. i. morront (*H* morra) dels et, *A* M. en i metront ainz; *B'* de lor, *ABCHkn* des l. — 92 (*A*); *B'* Quas Griex nen seit le sordeior, *R* Ke gre naient le s.; *n* en a.; *BCHK* Ains que g. (*B* grieu) naient, *M²M* Q. grezeis (*M* li grieu) n.; *M²* peior, *A²* poior, *BCH* pior, *A* piour — 93 *P* Do; *B'K* reialme, *H* roiame; (*M²AB'GHP* dalizonie), *k* de liz., *C* de liç., *Ln* de lic. *B* de liss., *R* de laç. — 94 (*AA²H*); *C* Deuers, *nG* Ou la; *L* Q. est u. t. f.; *BCFGR* feminie, *N* femelie — 95-6 m. à *H* — 95 *M²B'R* O; *FG* riches, *A²* boines ; *A.MPn* espices — 96 *R* Ki; *M²B'N* lon — 97 *M²B'K* pistroplex, *C* -es, *n* -pex, *R* -blex, *G* pytroplex, *M* pys-, *L* pitropes, *H* -pleus, *A²* -fels, *P* pstropes (*avec le sigle* 9 *sur l's*) (*cf. 12345*); *B'* uillarz, *B* -ars, *P* ueilarz, *C* ueiars — 98 *BMNPR* fu, *F* est; *B'* saiue, *M²H* saiues, *P* saies; *B'FP* de set — 6900 *BF* Cil ; *R* saitaire, *BF* sagit., *A* sagitt.

Dont en l'ost fu grant reparlance
E dont Greu orent grant dotance :                    6880
Mout i orent pesme enemi,
Tant dementres come il vesqui ;
6905   Mais ne dura pas longement,
Assez orreiz avant coment.
       Tuit icist que jos ai nomé                     6885
Vindrent a Troie la cité.
Dedenz se mistrent li plusor
6910   Por los, por pris e por amor,
E li auquant por seignorage,
E li autre por parentage :                            6890
Dès que Deus voust le mont former,
N'oï onques nus hom parler
6915   Qu'ensi faite chevalerie
Eüst nule cité guarnie.
A trente e treis furent nombré                        6895

6901 (*A*) ; *NR* Dom, *M* Donc; *B'* el lost, *K* el ost, *N* an loz;
*M²NR* granz; *B'* parlance (*v. f.*), *F* dep., *N* depall.; *BHk* fu assez
parle — 2 (*A*); *BHk* Et que ml't redoterent (*H* redolt.) gre; *R*
don; *B'* griex ourent g. pesance; *n* Cist fist as grex mainte
pesance — 3 (*B*); *B'* M. lourent p.; *Hk* M. lorent; *k* a p., *H* cruel;
*Hn* an. — 4 *BKn* Endem. (*F* -e) que, *B'* T. dementeres com (*v.
f.*); *M* que il — 5 *Bn* Il; *B'Nk* longuement — 6 (*B*); *H* ores, *F*
oirez; *n* dire c. — 7 *B'* qui; (*B'R* jos), *M²* que uos ; *AM'n* T.
cil q. ie uos ai, *kBEHJ* T. c. q. iai ici (*E* ie ai ci) — 8 *B* Furent
— 9-10 *interv. dans y* — 9 *M²A* entrerent; *k* Se m. d.; *A²H*
misent, *JM'* mitrent — 10 (*AA²BB'*); *R* Per l. pur p.; *H* Por
lor p. et por lor h., *E* Por p. auoir et por enor; *M* et par;
*nA²BHJM'R* honor — 11 (*A*); *k* Et li autre; *KM'R* par; *H* Li
plusor par lor s. — 12 (*AR*); *n* Et li auquant, *EHk* Et li plusor;
*EHK* par; *H* iretage — 13 *MM'* dieu; *B'* uout, *EF* uost, *M²NRk*
uolt, *H* uaut, *M* uoult; *B'* sauuer — 14 *M²* hon, *B'* hoem; *R* nuls
huem; *F* parlier, *N* conter — 15 *B'* Que issi, *R* Kem si, *ekn*
Que si, *A* Que cist — 16 *n* Aust; *k* une — 17 (*R*); *B'* A trente
treis, *M²AA²CJMRkxy* A cent e (*C* a) t., *B* A c. millier (*voy.
aux* Notes; *eJM* esme, *K* -ez, *C* -ee, *H* esme *ajouté après* f. noi.

Icist que jos ai ci nomé,
Dont li plus povre ert reis o dus
6920 De mil chevaliers e de plus.
  De toz ceus qui a Troie vindrent
E qui contre Grezeis la tindrent     *6900*
Fu Hector sire : al suen plaisir
Les i covint toz obeïr ;
6925 De toz i ot la seignorie,
La poësté. e la maistrie.
Paris sis frere e Troïlus,     *6905*
E ensement Deïphebus,
Antenor e Polidamas,
6930 E autresi danz Eneas,
Chascuns d'icez tel gent aveit,
Dont chascuns guarde se preneit ;     *6910*
Chascuns aveit une partie
De ceus defors en sa baillie.

---

6918 (*correction*); (*M²A²ELR* Icist), *AJM'kn* Icil, *C* Ici ; *M²ACERn* ie uos ai, *JM'k* iai ici (*M* ci) ; *K* nomez, *C* -ee, *n* conte — 19 *A* le ; *F* est ; *GN* poures ert (*G* iert) (*v. f.*) ; *M²R* Li p. p. iert, *C* Dont toz li pire est, *ekA²J* D. li pires (*M'* pire) estoit (*A²Ek* ert) ; *E* cuens ou d., *x* sire et d. — 20 (*R*) ; *M* cent c. ; *CJMM'* o de p. — 21 *M²Nk* cels, *EF* ces ; *CJM'k* Et de t. c. qua — 22 *R* greçeiz, *JM'* greiiois — 23 *B'* Fu estor ; *H* li s. de tous ; *B'* maistre, *M²* prince ; (*M²CR* al suen p.), *eknAB'J* a son p. — 24 (*A*) ; *B'n* Lui les c. (*F* conuient), *CKJM'* Les couenoit ; *R* tot ; *F* hob. ; *M* Tous les conuenoit a lui o., *E* Couint tote troie o., *H* Et a son plaisir destraignous — *Pour les v. 6925-7958, nous ne donnons du ms. R que les var. qui offrent de l'intérêt* — 25 *B'* i out, *ky* auoit ; *n* De t. aus ot — 26 *CMny* baillie ; *M²* p. la m. — 27-34 m. à *EH* (*bourdon*) — 27 (*M²K* sis), *MM'* son, *les autres mss.* ses ; *F* freres — 28 *KM'N* deyph., *R* deif. — 29 *N* polyd., *B* pollid. — 30 *AFKM'* Et ansement ; *MM'* dant ; *M'* heneas — 31 *M* Chascun, *M'* Chac. ; *M²R* dicesz, *J* dices, *M'* de cex, *K* de cels, *M* de ceulz, *n* dax tele — 32 *N* Dom ; *B'* chascun ; *JM'k* O (*k* A) lui d. g. ; *M²B'J* perneit — 33 *M'* Chacun, *M* Chascun, *K* -ons ; *M'* a sa p., *k* en sa baillie — 34 *M²* celz, *N* cels, *F* cex ; *M²* dehors ; *kM'* Des deforains ; *M'* une baillie, *k* u. partie.

6935    Si esteit fait e ordené,
        E si l'aveient devisé,
        Que ja chevaliers ne montast,                    *6915*
        Se lor princes nel comandast;
        Ja fors des murs nus n'en eissist
6940    Desci qu'a l'ore qu'il vousist.
        Bien les covint a jostisier,
        Qu'orgueil i aveit grant e fier :                 *6920*
        Trop folement se contenissent,
        S'al jostisier ne s'atendissent.
6945    Ensi firent, ço puis retraire,
        Come onques mieuz le porent faire :
        De ceus n'aveient esperance,                      *6925*
        Paor ne crieme ne dotance
        Qu'il as murs fussent asailli.
6950    Por ço ne fu mie establi
        Qeus defenses li rei avreient
        Ne en quel lieu se defendreient :                 *6930*

6935 *M¹* deuise — 36 (*H*); *N* Ensi, *F* Issi; *M¹* ordene — 37
*B¹* cheualier; *Bky* Q. nus (*M¹* nul) en (*B* el, *K* a) cheual; *Mⁿ* ni;
*F* Q. chascuns ne uenist .i. pas — 38 *M²* lur, *BEMn* ses, *K* sis,
*M¹* son; *B¹M¹* prince, *F* sires; *K* ne — 39 *M²Me* hors; *enK*
issist; *M* nus hons isist; *K* Ja n. f. d. m. ; — 40 *M²B¹n* De ci; *M²*
al ore; *ek* Jus (*M¹* Puis, *M* Des, *E* Tant) que ses princes
(*M¹* son prince) le *MM¹* nel) uolsist — 41 *B¹* cuitot a justiser;
*e* Si; *F* couient; *M²Rek* coueneit i. — 42 *M²* Quergoil, *N*
Qorgoil, *F* Orgoil, *M¹* -uel, *E* Corguel, *B¹* Orguil; *enK* auoient;
*F* li plus f. — 44 *B¹* Sanz un vers qui il a.; *M²* sentendissent;
*ek* Sa lor mestres (*M* -e), *n* Se a aucun; *K* at. ; *R* Se il neussent
kil crenssisent — 45 *B¹* Eissi, *N* Ensis; *ek* Si atornerent lor afaire
— 46 *n* Ce conques puis ne p. (*F* uostrent); *E* mialz, *k* mielz,
*M* miex; *B¹* pourent — 47 *B¹* ce (*forme constante*); *N* cels; *F* ces
nauroient; *ek* Et gie (*M* Si) uos di bien sans faillance — 48 *B¹*
Pour, *N* Peor; *ek* Quil norent c. — 49 *F* Qi, e que; *M²k*
assailli — 51-2 *m.* à *DM¹* — 51 *M²* Quels, *F* Qels, *N* Qex; *MⁿN*
desf; *n* li rois auroit (*F* auoit); *kBCEHJ* Que il as murs se con-
batissent — 52 *M²* lue, *nR* leu; *kBCEHJ* Ne quil (*BEHM* que) la
cite deffendissent; *M²* desfendreient, *N* desfandroit, *F* def.

N'en orent onques grant bosoing,
Toz jorz en fu l'oz auques loing.

## ARRIVÉE DE PALAMÈDE.

6955 Li Greu, ensi com nos lison,
 Erent ancore a Tenedon :
 Ainz fu Palamedès venuz     *6935*
 Que nus s'en fust d'iluec meüz.
 Trente nes amena chargiees
6960 De chevaliers e de maisniees.
 En tote l'ost, si com jo cui,
 N'aveit pas treis meillors de lui,   *6940*
 Plus sages ne plus engeignos,
 Plus hardiz ne plus corajos.
6965 Blasme aveit grant qu'il n'ert venuz,
 Mais il s'en est bien defenduz:
 Dist « qu'il aveit grant mal eü,   *6945*
 Dont il aveit longes geü ;
 Ne pot a Athenes venir,
6970 Mais si tost come il pot guarir,

---

6953-4 *m. à B* — 53 *B'* ourent unques ; *M'* Onques nen o. g. besoig — 54 *(DH)* ; *M²* Tosz ; *HM'* lost, *M²* losz ; *CEk* en furent a. *(C* assez) ; *n* Car t. i. f. *(N* an fu) l. *(F* lost) an l. — 55 *M²MM'* grieu ; *J* ensin, *M* ainsi, *KM'* issi ; *A²* ce dist en la lecon — 56 *M* Ierent, *M'* Furent ; *K* onquore, *M²EMn* ancor, *M'* encore ; *enK* then. — 58 *F* n. de toz se f., *M²* sen f. uns diluec ; *ekF* se ; *M'* dileuc, *M* dilleuc, *K* dilec ; *R* Ke dilueques fussent m. — 59 *N* neis — 60 *F* meisnees, *M'* mesnies — 61 *(A)* ; *ADM'R* cult ; *BCEHIJk* En trestote lost des *(C* de) grezois — 62 *(AD)* ; *R* p. m. de lui oit ; *BCEHIJk* Nen a. mie m. treis — 63 *M²* saiue, *kM'* sage ; *M²* engignous, *E* -gneus, *M'* -neus, *n* corageus — 64 *M²M'k* hardi ; *n* angigneus — 65 *M'* G. b. a., *En* Blasmez estoit ; *M²M* niert — 66 *F* ert — 68 *kE* D. longuement aueit, *n* D. il a l. *(F* longem.) ; *M'* longues — 69-72 *m. à M* — 69 *n* aler — 70 *M'* guerir, *n* leuer.

Ensi tost mut a son poëir.  
Ne l'en deivent mal gré saveir :  6950  
Mout ot grant joie e mout li plot  
Quant guariz fu, que venir pot. »  
6975 Tuit furent lié de sa venue,  
Mout grant merci l'en ont rendue;  
Dïent qu'il seit a lor segreiz  6955  
E a doner les hauz conseiz.

## Première rencontre ; mort de Protésilas.

Assez aveient engeignié  
6980 E par plusors feiz porchacié  
D'aler de nuit Troie aseeir,  
Mais onques aise ne poëir  6960  
N'en poëient aveir eüe.

6971 *KM'* Issi, *n* Asez; *E* Tantost sesmut; *n* uint, *C* muit —
72 *E* doit an, *Ck* d. len — 73 *M'* Car g. i. ot — 74 *EHJk* fu g.;
*nyJ* et u. — 75 (*AA³GLR*); *DM'* liez; *A'BCEHIJk* De sa u. f.
(*K* sont tuit) lie — 76 (*R*); *M³* randue; *Ax* Grez et mercis (*LN*
-iz) len (*x* li) o. r., *DM'* Et grant merciz len o. (*D* fu) rendu,
*A'BCEHIJk* Et si len o. (*M* sil o. tuit) m. (*A'BC* tuit) mercie
(*I* graciie), *A³* Et grant parole en o. tenue — 77 *AA'* qui, *B* que;
*A'* ert; *x* de lor; *R* segroiç, *A'CDIJMe* segrez, *BH* secres, *A*
-ois, *M³* segrei, *K* conseilz, *A³* -als, *n* -auz, *G* -eus, *L* -euz —
78 *R* auç consoilç, *A* haus consois; *K* Et apelez a lor segreiz, *M³*
Et au conseil a bone fei, *A'BCEHIJM* Et as h. (*A'BM* a lor) c
apelez, *DM'* Car il est sages et discrez, *A³* Et quil lor doinst
bons et loials, *nL* As plus esliz de toz (*N* tot) lo miauz (*L* les
meuz), *G* A toux elleus des plus millors — 80 *n* P. maintes f. et
p., *EM* Et en, *J* Et por; *M³* faiz, *CEJM* sens — 81 (*AHJR*);
*M³EN* de nuiz, *K* par nuit (*m. à M*); *M* assegier, *n* asaillir,
*C* seoir — 82 (*A*); *N* laisir; *CEHJk* Onc ni (*CJ* ne) porent engin
(*C* -einz) ueoir (*M* uoier), *B* M. ni p. pas ueoir — 83 (*G*); *A* pooic,
*LM'* porent onc (*L* ainc); *n* aue; *kBCEHJ* Ne nul conseil soz
ciel doner (*EJ* trouer).

Mout en cremeient la venue,
6985   Quar ne poëient eschiver
Qu'es nes nes covenist entrer
Por la vile plus aproismier ;       *6965*
E si ne lor ert pas legier
Des porz ne de la terre prendre
6990   Sor ceus qui la vuelent defendre.
D'eissir des nes ert la dotance :
Mout i cremeient meschaance.       *6970*
Lonc tens en aveient doté
E maint conseil pris e doné :
6995   A un jor li baron josterent
Por cest afaire dont parlerent.
Ne puis tot dire ne retraire       *6975*
Ço que chascuns en loë a faire ;
Mais ço qu'en dist Palamedès
7000   Porreiz oïr ici après.
Sa parole fu bien oïe,

---

6984 (*AGL*); *A²* Tot; *M'* dotoient; *kBCEHJ* Coment i (*B* il, *H* il i) poissent (*BJ* peuss., *CHM* puiss.) aler — 85 (*A*); *kBCHJ* Ne la poent mie (*M* pas) aprochier (*H* apruichier), E Ne la poient apruichier — 86 (*GL*); *N* neis; *M²FM'* ne, *A* nel ; *M'* couiegne a e. ; *kBCEHJ* Sil (*EK* Se) as n. ne se (*H* si) font nagier — 87 (*GL*); *M²* apresmier, *nM'* aprochier ; *kBCEHJ* Mes il feront ml't grant folie — 88 (*GL*); *F* Isi; *M²M'* iert ; *M'* mestier, *kEHJ* Sil lapruichent (*k* laprochent) o (*HM* a) la nauie, *BC* Sil i aprochent o n. — 89 *M'* Du port; *kBCEHJ* Com la porroient ensi (*M* ainsi, *HK* issi) p. — 90 *F* Ices ; *M'* Sus, *k* Uers, *N* Et ; *M²* celz, *Nk* cels, *EH* ces, *C* ceaus, *M'* ceux, *M* ceulz (*de même le plus souvent*); *M'Nk* uolent, *F* uoelent — 91 (*M²AR* Deissir), *EJN* Dissir, *F* De issir; *M²AR* iert lor (*M²* lur) d., *kBCEHJ* sereit d.; *M'* De lesir d. n, ont d. — 92 *CEk* en (*k* i) crièment la m., *nM'* en dotoient (*M'* redotent) m.; *Aekn* mescheance — 94 *M* entreuz donne — 95 (*A*); *M²R* Un i. li b. se i., *EHJk* Li b. .j. i. sasanblerent — 96 (*AGL*); *Ek* cel, *M'* ces ; *Ek* san (*K* sin) p., *N* dom pall. — 98 (*ACH*); *M'* Ne; *M²* loot f., *M* loa f.; *n* Q. c. en looit a f. — 99 *k* que; e dit — 7000 *M²* ici o.; *kB* ia o. (*BM* o. ia) ci a. — 1-2 *m, à n.*

Quar en son sen chascuns se fie :                    6980
« Seignor, » fait il, « grant deshonor
« Poëz aveir en cest sojor.
7005    « Bien a, ço cuit, un an passé
« Que ici estes arivé :
« Ancor n'avez Troie veüe.                           6985
« Assez i a puis gent venue,
« Qui contre vos la defendront
7010    « Tant come il plus soz ciel porront.
« Barres e lices e fossez
« Pueent puis aveir fait assez :                     6990
« Grant leisir ont d'eus enforcier
« E d'ajutoire porchacier.
7015    « Avis lor est, si est semblant,
« Que nos n'osons aler avant.
« Cuideriëz les vos sorprendre ?                     6995
« A ço ne vos chaut a entendre,
« Quar ja nul jor nes aserreiz
7020    « Desci qu'a eus vos combatreiz :
« A ço ne poëz pas faillir,
« Que que en seit a avenir.                           7000

7002 M²ABMM¹ sens, L senz, EG san — 4 K Poez; M ce; N et
grant dolor, les autres en c. seior— 5 Ek Ia a bien pres un (E dun)
an p. — 6 Ek Q. uos e. ci ; n Q. ci e. tuit amasse (F assemble) —
7 K Unquore, M² Oncor, eMN encor — 8 n Ne la g. dedanz
coneue — 9 ek nos — 10 M² cum ia p.; An il onques plus p.; CEk
Se il eise (Ck force) et pooir en ont — 11 F Barges — 12 M²KN
Poent, FMM¹ Puent; M¹ p. fet a., N a. p. f. — 13 (ACHJR); N
lessir; M eff. — 14 AM¹ Et de uictoire, BCEHJk De grant aide
(H aie) — 15 M¹ bien et s., kyBCJ Auis est (k mest) sin (EHM sen)
faisons (K feson, E fetes) s., n Nos en faisomes tel s. — 16 (AH);
ekBCJ Q. uos nosez (E-oiz); R dauant— 17 M²RK Quid.— 18 kC
chaille; M²ia e., N il e.; M¹ ne deuez pas e.— 19 k Que ia, eA² Car
a; C asserois, K asserreiz, M¹ aserrez, H asalres; n sorprandroiz
(F -oit) — 20 en Deuant, C De ci, Hk De si, I Dessi; M²A Quen-
semble (A Ens.) o elz ne cumbateiz, A² Se uos a els ne combatez
— 21 Ek p. uos — 22 M² Que quei en, A Que ce ne, A² Que quil
en; M¹ Coment que s. alauenir; n C. qil, CEIJk Que (I Coi)
quapres; CEIJkn an doie (K doit) a., H A qui que il doie abellir.

« De tant com plus lor targereiz,

« Vostre grant damage fereiz ;

7025 « Mout vos doteient plus anceis

« Que il ne feront mais des meis.

« Qui sot or tel conseil doner         7005

« Ques laississeiz aseürer

« E enforcier e querre aïe ?

7030 « Se fust alee la navie

« A la vile tot dreitement,

« N'eüst mie, mien esciënt,         7010

« Grant contredit a l'ariver.

« A ço ne sai conseil doner,

7035 « Mais le matin, sans plus targier,

« Faisons noz nes apareillier.

« Quant les avrons achastelees         7015

« E por bataille conreees,

« E nos serons tres bien armé,

7040 « Si corrons dreit a la cité,

« Ensemble o eus nos combatrons :

« Ne sai por quei le targissons.         7020

« Que qu'en vienge, mal ne contraire,

---

7023 *M*¹ i tarderez, *R* l. tarderoiç, *n* i atandroiz; *Ek* c. uos p. a.
— 24 (*AR*); *M*¹ ferez; *Ek* Plus grant (*E* Greignor) d. uos f. —
25 *M*¹ p. u. d.; *F* nos; *M*²*ek* doterent; *E* encois — 26 *M*² Qui —
27 *F* oi — 28 *M* Quel; *M*² laisseseiz, *M*¹ lessisiez, *k* lessastes;
*E* Quan les lessast, *n* Qi les lessoit (*F* faisoit) — 29 *n* faire a. —
30 *eM* Si — 31 *Ek* cite — 32 *n* Naust; *A* N. il pas; *ek* mon —
33 *M* destorbier; *M*²*k* larriuer — 34 *n* De ce — 35 *F* tarder, *KNR*
-ier; *E* s. atardier — 36 *N* Faites uoz, *M*¹ Sesons (*sic*) les —
37 (*HR*); *kM*¹ ench., *M* esch., *F* encast., *N* anchant. (*cf. 2212*)
— 38 (*HR*); *M* bataillez; *n* deuisees — 39 *ky* Et nostre cors seront
a. — 40 *K* coron; *M*¹ uers — 41 *E* a aus; *eM* combatron, *K*
-ton — 42 *K* plus, *nM* nos; *n* tardissons, *R* -om, *F* -isons, *k* -isson,
*M*² targison; *A* latardissons, *E* nos i tardon; *M*¹ que plus
atendison — 43-4 *interv. dans kEHJ* — 43 *kM*¹ Qui, *EN* Cui; *H*
Ou en uigne; *N* qua iaueigne, *F* qa ueigne, *M* quauiegne; *J* Que
ni uigne; *M*¹ uiegne, *EN* ueigne; *K* mals, *ny* max.

« Içço nos en covient a faire :
7045 « Se par force ne sont conquis,
« Ja autrement ne seront pris.
« Alons, chaeles ! si faisons                    *7025*
« Ço que nos a faire en avons.
« Se nos avions prise Troie,
7050 « N'i a un sol qui de grant joie
« Ne s'en tornast en son païs.
« N'i ait ore autre conseil pris,                *7030*
« Mais faites en mon loëment :
« Matin, senz nul porloignement,
7055 « Seit ceste uevre si envaïe,
« Qui que en plort ne qui qu'en rie,
« Que par force e par estoveir               *7035*
« Poissons la cité aseeir ».
Tuit otreient senz contredit
7060 Icest conseil, grant e petit.
La nuit laissierent trespasser,
Mais l'endemain, quant jor fu cler,          *7040*
Anceis que levast li soleuz,

7044 (*AR*); *M¹* Icen; *F* uos anconuient — 46 *kEH* Ne se (*EH* sai) coment il seient p. — 47 *F* chaelles; *A* a eles et si f.; *M¹* Haston nos c. fes., *M²* Dreicons eschieles si feisons, *kCEHJ* A. trestuit et si f. (*C* si en faissom) — 48 *e* Ice que a; *A* Ice q. f. nous a.; *C* auom — 49 *n* auiens, *e* -on — 50 *Kn* a g. — 51 *kE* sen alast, *M¹* retornast — 52 *n* ci a.; *ek* Or ni a.; *EN* oit — 53 (*ACHJLR*); *G* an, *EMn* a, *M¹* ent — 54 *N* pol., *F* prol., *R* prologn. — 55 *k* cest; *M¹* hueure, *M²Rkn* oure, *E* oeure (*de même partout, sauf avis contraire*) — 56 *N* Que qui quan; *F* ploit; *Ek* Qui quan ait duel — 57 *F* Qi — 58 *N* Puiss., *e* Puis., *F* Poissent; *k* aueir — 59 *M¹* lotroient, *A* loerent, *R* graerent; *ER* grant et petit — 60 *A* Ice, *EN* consoil; *ER* sanz contredit, *F* s. nul respit; *M¹* Qui fust de g. ne de p. — 61 *N* Lo ior; *M¹²F* laisserent, *kEN* lessierent, *H* laierent, *M¹* ont lessie; *R* trapasser — 62 *kxCEHJ* a laiorner (*N* lani.), *A* quant ior fu c., *M²* dreit al i. c.; *R* L. cant uint al i. c., *M¹* Au main quant uirent le i. c. — 63 *EN* Encois; *M²* qui; *En* li solauz; *RM¹* le soloil (*M¹* -eil), *k* li soleill (*M* -eil).

Orent toz faiz lor apareuz.

7065 Les chasteaus ont es nes dreciez,

Guarniz de lances e d'espiez :

Onques gent si ne s'atorna                    7045

Ne si bel ne s'apareilla.

Des nes ont fait lor establies

7070 E lor conreiz e lor parties ;

Porveü ont e ordené

E establi e devisé                            7050

Les queus ireient premeraines,

Les queus après, queus dereraines.

7075 El front devant en metent cent,

Les veiles dreciees al vent

Faites de porpre e de cendaus                 7055

E de pailes emperiaus :

Mil enseignes i ot dreciees,

7080 Que al vent furent despleiees.

Mout par ont les borz bien guarniz

De darz, d'escuz, d'espiez forbiz,            7060

---

7064 (*L*); *M*¹ il fet, *kR* tot fet; *EGn* aparauz, *MM*¹ apareil,
*K*-eill, *R*-oil— 65 *M*² chasteus, *ekn* -iax, *L* cheuax; *x* o. apareil-
liez — 66 *F* des; *M place ici les v. 7083-4 (les v. 7067-74
m.*) — 67 *k* Unques; *M*²*Ren* genz ; *n* Onqes mes g. si ne sarma
— 68 *en* si bien — 69 *R* De; *N* neis (*forme constante*) — 70 (*R*);
*n* Et les; *nE* conroiz, *kM*¹ -ois; *n* et les p. — 71 *FR* Proueu;
*F* sont; *n* atorne — 72 *k* Et departi; *n* et ordene — 73-4 *m. à
LN* — 73 *F* Li; *M*²*A* quels, *F* qieus, *K* quel; *Jy* Les queles
iront; *M*² primeirejnes, *R* premeirains, *F* premerains, *Jy* -aines,
*A* ainnes, *K* primerain — 74 *F* Li; *kJ* Qui a., *HJ* Quels a., *C* Li
qel a. li quel derain; *FR* li (*R* les) queus derains, *K* li quel
dederain, e ques darreainnes (*M*¹ dereaincs), *M*²*HJ* e quels de-
raaines (*H* daar., *J* derraeines) — 75 *K* En; *E* mestent, *F* moi-
nent, *L* metront, *N* manront — 76 *n* uoilles, *eM* uoiles, *K* ueilles
(*cf.* -88) — 77 *N* p. de — 78 *KM*¹*n* pailles, *E* paisles; *M*²*Ke*
enp., *N* anp., *F* amp. — 79 *M*² i ont, *F* au uent — 80 *EK* Q.
totes; *F* despoillies — 81 *M* M. o. lor b. tres b., *kEH* M. p. o.
b. les (*HM* lor) b., *n* Les b. des neis ont b. — 82 *y* Dars et, *n*
Dauberz; *M* tordis.

De haches danesches, d'espees
E de gisarmes acerees;

7085      E qui si faite uevre esguardot,
Fiere merveille li semblot.

Après cez cent en revont cent,      *7065*
Les veiles dreciees al vent.
Donc siglerent les granz compaignes,

7090      Ou tant par ot mars e enseignes.
Granz quinze liues d'un tenant,
Ne pareit mer ne tant ne quant.      *7070*
A la vile corent tot dreit
Veiles levees, a espleit.

7095      S'il truevent qui lor viet les porz,
Ja n'i avra si grant esforz
En ceus de la ne tel poëir,      *7075*
Ainz que vienge demain al seir,
En i avra mil arivees;

7100      Mais ainz seront chier comparees,
Quar ço reconte li Escriz,

---

7083 *N* den., *M²M'* daneches, *E* denoises, *M* pesanz et; *k* Da-
ches d. et, *F* Daches de nosches et, *M'* Haches d. et e. — 84 *AM'*
guis. *N* iuis., *EF* ius. — 85 (*AR*); *n* Qui si f. oure regardoit —
86 *R* ressembloit — 7087-7104 *m. à A* — 87 *M²* cesz c., *en* ces
c., *C* celles; *k* A. cels (*M* ceulz) en remistrent .c.; *M'* metent, *E*
mestent, *F* reuient — 88 *M'* contremont le u. — 89 *M²* Dunt,
*kF* Dont, *EN* Lors; *M'* Atant s. les c. — 90 *J* por ot, *C* parut,
*M²* pareit, *n* auoit; *M* t. ot; *B* V par ot t.; (*EHM* mars), *B* mals,
*G* max, *C* manz, *M²R* masz, *nJ* maz, *K* mas; *M'* Qui ml't sont
fieres et grifeignes — 91 (*B*); *JK* Grant; *N* .xii., *K* quatre; *H*
Grandes .v.; *M²K* lieues, *C* leue; *E* De .v. l. tot; *M'* du, *M*
dont — 92 *e* Ni; *M²M* piert (*M* pert) de, *nBCEM* paroit, *AH*
parut, *K* pareist; *BCen* mers; *N* la m. t. — 93 *n* Uers; *N* tor-
nent — 94 (*M²K* ueiles), *nM'* uoilles, *EM* uoiles — 95 *knM'*
trouent; *M'* uoit, *F* ueit; *M* deuet p. — 96 *KN* granz — 97 *Ek*
De; *M²* celz, *k* cels, *M'* cex, *N* cez, *E* ces — 98 *M* Quainz; *n*
ueigne, *MM'* uiegne, *E* uiengne; *M'* a s., *E* essoir; *N* demane-
soir — 99 *k* Quil nen i ait (*M* n. a.); *M²k* arr., *R* bien armees —
7100 *n* M. ml't; *M²F* cher — 1 (*H*); *N* Ce nos; *E* Car si come dit.

Dès que li monz fu establiz,                    7080
Ne fu porz pris a tel meschief :
Le jor i perdi mainz le chief.
7105    Quant cil de Troie les choisirent,
Comunaument contre eus eissirent,
A qui ainz ainz, senz nul conrei :           7085
Nus n'i atent prince ne rei,
Per ne seignor ne compaignon.
7110    Sor la marine el bel sablon
Sont assemblé e acoru :
Ja i avra maint coup feru.                    7090
    Cil des nes virent bien e sorent
Qu'autre conseil aveir ne porent·
7115    Ne mais de laissier corre a terre :
Par force lor covient conquerre.
Lor enemi sont tuit guarni,                   7095
Dont ja seront bien recoilli.
Chascuns s'arma come il mieuz pot
7120    De teles armes come il ot.
N'i ot si pro qui ne dotast
E cui corages ne muast.                       7100

7102 *HM'* Puis; *FM* li mont, *M'* le m. — 3 (*HR*); *M'* pris port,
*M* port p., *K* iorz p. — 4 (*H*); *N* an perdent; *M²FM'M* maint,
*N* meint; *M* son c.; *H* aj. 2 *v.* : Por troie quil uinrent conquerre
En iut mains cors tos frois a terre — 5 (*H*); *F* uirent; *N* Que c.
qui de t. les u. — 6 *les sept mss.* communement (comm.); *ky*
iss.; *F* les anuairent, *N* l. assaillirent — 7 *nHM'* Et; *F* a. poent
(*v. f.*); *E* Q. a. a. et — 8 *F* aust — 9 *N* Pere s.; *F* Par s. et par
c. — 10 *M'* Sus la m. ou biau; *Mn* le riuage — 11 *K* Se s. a.; *E*
coreu, *k* coru — 12 *F* Le ior i ot; *K* colp, *enM* cop — 15 *EM*
que l.; *M'* Fors que de l. — 16 *N* couint, *M* conuient, *K*
estoet; *N* requerre — 17 *M²Ren* an.; *eK* ia, *Mn* bien; *R* uoient;
*nR* garniz — 18 *R* Dom, *E* Don; *KM'* il s.; *R* recoilliç; *n* Dau-
berz descuz (*N* -u) despiez forbiz — 19 *e* au m. quil p.; *M²Rk*
mielz, *EF* mialz, *N* melz, *M'* miex (*de même le plus souvent*) —
20 *M'k* celes, *F* tieles; *E* Des mellors a.; *Ek* que, *M²* qui, *nM'*
com — 21 *M²* prouz, *N* prou, *F* preu, *M* bon, *K* buen, *E* fier; *F*
qe; *E* ni; *M'* si hardi ne d. — 22 *M²KM'N* qui; *M²FMe* corage.

Proteselaus vint premerains,
Hardiz e proz e segurains :
7125    De Pilache ert cist reis preisiez,
O les cent nes vint eslaissiez.
Forz fu li venz qui les nes meine :        *7105*
Auques a sec en mi l'areine
Les fait ferir veiles levees,
7130    Peceiees e dequassees.
De teus en ot iluec neiez
Qui assez esteient preisiez,        *7110*
E si come il des nes eisseient,
Li Troïen les recoilleient,
7135    Quin' faiseient mout grant martire :

7123 *ELRkn* Proth.; *n* fu; *M* tout p.; *M²* premierejns, *EJN* premereins ; *M¹* i u. premier — 24 *M²K* prouz, *EHJM* preuz; *M²N* segurejns, *E* souereins; *M¹* P. et hardis et bon guerier — 25 *M* pelache, *B* -arche, *M²R* pilarce, *y* -che, *GN* -que, *F* pillarche, *C* pell., *B* pel., *L* pyl. *K* pal.; *M²L* iert c., *kA²BCe* fu, *M¹* estoit; *F* uns r., *L* .j. r., *GN* cil r.; *ABEFGHJLM* pris., *N* priss., *A²CM¹* prois. — 26 *H* O ses — 27 (*AJ*); *FM¹* Fort ; *M¹* Le uent fu f.; *M²* que; *n* les remaine — 28 (*H*); *n* Anques (*sic*); *JM'n* assez — 29 *H* Le; *M¹* font, *EFHJk* fist, *N* uet; *M¹* froier, *F* uenir, *K* nagier; *F* uoilles, *N* lances — 30 (*AA'A²BCHJL*); *C* Peceges, *G* Pesoiees; *M²R* P. sunt e quassees, *M¹* Pertuisies et d.; *F* desqasces; *EH* aj. 2 *v* : En ot ilueques (*H* sont iloc ml't) des plus forz Qui ne porent uenir as p. — 31 *C* Diteus i ot, *J* Molt en i ot; *M²R* tiels, *n* tex, *EH* tels, *M¹* tiex, *J* ces, *B* tans; *F* Et san, *N* Et se; *M²R* en a ; *A* encui, *n* assez, *H* iloc, *K* ilec, *M* illeuc, *B* -uec, *EJ* -uc; *M¹* Illoques en i ot nauie (*sic*); *M²k* neie, *EH* noie, *J* naie, *R* -eç, *AB* noiees — 32 *n* Des hauz homes et des; *B* Q. j estoit a.; *JM¹* De tiex (*J* ces) qui ml't erent; *M²EHM* prisie, *F* -iez, *N* priss., *K* preisie, *R* -ieç, *M¹* proisies, *J* -ie, *AB* prisiees; — 33 *A²* Et icels, *M²* E icil; *AR* Et cil (*A* cieus) ki de les n. i.; *N* Et a ce que, *A'BCEFHIJk* Et si (*BE* Ensi) com il; *AA'BCEHIJMRn* issoient, *A²KM¹* issirent ; *M¹* Li autre q. d. n. i. — 34 *EN* troyen (*forme ordinaire*); *EH* recuilloient, *A²KM¹* recoillirent — 35-6 *interv. dans J* — 35 (*A²*); *M²A* Quen; *BCIJkxy* Qui (*I* Si) en f. fier (*MM¹* grant, *H* fort, *I* grief) m.; *k* fes., *EHJ* feisoient, *C* fass., *N* fess., *MM¹* fes., *F* faiss., (*M²* fais.); (*A²* m. g.), *M²R* si fort, *A* greueus.

Mout se penoënt d'eus ocire.
Nule rien ne porreit conter
Le duel qui fu a l'ariver     *7116*
Ne le martire ne l'ocise ;
7140   Quar farine que l'om tamise
Ne chiet ensi menuëment,     *7118*
Ne pluie ne graisle par vent,     *7117*
Com font saietes barbelees,     *7719*
Dart e engeignes empenees.
7145   D'espees fierent maintenant :
N'i cuide rien aveir guarant.
    Les cent nes esteient vencues,
Que a la terre erent venues.
N'aveient mais defension :     *7125*
7150   Set cenz en gist par le sablon,
Qui ja mais Troie n'asaudront.
Donc revindrent les cent d'un front :

---

7136 *L* penerent; *BCFGJLk* dels, *H* daus, *I* diaus; *M²A²N* del ocire, *AE* de locirre ; *M¹* painent dels desconfire — 37 *M²N* riens; *BCEHJk* Hom (*E* Huem, *J* Huens) uiuanz (*C* -ant); *I* Riens u. nel; *M²* contier — 38 (*AJ*); *y* quil font; *M²* larriuier, *k* -er, *B* lassembler — 39-40 m. à *BCEHJk*; 41-2 *sont interv.* — 39 *F* lasise — 40 *M²* ferine; *F* enmise — 41 *n* ausi, *M¹* issi, *AM* pas si ; *BEHJK* Ne chei (*k* chai, *B* cai) plus (*H* tant), *C* Ne chiet pas si; *CK* espessement — 42 (*A*); *BCEHJk* Car p. ; *FH* g. ne p.; *FR* pluiue; *M²ABCEFHJk* gresle, *R* graile, *M¹N* grelle; *n* ne u. — 43 *BEJK* Que f.; *M¹* seaites; *C* sagetes penenees — 44 *M²EHJKn* Darz, *JM¹* Dars ; *E* engegnes, *M* -agnes, *BCH* -aignes, *R* -annes, *J* enignes (*sic*), *N* angignes, *M²* ascones; *F* Ou darz agues; *FM* enpan., *EN* anpan., *R* enpennees, *C* barbelees — 46 *FJKM¹* Ne; *K* quide uns sols; *M²En* riens, *HJ* nns; *M* Nulz ni c., *M¹* Ne cuident pas — 47 (*R*); *M²* Cesz; *nM¹* Les c. e. ia u. ; *E* uenues; *FM* uainc., *N* uoinc. — 48 *R* Q. en; *F* a t., *M¹* a la riue; *M* estoient corues (*v. f.*); *F* corrues — 49 *M¹* Mes nauoient; (*F* def.), *K* deff., *les autres* desf. — 50 *M¹* .v. c., *F* Set cent; *FM* gisent; *K* Mil en g.; *NR* iurent; *nR* el s. — 51 *n* Qe — 52 *M²* Doncs (*forme ordinaire*), *EHJk* Puis, *nM¹* Lors; *nC* reuienent, *M¹* reuiegnent; *knJM¹* de f.

Eslaissiees e abrivees,

Corent as porz veiles levees.          7130

7155   Grant noise meinent e granz criz :

La fu dotanz li plus hardiz.

Quant les veiles furent baissiees          7131

E les nes furent essaiviees,

Cil de Troie les asaillirent,

7160   Qui l'eissue lor defendirent.

Cil des nes orent arbalestes          7135

Trei mile e plus, a traire prestes.

A l'espesse traistrent des lor :

Mil en i perdent la color,

7165   Freit e pasmé chieent a denz.

Lors branlerent icil dedenz :          7140

A tant s'en eissi grant partie,

Qui as autres feront aïe;

Ensemble sont serré e trait.

7170   Proteselaus l'ot mout bien fait :

Mout ot sa gent bien socorue          7145

---

7153 $M^3$ Eslaisses, F Eslaisies — 54 $M^3MNe$ au port, F au porz ; N uoilles; R droicies — 55-6 m. à BCEHJk — 55 (GR); $M'N$ Granz; F noisse; N moinent, AF mainent; N g. bruiz, L grant cri — 56 (GR); n Ja; F donteus (sic), $M'$ doutex, AD de touz, $M^3$ doteus; L ont doute, $A^2$ ot poor; L hardi — 57 N uoilles; EN bess., BFG baisies, $CM'$ besies, kR bess., $M^3$ beissees, $A^2$ laissies, H lasquies — 58 $A^2$ Et a terre, I Et toutes; EN asegiees, L ass., GHR asegies, BCFIRk ass., J assigiees, $M^3$ assagiees $A^2$ essaiwies, A essauciees, $M'$ essuiees (cf. 1878. 3280. 7343 et 18910) — 59 CEHJk Li troien; $M^3k$ ass., F assalirent — 60 ek lissue, H lentree, n bien les porz — 61 K arbel. — 62 ($M^3KR$ Trei), eM Troi, F Dous, N .ij.; Fe mil; R au; $M^3Rn$ treire, e trere — 63 N An lespoisse, $M'$ A lespoise, EFk El (F Es) plus espes; KN traient; n as l. — 64 En en perdirent — 65 M Mort; $M^3$ cheient, N cheent, $FKM'$ chient ; FK as d. — 66 $M^3M'$ Lores, k Adonc; $M^2M'k$ b. (M brisierent) cil d., E L. b. ml't c. d., F A lor baniere et c. d. — 67 $M^3$ granz — 68 F Qe — 69 F sere; $M^3$ treit — 70 enK Protheselax (F -aus), M Prot.; N la; $M^3$ feit — 71 e M. a; N b. sa g. s.

O la tranchant espee nue ;
Mout lor en i ocist le jor
E mout lor rendi dur estor.
7175 Se sis cors ne fust solement,
Livré fussent tuit a torment :                7150
Ja uns n'en remansist en vie.
Troïen font une envaïe :
Ja i avra trop lait damage.
7180 Cil qui furent sor le rivage
Ne porent endurer tanz cous,               7155
Ne il n'osent torner les dos ;
Il ne sevent quel part foïr,
E grant meschief a al sofrir
7185 A set mile homes cent miliers.
Si comença li estors fiers :                7160
Onc si pesmes ne si morteus
Ne pot veeir nus hom charneus.

---

7172 *ekn* A ; *k* sa ; *K* tranchante — 73-4 *interv. dans n* — 73 *N* Et ml't, *F* Maint; *n* lor en o. — 74 *M'N* grant e., *M* pesme e. — 75 *MM'* son c. ; *E* Se il ne f. tant s. — 76 *(A)*; *M²R* Li suen; *ekC* T. f. l.; *M²* en t. — 77 *Ek* Ja nus *(M* nul) ; *K* ne, *M* ni; *ENk* remassist, *M'* remainsist — 78 *F* T. en f., *M²* T. ont fait, *M* As autres f.; *K* As t. fet e. — 79 *n* Or; *M* auront; *M²* leit, *ekN* let — 80 *M'* sur — 81-2 *interv. dans N* — 81 *F* porrent; *FM* tant; *R* Ne p. pas sofrir t. c., *N* Nil ne p. s. les c., *M²AM'* Ne p. s. tant de *(M* des) c.; *C* le cous; *AMM'N* cox, *E* cos, *M²R* coups, *J* cops, *HK* cols — 82 *(HJ)*; *R* Ai ne osent, *N* Ne uostrent pas; *M²CF* dous, *AN* dox — 7183-200 *m. à C (bourdon)* — 7183 *M'* Car, *N* Nil; *M²* sieuent, *N* sorent; *F* Ne il ne persoient; *M²* fuir — 84 *n* A; *kM'* est de *(M* au) s., *n* sont del (*F* font a) s.; *EH* Et granz meschies est del *(H* a.) s.— 85 *Ek* .vij. c., *F* .vij. mil, *K* set mil; *M'* millers, *ekN* milliers — 86 *kAEJ* Ci, *n* Lors; *M'* .j. estor; *K* estor li f. — 87 *n* Ensi, *A* Ainz si ; *AM'* pesme; *N* ensi, *F* issi; *M²* mortiels, *A* -aus, *M'* -iex; *kE* Ainz *(M* Onc) mes nus *(E* Onques mes) hom ne uit ital *(EM* autel) — 88 *M²R* charnels, *A* -aus ; *kE* Ne si *(M* Ausi) pesme ne si *(M* nausi) mortal *(EM* -el), *N* Que nus h. ne uit plus cruiex, *F* Qe h. ne u. p. dolereus, *M'* Ne fu onques ueu ne tiex.

O granz haches trenchanz e lees
7190    Se porfendent jusqu'as corees ;
Mort chaeient espessement.                    7165
Tuit li rivage en sont sanglent :
Del sanc i aveit granz ruisseaus
De ceus qui muerent a tropeaus.
7195    Cil de Grece se defendeient,
Quar aillors guarir ne saveient :            7170
Mieuz vuelent a terre morir
Qu'en la mer neier e perir.
De totes parz erent enclos.
7200    Grant peril a de tres lor dos :
Grant noise i demeinent les ondes,          7175
Que de la mer vienent parfondes ;
Mout sont orribles e dotanz.
Devant eus rest li periz granz,
7205    Quar tant i a des Troïens
Qu'ocis en ont en poi de tens               7180
La siste part e plus assez.
Reüsant les ont amenez
Par estoveir jusqu'a la mer :
7210    Lors en i covint maint entrer

7189 *eM* A,*K* As — 90 *M*² Se fendeient, *n* Santrefandent ; *M*²
desquas, *M*' dusqua — 91 *K* Molt; *n* cheoient, *E* i chieent —
92 *Ek* Tot le r. font (*K* en fu) s. ; *n* Par lo r. — 93 *ek* De; *n* i ot
ml't, *M*' i auot; *M*² ruisselz — 94 *F* Des cors; *k* as ; *M*² tropelz,
*Nek* tropiax, *F* -iaus, *E* marciax — 96 *k* Qui ; *M*² foir ne sauoient
— 97 (*AR*); *knE* A t. u. m. — 98 (*AR*); *FM* Q. m. n. ; *MM'N*
ne p. ; *F* a tel perir — 99 *M* ierent; *F* enclous, *k* -ox — 7200
*kE* G. noise auoit; *K* detries, *EMN* derriers, *BF* derier; *M*'
Grant est le peril tries ; *F* dous, *K* dox — 1 *n* Car; *x* n. demoi-
nent; *M*' n. meinent les fors o. ; *BCEk* G. temolte (*C* ·ote, *BM*
tumulte, *E* tormante) m. — 2 *M* uiegnent, *K* mouent — 3 *K*
pesanz — 4 *enM* est; *M*²*kn* perilz; *M*' iex, *E* -ix — 5 *N* Caitant
— 6 *n* Ocis — 8 *N* Reculent — 9 *Cn* Por; *M*²*A* de ci qua (*A* en)
m. — 10 *M*² Donc, *A* Dont; *C* conuint, *F* couient; *N* meinz,
*L* ml't.

Plus parfont que jusqu'as aisseles.                 7185
A mainz traïnent les boëles.
La ot grant desbaretement :
Se ço lor durast longement,
7215  N'en eschapast ne laiz ne beaus.
Mais cil qui erent es chasteaus                      7190
Qui par les nes erent drecié
Ont ensemble trait e lancié :
Par force les font traire en sus,
7220  Des lor i laissent mil e plus.
A tant ariva Archelaus                               7195
E Prothenor o lor vassaus :
Veiles levees ont port pris,
Peist o place lor enemis.
7225  De lor cinquante nes guarnies
S'en eissirent les compaignies,                      7200
Armé por defendre lor cors;
Mais ainz qu'il fussent as chans fors,
Les orent Troïen gregiez,
7230  Ocis e morz e detrenchiez.

---

7211 *FL* P.(*L* Le p.) i sont; *M* quau jusques a., *N* que iusques
ess., *M¹* i. as ess., *FL* iusque aus selles (*L* ess.); *M²* eiss., *E* ma-
meles; *A* Plus p. iusques as esseles — 12 *R A* maint, *L* Au plus;
*R* doeles; *EFk* Maint en (*M* en i) t., *A* Et m. t.; *AEFk* lor b. —
13 *kn* desbarat. — 14 *ekNR* longuem. — 15 *F* eschampast —
16 *EK* q. furent, *M²R* questeient; *FR* chastiaus, *ek* -iax, *M²*
bateaus, *N* cheuax — 17 *n* sor; *M* ierent, *R* furent; *F* dricie —
18 *M²* treit, *ek* tret — 19 *M²* treire, *ek* trere — 20 *M²* leiss., *ekN*
less. — 21 *M²Ak* arr.; *M* achelax, *G* archillax — 22 *M²* protenor,
*K* prothenors, *C* antenor; *M¹* P. o tot ses; *M¹Rn* o ses; *R* uau-
saus, *En* uas. — 23 *n* Voilles; *M²* porpris — 24 *n* Maugre a toz,
*E* Tot m. a; *M¹n* an. — 25 *Ek* De .l. (*M* .lx.) n. bien g., *R* De
dusent cinquante n. g. — 26 *M¹* En iss., *Ek* Sont issues — 27
*M²A* p. cumbatre — 28 *K* chanz, *C* chaz; *M²* el champ; *M¹Me*
hors, *R* forç — 29 *M²* o. mout; *MM¹* troiens; *Cek* Les ont
ml't t. (*E* t. m.) — 30 *CEk* M. et o., *n* Naurez (*F* -e) et m.; *CEn*
detran- (*forme ordinaire dans n*).

Mais dès qu'il se furent josté 7205
E o les autres assemblé,
Si lor retindrent la meslee,
Tant que la gent fu arivee
7235 Que Nestor amena o sei,
Qui de Pile esteit sire e rei. 7210
O seisante nes eschipees,
Vindrent as porz veiles levees :
Mout lor est tart que josté seient
7240 Avuec ceus cui combatre veient.
Grant presse ot a l'eissir des nes : 7215
Poi en j a dedenz remés :
Grant desirier ont de combatre.
Qui lores les veïst embatre
7245 Es greignors presses que il truevent ! 
Tote la terre des morz cuevrent, 7220

7231 K M. puis; E q. f. aioste, n q. f. assamble — 32 CE O
les a. et a.; n aioste — 33 N Se, CFK Donc, H Dont, E Lors;
M retient, DN rendirent; M'N mellee — 34 M la grant g.,
ACKny lor g.; M²ACDKny genz; M²k arr. (forme constante),
DN assemblce; R se fu armee — 35 (DHJ); n Qi; L nector;
AA²R amenoit; A²L od, BCGn ou, A'I a; R toç frois; M² Qua-
mena n. li cortois — 36 (A); A'Bk En p. lapela (A' -oit) on (K
lon) r., C Cui lon en p. appelle r., A² Que li uilain tienent a r.,
I Quon tenoit a p. pour r., H De p. la bele en conroi, J La
ueissez maint bel c., De Qui ml't (D mont) estoit (E M. estoient)
de bone foi, x Cil se combatent (N desfandent) el grauoi; A'Bk
pirre, C pyre, M²AHI pire; M²R s. e reis — 37 EHkn A;
M .iiij. uint; ANy esquipees, F esqip. — 38 N Vienent; F au
porz, K a port, M²MNe au p.; n uoilles; F dricees — 39 M' Si;
E quaioste, M' que ia i — 40 EN Auoec, K Auec, F Auoc, M²R
Ouoc, MM' Ouec; M²FR celz, KN cels, M ceulz, E ces; M² qui,
R ke — 41 kn p. a — 42 kEF Molt en a poi (E po) — 43 Ek
desirr., M² -er, F desirer, N dessirrier — 44 Enk Q. lors; EN
les i u., F l. u.; k les u. enz e. — 45 C As; (M²EHR greignors),
C greignor, M' grenors, n plus granz; M'R preses, C -ez;
M²AKM'Rn trouent, C truerent — 46 M²AM' de, R deç; (L
cueurent), A cueuurent, M²M'NR courent; kCEFH As branz
dacier tres bien sesprouent (F se pr.) (C b. sesprouerent).

Tot detrenchent quant qu'il ataignent;
De l'ariver pas ne se feignent.
  Archelaus est en mi l'estor,
7250 Qui grant damage fait des lor :
Com bons chevaliers s'i aïüe          7225
O la trenchant espee nue.
Prothenor est de l'autre part,
Fiers e hardiz plus d'un liepart;          7228
7255 Ne dote coup ne mortel plaie,
Troïens de rien ne manaie :
Entre eus s'embat, fiert les sovent.          7229
Mout li rociënt de sa gent.
  Reis Ascaloz, reis Almenus
7260 De l'ariver ne targent plus :
O trente nes ont terre prise,
E si sacheiz bien senz devise

---

7247 *M* Tuit; *K* co quil; *M¹* Si d. quil q. a.; *F* ataingnent, *les autres* ateignent — 48 *FM* faignent — 49 *F* Archilaus, *N* -ax; *C* enz en l.; *B* Arcelax en uint a lestour— 5o *B* font — 51 *K* buens, *N* boens; *M¹* bon cheualier; *M²* se a., *R* saiue, *M¹* si aue, *B* si aieue — 52 *FM¹k* A; *E* Au t. de lespee n.; *EHMn* tranchant, *K* -te; *x donne ensuite les v.* 57-8; 53-4 *m. à GLN* — 53 *M²M* Protenor — 54 (*ADJ*); *M¹* Fier et hardi; *BP* p. de l., *HK* come l.; *M²* liop., *FR* leop., *M¹* lieup., *BK* lip., *HP* lup., *C* leup., *A²* luip. — 55-6 *m. à GKLN* — 55 *BDEMy* cop; *M²F* mortiel — 56 *FJ* Troien; *BCFM* menaie; *A²* As t. ne fait m. — 57 *B* f. i; *A²* Entrels senbat ml't fierement — 58 *BHM* ocient; *F* M. reocient, *DM¹* Mes ml't rocient; *A²* donne 3 v.: De lespee les fiert sovent Il les ocist et acrauente Sespee fu tote sanglente — 5g *F* Pois; *K* R. calathulus, *éd.* R. calaphus, *CM* Ascalafus; *R* esc., *DM¹* asch., *G* aschalor, *L* acalce, *E* aqualoz, *A* acalox, *A²* -os, *H* absalon, *B* alcanon; *FM* alinus, *KP* alanus, *B* alpius, *M¹ACDGIJLNRy* alignus (*cf. 5611. 8190. 12136 et 12662*) — 60 (*A*); *ekJNR* tardent, *AF* tarda, *D* doutent; *EHJ* Au port an uont; *H* natargent p. — 61 *M* A; *N* prisse, *B* prises; *C* o. entreprise; *E* Mes maintenant ont t. p. — 62 (*JR*); *M²* sachez, *M¹* -iez, *n* -oiz; *BCEJk* Onques ni ot (*B* cut) autre d.; *N* deuisse, *B* deuises; *H* Bien furent arme a lor guise.

Qu'eissu s'en sont senz demorance. *7235*

Mout ont grant duel e grant pesance

7265 De ço qu'il ont tant demoré;

Le petit pas, estreit serré,

Sont venu dreit al chapleïz.

Sans i mua as plus hardiz. *7240*

Trei mile sont novel e freis :

7270 O l'autre aïde des Grezeis,

Ont Troïens fait remuër;

Mais chier le durent comparer,

Quar cil sont recovré sor eus, *7245*

Qui mout lor sont crueus e feus.

7275 Desci qu'as nes les ramenerent,

Onc jusqu'a la mer n'aresterent :

S'il trovassent large charriere,

Ja mais n'en tornast uns ariere.

Por la presse, que si fu granz,

---

7263 *NR* Quissu, *F* Qe issu, *M¹* Issuz; *A* Que issus sont, *BCEHJk* Tost (*EHK* Tuit) sen issent — 64 *M¹* Mes m. o. g. d. et p. — 67 *F* droiz; *R* caplaiç — 68 *A* Li s. m. as, *N* Sanc i m. li, *M¹* La m. s. li; *M²* Sancs; *Fk* Remuer (*k* Reuser) font les — 69 *M¹n* Troi, *EH* .iij. — 70 (*AA²BCHJ*); *n* Estre laide; *MM¹* greiois — 71 *BCEHJk* T. o. f., *A²* Les t. funt; (*M²AGNR* remuer), *M¹* reculer, *EFHJLk* reuser — 72 (*ABHJR*); *CK* Molt le d. chier c. — 73 *L* Qe, *C* Mes; *K* il; *LN* retorne; *BCEHJk* ont s. e. r.; *M¹* sus; *AN* aus, *E* ax, *F* caus, *BCKLR* els, *M²* elz, *MM¹* eux — 74 *M²* Que m. trueuent; *R* et crueux; *AN* cruel; *M²* felz, *R* fels, *DM¹* fex, *AN* faus; *DM¹* Dont chacun est hardi et f.; *F* l. font cruax assaus; *BCEHJk* Et (*C* Qe) as branz (*C* bras) nuz se (*H* si) sont proue (*K* b. se s. esproue) — 75 *M²Rn* De ci, *Aky* De si; *HM¹* as, *n* ques; *Akn* remen. *M* reman. — 76 *N* Einz, *AG* Ainz; *M²* iusqua m., *A* iusquen m. *M¹* deuant la, *BCEHFRk* Iusqua la m.; *G* ne finerent, *R* ne se restrent, *ABCLky* ne saresterent, *M²* nes arr. — 77 *F* longe, *K* longue, *M* ample; *J* Sil tenissent droite; *JM¹R* char., *H* car., *F* carr. — 78 *M¹* .j. nen t., *M* nul ne t., *K* nus nen t.; *N* Ia nen retornast uns, *EHJ* Ja nus nen retornast, *N* Ja ne tornassent mais — 79 *C* Par; *M²* quensi, *H* quissi, *F* qe si; *AJNky* qui fu si; *M* grant.

| | | |
|---|---|---|
| 7280 | Jo ne sai mie queus ne quanz | 7252 |
| | En i neia, ne pot autre estre : | |
| | Li plus hardiz n'i vousist estre. | |
| | Trop lor alot ja malement, | 7253 |
| | Quant Ulixès vint o sa gent : | |
| 7285 | Des cinquante nes qu'il ameine | |
| | Traist sa gent fors en mi l'areine. | |
| | Mout furent lor cors bien armé, | |
| | Mais de ço furent maumené, | |
| | Qu'as autres ne porent vertir : | |
| 7290 | Bien vos puis dire senz mentir, | 7260 |
| | Vint mile e plus ot entredous | |
| | D'eus destruire toz desiros. | |
| | Contre eus guenchissent a eslais. | |
| | Cist i sofrirent trop grant fais, | |
| 7295 | Quar, ainz qu'il eüssent aïe, | 7265 |
| | Fu lor force mout afeblie. | |
| | Mais ne por quant bon seignor ont, | |
| | Qui les chadele e les somont | |

7280 *M²AR* quels, *F* quel, *N* qex; *M¹* s. pas bien dire q., *D*
uous s. a d. q.; *BCEHJk* En i ot (*C* Et mot) noiez (*K* neie, *M*
noie) ne sai q. (*M* quant) — 81-2 m. à *BCEHJk* — 81 (*A*); *L* I
noierent; *DR* naia; *M²DFM¹* En n.; *M²DM¹* quar ne — 82 *N*
uolsist, *M¹* uos. — 84 *y* hul.; *H* a sa; *F* u. ou tot sa — 85
*ENk* De, *F* Les; *F* amoine, *M¹N* -aine, *E* -einne — 86 *F* Trait,
*E* Tret, *FKM¹* F. (*M¹* hors) sa gent (*F* ses genz); *M²Me* hors;
*k* par mi; *n* la plaine — 87 (*AHR*); *n* M. orent; *M* de leur c.
(*v. f.*), *K* trestuit; *N* b. l. c.; *M¹* M. par estoient — 88 (*R*);
*M²AHNek* mal mene, *F* m. sene — 89 (*AR*); *CEHJk* Quil ne
(*C* nen) p. as lor (*K* al l., *M* a leur); *knE* uenir — 90 *M¹* Si; *AM¹*
cuit, *M²R* quit, (*CEHJkn* puis) — 91 *K* en aueit, *M* en i auoit;
*R* entrels dos, *M* entrendeuz, *F* antrodous, *N* -edos — 92 *E*
ocirre ml't, *k* entrocire; *F* Por aus ocire, *N* P. els d., *M¹* Deus
desconfire; *M²* desirrous, *F* desir., *N* -os, *e* -eus, *K* coueitous —
93 *kEN* guenchirent, *F* guichissent — 94 *F* Molt; *M²* Cil en s.,
*kE* Icist s.; *K* molt g. — 95-6 m. à *M* — 95 *EN* einz (*forme
ordinaire*); *N* aussent — 96 *M¹* aflebie; *F* tote faillie — 97 (*A²*);
*M²ACIR* nequedent; *K* buen — 98 *ek* Q. bien les c. (*M¹* conduit)
et s.; *F* Q. lor molt chastie; *tous les mss.* sem.

E les defent a son poëir :
7300 Mout en devra grant pris aveir,      7270
Se il vis en puet eschaper.
Philemenis d'outre la mer
L'arguë mout de grant maniere:
Ne laissera qu'il nel requiere.
7305 A cheval fu e cil a pié,      7275
Mais a dous mains tint son espié.
Philemenis le vait ferir :
Mout l'a ataint de grant aïr ;
Par mi l'escu peint a lion
7310 Li a passé son confanon ;      7280
Le bon hauberc li a fausé,
Por poi que ne l'a mort geté.
Ne pot le grant coup endurer :
A terre l'a fait enverser,
7315 Mais maintenant en piez sailli.      7285
Lancié li a l'espié forbi :
Par sus la pene de l'escu
Li a l'auberc tot derompu ;
El col le fiert soz le menton,
7320 Ne sai s'il en vivra o non.      7290
Toz fu sempres ensanglentez,

7299 *E* Et ses, *k* Et se — 7301 *kEF* en p. uis (*k* uif) e.; *R* escan-
per — 2 (*G*); *M*² Fill., *L* Fel., *F* Fil., *N* -ys, *ek* Filimenis; *F*
dautre. *Ek* doltre — 3 *K* Largua; *N* de m. g.; *M*²*R* a g. — 4
*ekN* less., *F* lais.; *M*² qui; *M*¹ requeire — 6 *EK* Et a, *M* A, *M*²*R*
M. as; *F* an sa main — 7-8 m. à *L* — 7 *M*²*FRe* Fil., *N* -ymenis,
*k* -imenis — 8 *M*²*NRk* ateint; *M*²*R* hair — 9 *EN* point; *M*²*R*
au; *F* leon — 10 *N* conduit; *M*²*R* Li passa tot; *K* lo, *M* le;
*M*²*KRe* gonf. — 11 *M*² ouzberc (*sic*); *K* false — 12 *M*²*GNek* Par,
*ACF* A; *AEHJN* quil; *Ekn* gite, *HM*¹ iete — 13 *M* por; *enM*
cop, *K* colp — 14 (*HJR*); *knM*¹ A la t. la f. (*M*¹ lestut) uerser
— 15 *kE* Mes cil en (*E* sor) p. tost resailli — 16 *k* Si (*M* Donc) li
lanca — 17 (*R*); *K* Desor, *M* Desoz, *F* Parmi; *eN* pane, *M*²*M*
penne, *F* paine — 18 *M*² lauzberc; *M* li hauberc d. — 19 *M*¹ Ou;
*F* li; *K* lez le m. — 20 *E* morra, *M* murra — 21 *k* Fort fu; *M*
tost tout, *Kn* maneis; *e* S. fu toz.

De l'angoisse chaï pasmez.
Mout en fu sa gent esbahie :
Chascuns en plore e brait e crie.
7325 Del cors n'i vuelent laissier mie,  7295
Ne lor chaut mais qui les ocie ;
Plorent, criënt, grant noise font,
Plusor de duel neier se vont,
Qui cuidoënt que il fust morz.
7330 Auques l'ont esloignié des porz ;  7300
Sor son escu l'en ont porté
Tot dreitement en la cité.
De lor gent orent mout perdu,
Ainz que del champ fussent eissu.
7335     Ulixès fu sor la marine,  7305
Mais, se ne fust tel la destine
Que avint de Philemenis,
Tuit fussent sempres mort e pris.
Entre tant dis fu arivez
7340 Thoas li proz, li alosez,  7310
Telamonius Aïaus,
Agamennon e Menelaus.

7322 *EN* chei — 23 *M*ⁿ*N* genz — 24 *M*² C. i p., *R* Chescuns
p., *M* Pleure c. b. — 27 (*AJR*) ; *M*¹ P. et c. g. duel ont ; *EH*
Plusor c. — 28 *M*²*AR* E p. delz, e Et li p. ; *J* sen u. ; *M*¹ grant
noise font ; *F* naier — 29 *K* quidoient ; *nM*¹ Car il, *AJM* Quil ;
*EFM* cuident que il soit m. ; *M*² c. qui, *M*¹*N* c. quil ; *R* Ke il
cuident ; *H* Car cuidie ont ; *J* fut — 3o *AK* sont ; *M*² esloigne,
*k* -oingnie, *A* eslongiez — 32 *k* Grant duel (*k* duol) fesant par ;
*F* uers — 34 *N* Einz ; *FK* A. quil f. (*F* fuiss.) del c. issu — 35 *N*
Ulyxes, e Hulixes ; *A*¹*BK* ot sa gent iostee — 36 *EMN* tex, *F* telx,
*M*¹ tiex, *M*ⁿ*R* tiels ; *A*¹*BK* M. ne f. (*K* fu) cele destinee — 37 *F*
Qe, *A*¹*BKNe* Qui, *R* Ki, *M*ⁿ*M* Quil ; *M*²*FMR* Fil., *N* Fyl., *L*
Fel., *eBK* Filim. *A*¹ Philim. — 38 *F* S. f. et m., *K* Maneis f. t.
m. ; *N* o p. — 3g *n* Antretandis, *M* Entr. ; *K* Maintenant refu ; *M*¹
sont ; *F* se fu armez ; *E* Antretant lor est a. — 4o *M*² e li osez,
*ekF* e li senez — 41 *M*ⁿ*MM*¹*Rn* E ; *M*ⁿ*M*¹*Rn* th., *M* thelanio-
mus ; *E* E thelamons et ; *EN* ayax, *FM*¹*k* aiax — 42 (*R*) ; *ekn* me-
nelax.

Cil furent as porz essaivié,
Qu'il n'ot a eus trait ne lancié,
7345     Quar li autre les defendeient,          7315
Qu'o Troïens se combateient.
Des nes traistrent fors les chevaus
Coverz de porpre e de cendaus,
Sors e baucenz e pomelez,
7350     Ferranz oscurs, destre comez.          7320
Bien s'armerent de conoissances,
Lacent enseignes en lor lances,
Sor les haubers vestent bliauz.
Beaus fu li jorz, leva li chauz,
7355     E li escu teint d'or vermeil          7325
Resplendissent contrel soleil.
E quant lor gent fu ordenee,
N'i ot onc puis regne tiree :
Les escuz pris, lances baissiees,

7243 *M²DR* Cist; *E* erent; *A²* as pors, *les autres* al port; *M²* eissauuje, *A* essiaue, *A¹* assiuie, *A²* essaiwie, *N* essuie, *R* esaignie, *BCM* assegie, *eF* as., *G* asiegie, *K* assechie (*cf. 1878. 3280. 7158 et 18910*) — 44 *M* Qui; *F* nont; *R* Con na; *M¹* Onques ni ot — 45 *FK* se; *M¹* desfendirent, *K* deff; *F* combatoient — 46 *M¹* Qua, *N* Qas, *EM* Qui as (*M* a), *F* Et as; *K* Et fierement; *F* se defandoient, *KM¹* se combatirent — 47 *F* trairent, *K* traient; *eM* hors — 48 *M¹* pailles, *K* paile, *M* porpres; *R* des cendaus — 49 (*AR*); *F* baucanz et pomellez — 50 (*R*); *M²* escurs, *k* et neirs, *E* et bais; *F* Noirs et feranz, *M¹* Vers et ferr.; *E* destre domez, *K* bien acemez, *nM* et estelez; *A* Fors et f. bais e. — 51 *K* Cil, *M²* Gent; *e* Ml't bel (*M¹* biau) sarment — 52 *FK* Metent, *M* La tant; *e* Ans. l.; *EF* ans. — 53 *M²* auzbers metent; *M¹* bluiaus — 54 *M²F* Biaus, *ENk* Biax (*de même partout, sauf avis contraire*); *M¹* Biau fu le ior; *F* lieua, *éd.* leiue, *K* lieue; *e* et granz — 55 *E* sont dor; *CJkn* Li e. taint (*N* toint, *CK* paint, *F* couert) de lor (*CFK* a or) u.; *M¹* urem., *EN* uermoil — 56 *M²* Resplendirent, *F* -isant, *J* -ent, *R* Resplendront (*sic*), *KM¹* Reluisent, *E* Qui rel.; *AHJRk* contre le s., (*M²F* contrel s.), *eN* c. s. — 57 *M²* genz; *M* grant g. (*v. f.*) — 58 (*R*); *N* ainz; *eFM* Onc (*EF* Ainz) p. ni ot.

7360 Lor vont rescorre lor maisniees.                7330
      Cil qui par ire se requierent
      Par mi les escuz s'entrefierent.
      Brisent lances, volent asteles
      E chevalier guerpissent seles ;
7365 Traient espees, chaplent fort :                  7335
      Tant i ot d'eus navrez a mort,
      Nus nel sot dire ne esmer.
      La oïsseiz hauz criz criër :
      Qui la mort sent, cui l'om mahaigne,
7370 Ne puet muër ne braie e plaigne.                 7340
          Proteselaus se traist ariere :
      Mout l'ot bien fait de grant maniere ;
      Trop ot sofert e pris colees,
      Maintes en rot as lor donees.
.7375 Sa gent vit morte environ sei                   7345
      Lez le rivage, el sablonei :
      Mout l'en pesa, si dut il faire ;

---

7360 (*AHR*); *K* U. tost r., *F* L. ont estroites, *M* Lors ont
restore — 61-2 *interv. dans EH* — 61 (*H*); *JK* Plus tost (*J* tot)
quil poent (*K* porent); *N* santrefierent, *K* se requirent — 62
(*H*); *J* l. cors si; *N* se requierent, *K* sentrefirent — 63 (*HR*);
*M*' bruisent; *nEM* esteles — 64 *K* C. g. ces s. — 65 *e* E. t. — 66
*K* ont; *CEJM* T. en i ot (*C* ont, *E* a), *M*' T. .m. i a des n.;
*nL* Maint en i ot (*L* i a, *F* na), *M*²*A* T. i a delz; *M*²*CJKN* naure;
*K* et m. — 67 *M*²*M* Nuls; *F* ne, *K* nes ; *e* set, *K* puet; *R* ni ;
*FM* conter — 68 (*R*); *MN* oissiez, *F* oisiez, *e* oist an (*M* on);
*M* haut, *K* granz; *F* tel bruit leuer — 69 *R* Ke ; *K* Q. len ocist;
*F* qi lan, *M*² qui lon, *M*'*K* q. len, *N* cui l., *E* et lan, *R* ne kil;
*M*²*R* maaigne, *N* mch., *M*' -eigne, *E* maheingne (*cf.* 7491); *M*
qui le demaigne — 70 *F* brait; *FK* ou, *N* o ; *e* quil ne sen plei-
gne; *M* braire ne p. — 71 *ekDN* Protheselax; *A*'*F* Prot. ; *FK*
trait, *L* trest; *eA*' sest tret, *D* sert trez; *Nk* arr. — 72 *Mn* Trop ;
*M*²*R* a g. — 73 *e* T. a, *F* Et t. — 74 *E* ra; *M*' Ml't en rauoit,
*kn* Et maint (*n* -te, *M* maiz) en r. (*F* ot); *F* an lost — 75 *K* ueit;
*F* morne — 76 (*ABCHJR*); *EFGM* Sor ; *n* la riuiere; *G* la
marine enuiron s.; *C* en, *AHM*' ou; *J* sablenoi — 77 *R* li; *M*ⁿ
se; *F* doit; *K* M. li peise de lor contraire.

Mais n'ert iluec lieus de duel faire,
Entre tant dis que ço fu fait,
7380 Furent des nes li cheval trait.　　　　　*7350*
O tant de gent come il en ot,
Que de neient aidier se pot,
Monte por son duel esclairier
E por sa maisniee vengier.
7385 Tel mil le sivent en l'estor,　　　　　*7355*
Qui assez ont pris e valor :
N'i a cel n'ait cheval corant,
Heaume e escu resplendissant,
Hauberc e lance e bone espee.
7390 Poignant vienent a la meslee ;　　　　　*7360*
D'ire e de mautalent espris,
Vont encontre lor enemis,
Mais n'alerent mie le pas :
La ou virent le greignor tas,
7395 Lor laissierent chevaus aler.　　　　　*7365*
La oïsseiz un hu lever

7378 *M²MR* niert, *M¹* nest; *F* illoc, *M* illeuc, *M¹* ore; *M²R* lues, *Kn* leus, *M¹* liex, *M¹* lieuz; *M¹* de retraire; *k* Ne nest pas l. de dolor f. — 79 *E* An demantres, *K* Et apres co; *M²* cum — 80 *K* li autre — 81 *kn* A; *M* il li ot, *M²Ren* il ot — 82 *J* Quil; *K* naient, *F* noiant, *M* nient, *E* neant, *M¹N* noient; *E* eid., *C* aider — 84 *F* meisnee, *Nek* mesnie, *M²* maisnee — 85 *M¹* Tiex, *K* Tex; *M¹* le sieuent, *M* lensiuent; *e* a lestor — 86 *M* Q. o. a., *E* Q. ml't orent — 87 *e* nul, *M* cil; *EN* noit; *K* Chascons ot buen; *E* corr. — 88 *M²* Eume, *A* Elme, *eN* Hiaume, *F* Hy-, *K* Hialme (cf. *7404*); *M* H. escu cler et reluisant, *F* H. et e. c. et lusant — 89 *M²* Hauzberc, *M¹* Haubert; *F* H. el dous et — 90 *M* V. p.; *M¹* mellee — 91 *M²* mal talant, *k* maltalent, *F* mautalanz, *N* -ent — 93 *F* il ne uont; *L* le cas; *CK* ll alerent (*C* all.) plus que le p. — 94 *K* graignor, *M¹* grenor; *L* La ou il u. le grant tas — 95 *M²n* Lors; *M* L. leur, *CK* Tost l., *F* L. oissiez, *L* L. veissiez — 96 *CEF* oissiez, *k* -ez, *M¹* oisiez, *N* ueissiez; *N* tel; *EN* hui; *k* granz (*M* haut) criz crier (*M* leuer), *CF* granz bruiz (*C* bruit) mener, *L* en haut hurter.

E une noise e uns teus criz,
E crois de lances e d'escliz.
Froissent escuz, fausent haubers ;
7400 La chieent chevalier envers       *7370*
Morz e navrez, pales e freiz.
Grant fu la noise e li trepeiz :
Trenchanz espees resortissent
Sor les heaumes qui resplendissent.
7405 Bien ont resvigorez les lor.       *7375*
   Li reis Sersès vint en l'estor :
Teus set mile homes meine o sei,
Chascuns l'ama e porta fei.
Mout fu li reis proz e hardiz,
7410 E si ot chevaliers esliz :       *7380*
En tote l'ost n'ot tel compaigne,
Si hardie ne si grifaigne.
Chevaus de pris ont arabeis

7397 (*A*) ; *R* Et molt grant n. auec les c., *C* Et si grant noisse
et si haus cris, *L* G. n. i a et; *M* et .j. cris ; *FL* granz c. —
98 *M'R* Escrois, *A* Desrois, *N* De tros, *E* Et tros; *e* et e.;
*LM* Des lances uolent li e., *FK* Car granz (*F* -t) i fu li fereiz —
99 *N* escu; *MM'* froissent, *L* percent; *M²* ozbers — 7400 *L* Et ;
*M²* cheient, *FKM'* chient, *M* uolent; *K* C. cil ; *knLM'* cheua-
liers — 1-2 m. à *L* — 1 (*R*); *M²MM'N* Mort et naure, *F* Maint
an i a ; *M²M'* e pale e f. (*M* froit); *K* De m. de n. de toz f. —
2 *M²E* Granz; *ER* trepois, *M* trespoiz, *K* effreiz, *M'* destroit —
3 *e* E. t. ; (*GMN* resortissent), *M²FKLe* retentissent — 4 *B* ces;
*M²* heumes, *M'* hau-, *B* hel-, *EG* haubers; *GMN* retantissent,
*L* et resortissent — 5-6 *interv. dans FGL* — 5 (*AHR*); *GL* Bien
ont (*L* Et b.) rasseure; *N* raseurez, *M* -e, *B* resuertue, *K* -ez, *C*
reuertuez, *M'* resuigore; *F* Qi b. irra contre les lor — 6 (*K*
serses), *M'R* perseis, *Ge* -ois, *AMR* -es — 7 *M'* mene, *EL*
meinne, *BF* maine — 8 (*GR*); *B* Qui tot, *F* Trestuit; *L* laime ;
*F* laiment et portent f. ; *M* par bone f. — 9 *B* fu perses, *K* fu
serses; *M'Rk* prouz, *e* preuz — 10 *M'* rot; *K* I ot buens, *B* Et
sot bons ; *xM* Et c. boens (*F* bons, *GM* fors) et e. (*G* non tar-
dis), *B* Et sot b. c. e. — 11 (*BR*); *F* An t. troie not c. — 12 *B* Ne
si fiere — 13 *K* C. corranz; *eMN* arrabois.

E saietes e ars turqueis.

7415 Le petit pas, estreit serré, 7385
S'en eissirent de la cité.
Chascuns porta son arc tendu,
E quant il furent la venu,
Si poinstrent tuit e s'escriërent
7420 Que tuit li val en resonerent. 7390
La ot si faite traierece
E de cordes tel croisserece,
E tel ocise e tel damage
De ceus qui sont sor le rivage,
7425 Mil en abatent a cel poindre, 7395
Cui puis ne prist talent de joindre.
Nel porent li Grezeis sofrir :
Vers la mer pristrent a foïr
Tuit desconfit, senz retor prendre.
7430 Ne se poëient mais defendre : 7400
Fiert s'en en mer set cenz e mais.
Se lors ne fust Palamedès,
Ceus qui en la mer ne neiassent,

---

7414 *M'* seaites; *F* turqois, *M'* -cois — 16 *BK* Furent issu, *M*
Sen issent hors, *enR* Sen iss. de — 17 *E* Son a. p. c. t. — 19
*M* Sen; *nMM'* pointr.; *M'R* doncs sescr., en et escrierent; *n*
Si scsp.; *K* et si e.; *B* S (*sic*) poinssent tot et escrient — 20 *e* Si
que li u. en retinterent (*M'* retentirent); *B* retentissent — 21
(*B*); *DL* fiere; *F* faites croissereces; *R* traaresse, *M'* troierece,
*M* costerece, *B* traierece, *D* -rie, *L* escroisserie — **22** *L* De lances
et t. traierie; *BN* des; *FM* lances; *M'* crois., *E* tinteresce, *D*
croiserie, *R* trossarece, *F* froissereces — 23 *E* tele; *N* ocisse; *K*
Tele ocision t. d. — 24 *E* ces — 25 *k* Molt; *K* ocient; *M'R* cest
— 26 *K* Qui; *nM'* Qui (*F* Qe) p. norent talent; *M'R* talenz —
27 (*R*); *M* Ne; *MM'* greiois (*forme ordinaire*); *e* Li g. n. p. (*M'*
puent) — 28 (*R*); *N* Sor; *M'* pranent a, *FM* les estuet; *M'* fuir —
29 *K* respit — 30 *eK* plus d. — 31 (*LR*); *eK* En m. s. f.; *FM'*
.v. c.; *M* esmes — 32 *M'R* doncs; *M* Se ne f. l.; *R* palamides,
*G* palimedes, *H* dyomedes — 33 (*AR*); *FL* De ces (*L* Toz celz)
qi an m.; *K* Tuit cil q. en la m. n.; *G* m. ne jassent.

Li Troïen les decopassent.
7435     Palamedès vit le martire :          *7405*
Si grant duel a e si grant ire
Que por un poi toz vis n'enrage.
Mout par ot en lui vasselage :
Soz ciel n'a rien, que il dotast,
7440     Qu'autre chevaliers faire osast.       *7410*
Armé se furent el gravei
Mil compaignon, qu'il ot o sei
Proz e delivres e vassaus.
Beles armes e beaus chevaus
7445     Orent, coverz de conoissances;       *7415*
Lor escuz pristrent e lor lances,
Puis chevauchierent par grant ire.
Palamedès lor prist a dire :
« Seignor, » fait il, « veeir poëz
7450     « Com Troïen ont reüsez         *7420*
« Les noz : n'ont mais defension;
« Trop lait damage i recevon.
« Onc ne vi mais gent si laidie :

7434 (*CL*); *K* Les troiens; *M'AKR* detrenchassent, *F* depecas-
sent, *E* decolp., *G* descop. — 35 *G* Palimedes, *H* dyomedes (*cf.*
*7448. 7465. 7478. 7487 et 7489*) — 36 *M²* at, *ACe* ot —
37 *K* Ki; *M²AMen* par, *R* per; *F* que il, *K* que uis, *MN* de
duel; *MM'* nesrage ; *M²* uis nen enrage — 38 *knC* Mes m. a
(*k* ot); *e* uas., *CFR* uasal., *N* uassal. — 39 (*CL*); *K* riens; *M²R*
qui ; *E* Rien ne criensist rien ne d. — 40 *F* Qe c. nus; *M²* feire,
*ek* fere — 41 *M* Arme se s. ; *K* Arriue sont el sablonei — 42 *E*
compeignons, *nM* compai-, *KM'* cheualiers; *K* quil a — 43 *M²*
Prouz, *e* Preuz; *M* Preu et deliure et bon u., *K* Molt par i ot de
buens u.; *n* d. boens (*F* bons) u.; *R* P. et hardi et d. et u. (*sic*);
*n* uas. — 44 *K* buens, *N* boens, *M* bons — 45 *M²* conois., *E*
conuiss.; *K* Couert furent — 46 *N* orent, *e* ont pris; *M* P. l. e. et
l. — 47 *M²* cheuaucherent, *F* -cerent; *k* por, *F* a — 49 *K* Ahi
s.; *M'* seignors — 50 *N* Que; *n* debotez, *M* debatez — 51 *M²M'*
nos, *M* nous; *k* Noz genz — 52 *F* grant, *M²* leit; *K* Molt a ci grant
confusion — 53 *EM* Ainz, *F* Ains, *N* Eins.

« Oëz com chascuns brait e crie.

7455     « Socorons les, bien i bosoigne;          7425
  « E qui de rien m'a chier, si poigne.
  « Si durement les encontrons
  « Qu'ariere el champ les retornons,
  « Tant que li nostre recovrassent
7460     « E que tuit cil autre arivassent.          7430
  « Se faire ensi le poïons,
  « Estrange honor i avrions.
  « Or me sivez, franc chevalier. »
  A tant brochierent lor destrier.
7465     Palamedès avant toz vait          7435
  Assez plus loing qu'uns ars ne trait.
  Sor un cheval sist d'Alemaigne,
  Mais onques teus n'eissi d'Espaigne.
  A goles ot escu d'argent.

---

7454 *M²* Oiez — 55 *M²* Secorr.; *k* or (*M* b.) lor; *tous les mss.*
bes. (*de même partout, sauf avis contraire*) — 56 *K* riens (*forme
constante*); *M* maint si p. (*v. f.*) — 57 (*AC*); *M²RK* encontron,
*n* ancontron, *M* assaudron — 58 *N* Qarr., *K* Quarr., *M* Car-
riers, *F* Qarrier; *AM¹* ou; *C* canp; *M²* es chans; *M²KN* retor-
non, *M* encontron, *F* areston — 59 *F* uostre, *N* autre; *C* recou-
raissent, *M¹R* retornassent — 60 *M* Ainz que; *A n* Et que li (*AN*
cil) a.; *R* Et t. li a. *M²* E si q. c. a.; *C* armassent, *A* releuassent
— 61 *ADM¹N* Seinsi (*A* Sainsi, *D* Sainsint, *M¹* Saisi) f. le p.; *FM*
Et sensi f. (*M* se f. ainsi) le poons (*F* poon); *K* Se f. issi; *C* poons
(*v. f.*), *KM¹* poion — 62 (*A*); *CRk* Molt grant h. i (*k* en) a. (*R*
aueront, *C* auron); *M¹* E. los; *FKM¹* aurion, *L* E. h. grant i
aurons — 63 (*CJ*); *FH* Car; *y* an uenez; *M* a eulz f. c. tant; *M*
franz, *M²* frans, *R* franch; *M²GLMN* cheualiers, *R* -ler — 64 *F*
Lors b. tuit, *AR* Lors (*R* Lor) broche chascun, *M* A t. poignent
(*v. f.*); *CJK* point chascun (*J* c. p.), *M¹* il broche; *EH* sont
brochie li d.; *AK* le d., *CJR* son d., *M²GLMN* les destriers —
65 (*LR*); *AEK* deuant t., *N* tot a.; *M²* ueit — 66 *M* que .j. arc,
*M²* quns arcs, *M¹* cun arc — 67 e dalemeigne — 68 *tous les mss.*
nissi (*ordinairement M² écrit ei à la protonique*: eissi, eissir,
etc.); *M²* M. n. o. tiels, *k* Unques si buen n. — 69 *A* A gueules,
*M* Engoles; *G* ont escus; *BCFL* G. (*L* Geules, *K* Bandes) ot an
lescu, *M²Re* Un e. ot couert.

7470 Si come il vint premierement,                    *7440*
      Si ala joindre a Sicamor,
      Frere germain le rei Mennor :
      Del rei Sersès teneit sa terre,
      E si n'estoveit mie querre
7475  Nul meillor chevalier de lui.                    *7445*
      Cil s'encontrerent ambedui :
      Ferirent sei de plain eslais ;
      Mais la lance Palamedès
      Li a percié les dous costez.
7480  Sicamor est morz craventez.                      *7450*
      Ço fu granz dueus e granz damages,
      Quar mout ert beaus e proz e sages.
      Li chevalier i sont venu,
      Qui Palamedès ont seü ;
7485  Lances baissiees vont joster.                    *7455*
      Teus cent en i firent verser,

---

7471 (*AGL*); *yC* Sala; *y* ioster ; *M²* o (*cf. R*); *M²* siquamor, *M¹* sig., *A²* sigr., *J* sicc.. *E* sigemor, *F* sycanor, *B* sic., *H* sicamon; *R* ossicomor ; *C* a lycamenor — 72 *nE* Freres germeins; *M²AHR* au r.; *EG* mannor, *LR* menor, *H* mennon, *M¹* nestor ; *kBC* Cosin mennon (*B*-or, *C* menon) filz (*C* fil) sa seror — 73 *R* De; *K* serxes, *ACHNR* perses, *M²* -eis, *e* -ois, *BM* perse, *G* persses; *FL* De son frere ; *K* la t. — 74 (*A*); *R* nen estoit; *kBCN* Mes il nestoueit; *kCN* soz ciel q., *F* M. n. desoz c. q. — 75 *CK* Un m. — 76 *M²R* Cist; *M* sencontrent, *F* santrancontrent; *e* Si com il uindrent; *N* amedui — 77 *E* Se f., *M¹* Si se fierent, *k* Ferir se uont; *ENk* plein — 79 *E* perciez; *F* pecoie l. d. c., *R* pecies les c.; *k* Li perca andous l. c. — 80 *M²* Siquamor, *N* Si qua mort, *F* Si morz; *n* e. ius; *M²n* crauantez, *M¹* grauentez; *K* Quil chai morz acrauentez, *M* Si quil chiet mort escr. — 81 *FMM¹* grant; *M²FR* duels, *K* dels, *EN* diax, *MM¹* duel; *FMM¹* et grant — 82 *R* per fu, *M* fu biax, *F* estoit; *M²K* prouz, *M* preuz (*de même partout, sauf avis contraire*); *E* uailanz et s. — 83 *M* resont ; *K* se sont meu; *M²e* Et li c. s. u. — 84 (*R*); *M²* sju — 85 *EN* bess., *k* bessies, *M¹* besies, *F* leuees — 86 *E* an f. anuerser, *N* en i font a., *F* en i a fait u.

Qui onques puis ne redrecierent,
Ne contre Greus ne chevauchierent.
Palamedès sovent lor done :
7490 Maint en ocit, maint en estone, 7460
Maint en abat, maint en mahaigne.
Des suens n'i a nul qui se feigne :
Bien s'i aïdent, ço sacheiz,
Grant pris en ont a cele feiz.
7495 Tant i chaplent e tant i fierent 7465
E si asprement les requierent
Qu'un poi les ont fait traire en sus :
Treis cenz lor en ont morz e plus,
A tant li autre recovrerent,
7500 Qui volentiers lor redonerent 7470
Granz colees de main tenant.
Menez les ont ensi ferant
Sis archiees o plus de set.
Del recovrer n'i aveit plait,
7505 N'en faiseient nes un semblant, 7475

7487 N O. ne se r.; F releuerent, M remonterent — 88 K Ni;
M²R grieus, M¹ griex, ENk grex (de même le plus souvent); N
puis ne lancierent; F Ne ancontre grezois nalerent — 89 k granz
cols (M cops) — 90 K Molt en o. molt; FMM¹ ocist, N abat; R
estorne — 91 k Molt en a; (K ocit) molt; k meh. — 92 M¹ sons;
M² a cel; ER sen; K Ni a n. dels qui ne sen plaigne — 93
J B. si aident tuit, C B. saidierent; DM¹ aide, H aie, M aidie-
rent, K ed.; n cele foiz; M² sachez, DJMy -oiz — 94 J presse;
H en ot, F i ont; n ice sachoiz — 95 K capl.; R T. iffierent et t.
i caplent — 96 E Et tant; F se r., R les assallent — 97 M² Qun,
R Kun, eN Cun, K Quen, M 9, F Com; M¹ les a f., M l. font;
R retrerre — 98 M¹ an a; M mort — 99 M² O (sic) t. — 7500 C
Qi grant esfors; M donerent — 1 C G. cous lor donent mainte-
nant — 2 K Maneis, C -ois, M Menoiz; FKR issi, M² einsi, M
ainsi; CM M. e. l. uont, K M. l. u. issi; CFK batant — 3 (DHR);
M¹ Ses; CK Trois a. molt lont bien fait; CFKM¹ archies, M² -ees
— 4 R Dels, A De; M²Ck ni a (Ck ot) nul, F ni ot fait, N ne
tienent, A estoit nul — 5 k Ne (M Nen) feissent; F faissoient, E
feis., M¹ fes.; CFk mais nul, M² negun, M¹ point de, L nul bel.

Quant i avint Hector poignant  
Sor un cheval d'Espaigne bai :  
De nul meillor parler ne sai.  
Escu ot d'or a dous lions,  
7510  Iteus resteit sis confanons.  *7480*  
Par mi la presse broche e point;  
Proteselau trueve, o lui joint.  
Tel li dona par mi l'escu  
E par l'auberc qu'il ot vestu  
7515  Qu'en dous meitiez le cuer li part.  *7485*  
Dès or pueent aveir reguart  
Cil qui veie ne li feront  
E qui a dreit coup l'atendront.  *7488*  
Proteselaus, bons chevaliers,  *7491*  
7520  Nobles e proz, riches guerriers,  
Queus damages quar estes morz!  
Premiers preïstes vos les porz.

7506 *F* i reuint, *M* il r.; *E* Q. hectors uint esperonant — 9 *K*
Lescu *M²* o d.; *F* leons — 10 *M²R* Itiels, *N* Itex, *EK* Autex, *M*
Autel, *M¹* Et tiex; *M²e* esteit; *F* Autreteus est; *M²KM¹* gonf. —
11 *N* cort, *M¹* ioint — 12 *KN* Proth.selaus, *A²* -au, *M²F* Prot.,
*KM¹* -ax, *E* Prothe.elal; *FM¹* troue, *M* treue, *N* torne; *EKn*
a l. — 13 *K* done — 14 *M²* lauzberc — 15 *N* En; *EN* mitiez; *F*
li cuer — 16 *M²Nk* poent, *Fe* puent — 17-8 *interv. dans Py* —
17 *Py* Et qui — 18 *Py* Cil qui; dreit *m. à A²*; *A²KR* colp,
*xACJM* cop; *M²L²y* a ioste, *A¹* au ioster, *P* a i.; *A* Et cil qui a
c. lat.; *kA¹A²BCJL²* aj. ces 2 v.: Les (*B* Des, *J* La) grex (*M* griex)
couint (*C* conuient) a reuser (*KL²* aseurer) Et Protheselaus (*BCJK*
-ax, *C* -silaus) regreter, *xA²L¹* ces 2 : Qi lors ueist (*A²FG* ɔist)
grezois (*GLN* les grex, *A²L¹* l. grieus) plorer Et aus (*L¹* eaus, *L* els)
trestoz si (*G* Et a eux t., *A²* Et tot ensamble) r., *et A* ces 2 : Et li
greiois le regreterent Com cil qui de fin cuer lamerent (*M²lPRy*
*passent du v. 7518 au v. 7519*) — 19 *AA¹A²BCFCJKLL¹L²Ry*
Proth., *N* Prothelax, *A* Prothezelaus; *KL²* buens, *N* boens —
20 (*A²BCHJL*); *F* Sages, *M* Hardiz, *L¹* Riches; *M²ALL¹* e (et)
bons, *F* et bon; *M* et noblez g., *R* reches guerers; *N* guerres —
21 *M²* Queus, *M¹* Tiex; *A¹ERkn* Quel (*R* Kil) damage; *AM¹* que,
*J* qui; *A²* Ml't est grans deols; *A¹A²Ekn* quant — 22 *M¹R*
Prim., *M¹* Premier, *A²K* Primes; *L* passates; *M²y* P. p. hui.

Ha! tant i aviëz sofert!　　　　　　　　7495
Queus damages que l'om vos pert!
7525　Jamais n'iert jorz ne seiez plainz,
Ancor sereiz plorez de mainz.
De vos s'est hui estrenez cil
Qui de Grezeis fera eissil :　　　　　　7500
Maint en morront par sa main destre :
7530　Ne puet la chose autrement estre.
　　Hector ne cesse ne ne fine :
Martire fait e descepline.
En son poing tint s'espee nue,　　　　7505
Ceus qu'il ataint ocit e tue.
7535　En poi d'ore l'ont coneü :
Le jor sorent bien qui il fu.
Comparé ont sa conoissance
E le trenchant fer de sa lance.　　　　7510
Tant come Hector est en l'estor,
7540　En ont Grezeis tot le peior ;
Quant il s'en part e il est las,
Si recuevrent en es le pas ;
E quant ço est qu'il i revient,　　　　7515

7523 *CFk* Ahi (*CM* Ha) t. i auez s.; *nR* Et t.; *HM'* a. hui s. —
24 *AFe* Quel damage, *M²* Tiels damage est; *J* Ha quel d. quen,
*kR* Trop est domages (*K* a damage) qui; *n* quant; *eN* len, *A* en,
*F* an — 25 *M²* Ia niert m. i.; *M'* nert ior ; *E* nen ; *FK* plaint — 26
(*EN* Ancor), *F* Ancoi, *M²AM'* Encor, *Ck* Des or; *FK* maint, *M²E*
mejnz — 27 *K* oi ; *R* esternez, *C* estornes, *M* estriene; *M²* s. e.
icil — 28 *eMN* essil — 29 *F* moiront, *R* morra — 32 *M²N* feit;
*M²* desci-, *F* disci-, *EMN* dece-, *M'* dese- — 33 *M²N* tient;
*F* sa spee — 34 *E* Ces ; *M²E* ateint; *FM'* ocist; *n* Quanqil
consuit (*N* ·iult); *k* Mainte colee en a ferue — 36 *kF* Bien s. lo
i.; *R* ke il, *K* quil i — 37 *K* Conparee, *MM'* compere; *M²* conois.
— 38 *F* Ou, *M* O — 39 *E* estors est; *A* fu — 40 *Fk* En orent
(*M* ont) g. le p.; *Ne* li g. le p.; *R* g. lo sordeior; *M²* En sunt g.
tuit li p., *A* En furent g. li p. — 41 (*AR*); *M* se p., *K* sen uait;
*M²* rest — 42 *M* Cil; *M²kn* recourent, *M'* resmueuent; *FM'*
en el le pas — 43 *C* ce uient; *R* ki il r.; *F* auient, *M²R* reuint.

Tant le criement, nus ne s'i tient.
7545 Set feiz o dis avint le jor,
Tant qu'Achillès vint a l'estor.
Quant il i vint, vespres ert bas.
Mout esteient li plusor las :  *7520*
Mout aveient le jor mautrait,
7550 Josté, feru, lancié e trait.
N'i vint mie sous Achillès ;
Trei mile en ot o sei e mais :
N'i ot un sol n'eüst cheval  *7525*
Covert de porpre o de cendal.
7555 Les escuz pris, isnelement
Vindrent al grant torneiement,
Ou tant ot fait chevalerie
E tant ame de cors partie.  *7530*
Chacié aveient li Grezeis :
7560 O les autres qui vindrent freis
Lor alerent si faitement
Qu'onc puis n'i ot recovrement ;
Onc puis ne porent tenir place,  *7535*
Jusqu'as portes dura la chace.

---

7544 *F* crement, *JM'* crei-, *EHK* dotent, *M* doute; *M²CRk*
ne se t., *F* ne t. — 45 *R* o sis, *An* o uit; *M* en .xx., *CF* auient —
46 *M²R* al estor — 47 *F* Et q. il u.; *M⁴k* Q. il u. u. esteit; *n*
uespre fu, *M'* uespres iert — 49 *k* mal fait, *les autres* maltrait —
5o *F* l. furent, *k* l. i ot — 51 *Fk* Ne ; *F* uient; *M²Kn* sols, *M*
seul, *e* seus — 52 *F* mil, *k* mille; *kM'* o lui ; *M* esmez — 53 *k*
celui — 54 *M'* paille ; *M²Men* et de; *R* scendal: *K* p. enperial —
57 *A* a; *n* cheualeries — 58 *E* tante ; *AC* arme ; *n* Tantes armes
(*F* armes) de c. parties — 59 (*R*); *ACM'kn* les g. — 6o (*A*) ; *n* Mes
li autre; *R* ke furent fr. — 61 *M²* feit., *MJ* fier., *C* fer.; *K* isne
lement — 62 (*R*); *F* Qainz p., *ekN* Que p., *L* Qe plus; *FL* ares-
tement — 63-4 *interv. dans R* — 63 *K* Unc, *CF* Ainc, *EH* Ainz,
*N* Einz; *M'* ni; *EH* ne si p. tenir, *puis ce v.* : Einz les couint a
(*H* Ancois les c.) departir — 64 *H* Dusqas, *M'* Iusqua, *J* Desqua,
*C* Dusqa as; *H* li cace; *EH aj.* : Iluec sesturent (*H* Lors sareste-
rent) en la place.

7565  Merveilles i fist Achillès :
     Cent en i a ocis e mais;
     Estrangement les enconveie.
     Autresi fuient de sa veie       *7540*
     Com fait li cers devant les chiens.
7570  Desconfiz ont les Troïens :
     N'en remest un defors les murs
     Qui de la mort ne fust seürs.
     Paris defendi mout l'entree :     *7545*
     Maint en i ocist o s'espee,
7575  Mout s'i contint hardiement ;
     Si fist Troïlus ensement.
     Mainte envaïe lor i firent :
     Ço sacheiz bien, mout i sofrirent.  *7550*
     Tant lor dura icist contenz
7580  Que par force se mistrent enz :
     En la vile es les vos entrez.
     Al partir perdirent assez :
     As portes ot grant foleïz,     *7555*

---

7565 *J* i a fet — 66 *J* C. lor en ai; *M* esmez — 67 *J* Ml't fierement; *A²n* en c. — 68 *J* Autresint — 69 (*R*); *M* cerf, *n* lous; *M²* le chien — 70 *M²e* Desconfit ; *eL* a; *M²* furent troien — 71-2 m. à *L* — 71 (*R*); *F* Ne, *E* Ni; (*M²M²* un), *R* uns, *Ekn* nus *M²Me* dehors — 73 (*R*); *n* Bien d. p. l.; *E* desfandoit bien; *A* lespee — 74 *A* i en; *F* an a ocis; *EF* a, *MN* de; *K* lespee ; *R* M. en o. o ses espee — 75 *M²Fk* se; *M²R* proosement, *J* hatiement — 76 *J* Et troylus tot ensiment — 77 *K* lo ior i f.; *M* Le i. m. e. f.; *L* lor refirent — 78 *M²* sachez, *enM* -iez; bien *m.* à *F*; *K* que m. s., *éd.* qui m. s.; *M* S. que m. i ; *FM* perdirent — 79 *M²DHM²R* icil c.; *kCJ* Molt lor d. li estor (*CJ* estors) granz — 80 (*R*); *kCJ* Mes, *E* Que, *M¹* Car, *H* Griu; *J* por; *knyCJ* les; *H* ont mis, *A* mettent — 81-2 *m.* à *DM¹* et sont interv. dans *EH* — 81 *M²* c les uos, *H* est cascuns, *A* sen sont ; *ER* les ont boutez (*R* chaciez); *n* En la cite se sont retrait, *kCJ* Par force les en font foir — 82 (*H*) ; *R* en p. a., *A* partirent a.; *EH* asez; *n* M. par i ont grant perte fait. *kCJ* Molt i perdirent au p. (*CM* departir) — 83 *A* Au partir ot, *kCJ* Molt i auoit.

La nuit les a a tant partiz.
7585 Mout orent Greu bien espleitié :
Vont s'en ariere baut e lié ;
De lor gent i ont perte fait,
Mais c'est costume de tel plait,          7560
Que teus i pert qui puis guaaigne.
7590 Lez le rivage, en mi la plaigne,
Les fist Agamennon venir,
Por ordener e establir
Coment li tref seront tendu.              7565
Quant il orent tot porveü,
7595 Sis ont dreciez par plusors lieus :
Dès or est comenciez li gieus.
Ne me vueil pas ci demorer
Por descrire, por aconter                 7570
Quel paveillon ot Achillès,
7600 Quel Menelaus, quel Ulixès,
Ne queus fu cil al vieil Nestor ;
Mais por cent livres de fin or
Ne fu pas faiz, tel i aveit :             7575

---

7584 *F* issi p. ; *kCJ* Mes la n. les a departiz ; *M²CJn* nuiz —
86 *KN* arr., *M* arriers et ; *K* tuit hetie ; *e* A. sen u. — 87 *K*
genz ; *F* grant p. f., *R* perde faite, — 88 *R* plaite — 89 *M²* que
p., *M* et p., *n* p. i ; *M²Nk* ga., *F* gah., *E* gaheingne, *M* gaane
— 90 *M* la riue ; *k* en une plaingne — 91 *F* fait — 93 *KN* tre —
94 *FR* proueu — 95 *M'* Sils, *eN* Ses, *M* Sc ; *F* Se sont dreicie,
*R* Si les drecient ; *k* assis ; *ek* en ; *M'* liex, *M²R* lues, *Ekn* leus
— 96 *R* mas comence le ; *M²R* iues, *kn* geus, *e* giex — 97
(*ABHIJ*) ; *K* Gie ne ; *n* Ne u. (*F* uoi) p. ici d. — 98 *EJ* descriure ;
*Ckn* et p. ; *R* ni pur conter ; *C* rac. — 99 (*A*) ; *enR* Quex(*R* Quels)
paueillons (*E* pauell., *R* paual.) ; *M* pauelon, *H* -illon ; *BCRIk*
ulixes, *J* hul. — 7600 (*AH*) ; *enJR* Quex (*R* Kels) m. quex (*R*
kels) ; *C* menellaus ; *R* achiles, *CIJk* achilles, *B* accilles, *e* hu-
lixes — 1 *M²* quels iert, *k* quel fu ; *R* Ne kel furent au ; *M²M'N*
uiel, *F* ueil, *kE* roi — 2 *R* per ; *A* c. besanz ; *Nk* M. (*M* Bien)
sachiez, *I* M. tant sai ; *kI* que p. c. mars d., *N* p. c. l. dor ; *F* M.
ce sachent p. c. m. d. — 3 (*A²IJ*) ; *FK* fust ; *M²* onc, *R* anc, *H*
ainc, *A* ainz ; *M²* feiz, *F* fait, *kM'* fet ; *C* teus, *F* itel (*v. f.*).

Merveille sei qui tot ço veit.
7605  Les genz des diverses contrees
Que iluec erent ajostees,
Que asise ont la grant cité,
Sont departi e devisé,                              7580
Chascun prince sa gent o sei
7610  E ses tentes e son conrei.
Quant des nes sont les genz eissues,
E les herberges sont tendues,
Merveilles durent d'un tenant.                      7585
Maint aigle d'or resplendissant
7615  E maint chier paile d'Oriant,
Vert e vermeil e aufricant,
I puet l'om veeir senz mesure :
Ja n'iert la nuit ensi oscure                       7590
Qu'il ne veient com par cler jor.
7620  La nuit sofrirent cest labor :
Poi mangierent e poi dormirent,
Estrange peine par sofrirent.

---

7604 (*A*); *ER* Meruoille, *n* -oilles, *M* -eilles, *K* Merueillot; *M*²
siet, *N* fet, *M* ot, *H* a; *F* mire qi ce u.; *CM* qui les (*C* le) ueoit,
*K* quis esgardeit — 5 *Akn* de; *M*²*Ry* d. des c. — 6 (*CR*); *k* ilec,
*F* iloc, *H* aloc; *M*¹ Quileuques; *An* furent; (*M*²*ACER* aiostees),
*H* ariuees, *B* recourees, *nKM*¹ assenblees (*le mot m. à M*) —
7 *Fk* assise, *N* asisse; *A* assistrent, *H* ont assis; grant *m. à M*
— 8 *kF* diu.; *A* S. establi e ordene — 9 *M*²*ARn* Chascuns;
*M*²*AN* princes; *eF* ot, *M*²*LR* a; *Ck* Li pr. i (i *m. à M*) orent
(*C* pr. gerent) et li rei — 10 *Ck* Lor t. et lor gent par soi, *M*²*N*
totes p. s., *A* et si conrei — 13 *n* Meruoilles, *F* -e, *k* -elles; *F*
dure — 14 *M*² eigle; *E* Mainte egle; *M* reluisant (*v. f.*) — 15 *m.*
*à R*; (*L*); *M*¹*N* paille; *k* escharimant; *F* c. drap de soie granz —
16 *nE* uermoil, *M* -ail, *M*¹ uremeil; *M*¹ e afr., *F* et affriqanz, *K*
resplendissant; *R* *aj.*: A oures molt soulamant — 17 *k* Et; *ek*
pot — 18 *k* Que ia niert la n. si; *M*²*ERn* nuiz; *FR* issi, *M*¹
itant — 19 *E* Quil; *e* ni, *N* nan, *R* nen; *kR* de, *n* por — 20
*M*¹*N* tel, *k* cel, *F* grant — 21 *k* petit (*M* poy) burent — 22 *n*
poine, *E* poinne; *N* i par; *k* En e. martire furent.

Ancor lor esta auques bien,                           7595
Mais ne lairont li Troïen
7625 Qu'il nes asaillent par matin :
Ja mais a eus ne prendront fin.
Comunaument s'escharguaitierent,
Quar la nuit li plusor veillierent.                    7600
Tant entendirent a ovrer
7630 Que li beaus jorz aparut cler.
Assez eüssent grant mestier
Lores de lor cors aaisier
E de mangier e de dormir                               7605
E de lor morz ensevelir
7635 E de mires querre as navrez :
Mais mout les en ont bien guardez.
Estranges jorz lor i ajorne :
Mainte pucele en sera morne,                           7610
Mainte dame en iert esvevee,
7640 Anceis que vienge la vespree.

7623 *K* Enquor, *M²MNe* encor; *FR* estoit, *N* -et, *K* -eit, *M¹*
-ut; *K* alques — 24 *M²E* lerront, *FM¹k* ler. — 7626-8607 *sont
dans P² (1ᵉʳ fragment)* — 26 *R* o eles — 27 (*M²R* Comunaument),
*K* -alment, *enL* -ement; *M²P²R* sesquergueitierent, *e* sescher-
guet., *K* eschalgueit., *M* eschargaiterent, *F* -guet., *N* -guetie-
rent — 28 *F* Por la n. trestuit en ueilerent, *K* Et cele n. (*M* Et
la n.) t. u., *P²* Por ce que forment se douterent — 29 *FK* at.; *M*
alouurer, *K* a leuer — 3o (*AH*); *P²* Q. li i. lor; *M²* parut tot c.;
*nR* Qe il uirent le i. t. c. (*R* lo biau i. c.), *kCJ* Quil u. lè i. (*J*
Que le i. u.) bel et c., *M¹* Quil comenca a aiorner — 32 *R* Idonc;
*ACJky* De lor c. l. (*M¹* illeuc, *H* iloc, *A* adonc, *JK* auques), *nP²*
Deus reposer (*F* seiorner) et; *M²EK* aeis., *JM* aes., *AM¹* ees.,
*C* aissier, *N* daeiss. — 34 *M* cors; *k* ensepelir — 35 *K* des; *FP²*
mire — 36 *F* Et, *R* Mas; *M¹* il, *P²* cil; *M²* i ont; *n* l. o. tres b.;
*k* M. len (*M* on) l. en a — 37 *M²FP²* Estrange; *M¹* ior; *M* l. a.;
*P²* .j. e. ior — 38 *R* pulcele, *K* -cle, *M²* princele; *F* i s., *M²R*
en seront — 39 *M²KP²* Et m. d. e. (*P²* desseuree); *FM* ert; *M*
enueuee, *F* aueue, *E* esuueuee, *M²* esuée (*sic*); *R* M. niert esue-
duee — 4o *E* Eincois, *N* Enc.; *e* uiegne, *n* ueigne; *R* Ke nire
uienge; *ER* a la u.; *P²* De son mari ainz la u.

ÉNUMÉRATION DES CHEFS TROYENS ET DES CHEFS GRECS
A LA DEUXIÈME BATAILLE.

Cil de Grece sont someillos
E de repos mout desiros;
Mais Troïens n'agree mie,　　　　　　　　7615
Que mout heent lor compaignie.
7645　Li jorz e li matins fu beaus;
Mout oïst l'om corz e fresteaus,
Flageus, estives, mcieneaus,
Sor murs en haut e sor toreaus.　　　　　7620
N'i a bataille ne crenel
7650　Ou n'ait enseigne o penoncel,
Confanons riches e banieres

7641 *M²R* someillous, *A²* famillos, *P²* desirreus — 42 *M²* del;
*P²* De r. penre, *C* De r. (*v. f.*), *FL* De reposier; *A²N* repox; *J*
sunt; *M'A²R* desirous, *N* dessirrox, *M'* -eux; *EFJLP²* couoitos,
*M* conu., *C* curious — 43 (*A*); *M'* As; *EP²Rn* M. as (*R* a, *P²* aus)
t.; *nP²R* ne plest m.; *kJ* M. troien nel (*k* ne) uolent (*J* uoillent)
m. — 44 *M'Nek* Qui, *R* ki, *P²* Car; *J* aient — 45 *M'* Le ior et le
matin (*nous n'indiquerons plus dans ce ms., le cas rég. pour le
cas suj.*) — 46-7 m. à *K* — 46 *A'L* Ml't oissiez, *BJ* Il orent ml't,
*G* M. oit an, *A²* Molt i ot om; *M²ABGM'P²R* cors; *Any* frestiax,
*JL* -eax, *A'B* fretiax, *G* -eax, *R* flastiaus, *C* festeaus — 47-8
*interv. dans R* — 47 *M* Flaicus, *B* Flagos, *C* Flageaus, *M'P²*
-ex, *M* -ez, *EF* -iax, *AA²H* Flaiols, *N* -os, *R* Fleines, *G* Flautes,
*L* Muses; *A'* Et buisines et meeniaus; *M²* c. maenjeus, *J* e. maen-
dax; *C* flautes estugeaus, *B* flestres et estiuax, *M* f. et sortoriax,
*nAP'* et muses, *A²* troines, *R* bosines, *M'* buis., *EL* museles, *H*
chalemax; *nyAA²P²R* et estiues (*F* -ines): *G* F. muses et citines
— 48 (*leçon de CJM*); *M'P²* Sus, *R* Des; *EHLNP²R* sor (*M'P²*
sus) tors; *A²G* S. t. s. m.; *M* toriax, *J* torreax, *A'* tarriaus, *M²*
crencaus, *B* -ax; *F* S. toz les m.; *P²* et sus; *A* et sor tous sor
e.; *AA'P²Rny* eschiues, *FG* -ines; *H* et sor les tors antiues —
49 *A* batailliz ne carnel; *DEJM'* quernel — 50 *R* On; *BEN* noit;
*A* Ni ait, *M²* Nait; *M* panon ou pann.; *ENP²* pan., *R* pennuncel,
*J* panconcel, *B* pignocel — 51-2 m. à *ADM'* — 51 *M²* Gonfanos,
*JKR* -ons, *M* Confanon; *M²* e r. b., *R* r. de manieres.

O entailles de mil manieres,
Brosdees d'or, faites de seie :            7625
Toz li païs en reflambeie.
7655    Onc tel beauté ne fu miree
Ne tel richece porpensee.
Trop semble vile defensable.
Cil qui de toz fu conestable            7630
E duc e prince e sire e maistre, —
7660    Ço est Hector, quil deveit estre,
Quar, se li mondes fust suens toz,
Tant esteit il sages e proz,
Si fust il dignes de l'aveir, —            7635
Il nel mist mie en nonchaleir.
7665    Tres par matin sa gent ordane,
Assez près del temple Diane :
En unes places granz e lees,
La ont lor batailles nomees,            7640

7652 *EM* A e. ; *HJP³n* Entaillies ; *K* Entailliez de maintes m. ;
*E* men. ; *R* belles et chieres — 53 (*R*) ; *JMP¹* Brod., *N* Broud.,
*Ae* Bendees, *F* Bandoes ; *M²* feites ; *P²* Et toutes b. de s. — 54
*kM¹* Tot lo p. — 55 *EFKP³* Ainz, *N* Einz, *M²* Ainc ; *EKn* tex, *R*
tes (*cf.* -56) ; *M²* biautie, *FM¹* biaute, *EN* -ez, *K* bialtez, *R*
beuteç — 56 *P²* Ne tele r. auisee — 57 *P²* Bien ; *A* riche et d.
— 58 *A* iert c., *H* ert c. ; *M²* qui tienent a, *B* qui on ot fait, *CEM*
cui il (*C* len) ont (*M* c. o.) f., *R* c. hom a f., *K* quil orent f.,
*M¹* de qui ont f. ; *M¹P¹* conoist., *D* conn., *R* conost. — 59 (*P²*) ;
*M²* A seignor a p. et a m. ; *n* Et dus, *ekCJ* Seignor ; *F* pr. s. ; *R*
Et s. et p. et d., *A* Et s. et chiez et pr. ; *BDEM* et pr. et chief
et m., *J* et c. et pr. et m. ; *M¹* et pr. s. et m., *C* et pr. et duc et m. ;
*H* Princes et chieuetaine et m. — 60 *FP³* Ce fu ; *A* quel, *N* qui ;
*kER* Cest h. qui (*k* ke) bien le dut e. ; *FP³* qi lo (*P³* bien le) d.
e., *DM¹* qui dut (*D* doit) b. e. — 61 *KR* si ; *K* soens, *M¹* suen,
*M* sien — 63 *M²* Se ; *kN* Quil f. bien d., *F* Qe ne f. d. — 64
*Mn* ne ; *EP¹* m. pas — 65 *P²* Car, *M* Bien ; *M²ARy* ses genz ;
*M²BEHJM* ordene, *F* ordeane, *R* ordaine, *A* -enne — 66 *F*
Tres dauant lo ; *DHn* dyane, *A* dyanne, *M¹e* diene — 67 *G* une
place grant et lee — 68 (*R*) ; *kxP²* O (*K* a) l. (*K* ses, *GL* les) b.
deuisees (*G* deuisee, *KN* ordenees, *M* assenbleez).

Quanz reis avront e quant seront,
7670     Quant des portes de Troie istront.
　　Quant comandé ot son plaisir,
Si fist Dardanidès ovrir :
Ço fu une des sis entrees                    7645
Que ariere vos sont nomees.
7675     Dardanidès la porte ot non :
N'i ot bretesche ne donjon,
Mais tor de marbre grant e lee,
Set teises haute, bien terree,               7650
Tot de gros marbre e de betun.
7680     Nen a home soz ciel nes un
Quin abatist sol dous quarreaus

7669 *R* Cant, *M'* Cans; *N* seront et q. auront; *FP²* quanz s.,
*M'* cans s.; *k* Por sauer quantes en auront — 70 *P²* Qui contre
les grezois iront — 71 *P²* 9; *F* c. a; *JK* Q. ce ot fait a, *BM* Q. ce
ot (*B* ot) ditie a — 72 *BM* Donc, *J* Lor; *AF* Sa fait; *R* dardai-
nes, *L* -anices; *de même* -75 — 73 *FK* Ce est; *C* lune; *CJ* de;
*EJ* .vij. — 74 (*C*); (*AJNP²y* Que); *P²* ca arrier, *N* arrieres, *K*
-e, *CF* arieres; *AJNP²* u. ai, *BM* contrees, *JNR* contees — 75 *F*
a n. — 76 (*BC*); *A* Ni a, *F* Qi na, *N* Qu not; *M²* bres-, *FM'*
ber-; *K* danion — 77-8 *interv. dans G* — 77 (*H*); *A* Ne; *ABCDJM'k*
M. tors de m. (*N* maubre, *A* marbres), *G* Ne soit de m., *LnM* M.
de m. est et (*N* ert, *L* fu); *ABCDJM'kx* granz; *P²* Fors une t. de m.
l. — 78 *E* .C. t., *R* Set braces; *nLR* en haut, *EH* haute (*H* haut)
et; *Ln* est (*L* iert) t., *H* b. oluree; *G* Grans .vij. t. parfont t.,
*ABCDJM'k* Forz espesses (*CD* Et e.) et (et *m. à C*) b. ourees, *P²*
Qui en contremont est leuee — 79 *E* De tres g. m., *A* Tout de fin
m., *B* T. de m., *M²R* De g. m., *n* De m. fu; *ENR* beton; *H* T.
de bon m. fin liste; *ABCDJM'k* a or liste; *P²* De m. fete contre-
mont, *L* De m. estoit et de betont — 80 *E* Il na; *M²* Nen est
hon, *R* Ni a hom; *n* Na h. en tot le mont; *LP²* Nen a h. (*P²* Na
h. nul) en t. le m.; *M²* neis un, *R* neisun, *N* neson, *E* nez on;
*ABCDJM'k* Ne sai h. de mere ne, *H* Et si na h. al monde ne —
81 *R* Ki enbatist; *NP²* Qi en a. d., *F* Qi a. sor do (*avec un trait
sur l'*o); *ABCDJM'k* Qui en ostast .j. des q. (*C* un q.) *E* Quan a·
.j. des creniax; *DJM'* quariaus, *A* carr., *n* -iax, *CHLP²* qariaus,
*K* quarrials, *BM* -iaus.

Ne le menor des chapiteaus.  
Li baille i sont large e plenier,                    7655  
E li fossé e li terrier,  
7685   E les lices e les trenchiees,  
A set, a quinze, a vint archiees;  
   Ainz qu'Ector eissist de la vile,  
En a sevrez teus dous cenz mile            7660  
Volonteris e coveitos  
7690   E sor tote rien desiros  
De destruire lor enemis.  
Hector a pris dous suens amis.  
Li uns fu fiz al rei de Lice ;                    7665  
Glaucon ot non Fierejostice :  
7695   Cist fu mout beaus, cist fut mout sages;  
En cestui ot mout vasselages.

---

7682 *M*¹ Nis, *E* Nes, *P*² N (*surmonté d'un trait*), *D* Mes; *N* peior, *H* le pior; *DM*¹ chapitax, *EHJ* -eax, *N* -iax, *ABCM* -iaux, *F* capitiax, *K* -ials — 83 (*B*); *EHKP*² baile; *AHP*²*n* b. s.; *H* ha BEM'*k* grant, *R* granç; *n* et li terrier — 84 (*BP*²*R*); *M*¹ E si; *n* grant e plenier; *M*² terrer — 85 *H* Et li fosse; *y* trenchies, *P*² entrees; *N* granz entailliees, *F* g. et ant. — 86 *ABMM*¹ et q., *EHP*² a .viij.; *R* Asseç a quinç uins; *A* q. uins; *MM*¹ et u., *F* a .xxx., *P*² a .x.; *M*¹ archies, *R* -ees, *B* arcies; *K* Durent plus de quatorze a. — 87 *N* Einz; *E* quectors; *P*² isse — 88 *n* An ot; *K* tornez, *Mn* seure; *B* t. .xij. m., *P*² iusqua .ij. m. — 89 *eMN* Uolanteis, *F* Uolunteis; *BMM*¹ et courageus; *K* Qui molt esteient cor.; *E* desireus — 90 *M*²*N* desirros, *F* desirox, *M* -euz, *EK* coueiteus, *M*¹ corageus — 92 (*C*); *M*²*R* dous ses, *A*²*n* de ses, *A*¹ deus suens, *M*¹ des s., *M* .ij. siens, *B* des s.; *P*⁴ H. asembla ses a. — *A*¹ *place ici les v. 7697-8 modifiés* (*pour les v. 7693-7702, voy. aux* Notes) — 93 *P*² Et le filz au fort r. — 94 *M*²*P*² Claucon, *A*² -ons, *BLNRk* Glacon, *C* glaçon, *G* Gaucon; *R* fera, *AFIJPP*² frere, *N* freres, *A* sire; *M*²*AA*²*BCDIJPRky* iustice, *P*² ioutice — 95 (*GR*); *enABMP* Cil; *kBPM*¹ m. prouz et biax et sages (*P* sage); *nI* cil fu; *E* et ml't fu s., *L* et fu m. s., *A*² si estoit s., *A* et preus et s. — 96 (*R*); *P*² cetui, *E* celui; *A*² fu grans, *N* ot meinz; *ABCIM*¹*Pk* Cil (*BCP* Cist, *A* Si) fist (*C* fu) en lost maint (*C* mains, *K* mainz); *A* uasselage, *P*² uas., *L* uasalage, *FG* -es, *N* uaselages.

Parent li ert assez prochain,
Ensi come fiz de s'antain.      7670
Mil chevaliers esliz e buens,
7700    Que des son pere, que des suens,
A pris Glaucon a fereors,
Armez es chevaus milsoudors :
Heaumes laciez, haubers vestuz,      7675
Pris par enarmes les escuz,
7705    S'en eissirent tuit premerain.
Uns fiz le rei les ot en main :
Frere ert Hector, non pas de mere,

7697 $M^2ABCFIJLk\gamma$ Parenz; $M^2CIR$ lor; $M^2M^1$ iert, $J$ est, $C$
fu; $M^2LN$ prochein, $A^1$ proichien, $L$ proch., $EP$ -ains, $H$ -cains,
$BM'k$ prochains, $J$ -iens, $C$ porcheins, $P^2$ prouchain, $I$ prois-
mains; $L$ P. lor estoit bien p., $A^1$ Qui si cousin erent p., $C$ Cosin
estoient cil p., $P^2$ Parent e. si p., $A^2$ C. lapeloin (sic) germain,
$E$ P. estoit le roi p., $H$ P. e. hector p. — 98 $M^2A^2Rx$ Ensi ($n$
Ausi, $G$ Ausis, $L$ Einsi) cum fiz ($nG$ fils) ($A^2$ Comme le f.) de lor
antein ($A^2G$ antain, $R$ atain, $LN$ tantein, $F$ germain), $H$ Car il
estoit fius a santain, $P^2$ Quil estoient cousin germain, $E$ Car il ert
ses cosins iermeins, $kABCDIJM'P$ Por ce ($I$ chou, $K$ co) amoit ($B$
auoit)($J$ Si amot ml't, $M$ P. quamoit plus) ($C$ ama molt, $D$ amoit
mout) les ($ABIM'$ a. les) troiains ($I$ troiians, $ABJMM'P$ troiens,
$CD$ -yens) — 99 $DM$ bons; $E$ des suens — 7700 $M^2P$ dels, $BFR$
de; $M'$ du suen p.; $R$ que de; $D$ sons, $M$ sienz — 1 ($HR$); $F$
glacons, $BNk$ -on, $M^2$ claucon, $A^2P^2$ -ons, $C$ glaçons; $E$ as f., $P^2$
bons f., $F$ a feriors; $ABCIJM'k$ li alosez, $D$ li alossez — 2 $M^2R$
en c.; $P^2$ Montez es destriers, $A^1$ A. desus les, $A^2$ Tres bien a. a;
$M^2A^2KR$ milsoldors, $EH$ mis., $F$ missoud., $M'$ misod., $A'P^2$
miss., $M$ milsordouz, etc.; $ABCDIJM'k$ Sor ($DM'$ sus) les m. bien
armez ($A$ sont montez) — 3 $M^2R$ Heumes, $eMN$ Hiaumes, $F$
Hyaumes, $K$ Hialmes; $N$ Hauberz l. h. u.; $M^2$ hauzbers (de même
partout, sauf avis contraire) — 4 $E$ Prises lor armes, $A^2R$ P. lor
lances et ($R$ et lor) e., $nKM'$ Pristrent les ($KM'$ et) l. et ($N$ les)
e., $A'M$ P. ($A'$ Prises) l. et les ($A'$ lor) e., $P^2$ Et p. l. et e. — 5
$M'P^2$ Cil sen i. p.; $K$ Si sen issent; $F$ premeirain, $M^2R$ -ein, $P^2k$
primerain — 6 $M^2R$ lor, $F$ del, $NP^2$ de; $n$ les a; $P^2$ preuz de
sa m. — 7 $kE$ Freres h., $MM'R$ Frere h.; $M^2R$ mes non de m.;
$L$ de pere, $N$ de bere; $P^2$ F. h. et non de sa m.

Hardiz e proz e combatere. 7680
Cicinalor aveit a non ;
7710 Gent ot le cors e la façon;
Grant pris aveit, si ert bien dreiz :
Conquis l'aveit par mainte feiz.
Armez fu bien Cicinalor 7685
Sor un cheval d'Espaigne sor;
7715 Escu ot d'or bendé d'azur.
Cil s'en eissirent fors del mur
Jusqu'a la lice dereraine,
Fors as plains chans, en mi l'areine. 7690
O cez fu jostez Heseüs,
7720 Sis fiz o lui Archilogus :
Cist erent seignor de Therace,

---

7708 $M^1$ prez et conbatiere, $L$ preu et conquerere; $M^2$ conb., $E$
-erre; $P^2$ Mes son frere ert de par son pere — 9 $(J)$; $kCEH$
Cicilanor, $P^2$ Cecil.; $AN$ Ceciualor, $M^1$ -lauor $(cf. -13)$, $L$ Cil
qui a lor ; $M^1R$ ot cist — 10 $E$ M'lt estoit de gente f.; $M^2$ faicon
— 11-2 m. à $P^1$ — 11 $Aek$ car $(K$ et) bien e. $(AM^1$ fu) droiz, $LN$ b.
estoit d. $(L$ droit), $F$ ce quil estoit — 12 $(L)$; $F$ C. auoit;
$kx$ maintes — 13 $(J)$; $R$ cicilianor, $A$ cilciualor, $G$ sisiu., $Cky$
cicilanor, $B$ chilianor, $L$ icil alor; $P^1$ Et en li ot bon cheua-
lier — 14 $k$ destrier; $P^1$ Cil sist armez sus j. d. — 15 $k$ ot buen;
$kBM^1$ et $(M^1$ qui) molt fu durs $(M^1$ sur), $P^1$ forz et seurs — 16
$M^1$ Cist; $BM$ issent; $P^2$ Sen ist il et li suen; $M^2BMe$ hors;
$kBM^1$ des murs — 17 $M^1$ dereeine, $J$ dera-, $M^1$ desreaine, $R$
derainane, $E$ darreainne, $K$ darreine, $K$ dedcraine, $n$ deforaine;
$P^2$ Jusques aus lices darreaines, $B$ Dusqua la cite darriane —
18 $kM^1$ Tot $(M^1$ Toz) fors $(MM^1$ hors) des murs en une plai-
gne $(B$ plane, $K$ areine); $E$ Hors, $J$ Tot; $R$ cs ; $EJ$ pleins; $F$
la plaine; $P^2$ F. a plain champ enmi les raïmes — 19 $BCIk$ A, $F$
De; $M^2$ cesz, $FFI$ ces, $C$ ceaus, $N$ cels, $M$ ceulz, $BM^1$ ceus, $J$
cex; $P^2$ sen issi; $F$ ioste; $M^2BIMR$ teseus, $enACJKP^1$ th. $(cf.$
$6875. 8396. 11325$ et $15383)$ — 20 $KM^1$ Il et s. f., $E$ Et s. biax
f.; $M$ archilegus, $J$ -lofus, $M^1$ archelaus — 21 $M^2AA^2EHn$ C.
esteient s. de trace $(EH$ trache), $P^2$ Qui sire et rois estoit de trace,
$A^1K$ De therasche $(K$ -esche) erent cil $(A^1$ cist) s., $JMM^1$ De trace
furent c. s.

Mais jo vueil bien que chascuns sace
Que, quant Hector les i eslut,        *7695*
De grant proëce les conut.
7725   E entre le pere e le fil,
Orent de chevaliers treis mil :
Ne parout hom ja de meillors.
Heaumes, haubers, escuz a flors      *7700*
Orent de tant mainte maniere :
7730   Içò fu l'eschiele premiere,
Ou ot dou mile chevaliers
Hardiz e proz e forz e fiers.
Estreit serré, lances dreciees,       *7705*
S'aresterent fors des trenchiees,
7735   Tant que les batailles venissent,
Que ancore pas ne s'en issent.

7722 $M^2A^2EHP^2R$ sache; $A^1JM^1k$ **Mes** co ($A^1$ **bien**) **sachent** (*J*
saichent, $M^1$ sache) grant e menor — 23 $MP^2$ **Car**; *F* a e.; $P^2$
ellut — 24 *J* coignut, *N* eslut — 25-6 $A^2$ Cil dui baron quauez
oi Eurent .m. cheualiers choisi, *J* Bien orent .iij. m. c. Proz et
hardiz et forz et fiers — 25 (*leçon de* $P^2$); $M^2A^1A^2EHRx$ Entre le
p. et ($A^1$ et o) le f. (*K* fill, $M^2EH$ fiz), *R* Ambedui li peres et filç,
*ABCDIMM'P* Prianz li peres (*I* -e) et si (*P* sis) fil — 26 $M^2EHR$
Orent mil c. esliz; *n* troi m., *G* bien m.; *ABCDIMM'* Repris-
trent b. des autres m., *P* Depristrent d. a. m. — 27 $M^2ACJNk$
parolt, $FM^1$ -ot, *E* -ost, *K* parlot; $M^2$ ia hon i a (*sic*); $ACJM^1k$
ia nus ($AMM^1$ nul) de (*AJM* des) m.; *E* Ia hom ne p., $P^2$ Mais
petit i ot — 28 (*M* Heaumes), *Ne* Hiaumes, *F* Hy., *K* Hialmes;
$P^2$ H. et helmes painz a — 29 *F* Ont, *M* I ot; *R* tante, *F* tainte;
$M^2R$ mante; *E* Orent cist de tante m., $CNP^2$ Auoient ($P^2$ I ot il)
de m. m., *K* Orent de diuerse m. — 30 $P^2$ Cete fu, $CM^1k$ De
ceus font; *C* leschiere; $P^2$ prumere — 31 $CM^1k$ Si ot, *R* Auoit;
($M^2NR$ dou); *F* .ij. mille, $P^2$ .iii. m. — 32 *E* Preuz et h.; $P^2$ H.
et coragex et f. — 33 *F* dreicies, *Re* drecies, $M^2P^2$ leuees — 34
($M^2Rekn$ Sarest., *graphie dominante*), $P^2$ Sen issirent; $M^2Me$
hors; *MR* de; *e* trenchies, *F* tran-, *N* chauciees; $P^1$ f. aus arees
— 35 *R* nen issent, *F* ueissent; $P^2$ Et li conroi apres sen issent
— 36 *F* Qe; $M^2MM^1$ encore, *L* encor, *N* ancores; $kM^1$ Qui e.
(*K* onquore) mielz et mielz i., $P^2$ Si com cil dedenz les
deuisent.

Une autre en vendra ja après :
Li reis de Frise Mercerès                                  7710
E Antipus e Thalamus, —
7740   Trei mile sont, ço cuit, e plus,
Tuit d'une terre e d'un païs,
Armé sor bons chevaus de pris,
Heaumes laciez, espees ceintes,           7715
E ont armes que ne sont teintes
7745   De vert, de jaune ne d'azur,
Que de fin or vermeil e pur ; —
Cist s'en eissirent de bon gré,
Dès que Hector l'ot comandé.                 7720
D'icez fu princes Troïlus,
7750   Meillor de lui ne quierge nus :
Ja par la defaute de lui
Ne feront faille trei ne dui.
Troïlus fu mout bien armez,                      7725
S'ert sis chevaus d'Espaigne nez,

---

7737 *M*²*Be* Uns autres (*B* autre), *K* Un altre, *C* Een (*sic*) a.; *k*
uiendra; *L* en i ala; *B* ca a.; *D* En lautre eschiele uint a., *P*² Uun
fier conroi sen ist a. — 38 *C* frixe, *AB* perse, *E* crete; *R* maceres,
·*F* mecheres, *kJP*² misc., *AH* mesc., *M*²*BEGN* mic., *CDM*¹ mis.,
*L* miscerres (*cf.* 6770) — 39 *N* santipus, *P*²*y* sanct., *M*²*k* xant.,
*J*-ippus, *R* xenelipus, *F* satipus, *L* salpitus, *A* alignus; (*L* thala-
mus), *ARek* alcamus, *nP*² calamus, *M*² ladimus — 40 *M*²*K* quit,
*FP*² sai ; *E* s. icist — 41 *ek* Armez; *P*² sus les destriers — 43
*kBM*¹ Ne furent pas lor a. (*M* lances) t., *R* Et a. ki ne s. pas
t.; *P*² peintes — 45 *En* giaune; *M*¹ De u. sinople, *k* Ne de s. —
46 *R* Kin, *kM*¹*P*² Mes — 47 *ekFP*² Cil ; *K* buen, *E* lor — 48 *R*
D. cant h. a c.; *P*² Puis que h.; *k* Puis quector; *kN* lor ot c. —
49 *M*²*R* Dicelz, *AM* De ceulz, *KM*¹ De ceus, *N* A cels, *F* A ces ;
*AFMM*¹ prince; *P*² Icez conduisoit troillus; *R* troiulus (*forme
ordinaire*) — 50 (*AC*); *M*¹ Mieldre, *E* Mes nul mellor , *P*² de li; *n*
quiere, *R* quiert ie, *M*² siet ia, *ABP*²*ek* demant — 51 *FK* por; *M*¹
le d., *nP*² la sofraite; *E* Car ia p. d. — 52 *E* Nen; *N* f. faute;
*kM*¹*P*² Nauront contraire (*P*² pesance) ne ennui (*M*¹*P*² anui, *M*
ann.) — 54 *AMM*¹ Son cheual fu, *C* Ses cheuaus fu, *P*² Sus un
destrier, *EKRn* Sor (*E* En) un cheual ; *M*¹ despaigne, *E* -eingne,
*A* -aingne.

7755 Merveilles coranz e isneaus.
Armes aveit a leonceaus
D'azur en or vermeil asis.
Hector li a dit : « Beaus amis,     7730
« Guardez vos de trop grant desrei,
7760 « Quar, par la fei que jo vos dei,
« Jusqu'a dous anz, que jo n'i faille,
« Porreiz o eus trover bataille.
« Ne vos perdez, ne faites mie     7735
« Chose que puis tort a folie :
7765 « Paor me fait li vasselages
« E la proëce e li corages
« Que jo conois en vos si grant.
« Deus vos rameint sain e joiant !     7740
« Nos partez pas de vostre gent,
7770 « Ne vos embatez folement
« Entre vos enemis mortaus :
« Revenir poisseiz sains e saus !

7755 *M²R* Corranz m., *K* M. legiers, *M'* Legier m., *M* Legiers
uermeil ; *M'* igniax, *E* isnel — 56 *P²* orent, *NP²* lyonciaus,
*KM'* lionciax, *E* lyoncel; *R* o lionceus — 57 *M'* uremeil en or;
*E* uermoil, *nP²* ml't bien ; *M²Fk* assis — 59 *kDM'* Tres bien u.
g. de d. — 60 *n* Qe — 61 *E* Tresqua — 62 *Ekn* a; *M* t. a eulz,
*P'* es griex t. — 63 *K* Et; *ACDM'k* por (*M* par) de (*CD* deu, *AMM'*
dieu) — 64 *R* ke, *n* qe, *M²Ack* qui ; *EP²* uous t., *A* nous t.;
*kCM'* qui t. (*C* tor) a grant f. — 65 *EN* Peor, *M²KR* Poor,
*F* Paors; *N* ne f., *nP²* nul uaselage *M'* le uaselages — 66 *nP²*
le (*F* lo, *N* li) corage, *M* le corages — 67 *E* conuis — 68 *M²* Des,
*EKRn* Dex, *JMM'* Dieu ; *N* ramoint, *JMM'* -aint, *FK* remaint;
*P²* Si me fet ml't; *JP²* lie et; *P²* iaiant — 69 (*R*); *F* partiez;
*AJM'P²kn* Ne uos p. de, *E* Ne p. pas de — 70 *F* amb., *les autres*
enb. — 71-2 *interv. dans F* — 71 (*GL*); *M²ABCF* uos, *M* nous,
*C* noz *F* an. morteaus, *ABCDJM'k* mortelz (*k* -ex, *JM'* -iex)
anemis — 72 *F* Qe uenir poissoiz; *NP²* puissiez, *E* puis.; *M²*
loios ueigniez e s., *R* Dex uos nos rende s.; *ABCDMM'* Diex (*M*
Dieu) dont (*CM* doinst) quan (*ABDM'* que) ueigniez (*M* reu.) s.
(*CM* sain) et uis, *JK* Dex uos ramaint (*k* rem.) et sain (*K* sains)
et u.

— Sire, » ço respont Troïlus,                7745
« Ne me comandereiz vos plus?
7775 « Tot ço vueil faire e ço desir,
« Qu'a gré vos vienge e a plaisir.
« Jo cuit, de rien que ja i face,
« N'avrai vostre ire ne manace. »        7750
A tant s'en ist e li trei rei,
7780 Tot fors les lices, el gravei.
Trei mile sont icist e mais,
Qui mout i soferront grant fais :
Ainz qu'il veient mais anuitier,         7755
Avront d'aïde grant mestier.
7785     Hector le tierz conrei devise :
En icel sont cil de Larise.
Sire en esteit Hupoz li granz,
Li forz, li proz, li combatanz,          7760
E Cupesus, qui mout ert maire ;

7773 *BP²* ce li dit (*B* dist) — 74 *M²R* C. me uos rien p., *H*
Que me demanderies p. — 75 *N* Ce u. f. et ce ; *Met* le, *CDe* et sil
(*DM¹* si, *E* sel) ; *H* T. ce couoit et ce d. — 76 *C* nos ; *n* ueigne,
*eP²* uiegne, *CM* soit ; *H* Qui u. s. a gre et p., *P²* Qui aus griex
ne u. a p. — 77 *H* Io croi ; *M²R* Ie quit de r. q. ie ia f., *nEP²*
la de chose qe ie i f., *ABCDJM¹k* Ne uoil auoir de (*C* par)
rien (*K* riens) que f. — 78 *EH* Naures ne (*E* Nen aurai) noise ne,
*R* Naurai da uos ire ni, *ABCDJM¹k* Uostre ire ne uostre — *Pour
les v. 7779-7982, B¹ est utilisé (2° fragm.)* — 79 *AP²* o son conroi
— 80 *EF* Tuit ; *M²ER* hors ; *M* Dehors, *BK* Defors, *M¹*
Deuant ; *M²ERn* des l. ; *P²* F. de la uile enz en g. — 81 *B¹* sunt
(*forme constante*), *Bk* furent, *M¹* .iij. m. i f. ; *P²* icil, *BM¹k* cil ; *M*
esmez ; *E* Cist resont bien .iij. m. — 82 *P²* Q. trop ; *BF* soufrirent,
*M¹* soutindrent — 83 *KM¹* que ; *M²ekn* mes — 84 *Pas de variante
dans les sept mss. et dans AHR* — 85 *E* Hectors (*forme ordi-
naire*) ; *F* diu. — 86 *eknP²* celui ; *M¹* larisse — 87 *EHK* Sires
en ert (*EH* fu), *P²* Si les conduit ; *R* upoiç, *M²* huspoz, *A²* -os,
*E* huppos, *M* hupox, *A* -os — 88 *FR* Li p. li f. ; *M²ekn* conb.
(*de même ordinairement, pour ces mss.*, n *dev. labiale*) — 89 (*A²*) ;
*eJ* cupessus, *N* cupressus ; *M²* iert, *ky* fu ; *J* fut m. m. ; *F* qi
estoit m. ; *P²* Et ampresses le frere daire.

Tome I.                                            27

7790     Mais ço sai bien de veir retraire,
         Qu'en tote l'ost n'ot tel pareil.
         Cist feront ancui sanc vermeil.
         Trop erent fort, trop erent grant ;          7765
         Assez sembloënt mieuz jaiant
7795     Qu'il ne faiseient autre gent.
         Trei mile sont cist e set cent :
         N'i a cel n'ait heaume lacié
         E qui n'ait lance o bon espié.               7770
         Hector lor a baillié Cadarz :
7800     C'ert uns de ses freres bastarz,
         Cui mout amot e teneit chier,
         Quar mout i ot bon chevalier.
         Beaus ert e proz e afaitiez.                 7775

7790 *eJP²ke* ce uos sai gie bien (*E* dire et) r. — 91 *B¹* En t. 1.
n. teil ; (*E* tel), *M²* tiel, *kM¹P²* son, *F* lo, *N* lor ; *nE* paroil —
92 *ek* encui ; *P²* Endroit de moi ml't me meruoil ; *En* uermoil,
*M¹* uremeil — 93 *BM¹k* T. furent f. t. furent g. ; *B¹* forz ; *B¹R*
granç ; *n* T. e. g. t. e. f., *P²* Conment fu si granz et si forz —
94 *B¹E* Asez ; *B¹* semblouent ; *k* mielz, *E* mialz, *M¹* mex ; *R*
ianç ; *B¹R* iaianz ; *B* A. resanloient gaiant, *P²* Par li furent
mainz grezois morz, *n* Iaienz (*F* Iaiant) resanblent sanz resort —
95 (*B*) ; *M¹* senbloient ; *n* Melz (*F* Mielz) quil ne firent (*F* qe ne
feront) ; *Ne* autres ; *B¹Ne* genz ; *P²* Dont il seront gries et doulenz
— 96 (*HLR*) ; *kEN* s. cil, *FM¹P²* furent ; *B* .m. estoient ; *n* troi ;
*B¹NP²e* cenz — 97 *FP²* cil, *ek* nul, *k* qui ; *En* noit (*forme ordi-
naire*) ; *K* lialme, *B¹* leaume, *M* lelme — 98 *k* Neust et 1., *M¹* Et
n. 1., *P²* Et confannon ; *M¹P²ky* e ; *B¹K* buen ; *B¹* espee — 99
*M²* cobarz, *N* card., *G* chardas, *P²* cedras, *R* druglaç, *kAC*
dimart, *DM¹* din., *B* dun., *EH* iaill., *J* gall. ; *B¹* lor baille **Durs**
**Regartz**, *A²* l. b. ricoars, *P²* les conmanda c. — 7800 *M²* Ciert,
*nP²R* Cest ; *ABCk* .j. des autres f. bastart, *H* .j. sien uallet frere
b., *eDJ* .j. de s. f. .j. b. — 1 *B¹MM¹n* Quil, *M²K* Qui, *EHP²* Que ;
*CMM¹* a. m. ; *B¹* amout ; (*M²B¹R* aueit), *les autres* ten. — 2 *M*
Que ; *K* trop ; *B¹* Quer m. esteit, *J* Car en lui ot, *nP²* Molt ot
en lui (*P²* li), *M²ACEH* M. i auoit, *R* En lui a. ; *B¹KR* buen, *N*
boen ; *B¹* cheualer, *R* keu. — 3 *M²B¹* iert, *R* fu ; *EH* Ml't estoit
biax, *nKP²* Et prou (*P²* preu) et large (*K* bel), *ACMM¹* Et bel
et prou (*M¹* preu) ; *knAA²CM¹P²* et afaitie, *M²B¹EH* et afeitiez.

Serrez s'en issent e rengiez
7805 Tot fors des lices, es graviers,
Delez les dous conreiz premiers.
   Remus, li reis de Cisonie,
La quarte eschiele ra fornie :       *7780*
N'i ot mais hui nule si grant
7810 Ne si fiere ne si dotant.
Richement fu armez li reis,
Mout par fu beaus li suens harneis ;
Mout ot cheval d'estrange pris :       *7785*
Des meillors autres valeit dis.
7815 D'or bruni ert sis escuz toz ;
N'aveit nul autre teint desoz,
Mais de porpre ert coverz desus
E entailliez par granz pertus.       *7790*

7804 *N* Sarre, *FM'P²Rk* Serre ; *H* tot rengies ; *E* O tot les
suens san ist r.; *knAA²CM'P²* rengie; *M²B'* S. les conduit e r. —
5 *M* Tous ; *M²Me* hors; *e* de; *B'* les; *MM'R* el; *R* grauers, *M*
grauiez ; *P²* Naresterent iusquau grauier — 6 *EH* dales ; *B'* deus ;
*R* Deles dos ; *P* Ou sont li dui conrei primier — 7 (*ACHJL*); *B*
li grans; *G* sis., *M'* tis. — 8 *AM* grant, *M'* la, *H* ot ia; *R* Ha la
q. e. f. — 9 *B'* out m. ui; *HMP²R* h. m., *K* oi mes; *A* Nen i ot
m.; *R* granç — 10 (*H*); *M* Ne si fort; *A* puissant, *M'* puis., *k*
poiss., *R* dotanç — 11-2 *interv. dans EH* — 11 *A²KP²* Noble-
ment; *M* arme; *A* Riches hom estoit ml't — 12 (*J*); *Bk* M. fu
riche (*K* -es); *BB'M* li suen (*BM* sien) h. (*K* har-); *A* iert b.;
*EH* M. estoit b.; *M'* bon ; *C* M. fu armez de bel arnois, *A²* Et m
fu r. ses conrois, *P²* Tot a la guise de francois — 13-4 *interv. dans*
*EH* — 13 (*C*); *M'* C. auoit, *K* C. ot buen, *B* M. ceuauce, *J* M.
por estoit, *H* Ceuax orent, *nEP²* .I. c. ot; *nP²* destrange guise,
*A²B'* de riche p. — 14 (*CHJ*); *AA²* D. a. m.; *B* uoletis; *nP²* Nen
i ot nul de sa deuise (*F'* diu.) — 15 *P²* De buron; *EHK* bruniz,
*M'* burni; *M²B'P²* iert; (*M²B'K* sis); *J* Ses e. fut dor b. t. — 16
*M'* Ni a nul, *J* Ni auoit; *N* toint, *Fy* taint — 17-8 m. à *J* — 17
*B'* propre; *M²B'R* iert; *ABCM'k* De p. estoit, *n* Dune p. ert;
*P²* Dun drap fu c. par d. — 18 *BB'CMe* grant; *P²* A tel auoir
ne het ia nus.

La porpre ert neire a grans labeaus,
7820 Sin esteit li escuz plus beaus.
Polidamas li segurains
Ot cez en baillie e en mains :
Hector l'en ot fait conestable,     *7795*
Quar pro le sot e bien aidable.
7825 Sor un cheval sist Aragon,
Qui plus tost vait d'esmerillon,
Aaisiez e forz e isneaus ;
Ses armes erent a aigleaus     *7800*
D'or esmeré en vert asis.
7830 Veant Hector, un poindre a pris :
« Sire, » fait il, « mout sui guariz

7819 *M²B¹DM¹* iert, *R* est; *n* La p. n., *J* De p. n.; *M²B¹*
labiaus; *H* par bendiaus, *R* et li lengeel, *ABCDJek* et (*m. à De*)
lor (*DEK* lors) nouiax (*B* uermex), *n* et lor (*F* le) uermoil; *P²* et
le fin or uermeil — 20 *ABCDM* Sen, *EH* San; *B¹* lescu mout p.
biaus; *M²* m. b.; *R* Faisoient molt lescu p. bel, *JM¹* Si en e.
lescu p. b., *FP²* Ml't relusoit (*P²* Reluisoient) contre soloil (*P²*
soulueil), *N* Reluissent c. lo s. — 21-2 *interv. dans ABCDJM¹k*
— 21 (*HR*); *B¹* le segurans, *EP²n* le souereins, *BCDJM¹k* le
segurain, *A* le souuerain — 22 *B¹* Out (*forme constante*); *M²B¹*
cesz, *R* cels; *M²B¹R* bailic, *N* bataille; *ABCDJM¹k* Cex ra (*AJ*
a, *C* la) hector mis en la (*A* sa) main, *P²* Si ot cete gent entre
mains — 23 *B¹* Ector; *J* en; *BCDJM¹k* a f.; *JM¹* conoist., *P²*
conoit. — 24 (*L*); *nB* Qe; *M²* saueit e a. ; *B* et segurable, *E* fort
et eid.; *B¹* Por ce que proz ert & a., *J* A prou le seut et a eid.,
*P²* Que a preu le s. et a., *puis ces* 2 *v.* : Et cheualiers merueilles
buens Not .j. meillor en toz les suens — 25 *e* En; *B¹* darragun,
*M²AR* -on, *KNP²e* arragon — 26 *K* Que; *M²* ueit, *A* ua, *F* cort,
*P²* [.....] coroit; *MM¹* uait (*M¹* ua) p. t.; *P²* quesm., *F* de osme-
rilon, *M¹* desmerilon — 27 *B¹* Uns bais uns granz uns trop i. ;
*M²E* Aesiez, *N* Aessiez, *R* Aass., *F* Ais., *M¹* Ees.; *K* Aes.; *kM¹*
fu f. (*M¹* fort), *E* ert f.; *M²R* fors, *N* fort; *M¹* igniax; *P²* et fres
et nouuiaus — 28 *MP²* ierent; *M²R* o; *M²* eigleaus, *E* -iax, *R*
aigliaus, *KM¹* -iax, *F* egl., *L* egleax, *J* eigl., *N* esgliax, *M* agl.,
*P²* oisiaus — 29 *E* an or; (*B¹NP²e* asis), *M²Fk* ass.; *P¹* Et
dazur en fin or a. — 30 *N* Veient, *M²BK¹R* Veiant, *MM¹* Voiant,
*F* Dauant; *B¹* Ector; *P²* Ne fu pas mornes ne pensis — 31 *P²*
gueriz.

« E de grant joie repleniz
« De ço qu'ancui nos combatrons　　　　　*7805*
« Envers la gent que nos haons
7835　« E qui si près nos ont requis.
« Or iert veü quin avra pris ;
« Or se tairont li vanteor
« E li coart encuseor,　　　　　*7810*
« E li preisié avront lor lieus;
7840　« Or resera nostre li gieus. »
Hector respont : « Beaus douz amis,
« Qui qu'en seit mornes ne pensis,
« Vos en estes mout esbaudiz.　　　　　*7815*
« Li pris n'iert ja si departiz
7845　« Quos n'en aiez la vostre part :
« De ço n'ai jo nes un reguart.
« Mieudre de vos, sage ne fol,
« Ne pendra hui escu a col.　　　　　*7820*
« Alez, sivez noz chevaliers.

7833 *M²B'KM'* De ce quencui; *F* qan si, *P²* que si; *B'* con-
batrun, *KM'* -on — 34 *R* plus, *E* tant; *B'* haum, *KM'* haon —
35 *M²ENR* Et que; *B'* unt — 36 (*B'R*); *E* ert; *KP²* Or i
parra; *eknP²* qui; *P²* aj. 2 *v.* : Et qui si bien le refera Que touz
li monz le loera — 37 *M²B'R* se teir., *P²* aparront; *R* uantaor,
*P²* uenteor, *N* mant. — 38 *P²* accuseor — 39 *P²* prince, *EN*
prisie; *B'* rauront, *P²* en auront; *FJP²* le; *M'R* lues, *n* lous, *P²*
los, *B'* leus, *eJ* lex; *K* seront heitie — 40 *M'* en sera, *R* sera;
*J* mostre; *M'R* jues, *B'F* geus, *N* ious, *M'* giex, *E* gex; *P²* Qui
aus grezois batront les os, *K* Des or sont li geu comencie — 41
*P²* li dit; *M²CMe* li r. b. a.; *M²B'CF* biaus, *P²* biau, *les autres*
biax — 42 *M* que s.; *M²B'* tristes; *K* et p. — 42 *M²B'R* Or estes
fortment e.; *P²* iestes; *F* toz e. — 44 *EFP²* la li p. niert — 45
*B'* Quos nen aies; *P²* Que uos ne naiez u. p. — 46 *B'* ce (*forme
constante*) nai ie (*f. const.*); *M²B'R* negun, *ek* mie; *n* naiez uos
ia r., *P²* ne doi auoir r. — 47 (*B'CP²R*); *n* Miaudres, *E* -e, *M'*
Meudre, *K* Mieldres, *M* Meilleur; *n* saiges; *M* na fol — 48 *e* pen-
dront; — 49 (*CJR*); *H* Alons, *K* A heit; *B'* sieuez, *B* -es, *M'*
suiez (i *accentué*), *A* suiuez, *M²CJK* siuez, *NP²* guiez, *F* guier,
*EH* apres ; (*B'* noz), *les autres* uoz, uos.

7850     — Sire, » fait il, « mout volentiers. »

Eissu s'en sont estreit serré

Fors la tranchiee del fossé.

    Cil de Peoine s'en reissirent,         *7825*

Qui la quinte bataille firent :

7855     D'icez fu reis Pretemesus

E Steropeus, fiz Menalus.

Icist n'orent espiez ne lances

Ne enseignes ne conoissances;         *7830*

Chevaus orent forz e isneaus,

7860     Ars e saietes e quarreaus.

Merveilles bien armé esteient

Solonc l'usage qu'il teneient.

O cez s'en ist Deïphebus,         *7835*

L'arc en la main, ne tarja plus, —

7865     Princes fu d'eus e governere

---

7851 (*R*); *k* Issi (*M* Ainsi) issent, *M'* Cil sen i.; *E* A tant san
i. tuit s.; *P²* estre s. — 52 *ek* Hors, *MP²* Par, *F* Por; *B'M'* tren-
chie, *F* transchie; *R* Fi de la trenchie; *P²* d'un f. — 53 (*BR*);
*B'* peione, *J* paione, *A* peonne, *M²* peonie, *K* penoine; *nP²* Cil
deurope; *eknBJ* issirent — 55 (*HJ*); *M²B'* Dicesz, *P²R* De cez,
*F* De ces, *ABCNk* De ceus, *J* De cex, *M'* Diceux; *A²* prot., *FL*
preth., *N* -essus, *BCk* pretemissus, *AP²* preterm., *JM'* prometeus
— 56 *B'EJ* Et terepex, *M'* -iex, *M²* E sterepeus, *C* Et strerepex, *A*
Et sterepaus, *F* Et cerofex, *L* Et chetepex, *N* Et cheropex, *A²* Et
stelepeus, *P²* Et calafus, *R* O sterepex; *BM* E strerex li f., *K*
Estrex et li f.; *B'* menelaus, *EJLn* menelus; *F* et m. — 57 *MP²n*
Icil; *B'* nourent (*forme constante*); *R* Cil norent espces; *F* espeez,
*P²* escuz — 58 *M'* conois., *E* conuiss.; *P²* Ne espees ne quenoiss.
— 59 *P²* bons — 60 (*B'R*); *N* seietes, *e* seaites, *F* sagites; *Fk*
quarriax, *P²* -iaus, *M'* quar., *EN* carr. — 61 *EN* Meruoilles,
*FM'* -e; *P²* A m. a. e. — 62 (*K* Solonc), *B'* Solunc, *les autres*
Selonc — 63-4 *interv. dans BCDky* — 63 (*A*); *A²H* Od; *M²B'*
cesz, *HKN* cels, *A²* ces, *E* cez, *DJy* eus, *M* eulz; *F* O aus se
mist; *BCDky* Sen i. o; *kN* dey-, *EHP²* deif. (*le v. est répété dans
P²*, *qui écrit alors* deiph.) — 64 *AA²K* Lars; *BCDJky* tarda, *B'*
tarza; *nP²* ie nen sai (*P²* se) p. — 65 *M²AB'FR* Prince; *M²AB'R*
gouvernerre, *F* -iere; *BCDJk* et mestre (*K* -es, *yB* maire) de cels
(*BCD* diceus, *J* de toz) ere (*M* iere), *A²* Sire fu dels et commandere.

Par le comandement son frere, —
Tot plein le cuivre de saietes
De fin acier, a traire prestes ;　　　　7840
E s'il les laisse a ceus de la,
7870　Trop chierement les lor vendra.
Onc nen orent si chier marchié
Ne dont il fussent plus irié.
　　　Cil d'Agreste sont apelé,　　　　7845
Qui mout se furent gent armé.
7875　Chevaus orent a lor voleirs
Sors e baucenz, ferranz e neirs,
Heaumes, haubers, escuz d'or fin,
De vert, d'azur e de charmin,　　　　7850
Espiez trenchanz de fin acier
7880　O grosses hanstes de pomier.
D'icez fu sire reis Edras

---

7866 (*ABCDJ*); *A²* Par le conseil hector; *B¹* sun ; *P²R* pere —
67 *n* Ot p.; *M²* Toz li plains coiure, *A* Le c. tout plain, *P²* Plain
ont le carquois ; *M²AB¹FK* coiure, *DNy* cuiure ; *B¹* c. a de (a
*ajouté sur grattage*); *N* seietes, *EP²* saiestes, *CF* sagetes, *M*
saitez — 68 *DM¹n* de t.; *M²B¹R* treire; *P²* Qui estoient a — 69
*B¹* Mais; *M²* cil ; *k* Se il l. traist; *Me* l. trait, *F* seleisse; *P²* Que
il a cez de la trera — 70 *Kn* Ml't c.; *J* le lor, *F* la l.; *B¹* Mout
chierment les lor vendera, *P²* Et dont domache lor fera — 71 *B¹*
Unc, *k* Ainz, *E* Ein; *B¹* ne virent; *n* plus c., *K* lo c.; *P²* Onques
norent si dur m. — 72 *M²B¹* dunt, *ENR* dom ; *J* si, *K* tant —
73-4 *J* La siste eschiele pas noblie Hector ainz la bien establie
— 73 *K* dagresse, *M* de gresse, *P²* de griece, *A* dengreste, *M¹* de
fice; *P²* se s. arme — 74 *KM¹* refurent, *E* estoient; *k* bien, *E* bel;
*P²* Et ml't richement apreste — 75 *B¹* Ml't unt c. — 76 *P²* Pomelez
et b. et n. ; *M²* Sours ; *B¹* baucens, *F* bachans, *M* blancars ; *B¹F*
feranz, *K* fauves, *E* et blans — 77 *B¹* Eaumes, *M²* heumes;
*B¹* osbers, *M²* auzbers — 78 *J* u. azur; *K* de fust c.; *M* destamin,
*JM¹* de porprin, *P²* dargent fin — 79 *P²* Et e. bien t. dacier —
80 *R* E, *M¹* En, *E* An; *knHP²* Et g. lances, *B¹* O groisses hastes;
*R* astes, *eJ* hantes — 81 *M²B¹* Dicesz; *P²* De cez, *F* De ces, *kM¹N*
De cels; *M²AB¹KNe* sires; (*JM¹NP²* edras), *M²AA²B¹EFM*
esdras, *K* hesdras, *G* hedras.

E reis Fion, li fiz Doglas,

Cel qui conquist maint riche regne,                    *7855*

Mais puis l'empoisona sa femme.

7885    Fion, icist un curre aveit

Qui d'estrange richece esteit.

En bataille ert armez desus;

Set cent mars d'or valeit e plus.                       *7860*

Les roës furent de benus,

7890    D'or fin barrees par desus.

D'ivoire esteient li limon

E li aissuel e li paisson,

Ovré si tres menuëment                                  *7865*

E deboissié si soutiument

---

7882 (*R*); *Mn* fions, *P*² fyons; *MM*' le f.; *nEJ* duglas, *G* du-
gilas, *A* durglas, *P*² iu-, *M*' caras — 83-4 *m. à P*² — 83 *M*²*AB*'*ek*
Cil; *n* Cist ot (*F* a) tenu; *F* reigne, *E* renne; *R* mainte r. — 84
*M*²*B*'*JMk* lenp.. *EN* lanp.; *B*'*EK* fenne, *M*² femme, *N* fane, *FM*'
fame, *J* fene — *Pour les v. 7885-7904, AA*'*A*²*BB*'*CDEFGHIJK
LL*'*L*²*MM*'*M*²*NPP*²*RW sont utilisés* — 85 *B*'*GJL*'*n* Fions, *P*²
fyons, *eAIP* fyon, *A*' phion, *L* crions, *C* sion, *W* syon; *A* cestui,
*JMM*' icil, *BI* icis; *A*²*CLL*²*NP* Icist f., *A*'*FGHP*² Icil f.; *B*'
curc, *M*² corre, *M* cuiure — 86 *A*'*A*²*HIL*²*P*² de ml't grant; *E*
biaute — 87 *R* En la b.; *M*²*AGR* iert; *B*'*k* arme; *BCDJM*'*Wk*
estoit a. sus — 88 *m. à G*; *M* Cin .c.; *P* m. u.; *P*² .C. m. dar-
gent u., *B*' Trei mile m. u.; *K* i ot; *A* ou p. — 89-90 *interv. dans
P*² — 89 *L*' rues; *M*²*AA*'*A*²*EHL*² crent; *nEMR* debenus — 90
*B*' barree, *BCIPW* barees, *D* bratecs; *JP* por; *M*' les bendes
de desus; *xL*' Les barres (*L*' bendes) dor par ded., *P*² L. b. sont
dor par desus — 91 *AA*²*GL*'*MP* Dyuoire; *A* lym. — 92 *B*'
assouel, *A* aisseul, *A*'*FGR* -el, *A*² -els, *I* -iel, *J* -i, *BCHMW* -il,
*L*' axil, *R* aiscel, *K* aisol, *EN* essel, *M*' -eil, *D* -il, *P*² -ueil, *P*
esuel, *M*² esseols, *L*² paisel, *L* cassel; *A*'*BCMW* paisson, *K* pes-
son, *P* pais., *M*²*A* poncon, *B*'*I* poincon, *H* plancon, *EJLL*'*N*
timon, *G* tym., *P*² arcon, *DM*' cheuron, *A*² bolion; *F* Et li a.
an ius (*sic*), *L*² Et li paisel tot enuiron — 93 *B*' eissi, *A*² issi,
*M*² ensi, *R* einsi; *HL*² si menuetement — 94 *GL*'*Pn* deboisie,
*C* -osie, *R* deboisse. *P*² debroisie, *A* debrisie, *B* deboussie, *J*
deloissie; *B*' soutiment, *B* -ieum.. *E* soutilment, *M*²*AFMM*' -ent,
*L* sostilment, *P* sot.. *KL*² solt., *HJ* -iment, *G* sult., *C* sutillem.,
*A*² subtilm.

7895      Que trop esteit l'entaille bele.
         Le tabernacle e la marzele
         Ert de cuir d'olifant boliz
         Peinz a colors e a verniz.              *7870*
         Tant i ot or e bones pierres
7900      Si precioses e si chieres,
         Merveille esguarde qui ço veit :
         Come torete faite esteit.
         Deus ne fist arme qu'i entrast        *7875*

7895 *E* Que ml't ; *kCDIM'PW* Trop par e. (*k* en ert); *A²P²* la taille b., *kCDIM'PW* b. (*k* riche) lentaille (*I* li taille, *M* li ent., *CW* la talle); *B* T. e. b. li e., *J* Ml't par i auoit b. taille — 96 *EGL²N* Li (*G* La) tabernacles, *A'B'FHL'* Li (*B'* La) tabernacle; *A'EHL²* t. la (*A'H* li); *R* Le tabor noir, *A²* Lueure desus ; *MªLNP²* marcele, *F* -selle, *A* messelle, *L'* maiselle, *A²H* margele, *R* marelle; *kBCDIJM'W* Tex ne fu menez (*k* -e) en bataille — 97 *MªALL'* Iert, *nGR* Est, *Lª* Et, *PªR* Fu ; *H* quir, *ER* cuirs, *Mª* cueirs; *MªB'E* dolifanz, *R* dolliffanç; *kBCDIJM'W* Li estres (*CW* estrez, *M* estre) fu de cuir, *P* Li es trestuz de c.; *MªR* boilliz, *FP* boiliz, *L* bouli, *AA²BHIL'L²* bolis (boulis), *M* bolliz, *G* boilit, *A'* poliz — 98 *MªB'L* Peint, *A'F* Point, *DEJN* Poinz, *GL'* Poins, *AL²R* Paint, *A²BHI* Pains, *MM'* Painz; *L'N* de c.; *MªAA'FLL'P²* color, *H* asur; *kBCDIJM'PW* Dolifanz (*J* -plianz, *P* -phanz, *MM'* -fant, *IK* -fan) toz p. (*CW* fais) a u. ; *Aª aj. ces 2 v.* : Dedens estoit si bien portrais Nus hom ne uerra mielz iamais — 99 *P²* Et si ot pierres par derrieres, *BCDL'M'NW* dor; *B'* tant i out p.; *EH* T. (*H* molt) i auoit de b. p., *A'* Et t. par i ot riches p.; *E* de b., *CW* de boenes, *Mª* e buenes; *JR* perres, *F* peres; *Aª* aj : Ke nule rien ni ot a dire Del curre fu riches li sire — 7900 *E* Tant p. et tant c., *H* Entaillies de m. manieres — 1 *A²* Merueilles garde; *I* ki le u., *R* ke ce u.; *A'BCDEJM'Pk* Mout sc (*DJKM'* sen, *B* ses-) merueille qui le u.; *GLL'NP²* Merueilloit soi, *F* Merueille estoit, *Lª* Merueillot sen; *xL'L²P²* qui ce (*Lª* lo) ueoit — 2 *A* tor haute, *H* carete; *Mª* feite, *R* fait, *A'* faiz; *xL'L²* Comment ceste (*LL²* tele) oure (*FL'* ocure) fete (*I* fais) c., *BCDJM'Pk* C. ourez et faiz (*P* faz) c., *P²* Qui tele hueure fere pooit — 3-4 *m.* à *Aª* — 3 *BGL'P²* Diex, *MM'* Dieu; *Mª* anme ; *BCDIJM'PWk* homme quil (*CJM* qui, *BM'* quel, *A* qui la) percast (*I* entrast).

Ne qui a nul jor le fausast.

7905    Dui dromadaire le traeient,
Qui isnel e corant esteient.
Li curres fu mout bien armez :
Assez i ot darz empenez,                    *7880*
Haches danesches e espees,
7910    Dont il ferra de granz colees.
Tuit cil quil veient le remirent,
Quar onques mais tel rien ne virent.
        Al rei Fion, al rei Edras          *7885*
Livra Hector Pitagoras,
7915    Un de ses freres de soignant,
Hardi e pro e combatant,
Pitagoras, mien esciënt,
Aveit unes armes d'argent                   *7890*
O une bende de besli.
7920    Sor un cheval sist Arabi

7904 *F*² Et qui ; *BCDIJM'PWk* Ne arme qui (*P* qe) ia le, *B'* Ne
a qui nul i. le; *A* lantamast; *EHLL'NP²R* la ; *M²* falsast, *A'D*
fauss., *L'* fauc. — 5 *B'* Dous dromedaires ; *M²* dramadaire, *M* dom.,
*R* dorm.; *e* traioient — 6 *M'* ignel ; *M* corr., *NR* corent; *P²* Q. ml't
fort et i. *e.*; *B'* Q isneaus & coranz e., *puis ces 4 v. spéciaux* : Lor
borel sunt de buen cotun & mous (*sic*) de mout chier ciclatun Et
dorfreis sunt les sordoisseres Riches & forz & bien entiers (*sic*)
— 7 *E* estoit b., *C* ert m. b. — 8 *M²* enpennez, *M* emp., *KM'* enpe-
nez, *E* -anez, *N* amp., *FP²* anp. — 9 *B'K* Hasches; *B'N* denes-
ches, *M'* daneches, *P²* danoises, *EF* den. — 10 *MM'* ferront, *K*
feront, *R* ferent, *P²* donront — 11 *FM'* qi, *N* quel; *F* ram.; *P²*
Li troyen qui tot ce uirent — 12 *B'* Quer unques m., *n* Dient que
mes; *P²* Une ml't grande ioie en firent — 13 *M²B'FMe* esdras,
*K* hesdras — 14 *ER* pict.. *J* ermagoras; *B'* ector iechonias — 16
*M²Kn* prou, *eM* preu; *P²* Hardiz estoit; *B'* Hardi proz et bien
aidant — 17 *M* Pyt., *J* Ermagoras, *B'* Iechonias,; *KM'P²* mon
e. — 18 *M'* darges — 19-20 *interv. dans P²*; *B'* *diffère* : O treis
petitez lionceas Sis chevaus ert forz & isneas — 19 *AA²CKe* A,
*MP²* Et; *AM'* unes bendes, *M* unes armes; *H* Dune b. dor; *C*
del beslic ; *AK* beli, *M'* belic, *M* -ie, *A²HP²* belli; *n* Unes bandes
de sebelin — 20 *n* En; *M²* fu; *M²AA²EJ* arrabi, *CM'* -ic, *M* dar-
rabie, *F* arabin; *A²* C. ot bon et a., *P²* De uerite ie le uos di.

Isnel e fort e bien hardi.

Senz noise faire e senz escri,

S'en eissirent le petit pas.     *7895*

    Donc a pris Hector Eneas :

*7925* « Hui mais », fait il « vos en istreiz ;

« La setme eschiele conduireiz,

« Que forniront cil de Licoine :

« Meillor gent n'a pas soz le troine.     *7900*

« Guardez Eufeme l'amiraut.

*7930* « Vieuz est e fraiz : se Deus me saut,

« Trop ferions grant perte en lui,

« Quar plus sage home ne conui. »

---

7921-2 *interv. dans* $P^2$ — 21 *(HJ)*; $B'$ Tost remuant & b. hardiz; $M'$ Ignel; $CMM'$ bon ($M'$ preuz) et h., $k$ Et f. et i. et h., $P^2$ Com cheualier preu et h., $A^2$ Ki ml't fu bels et de grant pris —22 *(leçon de B)*; $B'$criz *(avec un i suscrit sur le c)*; *eJ* s. grant cri, $M^2ACRn$ s. cri, $A^2$ s. grans cris, $K$ s. estri; $H$ Et s. n. f. et s. c. — 23 $M$ issent *(v. f.)*; $P^2$ Issirent fors; $nP^2$ plus que le p. — 24 $B'$ Dunc, $M^2$ Doncs, $nE$ Lors; $K$ Puiz apele, $H$ D. ra p.; $E$ hectors *(forme ordinaire)*; $P^2$ Empres h. fu e., $M'$ Apres h. uint heneas — 25 *(AR)*; $B'$ Ui m., $K$ Oi mes, $M'$ O mei, $N$ Des or; $P^2$ irez — 26 $K$ sepme, $M'$ seme, $F$ seine, $EN$ sesme, $M$ septime, $R$ sentine, $A$ sisiesme; $P^2$ siste e. conduirez — 27 $M^2$ fornirunt, $P^2$ -irent; *(licoine correction)*, $AA^2B'Me$ lancoine, $M^2$ laucoine, $K$ lancone, $P^2$ -osne, $R$ laçoine, $n$ lacone *(cf. 11322)* — 28 $FM'$ Meillors *(F -or)* genz; $B'$ n'est pas; $n$ Il na m. g.; $P^2$ Na m. g., $A^2E$ M. g. na; $A^2EP^2$ desoz ($A^2$ desos); $nM'$ trone, $MP^2$ trosne — 29 $K$ Menez, *les autres mss.* Gardez; $BB'HM'R$ eufreme, $E$ -eine, $P^2$ -ames, $N$ -e, $M^2$ anfreme, $G$ euffroine, $F$ euphrame, $C$ heufremes *(la diérèse de eu, qui est la règle dans ce texte (cf. 6696. 12307 et 12647) n'est pas observée ici)*; $K$ lamiralt — 30 $B'$ Viel est & fraint se dex nos s.; $HM'$ Viex, $k$ Vielz, $EF$ Vialz, $N$ Viauz, $C$ Veilz, $R$ Veuç, $M^2$ Viez; $JM'$ fres, $R$ faiç, $F$ frainz; $H$ V. et fraille e.; $R$ si des; $JM'$ diex, $M$ dieu; $K$ salt; $P^2$ Qui ml't est preuz et qui ml't uaut — 31 $B'$ fereun, $M^2$ fariens, $K$ ferion, $P^2$ feriez, $R$ feront, $M$ -oient — 32 *(BDJR)*; $M^2$ Que, $M$ Quainz, $C$ Que ainc; $B'$ Mout est saive, $nP^2$ Car $(P^2$ Que) sages est; $B'En$ si cum je cui, $P^2$ et sanz anui; $A$ Car trop est preus ce sai dautrui; $J$ *aj.* : Gardez le bien tenez le chier Que il ni oit nul destorbier.

Fait Eneas : « Tot est en Dé ;        7905
« Mais par la meie volenté
7935    « Ne li vendra ja destorbier.
« Pensez mais hui de l'espleitier,
« Qu'uns mes m'a dit que cil de la
« Se sont apareillié piece a,        7910
« E s'or nos hastez de l'eissir,
7940    « Si nos porront le champ tolir
« Si faitement, ja n'en istrons
« Ne les lices ne passerons ;
« Neienz iert hui mais del combatre,    7915
« S'il nos puent ça enz embatre. »
7945    Hector respont : « Vos dites veir,
« Mais ainz avront grant estoveir
« Dis mile chevalier armé,
« Qui ja sont outre le fossé,        7920

7933 (*D*); *F* Fist; *EHN* Dist, *P*² Dit; *M*¹ hen. (*forme cons-
tante*); n toz e., *AM* ce e.; *M*²*BCJR* cest tot; *A* sanz de — 34
*M*²*F* por — 35 *M*²*AB*¹ nos v.; *F* uaudront, *NP*² uenra, *A* fera;
*Bky* Naura il (*M* Naurez uos, *H* Ni auron) ia nul d.; *B*¹*F* des-
torber — 36 *B*¹ P. hui del espleiter; *K* oi mes, *eM* hui m.; *P*¹
H. m. p., *A* M. p. hui; *H* de lui uengier — 37 *B*¹ Un, *M*¹*P*¹
Cun; *K* Quomers — 38 (*B*); *M* S. tuit; n apareilliez, *M*²*FMy*
pieca, *B*¹ peca — 39 (*M*² E sor nos) *P*² Et se vos, *kyBJR* Se
(*BJM*¹*R* Sor) ne uos (*E* nos); *BEk* lissir, *R* leisir, *JP*² loiss.,
*M*¹ lesir; *x* Et se (*G* sor) ne (*F* si uos) uos h. dissir — 40 *BK*
Tost, *EF* la, *H* ll; *F* uos; *B*¹ porrunt; *B*¹*KNe* les
(*F* le) chans, *R* l. champs, *B* l. cans, *H* le camp; *M* Touz les
c. vous p. tollir; *F* guerpir — 41-4 m. à *xP*²; 41-2 m. à *M* —
41 *M*² feit., *H* fort.; *BJKM*¹ Si qua peines (*K* -e) mes (*J*
nos) en i.; *B*¹*K* istron — 42 *EH* la lice; *B*¹*K* passeron — 43 (*JR*);
*B*¹ Neient nert m. ui; *B* Niens, *M* Nient, *EH* Neanz, *K* Naient,
*M*¹ Noient; *B* ert; e mes h., *K* oi m.; *Hk* de — 44 *M* uous,
*K* se; *M*²*B*¹*K* poent, *y* puent; *M* caienz, *B* -s, *EHJ* ceanz, *C*
-s, *M*¹ ceeinz; *M*²*B*¹*ky* enb. — 46 *N* Meis einz, *MM*¹ Hui mes;
*K* Oi mes aurons; *M*¹ auron, *M* fauront — 47 *B*¹ Dimile (*cf.*
dimire 27841) cheualers; *M*²*E* cheualiers; *M*² armez; *kM*¹ Dis
m. en i a des armez — 48 *B*¹ utre, *K* oltre; *P*² Quil soient o.;
*M*²*M*¹*P*²*k* les fossez.

« Qu'ui mais par force i seions mis.

7950 « Or chevauchiez : jo vos plevis

« Que jo vos sivrai ja mout tost.

« N'assemblez pas o ceus de l'ost

« Desci que jo m'en seie eissuz 7925

« O ceus de Troie fervestuz,

7955 « De la bataille conreez.

— Sire », fait il, « ne demorez. »

Danz Eneas e sa compaigne

S'en eissirent fors en la plaigne. 7930

Paris s'en rist o le rei Serse :

7960 Ço ert li sire a ceus de Perse,

Qui mout plorot : grant duel faiseit

Por son nevo, qui morz esteit ;

Mais ço a bien en desirier, 7935

Qu'il le voudra, s'il puet, vengier.

---

7949 $M^2$ Qhuj, $B^1En$ Cui ; $P^2$ Ne que ; $n$ soiens, $M^2EP^2$ seient ;
$kM^1$ Que ($K$ Et, $M^1$ Qui) p. f. li ($M^1$ si) sont ia ($K$ se s. enz) m. —
5o $B^1$ cheuachiez, $M^2$ -auchez, $K$ -alchez, $N$ -iez ; $nP^2$ gel — 51
$B^1$ siuerai, $E$ siure, $M^1$ sieure — 52 $M^2B^1Ne$ Nasenblez ; $ekn$ a ; $F$
ces, $P^2$ cez — 53 $M^2B^1$ De ci, $R$ De ce, $k$ De si, $eP^2$ Deuant, $n$
Dauant — 54 $M^2$ celz, $E$ cez — 55-6 m. à $P^2$ — 55 $B^1M^1k$ Et de b.,
$EHJ$ Con ($H$ Que) por ($J$ de) b. — 56 $B^1$ nel — 57 $kJM^1$ A tant
sen ist ; $M^1$ o sa, $F$ com sa ; $M$ enmi la plaigne, $J$ hors en la p.
— 58 $M^2$ reissirent, $nH$ iss., $EP^2$ issent f. ($E$ hors) ; $M^2$ hors
en, $nEP^2$ enmi ; $kJM^1$ Danz ($MM^1$ Dant) c. o sa c. ($K$ fiere et
grifaigne, $M^1$ hors en la p.) — 59 ($AJ$) ; $BCGHP^2Rekn$ ist ; $C$
rois ; $M$ perse, $K$ serxe ; $nP^2$ o cels de cerse ($P^2$ cesse) — 6o $B^1C$
Ce ert, $M^2$ Ce iert, $enP^2$ Cest, $A$ Ciert, $R$ Ce fu ; $B^1$ le s., $xyACP^2$
li sires ; $R$ al roi — 61 $B^1$ plorout ; $CKR$ Ki p. et g. ; $C$ auoit ;
$nP^2$ Q. m. tres durement pl. — 62 $C$ Par, $n$ De ; $B^1$ sun ; $EFP^2k$
neueu, $N$ -ou, $H$ cosin, $M^1$ seignor ; $B^1MM^1$ mort — 63 ($AR$) ; $B^1$
M. sil puet b. espleitier, $M^2EH$ M. de ce est ($EH$ cest) bien
encorajiez ; $kBJM^2$ Naueit nul altre desirrier, $C$ M. nauoit si g. d. ;
$R$ desirer, $A$ -irrier ; $n$ M. ml't lor fait b. afichier, $P^2$ M. b. com-
mence a a. — 64 ($AR$) ; $N$ uoldront, $F$ uoudrait ; $B^1$ Penera sei de lui
vengier, $M^1$ Ne mes quil le peust uengier, $kB$ M. q. poist b.le ($BM$
le p. b.) u., $J$ Fors solement de lui u., $C$ De rien come de l. u.,
$M^2EH$ Quil en sera par tens uengiez, $P^2$ Que il s. compare chier.

7965 Li cuivre sont guarni e plein,
   E chascuns d'eus porte en sa main,
   Dont il traira, son arc turqueis :
   Mout les pueent doter Grezeis,    *7940*
   Quar mout en feront grant ocise.
7970 Merveilles bien, d'estrange guise,
   S'esteit Paris li beaus armez,    *7941*
   L'eaume lacié, l'espee al lez,
   Sor tel cheval qui vaut cent mars,
   Né d'outre l'eve d'Eüfras.
7975 Iço est la bataille oitaine,
   Que des Grezeis n'iert pas lontaine,  *7946*
   Ainz s'en trairont ancui bien près
   E mout lor chargeront grant fais.

---

7965 (*HJP²*); *M²B'CM* coiure, *N* cure, *F* autre — 66 (*R*); *M²* Que; *B'* chacuns; *P²* C. p. larc, *CJM'K* De saietes et; *M²E* mein — 67 *M²* trerunt e a. t.; *A* bons ars t.; *B'* sunt a. t., *P²* o son t.; *B'* torqueis, *M* tarquoiz, *EHP²* turquois, *AJM'n* -cois, *C* -quois; *CJM'k* Tenoit chascuns .j. a. t. — 68 *M'* le, *P²* sem; *M²B'KN* poent, *Fy* puent, *M* pooient; *A* Ceus p. m.; *H* hair — 69-70 *m.* à *K* — 69 *B'* Quer, *P²* Que; *A* i f.; *BCDJMM'* Quencui en iert (*M'* nen soit) ueniance prise — 70 (*A*); *B'* A lor maniere & a lor g.; *C* A m., *EH* M. bel; *nCEH* Meruoilles; *P²* Richement par e. — 71 *M'* Setoit; *F* proz — 72 *B'P²* Larc en la main, *M'* Lescu au col; *M* Heaume l. e.; *P* aus l. — 73 *M'k* .j. c.; *K* q. ia nert las; *P²* Et sist sus .j. corant destrier — 74 (*H*); *B'n* Nez; *R* Nes doltra laigue; *LN* daufricas, *F* -qas; *kyDJ* Ne dote tertre (*DK* terre) ne mal (*D* mau, *M* put) pas (*K* pui ne bas), *P²* Bien se sot desus afichier; *EH* aj. 2 *v.* : Car onques nus ne pot plus peinne El poing destre ot la manche heleinne — 75-6 *m.* à *P²* — 75 *M²B'DEHM* Ice; *kDM'* rest; *F* Iceste iert; *M'* Icele r. b.; *N* Icest la b.; *B'F* uit., *M²* oitane, *M* -ieme, *M'* huiteine, *N* -aine, *D* hut.; *EHJ* Ice (*J* Iceste) e. luitiesme (*J* -ime) b. — 76 *B'MM'n* de G.; *DK* nest, *BB'FMn* nert; *L* Qui dilec nestoit p. l.; *B'* loingtainne, *M²K* lointaine, *M* lonteigne, *D* certaine; *EHJ* Qui ia por grex (*H* greu) ne fera faille — 77-8 *m.* à *kBCDJM'* — 77 (*H*); *EHN* Einz; *M²* se treront; *B'* trairunt; *L* Bien se uendront; *EH* encui, *M²R* enqui; *En* ml't p.; *P²* De grezois se mistrent ml't p. — 78 *P²* Encui en chargeront; *A* charcheront; *F* granz.

Hector a toz ceus assemblé     7947

7980 Qui de la ville esteient né
E chevalier armes portant.
La nueme bataille fu grant     7950
E defensable e redotee :
Onc gent ne fu si bel armee.

7985 Icez mena ensemble o sei ;
O cez maintendra le tornei,
E sin fera a teus aïes     7955
A cui en sauvera les vies.
Dis de ses freres ot o sei

7990 Qui fil erent Priant le rei
De dameiseles de parage,

7979 *B M'k* ra, *P²* cez ; *B'* asemblez, *N* assen-, *FGP²* assan-, *M²KM'* assenble, *E* asan- ; *J* Deuers h. sont a. — 80 *C* terre ; *J* Cil qui de troies ; *B'P²n* nez, *H* nes — 81 (*leçon de H*) ; *M²ABCDJekn* Les (*JKM'* Buens, *C* Boens, *DEM* Bons, *A* .x.) cheualiers, *P²* Tuit cil qui sont ; *B'* & cheualers a., *R* Keualer di armes ; *M'B'JM'ekn* portanz (*HRk* portant) ; *C* boens p. (*v. f.*) — 82 *M²* noeme, *R* nofme, *EH* nuesme, *K* none, *F* noueine, *MN* nouieme, *C* noueme ; *A* nueuuiesme b. iert ; *R* font g. ; (*HRk* grant), *M²B'DJP²* granz ; *P²* Ml't par i fu li puepples g. — 83 *e* desf., *K* deff., *N* desfandable, *P²* bonne gent ; *nP²* et bien armee — 84*nP²* Et de grezois molt redotee ; *AEk* Ainz ; *M²AE* genz ; *R* O. ne uient si ; *AJRe* bien — 85 *M²R* Icez, *F* Ices, *e* Icex, *A* Iceus, *M* Iceulz, *P²* Icels (*de même pour* cez, ceus, *le plus souvent*) ; *n* manra ; *P²* aura il ouec soi ; *kM'* hector o s. ; *N* auoques s., *F* auec s. — 86 *N* A ; *M²R* cesz ; *N* mentanra, *F* main- ; *P²* Qui li aideront de soi, *A* Quot engendrez priant le roy (7986-9 *manquent, bourdon*) — 87 *R* Et si en f. (*v. f.*), *En* Si en f., *JM* Et si f., *M'* Et sen f. ; *K* a cels, *JM'* as suens, *M* as siens ; *ekJ* aie, *C* laie ; *P²* Et li feront si granz aies — 88 *M²* A qui ; *n* Cui il an seuerra ; *M²ER* saluera ; *E* la uie ; *P²* Qua .m. grezois toudront ; *BJM'* Dont plusors (*B* -car) en, *Ck* Don (*M* Donc) li plusor ; *BCJM'k* perdront la uie — 89 (*BCJR*) ; *M²* Dis e set ; *M* maine o soy ; *EH* O lui mena .x. de ses f. — 90 (*BCJ*) ; *n* Qi erent f., *P²R* Q. furent f. (*R* filç) ; *R* prian au r. ; *M²* Engendrez de p. le rei, *AEH* Quot angendrez priant le roy ; *EH* prianz ses peres — 91 *M²AE* En, *J* Des ; *nC* parages, *J* -aiges.

De gentiz femmes de lignage :                    7960
Chevaliers i ot proz e beaus.
Li uns en ot non Odeneaus ;
7995    Antonius fu li seconz,
Li tierz Edron, li quarz Dolonz :             7964
Dolonz fu granz e genz merveilles,
E si aveit armes vermeilles.
Li quinz ot non Siciliëns                      7965
8000    E li sistes Quintiliëns :
C'ert uns des plus amez de toz,
Quar mout esteit e beaus e proz.
Rodomorus ot non li setmes,

---

7992 *R* Et g. dames, *N* De gentix d., *P²* De franches d., *F* Et de gentes fames; *M²R* gentis ; *kCJM¹* Et de (*C* des) dames ; *kM¹* de haut lignage, *CEJ* de hauz lignages (*J* -aiges) ; *N* de lignages, *P²* de lynage — 93-4 *interv. dans A* — 93 *R* Keualer furent, *ELMP²n* Cheualier (*M* -iers) erent (*LMP²* ierent) ; *M* et prouz et biauz, *nEP²* preu (*F* fort, *P²* grant) et bel; *A* Ch. estoit preu et b., *A²* Chascuns dels ert et preus et bels — 94 *BP²* ot a n., *kCIJR* ot n., *DFLM¹* auoit n.; *A* Lun apeloit on, *E* Le premier noment; *M* odaniauz, *HM¹* odiniax, *A²* -els, *J* odoneax, *FP²* -nel, *R* -maus, *B* -mals, *C* odameaus, *I* odoenaus, *K* idoniax, *N* odenel, *L* odeuel, *E* oudinel, *G* odaniel, *A* dodinel — 95 (*A*) ; *EHJN* Anth. ; *P²* Et antonyus ; *xBCI* secons — 96 (*A¹B*) ; *DJKM¹R* esdron, *A* sedron, *A²* esdrom, *EH* esdras, *F* esdrul, *C* edrom; *M¹* le quart, *M* li q.; *nA²BCIL* delons, *M²J* -onz, *G* deslons, *M* aolonz, *A* sedlons ; *P²* Li t. delon li q. ebrons — 97-8 *m. à* *M²A¹BCDIJM¹* (*ils sont dans AA²EHRx*) — 97 *y* Delonz, *A²Rx* -ons, *A* sedlons, *P²* Ebrons ; *R* gr. genz a m., *G* gr. et g. m., *E* g. et gr. m., *A* gent a grant m.; *HLP²x* estoit gr. a m. — 98 *E* Si ot unes a. — 99 *M²ERk* sisiliens, *F* cicil., *C* sysil., *L* sicelens, *P²* saliciens — 8000 *R* sestes, *M* autre; *C* quintel., *L* quinthel., *P²* valenciens — 1 *M²MR* Ciert, *CJM¹* Cest; *F* li p.; *A* de nous ; *P²* Icil estoit a. — 2 *P²* Car il; *BEHM* sages et; *R* m. par estoit b. — 3 *M* Rodomerus, *C* -onis, *P²* -enus, *n* Romod., *L* Rem., *EJM¹* Romodernus, *R* Rem., *I* Ronn., *H* Romedellus, *D* Romoderlus, *A* Romardelus ; *JN* sepmes, *DM¹* -e, *K* septmes, *M* septiemes, *F* seimes, *ABEHP²* sesmes, *M²* semes, *R* setines.

Mais mout esteit hergnos e pesmes :  7970
8005 N'ert enveisiez ne deduios,
Mais mout esteit chevaleros.
Cassibilanz l'uitmes ot non,
E li nuemes Dinas d'Aron.
Doroscaluz, li fiz Mahez  7975
8010 Esteit li dismes apelez :
Mahez esteit une pucele
Que d'estrange beauté fu bele ;
Mais morte fu de livreüre :
Ço fu mout grant mesaventure.  7980
8015 Icist seront o lor seignor

8004 *H* Qui, *k* Car ; *N* hernox, *FL* herneus, *E* -gneus, *P²* criex, *kDM¹* cruex, *M²R* crueus, *A* cruels, *B* auols ; *J* M. e. orgoillex — 5-6 *m. à x* — 5 *M²AM¹k* Niert, *J* Nest ; *C* esuosiez ; *E* deduiex, *B* designos, *M²JMM¹* desdeignos ; *EH* Nestoit chantanz ; *R* Ne fu larges ne ioios — 6 *R* keuaileiros — 7 *M²M* Cassibilan, *G* Cas., *B* -ilam, *K* -alan, *H* -ans, *C* Cassimilan, *A* -belans, *R* Carssibilan, *P²* Carsibelanz, *nEM¹* -bilanz, *J* -em, *L* Carsubilan ; *M²* loitmes, *K* loimes, *R* li oitime, *M¹* luitime, *J* luist., *N* luimes, *FL* li uime, *P²* luitierme, *A* luitiesme, *C* -esme, *M* loitisme ; *FK* a n. — 8 (*DN* nuemes), *M²K* nomes, *M¹* -e, *R* noumes, *J* noimes, *EH* nuesmes, *C* noemes. *M* nouiemez ; *AFLP²* Li nouiemes (*A* nueuiesme, *P²* ixierme (*sic*)) ; *DG* dynas, *IK* dimas ; *R* darom, *M²k* danon, *J* dalon ; *nL* disnadaron, *IP²* din., *B* disladanon, *C* dinas et danon — 9 (*J*) ; *M²* Doroscaliz, *CGKR* -us, *I* -chalus, *D* Dor. oscaluz (*sic*), *LM* Dorocalus, *M¹* Dorescaluz, *B* Dolocamus ; *P²* Drochalus li biax li senez ; *I* mahes, *L* malez, *R* malieç, *H* mabes — 10 *AM* disieme, *M¹* disime, *R* deçains ; *nLP²* Ert (*P²* Fu, *L* Iert) li disiemes (*N* diss., *P²* disiermes), *G* Estait li dismes — 11 (*AJ*) ; *R* Malieç ; *L* De Maschez, *P²* Demeron, *C* M. si ; *CLP²* fu ; *EH* Et si e., *K* Cil e. filz, *M²BM* M. fu fiz ; *M²BEHk* dune — 12 (*AHR*) ; *M²BC* de molt g. b., *BJM¹* m. de g. b., *M* m. fu de g. b. ; *E* ert b. ; *P²* Q. estrangement estoit b. — 13 *M²AGL* M. fu en la (*G* de la, *AL* de) deliureure. ; *BCEJky* en fu ; *K* de parteure, *P²* de port., *H* de naureure — 14 (*BCR*) ; *An* Et si fu g., *E* lce (*H* Et ce) fu g. ; *M²AEHn* granz ; *P²* Car trop en ot male auenture — 15 (*CR*) ; *FM¹P²* Icil ; *M* feront ; *R* o lui.

E maintendront o lui l'estor:  
Tant come il se porront aidier,  
Ne le lairont ja damagier.  
Ensi armé com fil de rei,                                    7895  
8020   S'en eissirent fors al tornei :  
Plus porent estre de cinc mile,  
Dont bons chevaliers ert li pire.  
   Hector monta sor Galatee,  
Que li tramist Orva la fee,                                  7990  
8025   Que mout l'ama e mout l'ot chier  
Mais ne la voust o sei couchier :  
Empor la honte qu'ele en ot,  
L'en haï tant come el plus pot.  
Ço fu li tres plus beaus chevaus                             7995  
8030   Sor que montast nus hom charnaus,

---

8016 N meintanront, P² -enront, F maint.; M² estor — 17 K
le, M²M¹ li, P sen; E c. se p. aidier (trisyll.), M c. p. a., FP²
aider — 18 M² Nen; ER Nel laisseront pas (R il), kJM¹ Nel (M
Ne) lairont (K lerr., JM¹ ler.) il trop — 19 M Ainsi, F Ansi, KM¹
Issi, J Ensint; P² Si a. comme filz — 20 MM¹ hors — 21 P²
pueent, F puent, ANR poent; EH De cheualiers (H -ier) orent (H
furent) .x. mile, M²CDJM¹k Bien porent e..vij. millier, P² B. p.
e. .xv. mile — 22 A bon cheualier, R buen keualer; AGR est;
EHP² Qui tuit furent (E erent) ne de la uile, M²CDJM¹k Qui
(M² que) tuit erent (M ierent, C furent) bon (K buen) cheualier —
23 H san ist; JM¹P² sus; R galatea — 24 R Ki;(L orua), Gn orna,
J oua, DM¹ morgain, P² -uein, KR -an, E -anz, M²CI orains, M
orainz, B ornains, P orueins, A² oruain, A ornais; R la fea; A¹ pan-
thesilee; H Que li auoit done li fee — 25 F Qe; KR et le tint
c. — 26 M²n uost, KP²Re uolt, H uaut; EHP² o lui — 27 J
En por, M²M¹P²Rkn Et por; M²P²quel, R quil; F quelle not;
E Por la h. que ele — 28 H com ele p.; EKR Len h. puis
(K Si len h.) tant com plus (R il) p., A Len h. t. plus com el p.,
P² Si len h. au pl. quel p., M²CIJMM¹ L. h. si que pl. ne p.,
— 29 E Cestoit li pl. t. b. ; P² toz li mieudres — 30 (EH que, R
ke), F qoi, N coi; R uns h..; H Desor que m. h..; L home c.;
EHR carnax, A² charnals, I mortals KP² -ax; A²P² Conques
ueist, M²C Mk Quainc (K Quainz, C Qe ainc, M¹ Que, M
Onques) cheuauchast; I V onques m. h. m.

E li mieudre e li plus coranz,

Li plus hardiz e li plus granz :

Si bele rien onc ne fu nee.

Hector, tote sa teste armee,                    *8000*

8035    Ala parler al rei Priant :

« Jo m'en istrai, » fait il, « avant.

« Vos viendreiz en conrei après

« O chevaliers proz et adès

« E o tote la gent a pié.                         *8005*

8040    « As lices seient tuit rengié :

« N'en isse nus, se nel comant ;

« Ne vos ne venez en avant,

« Que que s'avienge ne que non.

« O vos avreiz vostre dragon.                     *8010*

8045    « Que por les geudes, que por vos,

---

8031-2 *interv. dans* $M^3IJM'k$ — 31 $M^3AA^3JKM'P^2Rxy$ Et ($A^3$ Toz) li mieudres et li pl. gr. ($M$ coranz); $k$ mieldres, *EHN* miaudres, $F$ maudres, $M'$ meudres — 32 $M^3$ ianz, $M$ gens; $M^3AA^3KRny$ li ($F$ et) p. ($H$ mius) coranz ($K$ correnz); $J$ Li pl. isnels li pl. mouanz, $P^3$ Conques ueist nus hom uiuanz — 33 $M^3KR$ riens, *EHP^2n* beste; $R$ ne fu mes n.; $K$ Ainz si b. r. ne — 34 $nP^3$ la t, — 36FM' irai; $nAR$ F. il ($N$ Si dist, $A$ D. il) ge men i. ($F$ irai) a tant ($R$ auant, $A$ deuant), $P^3$ Sire ie men uois aitant — 37 ($AP^3R$); $n$ el c.; $M^3BCJM'k$ Et uos si reuendroiz ($M'$ -es, $M^3$ reuenroiz, $J$ reuenez, $B$ en uerrois) a., *EH* Et uos uendroiz .j. po ($H$ sempres) a. — 38 ($AP^3$); $R$ de; $M^3BCJM'$ E saureiz ($K$ Et aureiz, $M'$ Si aurez) c. a. ($B$ asses) $H$ Et cheualier od uos ades — 39 *EFH* A ($F$ Et) trestote, $P^3$ Et tretote; $AR$ de p. ($R$ pe); $M^3BCJM'k$ Es ($BM'$ As) lices seient ($K$ seront) cil a p. — 40 $n$ As portes; $R$ serunt t. arme, $A$ soiez t. fieue ; $E$ Seroiz as l. t. rangie; $P^3$ Furent sus les murs arrengie, $M^3BCJM'k$ Bien arme e apareillie — 41 $E$ Ne; $M^3M'M$ hors; $M^3R$ Nen i. uns fors ($R$ hors), $AM'$ Nisse nul h.; $M$ Sen i. nus h. ne nel; $P^3$ ie le — 42 $M^3M'Rk$ Ne ia; $A$ nen; $nP^3$ uanroiz; $R$ uengieç pas a. — 43 *eN* sauiegne, $R$ -ngne, $F$ saueigne; $M^3$ Q. quil, $P^3$ Q. quen; $M^3P^3$ auiegne — 44 $A^3$ aiez; $R$ porterroiç le d. — 45-8 *m. à EH* — 45 $R$ Et por, $FP^3$ Qe par; $R$ ieudes, $A^3$ geldes, $M^3ABCM'k$ gardes, $R$ ieudes, $nP^3$ autres; $M$ ne por, $KR$ et por, $EP^3$ qe par; $CM'R$ nos, $P^3$ touz; $J$ Que que por lui ne que; $A^3$ Et quant les g. sunt od nos.

« Ne devons estre trop dotos
« Que il nos puissent rien tolir
« Ne enz entrer ne nos laidir.
« S'il tornent a desconfiture, *8o15*
8o5o « Vos lor saudreiz bien a dreiture.
« Après nos vendreiz en bataille :
« Or si guardez qu'il n'i ait faille.
« Prianz respont : « Ensi puet estre.
« Fiz, mout me fi en ta main destre : *8o2o*
8o55 « Que par li seit m'ire apaiee
« E nostre deshonor vengiee !
« Guar que sovent revien a mei.
« Li deu seient guarde de tei ! »
Hector s'en ist l'eaume lacié : *8o25*
8o6o Cruël home semble e irié.
Contre Grezeis a le cuer gros :

8o46 (*J*); *K* deuron, *A²R* poom, *P²* puissom ; *nA²P²R* pas e.
d. (*P²* derouz); *C* molt d. — 47 (*BC*); *M²* Qui il, *JMM'P²*
Quil; *nR* nos an; *nK* poissent, *JM'* puisent; *A* Quil ne nos p.;
*P²* neant t.; *F* toillir — 48 (*J*); *M²ACM'Rk* Nenz (*KM'* Ne, *CM*
Neulz, *R* Riens) faire e., *B* Nanui f.; *F* Ne ainz antrer ne point l.,
*N* Ne de nule chose l. ; *M²A* leidir — 49 (*CJ*); *HP²* Que (*P²* Et)
sil torne, *E* Sil nos t., *M²R* Sil torneit — 5o *AJM* les, *P²R*
le, *n* lo, *M²* lur; *C* saudrez, *K* saldreiz, *B* sarrois, *nP²* sauroiz;
*M²M* saudriez, *R* resauroiç, *A* resuiurez, *J* assaudroiz; *EHK*
Si nos secorroiz; *M²ACJMRy* a d., *BK* tot a d. — 51 *M²* Puis
nos (*JMM'* uos) siuroiz (*M²K* sjurez, *M'* ferez, *M* metrez) en
la b.; *EH* A. moi uenez; *F* A. gar uos nauroiz; *R* per b., *H*
por b., *E* a b. — 52 *J* Or i, *N* Mes or, *F* Mais bien, *P²* M. ce ;
*R* Or g. bien ; *M²FK* que, *M* que il — 53 *M²* p. e. e.; *N* ansi,
*P²R* einsi, *M* ainsi, *FKM'* issi — 54 *M* fie — 55 *M²* si, *M* lui, *K*
lie, *n* uos, *P²* toi; *FR* ma ire — 56 (*H*); *M* uostre, *MP²* ma granz
(*P²* grant); *E* grant honte, *HKM'* desenor, *M²* deshenors, *N* des.,
*F* desanors, *M* -honors ; *M²* uengie, *P²* uenchiee — 57 *M* Garde
s.; *K* uienges; *P²* Et reuenez s. a nos — 58 *M'P²* dieu; *P²* de
uos — 59 *M* heaume — 6o *nP²* Bien resenble (*F* -oit) h. airie (*F*
irie, *P²* correcie), *A* Embruns cruel fel et irie, *R* Enbronos c. et
ire, *EH* Lescu au col el poing (*H* puing) lespie — 61 *M* Encon-
tre ; *nP²* ot.

Ancui lor en doudront li os.
Mostrera lor a cest bosoing
Que, s'il les aime, c'est de loing.      *8030*

8065 En son escu n'ot qu'un lion,
Mais vermeuz fu, d'or environ ;
Autreteus sont ses conoissances
E les enseignes de ses lances.
Les conreiz a toz trespassez      *8035*
8070 Tant que as premiers s'est jostez.
Tost lor a dit que chevauchassent,
Envers les tentes s'aprochassent.
Les nuef batailles chevauchierent,
Que el ne vuelent ne ne quierent      *8040*
8075 Ne mais josté seient ensemble.
Tote la terre crolle e tremble.
Tant i perent testes armees

8062 *Bn* Ancui ; *M¹* li ; *N* dorront, *F* dor., *k* fendront, *B* fen-
dra, *AE* croistront, *M¹* croitront, *C* coristront ; *P²* les os ; *M²* lur
porfendra maint os ; *R* Por ce en crosiront les os — 63 *P²* Mon-
terra, *KM¹* Mostera ; *E* Mostrer lor uialt ; *M* a ce, *K* au grant —
64 *F* Car ; *N* Sil l. a. ce e. ; *R* cil l. ama ; *F* ce est — 65 *M²*
qun, *BCM¹k* cun ; *AHEP²n* ot .j., *J* sunt dui — 66 *M* uermail,
*M²R* -eiiz, *ACK* -eil, *M¹* uremeil ; *kM¹* M. u. dor fu, *R* Ma dor
u. fu, *C* Mes de u. fu, *E* Dor fu uermauz tot ; *nP²* Qui touz (*F*
trop) e. (*N* e. toz) dor anu. — 67 *N* Entredous, *P²* Entretes ; *H*
A. ot, *A* Autrelz furent ; *CF* les, *B* lor ; *E* conuiss., *P²* quenoiss.
— 68 *AB* lor l. — 69 *nEP²* Toz les c. a t. ; *F* trep. — 70 (*A*) ;
*M²k* quas ; *M²* premeirajns, *K* primer. ; *R* kau le premier ;
*eA* T. quas (*M¹* qua) p. sest aiostez, *P²* T. quil a les pru-
miers trouuez — 71 *E* Si ; *nP²* A toz a dit (*P²* dist) ; *nAEH*
quil, *P²* que il ; *AH* Mes dit lor ot (*H* a) — 72 *AFH* Et uers ; *H*
les lices ; *F* sen alassent ; *P²* Et que u. l. t. al. ; *F* saprismassent
— 73-4 *de* 2° *main dans N* — 73 *MR* noef, *M¹* .ix., *M²* nos,
*nEK* noz ; *P²* Les troyens si ; *kN* cheualch., *R* keuakent — 74
*R* Ke cil ; *N* uoellent, *KM¹* uolent, *M* ueulent ; *E* Qui el ne
demandent ne q., *F* Qe il se uostrent ne daignerent, *P²* Qui
ml't durement couoiterent — 75 (*ABCR*) ; *En* Mes que ; *P²* Que il
s. uenu e. — 76 *F* croille, *EM* crosle — 77 *F* peirent, *R* parist,
*P²* parut ; *M* il parent.

    E tant enseignes orfresees  
    E tant escu d'or et d'argent        *8045*  
8080  Que toz li païs en resplent.  
      Les dames furent sor les murs,  
    Que de rien n'ont les cuers seürs,  
    E totes les filles le rei,  
    Por esguarder le grant tornei.       *8050*  
8085  Heleine i fu mout paorose  
    Et mout pensive e mout dotose.  
    Mil puceles e mil borgeises  
    I perent gentes e corteises :  
    N'i a celi ne seit dotanz.       *8055*  
8090  Tant a alé li reis Prianz  
    Qu'il fu a la lice foraine,  
    Que des autres ert plus lointaine.  
    Iluec a fait ses establies  
    De ceus a pié e ses parties :       *8060*  
8095  N'en laissa onc nul fors eissir ;  
    Bien lor a fait les pas guarnir.  
      Trente fiz ot li reis Prianz,  
    Toz chevaliers, nez de soignanz, —

---

8078 *P²* Et e.; *FP²* a or freisiees (*P²* fresees) ; *M²Me* dor f. — 81 *M'P²* sus; *k* sont desor — 82 *R* Ke; *KP²* riens — 84 *P²* A; *n* esgardier, *P²* resgarder — 85 (*R*); *eANP²* est, *F* ert; *KM'* poor., *N* poer., *FM* paorouse, *M'* peoreuse — 86 *F* pansise; *P'* Ml't p. et — 88 *M* parent, *nP²* auoit; *R* Trestotes; *M²P²R* beles — 89 *nM'R* cele, *E* nule; *M²R* dolanz; *k* Qui molt ont les cuers adolez, *P²* Qui uont por troiens priant — 90 *P²* le roi priant; *k* T.(*M* A t.) est li reis (*M* roy) p. alez — 91 *A* lontainne; *P²* Que il uint en une grant plaine; *k* en la cite f. — 92 *CHJM* fu, *ABKR* est; *M'* estoit lonteigne; *P²* Deioute le temple diagne — 93-4 *m. à R* — 93 (*A*); *k* Ilec, *M'* Illeuc; *F* faites s.; *P²* Ilecques auoit e. — 94 (*A*); *FP²* De (*P²* Les) genz, *N* De gent; *F* a piez; *M* c. a pie dehors et; *P²* en .iij. parties — 95 (*C*); *M²B* ainc; *nEP²* Ainc (*P²* Ainz, *N* Einz, *E* Mes) nen l.; *EM* .j.; *M²AMM'* hors; *nP²* un sol i.; *A* Nel l. nisun h. i. — 96 (*C*); *AKP²en* le p., *B* les pors — 98 *E* filz de, *H* et de; *M* Qui tuit estoient de, *M²BCK* De sa moillier e de, *JM'* Que de m. que de.

Doze vos en ai ia nomez,                8065

8100  Les dis e uit oïr poëz ; —

Qu'il a avuec sei retenu,

E sin sont il mout irascu.

Lor vuel fussent il premerain

Plus volentiers que dererain :          8070

8105  Mais ço lor covient obeïr

Qu'a lor pere vient a plaisir.

De ceus ot non l'uns Menelus,

Li autre Isdor, li tierz Chirrus ;

Li quarz fu Celidonias,                 8075

8110  Li quinz ot non Hermagoras

8099 (GLP²); M²AA²BCIJPRWk Les .xiij. (M³k treze), A¹ Les trante; H Les .x. uos en ai ci n. (*voy. aux* Notes) — 8100 (GLP²); M²AA¹A²BCHIJPRWk .xvij.; P² porrez — 1 nM¹ ot; M² auoc, EGHN auoec, DFLP²k auec, M¹ ouec; DKM¹ lui; FP² retenuz — 2 nA Et sen (F si, N sc); M²M¹Rk E (R Mas) il en sunt; EH M. ml't en furent (H erent) i., J Dolent en sunt et i., P² Et cil sont entor li uenuz — 3 K uol, FMM¹uoil; M² premerejn, J -ien, K primerain; AH f. des (A as) premerains, R f. de primeirans, P² f. li prumerain — 4 F uolunt.; R derairans, A derreains, K dederain, ENP² darreain, M² derra-, M¹ dereein, J deharien, M derrain — 5 M¹ M. a ce c. — 6 A Que — 7 M²BIR Luns de celz ot n.; AJk De cels, A²GH De ces, E De cez, C Dicels, M¹ Dices; M li .j., M lun; P² Li uns ot a n.; LN Li uns ot n. menelaus, F Li uns dax ot n. m.; I meneleus, A²P² menalus, G queuenus — 8 M²BDIJRy Lautres, LP² -e, K Li altre; EJM¹ ysdor, FGHP² ydor, AK -rs, DR isdor, J hysd., A²I hisd., B hidons, M idor, M² hyrdor, L yceor; AM¹ le tiers, G lautres; P² et lautre hircus, H et li t. Rus; CM¹ chirus, LN chyrus, I chyrr., B cirus, A² cirrus, A carus — 9 M²BCDIM¹P²k ot non; F Et li q. fu, J Et li q.; (AA²GIJLR celidonias), FP² celidonas, EH celedonias, D chelydamas, B celid., M¹ thelid., M²CM cherid., k -oras — 10 k Li q. apres; n hem., ABGIJKy erm., M²M emarg., L hermed., P²hermeng., C enmagaras, R ermasoras, J pictagoras.

Et li sistes Maudan Clarueil,
Li setmes Sardes de Vertfueil.
Margariton ot non li uitmes,
E si fu Achillès mout pruismes                    *8080*
8115  Devers une soë parente,
Fille de rei, que mout fu gente.
Li nuemes ot non Fanoeaus
E li dismes Bruns li Gemeaus;
Li onzimes ot non Mathan,                          *8085*

---

8111 *A²MP²* Li s., *R* Li sestes; *P²* ot non mandonel, *F* ot
non mandagloil; *M²A* maudanz, *A²Bl* madans, *JM* -anz, *K* mon-
danz, *C* mandanz, *DEM'* -an, *H* mardan, *R* madan; *G* manda-
clauoil, *N* -glauuel, *L* magraglauoel; *M²* clariaus, *BK* -iax, *C*
-eaux, *I* -eus, *DM'* -ueil, *J* -uuel, *E* -uil, *H* darnil, *R* daruiril, *A²*
de claruoil; *EH aj.* : Nen i auoit .j. (*H* Il ni a. nul) plus gentil
— 12 *BM²k* sepmes, *F* seimes, *N* siemes, *A* sismes, *EHLP²* ses-
mes, *M* septisme, *D* septesmes; *Ck* sardex, *A²* -eus, *A* sades, *L*
sardres; *ADGJM'LN* uertfuel, *F* mon feoil, *R* mon surril;
*M²BCk* qui fu biaus; *P²* Et li s. clarionel; *EH ont ces 2 v.* : Li s.
sardiniax ot non Darmes auoit ml't grant renon — 13 *A²* Marga-
ritons, *KP²* Margareton; *A²* fu; *n* ot li huitiemes (*F* hutismes);
*GIJM'* huimes, *EH* huismes, *M²* oismes, *B* wimes, *R* oitmes; *C*
luitoismes, *W* -e, *A* -iesmes, *P²* -isme; *A²DM* li huitismes (*v.f.*) —
14 *A²* Et nies; *AA²NP²R* ert, *F* est; *xDM'P²* dachilles; *ERx*
bien; *I* pruimes, *M²ABCHM* proismes, *P²W* -e, *EFK* prismes,
*DGJM'NR* primes — 15 (*J*); *A²EH* De par; *P²* seue, *A²* sue —
16 *M²ACHWk* dun, *I* a .j.; *A²I* ert g.; *nA²P²* et bele et g., *E*
merueilles g., *AHR* cortoise et g. — 17 *M²BKR* nomes, *J* noe-
mes, *EH* nuesmes, *F* nuismes, *C* nusmes, *M* nouieme, *A* nucuies-
me, *D* .ix. esmes; *P²* Li .ix. si ot satiriax (*sic*); *N* famuaus,
*F* fouuaus, *L* famiaus, *J* fanueax, *M'* -oeox, *D* -oax, *A²I* fanuels,
*A* -el, *BR* famuel, *A'* faneel, *H* fanoriax, *E* sardiniax — 18 *N*
disiemes, *FGL* des.; *P²* Li disiermes, *A* Li disieme, *D* Li .x.
esmes; *BMR* brun; *M²AA'A²BCGIRk* de; *G* gimiax, *A²* -els,
*I* gemels, *A* uimel, *R* iemel, *M²BCk* gimel, *A* gymel, *M* gouel; *J*
li iumeax, *y* li jumiax, *D* -ax, *P²* li isniaux, *F* li mauz, *N* li uiaus,
*L* li uaus — 19 *K* onzismes, *n* -iemes, *P²* -iermes, *E* -iesmes, *J*
-aimes, *I* onsains, *C* oncesmes, *M* unzieme, *A²* -imes; *C* machan,
*EJM'P²k* matan, *AL* mathans, *B* madan, *H* maran.

8120 Li dozimes Almadian ;
   Gilor d'Agluz fu li trezimes
   E Godelès li quatorzimes.
   Li quinzimes ot non Doglas :
   Nus hom ne saveit plus d'eschas.   *8090*
8125 Sezimes fu Cadorz de Liz :
   Mais Ausalon, li fiz Daviz,
   N'ot plus bel chief que il aveit ;
   Proz e hardiz e forz esteit.

8120 *K* dozismes, *E* -eismes, *C* docesmes, *x* doziemes, $A^2$ -imes, *J* -aimes, *M* douzieme, *D* -iesmes, $P^2$ -iermes; (*DEHIJR* alm.), *A* almadiens, $M^2A^2CM$ amadian, *B* armadians, $P^2$ alinagan, *G* alymidan, *n* aliuadan, *L* elynadans; *k* Et li d. madians — 21 *R* Gillors, $M^1$ -orz, $M^2$ Guilors, *BM* Gilors, $A^2GJ$ Gillor, *LN* Giloz, *H* Gilo, *E* Giror, *A* Gilles, $P^2$ Gillet, *K* Goluz; *A* darglus, *R* dacluz, *l* daclus, *y* daglus, $FLNP^2$ de gluz, *G* daiglus, *C* dalgus; $A^2$ tres., *k* -ismes, *EFHL* -iesmes, *MN* -iemes, $P^2$ -iermes, *J* -eimes, *C* trecesmes, *G* tressaimes — 22 *yJ* godelez, *I* -lyes, *n* -liz, $A^2$ gondeles, $P^2$ groselis, *G* gideles, *L* blodelez; $M^2B$ Hugodeles, *Ck* -ez; *x* qatorziemes, *EH* -iesmes, *C* -cesmes, *M* quartoziemez, $P^2$ quatoriermes, *K* -zismes, $M^1$ -simes, *EH* -siesmes, *J* -zaimes — 23 *xC* quinziemes, *M* -e, *EH* -iesmes, *K* -ismes, $P^2$ -iermes, $M^2$ -emes, $A^2$ -imes, $M^1$ -ime, *C* -çesmes; $P^2$ duglas, *J* duglas, *A* durglas, *nGI* dugles, *B* dagles — 24 *M* s. tant; *A* Mes ainz nul ne sot p., $A^1$ A. nus h. ne sot p., $xA^2P^2R$ N. h. ne sot onc (*N* einz, $A^2$ ainc, *F* anc) p.; $P^2$ deschies, *I* deskies, *x* desches, $M^2$ deches, *C* descas, *B* desces; *EHJ* Del (*J* De) brant fist an lestor (*J* en e.) meint glas — 25-8 *m. à E et sont suspects d'interpolation; voy. aux* Notes — 25 $M^2IR$ Sezemes, *FP* -iesmes, *D* saz., *A* sais., $P^2$ sesziermes, $M^1$ -ime, *BMN* seziemc, *J* -cimes, *K* -ismes, *C* secesmes; $ADHGJM^1PP^2n$ Li s., *CM* Li (*C* Le) s. fu; ($M^2k$ cadorz), $A^2GHIJMNP^2$ -or, $M^1$ cardoz, *D* -o, *C* -oiz, *LM* cadoz, *A* -os, *P* -oc, *B* -ot, *F* calor; *R* desiç, *G* dellis, $A^2BHI$ de lis; $A^1$ Cheualiers ert boens et esliz — 26 ($M^2HM^1$ aus.), *P* abselon, $AA^1A^2GJL$ abs., *BMR* assalon, *C* as., *N* ausaloz, *K* ansalot; $MM^1$ le filz, *B* li fieus; $A^2BI$ dauis, *CGHJMM¹R* dauid, *A* dariz — 27 $M^2A^1A^2BCJMM^1R$ Not onc ($M^2C$ ainc, *R* unc) p. b. (*A* biaus) c. quil, *H* Not si b. cief con il, *K* Not p. biau cors que cil — 28 $M^2CM^1k$ F. et h. et p. e., $P^2$ Et des armes assez sauoit.

Li autre dui furent nomé,                      *8095*

8130    L'uns Nez d'Amors, l'autre Tharé.
Ceus voust Prianz aveir o sei,
Quar il l'aiment par dreite fei :
Seit a pié o seit a cheval,
Cil li seront ami leal.                        *8100*

8135        Li reis Pandarus de Sezile,
Ne reis Ampon, o lor empire ;
Ne quatre rei d'autre contree
Que Colophon fu apelee ;
Ne li trei rei qui sont de Frise,             *8105*

8140    Ou tant a or e manantise ;
Ne tote la gent de Boëce,
La ou creist tante bone espece,
Ne cil del regne de Botine,
De la grant terre outremarine ;              *8110*

8145    Ne tuit icil de Paflagoine,

8129 *F* fierent dui n. ; *A²P²* Les autres .ij. uos nomere (*A²* ai
nomez) — 3o *FMM'P²* Lun ; *R* ne damurs, *M²BM* fu damors;
*CKL* Li uns (*L* .j.) d., *A²I* Luns est d. (*A²* clamors), *A* Laisne
d., *H* Lunes damor; *FC* li a., *I* lautres; *A²* tharez, *My* tare,
*G* tiere, *N* terre, *R* chare, *L* tarce, *P²* dore — 31 *n* Cez, *E* Ces;
*K* uelt, *M'MN* uolt, *F* uout, *M* uoult, *P²* uoit, *M²A²E* uost; *AA²*
tenir — 32 *BM* Que; *BGM* cil, *D* ceuls, *A* ceus; *R* cist saiment;
*ABFP²* de (*A* par) bone foi, *H* et portent f.  — 33-4 *m. à xP²* —
33 (*CDIJP*); *J* O s. a p. o a, *CM* S. a p. s. a; *B* et s.; *AA'A²EHR*
S. a c. ou s. a pie — 34 (*J*); *CIP* Cist; *P* sunt; (*JK* leal),
*M²BDIMM'* leial; *AA²A²EHR* Nel guerpiront (*A'* Ne le lairont)
ia (*H* la nel g.) demi pie — 35 (*A'*); *F* secile, *B* sesile, *M²A²EGJN*
sezire, *A* sisire, *R* soçire, *L* serire, *P²* secire, *C* sceçire, *H* lescire
— 36 *M* roy; *nP²* alpon, *BJM'R* apon, *M²CG* arpon, *E* mannon,
*K* hupoz; *NP²R* ne, *F* ni, *L* et; *K* en son e. — 38 (*J*); *M'M'*
colopon, *CEN* -fon, *M* dolopon, *F* colafon, *P²* telefon; *N* ert,
*FP²* iert, *Ek* est — 41 *M* boice, *P²* lentice — 42 *H* Lau naist et
c. t. espece, *n* Ou croist et naissent t. e.; *EP²* Ou il croist (*P²*
croit) mainte; *F* espiece, *M* -ice — 43 *n* bocine, *P²* bouine, *A*
boctine — 44 *E* De la grant t.; *A* De la t. doutrem.; *Ek* oltre m.
— 45 *M²M'Rk* Ne trestuit cil, *F* Nen ont icil; *M'M'* pafag.,
*EM* -gloine, *F* palphagoine, *R* passaloine, *P²* plafagoine.

Qui mout en ont pesant essoine
Por lor seignor, qui gist navrez,
Dont il sont mout desconfortez;
Ne cil qui sont d'Alizonie,　　　　　　　　*8115*
8150　Ne s'en eissirent le jor mie:
N'alerent pas al grant tornei,
En la vile s'esturent quei.
Ço fu granz sens: ne voustrent mie
Qu'ensemble fust lor gent laidie,　　　　*8120*
8155　Ne si traveilliee en un jor
Que l'endemain n'i ait retor,
E qu'il n'en aient de toz freis
A combatre contre Grezeis ;
Ne vuelent pas li chevetaigne　　　　　　*8125*
8160　Que la vile sole remaigne.
Que que s'avienge ne que non,
N'i a bretesche ne donjon

---

8146 *nP²* tant, *E* trop ; *K* pesante, *M* pessant; *F* esaigne; *P²*
Q. t. ont pesance et essoyne — 47 *M²HJM'k* q. est — 48 *M²M'k*
Qui (*M²* Que) m. les a, *A* D. mlt se s., *P²* D. m. ierent, *nE* D.
(*E* Don) chascuns est; *nP²* espoantez — 49 (*M²EM* dalizonie),
*P²* de cisonye, *n* de lisonie, *JM'* de liz., *K* de laz., *H* daliconie
(*voy. aux* Notes) — 52 *C* sesterent, *eKN* remestrent, *F* ram.
— 53 *EP²n* uostrent, *M'* uodrent, *K* uoldr. — 54 *P²* Ensemble,
*F* Qan sambles — 55 *M²* treuaillee, *F* trauaillie, *MM'* -eillie, *E*
-ellie — 57 *M²IM* en; *E* raient, *nIP²* i ait — 58 *K* A torneier;
*M'* greiois, *A²* grijois; *A²aj.*: Li sagittaires neissi pas Qui plus
est laiz dum sathanas (*les v. 8159-64 m.*) — 59 *JNR* uolent, *F*
uoelent; *F* cheuotagne, *N* cheuecaigne, *R* chauetaigne, *A*
cheuetainne, *H* cieuetagne; *M²A'BCDIM'k* Ne uoleient (*C* uoil-
lent) pas (*J* uolent mie) li baron — 60 *A²* cite; *J* Que remeigne
troie, *M²A'BCDIM'k* T. remansist (*MM'* remainsist) a bandon
— 61 *N* Car que, *C* Et qe, *k* Qui que, *M²* Que qull; *IJMe*
sauiegne, *M²* aueigne, *N* qaueigne, *F* chauaigne; *C* sa sauegne
et qe, *K* sen isse et qui que; *P²* Ne qui quen muire ne qui, *A*
Que quauiengne ne que que — 62 *K* ot, *B* ait; *M* brestesche,
*FP²* bertesches, *M* fretesche; *A* Tours ne bretesches; *G* Tors b.
ou sor demon, *R* Tor ne bretesche ne damon, *nL* Sor b. (*n* -es)
ne sor donion; *K* danion.

Qui bien d'armes guarniz ne seit :
N'ont nul reguart d'ome qui seit.     *8130*

8165     Agamennon pas ne sojorne :
Ses eschieles fait e atorne ;
Ordene les come els seront
E come eles se contendront.
Patroclus guie la premiere,     *8135*
8170     Que mout est grant e bele e fiere :
Tote la gent Achillès meine,
Quar quant qu'il a est suen demeine ;
Li uns n'a rien que l'autre n'ait,
Senz conte rendre e senz nul plait.     *8140*
8175     Onc chevalier plus ne s'amerent
Ne greignor fei ne se porterent.
Achillès fu un poi navrez,
Si ne s'est pas le jor armez.

8163 (*DJ*) ; *M²* Que ; *B* domes garni ; *C* garnie noit ; *AA'GKRn* Ni a (*K* Qui bien) ne soit darmes (*A'Gn* d. ne s.) garnie (*K* garni), *EH* Quil noient b. (*H* b. n.) d. garni (*H* -is), *L* Ni a quernel ne s. garniz, *P²* Q. ne s. richement garnie — 64 (*BCD*) ; *K* Not ; *IJ* Nont pas garde ; *H* N. g. quil soient trais ; *E* N. p. peor ; *AA'Gn* que (*R* kil) soit traie, *EK* destre trai ; *P²* Que la cite ne s. trahie, *L* Quil ne puissent estre trahiz — 65 *M* plus ; *R* se torne, *les autres* seiorne — 66 *K* seiure — 67 (*A*) ; *P²* Ordane l., *H* Ordenees, *JM'k* Deuise les, *M²* E deuise ; *NR* con el (*R* il) s., *EH* si c. iront, *M²FJM'P²k* comment s. (*K* uendront) — 68 *M²JM'k* Coment eles, *EFHP²R* Et c. il (*R* cil, *F* elles), *N* Et con elles ; *A* estre deuront — 69 *H* maine, *P²* mena ; *M²FR* prim., *P²* prum. — 70 (*M²* Que) ; *k* ert ; *M* bele et grant ; *M²ER* granz, *K* grande ; *nP²* Qui molt estoit ; *n* et fort (*N* forz), *P²* poissant — 71 *M²Ke* Totes les genz ; *NP²* moine, *Fe* maine — 72 *M* Que ; *En* quan ; *N* suens, *M* sien ; *M²* domejne, *NP²* demoine, *eF* -aine — 73 *R* Luns nen ha r. ; *k* riens ; *nE* lautres — 74 *HR* prendre ; *R* ne s. ; *nP²R* et s. p. ; *E* S. contredit ; *M* S. nul c. r. et s. p. — 75 *R* Unc, *H* Ainc, *EFP²* Ainz, *N* Einz, *k* Dui ; *M²Mk* tant ; *M²* sarmerent — 76 (*EHR* greignor), *M²M* meillor, *nP²* plus grant, *K* tant de — 77-8 *m.* à *EH* — 77 *n* ert — 78 *n* Se ; *nP²* nestoit p. ; *M'n* cel ior (*déchirure dans P²*).

Merion fu en la seconde :                                    *8145*
8180  Jo ne cuit pas qu'en tot le monde
Eüst meillors chevaliers dis.
Ipomenès o ses aidis,
Dont il ot bien dou mile e mais,
E li dus d'Athenes après,                                    *8150*
8185  Li beaus, li proz Menesteüs,
O chevaliers trei mile e plus,
La tierce eschiele ront fornie.
Cil qui furent d'Orcomenie —
De ceus fu reis Ascalaphus,                                  *8155*
8190  Il e sis beaus fiz Almenus —
En la quarte sont o tel gent

8179 (*AA'A*²*BCHIJR*); *en*L*P*² Merions, *G* Neriens; *C* fust —
80 *M*²*AGIJK* Mais, *nL* Ge, *C* Si, *P*² Ne; *K* crei ; *y* M. ge ne c.
— 81 (*L*); *n* Aust; *EH* E. meillor c. quis, *P*² E. .x. m. c.,
*M*²*ACIJk* E. cheualier de tel (*I* ditel) pris — 82 *A*²*EP*²*x* Ydo-
menex, *A* -es, *H* ydominex, *J* Idomenex (*cf. 8226 M*² *et voy.
aux Notes*); *M*²*BCM'Rk* Donc (*M*²*R* Doncs, *B* Dont, *M* Lors,
*M*' Hors) sen eissi; *AA*²*BLMn* amis, *P*² guerriers ; *A*' O lui uait
idomeneus — 83 *A*' Cheualiers ot. .ij. m. et plus; *M*²*N* Dom,
*C* Domt, *GK* Don; *AEG* il i ot d., *M*' il auoit d. ; *k* dui; *xP*²
ot dous milles (*GN* ij. mile, *L* .ij. m., *P*² .xii. m.) et m.; *P*² *aj.
3 v.*: Fu auec lui en conpaingnie Bele gent ont et grant mesnie
Et en bataille ml't engres — 84 *AEP*²*n* Li dus dath. uint a. ; *P*²
dathainnes; *C* dapres — 85-6 *interv. dans A*' — 86 *P*² A.iij. m.
c., *n* T. m. (*F* mil) cheualier; *EH* .vij. m. ; *M*²*ACM'Rk* C. ot (*R*
i ot) t. (*CM* .v., *M*' .x., *M*² cent) m.; *A* ou p.; *A*' Qui dathenes
iert sire et dus — 87 (*AP*²); *F* terze, *H* terce; *C* eschiere;
*M*²*BCM'k* ont bien, *R* o. cist, *N* ra, *F* ia — 88 *e* dorcomonie,
*R* dorcam., *L* de Comenie — 89 *P*² De cez, *CF* De ces, *HM*'
Dices, *E* Des quex, *R* De ke; *AEJ* ascalofus, *M*² ascol., *I* aschol.,
*R* aschalophus, *H*-fus, *L* Eschalophus, *M* Escalaphns, *CGn* -fus,
*P*² esqualatus — 90 *R* Lui ; *A* son biau filz, *R* ses gen̦ç f.; *xP*² Et
auoec ses f.; *M*²*CJM'k* Et ses (*k* sis, *M*' son, *J* li) tres biaux (*K*
biax, *M* biau) f., *EH* Et o lui ses f. (*H* si fu); *eAR* alignus,
*M*²*Lk* alin., *H* alan., *NP*² elin., *CF* helin. (*cf. 5611. 7259.
12136 et 12662*) — 91-2 *m. à M* — 91 *K* s. il t., *H* rot or t.,
*E* r. itel; *M*²*M*' Et en la q. ot il (*M*² ot) t. g.

Qui mout ont pris e hardement.
La quinte ont fait cil de Boëce :
Tel gent n'aveit en tote Grece.                    *8160*
8195   De celi fu reis Archelaus,
E Prothenor li bons vassaus,
Li forz, li proz, li segurains :
Cosins erent andui germains.
Menelaus fu en la sisaine,                    *8165*
8200   Qui sire e mariz fu Heleine.
Ceus de Parte ot a jostisier :
Ço fu lor seignor dreiturier.
Reis Epistroz, reis Scelidis,
O lor grant gent de Phocidis,                    *8170*
8205   Firent la setme des batailles,

8192 (*AHP²R*); *M²Jek* Ou (*J O*) mout ot — 93 (*AH*); *P²*
quarte; *FR* faite ; *R* de boesce; *M²M'k* funt cil; *M²M* boice,
*M'* uenete — 94 (*A²*); *nPM'P²* Nauoit t. g.; *P²* griece, *M²M*
grice, *R* gresce — 95 *nR* De cele, *AA²* De celui, *H* Diceli, *P²* Et
de ceus ; *M²CM'k* De celz estoit r., *E* De ces fu sires; *M'k* ar-
chelax, *BH* arcelax, *E* archenax — 96 (*AP²R*); *M²CM'* prote-
nor ; *M²K* buens — 97-8 *interv. dans nP²* — 97 (*AR*); *H* Li
fort li prou li segurain, *M²A'M'k* Mout furent prou et s., *N* Fort
home erent et s., *FP²* F. et hardi (*P² rogné au début du v.*, preu)
et s.; *E* segureins — 98 *E* iermeins; *M²A'M'k* Et sestoient (*M'*
est.) cosin germain, *HNR* C. e. a. (*R* il dui) g., *FP²* A. e. (*P²*
furent) c. g., *A* Cosins iert lun lautre g., *E* Qui estoit ses c. jer-
meins — 99 *H* a la sisainne; *M²* seisene, *AP²* -einne, *E* -einne,
*M* -ieme, *DM'* -ime, *J* -eime, *F* sistaine — 8200 (*HR*); *M²JM'k*
espous; *A* Sires et maris fu elainne; *n* helaine, *P²* -ayne — 1
(*ANR*); *F* parthe, *N* parche, *M'* parce, *L* paste; *M²DM'k* De c.
de p. ert (*M²M'M* iert, *k* est) iosticiers (*M'* iust., *M²k* -siers); *P²*
mestroier — 2 *K* sires, *M²M'M* sire; *EH* Bon seignor ont et
d., *R* En lui o. s. d.; *M* droitiers, *M²* dreiturers, *R* -er; *n A*
garder et a mestroier, *P²*... ticier — 3 (*A²H*); *L* esp., *G* -os,
*B* epistros, *R* ap., *C* epystrox; *E* et c.; (*GLM* scelidis),
*M²ACKRny* celidis, *B* scedius (*voy. aux* Notes) — 4 *M²* lur, *A*
les, *n* la, *M'* ml't, *ACR* genz; *EH* O tot (*H* Et od) la g., *B* foci-
dus, *n* calcedis, *P²*... dis — 5 *M'k* sepme, *H* seme, *F* seime,
*AEL* sesme, *N* -es, *R* sitine ; *P²*... aille (*sans doute* F. la sep-
taine bataille).

Senz gent a pié e senz ringailles,
De mout bons chevaliers esliz
De grant proëce e de grant priz.
        Telamonius Aïaus                                 *8175*
8210    Fu en l'oitime o ses vassaus :
La gent conduist de Salemine,
Que envers lui est tote acline.
Quatre amiraus ot cist o sei,
E si ot Teücer, le rei :                                  *8180*
8215    Des quatre fu l'uns Theseüs
E li seconz Amphimacus ;
Li tierz Dorius aveit non
E li autre Polixenon.
En la nueme refu nomez                                     *8185*
8220    Thoas li proz, li alosez.

8206 *M²AGKLP²R* genz ; *HM'* de pie ; *R* ne s. ; (*HJKLNy* rin-
gailles), *M²AGM* rigailles, *F* rang., *R* regales, *E* reingailles, *C*
raschales, *P²* pictaille — 7-8 *m. à CP²x* — 7 (*J*) ; *AK* Mes ; *K* de
buens, *A* com bons ; *R* Ki ot buens, *EH* Ml't ont bons ; *BH*
hardiz — 8 (*AHR*) ; *E* De proesce pleins et hardiz, *M²BJM'k* E
toz coraious e h. — 9 *M²Rekn* Thel., *P²* Telemonyus ; *A* O
thelamon et ayaus ; *M²* aiaux, *les autres* aiax — 10 *n* luime
*AEHL* luitiesme, *A* -isme, *R* la tresme ; *P²* Fist luitesme,
*M²BCM'k* Loitisme (*BM'* Luitime, *J* Luiteime) fist ; *H* a ses u.,
*L* con u., *nM²P²* comme u. — 11 (*BHR*) ; *n* Les genz ; *M²FKP²e*
conduit ; *M²k* salam. — 12 (*ABHJP²R*) ; *A* iert ; *P²* Q. uers lui
estoit t., *H* Q. t. e. a lui ; *ekn* encline — 13 *AM'P²* cil ; *J* auoit
o soi ; *M²* C. ot q. a. — 14 (*C*) ; *M* Si i ot ; *Kny* th., *R* theucher ;
*M'* lor r. ; *ABP²ny* Et t. ; *BHP²n* un riche r., *A* qui estoit r., *R*
le gentil r., *E* auoec le r. — 15 (*HJR*) ; *A* iert ; *AFMP²* li uns ;
*P²* theus, *M²M* teseus — 16 *nCP²* Et li autres ; *M* secons, *K*
seg. ; *M²M'* auph., *EK* anf., *N* anch., *F* anth., *L* afirm. — 17
(*JLM* dorius), *M²BCM'K* dorions, *nP²* docius ; *AHP²* ot a n., *n*
ot n. ; *R* Et li t. a. doaus n. — 18 (*CJ*) ; *tous les mss.* autres ;
*AH* polizenon, *L* polis., *R* polyx., *N* proclix., *P²* ploclis., *F*
pedis. — 19 (*BJR*) ; *M²A* nome, *K* none, *M* nouieme, *E* nuesme ;
*F* n. tu, *P²* .ix. esme fu — 20 *M²A* Toas, *R* Taus ; *AEKP²* et
li senez ; *F* aloisez.

Cil de Logres font la disaine
O Aïaus le pro quis meine.
L'onzime font Caledoneis :
Philitoas en esteit reis.                       *8190*

8225   La dozime firent par non
Idomeneus e Merion :
Ceus de Crete meinent e guiënt,
Come la gent ou mout se fiënt.

Li reis Nestor, qui mout fu proz     *8195*
8230   E uns des plus riches de toz,
Fist la trezime o ceus de Pile,
Dont bien i ot plus de trei mile :
Si ne veïstes onques gent
Armez d'armes plus richement.               *8200*

---

8221-22 *interv. dans* H — 21 *M* Cist; *FP²* logre, *M²* leingres,
*MR* lorgres, *B* locres; *R* fu en la, *M²k* fist la; *E* Apres refirent;
*M²L* disejne, *E* -einne, *P²* -erme, *JMM'* -ieme, *N* dissoine, *B*
dis., *R* diçaine; *B* fu la d., *F* refont la disme — 22 *M²ACM'kn*
A. (*N* Odiax, *F* Odiaus) li p. qui les m. (*N* enmoine), *EHR* Et
(Et *m. à R*) a. (*EH* ayax) li p. les maine (*E* meine, *R* moine),
*P²* Et rois oudiax si les gouerne; *H aj. ce v.*: Qui bien les con-
duist et ensaine — 23 *E* Lonziesme, *N* -ieme, *A²F* -isme, *P²*
-ierme; *R* Loncime fu, *M²JK* Unzieme (*K* Onzisme) sunt; *M*
calcid., *M²AJKRny* calced., *A²* calid.; *P²* fist quassidorois — 24
(*A²*); *M²BCEFJ* Fil., *L* Filithoas, *A* Filosteas; *F* Fiz thoas de
ces e. r., *N* Li f. t. ert de cez r., *P²* Li f. thoarz qui e. r. — 25 *FK*
dozisme, *E* -iesme, *J* -eime, *C* docesme, *M'* douzime, *M* -ieme,
*P²* -ierme, *N* dozieme — 26 *M²* Ipomenez, *B* Ypomenes, *ADM'*
Idomenex, *ENP²* Ydomenex, *H* -inex, *FL* -enax, *M* diomenes,
*CK* -des, *J* Mereax de biez; *D* syneron, *M'* sinerion, *H* orion —
27 (*M* crete), *M²CKy* grece, *B* gresse, *xP²* trace — 28 *F* Co-
ment; *M²* genz; *M* ou plus; *L* Une g. ou il m. — 29 (*C*);
*M²ABE* Li dus, *DM'* Le duc, *M'P²* nector; *GP²*est, *ELn* ert, *A*
iert: *J* fut m. p. — 30 *J* Et fut li p., *P²* sages — 31 *M'* tresz., *H*
tres., *J* treszeime, *K* -isme, *N* treziesme, *M* tres., *DE* -iesme, *F*
trecisme, *P²* tezierme (*sic*); *EF* ces, *P²* cez; *AEJP²n* pire — 32 *N*
Dom; *nP²* il i; *nR* troi, *AE* .iij., *M²* dous, *eM'* .x.; *P²* ml't
grant ampire — 33 *P²* Ne ne — 34 *J* Estre as a.; *AP²* si r.

8235 Après furent Essimiëis,
  O saietes e ars turqueis,
  Sor teus chevaus qui tost lor vont.
  Huniers li reis, li fiz Mahont,
  Qui chevaliers esteit mout buens,    *8205*
8240 Les chadele come les suens :
  C'est la bataile quatorzime.
  Danz Ulixès fist la quinzime
  O ceus d'Achaie, qu'il chadele :
  Iceste eschiele fu mout bele.    *8210*
8245 Seze furent o les Pigreis,
  Dont Emelins ert sire e reis.

8235-6 *interv. dans KR* — 35 *P²* Empres; *L* i f.; *FP²* firent, *H*
uinrent; *M²* essimiois, *AA²DJM'* ex., *A'* asym., *G* exym., *N*
esim., *M* esnuioiz, *R* exunois, *L* exurois, *P²* 9ciminois, *F* mir-
minois, *H* eurupiois, *E* europois (*cf. 5632*); *K* Et o quarriax
nouiax et freis — 36 *HM* A s.; *P²* saiestes, *N* seietes, *M'* seetes;
*M* et a a., *R* o a.; *M²M* turquois, *n* -qois, *y* -cois — 37 (*A²G*);
*M²* Lor, *M'P²* Sus; *M²ALN* mout (*A* trop) t. u. — 38 (*D*); *nJM'*
Humers, *A²* Him., *G* Hymiers, *B* Imers, *J* Huners, *AH* -es, *P²*-ez,
*M²M* Li noirs, *R* Li mers; *K* Li reis li neirs; *JM'R* mabont;
*L* Ensemble od els li rois m. — 39-40 *interv. dans M²AM'Rk*
— 39 *M²AA²KM'R* Il (*A* Qui) estoit c. m. b., *J* Ml't i auoit
cheualiers b., *M* Et si e. c. m. b.; *ALMM'* bons — 40 *R* chap-
tele, *AA²M'* chaele, *L* reconduit, *J* i conduit, *nP²* deuisa; *AL*
sons, *M* siens — 41 *R* Ceste b. est; *M²* quatorzeme, *k* -zaine, *M*
-sieme, *M'* -sime, *E* -zeinne, *R* quatreçaine, *F* quatredecisme;
*LN* quatorzieme, *P²* .xiii. esmes (*sic*) — 42 *MM'* Dant, *J* Et; *M'*
achilles; *EJ* hulixes; *M²* quinzeme, *K* -aine, *E* -einne, *M* -iesme,
*N* -ieme, *A* -sieme, *F* -sizme, *P²* -esme — 43 *I* A; *EP²* cez, *F*
ces; (*A²* dachaie), *N* dacaie, *A'* daquaie, *I* de caie, *CEP²k* de
trace, *F* de trage, *H* darage, *A* darcade, *R* orie (*avec da sur l'*o);
*M²BJM'* de ca (*J* cac) que (*MB²* qui) il chaele (*cf. v. 9497*) —
44 *M'* Icele; *I* eskiere, *C* eschyere, *M'* eschille — 45 (*A²GHJ*);
*B* Sesze; *A* La saisiesme firent p.; *nP²* Ioste, *L* -ez, *K* Serre; *R*
erent; *FLP²* pincois, *N* pint., *M* pygrois, *K* tigreis — 46 *M*
Donc, *N* Dom, *R* Doint, *G* Don; *M²C* Melius, *ABI* emelins,
*DLM'* hem., *E* ham., *GR* emelius, *H* chamelus, *N* hermeis, *P²*
hermeus, *F* Heremers: *M²ABIk* fu, *J* fut, *L* iert.

Cil de Pilarche grant duel firent
De lor seignor que hier perdirent,
Del bon, del pro Proteselaus ;
8250 Mais Potarcus o ses vassaus,                          *8216*
Qui reis esteit e niés al mort,
Ne lairont, por nul desconfort
Ne por dolor ne por dehait,                              *8217*
Qu'il ne seient li dis e set.
8255 Conrei sevré, eslit par sei,
La grant amor e la grant fei                             *8220*
Qu'il aveient vers lor seignor
Paristra hui contre les lor :

8247 *A* pylagre, *DIJM* -arche, *M²A²e* pil., *B* pilarce, *G* -ge,
*H* pel., *A¹* -chc, *K* pal., *nL* falarge; *P²* de large ml't g.; *DM¹* font
— 48 *ABM* Por; *N* que il, *F* qil, *P²* quil i; *M²* her, *A¹* ier; *DM¹*
que perdu ont — 49 *K* buen; *A* preus, *K* prouz, *A²* preu; *M²B*
E del bon prou (*B* bel preu), *CM* Del bon uassal (*M* -ax), *A¹*
Dun boen u., *M¹* Du gentil roi, *HR* Del biau (*H* bel) del proç
(*H* prou), *E* Le bel le preu, *nP²* Li biax li proz; *A¹KNy* pro-
theselax, *C* -ilaus, *P²* protesalaus — 50 *M²AA¹BCLy* portacus,
*G* -thacus, *J* -tarcus, *I* potarchus, *R* porticus, *nP²* patroclus; *A²*
li bons u., *M* o lcs u.— 51-2 *m. à M²BCDM'k* — 51 (*A¹A²GHJR*);
*AI* mes, *L* mis; *AL* a m.; *B* de masarmort — 52 *AA¹L* Nel; *A²*
lairunt, *AA¹EH* lera; *A¹* pas por d.; *eAP²R* lessierent (*F* laise-
ront) por (*R* par) d.; *J* Lor refeisoient grant confort, *I* Lor refaisoit
auchun c., *B* Les renuaissent haut et fort — 53 *F* par ...par; *M²*
Ne lerront ia pour nuil d., *BCDIJM'k* Ia (*DM¹* Il) nel (*I* ni) l.
(*C* leiront, *DM¹* ler.) por (*CJ* par) nul (*C* le) d.; *M²F* deshait,
*EHM* deshet, *AA²DIKM¹P²* dehet, *L* -eit, *J* dahet, *B* mehaig; *A¹*
p. grant peine — 54 *A¹L* Ke il ne s.; *R* saient el, *I* fachent ia;
*A²* s. dis et s., *L* s. a cel pleit; *AA¹* Que il ne soit; *A* le; *M²* e
siet; *MN* disseset, *F* disesait; *B* .xvij. aing, *A¹* a la sezeine —
55-60 *m. à xP²* — 55 (*AA²*); *H* En c. sont; *R* seure esliç; *E*
En .j. c. sont tuit, *M²A¹BCIJM'k* Lor (*M²* Lur) bataille feront
(*M²* ferunt, *A¹K* firent); *J* por soi — 56 *M²* E la g. a. e la f. —
57 *A²EHK* a, *A* o, *R* con — 58 (*R*); *A* Perra a lui, *H* Comparra
hui; *E* Comparront hui ce cuit li lor, *A²* Monsterunt il ancui as
lor, *M²A¹BCIJM'k* Voudront (*k* Uoldr., *M¹* Uodr.) encui m.
(*M²* monstrer e.) as lor.

De rien ne sont celui amis,
8260   Qui lor seignor lor a ocis.
  En l'eschiele dis e huitaine   *8225*
Furent la grant gent Triciaine :
Machaon, li fiz Labius
E li reis Polidarius
8265   Aveient cez a chadeler
E a conduire et a guarder.   *8230*
Cil de Rode firent la lor :
Telopolon ont a seignor,
Qui mout sot de chevalerie.
8270   Euripilus d'Orcomenie

8259 (*A*); *H* ni s.; *R* ami; *E* nes tiennent a a.; *M*²*BCIJM'k*
Car (*M*² Quar) de rien (*k* riens) ne lor est amis, *A*² la cil ncs
troueront a. — 6o (*J*); *AA*²*EH* ont o., *R* a mortri — 61 *I* leskiere;
*N* dissehuitaine, *M* .x. .viij.ᵐᵉ, *P*² disuitainne, *E* disehuiteinne,
*D* -iesme, *M'* dihuitime, *F* disoutaine, *K* dis et oitaine, *R* dis
e o. — 62 *M*² la genz, *BDEM'* la gent, *H* li grant g., *R* les granç
genç, *AI* la grant gens; *M*²*BK* traiciaine, *M* -ane, *D* -iesme, *AI*
traciaine, *J* triciene, *M* traic., *E* treicieinne, *H* terjaine; *CF* Ont
mise; *C* la g. traciane (*cf*. *5658*); *FP*² la gr. g. griffaigne (*F* grif-
faine); *N* Ont mis la gr. g. de gritaine — 63-4 *interv. dans*
*ABEHJRx* — 63 *M*²*EHJL* Macaon, *F* macanon, *N* mareton;
*M*²*Ck* f. de labjus; *ABJR* le m., *H* Mais m.; *DM'* M. le f. (*D*
li fuis); *DGN* Danabus, *HJ* de nabus, *B* de barbus, *L* danaus, *F*
auabus, *R* derabus; *P*² Et le fort roi danpnalius — 64 *M*²*CM'k*
E li r., *R* Li sace (*sic*) rois; *F* pollid., *P*² Le fort roi polidacius
— 65 *H* Auoit icels a cacler; *F* ces, *R* cels; *M*²*CIM'k* Les a. a c.;
*I* chaeler, *M'* chaaler, *P*² gouerner, *n* -ier — 66 *H* a guier; *nP*²
En la bataille et a g., *L* Et en b. a. g. — 67 *M*²*n* rodes, *J* rodon,
*M* rodel — 68 *M* Teropolex, *I* Th., *A* Theropeles, *B* Teropoplex, *D*
Theopolex, *M'* -iex, *R* Telopiex, *CM* Leopolus, *K* -ldus; *A* iert
lor s.; *xEHIJP*² O (*H* Od, *P*² Et) thelopolex (*E* tecop., *H* cerop.,
*P*² derop., *N* therepolex, *F* -eus, *G* -plex, *L* thieropolos) (*cf*.
*17227*) lor s. — 70 *M*² Heurip., *nAGM* Erup., *P*² Elifenys,
*BI* Urip., *R* Enrip., *C* Euripillus, *K* Horopidus, *E* El petreus,
*H* Et peyus; (*ACEFGJLk* dorcomenie), *DM'* dorcomonie, *I*-ye,
*R* dorcamonie, *M*² de cormenie, *P*² de tauernie, *N* rois dor-
merie.

Fist des batailles la vintaine, 8235
Qui i sofri le jor grant peine.
Cil d'Elide resont guarni
E ordené e establi :
8275 D'icez esteit sire Antipus,
Il e li reis Amphimacus. 8240
Autre en ont fait cil de Larise :
C'est une gent que mout se prise.
Polibetès li proz les guie
8280 E Leontins de Valjoïe.
Quant il en orent sevrez cez, 8245
Vint e dous conreis orent prez.
Diomedès e Sthelenus
E li beaus Eürialus, —

8271-2 *interv. dans* **x** — 71 *M*¹ uintine, *M* -ieme, *D* -iesme, *E*
-cinne — 72 *D* Quil; *BIKN* Q. le ior i s., *AFLR* Le i. i sof-
friront (*FL* soffri ml't); *M* ml't g. p. (*v. f.*) — 73 (*ACL*); *M*² de
lide, *n* de linde (*F* -es), *A*² de libe, *R* de lisde; *P*² dynde se r. —
74 *P*² Et conree — 75 *HR* Dices, *ENP*² De cez, *F* De ces
*M*ᶜ*CHM* fu sire, *enAKP*ᵃ*R* fu sires; *M* exantipus, *M*ᶜ*CK* xant.,
*D* -ippus, *AHLR* santipus, *F* -phus, *eP*² sanctipus, *N* santhifus
(*cf. 5671*) — 76 (*A*); *F* Et li, *EH* O lui li; *EHk* anfimacus, *C*
-chus, *M*²*AM*¹ anph., *L* santim., *N* -agus, *F* santh., *P*² sanctima-
chus — 77 *M*ᵃ Autren, *AM*¹ Lautre en, *k* Lautre; *M*ᶜ*CJM*¹*k*
firent (*C* furent); *P*² Et lautre font, *H* Une a. en font; *M*¹ larisse
— 78-9 *m. à L* — 78 *K* Co est la g.; (*I* que); *P*¹ trop; *D* est
prise — 79 *M* polipetes — 80 *M*¹ leuncis, *I* -ins, *A* leoncins,
*DM*¹ -is, *B* leocins, *CEM* leuercins, *K* leurcins, *N* leuerces, *L*
les verces, *P*² liuernaz, *F* le cuens, *R* leiraicis; *H* Od lui sont
cil; *B* ualoie, *N* ual surie, *F* u. serie, *P*² uauserie, *L* uauserise —
81 (*H*); *R* Cant; *A*² Si tost cun il ont ioste; *AA*²*L* ces, *P*² ceus, *G*
cex; *M*ᶜ*CDIJM*¹*k* Q. il les ont ensi seurces (*M* serreez) — 82 *A*¹
Uinteun; *AR* dos; *AF* conroi; *A*² eurent, *P*² i ot, *AGR* furent;
*G* pris, *L* pres, *P*² preus, *H* fes; *M*ᶜ*CDIJM*¹*k* Ses ont (*M* Se
sont, *K* Si s.) a u. e d. nonbrees (*DI* esmees, *k* contees) — 83
*xA*²*P*² Dy.; *AA*²*DEGIJR* stelenus, *MP*² tel., *M*ᵃ*HKLM*¹*n* thel.,
*B* -mus, *C* theseus — 84 (*Dk* eurialus, *5 syll.*); *M*²*AGJny* Et li
tres (*G* tiers) biaus, *C* Il et li b., *L* Et li b. rois, *P*² Et li
gentis; *A* erialus, *De* eurualus, *H* -ux, *n* euriaclus.

8285　Rei furent riche e combatant, —

O ceus d'Arges, dont i ot tant,　　　　　*8250*

Firent l'autre bataille après.

Adonc ra pris Philotetès

Tote la gent de Melibee,

8290　Sin ra sa bataille sevree

Tel que n'i ot plus defensable　　　　　*8255*

Ne plus sofrant ne plus aidable.

　Cil de Cipe resont monté

Prest de bataille e conreé.

8295　Prince orent mout a lor voleir :

Ço est Cuneüs, lor dreit heir,　　　　　*8260*

Qui en toz lieus les guarde e tient,

Quant li graindre bosoinz lor vient.

Cil de Manese se rassemblent :

---

8285 *A* R. f. cil; *IR* Rois rikes fors et conbatans, *E* Riches
r. f. et c., *JP²* .iij. roi hardi (*P²* ml't riche), *n* Troi riche r.; *M*
et poissant — 86 *M²AM'k* Et cil; *FG* Ou, *I* A; *EFGI* ces; *xP²*
darge; *N* dom; *n* il ont — 87 *F* Furent — 88 *M²* Adoncs, *xM'*
Lores, *P²* Et lors, *E* Apres; *M²AM'k* ra p., *P²* conduist; (*G* phi-
lotetes). *M²AIJRny* polibetes, *L* -peces, *M* -tetes, *k* -teres — 89
*AHJM'R* Totes les (*R* ses) genç ; *nAL* polibee — 90 *M²BM* Sen
ra, *eIJ* Si ra, *H* Sin a, *A* Cil a; *M²ABIM* la; *xP²* Qui richement
ert (*P²* est) atornee — 91-2 *m. à xP²* — 91 (*C*); *BJy* quil, *A* qui;
*IK* Tele; *A* ni a; *IJy* desf., *k* deff. — 92 *BM* uaillant, *H* pois-
sant; *KM'* ed., *E* eid., *C* estable — 93 *Fy* cipre, *ACLP²* cypre,
*kN* chipre, *M²R* chypre, *J* cipres (*cf. 5685*); *M'R* resunt — 94
*C* ordene — 95 *P²* tot a ; *M²R* Seignor (*R* Prince) o. a; *A* o. lors,
*M* o. bon; *kxC* uoloirs — 96 *F* Ce ert, *P²* Cestoit, *EHk* Cest;
*A²* Lor damoisel et, *G* Cest curneus quest; *C* C. de cypermus li
rois ; *M'* cuueus, *B* Cimeus, *EJ* cuneus, *R* enneus, *H* euracus,
*N* eneus, *F* cricus, *A* anilus ; *P²* ercamius lor h., *K* decepeneus
l. eirs, *M* decipenneus leur roys; *Bxy* li (*FGH* lor) droiz oirs
(*cf. 5685*); *A²* aj. 2 *v.* : Elimeus ert apelez Darmes hardiz et
alosez — 98 *M²EKN* graindres, *F* grandre; *P²* gregnors, *H*
gri-; *M'* le graindre, *M* li granz ; *KM'* besoing — 8299-8304 *m.*
*à A* — 8299 *J* manoise, *EN* -esse, *FR* -asse, *B* malfaise, *C* -ese,
*K* marfese, *M²* mafece, *M* -esse; *P²* Et cil de griece; (*LM*
rass.), *M²JNP²Ry* ras., *FK* res.; *H* C. de mines tot se r.

8300    Noise n'i font ne ne contendent,
    Ainz s'armerent al plus isnel.
    E reis Prothoïlus, le bel,
    Les conduist dreit a la bataille :
    D'icez n'ai crieme qu'uns en faille.
8305       Agapenor de Capadie
    Rot merveillose compaignie,         *8270*
    E de tel gent qui mout valeient
    E qui tres bien armé esteient.
    Danz Agamennon fu deriers,
8310    Qui assez ot plus chevaliers
    Que nus des autres n'en aveit :       *8275*
    Ceus de Miceines conduiseit.
    Tuit cil en sa bataille aloënt,
    Qui en l'ost senz seignor estoënt.

8300 *EH* Ni f. n., *P²* Qui ne voisent ; *R* ni ne ; *M²M'k* De hardement li cuer (*M'* les cuers) lor (*M²* lur) tremblent, *C* De mautalent e dire t. — 1 *N* Einz ; *E* monterent ; *F* tost es cheuaus ; *F* sarmoient, *P²* estoient ; (al p. isnel *corr.*), *x* as p. isneaus, *P²* des p. i. ; *R* sarment quoi et ce isnel, *H* sarmerent tost et i. ; *M²A²BCM'k* Darmer sei (*A²* Del armer,*k* Armez se) fu chascuns (*C* c. fu) isneaus (*M'* igniax) — 2 *M* Et li r., *EH* Li r.; (*eLN* prothoilus), *M²A²BM* protoilus, *C* -illus, *F* -ylus, *G* -libus, *J* -troilus, *H* -celius, *R* procolus ; *H* ml't bel, *M'* le biax, *M²BCJRekx* li b.; *P²* Et roi patroclus li plus b., *A²* P. li preus li bels — 3 *M²HM'Pk* conduit ; *nP²c.* toz ; *MNP²* en — 4 *M²* De celz, *HK* De cels, *M'* De ceus, *M* De ceulz, *FJ* De ces, *N* De cez ; *JRe* nes, *N* nest, *k* na, *H* ne, *F* nait ; *JM'* creime ; *M²* quns, *F* que uns ; *k* deffaille ; *B* con sen f. ; *P²* Il na c. que nus li f. — 5 *M* Acapador, *M²ABJKLRny* Reis c. ; *M²* capedos, *AJK* capador, *BM'* -edor, *E* -edon, *H* capadon, *R* gapedor, *N* carpedor, *L* -nor, *F* -doz, *P²* sarpedon (*cf.* 5691) ; *EJMM'* capedie, *F* carpedie, *N* corp., *P²* sarp. (*peut-être faut-il lire* : Reis Agapenor d'Arcadie; *voy. aux* Notes) — 6 *P²* Ot — 7 *M'* tex genz — 8 *nP²* molt b.; *A* Et m. t. b. ; *M donne ensuite les v. 8315-6* — 9 *M'* Dant, *M* Roys; *A* A. uint touz d. ; *R* enderiers, *M²AENk* deriers, *M'* detriers — 11 *P²* ni a. — 12 *E* Cez, *F* Ces ; *M²M* miscenes, *AEk* micenes, *P²* -ainnes, *N* mioine, *F* moine — 13 *A* en la ; *R* erroient, *e* estoient — 14 *eP²* s. s. en lost.

8315      Trente batailles ont sevrees,
         Que mout sont granz e redotees.                    *8280*
         Tant i perent heaume d'acier,
         Tant bel escu, tant bon destrier
         E tante enseigne despleiee,
8320     Tante bele arme entreseigniee
         E tante manche de bliauz                           *8285*
         D'orfreis, de paile e de cendauz!
         Onques nus hom de mere nez
         Ne vit ensemble tanz armez.
8325     Li cheval meinent tel freor,
         Tote la terre crolle entor :                       *8290*
         Fremist li airs e li cieus tremble,
         D'ambedous parz vienent ensemble.

---

8315 *E* .xxx. eschieles i ot s. (*voy. aux* Notes). — 17 *nP*²
paroit, *M* parent; *nEP*² hiaumes, *K* hialmes — 18 *M* biau
d., *M*²*M*¹ bel d., *EK* T. buen e. (*E* Et t. e.) et t. d. — 19 *M*
tant; *H* desploie — 20 (*ACJL*); *F* Et t. a., *M* Tant b. a.;
*B* Et t. b. a. ensignie ; *P*¹ Tante armeure; *H* entresaignie —
21-2 *m. à AP*¹*x* — 21 (*BCR*); *DM*¹ tante mances, *Jk* tantes man-
ches; *E* et tanz b. ; *M*²*C* bliaut, *M*¹ bluiaus — 22 *M*¹ paille, *E*
paisle ; *M*²*C* cendaut — 24 *n* t. c. ; *M*²*Nek* ensenble (*ces mss.
ont, sauf exception, n devant une labiale*); *AMen* tant; *M*¹*N* dar-
mez; *P*¹ tant de genz asemblez — 25 (*B*); *NP*² moinent, *CE*
meinnent, *M*¹ maine, *F* -ent ; *CERn* grant; *N* feor, *F* furor, *R*
sitor; *P*¹ Tel noise m. et t. — 26 *A* en c.; *CEM* crosle, *F* croille,
*P*¹ tremble — 27 *EH* Li a. f.; *En* ciax, *nR* monz; *P*¹ Et li a. en
f. et t., *M*²*ABCJM*¹*k* Tuit li meillor (*B* Trestuit li mieudre) et
li plus sage — 28 *R* Dambedos, *EH* Dan-, *n* Damedous, *P*¹ Dem-
bedex ; *EHR* uindrent ; *M*²*ABCJM*¹*k* Orent poor (*M* paor, *M*¹
peor) en lur corage.

# ADDITIONS ET CORRECTIONS

1° *Texte* ' :

V. 104, *lisez* Grezeis — 110 jo — 145 briés — 171 Come... come — 198 l'Estoire — 230 rampones — 253 *virgule au lieu de point* — 311 *lis.* e de samiz — 362 que — 366 mais — 372. 498. 519 1664. 1745 *et* 2744 veant — 464 Persant — 559 rampona — 576 sanglenz — 586 que — 661 S'orreiz — 771 Que (?) — 785 *et* 2626 niés — 821. 822. 824. 828 *et* 2673 iés — 1145 *il faut peut-être corriger* Toz li p. povre (*cf. 13522*) — 1228 *lis*. Sciëntose — 1285 Ore — 1320 *effacez les guillemets à la fin du vers* — 1390 *lis.* chastiement — 1398 *virgule après* fait — 1399 quel que (*de M*') *est p.-ê. préférable à* que que (*cf.* 5778) — 1409 *lis.* preïsses — 1455 jostisier — 1567 Sarragoceis — 1685 en-combrier — 1714 Oriënt — 1738 tes — 1748 oblïé — 1777 paor e — 1804 deveit — 1855 espleit — 1859 pot — 2058 aparceüe — 2071 cruëus — 2129 *effacez les virgules* — 2138 *lis.* alissons — 2201 cès — 2227 *effacez la virgule après* taus — 2241. 3229 *et* 3270 *lis.* poissons — 2283 seions — 2324 enterrons — 2332 escrïé — 2334 asaudrons — 2345 le conseil — 2399 de maintenant — 2488 passerent — 2519 parhurter — 2545 rei — 2941 sot — 2980 fereit — 3084 fust sus — 3095 la gent — 3159 *effacez les deux points* — 3161 *lis.* E de — 3173 achevé — 3174 cité — 3256 *deux*

---

1. Dans cette première partie, la plupart des corrections ont pour but l'uniformisation de la graphie.

points *au lieu de* point — 3387 paile — 3414 *point au lieu de* deux points — 3547 *lis.* gent — 3746 *la bonne leçon semble être celle de* AR, *confirmée en partie par* C (1re *famille,* 1re *section*) — 3757 *et* 3760 *lis.* iés — 3759 chiés — 3885 *point à la fin* — 4020 *lis.* diënt — 4115 desert — 4275 *point à la fin* — 4276 *supprimez le point* — 4293 *lis.* Troïene — 4311 avions — 4312 menrions — 4388 n'aions — 4394 *et* 4395 poissons — 4437 guaainz — 4448 deions — 4473 dorrons — 4664 *point à la fin* — 4729 *supprimez les guillemets à la fin* — 4732 *fermez les guillemets à la fin* — 4951 *lis.* aparceveir — 4957 *et* 4964 om — 4970 E a — 5825 Agamennon — 5958 *effacez la virg.* — 5959 *deux points au lieu de point et virg.* — 6031 *lis.* asauz — 6138 reison — 6311 tendront — 6371 aiuës — 6377 n'avrai — 6589 *point à la fin* — 6625 *et* 7251 aiuë — 6776 Que — 6819 *et* 6885 *virg. à la fin* — 7501 de maintenant.

2º *Variantes :*

*Page* 4, *l.* 9, *lisez :* xL' de fi (F fiz, L' fit) *por* voir — *l.* 16, 56 A Que — *l.* 17, xCL' Car onc (L Que onqes) uerite (C -es) nen (C ni) oi — *p.* 19, *l.* 1, P' (*au lieu de* P⁴; *de même aux var. des* v. 319-43, 359-82, 399-422 *et* 439-63, *vers qui se trouvent dans ce ms.*) — *l.* 20, A le uolt gent — *p.* 5, *l.* 1, 63 L lor fu; BE deruerie — 64 LL' Et a merueille et a f. — *l.* 7, L Por les grezois — *p.* 6, *l.* 8, 88 L Por qerre; ABJKRy — *l.* 9, 89 (AL); CIW i (W il) ot; D pris; CW cerqe (v. f.), n tribole, GL' triboule — *l.* 11, C ote scrite — *p.* 8, *l.* 9, L' Ne en g. de l. t., ELN Ne — *l.* 11, *ajoutez :* L continue et feit et dite, L' commencie et faite et d. — *l.* 14, *lis.* : xCM ses mains; xC la tote — *l.* 16, *aj.* LL' Einsint (L' Ici) taillice (L' -ie) et si (L' ici) ouuree — *l.* 17, *lis.* : 36 DHJLNRk Et si... et si, L' Ici — *l.* 18, xCE posee — *l.* 19, 37 L' Et; — *p.* 9, *l.* 1, L uocill, C ucut, L' wet; A Or uueil le romans c. — *p.* 10, *point et virgule après* puissanz.

*Page* 11, *l.* 13, *aj. :* I Quar gamenon; A² Quag. et aiaus — *l.* 14, *aj. :* A² Et th. et rois aiaus — *l.* 15, *aj. :* I Et p. et a. — *l.* 16, *aj. :* A² Protheselaus et u. — *l.* 19, *aj. :* L dathenes achilles — *p.* 14, *l.* 9, *lis.* : 49 A De t. qui — *p.* 15, *l.* 14, D printre — *p.* 17, *l.* 16, *aj. :* I li r. rodois — *l.* 20, I de nos grigois — *p.* 18, *l.* 5, KP' — *l.* 12, kR — *p.* 21, *l.* 12, *virgule après* grans *et après* et grans (v. f.) — *l.* 14, *virgule après* D -ez — *p.* 22, *l.* 11, *aj. :* I oir comment Prians a issir len desfent — *l.* 17, *lis.* : *langue, Syntaxe* — *p.* 23, *l.* 1, *lis.* : 419 (C); M²AA'A²BDHIJRn furent — *p.* 24, *l.* 4, DHKP' — *p.* 26, *l.* 17, 95 (A²J); H remus — *p.* 29, *l.* 18, *la var. de* n *appartient au v.* 554.

*Page* 31, *l.* 1, *lis.* : 575 H Mes troilus les f. s...y De ce fu; ny a.

d. — *l.* 2, *I* angoissous et i.; *nC* Et trop pensis et t. i., ⸱ Et — *l.* 5,
*HJ* ml't ; *H* furent ; *n* en est, *EDJ* sen sent ; *J* adomagie, *H* ada-
macie — *p.* 37, *l.* 12, *n* Que ia m. n. h. — *p.* 38, *l.* 7, *CEn* — *l.* 8,
*M²AA²BHRk* — *l.* 12, *M²AA²BHRk* — *p.* 40, *l.* 10, *M EK* —
*p.* 41, *l.* 8, *effacez le point devant* uit — *p.* 48, *l.* 16, *lis.* : 32
(*M²AJRky, fermez la parenthèse devant,* B Parmi, *puis virg.* —
*p.* 49, *l.* 15, *lis.* : flors — *p.* 54, *l.* 2, *M²* demorgiez — *l.* 4, 52 (*au
lieu de* 51) — *l.* 5, *M* t. a g. f. — *p.* 55, *l.* 13, *supprimez* D Aincois
— *p.* 57, *l.* 14, *lis.* : (*A²CIJ*); — *l.* 15, *AN* à c.— *p.* 58, *l.* 11, *xAL*
Quen a.

*Page* 62, *l.* 17, *lis.* : *nC* dermine, *Jy* dermin; — *p.* 63, *l.* 7, 45
(*HJ*) ; *n* An; *A²* fu li ors lais ; *A* A ces cheueulz estoit ourlez, *I* Les
cauials ot lons et bien fais — *l.* 9, *aj.* : *A²* Par moi nen iert plus
sermons fais, *I* Altres proisemens nen ert f. — *p.* 64, *l.* 13, *lis.* :
71 (*A² I*); — *l.* 14, *BDFM* — *l.* 16, *aj.* : *I* Et contenanche et p., *A²*
Et ml't dolce la p. — *p.* 65, *virg. après* escondesist — *p.* 66, *l.* 4,
*effacez le point après* ot — *l.* 9, *lis.* : *D* P. par b. t. com li sent ;
*M²* por b. — *p.* 70, *l,* 1, *tous les mss.* riens — *l.* 5, tost) la — *p.* 71,
*l.* 3, *effacez* : (*A*); — *l.* 8, *aj.* : *M* remaigne *et effacez* : *H* — *p.* 72,
*l.* 12, *lis.* : nenconbrier — *p.* 74, *l.* 5, (*AA²L*) ; — *l.* 6, 60 (*A*); *F* e l.,
*A²CL* me l.; *M²* Ne quant ie deureie leuer, *BIJRky...*(*A*); *BRek*
— *p.* 75, *l.* 8, 80 (*A*); *n* qe il; *C* E qe il tost ; *nC* ne se couchoient
— *p.* 76, *l.* 14, doncs; *C* ici et que — *p.* 77, *l.* 5, *virg.* (*au lieu de
point et virg.*) *après* : *M* arr. — *p.* 78, *l.* 17, *lis* : *nCG* — *p.* 79, *l.* 17,
*H* disne, *D* iente — *p.* 80, *l.* 3, *lis.* : *BJRky, et reportez* : *B* Ma d.,
*etc., au v. suivant* — *l.* 4, *effacez la virg.*

*Page* 82, *l.* 14, *lis.* : 33-4 *interv. dans BJRky* — *l.* 15, e Toz (*D*
Tout) m. — *p.* 85, *l.* 15, *M²C* De ce te u. f. (*C* faiz ie bien) c. —
*p.* 91, *l.* 4, *effacez la virg. après* oethes, *et l.* 11, *le point et le tiret
après R* — *p.* 92, *l.* 10 et 11, *lis.* : *BJRky* — *p.* 93, *l.* 2, *aj.* : *A*
Onques nen fu fait nul p. c. — *p.* 95, *l.* 7, *lis.* : *BIJRky* Que (*I*
Kil) iusquen (*MR* -a, *H* dusqua, *I* -en, *E* desquan, *D* tresquan,
*J* iusque a) lisle sa (*R* sia, *J* a, *K* est — *p.* 96, *l.* 14, (*H* Par mi
t.) — *p.* 97, *l.* 5, (*A¹BHJ*) — *l.* 6, *M²AA²CIJ* Q. a. (*A²* sapr.) le
(*AJ* se) u. a (*A²* uers, *ACJ* de) s., *xP* Q. e. p. de g. e. (*GLP* de
desroi) — *l.* 10, *C* Si e. — *l.* 14, Qui, *P* Qe.

*Page* 102, *l,* 13, *BJRky* et medea — *p.* 106, *l.* 10, *virg. après*
T. f. t. d. — *p.* 107, *l.* 1, *lis.* : 2108 — *l.* 6, 15 (*AGL*); — *l.* 17, *L*
devrait plutôt être rapproché de *n* — *p.* 110, *l.* 4, *aj.* : *L* uient —
*l.* 5, *aj.* : *L²* deriue — *l.* 6, *lis.* : *A²L²* uers... *EHL'n* point; *H* et
la ; *L²* riue — *l.* 8, *nLL²* Lors — *l.* 9, *KL²* Et d. — *l.* 11, *L²* et
loriol — *l.* 13, *aj.* : *L²* pent — *l.* 14, *aj.* : *L²* L. sortirent del port
— 112, *l. dern., lis.* : auez eue — *p.* 114, *l.* 13, *M²ACR* — *l.* 16,
*effacez* : *HJ* mieldre — *l.* 18, *lis.* : *x* M. anz a. — 115, *l.* 9, (*M²*

seions), *N* seiens — *p.* 117, *l.* 4, ça *manque* — *p.* 118, *l.* 1, *aj.* :
*M²JKR* ass.— *p.* 120, *l.* 9, *lis.* : *M²* Qui — *p.* 123, *l.* 6, (*KR* que
il) t. p. — *l.* 16, *point et virgule après* puis — *p.* 124, *l.* 1, *lis.* :
(*F* uailant) — *p.* 125, *l.* 1, *point et virg. après* cheual m. —
*p.* 128, *l.* 8, *lis*, *Alkn* — *p.* 129, *l.* 14, 63 (*A*); *BCRky* que (*JMR*
quant, *Ay* car, *C* a) — *l.* 16, *BKRy* — *l.* 17, *aj.* : *A* Ni a celui
ne soit fendus, *C* Qi dor en autre sont fendu.

*Page* 132, *l.* 11, *effacez* : *K* molt — *p.* 135, *l.* 18, *lis.* : 76 (*J*);
*H* C. m.; — *p.* 136, *l.* 13, *F* anc; *A* ne pot; *DHJRk* M. ne pot (*H*
pour) s. (*K* aueir, *J* faire) — *p.* 137, *l.* 6, *A* lyaue — *p.* 141, *l.* 5, r.
(*B* gastec) — *l.* 15, *C* si b.; *ekR* — *p.* 142, *l.* 2, (*kBH* cheualiers —
*l.* 5, *en 3 v.* — *p.* 143, *l.* 1, (*J*); *M²C* uouz, *A²* uols, *I* uous, *B* ueus;
*E* Et granz enors; *I* et fais s., *B* et fait s.; *H* Et ont r. mains haus
s. — *l.* 5, 21 (*C*); — *l.* 6, *aj.* : *A* Qui onques p. p. ne f. — *l.* 7, *aj.* :
*A* asazez — *l.* 8, *lis.* : et m. à *M²AMR* — *l.* 10, 24 — *l.* 13, *AJLe* —
*p.* 144, *l.* 17, *virg. après* quil — *p.* 145, *l.* 14, *lis.* : *K* Gie — *p.* 146,
*l.* 12, *E* Onques — *p.* 149, *l.* 1, f. o s. m.

*Page* 155, *l.* 8, *lis.* : *F* atans., — *p.* 159, *l.* 16, *EJ* ath., — *p.* 167,
*l.* 18, que il (*R* ke li) uient — *p.* 180, *l.* 8, 47 *M²ACn* genz; *M²A*
qui, *F* qi, *CN* que; *A* plus; *M²* ee — *l.* 10, (*E* ax) — *p.* 184,
*l.* 14, 21 (*R* Nosi); — *p.* 185, *l.* 14, (*ABHJR*); — *p.* 187, *l.* 16, *corr.*
*A* en *A²* — *p.* 190, *l. dern.*, *lis.* : *N* cheuecaine — *p.* 191, *l.* 10,
d. d., *n* F. — *p.* 194, *l.* 2, *aj.* : *R* le puissom, *L* en puissons, *E*
an puisiens — *p.* 195, *l.* 4, *virg. après* Celz.

*Page* 204, *l.* 4, *lis.* : 82 (*AA²J*); — *l.* 11, *point et virgule après*
*la parenthèse, et l.* 15 *après* en l. — *l.* 18, *effacez le point* — *p.* 206,
*l.* 9, a (*A* en) — *p.* 207, *l.* 6, *effacez la parenthèse après* retorne-
nerent — *p.* 211, *l.* 2, *lis.* : *M²R* dessert — *l.* 3, *M²* uous — *p.* 213,
*l.* 16, *C* V. la mer et — *p.* 215, *l.* 3, *point et virgule après* ia —
*p.* 218, *l.* 5, *virg. après* icesz — *p.* 224, *l.* 3, *lis.* : *C* A. s. m. puis
a tant; *Jky* se m. t. en auant — *p.* 230, *l.* 14, *virg. après* porent
— *l.* 15, *lis.* : *R, qui était passé à la* 1ʳᵉ *famille à partir du v.* 3593,
*revient fréquemment à la* 2ᵉ).

*Page* 232, *l,* 1, *point après* P — *p.* 244, *l.* 19, *lis.* : *ekAR* remes
— *p.* 248, *l.* 3, *éd.* Lon (*au lieu de* : *K* Lon) — *p.* 252, *l.* 9, *eMN*
quex (*au lieu de* : *F* quel) — *l.* 13, *M* -aiz — *p.* 253, *l.* 2, *R* doloir.
— *l.* 3, *n* ces domages — *l.* 7, *virg. après* restorereiz — *l.* 9, *lis.* :
de u.; — *p.* 255, *l.* 12, *aj.* : *I* cui altres tolt sonour — *p.* 259, *l.* 3,
*lis.*: *FM²* agamenon — 260, *l.* 3, *K* Qui de laler — *p.* 261, *l.* 16,
*aj.* : *C* fu meue — *p.* 263, *l.* 8, *lis.* : *M²K* Beneeit — *p.* 264, *l.* 1, **e**
es p. — *p.* 265, *l.* 2, *ce sont les v.* 5120-1 *qui manquent à A* —
*l.* 9, *lis.* : 5309-75 — *p.* 268, *l.* 9, *au lieu de* nC, *lis.* : *x* — *l.* 11,
*au lieu de* nG, *lis.* : *xC* — *p.* 271, *l.* 3, m. à *K* — *l.* 4, *x* Nus —

*p.* 278, *l.* 10, (*A*² -ant) — *p.* 279, *l.* 8, *AB³HRk* (*H pourrait être aussi joint à eJ*).

*Page* 281, *l.* 5, *F* dun semblant — *l.* 20-21, *M²DI* blois; *IJkny* et a. (*F* auinant), *AA²* et reluisant — *p.* 284, *l.* 7, *A'* Et m. g. aan d. (*v. f.*) — *p.* 289, *l.* 9 *et* 19, *un point après m* — *p.* 291, *l.* 5, ne de sp.; — *l.* 16, *k* en un don — *p.* 292, *l.* 12, atargier — *p.* 296, *l.* 16, fu uns d. — *p.* 299, *l.* 5, *P* Barcin; — *p.* 300, *l.* 26, *k* .lx. et nuef (*K* nof).

*Page* 302, *l.* 14, *M²MN* qui, *M'* quen — *p.* 303, *l.* 1, *effacez* : *M'* -chie — *l.* 14, *lis.* : *AJy* — *l.* 15, *aj.* : *A²* S. de uoir certains en sui — *p.* 306, *l.* 19, *lis.* : *A²BGHJL*) — *p.* 308, *l.* 6, 33 (*R*) ; — *l.* 8, *eAJ*, Amis — *p.* 313, *l.* 5, *kn* Que il — *l.* 9, (*A*), *au lieu de* (*AA²CR*) — *p.* 316, *l.* 19, et b., *A* G. et r. et b. — *p.* 318, *l.* 9, *M²MNRe* atainz — *l.* 12, *M²CMNRe* mainz — *p.* 319, *l.* 2, *CM* ruiste, *au lieu de* : *eCK* roiste — *p.* 321, *l.* 1, *R* quanç len (*sans parenthèses*) — *l.* 8, *R* sorçont e. — *l.* 16, *M²* erg. — *p.* 324, *l.* 13, 39-40 *intervertis dans K* — *p.* 326, *l.* 4, *placez* : *M²* grenor *après* : *F* greinor — *l.* 12, *lis.* : Il ont grant t. — *p.* 333, *l.* 6, 11 e tendron, *M* -ons; e nos — *p.* 335, *l.* 6, *effacez* : (*R*); — *p.* 326, *l.* 19, *lis.* : *JMy* D. ma t. et se (*BHM* t. se) — *p.* 339, *l.* 5, *JM'* par s. — 16 (*CH*) — *p.* 340, *l.* 16, *aj.* : *Jy* Lor u. tiegnent.

*Page* 343, *l.* 4, *lis.* : *BM'k* cheualier — *l.* 17, *JM'* resne — *p.* 345, *l.* 1-3, *C* a, *G* iert; *A'A²JJPkxy* conseil p., *A* p. conseilz, *R* p. consoilç, *C* p. conssois — *l.* 5, *A²x* De — *l.* 10, *eknBJL* a (*P manque par déchirure*), *G* an ; — *l.* 11, *AA²CCJLR* — *l.* 19, (*AHR*); *eknJL* — *p.* 346, *l.* 13, (*AHR*); *ekxJ* — *p.* 351, *l.* 16, *k* Et b. cheualerie, *E* Et grant c. — *p.* 354, *l.* 18, *point et virg. après* Eufreme — *p.* 355, *l.* 19, *lis.* *kyBJ* — *p.* 356, *l.* 2, *M²* (*au lieu de* : *M³*) — *l.* 4, 19 H Sin a teus quin ont .v. ou .vj. — *l.* 7, *M'ARen* e tuit — *l.* 22, *point et virg. après* fu — *p.* 358, *l.* 20, *point et virg. après* fu — *l.* 22, *effacez la virg. avant* et bien ans. — *p.* 359, *l.* 2, *effacez C devant M* — *p.* 360, *l.* 1, *aj.* : *n* tel — *p.* 362, *l.* 12, *lis.* E (*au lieu de* Et) — *p.* 363, *l.* 17, *M* Filim., — *p.* 364, *l.* 16, *e* Et lor s. et l. lor. — *p.* 365, *l.* 2, *virg. avant B'* — *p.* 368, *l.* 19, *lis.* : *M²AA²CGJMRkny* A cent e (*C* a) t., *BL* — *p.* 372, *l.* 15, *point et virg. après* p. — *p.* 374, *l.* 15, *lis.* : *A²* — *p.* 389, *l.* 7, *FKM'* F. — *p.* 391, *l.* 2, *point et virg. après* p. — *l.* 4, *lis.* : *en* Car il — *l.* 6, *virg. après* cuident — *p.* 392, *l.* 1, *lis.* 7343 — *p.* 394, *l.* 15, *M²Ln* — *p.* 395, *l.* 2, *point et virg. après* haus cris — *p.* 398, *l.* 12, *point et virg. après* aurion — *p.* 400, *l.* 1, *lis.* : *N* Qui o.

# TABLE DES MATIÈRES

*Publications de la* Société des Anciens Textes Français
*(En vente à la librairie* Firmin-Didot et Cⁱᵉ, *56, rue Jacob, à Paris.)*

---

*Bulletin de la Société des Anciens Textes Français* (années 1875 à 1904). N'est vendu qu'aux membres de la Société au prix de 3 fr. par année, en papier de Hollande, et de 6 fr. en papier Whatman.

*Chansons françaises du* xvᵉ *siècle* publiées d'après le manuscrit de la Bibliothèque nationale de Paris par Gaston Paris, et accompagnées de la musique transcrite en notation moderne par Auguste Gevaert (1875). Epuisé.

*Les plus anciens Monuments de la langue française* (ixᵉ, xᵉ siècles) publiés par Gaston Paris. Album de neuf planches exécutées par la photogravure (1875). . . . . . . . . . . . . . . . . . . . . . . . . . . . . . . . . 30 fr.

*Brun de la Montaigne*, roman d'aventure publié pour la première fois, d'après le manuscrit unique de Paris, par Paul Meyer (1875) . . . . . 5 fr.

*Miracles de Nostre Dame par personnages* publiés d'après le manuscrit de la Bibliothèque nationale par Gaston Paris et Ulysse Robert; texte complet t. I à VII (1876, 1877, 1878, 1879, 1880, 1881, 1883), le vol. . 10 fr.

Le t. VIII, dû à M. François Bonnardot, comprend le vocabulaire, la table des noms et celle des citations bibliques (1893). . . . . . . . . . . 15 fr.

*Guillaume de Palerne* publié d'après le manuscrit de la bibliothèque de l'Arsenal à Paris, par Henri Michelant (1876). . . . . . . . . . . . . . . . 10 fr.

*Deux Rédactions du Roman des Sept Sages de Rome* publiées par Gaston Paris (1876). . . . . . . . . . . . . . . . . . . . . . . . . . . . . . . . . . 8 fr.

*Aiol*, chanson de geste publiée d'après le manuscrit unique de Paris par Jacques Normand et Gaston Raynaud (1877). Epuisé sur papier ordinaire.

L'ouvrage sur papier Whatman. . . . . . . . . . . . . . . . . . . . . 24 fr.

*Le Débat des Hérauts de France et d'Angleterre*, suivi de *The Debate between the Heralds of England and France. by* John Coke, édition commencée par L. Pannier et achevée par Paul Meyer (1877). . . . . . . . . 10 fr.

*Œuvres complètes d'Eustache Deschamps* publiées d'après le manuscrit de la Bibliothèque nationale par le marquis de Queux de Saint-Hilaire, t. I à VI, et par Gaston Raynaud, t. VII à XI (1878, 1880, 1882, 1884, 1887, 1889, 1891, 1893, 1894, 1901, 1903), ouvrage terminé, le vol. 12 fr.

*Le Saint Voyage de Jherusalem du seigneur d'Anglure* publié par François Bonnardot et Auguste Longnon (1878) . . . . . . . . . . . . . . . . 10 fr.

*Chronique du Mont-Saint-Michel* (1343-1468) publiée avec notes et pièces diverses par Siméon Luce, t. I et II (1879, 1883), le vol. . . . . . . 12 fr.

*Elie de Saint-Gille*, chanson de geste publiée avec introduction, glossaire et index, par Gaston Raynaud, accompagnée de la rédaction norvégienne traduite par Eugène Koelbing (1879). . . . . . . . . . . 8 fr.

*Daurel et Beton*, chanson de geste provençale publiée pour la première fois d'après le manuscrit unique appartenant à M. F. Didot par Paul Meyer (1880). . . . . . . . . . . . . . . . . . . . . . . . . . . . . . . . . . . 8 fr.

*La Vie de saint Gilles*, par Guillaume de Berneville, poème du xiiᵉ siècle publié d'après le manuscrit unique de Florence par Gaston Paris et Alphonse Bos (1881) . . . . . . . . . . . . . . . . . . . . . . . . . . 10 fr.

*L'Amant rendu cordelier à l'observance d'amour*, poème attribué à Martial d'Auvergne, publié d'après les mss. et les anciennes éditions par A. de Montaiglon (1881)..................................... 10 fr.

*Raoul de Cambrai*, chanson de geste publiée par Paul Meyer et Auguste Longnon (1882)....................................... 15 fr.

*Le Dit de la Panthère d'Amours*, par Nicole de Margival, poème du XIII⁺ siècle publié par Henry A. Todd (1883) ................ 6 fr.

*Les Œuvres poétiques de Philippe de Remi, sire de Beaumanoir*, publiées par H. Suchier, t. I et II (1884-85).......................... 25 fr.
Le premier volume ne se vend pas séparément; le second volume seul  15 fr.

*La Mort Aymeri de Narbonne*, chanson de geste publiée par J. Couraye du Parc (1884)......................................... 10 fr.

*Trois Versions rimées de l'Évangile de Nicodème* publiées par G. Paris et A. Bos (1885) ....................................... 8 fr.

*Fragments d'une Vie de saint Thomas de Cantorbéry* publiés pour la première fois d'après les feuillets appartenant à la collection Goethals Vercruysse, avec fac-similé en héliogravure de l'original, par Paul Meyer (1885).  10 fr.

*Œuvres poétiques de Christine de Pisan* publiées par Maurice Roy, t. I, II et III (1886, 1891, 1896), le vol........................... 10 fr.

*Merlin*, roman en prose du XIII⁺ siècle publié d'après le ms. appartenant à M. A. Huth, par G. Paris et J. Ulrich, t. I et II (1886)........ 20 fr.

*Aymeri de Narbonne*, chanson de geste publiée par Louis Demaison, t. I et II (1887). ......................................... 20 fr.

*Le Mystère de saint Bernard de Menthon* publié d'après le ms. unique appartenant à M. le comte de Menthon par A. Lecoy de la Marche (1888).  8 fr.

*Les quatre Ages de l'homme*, traité moral de Philippe de Navarre, publié par Marcel de Fréville (1888) ......................... 7 fr.

*Le Couronnement de Louis*, chanson de geste publiée par E. Langlois, (1888).                                     Epuisé sur papier ordinaire.
    L'ouvrage sur papier Whatman....................... 3o fr.

*Les Contes moralisés de Nicole Bozon* publiés par Miss L. Toulmin Smith et M. Paul Meyer (1889)................................ 15 fr.

*Rondeaux et autres Poésies du XV⁺ siècle* publiés d'après le manuscrit de la Bibliothèque nationale, par Gaston Raynaud (1889)........... 8 fr.

*Le Roman de Thèbes*, édition critique d'après tous les manuscrits connus, par Léopold Constans, t. I et II (1890)................... 3o fr.
    Ces deux volumes ne se vendent pas séparément.

*Le Chansonnier français de Saint-Germain-des-Prés* (Bibl. nat. fr. 20050), reproduction phototypique avec transcription, par Paul Meyer et Gaston Raynaud, t. I (1892)................................. 40 fr.

*Le Roman de la Rose ou de Guillaume de Dole* publié d'après le manuscrit du Vatican par G. Servois (1893)....................... 10 fr.

*L'Escoufle*, roman d'aventure, publié pour la première fois d'après le manuscrit unique de l'Arsenal, par H. Michelant et P. Meyer (1894). .  15 fr.

*Guillaume de la Barre*, roman d'aventures, par Arnaut Vidal de Castelnaudari, publié par Paul Meyer (1895)...................... 10 fr.

*Meliador*, par Jean Froissart, publié par A. Longnon, t. I, II et III (1895-1899), le vol................................... 10 fr.

*La Prise de Cordres et de Sebille*, chanson de geste publiée d'après le ms. unique de la Bibliothèque nationale, par Ovide Densusianu (1896)......................................... 10 fr.

*Œuvres poétiques de Guillaume Alexis*, prieur de Bucy, publiées par Arthur Piaget et Emile Picot, t. I et II (1896, 1899), le vol... 10 fr.

*L'Art de Chevalerie*, traduction du *De re militari* de Végèce par Jean de Meun, publié, avec une étude sur cette traduction et sur *Li Abrejance de l'Ordre de Chevalerie* de Jean Priorat, par Ulysse Robert (1897). 10 fr.

*Li Abrejance de l'Ordre de Chevalerie*, mise en vers de la traduction de Végèce par Jean de MEUN, par Jean PRIORAT de Besançon, publiée avec un glossaire par Ulysse ROBERT (1897)........................... 10 fr.

*La Chirurgie de Maître Henri de Mondeville*, traduction contemporaine de l'auteur, publiée d'après le ms. unique de la Bibliothèque nationale par le Docteur A. Bos, t. I et II (1897, 1898)................ 20 fr.

*Les Narbonnais*, chanson de geste publiée pour la première fois par Hermann SUCHIER, t. I et II (1898)............................. 20 fr.

*Orson de Beauvais*, chanson de geste du XIIe siècle publiée d'après le manuscrit unique de Cheltenham par Gaston PARIS. (1899) ....... 10 fr.

*L'Apocalypse en francais au XIIIe siècle* (Bibl. nat. fr. 403), p. p. par L. DELISLE et P. MEYER. Reproduction phototypique (1900)....... 40 fr.
— Texte et introduction (1901)................................. 15 fr.

*Les Chansons de Gace Brulé*, publiées par G. HUET (1902).......... 10 fr.

*Le Roman de Tristan*, par Thomas, poème du XIIe siècle publié par Joseph BÉDIER, t. I, texte (1902)..................................... 12 fr.

*Recueil général des Sotties*, publié par Ém. PICOT, t. I et II (1902, 1904), le vol.................................................. 10 fr.

*Robert le Diable*, roman d'aventures publié par E. LÖSETH (1903)... 10 fr.

*Le Roman de Tristan*, par Béroul et un anonyme, poème du XIIe siècle, publié par Ernest MURET (1903).................................. 10 fr.

*Le Roman de Troie*, par Benoît de Sainte-Maure, publié d'après tous les manuscrits connus, par Léopold CONSTANS, t. I (1904)............ 15 fr.

*Le Mistère du Viel Testament*, publié avec introduction, notes et glossaire, par le baron James DE ROTHSCHILD, t. I-VI (1878-1891), ouvrage terminé, le vol................................................. 10 fr.

*(Ouvrage imprimé aux frais du baron James de Rothschild et offert aux membres de la Société.)*

Tous ces ouvrages sont in-8°, excepté *Les plus anciens Monuments de la langue française* et la reproduction de *l'Apocalypse*, qui sont grand in-folio.

Il a été fait de chaque ouvrage un tirage à petit nombre sur papier Whatman. Le prix des exemplaires sur ce papier est double de celui des exemplaires en papier ordinaire.

Les membres de la Société ont droit à une remise de 25 p. 100 sur tous les prix indiqués ci-dessus.

*La Société des Anciens Textes français a obtenu pour ses publications le prix Archon-Despérouse, à l'Académie française, en 1882, et le prix La Grange, à l'Académie des Inscriptions et Belles-Lettres, en 1883, 1895 et 1901.*

Le Puy, imp. R. Marchessou. — Peyriller, Rouchon et Gamon, successeurs.

www.ingramcontent.com/pod-product-compliance
Lightning Source LLC
Chambersburg PA
CBHW060757030726
47503CB00002B/284